KB075376

놋쇠하늘 아래서

아래서

지구시대의 비평

윤지관 평론집

창작과비평사

윤지관 평론집
놋쇠하늘 아래서

초판 발행/2001년 10월 8일

지은이/윤지관
펴낸이/고세현
편집/유용민 염종선 박신규 최은숙
펴낸곳/(주)창작과비평사
등록/1986년 8월 5일 제10-145호
주소/서울 마포구 용강동 50-1 우편번호 121-875
전화/영업 718-0541, 0542 · 편집 718-0543, 0544
　　　기획 703-3843 · 독자사업 716-7876, 7877
팩시밀리/영업 713-2403 · 편집 703-9806
홈페이지/www.changbi.com
전자우편/changbi@changbi.com
지로번호/3002568

ⓒ 윤지관 2001
ISBN 89-364-6306-3 03810

놋쇠하늘
아래서

지
구
시
대
의

비
평

솜씨 좋은 목수였던,
병석에서 아들의 책이 나오기를 기다렸던,
아버지께 이 평론집을 바친다.

책머리에

　세번째 평론집을 묶는 소감을 쓰려고 하니, 곧바로 마음속의 목소리는 "벌써 세번째라구?" 하는 반문을 던진다. 첫 평론집을 낸 지 벌써 10년도 훨씬 넘은 사정으로 치자면, 괜스레 자의식을 가질 필요는 없겠다. 그저 그만하면 특별히 내세울 정도는 못 되더라도 그럭저럭 평론가 노릇을 해왔다는 말도 되니까. 그러나 이 '세번째'라는 소리는 다른 무엇에 앞서 무서운 세월의 흐름을 환기시켜놓고야 만다. 세상은 21세기에 접어들었는데, 내 나이는 마흔의 중반을 벌써 넘겼다! 무언가 새로워지고 달라져야 할 듯한 이 시점에서, 어느 사이에 기성세대의 일원으로 확고하게, 확고하게 자리잡아가고 있다는 그런 생각, 어쩐지 백척간두에 서 있는 듯한 느낌에 나는 사로잡힌다. 세번째 평론집을 내는 일이 불현듯 위기의 순간으로 다가온 것이다.

　그렇지만 위기가 기회가 된다는 흔한 말처럼, 결코 묵은 논리에 안주하지는 않겠다는 다짐도 생기고, 한편으로 그동안 헛산 것만이 아니라면 새로움의 외양에 섣불리 휘둘리지 않으리라 각오도 해본다. 물론 무슨 경륜을 앞세우기에는 턱없이 부족한 형편인지라 역시 지금까지 해온 일을 내놓기도, 앞으로 해야 할 일을 들먹이기도 두려워지는 것이 솔직한 심정이다. 나이를 먹어갈수록, 비평이란 것이 참으로 만만한 일이 아님을 새삼 절감한다. 나잇값도 못하게 내가 워낙 세상일에 둔한 탓도 있겠지만, 우리 사회 자체가 비평의 '사심없음'이 제대로 발현되기에는 너무나 단단한 세속의 틀 속에 있다는 막막한 실감은 더해가는 것이다.

이번 평론집에 『놋쇠하늘 아래서』라는, 얼핏 이해하기 어려울 법한 제목을 달게 된 것도 이 때문이다. '놋쇠하늘'은 19세기 영국 비평가 매슈 아놀드에게서 따온 말이다. 「하인리히 하이네」라는 평문에서 그는 중간계급이 지배하는 영국의 현실을 '속물세상'이라고 일컬으며, 진정한 지성인은 "이 나라에서 머리 위에 펼쳐진 하늘이 놋쇠와 철로 만들어졌다는 느낌을 가질 수밖에 없다"고 통탄한다. '놋쇠하늘'이란 도저히 꿰뚫을 수 없이 견고한 지배질서의 다른 이름으로, 이 질서는 사회의 모든 국면에 뿌리깊이 자리잡은 속물성의 모습으로 나타난다. 하이네가 목숨 걸고 맞서 싸운 것이 바로 이것이었고, 아놀드가 비평의 이념을 통해 극복해내려 한 것이 바로 이것이었다. 나는 평소 영국의 빅토리아시대가 배태한 문제들이 차이가 있는 대로 우리 시대에도 재연된다는 점에 주목해왔는데, 새로운 세기를 맞이한 지금 이곳의 상황에서도 속물성은 갈수록 짙어지고 따라서 비평의 위기는 가속화된다. 더구나 자본주의 체제의 확립과 맺어진 지구화의 진행이 이같은 속물성의 확산과 심화를 부추기는 것이라면, '지구시대의 비평'이라는 부제에도 동일한 문제의식이 담겨 있는 셈이다.

이번에 모은 글들은 오래 몸담았던 『실천문학』의 편집위원직에서 물러난 1996년 이후부터 발표한 평문들이다. 90년대의 후반이라면 80년대 비평을 비판하면서 등장한 새로운 세대의 평론가들이 논의를 주도하던 때다. 실상 나 자신의 비평활동 또한 90년대 들어서 비로소 본격화된다고 자임함에도, 어느 순간 과거의 민족문학론을 한결같이 고수하는 구세대로 지목되어 마치 새 시대의 새 물결에 거스르는 존재가 된 듯한 곤혹스러움을 맛보기도 하였다. 그러나 나로서는, 달라진 국면에서 지키고 키워나가야 할 것과 새롭게 찾아나가야 할 것을 혼동하지 않고 바로 보려는 자세를 견지하고자 하였고, 그와 함께 90년대 이후에 제기된 문학계의 쟁점들을 피하지 않으면서 늘 논의의 현장에 머물고자 노력하였다. 하지만 그 성과에 대한 판단은 물론 독자들의 몫일 것이다.

제1부에서는 지구화라는 현상을 이해하고 이 새로운 환경에 처한 민족과 문학의 문제를 재검토해보고자 하였다. 첫 글 「환태평양적 상상력과 민족문학의 경계」는 '환태평양 개념'을 민족문학론에 도입하고자 하는 시도인데, 이 주제는 앞으로도 좀더 구체적으로 다루어볼 생각이다. 「지구화에 대한 한 고찰」은 학술지에 실렸던 논문 형식의 글이지만, 지구화에 대한 이론적인 접근이 문학논의에 도움이 될 듯하여 함께 수록하기로 하였다.

제2부는 비평의 입지를 둘러싼 근자의 논란에 관련되어 있거나 직접 개입한 글들인 만큼, 아무래도 다른 글들보다 논쟁적이다. 최근에 문학권력을 둘러싼 논의가 부각되기도 하였지만, 나 또한 현시기 비평의 자리에 대한 끊임없는 모색의 필요성에 공감하여왔고, 실상 '놋쇠하늘' 아래에 있다는 인식 자체가 이 시대 비평의 정체에 대한 심문일 터이다.

'리얼리즘과 모더니즘'의 주제를 다룬 제3부도 대개 논쟁의 형태를 취하는 글이 많고, 이같은 논쟁을 통해서 한국의 모더니즘을 보는 나름대로의 시각을 보여주려 하였다. 우리에게 모더니즘론은 리얼리즘론과 곧바로 이어지기 마련이니, 「해방의 서사와 세기말의 문학」에서는 두 범주를 대조적인 작품을 통해 비교하기도 하였다.

제4부에는 최근 발표된 소설들에 대한 작품평을 모았다. 마지막 글인 「빌둥의 상상력: 한국 교양소설의 계보」만 예외인 셈이지만, 하여간 신작을 그때그때 읽고 평하는 평론가로서의 기본 책무를 다해야 한다는 의무감에 시달려온 처지에서는, 안한 것은 아니라 해도 아쉽기는 마찬가지다. 앞으로 꾸준히 신작평에 임하고 싶고, 그것을 효과적으로 수행하는 방법

을 모색중임을 이 기회에 밝힘으로써 스스로와 맺은 약속을 되새기려 한다.

제5부는 생태적인 관심사와 맺어진 글들이다. 이 문제의 비중에 비하면 이번에는 본격적인 천착은 못 된 셈이다. 다만 흔히 리얼리즘과 아주 무관한 것처럼 여겨지는 녹색문학의 지향이 어떻게 리얼리즘의 문제의식과 결합되는가를 짚어본 정도가 성과라면 성과이겠으나, 더이상의 작업은 훗날을 기약하는 수밖에 없겠다.

이 책에 묶인 글을 써내던 시기는 영문학을 공부하는 사람으로서 동학들과 함께 오랫동안 준비하던 모임을 꾸리고 오랫동안 꿈꾸어오던 일들에 착수하던 때이기도 하였다. 책을 내는 마당이 되니, 항상 얼굴 맞대고 함께 일하고 논의해온 여러 동료들의 우정, 그리고 학문에서나 비평에서나 길잡이가 되어주신 여러 선생님들의 은공을 또다시 떠올리게 된다. 어쭙잖고 미흡한 글들에 대해 애정어린 논평과 가르침과 격려를 아끼지 않으신 선생님들 그리고 벗들에게 고마움을 전한다. 이 책의 경우도 그렇지만, 늘 최선을 다하는 모습을 보여준 창비의 여러분들께도 충심으로 감사드린다.

2001년 10월
윤지관

차례

책머리에   6

제1부   지구화와 민족문학

환태평양적 상상력과 민족문학의 경계   15
한 '민족문학론자'의 캘리포니아 드림

영어, 내 마음의 식민주의   37

지구화시대의 지역문학   55

지구화에 대한 한 고찰   65
근대성, 민족, 그리고 문학

제2부   비평의 제자리 찾기

날아라, 비평   91
비평정신의 갱생을 위하여

90년대 정신분석   106
문학담론의 징후 읽기

속물비평의 기원   128
놋쇠와 철의 하늘 아래서

푸꼬에 들린 사람들   149
비평과 비판의 경계

제3부   모더니즘과 리얼리즘

민족문학에 떠도는 모더니즘의 유령   171
세기말의 문학적 진로를 모색하며

문제는 '모더니즘의 수용'이 아니다   196
최근 '민족문학과 모더니즘' 논의를 보고

1930년대 모더니즘을 보는 눈   206
김기림과 이상을 중심으로

해방의 서사와 세기말의 문학　216
다시 당파성을 생각하며

90년대 리얼리즘의 길찾기　241
방현석, 신경숙, 근대성의 문제

제4부　소설읽기의 정치학

소설 읽기와 비평의 악몽　261

현실과 비현실의 경계　277

소설의 고투, 비평의 운명　293

감정은 어떻게 단련되는가　311

기억의 거처　325
이문구 · 방현석 · 김종광의 소설

빌둥의 상상력　336
한국 교양소설의 계보

제5부　녹색문학과 생명

집의 상상력　367
문명에 저항하는 시

녹색문학, 무엇이 문제인가　387
생태학적 상상력의 올바른 발현을 위하여

마음의 속살을 노래하라　399
한 시인의 씨올 사랑

찾아보기　408

제1부

지 구 화 와 　 민 족 문 학

환태평양적 상상력과 민족문학의 경계

영어, 내 마음의 식민주의

지구화시대의 지역문학

지구화에 대한 한 고찰

환태평양적 상상력과 민족문학의 경계

한 '민족문학론자'의 캘리포니아 드림

1. 스틴쓴 비치, 태평양의 오리엔탈리즘

재작년 이 무렵 나는 쌘프란씨스코 근교 버클리에서 집을 구하고 있었다. 버클리 소재 캘리포니아주립대학(UC Berkeley)의 동아시아학과 초빙교수로 한국문학 강의를 막 시작한 참이었다. 잡지사로부터 온 '국제주의와 민족문학'이라는 주제의 청탁서를 펼쳐놓고, 겨울답지 않게 비가 추적거리는 창밖을 내다보고 있노라니, 쏟아지는 비를 맞으며 이곳저곳 세들 집을 찾아다니던 2년 전 일이 불현듯 떠오른다. 쌘프란씨스코 지역의 겨울은 우기(雨期)이기도 하지만, 그해 따라 유독 비가 많았다. 눈부신 캘리포니아 해변의 햇빛을 그리며 찾아온 한 한국인 방문자의 꿈은 때아닌 장마비 속에서 살 집을 찾아헤매는 고단한 생활로 시작되었다. 밤에는 임시거처로 돌아와 다음날 강의노트를 작성하느라고 밤새 컴퓨터를 두들겼다.

그러나 어느덧 봄이 오고, 나는 스틴쓴 비치(Stinson Beach)로 갔다. 그리고 그곳에서 태평양을 만났다. 금문교 건너 북쪽 해변을 따라

난 1번 국도의 굽이굽이를 돌 때마다, 광대한 태평양이 눈앞에 파노라마처럼 펼쳐졌다. 인적 드문 이른봄의 해변에는 캘리포니아의 유명한 파도가 거세게 부서지고 있었다. 태평양의 파도를 마주하고 있으면, 마음의 눈은 어느새 대양 저 끝에 서 있었던 또다른 나를 보게 된다. 로스앤젤레스나 쌘프란씨스코의 교민들이 고국 생각이 날 때마다 해변을 찾아와 바다 저편을 하염없이 바라다본다는 그 말을 실감하는 것이다. 태평양은 우리에게 단순한 바다가 아니었다. 욕망과 좌절, 희망과 증오, 공포와 환상이 뒤엉켜 부딪치고 있는 엄청난 에너지의 장소였다.

국제주의의 문제를 생각하며 그날의 태평양을 떠올린 것도 이 때문인지 모르겠다. 우리 민족에게 근대적인 국제관계는 무엇보다 해양세력의 강제적인 개방 요구로 시작되었다. 제국주의시대의 국제관계는 한반도의 약소민족에게는 지배와 종속을 의미하였으니, 태평양을 통해 외국의 문물과 군대가 파도처럼 밀려왔다. 태평양은 이름과는 달리 평화로운 바다가 아니었다. 힘과 힘이 서로 부딪치고 강자가 이민족을 정복, 동화, 지배하는 역사의 현장이었다. 그렇지만 태평양의 정치적 상상력은 반드시 이같은 물리적 지배와 종속의 차원에 한정되는 것은 아니다. 제국주의의 식민화는 군대의 힘만이 아니라, 담론의 힘을 동반하고 혹은 요구한다. 태평양함대에서 생겨나는 무력은 태평양의 상상력을 지배하는 담론의 우위를 보장하고 또 그것을 통해 정당성을 부여받는다. 이 오리엔탈리즘을 태평양의 파도소리에서 듣는 것, 그것은 쌘프란씨스코 베이 지역(Bay Area)에서는 어렵지 않은 일이다.

베이 지역이 자랑하는 작가 잭 런던(Jack London) 박물관을 방문한 적이 있다. 민중과 노동자계급에 대한 그의 헌신과 강한 사회의식은 소설의 자본론이라고도 일컬어지는 『강철군화』(*The Iron Heel*, 1907)가 웅변해준다. 1980년대 한때 그 혁명의식으로 한국의 청년독자들을 사로잡았던 그는, 그러나 한국에 관한 한 거의 치명적인 오리엔탈리즘을 생성시킨 장본인이기도 하다. 그의 유명한 글 「황화(黃禍)」(The Yellow Peril)는 이렇게 시작한다.

한국에서 중국으로 들어서는 것은 우리 서양땅에서 종이집과 벚나무의 일본으로 들어서는 것보다 차라리 더 현격한 대조가 되는 성싶다. 중국인을 정확하게 평가하기 위해서는 여행자는 먼저 수개월 한국인들 사이에 머물다가 그런 연후에 어느 화창한 날 압록강을 건너 만주로 들어가야 한다. 적대적인 이방의 군대를 따라 압록강을 건넌다면, 평가의 정확성 면에서는 더할 나위 없이 유리할 것이다.

이 서두에 이어서 잭 런던은 나라의 위기를 맞아 무기력하고 비겁하게 외부인의 침입에 굴복해버린 한국인들과, 생기차고 발랄한 생활을 영위하는 중국인들을 대비한다. 일본과 서양의 차이보다도 한국과 중국의 차이가 더 두드러질 것이라는 잭 런던의 경멸어린 시선 아래, 구미에서 한국인은 한국인으로서 비로소 탄생한다. 적어도 1998년 현재 쌘프란씨스코와 만을 경계로 마주보고 있는 오클랜드(Oakland)의 잭 런던 박물관 관장(이자 유일한 직원)이 한국에 대해 가지고 있던 첫인상은 다름아닌 잭 런던의 것이었다.

잭 런던의 한국 방문은 러일전쟁이 끝나고 일본이 조선을 실질적으로 장악한 시기에 이루어졌다. 한국인의 비겁함과 게으름이 중국인의 활발함과 이렇게 대조될 때, 무슨 대단한 민족주의자는 아닐지언정 민족의 위기와 그 대응을 외치고, 동학혁명에서 발원되는 민중적 혁명전통을 우리 민족의 남다른 힘으로 신봉해온 한 민족문학론자의 자존심은 무참히 짓밟히고 있었다. 나이 지긋한 잭 런던 박물관의 관장을 상대로 외침(外侵)의 '위기'에 맞서온 우리 한민족의 '숭고한' 저항정신을 교양한다고 해서, 무엇이 달라지겠는가? 나는 비겁한 조상의 후손이 되어,

어느새 유구한 오리엔탈리즘의 회오리 속에 대책없이 서 있었던 것이다.

캘리포니아 해변에서 태평양을 바라보면서 파도가 끝닿은 동아시아, 그 한구석의 한반도를 생각한다. 부두노동자와 부랑자에 섞여 하층의 삶을 몸으로 살면서 글을 쓴 잭 런던. 그런 그에 의해 한국은 중국이나 일본이 서양인에게 불러일으킨 두려움, 즉 동아시아인의 '황화'에도 '갈화'(褐禍, Brown Peril)에도 끼지 못하는, 단지 다른 동아시아국과 대비되기 위해서가 아니라면 무해무익한 존재가 된다. 동아시아 삼국 가운데서도 한국인은 이중의 침묵을 강요당한 것이다. 어찌 잭 런던뿐이랴! 미국에서 한국의 목소리가 너무도 초라하게, 너무도 희미하게 울리는 것을 확인하기는 어렵지 않다. 이 사실에 대해서 한탄하고 분개하는 것은, 애국자임을 말해주는 징표일 수는 있어도, 현실을 바꾸지는 못한다. 우리는 어느정도는 구미의 담론에 의해 '한국인'으로 만들어진 것이며, 그 현실을 인정할 때, 그것은 분노할 일도 한탄할 일도 아닌 것이 된다.

그러나 공포는 그 다음에 왔다. 과연 태평양 저쪽에 있던 나는 무사한가? 한반도에 안전하게 자리잡고 민족의 주체성을 말한다고 해서, 우리를 휘감고 있는 이 오리엔탈리즘의 감염에서 벗어날 수 있는가? 태평양을 사이로 한 채, 미국은 우리에게 애증의 대상이 되어왔다. 수많은 지식인들이 미국땅에서 주류담론을 흡수하고 체화하고 흉내내고, 나아가서 그것을 한반도에 이식하는 일에 종사해왔다. 아니, 비단 미국땅을 밟은 사람들뿐이랴! 태평양을 건넌 적이 없는 한국인일지라도 그를 만들어내는 데 작용하는 서구담론의 힘을 무슨 도구로 측정할 수 있을지 하는 의심, 그것은 두려움이다. 우리는 태평양 바다보다도 더 깊고 넓은, 제국이 지배하는 지식과 담론의 공정 속에 갇혀져 있는지도 모른다. 스틴쓴 비치는 결국 나의 민족적 정체성을 힐문하고 있었다.

2. 노스 버클리, 민족정체성의 질문

　꼭 한달을 수소문하고 돌아다닌 끝에 노스 버클리(North Berkeley)
의 한 아파트를 계약할 수 있었다. 집세를 비롯한 조건들이 좋아서 경합
이 치열하였으나, 결국 내가 입주하게 되었다. 몇번 경쟁에서 밀리기도
한 내가 성공하게 된 것에는 알고보니 두어가지 요인이 있었다. 하나는
버클리대학 박사과정에 있는 교포 2세 한 사람이 그 아파트에 살고 있
어서 매니저인 중국여자에게 운동을 했던 것, 다른 하나는 교수라는 나
의 신분이 안정된 집세 지불을 보장한다는 점이었다. 나의 집 구하기는
말하자면 '민족'적 도움과 '계급'적 신분의 결합으로 가능하게 되었던
것이다. 하여간 나는 멀리 금문교 교각이 바라보이는 멋진 2층 아파트
를 싼값에 얻게 되었다.

　노스 버클리 지역은 일반 주택가였는데, 백인 중심의 주거지인 만큼
흑인들은 보기 힘들었고, 학교가 가까워서 학생들이 많이 살고 있었다.
가을 어느날 저녁 나는 마침 같은 블록에 사는 한 백인 여학생 집을 방문
하게 되었다. 역사학과 박사과정에 재학중인 이 학생의 집을 방문하게
된 것은, 내가 참여하고 있던 토론모임 '식민주의와 문화'(Colonialism
and Culture)의 그달 집회 장소가 그곳이었기 때문이다. 대학연구소의
지원을 받고 있는 이 토론모임은 버클리의 교수, 강사, 대학원생 등이
모여 일정한 주제를 두고 매달 토론을 가지는데, 그날 주제는 '동아시
아, 한국과 일본'이었다. 참석자는 모두 합쳐 열한 명. 역사학과의 교수,
발제를 맡은 같은 학과의 강사, 박사과정 여학생 몇명, 방문학자인 일본
동경대학 교수, 동아시아학과 일본학 전공 여학생, 그리고 인류학과에
서 학위논문을 쓰고 있는 한국교포 2세 K양, 그리고 나였다.

　이날 토론의 세세한 내용을 전할 생각은 물론 아니다. 다만 다름아닌

민족주의에 대한, 미국 학계에서 널리 퍼진 반감이 이날 저녁만큼 실감된 적도 드물었다는 것을 기억한다. 발제의 대상은 일본제국주의가 합병 전 한국인의 상(像)을 구성해낸 방식을 다룬 논문과, 재일한국인 학자가 종군위안부 문제를 다룬 논문이었으며, 당연히 한국을 일종의 오리엔탈리즘의 대상으로 삼는 일본의 제국주의적 담론이 토론거리가 되었다. 한국인이 일본인과 동일한 조상을 가지되(따라서 합쳐져야 하되), 역사적으로 열등한 종족이 되어 결국 더 우월한 종족에 지배되고 지도되어야 하는 처지에 있음을 입증하려는 문헌들과 담론들은, 전체적으로 제국주의적 침략을 합리화하려는 담론이면서 일본민족의 우월성 신화에 입각한, 파시즘적이고 저급한 민족주의의 극단적인 표현이기도 했다. 그러나 일본의 극우적 민족주의에 대한 정당한 비판은 어느새 민족주의 일반에 대한 구별 없는 비난으로 이어지고, 위안부 문제를 다룬 재일한국인 학자의 '민족주의적' 성향에 대한 질책으로 자연스럽게 넘어간 것이다.

대학원생들의 발언에 이어 역사학과 교수가 결론삼아 민족주의의 폐해를 다시 한번 강조했을 때, 민족주의의 성격부터가 경우에 따라 구별되어야 할 필요성과 특정한 역사적 지리적 국면에서의 그 유효성을 거론한 것은 나로서는 당연한 것이겠으나, 오히려 일본학자가 동감하는 의견이었을 뿐, 적어도 그 자리의 버클리 연구자들에게는 이같은 구별 자체가 그다지 문제로 떠오르지 않는다는 것은 분명해 보였다. 그러나 더 큰 놀라움이 남아 있었다. 토론중에 대학원생 가운데 두 명의 동양여성이 한국계임을 알게 된 나는 토론모임이 끝나고 다과를 들면서 그들과 짤막한 대화를 나누게 되었다. 내가 건넨 말은 두 가지였다. 여러분들이 말하듯이 민족주의가 배척해야 할 이데올로기라면, 반민족주의란 것도 또다른 이데올로기가 될 수 있는 것이 아닌가? 그러나 이 질문은 제대로 답변을 얻지 못한 대신, "한국인들은 너무 민족주의적"이라는,

그곳에서 흔히 듣던 직설적인 발언이 나왔고, 한국인인 당신들의 그런 태도가 좀 놀랍다는 나의 말에는 "한국인을 무어라고 규정하느냐에 달린 문제가 아니냐"는 반문이 따랐다. 과연, 그렇다. 그날 밤, 집을 향해 걸어오면서 나는 결국 이 모임의 대다수 구성원들에게 내가 '민족주의적인, 너무나 민족주의적인' 한국인의 상을 다시 한번 확인시켜준 것에 불과했다는 쓸쓸한 현실을 겸허하게 받아들이기로 하였다.

　노스 버클리의 그날 모임을 기억하면, 민족의 '위기'를 '극복'해나갈 문학으로서의 민족문학을 생각해온 사람에게 착잡함이 없을 수 없다. 제국주의의 논리적 기반으로 작용한 일본의 민족주의와, 그에 맞선 저항과 항거와 분노와 결합된 피압박민의 민족주의가 한치도 다른 대접을 받지 못한 것은, 특히 반민족주의적 성향을 가진 그 모임의 구성원들 탓일 수 있겠다. 그렇지만 지구화시대의 지배담론을 생산하는 미국의 주류학계가 이 문제에 대한 더 나은 고려를 하고 있다고 보지도 않는다. 오히려 반대. 악마와 싸우다 보면 스스로도 악마가 되고 만다고, 피억압자는 억압자를 닮게 마련이고, 파시즘에 맞서다 보면 파시스트와 다를 바 없게 되듯, 제국주의와 맞서다 보면 제국주의자와 다를 것이 없게 된다,고 그것은 말한다. 이런 해체적 논리에 젖어들면, 제1세계의 억압적 민족주의와 제3세계의 저항적 민족주의를 가르고, 또 거기에다 제3세계 내에서의 애국주의적인 '사이비' 민족주의와 보편 지향의 '진정한' 민족주의를 가름하는 방식이 귀에 들어올 까닭이 없을 것이다.

　그러나 이것뿐일까? 이렇게 포스트 논리의 맹점을 폭로하고, '우리'의 것이 남다름을 강조한다고 해서 흔쾌해지지는 않는다. '사이비'든 '진정한' 것이든 민족주의가 애초 야누스와 같은 양면성을 가지고 있다는 판단이 옳다면, '사이비'와 '진정함'은 안팎이 구별되지 않는 혼종(hybrid)일 수밖에 없다. 이미 민족주의라는 불순한 피가 섞여 있는 마당에, 어느 피가 덜 불순한가를 가리는 것이 그다지 중요한가? 더구나 따지고 보면 남의 민족주의는 문제삼고 '우리'의 민족주의는 옹호하는 그 '우리'는 누구인가? 그것이 한국민족이라면, 이것 자체가 한 민족을 타자와 구별짓고 배제하고 나누는 담론의 작용 이상이 아닐 수도 있다. 결국 우리는 과연 민족정체성이란 것이 실체로서 존재하는지에 대한 의문에까지 다다르게 된다. 그날 두 명의 교포학생이 던진 물음이 바로 그것이었다. 스스로 미국인으로 정체성을 세워나가는 그들을 생각하면, 민족성이란 고정된 것이 아니라 형성되는 것이라는 엄연한 사실을 다시 확인하게도 된다. 민족 자체가 거대한 역사의 흐름과 구조가 형성해낸 하나의 신화, '상상된 공동체'(imagined community)인 것이다.

버클리에서 많은 교포학생들을 접하면서, 이들에게 가장 긴박한 삶의 문제가 바로 정체성의 문제임을 알게 되었다. 한국인도 미국인도 아닌 중간적 존재로서의 이들 이민 2세(혹은 1.5세)들에 있어 성년이 되면 어느 국적을 선택하느냐 하는 실질적 문제도 문제지만, 그보다 더 깊은 곳에서 자신의 정체에 대한 의혹과 모색이 알게 모르게 일어나게 된다. 이것은 미국내 소수민으로서의 자의식과 한국이라는 모국과 관련된 민족의식이 혼합된 것이 될 수밖에 없다. 노스 버클리 모임에서 한 한국계 학생이 토론중, 이민 전 어린 시절 한국에서 경험한 '민족주의'의 억압과 폐쇄성을 예로 들기도 했지만, 거꾸로 교포학생들 가운데는 주류 미국사회에 대한 소외감이 민족에 대한 투박한 애정과 결합되어 있는 경우도 많았다. 이것이 이들로 하여금 가령 김진명의 『무궁화꽃이 피었습니다』류의 맹목적이고 천박한 민족주의 감정에 빠지게 하고, 미국을 발원지로 삼는 음모론에 귀가 솔깃해지는 경향으로 나타나기도 하는 것이다.

남의 땅을 삶의 터전으로 선택한, 혹은 자신의 뜻과 상관없이 거기에 놓여진 한인들의 착잡한 상황을 한반도에 터잡고 있는 본토 한국인과 그대로 유비할 수는 없다. 그러나 과연 얼마나 다를까? 작년 다시 한국에 돌아와서 본 사태는 그런 의혹을 가중시켰다. 민족주의에 대한 구미 주류담론의 반감을 별다른 여과 없이 그대로 복사하는 상황은 여전할 뿐 아니라 더욱 심해지고 있었고, 그런 점에서 담론의 세계화를 새삼 실감하지 않을 수 없었다. 민족국가의 쇠퇴와 기반의 상실이라는 익숙한 명제가 도처에서 들리고, 지구화의 진행이 결국 민족국가의 경계를 허물 것이며(혹은 이미 허물었고), 민족의 정체성이란 허구에 불과하니 결국 모든 민족이 잡종이며 모든 문화가 잡종성을 가지고 있다는 논리가 힘을 얻어간다. 나는 이같은 논리들이 가지고 있는 현실적인 토대와 그 힘을 부정하지는 않지만, 한편에서 이같은 묘한 생각이 드는 것도 막을 수가 없다. 미국 이민세대들의 문제가 이 땅에서 우리의 문제가 되고 있는 것은 아닌가? 뿌리뽑힘을 절감하고 태평양 너머 고국땅을 바라보는 이들과는 다른 대양의 이쪽에서, 우리는 스스로 민족정체성이란 것을 뿌리째 뽑아버리고 이산(diaspora)의 고통을 자초하고 있다고. 이것은 비록 관념에서 이루어지는 것이기는 하지만, 아이러니가 아닐 수 없다.

  문학을 업으로 하는 사람이기 때문에 그런 생각이 더 드는지는 모르지만, 나는 역시 이민 2세들의 정체성의 위기는 언어의 위기의 다른 면이라고 본다. 자신의 육체와 맺어져 있는 언어의 상실과 부재의 느낌은 존재의 공허 그 자체이기도 하다. 이러한 언어의 문제는 단순히 언어구사력의 문제가 아니라, 사회구조와 계층질서에 결합되어 있다. 이것이 근본적으로 미국내 소수민(비유럽계 소수민)의 삶을 억누르는 강박과 소외와 열등감의 원인이 된다. 개인이나 집단의 삶의 체험이 언어 속에 인각되고, 살아있는 언어에 축적된 공동체의 전통이 삶을 풍족하게 하는 문화적 힘이 될 때, 거기서 정체성의 경험은 실체를 얻는다. 이것이 이 땅에서 생활하고 있는 한국인과 이산의 경험, 특히 태평양을 건넌 경험이 있는 이민 2세대들의 차이라고 생각한다. 그렇다면 이 땅의 언어와 체험과 그것이 주는 실감을 스스로 부정하는 태도와 또 그런 충동은 어디서 생겨나는 것인가? 스스로 민족의 성원됨에 거부감을 가지고 이산을 마치 자신의 운명처럼 받아들이려는 심리는 대체 어디에서 오는가? 우리를 에워싸고 구성해내는 담론의 힘을 절감하게 되는 요즈음이다.

3. 배로우즈 홀 126호, 냉전이 우리에게 남긴 것

버클리대학은 60년대 미국 민권운동을 촉발시킨 언론자유운동이 일어난 곳이며, 히피의 본거지였다. 대학에는 지금도 리버럴한 분위기와 학풍이 살아 있어서, 내가 머물고 있던 기간에는 소수민족의 사회진출권을 유리하게 보장한 '차별철폐 조치'(Affirmative Action)의 후퇴에 반대하는 시위와 집회가 연이어 열렸고, 여기에 동참하는 교수들의 '티치인'(teach-in, 수업대체토론)이 있기도 하였다. 이 대학 교수진에는 소수민족 출신의 학자들이 대거 포진하고 있는데, 전통적인 학과인 영문학과도 예외가 아니었다. L교수도 그 가운데 한 사람이다. 그녀는 싱가포르 출신의 중국계 미국인 소장교수였다. 내가 그녀를 만난 것은 그해 가을학기에 영문학과에서 학부 과목으로 설강한 그녀의 강좌를 청강하면서였다. 강좌명은 영문학과 과목으로서는 낯선 「아시아−태평양을 세계로 만들기」(Worlding the Asia-Pacific). 소위 환태평양지역이라고 불리는 곳이 그녀가 전공하는 분야였으니, 이 지역의 정치적 역학관계가 어떻게 담론구성과 영향을 주고받는가, 그리고 그것이 문학텍스트에 어떻게 재현되어 있는가를 논의하는 것이 그 학기의 주제였다.

나는 이 강좌에 충실하지는 못했으나, 미국의 태평양연안과 동남아시아 및 동아시아를 하나의 권역으로 하는 담론과 문학의 형성이라는 전망은 매력적이었으며, '아시아−태평양'의 개념틀을 통해 한국문학의 지형도가 보충되고 재해석될 여지가 있다는 시사를 안겨주었다. 아시아-태평양권이라는 구상이 어디까지나 제국주의적 확장을 위한 구미 열강의 주도로 탄생했으며, 지금에 이르러 그것이 다름아닌 미국의 태평양권 지배를 정당화하고 공고하게 하는 이데올로기가 되고 있는 것은 사실이다. 태평양이 결국 미국령 '호수'라는 말이 나오는 것도 이 때문이다. 그러나 아시아-태평양권 개념의 이같은 기원(起源)에도 불구하고, 그리고 미국의 헤게모니가 지배하는 현실에도 불구하고, 혹은 바로 그런 기원과 현실 때문에, 이 담론을 둘러싼 싸움이 태평양지역의 각 민족이나 그 문학에 중요한 의미를 가지는 것이다.

태평양을 민족활동의 무대로 상상해보면, 우리 민족문학의 지평이 좀더 열려짐을 느끼게 된다. 우리 근대민족사가 개방 이후 태평양의 지배세력들의 억압과 이로 인한 수난, 그리고 그에 맞선 항쟁으로 정리되어왔다면, 그리고 그같은 민족적 위기에서 민족문학의 태동이 가능하였다면, 민족문학이 저항적인 민족주의와 민중적인 열망을 담게 됨은 당연하다. 그러나 그것이 단순히 외세에 대한 항거로 자기규정될 때, 전지구적으로 전개되는 자본주의 근대의 작동과 그 지구적 위기에 대한 인식의 지평은 열리지 않는다. 근대 이후 민족의 운명에 결정적인 영향을 미쳐온 두 세력, 즉 일본과 미국이라는 두 해양세력과의 만남과 투쟁에서도, 단순한 외세축출을 중심이념으로 하는 반일이나 반미 문학으로는 민족문학의 대의에 훨씬 미치지 못할 터이다. 더구나 가령 베트남 참전으로 얽혀진 아시아 민족간의 가해와 피해의 착잡한 고리는 어떻게 풀어야 할 것인가? 이러한 때, 태평양의 상상력은 민족의 운명을 둘러싼 객관적인 정황과 그로 인해 생겨난 민족구성원의 삶에 대한 새로운 사고를 가능하게 한다.

L교수의 강의가 진행되는 동안, 나는 새삼스레 세계지도를 펼쳐본다. 망망한 태평양의 이쪽 미대륙의 거대한 땅덩어리에 내가 머물고 있고, 저쪽 구석에, 중국과 일본과 러시아라는 강국에 둘러싸여, 분단된 한반

도가 동그마니 자리잡고 있었다. 그러나 민족적 수난을 불가피하게 한 한반도의 지정학적인 위치가 눈에 들어오는 순간, 내 마음속에는 압록강을 넘어 만주로 러시아로, 그리고 태평양을 넘어 일본으로 하와이로 미국으로 건너가는 민족의 이동, 그 대이주의 파노라마가 또한 펼쳐지는 것이다. 이같은 이민과 이산의 역사 속에서 한국인이라는 기원과 그들이 둥지를 튼 낯선 사회가 상호갈등하면서 이룩해낸 삶의 두께와 너비. 그것은 단순한 생존의 싸움에만 그치지 않고, 문화와 육체와 언어를 해체하고 재구성하는 정체성의 위기를 동반하면서 결국 새로운 또하나의 민족공동체를 일구어내는 역사의 한 국면이기도 한 것이다.

태평양을 둘러싼 민족운명에 대한 이런 인식은 중국계 동남아 출신의 미국인인 L교수에게는 더욱 절실한 문제일 것이다. 그러나 그녀와 나는 엄연히 달랐다. 근세사와 관련하여 한국역사를 개괄하면서 그녀가 한국이 일본과 중국의 '이중식민지'(double colony)였다고 표현했다고 해서 그런 것만은 아니다. 미국학계에서 동아시아 연구자들에게 한국의 과거가 이렇게 이해되고 있는 것은 다반사이고 단지 그녀는 그런 관점을 되풀이했을 뿐이다. 민족사관으로 훈련된 한국인에게 이같은 정리는 민족적 자존심을 상하게 하는 일이겠지만, 서구의 주류담론에서 한국이 재현되는 엄연한 맥락이기도 한 것이며, 조공국과 식민지가 어떻게 다르고 한민족이 중국과의 외교관계를 통해 독립적 체제를 유지해온 사정을 설명한다고 해서 크게 달라질 것도 없는 대세가 여기에 있는 것이다. 실제로 개방을 전후한 조선의 상황은 일본과 중국의 이중적인 지배하에 있다고 해도 크게 그를 것 없는 사정이 아니었던가?

하여간 '이중식민지'를 둘러싼 대화를 계기로 L교수는 자신의 시간에 '한국 특강'을 부탁하였고, 나는 승락했다. 그러나 청강의 품앗이를 한다는 마음으로 받아들인 이 제의가 나 자신에 대한 심문의 장이 될 줄은 당시에는 몰랐다. 한국사에 대한 일반적인 정리도, 이른바 민족문학론자로서 한국의 민족문학론을 소개하는 일도, 그 나름대로 쉽지 않은 일이었겠지만, 나는 한장의 지도가 불러일으킨 태평양의 정치적 상상력에 마음을 빼앗기고 있었던 것이다. 분단된 한반도 땅의 남쪽, 거기에 내 삶의 거의 전부가 있었다. 미국의 영문학과 학생들을 상대로 한국을 말한다는 것, 그것은 어떤 의미에서는 나의 삶, 그들에게는 너무나 생소한 한 삶을 반추하는 위험한 시험일 수 있었다. 그해 늦가을 어느날, 내가 쉰여 명의 학생들이 빼곡히 들어찬 배로우즈 홀(Barrows Hall) 216호를 들어서면서 착잡한 심정에 빠졌던 것은 그 때문이었다.

그날의 강연을 나는 기억한다. 결국 나는 '냉전이 한국 지식인에게 미친 영향'이라는 제목을 선택하였다. 같은 아시아에서 온 지식인이면서도 내가 화교 출신 L교수와 다른 점은 여기에 있었다. 바로 냉전체제가 가장 극단적으로 작동하는 한반도 땅에서 나의 반평생을 보낸 것이다. 나는 1980년대 중엽 처음 미국 대학을 방문했을 때 느꼈던 충격, 캠퍼스의 그 평화와 고요가 준 터무니없는 배신감을 전하고자 했고, 소위 자유세계(free world)를 위한 성스러운 싸움을 수행해온 남한 시민인 나에게는 양심과 표현의 기본권조차 극도로 통제되어 있던 반면 바로 그 자유세계의 본토에서는 아무런 거리낌없이 맑스 레닌이 읽히고 가르쳐지는 현실의 아이러니한 느낌을 전하고자 하였다. 결국 한반도는 오랜 세월 동안 냉전체제의 최전선이었고, 나는 이 최전선의 주민이었다. 이것이 내 삶을 구조해낸 가장 지배적인 조건이었다. 환태평양의 상상력을 가지고 말하면, 냉전체제의 맹주인 미국의 변방, 미국의 진짜 국경은 캘리포니아나 하와이가 아니라 한반도였다. 최전방의 참호 속에서 강요된 규율을 통해 길러지고 만들어진 정신은 후방의 풍요와 자유를 언뜻 이해하지 못하고, 후방의 평화에 익숙한 마음으로는 최전방의 삶이 인간의 성장에 준 영향과 왜곡, 어둠과 깊이를 이해하지 못한다.

이같은 설명이 제1세계의 학생들에게 어떤 설득력을 가질 수 있는지 채 가늠하지 못하면서, 나는 이렇게 한반도에서의 한국인의 삶의 양상을 정리하고 있었다.

한국에서 냉전의 가장 끔찍한 영향은 심리적인 것이라고 봅니다. 냉전은 대다수 한국인들이 특정한 유형의 심리적 질병, 즉 '빨갱이 공포증'이라는 집단컴플렉스에 시달리게 했습니다. (…) 이것은 북한에서 남한 자본가들에 대한 정형화된 상을 주입해온 것과 정확한 대칭을 이룹니다. 체계적으로 형성된 이같은 공포와 증오의 감정은 진정으로 성숙한 인간으로 자라나는 데 커다란 장애가 됩니다. 남한이 강력한 반공산 사회라는 것을 깨닫게 되는 순간, 공산주의에 대한 공포심은 남한사회에서 자신이 공산주의자로 범주화되는 일에 대한 공포감과 결합되거나, 그것으로 변질됩니다. 정신 속에 이 복잡한 감정은 깊이 뿌리박히고, 혹자에게 그것은 문자 그대로 몸과 영혼을 질식시키기도 합니다. 한국에서 실제로 열린 마음을 가진다는 것, 그것은 당시의 한국에서는 어렵고 심지어는 위험스런 기획이었습니다. 생각컨대, 학자로서의 나 자신의 삶은 내 마음속에 깊이 내면화된 이 복합감정을 제거 혹은 치유하고 자유인이 되려는 기나긴 싸움이었습니다.

이것은 분명 새로운 인식은 아니었다. 한국의 지식인이라면, 혹은 지식인 아닌 다른 누구라도 이것을 느끼지 않았겠는가? 그러나 그같은 상황이 한 민족집단에게, 그리고 그 구성원 각각에게 미친 심원한 효과와 악영향은 얼마나 충분히 짚어지고 있는가? 미국이 주도해온 냉전체제의 최전선으로서의 한반도. 그 운명적 조건이 우리 사회를 형성해왔고, 문학이라고 그 체제의 구조화작용을 피할 수 없었을 것이다. 자유주의가 원래의 의미를 잃고 굴절되고 만 사정이나, 그같은 이념을 내세우는 문학이 민족현실이나 그 구성원의 삶을 표현함에 있어서 겪는 곤경도 그렇지만, 사회변혁을 전망으로 하는 민족문학이 극도의 냉전환경 속에서 왜곡·과잉·굴절을 경험하거나 종종 문학성을 희생하더라도 목전의 목표를 관철하려는 충동에 끊임없이 시달린 것도 바로 그런 까닭이다.

그러나 이같은 설명도 탈냉전시대의 현실에서는 과거의 이야기가 아닌가는 즉각적인 반문 앞에 나는 놓인다. 이제 냉전의 족쇄는 풀렸다. 동시에 그 주문(呪文)도 풀렸다. 그런 까닭에 냉전체제와 맞싸워온 민족문학의 유효성도 상실되었다. 1990년대 초부터 10년 내내 민족문학론의 시효상실이 거론되고 포스트모던 시대의 새로운 대응을 역설하는 논리들이 세를 얻어왔다. 나는 이 자리에서 다시 이 문제를 거론할 생각은 아니지만, 그 새로운 대응들이 과거의 굴레에서 탈주하듯 정치의식을 던져버리고, 민족문제가 더이상 우리 삶의 중요한 결정요인이 아닌 것처럼 가장하고, 수십년간 우리를 지배하던 냉전의 정치적 심리적 의미를 망각하는 방식으로 이루어지는 한, 의미있는 성취를 얻기는 어려울 것이다. 오히려 이같은 성급한 탈주와 역사의 망각이 오랜 냉전의 최전방에서 살아온 심성의 한 발현이 아닌지 스스로 들여다보는 반성적 시각이 문학을 문학답게 하는 길일 것이다. 왜냐하면 어떤 점에서 문학이란 기억의 한 양식이며, 우리의 몸과 영혼 깊숙이 박혀 있는 겹겹의 기억 속에는 다름아닌 냉전의 흔적들이 지워지지 않은 채 남아 있을 것이기 때문이다.

4. 타말파이스 산정, 아직도 풀리지 않는 화두

어느 화창한 가을날, 로스앤젤레스 근교의 어바인대학(UC Irvine)에 가 있던 시인이자 소설가 K씨가 부군과 함께 버클리를 방문하였다. K씨는 나의 전임자였는데, 어바인으로 옮긴 후에도 이곳 생활을 그리워하였다. 우리는 부부동반으로 쌘프란씨스코 북쪽의 타말파이스 산(Mt. Tamalpais)으로 소풍을 갔다. 타말파이스 산은 이 주변에서 가장 높은 산으로, 나는 태평양과 베이 지역을 내려다보는 산정(山頂)의 고즈넉한 평화에 매료되어 기회 있을 때마다 이곳을 찾던 터였다. 산정에 서면 멀리 아름다운 쌘프란씨스코 항이 무슨 눈부신 보석처럼 반짝이고, 때때로 저 아래로 태평양의 해변에서 진군해오는 흰구름의 군단이 서서히 금문교를 휘감고 만을 따라 흘러가는 것을 볼 수 있었다. 이 아름다움의 어느 구석에도 속세의 낌새는 보이지 않았다.

그러나 불행히도 이곳에 소풍 온 한국인들의 마음은 그렇게 평화롭지만은 않았다. 민족과 문학에 대해서 말하기를 피할 수 없었기 때문이다. 나는 K씨를 평소 자기존재의 치열한 삶을 그려내는 좋은 시인 정도로만 알고 있었고, 만난 것은 이국땅에서가 처음이었다. 마찬가지로 K씨도 이른바 민족문학 유파에 속하는 비평가 정도로 나를 알고 있었다. 그러나 의외에도 K씨는 사회의식을 괄호쳐버린 최근의 문학경향을 호되게 비판하고, 지금 국면에서 진보적인 문학활동의 긴요함을 말하였다. 이 예상치 못한 '과격함'에 오히려 골수 리얼리즘 논자니 반성하지 않는 민족문학론자니 하는 소리를 심심찮게 들어온 나임에도 무슨 주장을 펼 생각을 아예 포기하고 말았다.

K씨는 스스로 '늦바람'이 들었다고 하면서 웃는다. 그도 그럴 것이 80년대에 목청을 높이던 사람들 가운데 많은 이가 과거를 '반성'하고 앞다투어 '탈주'하는 시절에, 자신의 실존적인 삶에 몰두하던 한 '자유주의적' 시인이 철지난 사회의식을 들고 나오니 말이다. 좋은 늦바람 같다고 같이 웃어넘겼지만, 이같은 자기주장이 전통적인 자유주의 지식인의 부채의식의 표현일 수 있다는 마음 한편으로, 그것이 작품에 어떤 방식으로든 자유로운 상상을 제약하는 굴레가 될 수도 있다는 지극히 비평가다운 우려도 있었다. 그 전해 소설가로 다시 데뷔한 K씨의 소설쓰

기가 이같은 적극적인 사회적 관심과 맺어져 있음을 짐작하는 나로서는, 그즈음 그의 작품집을 읽으며 느낀 강한 도덕의식, 때때로 지나치게 보이는 정당함에 대한 요구에는, 80년대에 대한 작가의 어떤 부채감이 어른거린다는 인상을 받기도 한 것이다.

그러나 K씨에게는, 그리고 그의 작품에는, 역시 자신의 생을 치열하게 살아가는 사람 특유의 성실성이 있었다. 어찌 보면 실존적인 추구와 사회적 관심은 별개의 것이 아닐 것이다. 자기의 실존이 허공에 놓인 투명한 어떤 것이 아니라 정치를 포함하는 현실의 국면 속에서 형태를 부여받는 것임을 깨닫는 순간, 더욱 리얼한 삶의 언어가 탄생하는 것이 아니겠는가? 그러니 그가 은연중 보여주고 있는 저 부채의식의 뿌리는 다른 무엇이 아닌 자신의 삶 속에 있고, 그것이 구체적으로는 미국 서부에서 상당기간 생활한 그의 경험과 맺어져 있음을 나는 이해한다. 영어가 달린다고 해서 아이들한테 구박당하는 미국 거주 부모들의 난처하고 우스꽝스런 상황을 이야기하며 우리는 겉으로는 웃고 떠들었지만, 언어소통의 한계를 포함한 이곳에서의 삶의 현실은 오히려 민족의 문제를 불가피하게 사고하지 않을 수 없게 한다. 소위 꿈과 자유의 땅인 이곳에 와서, 한 자유로운 영혼의 시인은 오히려 민족문제에 대한 사색에 도달한다. 삶을 현실로 끌어내리는 '중력'과 그것을 벗어나 비상하고자 하는 정신의 욕망, 그 갈등은 어김없이 자신이 경험한 한국인 2세 혹은 1.5세의 곤경과 맺어져서 나타나고 있다. K씨의 늦바람은 아름답다. 모름지기 민족정체성의 무의미함을 외면서 거기로부터의 탈주에 매력을 느끼는 포스트모던한, 혹은 코스모폴리턴한 사람임을 자처하는 자라면, 한번 태평양 너머의 연안으로 탈주해볼 일이다. 거기서 혹 그가 K씨의 늦바람을 이해한다면, 그에게도 아직 희망은 남아 있을 것이다.

이제 K씨와의 만남에 대한 이야기는 그치기로 하자. 작품에 대한 본격적인 논의를 할 자리가 아닌 곳에서, 자꾸 글쓰기로 끌어들이는 것은

작가에 대한 예의가 아닐 것이다. 다만 태평양 미국 서부지대를 무대로
씌어진 K씨의 소설작업은 우리 민족문학의 경계를 다시 생각하는 계기
로서 볼 필요도 있음을 말하고 싶다. 그의 역작 「13월의 이야기」와 「회
색고래 바다여행」은 미국 동포의 삶이 '관동대진재'에서부터 '광주항
쟁'에 이르는 고국의 근대사와 긴밀하게 맺어진 민족정체성에 대한 물
음을 떠나 있는 것이 아니며, 또한 그 물음은 미국에서의 실다운 삶에
대한 욕망과 그 좌절의 기록들에 불가분하게 맺어져 있음을 일깨운다.
환태평양의 전망을 가짐으로써 우리는, 민족구성원들의 이산과 그 고통
을 끌어안고, 그같은 집단적이고 개별적인 삶의 양태들이 고국이라는
이름으로 불리는 상상된, 혹은 실체로서 존재하는 민족국가와 상호관련
을 맺으며 새로운 민족문학의 영역을 열고 있다는 것을 확인한다.

　미국의 교포작가 가운데는 가령 『네이티브 스피커』(*Native Speaker*)
의 이창래처럼 주류문단에서 주목받는 작가도 없지 않은데, 그러나 역
시 한국문학과의 연계성은 엷어 보이고, 아시아계 미국문학에서도 아직
은 한국계 미국작가가 차지하는 비중은 매우 약하다. 한편 버클리는 특
히 요절한 이 대학 출신 작가 차학경의 작품활동에 대한 일체의 자료를
소장하고 있는데, 그의 대표작인 『딕테』(*Dictée*)는 혼란스럽지만 의미
있는 작업으로 읽혔다. 차학경은 열살 때인 1961년 가족과 함께 이민
한, 소위 이민 1.5세대로, 하와이를 거쳐 쌘프란씨스코에서 대부분의
생애를 보냈으며, 뉴욕으로 이주한 지 2년 만에 교통사고로 생을 마감
했다. 『딕테』는 말하자면 이민으로 일어난 삶의 격변과 정체성의 위기
를 견뎌나가고 재구성하는 정신의 모험이다. 그 모험의 주된 내용은 모
국의 역사, 부모의 삶에 대한 기억의 편린을 재구성하고 되살리고 재현
하고자 하는 '말하기'의 고투로 나타난다. 전쟁의 참화를 겪은 후 뿌리
뽑혀 텅 빈 공간으로 던져진 이산인의 실존의 무게가 실려 있다는 점에
서 『딕테』는 환태평양적 체험이 열어놓은 민족의 정신의 한 가능한 영

역을 탐사하고 창조해낸다.

내가 『딕테』를 언급한 또다른 이유는, 문학이 어떤 점에서는 기억의 한 양식이라는 나의 생각을 다시 환기시키기 때문이다. 기억 속에, 이미 무의식 속에까지 가라앉아 있을지도 모를, 그 기억의 깊은 어둠에는 민족적 정체성이란 이름으로 뭉뚱그릴 수도 있을 그 무엇이 웅크리고 있으리라는 것. 『딕테』가 기억의 조각들을 되살리려고, 이방의 언어로일망정 무언가를 말하려고 몸부림칠 때, 그리고 이민 온 이국땅에서도 돌아간 고국땅에서도 존재의 집을 얻지 못함에 절망할 때, 거기에서 민족이라는 거소(居所)가, 그 누적된 기억과 재생되는 체험들이 창조의 기원이 되고 있다는 것을 나는 느끼는 것이다.

나는 90년대의 우리 문학에서, 최인훈의 『화두』가 이 문제에 정면으로 도전한 비중있는 성과의 하나라고 생각한다. 이 자리에서 이 작품을 전체적으로 조망할 여유도 의사도 없지만, 환태평양적 상상력이 우리 문학을 재는 하나의 잣대가 될 수 있다면, 『화두』야말로 그 성취와 결핍의 문제점을 동시에 보여주는 좋은 사례가 될 것이다. 2부로 이루어진 이 작품에서 환태평양의 문제가 직접 개입하고 있는 부분은 미국 체험을 중심으로 엮어나간 제1부이다. 주지하다시피 이 작품은 동구권이 무너지고 세계가 새롭게 재편되는 시기에, 기억과 욕망을 뒤섞으며 글쓰기와 이민, 민족과 정체성에 대한 근본적인 질문을 던지는 사유의 한 궤적을 그려내고자 하는 야심작이다. 그 한 핵심적인 부분을 읽어보자.

이 무렵 나는 위기 속의 노예였다. 노예에게도 위기가 있다면 말이지만. 아버님과 내가 엮어낸 이 풀릴 길 없는 화두, 이 결단과 방황 사이에 놓인 미궁에는 그러나, 또하나의 어쩌면 가장 중요할지도 모르는 측면이랄까 의미가 있었다. 지금 아버님은 나를 설득하는 자리에 있었다. 아버님은 뜻있는 일을 하고 계시는 것이었다. 어머님의 죽음 때문에 부서져 계실 마음을 애써 추세우시며, 아버님이 살아 생전에는 책임을 벗을 수 없다고 생각하고 계심에 틀림없는 그 책임—자기 권속의 마지막 한 사람까지도 안전지대에 피난시켜야 한다는 그 책임의 마지막 부분을 이행한다는 일 때문에 아버님은 잠깐 슬픔을 잊고 계실 수 있는 형국이었다.

　화자의 '풀릴 길 없는 화두'는 이민의 가능성이 열려 있다는 바로 그 것이다. 자신을 제외한 모든 가족이 이민해온 상황에서, 70년대 중엽 작가로서 미국을 방문중인 화자는 당시 정치적 불안과 전쟁의 위험이 상존하고 있는 고국으로 돌아가지 말고, 미국에 머물 것을 권유받는다. '도망해온 변방 나라의 노예 철학자'가, '귀향을 단념하고 로마의 영주권을 얻는 일', 그것은 커다란 유혹이자 '엄청난 화두'였다. 거기에는 고향을 떠나서 과연 인간이 살 수 있는가라는 난감한 질문이 동반되지만, 동시에 이미 화자의 가족들이 선택하였고 한국의 근대사가 말해주듯, 수십수백만이 앞서 그 길을 갔고 살아내고 있는 그런 운명에 동참하는 일이기도 했다. 즉 최인훈의 '화두'는 다름아닌 자신의 뿌리인 터전을 스스로 떠나는 결단 앞에 선 자의 전존재를 건 물음이라고 할 수 있다. 여기에 민족문제의 가장 깊은 부분이 숨어 있다는 것은 말할 나위도 없다. 그리고 이것은 민족사의 거친 굴곡과 맺어져 있는 만큼 전형적인 성격을 띠고 있기도 한 것이다.
　이 '화두' 앞에서 고투하고 방황하던 화자는 결국 돌아가기를 선택한다. 그 계기는 한 서적창고에서 구해온 책에서 읽은 민속설화와의 만남이다. 영감에 사로잡힌 작가는 하룻밤 만에 그것을 소재로 한편의 희곡을 완성하고 고국으로 돌아가기로 결심한다. 이것은 땅과 고향과 기억의 원천을 떠나서는 존재할 수 없는 작가의 운명에 대한 암시이며, 글쓰기를 통해 어떤 방식으로든 존재와 만나게 되는 과업의 위력은 그 어떤 안전과 풍요의 유혹으로도 물리칠 수 없기도 한 것이다. 그런 점에서 그 영감의 원천이 민족 전래의 민속설화였다는 사실은 의미심장하다. 귀국에 '두려움'을 느끼기는 했지만, '내게는 꿈꾸는 힘'이 남아 있다고 작가는 제1부를 마무리한다. 그러나 내가 보기에 여기에는, 그 꿈이란 것도 결국 모국의 언어와 토양과 환경을 떠나서는 힘이 되지 못한다는 전제가 있다. 작가가 마주한 노예의 위기와 그 극복의 드라마는 그런 점에서 민족이 그 구성원의 삶에 대해서 가지는 강력한 흡인력을 입증한다.

『화두』가 민족과 민족적 정체성을 두고 벌인 서사적 고투는 우리 문학에서 보기드문 것이다. 그러나 그럼에도 나는 이 작품을 민족문학의 온전한 성취로 인정하기를 주저한다. 무엇보다도 이 작품이 다름아닌 환태평양적 상상력에서 너무나 큰 결핍을 보여주기 때문이다. 즉 태평양은 자본과 물자와 인적자원의 교류를 가능하게 하는 곳이지만, 동시에 그것은 더욱 본질적으로 정치적 힘의 공간이며 문화적 헤게모니가 지배하는 공간이다. 『화두』는 미국의 영주권을 취득하여 독재 치하의, 대책없이 노예처럼 살아야 하는 조국을 탈출할 가능성에 대한 영혼의 모색이기는 하지만, 그러나 여기에 미국 자체의 성격에 대한 더이상의 사유는 없다. 미국은 화자에게 하나의 가능한 삶의 대안인 것은 사실이나, 그 자체가 실체적인 경험 대상이 아니라 관념화되어 있다. 즉 미국의 풍요와 자유는 로마의 민주주의와 문화가 노예에게 준 것과 같은 압도감과 매혹으로 다가올 뿐 살아야 할 구체적인 장소로 실감되지 못하는 것이다.

이것은 작가의 가족을 비롯한, 작가가 만난 미국의 한국인들이 대체로 잘 정착하고 일정한 생활수준에 올라 있는 인물들이기 때문이기도 하지만, 그러나 역으로 이같은 인물들을 통해 작가에게 투영된 미국이란 크게 보아 '자유와 희망'이 있는 아름다운 나라라는 전통적인 상을 벗어나지 못한다. 평생 피난민 의식을 벗어나지 못한 월남작가 최인훈에게, 미국은 가장 안전한 최종적인 피난처로 마음속에 자리잡는다. 이러한 심리적 영상은 미국의 헤게모니적 담론하에서 가장 일상화된 것이며 한미관계에 대한 자유주의적 시각의 한 투영이기도 하다. 작가가 그리는 미국 영주권이란 새로운 삶을 약속하는 하나의 기호(記號) 같은 것이지만, 그 전망 속에는 가령 「13월의 이야기」가 담고 있는 극심한 인종차별과 소수민의 억압이라는 현실은 삭제되어 있고, 이같은 현실 속에서 민족정체성에의 욕구로 발현되는 태평양의 정치의식도 부재하는 것이다. 이것은 『화두』의 고투를 관념적인 것에 머물게 하고, 그 화두에 대한 응답이 지배담론을 재생하고 있는 상식 차원의 인식을 벗어나지 못하게 하는 근본원인인 것이다.

5. 캘리포니아 드림, 그 끝

어느덧 1년의 세월이 흐른 지금, 캘리포니아의 추억은 벌써 나에게 아득하다. 태평양 이쪽에서의 일상은 오늘도 계속되고, 민족과 민족적 정체성이 회의되는 풍토 속에서, 국제주의의 목소리와 지구화의 요구가 거세지는 속에서, 나는 아직도 풀리지 않는 민족과 민족문학의 화두에서 벗어나지 못한다. 그러나 가끔 태평양의 거센 파도소리를 들으며, 생각한다. 태평양 저쪽 해안에서도 '사람이 살고 있었네'라고.

―『실천문학』 2000년 봄호

영어, 내 마음의 식민주의

1. 영어의 억압

영어의 정치적 사회적 성격을 짚어달라는 것이 기획자의 요구다. 영어라는 외국어는 단순히 외국어들 가운데 하나가 아니라, 우리 사회의 거의 모든 부문에서 요구되는 필수어가 되다시피 하였다. 이것은 사회적 현상으로도 심상치 않은 일이며 마땅히 사회과학적 분석의 대상이 될만한 것이다. 필자는 언젠가 우리 현실과 관련하여 '영어의 정치경제학'을 본격적으로 논의해볼 욕망을 가지고 있지만, 과학적인 탐구 이전에 이 영어라는 것이 공적일 뿐만 아니라 사적인 삶에조차 드리워놓은 거대한 그림자를 우선 성찰해볼 필요를 느낀다. 그것은 필자에게만 해당되는 질문이 아니라, 어떤 점에서는 이 시대에 영어의 억압을 느껴온 대다수 사람들의 공통된 문제일 수 있다. 영어의 사회적인 의미를 묻는 일은, 영어의 그림자 속에서 살 수밖에 없는 운명에 처한 사람들의 심리에 대한 물음과 떨어질 수 없다.

진작부터 그러했지만, 부쩍 영어를 둘러싼 논란과 담론들이 팽배하고 있는 요즈음이다. 담론의 이러한 팽창에는 그와 맞어진 일정한 현실적인 토대가 있게 마련이다. 무엇보다 영어라는 외국어는 이미 엄청난 시장규모를 가진 하나의 산업으로 자리잡고 또 확장되고 있다. 돈이 모이는 곳에 사람이 꼬이고 말도 많아지는 것은 당연하다. 영어시장은 자연히 형성된 부분도 있지만, 국가 차원의 정책과 단단히 결합되어 있다. 영어가 제1외국어로 도입된 이후, 중등교육과정에서 영어는 국어보다 편성된 수업시간도 많거니와, 학생들이 바치는 시간으로는 비교도 되지 않을 정도로 국어를 압도한다. 근래 들어 초등학교에까지 영어교육이 확장되고, 조기영어교육에 대한 담론과 그를 위한 제도들이 갖추어지고 있다. 시쳇말로 이제 영어는 '장난'이 아니다. 영어공부는 권장되던 차원에서 벗어나 이제 강요되는 지위로 옮겨가고 있다. 영어는 바야흐로 우리를 억압하는 기제가 된 것이다.

영어로 생업을 삼고 있는 필자지만 영어! 영어! 라는 말이 도처에서 마치 구호처럼 울려대는 현실은 착잡한 심정에 빠지게 만든다. 스스로 영어를 여느 사람보다 더 많이 접해왔고, 교실에서 십수년간 영어를 가지고 학생들을 닦달해온 처지이니, 영어가 이렇게 환영받는 세상에서 환호작약까지는 아니더라도 뿌듯한 기분 정도는 들어야 할 터인데, 전혀 그렇지가 않다. 영어교육을 통해서 같은 한국인들을 무지에서 '해방'시킨다는 것보다 본의 아니게 외국어를 앞세워 군림하는 '억압자'라는 느낌이 갈수록 더 심해진다. 이런 느낌은 최근 우리 사회의 영어열풍이나 영어숭배가 거의 집단광기의 차원에까지 이르고 있다는 판단 때문에 더 절실해진 것이다. 작년부터 특히 언론을 타며 한바탕 야단법석을 치렀던 '영어공용어론'을 둘러싼 논의가 그 한 예이다. 영어를 모국어로 삼자는 전혀 실현성 없는, 말하자면 일종의 썰렁한 농담을 두고 온 나라가 벌인 소동 자체가 이 나라의 각 계층에 퍼진 영어광증을 입증한다.

그러나 어느정도 영어전문가라고 해서 영어에 대한 집단광기의 여파에서 완전히 자유로울 수는 없다. 필자 또한 멀찍이 이 소동을 지켜보고 혀를 차고 있을 입장에 있지 못한 것이다. 영어가 모국어가 아닌 이상, 영어의 숙달수준이 좀 높다고 해서 영어라는 억압을 피할 수 없고 영어에 대해 오래도록 내면화된 컴플렉스가 깨끗이 소멸되는 것도 아니다. 그런만큼 영어실력이 사회적으로 심지어 인간적으로 중요한 덕목이 되고, 고부가가치가 부여되는 능력이라고 치켜세워질수록, 영어가 모국어가 아니라는 운명의 덫은 언필칭 영어전문가의 목을 사뭇 조르게 된다. 마음속의 억압과 내밀한 숭배의 복합감정은 사회적인 집단광기의 와중에서 더욱 풀기 어렵게 꼬여가고, 영어에 관한 한 한풀 접히고 주눅들게 마련인 한국인 특유의 심리에 속절없이 빠지게 된다. 영어전문가로 통하는 경우에조차도 영어에 대한 주눅은, 비록 발현되는 방식이 다소 다르지만, 엄연히 존재한다.

필자는 영문학자라는 직업상 가끔씩 미국 방문을 하게 되는데, 미국 대학에서 강의를 맡든 학술대회에 참석하든, 끊임없이 따라다니며 괴롭히는 악령처럼 영어문제는 두뇌조직의 어딘가에 달라붙어 떨어지지 않는다. 영어라는 구슬을 자신의 것으로 소유한, 그리고 그것을 마음대로 놀려대는 구슬놀이의 대가들 앞에서, 자신의 보잘것없는 구슬놀이 실력을 마지못해 보여줄 수밖에 없게 된 시골선생의 난처한 자의식이 있는 한편으로, 나에게도 너무나 잘 놀릴 수 있는 나 자신의 구슬이 따로 있다는 억울한 생각 때문에, 이 주눅은 때로는 분개가 되고 때로는 한탄이 된다. 가령 학술대회장에서 못다한 토론을 동료 한국인들과 밤을 새워 우리말로 마음껏 해보는 것으로 복수할 수도 있지만, 그렇다고 변방인의 비애를 완전히 지울 수는 없는 것이다. 남의 구슬로 놀이해야 한다는 그 한스런 규칙을 바꾸지 못하는 이상, 변방의 지식인으로서 어찌 이 모든 곤혹스러움과 구차스러움을 피해갈 수 있을 것인가?

물론 개인적으로 필자는 비록 영문학을 전공으로 선택했음에도 오히려 민족문학의 유효성을 강조하고, 영문학을 우리의 주체적인 관점에서 읽어야 함을 역설해왔다. 그러나 영어라는 이 이방인의 언어 앞에서 주체의 자리를 온전히 유지하는 일이 만만한 상황이 아님을 절감한다. 영어는 소통의 도구일 뿐이고 밥벌이 수단이기까지 하지만, 나의 혀와 입술은 영어를 발음하는 것에 저항하고(그러면서도 굴복하고), 나의 마음은 끊임없이 영어라는 제국 앞에서 앙앙불락 불편한 마음으로 약간 비켜서 있다(그러면서도 그 권력을 누린다). 언어에 있어서든 문학에 있어서든, 영원한 아류, 말하자면 넘버 투나 넘버 쓰리일 수밖에 없다는 의식도 연구자로서는 불미스런 추문이지만, 억압과 숭배, 열등감과 우월감이 복잡하게 얽혀 있는 일종의 자기분열에 비하면 덜 고통스런 것이다.

영어의 정치학이 억압과 저항의 심리학을 동반하게 되는 것은 필연적인 일이다. 영어는 어느새 우리 마음에 자리잡은 억압의 원천이 되었고, 그 억압에 복종하고 따르라는 사회적인 압력이 강화되는 가운데, 우리의 내면은 분열에 시달린다. 영어숭배라는 사회적인 집단광기의 연원과 그 역학을 들여다보는 일이, 다름아닌 우리 자신에 대한 탐구이자 정신분석이기도 한 것은 이 때문이다.

2. 영어라는 권력과 민족문제

영어가 지금에 와서 하나의 권력(힘)이 되었다는 사실을 부정할 사람은 드물 것이다. '영어가 국가경쟁력'이라는 일반화된 구호가 말해주듯, 영어는 세계적으로 가장 널리 통용되는 소통수단이요, 무엇보다도 국가 간의 생존을 둘러싼 경제전쟁에서 필수무기로 되어 있다. 이처럼 결정적인 유용성을 가지기 때문에 영어를 소유하고 행사하는 것은 어디서나 일어나게 마련인 힘의 관계에서 지배적인 권력을 확보하는 것이기도 하다. 따지고 보면 어떤 언어든 거기에는 권력의 요소가 내재되어 있다. 한 언어의 구사력은 그것을 구사하지 못하는 자들을 그 공동체 혹은 체계에서 배제한다는 점에서 권력적이다. 영어가 권력어 혹은 지배어가 되어 있는 지금의 상황은, 영어가 전지구상의 언어 가운데서 이같은 언어의 권력적 성격을 가장 잘 구현하고 있다는 것을 말해준다.

물론 현재 일종의 세계어 혹은 보편어적인 성격을 가진 만큼 영어가 가진 힘이 꼭 부정적인 것만은 아니다. 영어를 모국어로 하지 않는 나라의 사람들도 영어를 잘 배우고 활용하면 개인적으로나 국가적으로 자기 실현을 이룩하는 한 방편이 될 수 있을 것이다. 즉 정작 중요한 것은 영어 자체라기보다 그것을 통해서 이룩하고자 하는 자기 삶의 실현일 것이다. 그런데 문제는 영어라는 권력이 중립적인 성격을 가지는 도구일 뿐만 아니라 지배의 언어라는 데 있다. 영어를 습득하고 활용하는 과정에서 영어는 그것을 접하는 개인이나 민족국가의 자기실현에 반드시 긍정적으로 작용하지 않을 뿐 아니라 오히려 훼손하고 왜곡하는 결과를 빚기도 한다는 것이다. 영어라는 언어의 역사 자체도 그렇거니와, 우리나라에 유입된 과정도 그렇다.

영어가 남한에서 어떤 외국어에 비해서도 결정적인 우위를 점하게 된 것은 물론 해방 이후의 일이다. 주지하다시피, 남북이 분단되고 미국의 점령지가 된 남한땅에서 영어는 점령군이 사용하는 언어라는 생소한 형태로 우리에게 다가왔다. 미군정청을 통해 시작된 남한의 제도수립, 특히 교육정책의 수립은 영어로 의사소통이 가능한 미국 출신 지식인이 주도하였고, 그렇게 수립된 교육제도는 남한사회의 기성질서를 확립하는 데 큰 역할을 하였다. 미군들을 쫓아다니면서 "초콜레트 기브미!"를 외쳐대는 헐벗은 아이들의 초상은, 미국을 시혜자로 보는 관념과 이어지고, 서양인을 보면 영어로 말을 못할 바에야 달아나기를 택할 정도의 공포에 가까운 강박감에 시달리는 평범한 오늘날의 일반인에게까지 연결된다. 또한 미국의 지배하에서 영어구사력의 획득은 곧바로 권력의 우산 아래 그 영광에 참여하는 일이 된다. 즉 영어의 유입은 처음부터 대미종속을 벗어날 수 없었던 남한의 정치적 여건과 역사 속에서 필연적으로 생겨난 친미적인 지배엘리뜨의 고착과 유관한 것이다. 통계를 확인해볼 필요도 없을 정도로 남한 지도층의 절대다수가 미국유학파로 구성되어 있다는 것은 상식이다. 필자가 이처럼 이미 상식이 된 사실을 새삼 확인하는 것은, 우리 사회에서 영어가 차지하는 특별한 지위가 정치권력의 형성과 긴밀하게 맺어져 있음을 환기시키기 위해서이다. 일차적으로 외국군대가 상주하는, 그런 의미에서 종속성이 어느 곳보다 두드러지는 신식민지국가로서의 성격 때문에, 영어는 교육제도에서부터 시작하여 일상적 삶의 중요한 국면들에서 우리 사회의 한 권력으로 자리잡아갔던 것이다. (미국을 방문하고자 하는 사람들이 비자를 얻는 과정에서 겪어왔고, 또 많이 개선되었다고는 하지만 지금도 겪고 있는 수모감은 이 사회에서 영어의 권력성이 어디서 발원하며 어떻게 행사되는가를 말해주는 가장 상징적인 사례이다.)

영어가 우리 땅에서 힘을 얻게 되는 역사는 식민지시대 초기까지 거슬러올라간다. 근대화의 초기국면부터 영어문헌들은, 비록 일어를 통한 번역을 거쳐서이긴 하지만, 우리 사회에 유입되었다. 우리 문학에서 최초의 근대소설이라고 일컬어지는 이광수의 『무정』의 주인공 형식은 영어교사이다. 재산도 없고 배경도 없는 이 청년이 전통적인 지주집안의 무남독녀와 혼인할 수 있게 된 것은, 다름아닌 영어의 습득으로 표상되는 서양문물을 흡수한 새로운 지식층이 우리 사회에 새 지배층으로 부상하는 현상을 반영한다. 즉 영어는 우리 사회의 근대화 초기국면에서부터 그 음영을 드리우기 시작하여, 세계대전 이후 세계의 중심세력으로 떠오른 미국의 절대적인 영향 아래 본격적인 근대화의 길에 들어선 남한 사회에서 가장 권력적인 언어로 절대화되는 과정을 밟게 된 것이다.

영어가 대다수 국민에게 강요되고 또하나의 억압으로 내면에 자리잡는 과정이 이처럼 정치적인 종속과 맺어져 있다는 것은 그러나 반드시 우리나라의 경우에만 해당되는 것은 아니다. 영어사용국인 영국이나 미국의 식민통치를 경험한 나라들, 가령 인도나 필리핀 같은 서남아시아 민족들이나 케냐와 나이지리아 같은 아프리카 민족들에서는 좀더 직접적으로 식민화의 과정에서 영어의 강요된 유입이 일어나기도 했거니와, 기본적으로 영어의 지배는 그 이전의 다른 보편어들, 가령 로마제국시대의 라틴어나 중세기의 프랑스어와도 그 성격이 다르다. 한마디로 영어의 권력화는 근대라는 현상의 발생과 결합되어 있다는 점이다. 다시 말해서 역사적으로 프랑스어의 위세에 눌려 있던 영어가 그 위력을 발휘하기 시작하는 것은 자본주의가 본격적으로 발흥하기 시작하는 18세기부터였고, 19세기 후반 영국자본주의가 세계지배를 이룩한 대영제국의 시대에는 가장 영향력있는 언어로 자리잡는다. 그리고 20세기 들어와서 영어사용국 미국이 패권국으로 부상하면서 영어의 세계전파는 다시 한번 강화되는 것이다. 여기에 영국식 영어에서 미국식 영어로의 전환이 일어나지만, 전반적으로 영어가 자본의 확장과 함께 확장되어온 역사는 역시 주목되어야 할 것이다.

영어가 밟아온 이같은 경로로 인해 영어는 근대화를 촉진하는 언어의 자리를 차지하게 된다. 그러나 근대화가 곧바로 식민주의와 연결되어온 역사에 비추어보면, 영어의 다른 이면은 그것이 동시에 식민화의 도구라는 것이다. 근대화이자 식민화라는 두 가지 야누스의 얼굴을 한 채 낯선 언어로 도래한 영어의 모습은 비서구 민족에게는 애초부터 동경과 욕망, 그리고 공포와 좌절의 심리적 드라마를 예비하는 것이었다. 우리는 영어권의 식민지배를 경험한 아시아나 아프리카의 문학이나 기록들에서 이같은 강렬한 정서적 반응의 표지들을 확인할 수 있다.

이처럼 특별한 성격과 힘을 간직한 이 영어라는 외국어의 에너지는 서구적인 근대화의 국면들에 부착되어 끊임없이 영향력을 미쳐왔지만, 최근 지구화의 이름으로 진행되는 세계질서의 변화 속에서 다시 한번 과거 식민지에서 강요되던 위용을 거느리고 비영어사용국들에 거세게 몰아닥친다. 지구화란 지구가 하나의 세계로 통합되어가는 현상을 지칭하는 것이되 냉전체제의 종식과 더불어 시작된 미국중심의 세계재편과정이기도 하다는 것은 주지의 사실이다. 그리고 이것은 언어의 영역에서는 곧바로 영어, 더 구체적으로는 미국식 영어의 세계화를 의미하는 것이다. 일찍부터 영어의 세계적 보급에 종사해온 영국문화원이 최근의 현상을 두고 영어의 세계화가 본격화되었음을 말하면서, 영어가 '경제적 사회적 진보'와 맺어져 있고 또 '개인적 발전'의 지표임을 확인하면서 여섯 가지의 '세계'에서 유일한 소통어임을 선언하였으니, 즉 '다국적기업, 인터넷통신, 과학연구, 청년문화, 국제적 상품유통, 뉴스 및 오락매체'가 그것이다. 그리고 사실상 이같은 관점이 비단 영어모국에서뿐 아니라 우리 사회에서도 일반화되어 있는 것이다.

영어가 지구화된 세계의 각 주요분야에서 유일한 소통어라는 주장은, 그 나름대로 현실적인 판단인 면이 있다. 그리고 이같은 판단이 우리 사회에서도 영어의 확산과 영어의 힘에 대한 의존과 맹신마저 부르는 근거가 된다. 그러나 한편으로 이러한 상황 자체는 지구화가 그렇듯이 미국의 헤게모니가 각 국지적인 민족국가에 관철되는 과정이기도 하며, 영어의 위력이 이같은 신식민주의적인 팽창 가운데서 발휘되는 만큼은 분명히 억압적이고 공격적인 면모를 가진다. 이러한 권력관계가 부착된 영어팽창 현상을 당연시하고 심지어 맹목적으로 추수하는 태도가 그만큼 위험한 것은 이 때문이다. 이같은 국면에서 영어의 절대적 가치와 그 운명성을 솔선해서 받아들이고 선전하는 이데올로그들이 등장하는 것은 자연스러운데, 작금의 영어공용어론에 쏠리는 관심에는 분명

지구화의 이념이 드리워놓은 제국의 영향력이 깊이 스며 있다. 영어를 공용어로 하자거나 모국어화하자는 주장은 영어에 대해 심리적 억압과 강박을 느끼는 일반인의 심정을 교묘하게 파고든다. 이같은 심리상태 자체가 개인적인 차원만이 아니라 거의 제도화된 강압을 통해 발생한 것이니, 영어의 요청은 개인이 마음먹기 따라 쉽게 물리칠 수 있는 심리적인 태도의 문제만은 아닌 것이다.

대개 지구화의 이념이 가장 중요한 공격목표로 삼는 것은 민족주의 이념이다. 지구화가 하나의 세계를 상정하고 그것을 이상화하는 경향을 가지고 있다면, 민족국가의 경계에 집착하는 태도는 이 흐름에 역행하는 것이다. 또한 현실적으로 민족주의적인 경향은 자본의 자유로운 유통에 제한을 가하는 만큼 새로운 세계질서의 장애요인이 된다. 이것이 지구화가 진행되는 와중에서 민족주의에 대한 거의 무차별적인 단죄가 이루어지게 된 근본원인인데, 민족주의에 대한 이러한 일종의 마녀사냥은 영어의 보편성과 현실적 가치를 앞세우는 태도와 일맥상통한다. 그런데 실제로 지구화는 민족경계를 허무는 면이 있되 그것의 실현은 각 국지를 통해서 관철될 수밖에 없다. 지구화가 외쳐지는 가운데서도 민족을 포함한 국지적인 가치가 오히려 고양되는 것도 그 때문이며, 이로써 지구화는 동시에 국지화를 동반하는 양면성을 띠게 되는 것이다. 언어에 있어서도 이는 마찬가지다. 영어 확산의 이면에는 오히려 각 민족의 고유한 언어를 보존하고 유지하려는 싸움이 치열해지는 현상이 존재한다. 이처럼 상반된 움직임이 갈등하고 충돌하는 복합적인 공간이 지구화의 실상이다.

지구시대에 영어가 가지는 현실적인 힘을 부정하고 그야말로 조야한 민족주의적인 감정을 앞세워 영어의 침탈을 배격하는 것만으로는, 이 복합적인 싸움을 감당할 수 없을 것이다. 영어에 대한 착잡한 심정과는 별개로 우리가 이러한 현상을 냉정하게 관찰하고 대응할 필요가 있음은 물론이며, 실제로 우리 현실에서 영어수요를 감당할 영어전문가들이 더 나와야 한다는 것에도 의문의 여지가 없다. 그러나 정치적 역학관계에서 비롯되는 영어이데올로기의 확산에 대한 비판적 인식 없이, 그같은 싸움이 제대로 이루어질 리도 만무하다.

3. 실용영어의 환상과 왜곡된 언어관

영어가 국제적인 소통력을 가지고 있는 한, 영어를 익히는 일은 개인적으로나 국가적으로나 세계화에 대응하는 하나의 요건이 된다. 영어의 습득은, 각 개인마다 차별성이 없지 않겠으되, 무엇보다도 학교교육을 통해서 집단적으로 이루어진다. 외국어 교육여건의 미비라거나 교육방법상의 혼선이라거나 등에 대해서 본격적인 논의를 할 자리는 아니지만, 영어교육에 있어서도 일종의 개혁이 필요함은 사실이다. 그러나 여하간 영어교육에는 항상 그것에 과도한 의미를 부여하고 또 그러한 의미부여를 부추기는 영어이데올로기에 대한 비판의식이 따라야 한다. 단적으로 영어공부가 중요한 것을 아는 것만큼은 국어공부가 자신의 삶에 얼마나 중요한 것인가를 깨닫는 마음이 있어야 한다는 것이다. 알고 보면 영어실력과 국어실력은 궁극적으로 통하는 것임에도, 영어의 효용성에 대한 관심이 고조되면서 이 연관성에 대한 인식은 흐려진다.

필자가 보기에, 영어가 추구되는 방식에서 엿보이는 이같은 실용성과 효용성에 대한 절대적인 의미부여는, 엄연히 살아있는 언어인 영어를 오히려 물신화하는 효과를 빚는다. 영어는 언어인 만큼은 그 자체대로 문화의 담지체이면서 현실적으로 살아 생동하고 변화하는 것이기도 하다. 그런데 학교에서도 그렇고 사회에서도, 영어가 추구되는 방식은 새로운 하나의 언어를 배운다는 의식보다는, 그것이 무엇이든 그 구사의 기술을 습득하여 어떤 이득을 보겠다는 생각에 지배되고 있다. 이같은 태도는 영어를 살아있는 삶의 문맥에서 떼어내어 죽어버린 하나의 대상으로 대하는 것이면서, 거기에 가짜 위광을 덮어씌우는 일이다. 달리 말해 그것을 사물화하여 하나의 사물로서 숭배하는 것, 한마디로 물신숭배의 대상으로 삼는 것이다.

영어교육을 개혁하고자 하는 근자의 움직임이 가지는 가장 근본적인 문제가 바로 이 물신숭배이고, 그것은 다름아닌 실용영어의 강조라는 방식으로 나타난다. "십수년간 영어공부를 해도 외국인 앞에서 말 한마디 하지 못한다"라는 한탄과 비난이 특히 영어를 배우고 전공하는 사람들에게로 쏟아지고, 이같은 엉터리 영어교육을 송두리째 뒤엎고 그야말로 실용적인 영어교육을 해야 한다는 요란스런 목소리들이 뒤따른다. 그 결과로 나타난 것이 실용영어라는 정체불명의 관념이고, 이 관념이 정책입안자들의 머릿속에 새겨지면서 영어교육은 언필칭 실용성을 위주로 재편되는 방향을 잡았다. 대학 영어시험이 그런 방향으로 개편되고, 듣기와 말하기가 강조되고, 조기교육이 초보적으로나마 실천되었다. 무언가 변화가 일어난 것처럼도 보였다.

그러나 이같은 개혁 아닌 개혁으로 영어능력이 향상되리라고 생각하는 것은 큰 오산이다. 필자의 경험에 따르면, 소위 실용영어 중심의 교육을 받은 학생들의 영어실력은 과거에 비해 현저하게 저하되었다. 간단한 구문 몇가지 익혀서 외국인을 만나 몇분간의 대화를 할 수 있는 능력이 다행히도 생겼다 치자. 그렇더라도 날씨나 취미 이야기 따위를 주고받을 줄 아는 것이 영어능력은 아니다. 조금만 구문이 복잡해지면 무슨 소린지 이해하지 못하고, 어느정도 자신의 생각을 담은 영어를 써낼 줄도 모른다면, 아무리 말을 좀 알아듣고 대화할 줄 안다고 해도, 영어라는 언어에 관한 한 문맹에 가깝다고 해야 할 것이다. 하나의 언어로서의 영어에 대한 인식에 바탕하고 상당한 어휘력과 독해력이 뒷받침되지 않은 그런 영어공부로는 경쟁력의 차원에서도 형편없는 것이 될 것이다. 경쟁력의 핵심은 전문적인 식견과 폭넓은 교양이지 초보적인 회화 능력일 수는 없다는 단순한 사실조차 실용영어의 전도사들의 저 '공리주의적' 머리에는 들어오지 않는 듯 보인다. "외국인과 한두 마디 대화라도 할 수 있는 영어교육이 되어야 한다"는 생각 자체가 영어에 강박된 의식이고, 전국민을 토막영어가 가능한 얼치기 영어구사자로 만들고야 말겠다는 의지마저 엿보이는 이러한 어리석은 정책방향이 영어공용어화를 둘러싼 쓸데없는 소동의 한 진원지라고 해야 할 것이다.

실용영어에 대한 관념은 기본적으로 언어를 도구로 보는 관점과 결합되어 있다. 영어면 영어지 거기에 실용영어가 있고 비실용영어가 따로 있는 것은 아닐 터인데, 이처럼 실용성을 유독 강조한 것은 국제사회에서의 교류, 그리고 무엇보다도 무역에서의 영어의 쓰임새를 염두에 둔 발상이다. 언어에 도구성이 있음은 말할 것도 없고, 영어가 실질적으로 유용하다는 것도 사실이다. 그러나 문제는 이같은 도구성이 언어의, 혹은 영어의 전부인 것처럼 착각하게 하고, 그같은 일종의 도구주의적 사고에 매몰되게 만드는 어떤 메커니즘이 존재한다는 것이다. 영어를 도구로서 부릴 줄 아는 능력도 분명히 더 길러야 하고, 특히 국가경쟁력을 위해서 전문적인 영어기술자들이 더 요구된다는 것은 사실이다. 그럼에도 일반적인 교육에 더 필요한 것은 하나의 언어가 가진 도구 이상의 무엇에 대한 존중과 깨달음이다. 어떤 점에서 영어에 대한 도구주의적 발상은 가령 셰익스피어(Shakespeare)의 영어에 대한 모독일 수도 있다. 대학에서조차 실용영어가 교양영어를 몰아내고 있는 것이 현금의 추세지만, '교양'이 없는 '실용'은 결코 진정한 실력이 될 수 없을 것이다.

영어가 모국어가 아닌 사람의 영어구사력은 아무리 숙달된다 하더라도 한계를 가지게 마련이며, 모국어로서의 언어사용자에 비해서 떨어지게 마련이다. 영어를 구사하는 기술로만 본다면, 우리는 영원히 모국어구사자의 아래에 머물 수밖에 없다. 영어구사력으로 얻는 알량한 경쟁력은 언제나 진다는 것을 전제로 하는 경쟁력이지 그것이 경쟁력의 본질일 수는 없다. 오히려 영어구사력이 좀 떨어지더라도, 스스로에 대한 자존과 전문가로서의 식견 및 실력에서 나오는 어떤 당당함이 더 효과적인 경쟁력일 수 있다. 그런데 적어도 언어문제에 관한 한, 현재 통용되는 영어에 대한 실용영어적인 관념 자체가 한국인의 주눅을 더욱 부추긴다. 차라리 직접 소통이 덜 되더라도, 주눅들지 않는 주체적인 태도가 인간관계에서는 더 중요한데, 영어실력을 높이겠다는 열망이 지나쳐 마치 광기에 휩싸인 듯한, 영어에 대한 물신숭배가 일반화되는 가운데서 주체의 망실이 깊어지고 민족적인 열등감이 강화되어가고 있다는 것은 단순한 아이러니만은 아니다.

앞에서 말한 것처럼 언어는 도구지만 단순히 도구에서 그치는 것은 아니다. 언어는 현실에서 사람들에 의해 사용되는 것이며, 사람들의 관계가 본질적으로 정치적인 한 언어에는 항상 정치적인 차원이 동반되게 마련이다. 영어가 일찍부터 식민지배의 기반이 되어온 점이 그것을 말해주거니와, 이것은 역으로 언어가 한 민족의, 혹은 한 개인의 주체성의 문제와 긴밀히 맺어져 있다는 말이기도 하다. 노예무역이 그 극단적인 사례가 되겠지만, 영어가 강요되면서 식민지의 민중에게 일어난 자기정체성의 망실과 고통은 그야말로 참혹한 것이었다. 언어가 가지는 정치성의 차원은 이처럼 언어가 한 민족이나 개인의 삶의 실현과 무관하지 않다는 것을 말해준다. 한 민족 혹은 종족 구성원의 삶은 그들이 자기 것으로 해온 언어, 곧 모국어의 환경 속에서 가장 충일해질 수 있다. 이 방인의 언어, 특히 영어처럼 폭력과 힘을 동반한 언어가 언제나 주게 마련인 억압의 체험은 이같은 자기실현의 가능성에 위기를 야기한다. 영어 앞에만 서면, 혹은 외국인 앞에만 서면 난처해지고 작아지고 마는 주눅든 심리 속에서 대등한 인간관계 혹은 의미있는 교류는 한계를 가진다. 자기 언어 속에서 길러진 정체성에 대한 확신 가운데서 비로소 진정한 교류가 시작되며, 그것이야말로 진정으로 의미있는 경쟁력이기도 한 것이다. "어머니의 무릎에서 처음 접하고, 무덤에 가서야 헤어지는 그 언어"(베네딕트 앤더슨) 즉 모국어의 의미는 여기에 있다.

필자는 작년 대산문화재단에서 주최한 국제문학포럼에 참석한 적이 있는데, 이 포럼에는 외국의 석학과 유명작가들이 다수 초청되기도 했지만, 우리 작가들이 자신들의 문학관을 밝히는 기회가 되기도 했다. 언어의 문제가 중요해질 수밖에 없었던 이 포럼에서 특히 기억에 남는 것은 같은 세션에서 토론하였던 소설가 박상륭씨의 발언과 필자가 청중으로 경청했던 소설가 박완서씨의 발표였다. 박상륭씨는 오랫동안 영어사용국 캐나다에 살면서 한국어로 작품활동을 해온 드문 경력의 원로소설가로, 그날의 주제였던 「비서구인으로서의 글쓰기」에 대해서, 그 자신의 언어체험을 토대로 의미심장한 발언을 남겼다. 자신은 다시 이 세상에 태어날 기회가 생긴다면, 소설가로 태어나되 "그 언어가 가장 적게 개발된 오지 같은 데서 태어나기를 바랄 것"이라고 했다. 언어는 혹사당하면 당할수록 훼손되기 때문에, "범세계적으로 통화수단이 된 언어야말로 문학을 위해 최상의 것이라고 믿는 생각"이 꼭 옳은 것이 아니라는 것이다. 이것은 세계화의 시대를 맞아 "영어로 번역될 것을 염두에 두고 작품을 써야 한다"는 취지의 발언을 한 중견 인기작가와도 반대되고, 문학을 상품처럼 국제적인 경쟁력의 관점에서 보는 일반화된 태도와도 상반된다. 박상륭씨가 경계하는 이런 식의 태도가 단견(短見)에서 나온 것임을 길게 설명할 필요는 없을 터이나, 이 점만은 짚어야할 것 같다. 영어로의 번역이 세계화의 필수요건임은 분명하지만, 그렇다고 창작이 이처럼 영어를 의식하고 이루어지는 것은, 서구에서 이미 굳어진 동양 혹은 한국에 대한 상투형에 맞추어, 그들의 눈과 생각에 맞추어 작품을 쓰는 꼴이 되기 십상이다. 이것은 서구인의 눈에 따라 자신의 삶을 조형하려는 식민지 주체의 내면화된 식민주의가, 무엇보다도 모국어와의 싸움을 통해 도달할 수밖에 없는 언어의 문제에까지 깊이 개입해 있는 현실을 상기시킨다.

강요된 외국어와 모국어의 길항에 대한 체험을 고백한 박완서씨는, 자신이 식민지시대에 교육을 받으면서 어떻게 이중언어사용자가 되었는가, 그리고 그로 인해 초래된 정신의 분열과 왜곡을 극복하기가 얼마나 힘들었던가를 말하면서, 이 과정에서 스스로 벗어날 수 없게 속절없이 얽매여버린 일종의 '언어사대주의'에 대해 말하고 있다.

우리가 일본의 식민지였던 적은 반세기도 넘어 전의 일이다. 잊을 때도 됐지만 생각하고 싶지도 않다. 우리만이 아니라 세계 도처에서 약소민족을 억압하던 식민지경영은 사라진 것처럼 보인다. 그 대신 세상은 부자 나라와 가난한 나라로 양분됐고, 가난한 나라가 부자 나라에 대해 갖는 비굴한 의존성과 닮고 섬기려는 사대주의는 식민지시대보다 훨씬 더 자발적이다. 내가 아무리 내 나라에서 알아주는 작가라 해도 구미 언어권 작가들 사이에 섞이면 단지 영어를 못한다는 이유로 주눅이 든다. 그쪽에서 우리말을 못하기는 마찬가지인데도 말이다. 주눅들기 싫어서 교류의 기회도 피하고 싶어진다. 나를 주눅들게 하는 건 상대방이 아니라 어디까지나 내 안의 사대주의임을 알면서도 그게 극복이 안된다. 강대국이 약소국에게 대등한 대우를 하는 것처럼 보이는 것은 시혜(施惠)일 뿐 우정이 아닌 게 뻔히 보이는 걸 어쩌랴.

한 원로작가의 이같은 고백을 접하고, 주눅들더라도 싫다고만 말고 억지로라도 교류를 해서 세계화에 동참하고 영어공부도 열심히 하여 대등해지려 노력은 해야 하지 않겠느냐고 지당한 말씀을 할 수는 있다. 그리고 이것이야말로 세계화와 영어의 확산을 '현실주의적'으로 인정해야 한다는 사람들의 논리이기도 하다. 그러나 영어선생인 필자의 귀에도 이같은 세계화주의자들의 현실주의는 현상(現狀)을 바꾸려는 생각은커녕 그대로 추인하고자 한다는 점에서 사이비처럼 들리고, 차라리 "나는 모국어 안에서만 비로소 자유로울 수 있다. 그게 내 한계이자 정체성이다"라고 떳떳이 말하는 작가의 목소리에 감동한다. 작가에게는 자기 체험의 깊이를 표현해낼 유일한 언어 즉 모국어와의 고투가 중요하고 세계성은 바로 그런 노력에서 발현된다. 영어로의 번역으로 말하자면 훌륭한 번역을 할 수 있는 영어전문가들을 기르고 그들이 활동할수 있는 여건을 만들어주면 된다. 누구나 영어를 조금씩 지껄이는 것이 중요한 것이 아니라, 영어를 한마디도 못하더라도 자기존재의 충일함을 견지하고 실현하는 데 도움을 주는 교육이 영어지배의 세상일수록 더욱 긴요해지는 것이다.

4. 자기의 언어에서 유배당한 자들

지구화로 총칭되는 새로운 대세 속에서 영어의 지배가 더욱 강화되어가리라는 것은 누구나 예상할 수 있다. 진작부터 차지하고 있던 우리 사회에서의 비중에다 이같은 대세가 가세함으로써 이 죄많은 외국어는 가일층의 무게로 우리의 마음을 억누르고 핍박한다. 우리는 초조하고 조급하게 돈과 시간을 바쳐, 대개는 실패를 거듭하면서도, 이 물신을 숭배하는 의식(儀式)을 멈추지 않는다. 왜냐하면 이 언어와의 접촉과 친교는 곧바로 현실을 지배하는 힘에 동참하는 것이요, 여기에는 물질적인 이득뿐 아니라 심리적인 우월감마저 주어질 수 있기 때문이다. (혹은 그렇다고 믿기 때문이다.) 이런 사정이니 영어에 대한 사회적인 광증을 어찌 이해하지 않을 수 있겠는가?

그러나 영어의 지배를 당연시하고 따르는 것만으로는 지구화의 현실에 맞서는 주체적인 대응이라고 할 수 없다. 언어의 침투는 삶의 전국면에서 존재의 위기를, 삶의 의미의 위기를 유발하는 것이다. 새로운 언어의 도전을 도외시하고 무시할 필요는 없고 또 그럴 수도 없는 상황이지만, 너무나 자연스러워서 의식하지 못했던 모국어가 우리의 삶에서 차지하는 의미를 새롭게 깨닫는 계기가 될 수도 있다. 모국어로 작품활동을 하는 작가에게만 그러한 것이 아니라, 모국어를 마음대로 사용하고 그것으로 자기 삶의 많은 부분을 실현하고 있는 다수 민족구성원에게 있어서도 그러하다. 이것은 어느 사이에 내면화되어 있는 영어의 우월성 신화를 자각하고 그것과 싸우는 일과도 통한다. 즉 자기 속의 식민근성을 적발해내고 새롭게 스스로를 이룩해내려는 싸움이, 영어를 필수어로 배우고 접해야 하는 일상 속에서 더욱 절실해지는 것이다. 그러나 신식민지의 민중이 처한 양가적이고도 자기분열적인 입지를 고려할 때 이 싸움이 결코 만만한 것은 아니다.

일찍이 반제국주의투쟁의 한 기수였던 프란츠 파농은 자신의 저서 『검은 피부, 흰 가면』에서 식민지인 속에 형성되는 이같은 분열과 소외를 절실하게 그려낸 바 있다. 자신의 민족성(검은 피부)을 감추고 서구를 모방(흰 가면)하고자 하는 욕망이 식민지인들의 의식을 왜곡시켜 위선적이 되게 하고 결국 자신의 정체성을 위기에 빠뜨린다. 지난 70년대 말 이 책을 번역한 시인 고(故) 김남주는 제목을 '자기의 땅에서 유배당한 자들'이라고 바꾸어 출판했다. 추측컨대 이 제목은 파농의 고향이었던 프랑스 식민지 서인도제도의 곤경이 곧바로 당시 우리 현실과 유비된다는 점을 환기시키고자 한 것이 아니었을까? 프랑스어에 접근하는 정도에 따라 자신의 식민지적 정체성을 탈각하여 서구인에 접근할 수 있다고 착각하였던 당시 마르띠니끄 사람들이 '자기의 땅'에서 유배당

한 셈이라면, 영어에 대한 숭배에 빠져 모국어가 자신의 삶에서 가지는
의미조차 망각하는 사람들은, 김남주 시인의 의역을 빌리자면, '자기의
언어에서 유배당한' 것이다. 이산이 하나의 흐름을 이루는 세계화의 시
대지만, 누가 강제한 것도 아닌데 자신의 땅에서 스스로를 이산의 올가
미에 빠뜨리는 것이야말로 은밀하게 진행되는 식민화과정의 한 극점이
라고 해야 할 것이다.

—『사회비평』 2001년 여름호

지구화시대의 지역문학

1. 지구화를 보는 눈

최근 과거 어느때보다 비중이 높아가고 있는 말 중의 하나가 지구화(globalization, 혹은 세계화)라는 말이다. 지구화란 문자 그대로 세계가 하나의 지구공동체로 통합되어가는 현상을 일컫는다. 지구가 하나의 공동체라는 생각은 그 이전부터 있어왔지만(무엇보다도 금세기 들어와서 부활된 올림픽이 상징하는 것처럼), 그것이 당대인들에게 본격적으로 실감되기는 최근에 들어서라고 해야 할 것이다. 21세기를 앞두고 있는 지금, 특별히 세계적인 문제를 다루고 생각하는 사람이 아니라고 할지라도 일상생활에서부터 지구화의 영향을 느끼지 않기는 힘들다. 안방에서 텔레비전을 켜보라. 그러면 지구 위에 떠 있는 인공위성을 통해 전 지구적인 차원의 방송망이 세계 어느 구석에선가 이 순간 벌어지는 일을 화면 가득 되살려놓는다. 대중매체의 획기적인 발전, 인터넷으로 대표되는 정보의 확산 등으로 세계적인 움직임이 각 민족국가의 경계를 넘어 직접 우리 생활현장에 육박해오는 것이다. 그런가 하면 우리 주변에서도 이제 외국인의 모습이 그리 낯선 것이 아니다. 미국인이야 미군이 주둔한 나라에서 흔히 보아온 외국인이지만, 가령 생산현장에서도 동남아 등지에서 건너온 외국인 노동자를 보는 일은 이미 익숙해졌다. 지구화는 단지 매체의 세계적인 흐름을 초래했을 뿐 아니라 이민(immigration)이나 이산(diaspora) 등을 통해 인적 교류를 더욱 확산시킨다. 이처럼 우리 사회가 이미 지구화의 대세 가운데 있다는 것은 부정할 수 없는 듯 보인다.

전자공학을 비롯한 과학의 획기적인 진전이 이같은 현상을 낳은 중요한 원인임은 틀림이 없고, 또 그 결과 세계가 좁아지고 정보가 대중화되고 인적 물적 교류가 활발해지는 효과를 낳는다. 확실히 인터넷을 통해서 전에 없이 누구나가 정보를 쉽게 공유할 수 있다는 변화는 놀라운 것이다. 그리고 그것이 우리의 삶의 양식과 질에 영향을 미칠 것은 말할 것도 없다. 그러나 한번 더 생각해보면, 이러한 변화라는 것도 마냥 환영하고 받아들이기만 할 것만은 아니라는 점도 드러난다. 인터넷이 누구에게나 정보제공의 기회를 주었다고는 하지만, 그렇다고 아무한테나 접근가능한 것은 아니다. 인터넷을 사용할 수 있는 능력과 재산과 여건이 되는 사람에게만 접근이 한정되는 것이다. 또 인터넷에 제공되는 정보는 궁극적으로 인터넷을 운용하는 쪽의 이해관계에 따라 구성되는 것일 수밖에 없고 그것은 대개 앞선 정보와 과학기술을 가진 선진국 다국적기업의 지배하에 놓일 수밖에 없다. 아주 단적인 예로 인터넷의 언어는 한국말이나 콩고말이 아니라 영어다. 인터넷에 접근할 수 있으려면 영어를 알아야 한다는 말인데, 여기서 현실의 권력관계가 개입한다. 즉 지구화시대에 세계를 지배하는 미국의 언어인 영어에 주눅들어 우리의 사고나 문화나 생활방식이 그로 인해 영향받고, 개편되고, 혹은 때때로 저열한 것으로 추락하게 되는 것이다.

지구화에 대해서 생각할 때는 항상 이처럼 지구화의 상반된 효과들을 동시에 고려해야 한다. 한때 서양을 따라잡는 것이나, 시장을 개방하는 것이 세계화를 하는 것인 양 선전되던 때가 있었으나, 이와같은 선전은 지구화의 양면을 제대로 보지 못한 단견에서 나온 것이며 그릇된 이데올로기에 빠진 결과다. 지구화가 되고 세계화를 한다 하더라도, 이를테면 세계적으로 더욱 확장되어가는 천박한 미국식의 대중문화를 따라잡는 것이 우리의 목표가 될 수는 없는 일이기 때문이다. 또한 세계화를 핑계로 우리 산업의 토대조차 무너뜨리는 무분별한 시장개방을 앞세우는 것이 결코 지구화에 대한 올바른 대응이 될 수도 없을 것이다. 누구나 알다시피 세계화가 들먹여지는 가운데, 우리 농산물이 심한 타격을 입고 농촌경제 자체가 붕괴되고 있는 것이 현실이 아닌가? 이처럼 지구화하는 현실을 현실대로 인정하는 한편으로, 우리의 구체적인 삶에서 일어나는 문제들은 문제대로 보는 냉철한 인식이 필요한 국면이다.

2. 문학의 대응과 지역문학의 가능성

지구화되는 시대에 문학이나 문학인이 어떻게 대응해야 하느냐는 쉽게 대답이 나올 물음은 아니다. 더구나 사람에 따라서는 지구화나 세계화의 문제는 문학인이 아니라 가령 정치나 경제 등의 분야의 전문가나 정책입안자가 다루어야 할 문제라고 할 수도 있다. 말은 꺼냈지만 필자라고 무슨 해답을 가지고 있는 것은 물론 아니다. 그러나 이처럼 어렵고 광범하고 전문적인 문제라고 해서 회피할 수는 없다. 지구화현상은 무슨 정치 경제 분야의 담당자에게만 닥치는 것이 아니라, 일상을 살아가는 당대의 개개인에게 좋든 싫든, 크든 작든 영향을 미치고 있고, 또 앞으로 더욱더 그 영향력은 커질 것이기 때문이다. 앞에서도 말한 것처럼 지구화는 바로 우리 자신의 일상생활에서 실감으로 느껴져오는 그런 현상이 아닌가? 그리고 문학이란 다른 무엇이 아니라 바로 이러한 일상의 실감에 기반해서 이루어지는 것이 아닌가? 문학이 개개인 혹은 집단의 체험을 떠나 있을 수 없다면, 체험의 성격이 달라지는 현실에서 그 체험을 변형시키는 요인 중 가장 광범하고 강력한 것인 지구화를 탐구하고 거기에 대응하는 일이 없을 수가 없겠다.

지구화가 문학인에게 도전이 되고 있는 이유는 많이 있지만, 단적인 예만 하나 들자. 최근 문학이 위기에 처해 있다는 말이 흔히 들린다. 문학의 위기를 둘러싼 논의 가운데 가장 많이 거론되는 것이 바로 대중문화의 확산과 문화 일반의 저속화다. 영화 비디오 컴퓨터 등의 소위 영상 매체가 팽창에 팽창을 거듭하고, 전자오락 포르노 스포츠 등 대중의 충동과 욕망을 부추기고 해소시키는 것을 목표로 삼는 문화산업들이 거대한 시장을 형성하고 있다. 기본적으로 문학의 위기는 바로 이같은 대중문화현상에서 생겨나는 것이다. 현실을 바로 인식하고, 깊은 사고를 장려하고, 올바른 실천을 고취하는 유형의 문학이 소비적인 대중문화에 의해 점점 더 뒤로 밀려나고 있다. 물론 어제오늘 시작된 것은 아니지만, 최근에 들어와서 이같은 현상이 현저하게 심화되고 있다는 것은 주목할 만하다. 대중문화의 비약적인, 무서울 정도의 확장은 다름아닌 지구화의 효과에 힘입은 것이다. 지구화를 가능케 한 전자공학의 발전이 대중매체의 일반화를 낳고, 대중문화는 이를 통해 급속도로 파급된다. 이런 점에서 문학의 위기는 바로 지구화의 한 결과라고 할 수 있다.

사정이 이러하다면, 문학인이라고 해서 지구화의 대세에 무관심해서는 안될 일이다. 아니 오히려 누구보다도 더 적극적으로 이 상황에 대처해나가야 하는 입장에 있다. 정치인에게는 정치적인 판단이 우선되고 경제인에게는 경제적인 이해관계가 일차적인 관심거리겠지만, 문학인은 지구화라는 이 현상 자체를 우리 전체 삶의 체험과 관련하여 바라보지 않을 수 없다. 이것은 오히려 각 분야의 전문가가 담당하는 일보다 더 전체적이고도 구체적인 안목을 요구하기 마련이다. 문학하는 사람이 어떻게 그런 안목을 가질 수 있는가라고 혹자는 물을 수 있다. 그러나 각 전문분야와는 달리 문학에는 우리 삶을 둘러싼 환경을 전체적으로 관찰하고 이것을 우리의 구체적인 체험과 연관짓는 사고와 상상력이 필수적이다. 전체와 부분을 함께 통찰하는 힘도 이러한 문학 자체의 성격에서 나온다. 따지고 보면 세계문화사를 보더라도 당대의 성격을 가장 구체적이고도 총체적으로 파악해낸 것은 바로 문학이 아닌가? 가령 영국의 경우 셰익스피어의 희곡들이야말로 당대 르네쌍스 시대 영국의 사회와 삶에 대한 가장 깊은 통찰이었음을 부정할 사람은 별로 없을 것이다. 우리가 다 셰익스피어가 될 수는 없지만, 문학적 상상력이 그같은 속성을 지니고 있음을 다시 새겨볼 필요는 있다.

지구화와 더불어 미국적인 대중문화가 세계를 휩쓸게 되면서, 문학에서도 대중문학이 어느때보다도 더 광범하게 확산되고 있는 것을 우리는 알고 있다. 탐정소설 환상소설 괴기소설 순정소설 추리소설 공상과학소설 포르노물 등의 이름을 한 대중문학이 거대한 산업이 되어가고 있다. 이것이 지구화의 부정적인 영향임은 앞에서도 말한 바 있지만, 거꾸로 지구화가 진행되면서 진정한 세계문학(World Literature, Global Literature)의 가능성이 거론되어온 것도 사실이다. 일찍이 18세기의 독일작가 괴테(Goethe)가 이미 세계문학을 앞으로의 문학의 지향점으로 지적한 적도 있지만, 세계문학이라는 개념 자체가 중요한 범주로 떠오르는 것은 지구화의 본격적인 심화기를 맞이한, 세기 전환기에 처한 지금이라고 보아야 할 것이다. 누구가 인정하다시피 현재 세계적으로 퍼져 있는 것은 대중문학이지만 이것이 명실상부한 세계문학이 될 수는 없다. 오히려 대중문학은 세계문학의 수립을 위해서 극복해나가야 할 대상이다. 그렇다면 세계문학은 어떻게 실현될 수 있는가?

세계문학이라는 말은 우리 주변에서도 널리 쓰이던 말이다. 쉽게 말해 세계적으로 탁월한 문학적 성과, 더 구체적으로는 세계적인 혹은 보편적인 진리를 표현하는 문학적 성과를 지칭하는 것으로 여겨져왔다. 실제로 세계문학전집만 해도 수십종이 된다. 그런데 흥미로운 것은, 이 세계문학에 한국작가는 포함되지 않는다는 사실이다. 그렇다면 한국문학은 세계문학이 아니라는 말인가? 물론 한국작가들을 위해서는 한국문학전집이 따로 있지만, 하여간 이러한 분류에서부터 한국문학과 세계문학은 서로 대비되는 것이고, 심지어는 세계문학은 좀더 보편적이고 차원높은 반면 한국문학은 국지적이고 한차원 낮은 것이라는 의식 혹은 무의식이 숨어 있기도 한 것이다. 더구나 세계문학전집은 대체로 북미(北美)와 유럽의 서양문학들이 중심을 이룬다. 최근에는 좀 달라졌지만, 아시아나 아프리카나 남미의 문학은 세계문학에서 거의 찾아보기 어려웠다. 이것은 우리가 형성해온 세계문학이라는 관념이 크게 잘못되어 있다는 것을 말해준다.

세계문학에 대해서 생각할 때, 우리가 무엇보다 먼저 확인해두어야 할 것은, 세계문학의 구성은 실상 각 민족의 문학으로 되어 있다는 단순한 사실이다. 다시 말해 각 민족문학(National Literature)이 없으면 세계문학도 없다. 가령 현재 세계문학의 구성에서 큰 비중을 차지하는 미국문학의 경우(사실 노벨문학상 수상자의 출신국에서도 보이듯 미국은 정치경제력뿐 아니라, 아니 그러한 국력에 힘입은 탓이 크겠지만, 문학영역에서도 강국이다), 세계문학으로 일컬어지는 미국작가들 즉 호손(Nathaniel Hawthorne)의 『주홍글자』(*The Scarlet Letter*), 멜빌(Herman Melville)의 『백경』(*Moby Dick*), 그리고 마크 트웨인(Mark Twain)의 『허클베리 핀의 모험』(*The Adventures of Huckleberry Finn*)은 모두 미국이 민족국가로 태어나는 과정에서 중요한 역할을 한 미국의 민족문학이다. 자민족의 삶의 체험과 민족의식을 충실히 반영하고 이룩하는 문학이 결국 세계문학의 일원이 된다. 이것이 미국에만 해당되는 현상이 아님은 물론이다. 그리고 이러한 현상은 지구화가 진행되고 있는 지금에도 여전하다. 노벨상 수상작이 세계문학이 되라는 보장도 없고 또 세계문학의 전부는 더구나 아니지만, 최근 노벨문학상은 자기나름의 민족적 특성이 강하게 반영된, 그리고 민족이 처한 상황에 충실히 대응하는 작품에 수여되는 경향이 강하다.

이상에서 분명해진 것은 세계문학과 민족문학은 결코 별개의 것이 아니라는 것이다. 세계적인 것과 민족적인 것의 이러한 변증법적인 관계는 지구화현상 자체에서부터도 볼 수 있다. 지구화가 세계를 하나로 만들고 따라서 국가의 경계를 약화시킨다고들 하지만, 현재 세계는 자기 영토에 대한 확고한 주권을 가진 민족국가들의 경계로 엄격히 나누어져 있다. 심지어 종족적인 이해관계에 따라 영토분쟁이 더욱 격화되고 있는 것이 지구화시대의 실상인 것이다. 알다시피 지구화의 대세에 따라 자본과 노동의 이동이 가속화하고 있지만, 동시에 각 민족국가마다 이 국면에서 자국의 이익을 관철하기 위해 과거 못지않은, 혹은 과거보다 더 노골적인(혈맹이니 우방이니 하는 소리도 점차 사라져갈 정도로) 혈투를 벌이고 있는 것이 지구화된 시대의 국제현실인 것이다. 따라서 지구화(globalization) 자체는 동시에 국지화(localization)를 동반하고 있다. 이런 까닭에 지구화시대에는 '지구적으로 사고하고, 국지적으로 행동하라'(Think globally, act locally)는 모토가 의미를 가지는 것이다. 이때 국지적인 것의 형태 가운데 가장 일반적인 것이 민족국가임은 주지의 사실이다. 민족현실에 바탕을 두고 민족어로 씌어진 민족문학이 세계적인 의미를 가진 실천이 될 수도 있는 것은 이 때문이다.

그러나 그렇다고 해서 민족이 국지적인 것의 전부일 수는 없다. 가령 한 민족 내의 지역이나 여러 민족국가를 뭉뚱그리는 유럽연합체 같은 경우는 어떻게 볼 것인가? 그것도 지구적인 것과는 구별되는 국지적인 것임에는 틀림없을 것이다. 어떻게 보면 한 민족도 말 그대로 '단일'한 것은 아니다. 미국 같은 다(多)민족 국가는 말할 것도 없지만, 우리 경우에도 가령 화교나 여타 동남아인 같은 소수민족들이 이미 국내에 존재하고 있다. 무엇보다도 한 국토 내에서도 여러 지역이 구분되어 있어서 그 나름대로의 특성을 띠고 있기도 한 것이다. 한반도의 경우, 이북은 논외로 친다 해도, 다양한 지방색들이 존재하여, 가령 경상도 전라도식의 큰 테두리에서부터 각각의 향토에 이르기까지 국지적인 것도 여러 층위로 나뉘어 있다. 한 개인은 전지구적으로는 세계인의 한 사람이지만, 국지적으로는 가령 한국인이자 경상도인이자 영천인일 수 있다. 이처럼 인간은 여러가지 정체(正體, identity)가 결합되어 있는 존재다. 이런 점에서 우리는 세계문학으로서의 민족문학이 좀더 국지적으로는 지역단위의 현실에 더욱 밀착되어 있을 수 있음을 알게 된다. 즉 각각의 지역은 민족문학의 실현을 위한 구체적인 실천의 장소인 것이다. 자꾸 미국의 예를 드는 것 같지만, 말이 나왔으니 앞에서 언급한 미국의 고전들 경우를 보아도 그렇다. 호손의 작품은 미국 뉴잉글랜드 지역의 문학이고, 마크 트웨인의 문학은 미국 중서부의 지방색이 물씬 풍기는 문학이다. 이같은 지방 혹은 지역문학들이 민족문학을 구성하고 그 가운데 탁월한 성과들은 결국 세계문학의 반열에 오르게 된다. 단순화해서 말하면 지역문학이 없으면 민족문학이 없고 민족문학이 없으면 세계문학도 없다.

3. 민족어와 관련하여

문학이 언어로 이루어지고 있다는 것을 모르는 사람은 없다. 그러나 문학의 언어가 구체적으로 무엇이냐고 물으면 일치된 대답이 나오기 어렵다. 지구상에는 수많은 언어가 존재하고, 문학이 사용하는 언어도

(그 전부는 아니라고 할지라도) 다수일 수밖에 없다. 대개 한 나라의 문학이 사용하는 언어는 한 민족의 민족어지만, 때로는 그렇지 않은 경우도 있다. 언어가 통일되어 있지 않은 나라도 있고, 또 식민지시대를 겪으면서 자기나라 말 대신에 정복자의 언어를 문학의 언어로 사용하고 있는 나라도 있다. 가령 영어와 불어를 동시에 인정하는 캐나다가 전자의 예라면, 영어가 공식어가 되어 있는 구(舊) 영어사용권 식민지들(인도 필리핀 등)이 후자의 예라고 할 것이다. 이와같은 사정은 민족문학이라면 반드시 민족어로 씌어져야 한다는 관념에 의문을 제기한다. 더구나 특히 영어가 공식어로 채택된 구식민지의 경우, 2차대전 후 미국이 세계강국으로 떠오르면서 영어가 거의 세계어가 되어가는 현실에서 실제적인 이점을 누리는 면도 없지 않다. 영어로 작품활동을 하는 제3세계 작가들이 노벨문학상을 받는다거나 세계적인 주목을 쉽사리 받게 되는 것이 그 한 예이다. 워낙 영어가 지배하다 보니, 우리 문학계에서도 차라리 영어를 공식어로 채택해야 한다는 과격한 주장도 나오게 되었다.

그러나 이처럼 영어가 공용어가 된 나라의 실제적인 이점에 현혹되는 것은, 이들의 구체적인 삶이 이 과정을 통해 얼마나 훼손되고 나아가서 민족적 정체성의 왜곡을 겪어왔는지에 대해서 무감각한 소치다. 이런 생각을 가지는 사람들은 가령 우리가 일제강점기에 국어를 말살당하고 일본어를 사용하게 되었다면, 그 나름대로 이점이 있었을 것이라고 주장하는 것과 마찬가지다. 한글이라는 민족어는 일부 그릇된 애국주의자들이 말하는 것처럼 '세계 최고'의 언어라서 포기해선 안되는 것이 아니라, 우리의 삶에 속속들이 맺어져 있고 그만큼 우리의 삶의 충만한 실현에 없어서는 안될 요소이기 때문에 포기할 수 없는 것이다.

민족어가 그렇듯 필자는 민족 내부에 존재하는 방언에 대해서도 문학이 더욱 애정을 가져야 한다고 생각한다. 표준어가 교육과 공적 활동의 중심이 되어야 한다는 것은 인정해야겠지만, 다름아닌 한 지역의 삶의 현실과 긴밀히 맺어져 있는 방언을 문학언어에서 없애는 것은 지역문학의 토대를 약화시키는 결과를 낳는다. 필자는 지난 여름 영국문화원의 초청으로 캠브리지(Cambridge)의 작가 세미나에 참석했다가 흥미로운 경험을 했다. 영국의 한 지방에 속하는 스코틀랜드와 오랜 영국식민지였던, 그래서 영어사용국이 된 이웃 아일랜드에서 온 문인들을 만나게 된 것이다. 영어가 세계화되어서 자기 언어와 무관한 나라에서도 공식어로 해야 한다는 식의 망발이 나오는 시대에, 영어본국 작가들에게서 어떤 논의들이 나오는가? 스코틀랜드 지방의 작가는 그 지방의 방언(스코틀랜드어)을 통해 이룩한 문학적 성취가 영어로는 도저히 전달될 수 없다는 점을 토로하였으며, 아일랜드 문인은 현재 영어가 지배함으로써 사라져가는 아일랜드어를 되살리고 그 언어로 문학활동을 하는 운동을 전개하고 있다고 전했다. 세계문학이란 이렇게 각기 처한 상황에 뿌리를 두고, 자기의 삶과 밀착되어 있는 언어를 연마하고 구사하는 작가의식이 없고서는 탄생하지 않는다. 지구화시대에 새삼 민족문학과 지역문학의 의미를 되새겨보는 것은 바로 이런 까닭에서다.

—『문학서초』 1999년 제3호

지구화에 대한 한 고찰

근대성, 민족, 그리고 문학

1. 지구화가 제기하는 문제들

지구화(globalization)라는 말이 구미학계에서, 그리고 어느정도 시차는 있지만 우리 학계에서도 관심의 대상으로 떠오른 지 대략 10년이 지났다. 1990년대에 진행된 지구화에 대한 논의는 80년대에 중심을 이루던 탈근대성(postmodernity) 및 그와 연관된 근대성(modernity)에 대한 논의를 이어받아, 여러 학문분야에 걸쳐 담론형성에 중요한 변수이자 요인이 되어왔다. 무엇보다 사회과학에서 이 개념이 당대사회의 변화를 해석하는 새롭고도 핵심적인 범주로 떠올랐지만, 인문학이나 혹은 문학예술 영역에서도 이 범주가 던진 파장은 심원하다고 보인다. 지구화는 그야말로 다양하고 복합적인 운동을 함축하고 있기 때문에 한마디로 정리하는 것은 위험한 일이겠으나, 그것이 민족국가(혹은 국민국가, nation-state)[1]의 경계를 무너뜨리는 경향을 포함하고 있다는 것은

---

1) nation-state의 역어로는 민족국가, 국민국가 두 가지가 쓰이는데, 이것은 영어의 nation이 원래 '민족'(민족 성원이라는 의미로)과 '시민 혹은 국민'이라는 두 가지 의미를 포괄하고 있기

쉽게 생각할 수 있다. 대개 민족국가를 토대로 해서 형성되어온 갖가지 학문 및 문학의 실천과 이념들이 지구화의 현실 속에서 근원적인 도전에 직면하게 되는 것도 당연하다.

필자는 지구화가 학문의 패러다임에 미친 영향에 더욱 주목해야 한다는 입장에서, 특히 문학연구의 입지와 관련하여 몇가지 문제들을 짚어보고자 한다. 근대문학이 민족형성과 불가분하게 맺어져 있을 뿐만 아니라 민족문학의 이념과 실천이 근대의 진행에서 하나의 전통으로 자리잡은 우리 현실에서, 지구화가 주는 충격은 그같은 전통과 성취를 재검토하지 않을 수 없게 한다. 물론 이런 과제는 단순한 것이 아니다. 지구화현상 자체가 복합적인 만큼 이에 대한 해석도 어느 방면에서 이루어지느냐에 따라 달라지게 된다는 점도 있지만, 필자는 논의의 대상인 지구화 개념 자체가 연구자에게 가하게 마련인 어떤 중압감이나 추상성을 우선 고려할 필요가 있다고 본다. 용어 자체가 너무나 거창할 뿐 아니라 덜 직접적이고 또 추상적이어서 어떤 점에서는 상상의 작용으로써만 파악할 수 있는 대상이기 때문이다. 따라서 지구화의 전모를 논의하는 일은 그만큼 한계를 지닐 수밖에 없다. 결국 이 글은 지구화라는 명제를 앞에 두고, 지금까지의 핵심적인 사안들인 근대성과 탈근대성, 민족국가와 민족주의 그리고 민족문화와 문학을 다시 생각해보는 자리가 될 것이다.

새로운 핵심어가 담론에서 부각될 때에는 현실영역에서 그에 걸맞은 변화가 수반될 때 정당성을 얻는데, 지구화의 담론을 뒷받침하는 실제적인 혹은 상징적인 변화는 누구도 부정하기 힘든 위력을 가지고 있다. (탈)근대성 논의가 지구화에 대한 논의로 계승되고 중심을 옮겨오게 된 것이 1990년대라면, 우선 이 연대가 가지는 세계사적인 혹은 민족 내적

때문이다. 이 글에서는 편의상 '민족국가'로 통일하되, nation의 경우 꼭 필요한 때에는 '국민'을 병용하기로 한다.

인 의미를 생각해볼 수 있다. 단적으로 지난 연대는 사회주의권의 최종적인 몰락으로 자본주의체제의 전일화가 이룩된 시기였다. 이것으로 냉전체제의 기반은 결정적으로 허물어지게 되고, 동시에 세계체제로 단일화된 자본주의에 대한 대안적인 가능성도 희미해지게 되었다. 일차적으로 이러한 정치경제적 변화가 지구화논의를 가속화하는 데 주된 작인(作因)이었음을 부정하기는 어려울 것이다. 이제 자본주의체제의 바깥이 사라짐으로써 모든 세계가 예외없이 하나의 시장구조 속으로 편입되어 움직이게 된다. 하나의 지구에 대한 상상력의 한 축은 여기에 있다.

또다른 하나의 축은 전자매체의 발달로 대표되는 소통기술의 고도화라고 할 수 있다. 수많은 인공위성이 지구 전체를 엮어주는 거대한 네트워크를 구성하고 있다는 그림은 확실히 전지구가 하나로 묶여 있다는 분명한 이미지를 전해준다. 각종 영상매체들과 정보들이 국경의 제한 없이 흘러들어 모니터 앞에 있는 누구에게나 접근 가능하다는 사실은 세계가 지리적 거리나 민족적 경계를 넘어선, 그리고 인종이나 성별의 차이를 넘어선 동일한 차원으로 통합되어 있다는 느낌을 강화한다.

이 두 가지 축을 중심으로 한 지구화의 상상력은 이민(immigration)과 이산(diaspora)의 증가와 국제관계와 교류의 빈번함, 외국상품의 범람과 무엇보다 대중문화의 전세계적 확산, 외국기업 특히 다국적 혹은 초국적기업의 확장 등으로 점점 각 지역이나 민족의 생활현장에서 실감을 얻게 된다. 세계화가 시대의 대세임을 당연시하고 부추기는 대중매체의 선전과 민족적 활로를 위해서는 세계화가 살길이라는 정부의 구호가 대중들의 정서에 미치는 영향을 감안하면, 실상 변화해가는 세계에 대한 일반의 의식에도 학계에서 담론으로 자리를 굳혀가는 지구화의 이론화에 걸맞은 어떤 변화가 일어나고 있을 것이라는 추정도 가능하다. 적어도 앤소니 기든스(Anthony Giddens)의 널리 알려진 정의, "지구화는 원거리의 지역들을 묶어주어서 멀리 떨어진 곳에서 일어나는 사건들에 의해 국지적인 사건들이 형성되고, 또 그 역도 일어나는 그런 광범한 사회적 관계의 강화"[2]가 이루어지고 있다는 생각은 어느정도 일반화되어 있다고 보아도 좋을 것이다.

달리 말해 지구화는 하나의 단일한 세계라는 전망을 가짐과 동시에 그 전망에 따라 세계가 한 방향으로 전체화되고 통일되어가는 경향을 일컫는다. 그러나 기든스의 이같은 일면 중립적인 정의를 좀더 들여다보면, 두 가지 정도 더 깊이 고려해야 할 사항들이 드러난다. 하나는 '광범한 사회적 관계의 강화'란 것이 과연 어느 정도의 '강화'를 말하는가 하는 수준 혹은 질의 문제이며, 다른 하나는 '국지적인 사건들'의 상호작용에서 필연적으로 일어나게 마련인 권력관계와 그것이 각 지역에 미치는 영향에 대한 물음이다.

첫번째 문제의 경우, 이러한 강화된 사회관계의 어느 단계부터를 지구화로 지칭할 것인가의 물음이 제기된다. 즉 그것을 자본주의의 전개나 기술확산 등 장기적인 과정에 걸쳐 일어나는 현상으로 보는 경우와, 이러한 과정 가운데 가령 세계시장의 발전이나 서구 제국주의시대가 열리면서 근대성의 일정한 확산이 일어나는 시기부터로 한정하는 경우가 있고, 그리고 마지막으로 범위를 더 좁혀서 논자에 따라 가령 포스트모던 시대라거나 혹은 후기자본주의시대 등으로 부르는 금세기의 일정 시점부터를 염두에 두는 경우가 있다.[3]

장기적인 관점에서 보는 경우, 지구화는 대개 15세기부터 시작되는 자본주의체제의 발흥부터 진행되어온 지속적인 현상으로 해석되는데, 이런 시각으로 보면 최근 부각되고 있는 지구화의 논의는 별로 새로울 것이 없게 된다. 이에 비해 나머지 두 관점은 각각 자본주의의 발전단계

---

2) Anthony Giddens, *The Consequences of Modernity* (Cambridge: Polity Press 1990) 63면.
3) 이런 방식의 구분의 예로는 J. N. Pieterse, "Globalization as Hybridity," *Global Modernities*, ed. Mike Featherstone et al. (London: Sage Publications 1995) 48면.

와 그에 따른 지구화의 강도에 대한 판단에 토대를 둔 일종의 단계설인 셈이다. 단순화하자면 전자가 지구화를 근대의 기획과 관련짓는다면, 후자는 탈근대의 속성으로 이해하려고 한다. 적어도 지구화를 해석함에 있어 1990년대의 변화가 중요한 의미를 가진다는 입장에서는 마지막 탈근대논의가 상대적으로 더 적실성을 가지고 있지만, 장기적인 관점은 그 나름대로 지구화를 현상적인 차원이 아니라 체제적인 시각에서 이해하고자 한다는 미덕이 있다. 결국 지구화현상이 금세기의 어느 시점에서 어떤 질적인 변화를 야기하고는 있다고 해도 역시 장기적인 진행이라는 점은 변함이 없는데, 이 지점이 다름아닌 지구화와 근대성 혹은 탈근대성의 관련성에 대한 착잡한 논란이 예상되는 대목인 것이다.

기본적으로 기든스의 정의는 지구화가 근대의 결과라는 판단에 기반하고 있다. 근대의 필연적 귀결로서의 지구화라는 관념은 무엇보다 서구에서 기반한 근대성의 기획이 전지구적으로 확산되는 과정에서 지구화가 실현된다는 것으로, 이것이 역사적 현실임은 어김없을 것이다. 그러나 바로 이 현실이 하나의 필연으로 받아들여지는 순간, 서구적 유형과 어긋나는 형태의 근대성에 대한 사색은 봉쇄된다. 즉 지구화를 둘러싼 논의에서 반드시 짚어두어야 하는 것은 그것이 그 근본에서 서구화의 양상이라는 점이며, 제국주의적 팽창과 서구의 타자들에 대한 식민화가 그 과정에 수반되었다는 사실이다. 이 점을 간과할 때 지구화가 일종의 신판 근대화론을 뒷받침하는 논리가 되는 것은 쉬운 일이다.

두번째의 질문은 시공의 축약으로 정리되는 지구화의 경향을 권력문제와 관련짓는 일이다. 동일한 공간과 시간이 구성된다고 하지만, 구체적인 '시공' 속의 지역이 삭제되거나 사라지는 것은 아니다. 오히려 그 반대다. 지구화가 하나의 세계를 지향하는 움직임인 것은 분명하지만, 그것이 체험되고 실현되는 곳은 다름아닌 구체적인 지역을 통해서이며, 그런 점에서 '국지적인 곳'은 딜릭(Arif Dirlik)의 표현대로 "이 시대의 가장 근본적인 모순들을 조절하고 해결해내는 터"[4]일 수밖에 없다. 지구화로 드러나게 되는 시대적 모순이 전지구화된 자본주의의 문제라면, 각 지역은 이 모순관계가 구체화되어 실현되는 장소이며, 그런 점에서 지구화되는 현실 속에서 오히려 더욱 커다란 관심이 두어지게 된다. 지구화가 한편으로는 국지화를 동반하게 마련이고, 그 동시적인 진행을 포함하기 위해서 지구화라는 오해의 여지가 있는 말 대신에 '지국화'(地局化, glocalization)라는 조어도 생겨난 것이다.[5]

지구적인 것과 국지적인 것의 이러한 동시발생과 그 변증법적인 관계에 대한 인식과 더불어, 국지들간의 차별성과 권력관계가 고려되지 않으면 지구화란 그야말로 모순 없는 유토피아적인 영상으로, 그런 점에서 새롭지만 구태의연한 지배 이데올로기로 떨어진다. 여기서 다시 제기되는 것이 바로 지구화를 주도하는 현실적인 힘들의 기원, 즉 미국을 중심으로 하는 소수 강대국들의 초국적기업과 금융산업이 각 국지에 차별적으로 적응하고 지배해나가는 기제들이며, 지구화가 가속됨으로써 세계가 하나의 질서 속에 통합되는 일이 각 지역들에 대한 제국주의의 지배질서가 더욱 공고해지는 현상과 맺어져 있다는 것이다.

결국 지구화에 대한 소위 '중립적인' 정의 속에 가려진 이같은 고려사항들은 지구화가 발현되는 일반적인 방식에 대한 이해뿐 아니라 그것이 국지에서 개별적으로 작용하는 방식과 기제에 대한 해석과 이에 맞서는 전략의 문제를 야기한다. 국지의 중요성이 지구화와 더불어 새삼스럽게 부각되면서, 민족국가와 민족주의 그리고 민족문화의 문제에 대

---

4) Arif Dirlik, "The Global in the Local," *Global/Local : Cultural Production and the Transnational Imaginary*, ed. Rob Wilson and Wimal Dissanayake (Durham and London : Duke UP 1996) 22면.
5) glocalization이란 말은 원래 마케팅 전략에서 나온 말이나, 이 개념을 지구화의 이론화에 활용하기로는 Roland Robertson, "Time-Space and Homogeneity-Heterogeniety," ed M. Featherstone et al., 앞의 책 25~43면 참조.

한 논의가 새로운 차원을 맞게 된다. 지구화가 허물고 있다고 상정되는 것이 근대 이후 국지적인 것의 가장 보편적인 형태인 민족국가라면, 민족에 대한 질문은 곧 지구화의 현실에 대한 현단계적 대응의 핵심에 가닿아 있기 때문이다.

2. 민족국가와 민족주의의 향배

지구화가 중심논제로 떠오르면서 동시에 새로운 조명을 받게 된 것이 다름아닌 민족범주를 둘러싼 문제들, 가령 민족국가·민족주의·민족문화 등의 문제들이다. 이것은 어떻게 보면 역설적인 현상인 것이, 지구화는 무엇보다도 민족국가의 '무너짐'을 전제하고 있고, 민족 단위의 경계를 넘어선 활동과 실천들이 일반화되는 상황을 지칭하고 있기 때문이다. 실제로 지구화가 강화되는 가운데, 민족주의의 시효는 이제 상실되었고 민족국가는 쇠퇴기에 접어들었다는 판단이 대체적인 흐름을 이루고 있는 것이 지금의 국면이다.[6] 구소련권에서 종족을 기반으로 민족간의 격렬한 분쟁이 일어나고 민족주의가 새롭게 발흥하고 있으며, 선진국에서도 민족이익에 대한 더욱 집요한 추구가 드러나기는 한다. 하지만 이같은 현상은 강화되는 지구화에 대한 반작용으로서 스튜어트 홀(Stuart Hall)의 표현을 빌리면 "지구화에 있어 민족국가의 시대가 쇠퇴하는 때 매우 공격적인 인종주의에 추동되는, 무척 방어적이고 극히 위험한 형태의 민족 정체성으로의 퇴행"[7]이라고 해석할 수 있는 것이다.

---

6) 가령 대표적으로 에릭 홉스봄(Eric Hobsbawm)을 들 수 있다. Gopal Balakrishnan, "The National Imagination," *Mapping the Nation* (London and New York: Verso 1996) 198면 참조.

7) Stuart Hall, "The Local and the Global: Globalization and Ethenicity," *Culture, Globalization and the World-System*, ed. Anthony King (Minneapolis: U of

그러나 민족국가의 장래에 대한 장기적인 예상을 별개의 문제로 한다면, 적어도 현 국면에서 '민족국가의 쇠퇴'라는 명제는 쉽게 수긍하고 넘어갈 사안만은 아니다. 일차적으로 민족국가의 쇠퇴를 당연시하는 논리는 엄연히 국가적인 관계 속에서 규정되는 현재의 세계질서에 대한 망각과 이어지고, 그런 세계화의 이미지가 뇌리에 그려지는 순간 지배 종속의 역학이 다차원에서 작동하고 있는 민족국가 안팎의 움직임에 대한 인식은 배제된다. 한마디로 지구화의 논리에 내장된 이같은 지배 이데올로기가 끊임없이 틈입해 들어옴으로써, 국지적인 실천 속에서 중요한 의미를 가질 수 있는 민족범주와 민족주의의 현실성이 합당한 고려를 받지 못하게 되는 것이다.

실제로 지구화의 시대에 민족국가가 과연 쇠퇴하고 있는가에 대해서도 확실한 합의가 있는 것은 아니다. 유럽연합을 구성한 유럽의 경우는 다소 다르다치더라도, 그밖의 지역에서는 정치적으로 중앙집권적인 민족국가가 국내의 각 지역에 대해 행사하는 혹은 사적 영역조차 관할하는 통제권(가령 전자주민증 같은 것이 그 한 예가 될 수 있을 터인데)이 여전하거나 오히려 더 강화되고 있다. 그런 점에서 "민족국가는 어느 곳에서도 전반적으로 쇠퇴하는 것이 아니라 여전히 성숙하고 있는 중"이라는 다른 판단도 나오게 된다.[8] 이 논자에 따르면 유럽에서 이야기되는 민족국가의 쇠퇴란 유럽과 더불어 세계경제의 다른 두 축이면서 강력한 민족국가로 남아 있는 미국과 일본에서는 '이상한 소리'에 불과하며, 그외의 저개발국가들에서는 나라마다 격차는 있지만 탈민족이 문제가 아니라 시민사회를 이룩하고 근대적인 민족국가를 창조해내려는 싸움이 더 일차적인 관심사가 된다.[9] 민족국가가 성숙하고 있는 중이라

Minnesota P 1997) 26면.

8) Michael Mann, "Nation-State in Europe and Other Continents: Diversifying, Developing, Not Dying," ed. G. Balakrishnan, 앞의 책 295면.

는 주장에 동의하지 않는 경우라고 할지라도 중심과 주변의 이분화가 강화되고 있는 상황에서 이같은 변별적 인식이 긴요하다는 것은 부정하기 어려울 것이다.

민족주의가 처해 있는 상황도 이와 유사하다. 민족국가의 형성을 그지향으로 가지는 민족주의가 지구화의 추세 속에서 극복되어야 할 이데올로기이며, 가까운 미래에 사멸하고 말 것이라는 예상은 서구의 주류 학계에서는 흔한 것이다. 민족주의에 대한 서구의 반감에는 독일 파시즘의 경험에 대한 착잡한 기억이 개입되어 있다. 대체로 서구학계가 근자에 민족주의에 대해 보이는 극도의 적대감에는 '보편적인' 서구 민족주의와 '편협한' 동구 민족주의를 가름해온 서구중심의 자유주의적인 민족관(한스 콘Hans Kohn으로 대변되는)이 짙게 드리워져 있다. 즉 20세기 들어 발흥한 비서구지역의 민족주의는 '반동적이고 시기하고 종족적이고 인종차별적이며 일반적으로 나쁜' 후자의 맥락을 잇는 것이다. 이것은 과거 19세기에 존재했던 구미의 '원래적·제도적·자유주의적이고 좋은' 민족주의와는 전혀 반대된다는 것이다. 권위있는 민족주의 이론가 톰 네언(Tom Nairn)은 이같은 유서깊은 자유주의적 논리에 기반한 서구학계의 일반적인 추세를 '민족을 악마화하기'(demonising nationality)라고 비판한다.[10] 여기에는 이외에도 제국주의시대 이후 제3세계에서 일어난 민족국가 형성의 기획에서 민족주의가 서구를 '악마화'하는 반제국주의투쟁의 이념적 무기로 동원된 것에 대한 불편한 감정도 개입해 있다고 보아야 할 것이다.

민족국가와 민족주의에 대한 고찰은 무엇보다 네언이 말하는 '악마화에 대한 반대'(anti-demonism)를 전제로 해야 하겠지만, 그같은 이

---

9) 같은 책 310~14면.

10) Tom Nairn, *Faces of Nationalism: Janus Revisited* (London and New York: Verso 1997) 57~59면.

데올로기적 장애를 걷어내는 것이 곧바로 민족범주에 대한 옹호로 직결되는 것은 아니다. 오히려 지구화가 민족국가와 민족주의 이념의 향배에 끼친 심대한 변화를 있는 그대로 보기 위한 시작에 지나지 않는다. 민족주의를 악마화하는 흐름이나 논리에서도 드러나다시피 같은 혈통을 타고난 단일민족을 앞세우는 원초적인 신화에 입각한 관념이나 논리로는 변화하는 지구적 현실에 대한 올바른 관찰이 나오기 어려울 것이다. 민족범주에 대한 논의가 이같은 단선적인 부정과 긍정의 이원론에서 벗어날 필요성은 지구화의 시대일수록 더욱 절실해진다. 이러할 때 지구적인 것과 국지적인 것의 변증법적 작용에 대한 복합적인 이해는 민족을 논의하는 데 중요한 것이 된다.

지구화가 민족국가의 경계를 약화시킨다는 것은 무엇보다 전일적인 자본주의체제의 논리가 유형무형의 국경 내부에 대한 국가의 통제력을 약화시키고, 혹은 국민경제의 틀로써는 통제할 수도 거부할 수도 없는 세계자본과 시장의 기제에 종속되어가는 것을 말한다. 이런 의미에서 세계가 하나의 단일한 체제로 통일되어가고 있으며, 단적으로 말해 근대 초기 이래 일어나고 있는 자본주의 세계체제의 구축(월러스틴 Immanuel Wallerstein의 세계체제론)의 최종국면이라는 가설도 가능하다. 그러나 그같은 지구화의 구현이나 체제구축은 국지적인 것을 매개로 이루어지게 되고, 결국 자본이 실제로 활동하는 공간은 민족국가를 큰 틀로 하는 여러 차원의 국지적인 정치·경제·문화적 현실이다. 자본의 활동은 그같은 상이한 현실과 교섭하고 타협하거나 혹은 거기에 침투하고 적응하는 가운데 각기 상이한 방식으로 이루어진다. 중심부, 주변부 혹은 반주변부의 상황이 다르고, 각 민족국가 안에서도 종족적·성적·계급적·지역적 사정에 따라서 발현방식이 달라지게 된다. 다소 단순화하자면 통일적이고 동질적인 세계로의 움직임이 그와 함께 일어나는 분열적이고 이질적인 흐름과 서로 갈등하면서 창출하는 국지적인 공간의 역학이 지구화의 실상인 것이다.

　이같은 지구적/국지적인 것 사이의 역동관계 속에서 과거와 동일하지는 않다 하더라도 적어도 현단계에서 두 항 사이를 매개하고 중심을 잡는 민족국가라는 중간항의 존재와 작용이 여전히 필수적이라는 점은 주목되어 마땅하다. 지구화가 "자본을 위해서는 민족국가를 허물지만, 노동에 대해서는 민족국가를 더 경직시킨다"는 잘 알려진 문구[11]는 물론 지구화가 노동에 대한 자본의 승리를 향해 움직인다는 점을 지적하는 것이지만, 다른 한편으로 민족국가가 지구화의 국면에서 맡고 있는 역할이 여전하다는 것을 말해준다. 더 나아가서 자본의 유동이 민족국가의 통제를 벗어나는 양상이 심화되고 있기는 해도, 국가적 차원의 정책 결정과 제도의 운용이 그 흐름에 미치는 영향력과 비중은 역시 간과할 수 없다. 결국 어느 한 민족국가의 성원일 수밖에 없는 개별 인간의 삶의 양상에 해당 민족국가의 정치적·경제적 종속성의 정도와 국내 자본의 안정성 여부가 끼치는 영향은 가령 IMF 경제위기에서 보듯이 다른 어떤 것보다도 더 직접적인 것이다. 민족국가라는 '수문조직'[12]이 여기저기 구멍이 뚫려 벌어지고 있다 해도, 구멍이 나 있는 대로 일정한 둑의 역할을 하면서 국민들의 삶을 규정하고, 국제관계의 주체로 기능하고 있는 것이 현실이다.

　필자는 민족국가의 현실에 대한 이같은 인식에서, 곧바로 민족국가를 지켜나가야 할 당위성에 대한 주장으로 나아가자는 것은 아니다. 민족국가가 세계체제의 한 단위이자 지구화를 수행하는 중요한 도구라는 점은 우선 인정해야 할 것이고, 지구상에 다양한 차원의 비민주적 국가들이 엄존하고 있는 현실에서, 민족국가 자체를 구별 없이 지지하는 태

---

11) Neil Lazarus, "Transnationalism and the Alleged Death of the Nation-State," *Cultural Readings of Imperialism : Edward Said and the Gravity of History*, ed. Keith A. Pearson et al. (New York : St. Martin's Press 1997) 33면.
12) '수문조직'(system of locks)은 어네스트 겔너(Ernest Gellner)의 표현.

도가 위험하다는 것은 말할 나위도 없다. 그럼에도 논리상으로나 현실적으로 현 국면에서 민족국가의 틀에 대한 옹호가 지구화와 맞서는 길이 될 수도 있다. 지구화가 자본주의체제로의 통일을 목표로 움직인다면, 그같은 흐름을 막는 이러저러한 장애요인들을 거느린 민족국가는 마땅히 사라져야 할 구체제가 된다. 따라서 거꾸로 민족국가의 존속은 지구화의 진행을 막거나 혹은 그 방향에 어떤 식으로든 영향을 미칠 수밖에 없다. 이런 관점에서 '민족국가가 지구화에 맞서는 거점'이 될 수도 있고, 그 이데올로기인 민족주의가 유효한 저항과 실천의 힘을 얻을 수도 있다.[13] 그러나 이같은 민족 범주나 혹은 민족주의에 대한 옹호가 과거처럼 외세에 대한 민족적 저항의 차원에서만 이해되고 실천될 수 없는 것이 지구화된 (혹은 되고 있는) 세계의 복합성이다. 지구화가 확산시켜놓은 서구적 근대성의 유산과 이와 맺어진 일정한 과제가 이미 실제로나 담론상으로나 각 민족국가 속에 뿌리내리고 있는 것이 특히 식민지 체험을 겪은 비서구 민족국가들의 현실이며, 그 점에서 전근대·근대·탈근대가 착종되어 있는 '탈식민적' 모순들에 대한 복합적 이해가 필요해지는 것이다.

민족국가가 부딪치는 이같은 모순 가운데 중요한 요소로 부각되는 것이 이산과 이민의 확산이 초래하는 인종적 갈등이다. 워낙 이주민들로 이루어진 미국과 같은 다민족국가의 경우는 말할 것도 없지만, 식민주의의 결과 서구제국들에 유입된 식민지 출신의 종족들은 소수민으로 각 중심국가의 주변부에 자리잡게 되었다. 이같은 인구이동은 노동이민의 특성을 가지는 것인데, 최근에는 한국과 같은 신진공업국에도 외국 노동자들의 유입이 현저하게 증가하고 있다. 냉전종식 이후에 특히 중

---

13) 이 점을 강하게 주장하는 논자로는 앞의 책에 수록된 닐 러제이러스(Neil Lazarus)와 마사오 미요시(Masao Myoshi)의 글 참조. 가령 "국가는 통제할 수 없는 무질서/무매개적 폭력에서부터 민중을 보호할 수 있을 현재로서는 유일한 정치구조"라는 미요시의 발언이 대표적이다. 55면.

심국에서 새롭게 부상하는 민족주의는 핵심종족 중심의 지배권을 강화하고 타민족에 배타적인 경향을 보이고 있어서, 이같은 심화되는 종족적 민족주의(ethnic nationalism)를 지구화에 대한 정당한 저항으로 일반화하기는 어려울 것이다. 그렇다고 제3세계 혹은 주변부의 민족주의는 이같은 함정에서 완전히 벗어나 있다는 식의 주장은 지나친 단순화이다. 민족주의 자체가 가지고 있는 야누스적인 속성이 여기서도 살아나기 때문이다.

민족국가의 와해는 지리상은 아닐지라도 상징적 차원에서의 경계의 무너짐으로써, 이것이 이산이라는 민족간의 교류와 맺어져 있음은 주지의 사실이다. 굳어져 있던 경계가 무너짐으로써 일종의 경계지대가 형성되고 지구화가 가속될수록 그 존재는 더욱 분명한 실체와 의미를 부여받게 될 것이다. 지금까지 이 경계지대는 각 민족국가 내부에서 새로운 인종갈등과 대립을 초래하면서 어떤 점에서는 민족문제를 새롭게 야기하는 한 축이 되어왔다. 그러므로 그 '잡종적인'(hybrid) 존재양식에 주목하는 것이 민족국가와 지구화의 의미를 다시 생각하는 데 필수적인 것은 분명하다.[14] 즉 잡종화논리는 본질주의적인 민족주의관에 대한 일정한 비판이 될 수 있다. 그러나 동시에 이같은 잡종이나 경계지대를 특권화하고 혹은 지구화의 보편적인 특성으로 일반화하면서 이를 상찬하는 경향이 이 문제에 대한 해결이 되지는 않는다. 잡종성이란 해결책이 아니라 문제의 제기일 뿐이며, 헤게모니와 신식민지적 권력관계와 결합되어 고려되지 않는 잡종성 논의는 허구에 불과하다. 따라서 잡종성 자체가 해방의 한 지표로 상찬되는 현상은 지구화를 합리화하는 논리와 맥을 같이한다. 대체로 잡종성을 강조하는 논리는 각 민족의 현실에 토대를 둔 운동이 여전히 의미를 가지는 현실에서는 주변부적인 제3세계의 민족운동의 입지를 빼앗는 주류담론의 한 갈래 이상의 역할을 하지

---

14) J. N. Pieterse, 앞의 글 50~52면.

못한다.[15]

필자가 생각하기에 현 국면에서 민족국가가 행하는 중심적인 역할을 부정할 여지는 별로 없고, 따라서 그 향방의 문제는 지구화논의에서 중대한 관심사가 된다. 그러나 동시에 지구화의 개입이 민족국가의 위상과 역할에 어떤 변형을 요구하고 있는 것도 분명하다. 부르주아 국가는 폐지될 것이라는 맑스주의의 고전적인 전망은 지금에 와서 유보되는 형편이지만, 국가를 계급투쟁을 지탱하는 틀로 파악하는 맑스의 생각은 자본주의가 전일화되는 상황에서 오히려 새로운 의미를 얻는 면이 있다.[16] 실상 지구화가 민족국가의 경계를 넘어 자본의 자유로운 유통과 이윤추구의 회로를 확대해나가고 있다면, 각 민족국가 내부 특히 주변부 국가 내부의 노동계급은 전지구적 자본의 항거할 수 없는 메커니즘에 노출되게 마련이며, 지구화의 궁극적인 피해자가 될 가능성이 높아진다. 부르주아 국가가 계급지배의 도구로 기능하는 만큼은 분명 이중성을 가지고 있지만, 현존하는 민족국가의 틀은 그 나름대로 민족성원을 국민으로 통합해내는 것을 지향하는 속성을 가지므로, 일정정도 지구화가 심화시키는 계급분열에 저항하는 입지에 설 여지가 있다. 이러할 때 민족국가를 단지 허무는 것이 아니라 민주화하려는 싸움은 지구화에 대응하는 일에서도 중요한 의미를 가지게 된다.

이와같은 사정은 민족국가가 가지고 있는 애초의 지향과도 맺어져 있다. 하버마스(Jürgen Habermas)가 정리하다시피 서구에서 민족국가의 발흥은 문화적 차원의 '민족'을 정치적 차원의 '시민'으로 변형하는 과정과 맺어져 있으며, 그 점에서 민족국가가 공화주의에의 지향을 그 목적으로 하고 있음은 일반적으로 인정되는 사실이다.[17] 그런 점에

---

15) Jonathan Friedman, "Global System, Globalization and the Parameters of Modernity," ed. M. Featherstone et al., 앞의 책 86~87면.
16) G. Balakrishnan, 앞의 글 199면.

서 '민족'(nation)이라는 말 자체에 종족(ethnic)이라는 의미와 시민(citizen)이라는 의미가 공존하게 된 것은 근대화과정에서 성립되는 민족국가의 기원에서 비롯된 피할 수 없는 운명인 셈이다. 서구적인 근대성의 기획이 지구화하는 가운데, 주변부의 민족주의가 특히 2차대전 이후 구상하는 민족국가의 상(像)에는, 민주화된 시민의 형성과 민족으로서의 자립을 통합해내려는 충동이 내포되어 있었다. 민주주의의 실현에는 결국 다수 대중의 민주적 민중으로서의 변환이 필요한데, 여기서 민족이라는 문화적 집단의 존재는 중요한 의미를 가지게 된다. 대개 민족은 민중 범주와 겹치거나 가장 근접해 있다고 할 수 있기 때문이다. 다수 민중의 동원과 통합은 파시즘에 의해 악용될 수도 있지만 민중적 저항과 민주시민의 형성을 뒷받침하는 힘이 되기도 한다. 바로 여기에 근대성의 달성과 그 극복이 사회 전체의 중요한 목표가 되는 곳에서, 민족국가의 범주가 일정한 진보성을 담보할 전망이 생기는 것이다.

결국 민족국가는 자본주의적 지구화 속에서 일정정도 국지적인 대응의 한 중심으로서, 심화되지만 망각되어가는 계급문제가 구체적으로 떠오르는 공간이자 그에 따라 일어나는 대중적 움직임을 결집해내고 이를 현실화할 수 있는 터전이 된다. 지구화 가운데서 새로이 떠오르는 인종분규와 소수민의 문제도 계급문제를 괄호친 다양성의 고취로 풀릴 일이 아니며, 민족국가를 중심으로 한 민주주의의 전망을 가짐으로써 해결의 단초를 찾을 수 있다. 결국 궁극적인 민주화를 지향하는 반자본주의 운동은 민족문제의 현실을 떠나서는 성공하기 어려운 것이다. 그럼에도 불구하고 일국적 차원의 국가권력 획득이나 전면적인 민주화만으로(설혹 그것이 실현된다 해도) 지구화하는 자본주의에 대한 온전한 대응이 될 수는 없다. 따지고 보면 이같은 일국의 민주화 자체가 국제관계의 정

---

17) Jüren Habermas, "The European Nation-State : Its Achievements and Its Limits," ed. G. Balakrishnan, 앞의 책 281~86면.

치적 지배와 간섭을 완전히 벗어나서 이루어지기 어렵고, 무엇보다 자본의 작동과 시장 메커니즘의 점증하는 개입 속에서 단순히 민족 내부의 문제에 한정되지 않는 복합성을 안고 있는 것이며, 그것이 다름아닌 지구화가 초래한 새롭다면 새로운 국면인 것이다. 민족국가의 쇠멸을 당연시하는 지구화의 이데올로기에 맞서 그 저항적 가능성을 되살리는 한편으로, 민족국가를 넘어서는 국제적 연대의 전망이 필요한 것도 바로 이 때문이다.

3. 민족정체성, 상상력 그리고 문학의 자리

민족 범주가 정치적인 차원에서 차지하는 현실성은 항상 인간의 사적인 체험이나 의식 혹은 무의식에 닿아 있는 문화적 차원을 동반하고 있다. 근대화 이후 민족을 중심으로 하는 민족국가가 성립하는 과정이 당대의 정치적 조건들의 결합에서 가능했던 것은 사실이지만, 한편으로 근대 이전부터 형성되어 있던, 그리하여 민족 혹은 국민이라는 단일한 정체로 통합될 수 있었던 원재료들은 그것대로 민족국가를 구성하는 데 중요한 요건이라고 본다. 대개 민족을 구성하는 요인들을 공통된 혈통 문화 언어 역사 등에서 찾는 것이 일반적인데, 그렇다고 이것들 자체가 물론 민족 형성의 '필수적인' 원재료라고 보기는 힘들 것이다. 무엇보다도 민족이 형성되는 과정에서 이같은 요소들이 확립되고 강화되고 혹은 구성되는 측면이 강하다는 점은 부인할 수 없기 때문이다. 따지고 보면 이상의 요소들이 반드시 현존하는 민족국가의 기본요소도 아니거니와, 실상 이러한 동질적인 요소들이 원초적으로 민족에 내재하고 있다고 보는 관점이야말로 민족 본질주의라는 민족주의 이데올로기의 핵심인 것이다. 그럼에도 불구하고 다른 무엇도 아닌 민족이 하나의 정체로 확립되고 국가적 형태를 가지게 된 배경에는, 일정한 정도의 동질성과 동류의식이 밑바탕을 이루고 있다는 사실까지 부정하기는 어렵다.[18]

민족에 대한 해석에서 두 가지 큰 갈래는 원초주의(primodialism)와 근대화론(modernization theory)이라고 할 수 있다. 어네스트 겔너의 고전적인 연구 이후, 근대화와 그 지구적인 확산 및 불균등 발전이 민족과 민족주의를 형성한 중심요인임은 일반적인 상식이 되었지만, 민족문제의 특성은 단순히 그것을 근대화의 한 '효과'로 환원할 수 없게 만드는 요소들의 존재에 있다고 할 수 있다. 비록 원초주의가 민족 해석의 전부가 될 수는 결코 없지만, 톰 네언이 말하다시피 원초주의와 근대주의의 논쟁이 결코 어느 일방의 승리로 끝나버릴 수 없는 연유도 여기에 있다.[19] 네언은 겔너의 근대화론의 성취를 인정하는 한편으로, 그것으로 포괄될 수 없는 민족문제의 다른 측면을 한 논자의 용어를 빌려 '박명의 지대'(a twilight zone)라고 지칭하고, 세대를 통해 이어지는 이야기로 기억되고 생겨나는 어떤 '연속성의 의식'(sense of continuity)을 말하면서 그것이 취하는 형태, 가령 민족이란 것이 우리 자신의 상상력과 인격에 깊이 의존하고 있다고 하는데, 다음의 구절은 이 대목의 핵심으로 읽어볼 만하다.

여기서 초점은 모든 '박명의 지대'가 환경과 개인의 통합 노력 양자에 의해 거기에 뒤이어 부여된 상상력과 문화가 그러하듯이, 어떻게 무언가를 의미하게 되는가 하는 점을 인식하는 것이다. 우리는 모두 밑바탕에 깔린 '연속성'의 의식과 형태에 크게 좌우되게 마련인데, 이 자체가 황혼에서부터 뒤편으로는 어둠에까지 앞쪽으로는 상

---

18) 실상 민족혈통에 대한 참혹한 기억이 생생한 가운데, 혈통에 대한 언설 자체가 금기시되어온 서구의 연구 풍토도 참작할 만한데 여기에 대해서는 T. Nairn, 앞의 책 9~11면 참조.

19) 같은 책 11면.

상된 빛에까지 닿아 있다. 그리하여 근대화론에서 그토록 현저하게 나타나는 물질적 혹은 사회경제적 관심과는 구별되는 '이해관계'가 생겨나는 것이다.[20]

한 사회의 구성원을 민족으로 형성하는 과정에는 이처럼 인간심리의 깊은 곳에서 작용하는 인간의 의식과 인격의 형성이라는 사건이 연루되어 있다. 이야기의 형태로 전승되는 과거에 대한 기억과 여기서 비롯되는 물질적이 아닌 어떤 '이해관계'에 얽혀 있는 소속감에는 인간의 심리 구조와 결합되어 한 인간의 정체성을 구현하는 기본적인 자질이 내장되어 있다고 볼 수 있다. 필자가 보기에 이같은 민족정체성의 성립에서 일차적으로 매개가 되는 것이 성원간 세대간에 공유되는 언어이며, 그런 점에서 언어는 단순히 소통의 도구에 그치는 것이 아니라 정체성의 원천에 닿아 있다고 볼 수 있다. 개인에게 그리고 집단 속에 어떤 형태로든 구조화되어 있는 것이 언어라면 그것은 의식의 차원을 넘어 무의식의 경계에까지 걸쳐 있다고 보아도 좋을 것이다.[21]

물론 여기서 이같은 연속성의 의식과 관련된 정체성이 민족국가 성립 이전부터 원초적으로 존재하고 있었다거나, 혹은 민족 자체의 영원성을 입증하는 본보기로 제시되는 것은 문제가 많다. 그러나 민족정체성과 민족 혹은 민족국가의 관계가 쉽게 분리될 수 있는 것이 아니라는 인식도 중요하다. 실제로 민족국가가 형성되는 과정에서는 이같은 정체성의 체험이 개별적으로 혹은 집단적으로 일어나고, 또 이것이 민족국

---

20) 같은 책 15면.
21) 민족주의에 대한 문화론적 접근으로 민족 이해의 새로운 장을 열었다고 평가받는 베네딕트 앤더슨이 '민족'이라는 상상된 공동체를 위해 죽음을 선택하는 그 심리에 대해 말하면서 '어머니의 무릎에서 만나고 무덤에서야 헤어지는 그 언어'의 중요성을 거론한 것도 이와 유관하다. Benedict Anderson, *Imagined Communities : Reflections on the Origin and Spread of Nationalism* (London and New York : Verso 1991) 154면.

가의 구성에 끽긴(喫緊)한 조건으로 자리잡는 일종의 변증법적인 과정이 있었다고 보는 것이 옳을 것이다.

민족과 민족국가 그리고 민족적 정체성을 상상의 산물로 이해하는 것은 베네딕트 앤더슨(Benedict Anderson)의 '상상된 공동체'(imagined community)로서의 민족에 대한 관찰 이후에 일반화된 생각이기도 하다. 앤더슨은 민족성·민족됨·민족주의 등이 문화적 조형물(cultural artifact)이라는 전제 아래, 민족을 "본디 제한된 것으로, 주권을 가진 것으로 상상되는 정치공동체"라고 정의한다. 여기에는 "얼굴을 마주 대할 수 있는 원초적 마을보다 큰 공동체는 모두(그리고 아마 이 마을조차도) 상상된 것"이라는, 실질적으로 모든 공동체가 상상의 산물이라는 전제가 있다.[22] 민족에 대한 이러한 정의가 아주 새로운 것만은 아니며, 민족이 근대화과정에서 구성되어간 면에 대한 관찰은 실상 일반화된 것이기도 하다. 겔너의 유명한 표현 "민족주의는 민족이 없는 곳에서 민족을 발명해낸다"는 것이 말해주는 바도 다름아닌 민족의 상상적 성격인 셈이다.

민족을 정의함에 있어 정치적 경제적 설명에 치중해왔던 일반적인 민족론을 문화적인 구성물로서의 민족 논의로 전환한 앤더슨의 이같은 '코페르니쿠스적인 정신'은 대체로 인정받고 있으며, 실상 최근 흔히 접할 수 있는 민족에 대한 구성론적인, 혹은 이와 연관된 해체론적인 시각의 토대에는 대개 앤더슨이 자리잡고 있다. 민족이 상상된 공동체라면 마땅히 절대적인 실체가 아니며, 그 자체가 해체의 대상이 될 수 있는 것은 당연하다. 필자는 이러한 민족 범주의 해체론에 대해 상론할 생각은 없지만, 우선 앤더슨이 제기하고 일반화한 상상된 공동체의 그 '상상력'의 문제가 손쉬운 해체의 근거로 이용되는 일의 위험성은 지적하고자 한다. 앤더슨 자신이 실상 상상의 힘이 구성한 이 문화적 구성물의 '그

22) 같은 책 4~7면.

토록 깊은 정서적 정당성'(such profound emotional legitimacy)을 말하고 있거니와, 일체의 공동체가 상상의 산물이라는 전제에는 상상이라는 창조작용의 힘과 진정성에 대한 인정이 깔려 있다고 볼 수 있다.

필자가 앤더슨에서 주목하고자 하는 것은, 이러한 상상의 활동이 일부 식자층의 조작이나 허위의식의 부추김이나 강요가 아니라, 혹은 겔너식으로 사회적 구조의 변화가 그 유일한 동인이 아니라, 다수민중의 변화하는 의식 속에서 일어난다는 점에 대한 인식이다. 그 점에서 민족에 대한 상상의 주체는 다름아닌 민중이라고 할 수 있다. 즉 민중이 사용하는 지방어를 중심으로 하는 언어의 변화와 인쇄매체를 통한 공동체적 상상력의 발휘 그리고 중세적인 지배질서가 무너지는 가운데 평등의식과 형제애에 기반하여 형성해나간 새로운 공동체로서의 민족의 발견이야말로, 민중이 주체로서 등장하는 역사의 한 계기이면서 또한 근대적인 민주주의를 뒷받침하는 토대로서의 힘과 위력을 얻는 전환점이 되기 때문이다. 장편소설이 민족을 상상하는 일에 끼친 결정적인 영향에 대한 앤더슨의 지적은 한편으로는 장편소설을 창조해낸 사회적 상상력이 민중적인 것이며, 그것이 기본적으로 리얼리즘의 정신과 형식을 띠고 나타났다는 점을 고려할 때 더욱 흥미로운 것이 된다. 여기서 다시한번 그 기원에 있어서 근대성과 민족국가 그리고 리얼리즘 문학의 긴밀한 상관관계가 드러나고, 그것이 공통적으로 민주주의를 지향으로 하는 민중의 등장과 때를 함께하고 있음을 확인할 수 있다.

그러나 이같은 리얼리즘의 문학전통이 이후 서구문학에서 20세기를 전후하여 모더니즘의 발흥으로 흐트러지고, 다시 탈근대성의 범주가 떠오르면서 더욱 주변화되어간 사정을 돌이켜볼 필요가 있다. 바로 이 대목에서 우리는 다시 지구화의 문제로 돌아오게 되는 것이다. 즉 지구화가 동반한다고 여겨지는 민족의 해체는 민족적인 것과 깊이 연루되어온 리얼리즘 문학의 쇠퇴와 곧바로 유비된다. 필자는 서두에서 지구화현상이 말하자면 일종의 상상의 작용인 점이 있다고 했는데, 이것을 토대로 단순도식화하자면, 여기서 민족을 상상하는 문학으로서의 리얼리즘에서부터, 지구를 상상하는 문학으로서의 새로운 문학양식들, 즉 모더니즘 혹은 포스트모더니즘으로의 변화를 말하는 것도 가능할 것이다. 이때 지구를 상상하게 하는 대중매체는 더이상 인쇄매체가 아니라 전자매체가 된다. 이 점에 주목한 한 논자는 전자매체가 집단적 상상력을 일깨우고 있음을 거론하면서, 인쇄매체가 일반민중에게 보편화되는 과정에서 민족을 구성해냈듯이, 전자매체는 일상적인 삶 속에서 탈민족적인 혹은 이산적인 공공영역(diasporic public sphere)을 만들어낼 수 있다는 주장까지 펼친다.[23]

이는 손쉽고도 매력적인 도식이기는 하지만, 두어 가지 점에서 기본적인 문제를 지적할 수 있다. 하나는 지구화와 연관된 주도적인 문학의 양상은 넓은 의미에서의 모더니즘이라기보다 대중문학(더 넓게는 대중문화 자체)이라고 해야 할 것이며, 이 대중문화의 지구적 확산이야말로 모더니즘을 포함한 문학 일반에 대한 가장 중대한 도전이라는 점이다. 매체의 성장을 해방의 관점에서 읽고자 하는 시도는 그 자체대로 의미있는 것이지만, 아파두라이의 가설이 너무 낙관적으로 여겨지는 것은 전자매체의 '집단적 상상력'이란 것이 문화의 획일화로 발현되고 이를 부추기는 기제가 더욱 확고해지는 것이 지구화시대의 현실이기 때문이다. 다른 하나는 더 근본적인 문제와 연관되어 있다. 즉 지구화와 함께 민족 범주의 해체를 당연시하는 논리 자체가 이데올로기이며, 특히 주변부적인 현실에서 민족 범주가 가지고 있는 진보적이고 운동적인 가능성을 찾는 시각에서는 이같은 변화의 도식 자체가 근거가 희박한 것이 된다. 확대되는 이산으로 드러나는 지구화의 추세가 민족을 허무는 상

---

23) Arjun Appadurai, *Modernity at Large : Cultural Dimensions of Globalization* (Minneapolis : University of Minnesota Press 1996) 8면.

상력을 자극할 수는 있으되, 민족정체성의 체험에 뿌리박은 민족적 상상력의 지배가 쉽게 종식될 리도 없다. 오히려 이산적인 상상력이 민족적 상상력에 개입하고 영향을 미치면서 상호작용하는 가운데 새롭게 창출되는 의식의 공간을 통해 문학의 새로운 모색이 비롯될 수 있을 것이다. 이것을 딱히 포스트모던한 것이라고 규정할 이유는 없거니와 지구화의 시대에서도 민족적인 것이든 이산적인 것이든 문학의 지향이 민중의 현실과 떨어질 수 없는 것이라면, 여기서 민중적 전통에 뿌리박고 있는 민족문학과 리얼리즘의 새 국면도 예상해봄직하다.

앞의 도식의 발상과 함께 리얼리즘의 토대를 이룬다고 여겨지는 일종의 재현론적 현실관과 지구화시대의 현실에 대한 탈근대주의적인 인식을 대비시키는 경우도 생각해볼 수 있다. 이같은 대비는 지구화를 이끌고 있는 두 가지 변화, 즉 전일적인 자본주의와 전자매체가 창출하는 이미지들의 범람이 더이상 현실에 대한 재현을 불가능하게 하고 있다는 흔히 보는 논리로 이어진다. 한 논자에 따르면 근대성이 문제되는 시기의 현실이 '상상된' 것이라면, 지구화시대의 현실은 '가상적인'(virtual) 것이다. 초국적기업에 의해 약호화된 사물들이 더이상 실체로서 재현되지 않고 실물의 가상과 이미지로 채워지는, 이를테면 보드리야르(Jean Baudrillard)가 말하는 씨뮬라시옹(simulation)의 공간에 위치하게 된다는 것이다. 이 가상현실이야말로 현실보다 더욱 현실적인 것, 즉 '하이퍼리얼'(hyperreal)이라는 것이다.[24]

문학에 있어 지구화담론은 이처럼 대체로 리얼리즘의 이론과 실천에 대한 비판 혹은 재해석에 의해 이루어진다. 이것은 지구화가 상상영역

---

24) 이와같은 주장을 펼친 논자의 예로는 Timothy Luke, "New World Order or Neo-world Order: Power, Politics and Ideology in Informationalizing Glocalities," ed. M. Featherstone et al. 앞의 책 90~107면 참조.

에 충격을 가함으로써 야기한 하나의 이론적 도전이다. 그러나 한편으로 이것은 역설적이게도 리얼리즘의 문제가 이 시대에 풀어내어야 할 사유의 고리라는 점을 드러내고 있기도 하다. 즉 '리얼한' 것이 무엇인가의 문제와 그것을 재현해내는 양식과 관점에 대한 사색이 지구화시대의 문학의 자리를 모색하는 일에서도 중심을 이루는 것이다. 지구화시대에 역으로 부각되는 민족국가의 의미에 대한 탐색과, 거기에 부과된 민주적 민중적 영역의 동력에 대한 새삼스런 관심이 지구화를 보는 비판적 인식에 필수적이라면, 문학영역에서도 진정으로 '리얼한' 것에 대한 추구로서의 리얼리즘의 문제의식이 지구화에 대한 저항의 한 거점이 될 가능성을 말할 수 있는 것이다.

4. 지구화와 비평의 입지

필자는 지구화에 대한 대응에서 민족국가의 정치적 의미 그리고 민족 범주와 관련된 상상력 및 문학의 자리를 개괄적으로 살펴보았다. 민족은 이처럼 정치로부터 사적인 인격과 심리의 차원에까지 인간의 실천에 깊이 개입되어 있고, 지구화가 중요한 흐름으로 자리잡는 가운데 이 범주에 일어나는 변화는 다양한 차원으로 발현되는 어떤 근원적인 변화와 유관할 수 있다. 이 글의 문제의식은 지구화와 민족범주의 이러한 복합적인 관련을 객관적으로 사고해봄으로써 이같은 근원적 변화에 대한 이해의 단초를 얻고자 하는 데 있다.

그러나 무엇보다 지구화를 보는 객관적인 관점이 어떻게 확보될 수 있는가라는 근본문제는 여전히 남는다. 지구화의 진행은 그야말로 지구적이고 보편적인 시각을 가능하게 하는 토대가 되어야 할 것이나, 실제로 지구화에 대한 해석은 중심국의 주류학계에서 생산되는 담론이 지배하고 있다. 지구화는 각 지역에서 그리고 그 국지적인 것의 가장 대표적인 형태인 민족의 관점에서 각각 달리 해석될 수가 있으며, 그런 점에서 보편을 위장한 서구적 논리를 답습할 필요는 없다. 그렇다고 중심도 주변도 아닌, 소위 경계에서의 글쓰기가 이러한 객관성을 보장해주는 것도 아니다. 오히려 지구적인 것과 국지적인 것의 변증법적인 관계를 고려할 때, 어떤 점에서는 국지적인 입지에 충실한 관점의 수립이 좀더 현실에 근접한 판단을 내릴 여지조차 없지 않다.

지구화의 문제가 개입함으로써 비평의 입지를 세우는 일은 더욱 어려운 과업이 되고 있다. 무엇보다 민족 범주에 대한 근원적인 질문이 제기되는 가운데 비평이 뿌리박고 있는 언어활동의 토대부터가 문제되고 있기 때문이다. 주체적인 동시에 자민족중심주의에서도 벗어나고자 하는 정신이 필요하다는 타당한 일반론에도 불구하고, 한 민족의 사고구조와 맺어져 있는 민족어를 통해 이루어지는 작업이 넓은 의미의 민족적 관점을 피하기는 어려울 것이다. 지구화와 민족의 문제를 검토해본 이 글쓰기는 이 아포리아 앞에서 일단 멈출 수밖에 없다.

—『안과밖』 2001년 상반기호

날아라, 비평

90년대 정신분석

속물비평의 기원

푸꼬에 들린 사람들

날아라, 비평
비평정신의 갱생을 위하여

    최근 비평을 꾸짖고 비난하고 걱정하는 소리들이 무성하다. 비평의 위기를 말하는 소리도 안팎으로 드높고, 비평이 제자리를 못 찾고 있다고 반성하는 소리도 들리고, 도대체 왜 그 모양이냐고 한심해하는 소리도 있고, 그렇다면 그까짓것 없으면 어떠냐 하는 험한 말까지 나온다. 가히 비평의 수난시대다. 비평가로 이름을 걸어놓은 사람으로서는, 나 몰라라 하기도 곤란하게 되었다. 이럴 때일수록 선수를 쳐서 이 난국을 빠져나가는 것이 현명할지도 모른다. 동시대 비평의 현실에 대해서 자성(自省)을 빙자한 비판을 하고 나서는 것이다. 『문학정신』 편집자가 마침 이 문제를 좀 다루어달라고 하니, 기회는 온 셈이다. 점잖게 요즘 비평들의 이런저런 문제점들을 거론하고 나서, 슬쩍 빠져나갈 좋은 기회가. 그러나 역시 그놈의 비평가벽(癖)이 발동한다. 그 고질병은 속살거리며 부추긴다. "너 왜 적당히 넘어가려고 하니? 나중에 그 후유증은 어떻게 견디려고? 한번 너 자신을 이 기회에 파고들어가봐라. 다른 것만 말고 너 자신을 한번 비평해봐라. 비평? 정말 할 만한 거냐? 그 질문에 정면으로 한번 맞서봐라." 이런 속살거림은 늘 나의 능력을 넘어서는 것을 요구하게 마련이라, 내 글은 여기저기가 삐걱거리게 된다. 그러나 어쩌랴, 또 한번 이리저리 속을 끓이며 시키는 대로 하는 수밖에.

비평가인 너 자신을 한번 파고들어가보라는 말을 들으니, 벌써 아이쿠 하는 심정이 된다. 비평한답시고 나서긴 했지만 얼마나 제대로 하는지도 찔리고, 그 이상으로 어쩌면 원초적이라고나 해야 할 자격지심이 불쑥 살아나는 것이다. 왜 내가 비평가가 되었을까, 왜 시나 소설이나 희곡을 쓰지 못하고 남이 쓴 시나 소설이나 희곡을 가지고 뭐라고 평이나 하고 있을까 하는, 좀 유치해 보이는 자문이다. 이런 생각은 평소에는 모른 채 숨어 있다가 계기만 주어지면 어디선가 튀어나와서 괴롭히니, 일종의 컴플렉스임이 분명하다. 비평이 여기저기서 얻어맞는 시국이라, 이것이 다시 도지는 것은 어쩔 수 없는데, 특히 창작자 편에서 '비평하는 것들은 어떻다'는 식으로 나오는 소리를 들으면, 더욱 마음이 착잡해진다.

얼마 전 비평동업자인 임우기씨의 새로 나온 평론집 『그늘에 대하여』를 받아보고 반갑게 들여다보던 차, 뒤에 붙어 있는 발문들에 눈이 가는 순간, 또 아이쿠나 했다. 우리 소설계의 중견으로 인정받는 두 분의 소설가(김성동과 김원우)가 입을 모아서 요즘 평론 왜 다 그 모양이냐는 식으로 야단을 치는데, '아니 여기에서조차' 싶었다. 물론 두 분은 이 책의 주인공인 평론가를 더 돋보이게 하기 위해서 상대적으로 다른 것들을 좀 눌러둘 필요가 있었던 모양이지만, 창작자로서의 평소 소회가 이렇게 표출되었지 않나 생각이 안 드는 것도 아니다. 그럼에도 한편으로는 이분들이 아무리 우리 비평 '전체'를 두고 신통치 않다고 탓을 했지만, 그 혐오의 도(度)로 보아 요즘 평론을 다 챙겨 읽었을 리는 만무하고, 설마하니 간혹 이구석 저구석에 실리는 내 글까지 읽고 하는 소리는 아니겠지 생각하면, 못 본 척 넘어가는 것이 상수가 아닌가 싶어지기도 한다. 그러나 얼마 전 한 작가의 신작을 비판적으로 평했다가, "상식 이하의 식견과 편견에 가득 찬 비평"이라는 식의, 거의 봉변에 가까운 반발을 겪기도 하다보니, 창작자들의 이런 비평 매도가 아주 남의 일 같지만은 않은 것도 사실이다.

비평을 혹평하는 말씀들 가운데, 김성동씨의 것은 요즘 비평이 서구나 외래의 사상에 너무 좌우되는 것을 비판하는 내용이니, 들어볼 만은 하다. 다 알다시피 서구이론이 우리 비평을 지배하는 양상은 실로 심각하다. 그 점을 통매하는 것이니, 외국문학 한자락 공부했다는 것으로 좀 아는 체해온 사람이라면, "양의 동서와 시의 고금을 넘나드는 독서를 하면서 그리고 고통스러운 사유(思惟)와 탐색의 바다를 건넌 끝에 마침내 얻어진 자기만의 사상을 바탕으로 하여 문학을 보"라는 데야 무어라 할말이 없을 법하다. 식견과 사유가 짧은 것을 자책할밖에. 다만 요즘 비평이 서구 사상가들이 토해놓은 '사유의 찌꺼기'에 바탕한다느니 하는 말은 좀 걸린다. 찌꺼기도 있겠지만 알짜배기도 있겠고, 그것을 맹종할 수도 있겠지만 비판적으로 수용할 수도 있다. 워낙 축사로 씌어진 글을 가지고 이렇게 따지다가 남의 잔치에 재 뿌리는 꼴이 될까봐 심히 미안스런 일이나, 한마디만 하자면 이렇다. 두루뭉수리로 그러지 말고 구별을 하자는 것이다. 이런 '구별'이야말로 내 생각으로는 다름아닌 '사유'의 시작이자 비평의 기본이 아닌가 싶다.

그러나 이런 정도의 비평 비판은 비판 축에도 끼지 못한다는 것이 다음에 나오는 김원우씨의 글 두어 페이지를 읽으면 바로 알 수 있다. 아니, 맨 앞머리의 두어 줄이라도 읽어보라.

한국문학의 평론부분이 그 경향도 지리멸렬이고, 그 수준마저 대체로 지지부진함은 오늘의 시점에서도 여일하게 드러나 있다.

거두절미하고 나오는 시작이 만만치 않다. 이렇게 힘차게 시작하는 글은 원래가 녹록지 않은 내용을 담게 되어 있다. 그 다음에 바로 이어지는, "누구나 익히 알고 있는 바이지만, 그 현상을 새삼스럽게 뭉뚱그려보면"이라는 문장이 그 기세를 이어받는다. 역시 중견작가다운 경륜이라고 보아야겠다.

이렇게 시작한 이 인상적인 발문은 "한국문학 평론의 폐습"에 대한 사정없는 한바탕 매타작과 이 폐습을 "송두리째 쓸어내버리려는" 책 저자의 늠름한 기개를 격려하는 부분으로 나누어져 있다. 어찌 보면 발문의 한 유형을 대변하는 구조라고도 볼 수 있는데, 이 글에서 나의 관심은 물론 앞부분에 향해 있다. 그렇기 때문에, 내가 앞으로 무슨 소리를 하게 되든, 그것은 평론가 임우기를 어떻게 보는가 하는 것과는 전혀 무관한 일이며, 오직 작가 김원우씨가 보는 평론의 폐습 자체에 대해 한번 생각해보자는 것뿐임을 분명히 밝혀두어야겠다. 그래도 걱정되니, 임우기씨의 평론이라면 나 또한 평소 존중하는 마음을 가지고 있다는 것도 고백해둘까. 하여간 김원우씨의 비평 사냥은 시원시원하다. 첫째 선별안이 "고식적 편파적 추수적"이고, 둘째 문체가 "천편일률적이고 재미가 없"고, 셋째 대상작품을 "면밀하게 뜯어읽은 흔적이 전무"하다는 것이다. 이렇게 정리해놓으니 사실 별 대단한 소리도 없어 보인다. 이 정도야 무슨 경륜있는 작가가 아니라, 별 경력조차 없는 평론가라도 할 만한 지적이다. 김원우씨의 비평 비판이 특히 내게 야기한 특별한 느낌은 이 주장을 간단하게 설명한 가히 촌철살인격인 언어들에서 나온다. 작품을 "제대로 알아보는 안목이 거의 색맹에 가깝"고 "워낙 뿌리가 깊어서 선천성 유전인자라고 해도 지나치지 않"는다든가, "제 동아리의 군서성(群棲性)에 눈치빠르게 껴붙"어 "추종자로 거들먹거"린다든가, "전개과정이 이 말 했다가 저 말 했다가 천방지축이어서 거의 정신병자의 허튼소리를 닮아 있는 것이 수두룩하다"든가, 제 주장이 없으니 "부화뇌동의 흔적은 문장마다에 깊숙이, 뻔뻔스럽게 박혀 있다"든가, 하여간 요즘 비평에 대한 자신의 역겨움을 마음먹고 토로하였다. 얼마나 맞는 이야긴지 모르겠지만, 이렇게 쓰고 나면 속은 후련하겠거니 하는 생각은 든다.

그러나 괜히 남의 발문을 기웃거리다 이런 날벼락을 맞은 가여운 한 비평가의 마음은 그다지 후련하지가 않다. 딱히 누굴 두고 한 소리는 아닌 듯한데, 모호하게 한대 맞은 것처럼 좀 어리둥절한 표정. 그 표정으로 잠시 생각에 빠진다. 혹 내가 쓴 평론들은 어떤가, 진짜 좋은 작품을 몰라보고 넘어가지 않나, 일정한 잣대를 대서, 일테면 민중성이니 실천성이니 하는 잣대를 대서 편파적으로 보지는 않았나, 제 생각 없이 누가 한 소리를 되뇐 적은 없나, 내 문장이 천편일률적이었나, 아니라고 할 수도 없겠다, 그렇다면 혹시 나는 정신병자? 아니 아니 그렇게 연결되는 것은 아니었지 아마? 그러나 문득 상념에서 깨어나 다시 되짚어보아도, 역시 "용용 나는 그 폐습에서 벗어나 있다네" 하고 좋아할 만한 사정이 못됨을 알게 되었다. 김원우씨의 말대로라면 폐습은 마치 칡넝쿨과 같아서 "미풍보다 그 뿌리가 더 넓고 깊게 퍼져" 있는 것이니 말이다.

그러니 더 버티지 말자. 이것이 오늘의 한국비평의 상황이라고 시원스럽게 인정하자. 따지고 보면 비평의 폐습도 어제오늘의 일이 아니요, 그에 대한 매도도 처음 있는 일은 아니다. 그야말로 '양의 동서와 시의 고금'을 넘나들며 이런 양상이 되풀이되어온 것이다. 그러니 혹 김성동씨가 들으면 아직 반성이 덜 됐다고 혀를 찰지도 모르지만, '서구사상가' 하나를 들먹거리게 된 점 용서하기 바란다. 문학을 '삶의 비평'이라고 규정했던 19세기 영국의 시인이자 비평가인 매슈 아놀드(M. Arnold)도 당대의 비평에 넌더리를 낸 바 있다. 그는 「한 프랑스 비평가의 괴테론」이라는 글에서, 그릇된 비평의 종류를 나열하였다. '열광과 찬양의 평가' '감사와 동감의 평가' '무지의 평가' '앞뒤 상충하는 평가'

'시기와 질투의 평가' 등등이 그것이다. 이것이 각각 무엇을 말하는지는 구태여 설명할 필요조차 없을 터인데, 또다른 글에서는 '내용없는 수사적인 찬사들'로 가득한 '수사적 비평'과 '관습에 따라 당위적인 요구'를 하는 '관습적 비평'을 비평의 폐습으로 꼽았다. 지금 이곳과는 여러모로 다른 상황에서 한 지적이지만, 지금 이곳으로 옮겨와도 엉뚱한 지적이 되지는 않을 것이라는 점은 김원우씨의 발문 하나만 보아도 확인할 수 있는 일이다.

물론 이처럼 비평의 폐습이란 것이 유구한 전통을 가지고 있다는 것을 입증한다 해서, 무슨 큰 위안이 되는 것은 아니다. 다만 서구사상가를 동원하는 자충수를 두면서까지 내가 하고자 하는 말은, 비평이든 무엇이든 자고로 엉터리는 쌔고 쌨다는 것이다. 세상에 엉터리가 많다고 아무리 날카롭게 소리 높여 지적을 해도, 그것이 새로운 지적이 되지 않는 것은 이 때문이다. 엉터리 평론들에 신물이 나고 안목이랄 것도 없는 식별력에 기막혀하는 심정이야 이해가 가지만, 김원우씨는 방향을 잘못 잡았다. 중요한 것은 엉터리가 있다고 폭로하는 것이 아니라, 엉터리와 엉터리 아닌 것, 반쯤 엉터리인 것과 완전히 엉터리인 것, 정말 진짜와 진짜에 가까운 것 등을 서로 구별하는 일이다. 이러한 구별이 없을 때, 다름아닌 맹목이 지배한다. 어느 때나 존재하는 엉터리가 바야흐로 이 시대를 대표하는 경향으로 떠오른다. 그러나 다시 말하건대, 엉터리를 기준으로 삼아 우리 평론상황을 일반화하는 순간, 눈에는 엉터리밖에 보이지 않는 법이다. 엉터리는 그만큼 막강하다! 김원우씨는 방향을 잘못 잡았다. 그의 한국비평에 대한 비판이 일면 옳은 점이 있음에도 무차별적인, 거의 융단폭격의 꼴이 되고 마는 것도, 평단의 문제들과 수준들을 가려 보는 안목이나 정성이 유감스럽게도 부재하기 때문이다.

앞에서도 언급했지만 구별이야말로 비평의 진정한 기능이자 속성이다. 작품의 옥석을 가리는 것에서부터, 삶의 시시비비를 가리는 것, 나아가 한 공동체의 방향이라거나 운명에 대한 판단에까지, 비평은 구별과 판단을 행함으로써만 존재한다. 김원우씨라고 해서 이 사실을 모르지는 않을 것이다. 잘 알기 때문에, 그런 구별력이 없는 요즘 비평들을 경멸한 것이 아니겠는가? 다만, 구별을 속성으로 하는 비평이란 것을 구별없이 매도함으로써 구별할 줄 모르는 요즘 비평의 폐습을 한번 답습했을 뿐이다. (하나의 역설이었을까?) 물론 이러한 비평정신이란 비단 비평 자체에만 존재하는 것은 아니다. 어떤 점에서는 창작이야말로 삶에 대한 섬세한 구별의 감각을 구현함으로써 의미를 가지는 것이 아닐까? 그런 점에서 사실은 속물적 삶의 실상에 대한 끈질긴 탐구를 보여주는 작가 김원우씨야말로 여느 비평가보다 더 나은 비평을, 작품을 통해서, 행하고 있는지도 모른다. 작품이 보여주는 비평력에 대해서라면, 나로서는 예의 컴플렉스가 또 꿈틀거려도 할말은 없다. 역시 작가는 작품으로 말하는 것이 아닌지.

한편 그런 의미에서 비평이란 비평가의 전유물은 아니다. 아니, 제아무리 잘난 체해도, 비평가의 비평력은 창조적인 작품이 간직하고 전달하는 '삶의 비평'의 힘에 미칠 재간이 없다. 시나 소설 등의 창조적 언어를 통해 발현되는 삶에 대한 깊은 판단과 감각과 이해력이야말로 다름 아닌 비평의 터전인 것이다. 비평이 창작 앞에서 겸허해야 할 이유는 여기에 있다. 문학은 언어를 가지고 하는 활동인데, 그 마당에서야 최고의 언어를 구사하는 자가 왕일 수밖에 없고, 최고라는 면에서 사실 비평의 언어는 창작의 언어에 미치지 못한다. 다만 제대로 된 비평은 창작에서 구현되는 이러한 삶에 대한 비평을 감지해내고, 그것에 대해서 자기 능력껏 말할 수 있을 뿐이다. 그러나 비평에 엉터리가 있다면, 창작에도 엉터리가 있다. 어느쪽 엉터리가 더 문제가 많은지는 모르겠으되, 엉터리 창작에서 무슨 삶의 비평을 찾아내기는 연목구어일 것이 분명하다. 더구나 남보다 문학을 자주 대하다보니 창작의 최고경지를 맛보기도 하고 나아가서 그것을 통해 삶에 대한 감각을 훈련한 비평으로서는, 여느 창작품이 보여주는 웬만한 수준의 비평력에는 별로 만족하지 않게 마련이다. 자기는 시 한줄 못 지으면서, 눈만 높아 있는 딱한 자들이 비평가인 셈인가!

자, 이제 논설은 그만하고, 다시 요즘 비평 이야기로 돌아가자. 두번씩이나 김원우씨가 '방향을 잘못 잡았다'고 외쳤으면, 책임을 져야 한다. 그럼 도대체 제대로 된 방향은 무엇이란 말인가? 라고 독자들은 힐문할 것이다. 구별을 하라는데, 우리 비평에서 그렇다면 무얼 어떻게 구별해야 한다는 것인가? 그걸 말하기가 어려우니, 창작과 비평의 관계가 어떻고 하면서 빙빙 도는 것이 아닌가 하고 말이다. 사실이다. 남더러 탓을 하기는 쉽지만, 제가 풀긴 힘든 것이 이런 문제니까. 더구나 무슨 정답을 내놓는 것처럼 그 방향을 제시할 능력은 적어도 내게는 없으니, 우리 비평이 비평정신을 회복하기 위해서 특히 싸워나가야 할 두어 가지 경향을 언급하는 것으로 대신하고자 한다. 그 하나는 과학주의의 문제요, 다른 하나는 파당성의 문제다. 작품이나 대상을 있는 그대로 보는 비평의 정신에 이보다 적대적인 것은 없기 때문이며, 동시에 엉터리든 아니든 이보다 우리 평론계에 더 넓고 깊게 자리잡은 것도 없겠기 때문이다. 사심없는 평가라면 파당성과는 원래부터가 양립할 수 없는 것이고, 객관적이고 과학적임을 자처하지만 과학에 매몰된 과학주의적 태도가 비평의 '사심없음'을 보장하지는 못할 것이다. 김원우씨는 과학주의에 대해서는 언급하지 않았지만, 사실 파당성에 대해서는 '제 동아리의 군서성'이라는 말로 비치기도 하였다. 이왕 이런 폐습 비판들에서 이야기를 시작했으니, 다시 그곳으로 돌아가보자.

김원우씨가 말하는 '한국평론의 폐습' 세 가지 가운데, 사실 차원에서 가장 동의하기 힘든 것은 세번째, 즉 "한국문학 평론에는 어떤 대상 작품이라도 면밀하게 뜯어읽은 흔적이 전무하다"는 것이다. 이 말은 너무 과장되어 있는 것이, 크게 독서량이 많지 않은 내가 아는 바로도 그런 흔적은 전무하기는커녕 부지기수이기 때문이다. 구태여 이런저런 예를 들지는 않겠으나, 아직도 우리 비평의 많은 부분이 '꼼꼼히 읽기'를 기본원칙으로 하는 신비평의 방식을 따르고 있다는 것만 생각해보자. 작품을 면밀하게 읽고 꼼꼼히 읽는 것은 비평가의 기본적인 성실성의 문제라, 그 자체로 사줄 만한 점이 없는 것은 아니다. 그러나 정작 문제는 그렇게 뜯어읽는 미시적인 접근에 매여버려, 삶과 사회 전체를 보는 더 넓은 시야를 잃어버리는 경우다. 신비평적인 관점을 포함해서 우리 평단을 현실적으로 지배하는 중요한 경향들 가운데는 이처럼 텍스트에 파묻혀 그 바깥보기를 등한히 하는 흐름이 있으니, 내가 보기에는 그것이 오히려 문제라면 더 문제가 아닌가 한다. 그런 의미에서 김원우씨의 세번째 지적은 좀 월권인지는 몰라도 "한국 문학평론에는 면밀하게 뜯어읽기만 한 흔적이 너무 많다"고 변경해도 별로 틀리지 않을 것으로 생각한다.

물론 김원우씨의 지적의 취지는 작품을 '제대로' 읽지도 않고 무슨 '힘좋은 소'처럼 마구 써대는 습성이 문제라는 것이니, 방향이 약간 다르긴 하다. 죄없는 소에게는 좀 미안하지만, 그런 평단의 소라면 나도 마음에 들지 않기는 마찬가지다. 주의해서 갈아야 할 작품의 밭을 무턱대고 헤집고 다니며 망쳐놓으니 말이다. 그러나 조금만 더 관심을 가지고 둘러보았더라면 제대로 읽고 쓴 진중한 평론들도 적지않다는 것쯤은 알았을 것이고, 그보다도 더욱 생각이 깊었더라면, 텍스트를 면밀히 읽는다는 미명하에 작품의 진정한 가치를 '제대로' 읽지 못하는 평론들도 숱하게 있다는 것까지 눈치챘을 것이다. 사실 발문의 주인공인 임우기씨의 연작평론 「그늘론」 가운데 첫편인 「예술에 있어서 그늘」이라는 글에도, 이 문제에 대한 지적이 있다. 그의 평론집을 한 석 장만 넘기면, 다음과 같은 화끈한 구절이 나온다.

오늘의 한국문예에서 거의 무의식적으로, 지배적으로 횡행하는 이론틀 가운데 가장 세련되고 집요한 이론틀은 소위 텍스트론이다. 대부분의 비평, 하다못해 소설 따위의 작품 구성에서조차 '텍스트론'이 잣대로 쓰인다. 롤랑 바르뜨 그리고 신비평, 후기구조주의 비평만이 아니라, 작품들조차도 저들의 텍스트론에 푹 빠져 있다. 푹 빠져 있다 못해, 누가 더 치밀하게 저 텍스트론을 베끼느냐, 아니 베끼느냐를 넘어, '치명적으로' 더 멀리 '끝까지 가느냐' 하는 점에 거의 '광적'이다. 앞뒤 좌우를 아주 이성적으로 살피면서, '안타깝게' 광적으로. 온몸으로 광란하는 것이 아니라, 매우 이론적으로 광란하기.

내용도 내용이지만, 괜찮은 문체를 만나면 흔쾌해지는 것이 글쓰는 이의 마음이다. 이렇게 활기찬 글의 호흡을 접하다 보면, 그의 '개성적 문체'를 기린 김원우씨의 발문이 빈말이 아님을 알게 된다. 그러나 임우기씨의 이 구절은 문체도 문체지만, 바로 우리 평단의 커다란 '폐습'에 대해서 직설적으로 거론하는 내용도 눈길을 끌기에 충분하다. 이전에도 아주 없던 지적은 아니나, 개성적인 문체와 결합해서 나오니 눈길을 끄는 정도가 아니라 아주 눈에 번쩍 뜨인다. 이처럼 텍스트론에 빠져 있는 '텍스트주의자들'은 어떻게 보면 자기가 붙잡은 텍스트 하나는 샅샅이 뒤지기는 한다. 김원우씨가 조롱하는 마구잡이 '힘좋은 소'와는 다르긴 한데, 텍스트 속에서 벗어날 줄 모르고 마구 파대기만 하니 '힘좋은 두더지'라고 하면 어떨지. 어쨌든 힘이 좋다는 점에서나 작품밭을 망쳐놓는 점에서 비슷하긴 해도, 후자는 전자와 구별되는 점이 있다. 임우기씨도 지적하고 있는 것처럼, 이 두더지는 아주 이성적이고 머리가 좋다는 사실이다. 그런데도 김원우씨는 왜 머리없는 소만 말하고 머리가 비상한 두더지에 대해서는 말하지 않고 있는가? 아마 책의 본문 중에 충분히 피력되었다고 보고 생략했거나, 아니면 방향을 잘못 잡았거나 둘 중의 하나일 것이다.

하여간 한국비평의 문제점에 대해서라면 나는 '한국의 텍스트주의자'들에 대한 임우기씨의 비판의 취지, 즉 문학을 삶과 동궤의 것으로 보는 논리가 텍스트 속에 삶이 있다는 식으로 자기발전해나가면서 결국 '삶에 대한 반동화'의 길을 걷게 되었다는 비판의 취지에 대개 동의한다. 그게 대체 누굴 말하느냐고 따지고들면 좀 다른 문제가 될 터이지만, 이러한 경향의 진원지가 없는 것은 아니고(임우기씨는 "저 4·19세대의 자유주의와 합리주의를 신봉했던 한 유파"라고 지칭하고 있다), 그 여파가 널리 퍼져 있다는 것을 적어도 이 땅에서 문학하는 사람이라면 모를 사람이 없기에 약(略)해도 괜찮지 않을까 한다. 그렇다고 이러한 흐름이 우리 비평에 세운 공을 부정하는 것은 아니며, 그 점에서는 임우기씨도 마찬가지인 것으로 안다. 그러니 이를 '폐습'이라고 돌리는 것은 아무래도 무리가 있겠고, 우리 비평의 방향성이랄까 지향의 문제에 관련된 더 커다란 도전에 관계되어 있다고 해야 옳겠다. 그만큼 이러한 흐름은 우리 비평에 관한 한, 하나의 권력을 이룰 만큼의 영향력을 가지고 있기 때문이다.

그러나 폐습만 하더라도 워낙 물리치기 만만치 않고, 아주 없애기란 어떤 의미에서는 거의 불가능한 것이기까지 한 마당에, 하나의 권력이 되어 있는 비평이야말로 폐습 이상으로 좀처럼 와해되기 힘든 법이다. 물론 '텍스트주의자들'이 힘주어 말하는 바 가운데 하나가 바로 권력으로서의 문학의 해체임은 주지의 사실이다. 문학이란 자기 스스로를 끊임없이 해체하는 바로 그 활동에 의해서 권력이기를 거부한다는 것이다. 그러나 다름아닌 권력이기를 거부한다는 그런 논리를 전파하고 주장하고 발전시키고 하는 그 모든 과정을 통해 이 '유파'가 누구 못지않은 권력을 누리는 것은 단순한 역설만은 아니다. 흔히 말하는 담론-권력이란 것이 바로 그런 속성을 가지는 것이니까. 더구나 텍스트주의의 이러한 횡행은 서구이론의 주도적 경향에 대개 그대로 편승하는 것으로, 그만큼 서구의 권력이 담론부문에서도 맹위를 떨치고 있는 우리 현실에서 가장 현실적인 힘을 확보하기도 한다. 임우기씨도 그렇지만, 발문 필자 가운데 한 사람인 김성동씨가 크게 우려한 바도 아마 이것일 터이다.

이제 텍스트주의 자체에 대한 이야기는 그만 하자. 현재 이 글의 관심거리는 텍스트주의 자체가 아니라, 우리 비평의 전체적인 방향의 문제이며, 텍스트주의에 대한 불만은 그 한 가지 예에 불과하니까. 물론 이 텍스트주의가 올바른 비평이 넘어서야 할 두 가지 고비 가운데 하나인 과학주의와 유관하다는 것은 충분히 짐작되리라고 믿는다. 그렇지만 무엇보다 문제는 바로 비평정신이 상실되어가는 현실 그 자체인 것이다. 사물을 있는 그대로 보고 좋고 나쁨을 구별하는 것이 비평의 정신이라면, 우리 비평에는 이러한 정신이 얼마나 살아있는 것인가? 비평이 어느때보다 번성하고 세력을 떨치는 시절이지만, 오히려 비평의 정신은 갈수록 위축되는 것은 아닌가? 문학작품을 알아보는 안목을 기르는 대신에 체계를 습득하고, 문학의 성과를 삶의 실천과 관련지어 사유하는 대신에 문학의 구조에 정신을 뺏기고, 이러다보니 삶을 대면하는 정신으로 작품을 있는 그대로 보는 비평의 직분은 어디론가 사라지고 친분과 시류와 눈치로 비평의 조그만 권력을 나누어갖는 데 만족하는 엉터리들도 우후죽순으로 생겨나는 것이다. (과학주의가 파당성과 양립할 수 있는 것은 이런 까닭에서다. 같은 파에 대해서도 사심없는 비평의 정신에 따라 비판을 행할 분위기가 형성되어 있지 않은 동아리는 파당이라고밖에 할 수 없을 것이기 때문이다.) 이렇게 불만을 토로하다 보니 비록 여러모로 토를 달기는 했지만, 나도 김원우씨의 비평 매도에 은연중 감명받은 바도 없지 않은 것도 같아 멀쑥해진다.

하여간 과학주의와 더불어 파당성의 문제도 더 짚어보아야 할 것이지만, 그럴 경우 '파당성'과는 다른 '당파성'이라든가 객관성이라든가 하는 평단의 오랜 숙제들을 논급해야 하는 등 이야기가 길어질 듯하니, 이 자리에서는 약하겠다. 다만 문학비평에서 비평정신의 위축과 과학주의 및 파당성의 득세는 서로 비례한다는 것만 확인해두자. 어쨌든 문학비평 영역에서 비평정신이 활성화되지 않는 현상은 파당성이 지배하는 사회 전체의 분위기와 결코 무관하지 않다. 사실 평단의 비평정신 위축을 우려하다가도 이즈음의 우리 사회로 시선을 돌리면 그래도 문학부문이 상대적으로 나은 것이 아닌가 하는 생각도 든다. 우리 사회에서 비평정신은 얼마나 살아있는가? 긴 이야기 할 자리는 아니기에, 한 가지 예만 들기로 하자. 지난해 우리 사회를 들끓게 했던 사건인 양약 한약 분쟁은 아직도 사람들의 뇌리에 남아 있을 것이다. 잊을 만도 하지만, 한약재를 담은 서랍이 늘어서 있는 약국에 들어서면 그 사건 생각부터 나는 것이 소심한 시민의 심정인지도 모른다. 다 지난 일을 두고 어쩌니 하기도 싫고 또 어느 한쪽 편을 들고 싶은 생각은 없는 터이지만, 그 사건만큼 우리 사회의 비평 부재를 절감한 경우도 드물 것이다. 불편부당함을 내세우며 양비양시론을 펼친 언론의 얄미운 습성이야 워낙 그렇다 치더라도, 어쩌면 그렇게도 약사 쪽이든 한약사 쪽이든 한사람 예외없이 상대가 틀렸다고 나올 수 있는지 기가 막혔다. 이런 판국에는 힘센 자가 이기기 마련이라, 결국 약사 쪽의 주장이 대폭 인정되고 만 것은 다 아는 사실인데, 이렇게 된 결과를 두고 말들이 많았지만 내가 과문해서 그런지는 몰라도 약사나 약대 교수나 약대 학생이나 어느 누구 하나에게서 문제있다고 비판하는 소리 나왔다는 말은 도무지 들어보지 못했다. 이런 것을 비평의 부재 혹은 죽음이라고 하는 것이다.

물론 밥줄이 달려 있는 일에 비평이니 뭐니 그런 한가한 소리가 될 법이나 하냐는 타박을 맞기 십상인지도 모른다. 그러나 자신의 이해관계에 상관없이 사심없는 판단을 내리는 사람이 약사들 가운데 단 몇사람이라도 나타났다면(소돔과 고모라에서처럼 열 명씩이나 요구할 생각은 없으니까), 약사사회를 비평부재의 사회라고 보는 나의 새로운 고정관념은 생겨나지 않았을 것이다. 혹 당신이 약사라도 이런 말을 듣는다고 너무 기분 상하지는 말라. 문제가 그만큼 두드러지지 않았다 뿐이지, 비평이 발붙이지 못하는 사회가 어디 약사사회만이겠는가? 자기가 속한 파당의 이해(利害)에 봉사하는 것을 미덕으로 삼는 반(反)비평적 정신은, 밥줄하고는 비교적 상관이 적은, 문학사회인 평단에서조차 기승을 부리고 있는 것이다.

비평 부재의 비평계! 결국 이 글은 이 형용모순에 도달하기 위해, 그 먼길을 달려왔던가? 한 평론가의 평론집 잔치마당에서 시작하여, 19세기 영국을 거쳐 동네약국에까지 다녀오는 그 먼길을? 비평을 매도하는 목소리에 맞서 용약 나선 이 싸움이 결국 돈 끼호떼와 같은 풍차와의 싸움에 불과했더란 말인가? 비평에 널리 퍼진 그릇된 경향들을 생각하면, 어김없는 사실일지도 모른다. 그렇지만 진정한 비평의 구현을 위해 고민하는 목소리들을 상기하면, 사실이 아닐지도 모른다. 그럼에도 불구하고 부정할 수 없는 것은 이 시대 비평이 처해 있는 딜레마다. 비평정신이 위축되고 있는 현실은 너무 가혹하고, 그렇기에 오히려 비평에 거는 기대는 너무 벅차다. 비평이 제자리에 서지 못하는 사회이지만, 그렇기에 오히려 비평의 진원지로서의 문학은 중요한 것이 된다. 진정으로 창조적인 문학에서는 이해관계를 말할 때조차도 이해관계를 떠나서 말할 수 있으니, 그런 창작에 젖줄을 대고 있는 한 비평은 죽지 않고 살아남을 수 있을 것이다. 다만 창작이 살아있다면, 다만 삶의 가능성들이 소진되지 않는다면, 다만 텍스트의 체계 속에 갇히지 않는다면, 다만 이기적인 속물근성에 매몰되지 않는다면, 다만 그런 속물성을 부추기는 사회체제만 아니라면. 다만. 다만.

비평정신의 발현을 방해하는 힘은 사실 넓고도 깊다. 비평을 우울하게 하는 것의 정체는 엉터리 비평의 횡행도 아니요 창작자의 질책이나 불만이 아니라 바로 그 거대한 추세인지도 모른다. 그러나 그러한 추세에 맞서는 일이야말로 탄생 이래 비평의 숙명이 아니었던가? 그러니 이렇게 서로 격려하자. 시대의 어둠을 뚫고, 날아라 비평!

—『문학정신』 1997년 봄호

90년대 정신분석
문학담론의 징후 읽기

1. 90년대, 어두운 기억의 저편

"90년대 문학을 냉철히 점검하고 다음 세기를 사려깊게 전망"한다는 특집의 취지에 얼마나 부응하는 태도인지는 모르지만, 필자는 청탁을 받은 이후 내내 이 연대를 정신분석해야겠다는 욕망에 시달렸다. 정신분석이라면 무엇보다 냉철하고 사려깊게 이루어져야 할 것이니 편집자의 의도와 어긋난다고 하기 어려울 것이다. 그렇지만 이런 분석작업이야말로 무작정 원한다고 해서 될 일이 아니고, 충분한 훈련과 전문가다운 대비가 있지 않으면 안되는 일이다. 그럼에도 이제 필자는 이 무모한 일을 시작하지 않을 수 없게 되었다. 거기에는 "90년대만큼 오리무중의 혼란상을 보여준, 그야말로 문제적 시대도 없었다"는 편집자의 판단을 믿고 한번 이 혼란을 설명해보아야겠다는 '착한 필자'로서의 각오도 없지 않지만, 필자 자신의 욕망은 그보다 더 깊은 곳에서 작용하는 듯했다. 90년대의 문학현상 가운데 설명을 요구하는 한 가지 의문이 마음속에 끈질기게 남아 있기 때문이다. 필자는 90년대에 일어난 한 담론상의 사건, 즉 '민족문학'을 포함한 진보적 문학관이 일시에 '억압적'이고 심지어 '독재적'인 이념으로 화하는 그 변환의 과정에는 정신분석을 요구하는 착잡한 심층심리적 요인이 있다는 심증을 지울 수 없다. 90년대 초부터 몰아닥쳐 이 연대가 진행되면서 더욱 굳어져간 이 변화와 급전이 던진 심리적 동요는 의외로 심각하다. 90년대가 저물어가는 이 시점에까지 그 여파는 여전히 영향력을 발휘하고 있기 때문이다.

문학논의나 일반의 인식에서 오랫동안 '억압당해오던 자'가 불과 수년 사이에 '억압하는 자'로 치환되어버린 이 사건은 그 과격함에서든 신속함에서든 광범함에서든 일찍이 예를 찾아보기 힘든 것이었다. 이 현상에 대한 해석이 없었던 것은 아니다. 문학 내부의 논리로만 본다면, 담론권력의 투쟁국면에서 벌어진 역전현상이 비평의 세대교체라는 전통적인 옷을 입고 나타난 것이라는 설명도 가능하다. 정치현실과 관련지어 말하면, 이 연대에 들어 이른바 '문민정부'에서 '국민의 정부'로 이어진 상대적인 민주화의 진행, 그리고 대안적 삶과 사회에 대한 한 실험으로서 사회주의의 몰락이 맞물리면서 진보적 사상이나 문학이념이 홀연 빛을 잃게 되었다는 점을 떠올릴 수 있겠다. 그러나 이것만으로는 이 역전과정에서 숨길 수 없이 드러난 증오와 환멸과 절망 그리고 참회와 파괴욕이 뒤엉킨, 거의 신경증적인 현시(顯示)를 설명하지 못한다. 그리고 그것이 글을 비롯한 담론을 통해서가 아니더라도 문학에 종사하는 사람들이나 문학독자들의 정서적 반응 속에 광범하게 나타날 때, 가령, "민족이니 민족문학이니 이젠 지겹다!"라는 사소하다면 사소한 감정표현이 문학의 생산과 수용을 둘러싼 어떤 감정구조의 변형과 연관되어 있다는 점을 간과해서는 안된다. 무엇보다 중요한 것은 90년대 초에 일어난 이 급격한 전환이 이후의 문학적 실천에 일종의 외상적(外傷的) 경험을 이루고 있을 가능성이다. (당해 연대 문학의 성격에 심대한 영향을 끼치는 80년대 초의 외상적 경험이 광주라는 표상이라면, 90년대의 그것은 사회주의 몰락과 보수야합이라고 할 수는 있다. 그러나 후자의 경우 이 사건들에 부착되어 일어난 담론상의 격변이 불러일으킨 심리적 상승효과를 고려해야 한다.) 하여간 광기와 신경증과 환상이 상기시키는 온갖 프로이트적 세계의 언어들로 가득한 이 90년대 담론의 징후를 읽는다는 것은 그 담론들을 낳고 성장·유포시키는 (사회적) 무의식을 읽어내는 일과 다름이 없다. 이 심층의 어두운 기억 저편으로 들어가는 것은 두렵고도 위험한 일이다. 그러나 그것은 길 없는 길을 찾는 행로이기에 그만큼 매력적이기도 하다.

무의식의 분석이 정신분석가가 할 노릇이라면, 사회적 무의식을 읽어내는 일에도 분석가다운 객관적 태도가 전제되어야 마땅할 것이다. 그럼에도 사심없는 '냉철한' 분석을 약속할 생각은 없다. 뜻이 없어서가 아니라 힘이 미치지 않아서다. 이 담론싸움의 국면에서 필자로서는 억울하게도 '과거의' 민족문학론이나 리얼리즘에 집착하는 고집 센 인간이라는 소리를 한두번 들은 것도 아닌 처지인지라 그로 인해 불편해진 감정이 엄정무비(嚴正無比)해야 할 분석작업에 개입하고 나설 수도 있는 일이다. (억눌린 감정들이 소리소문없이 작용하는 것을 통제하기란 얼마나 어려운가!) 이 개입을 가능한 한 차단하는 것이 분석자로서의 의무이기는 하지만, 무의식 속에 자리잡은 기억의 영상들이 어떤 역전이(逆轉移)현상을 일으킬지는 짐작하지 못하겠다. 다만 이렇게 글쓰기를 통해 그 욕망을 풀어놓음으로써 자신을 향한 정신분석을 동시에 진행하고자 하는 의욕도 없지 않거니와, 스스로를 비판에 개방함으로써 '담화적 치유'(talking cure)의 기회가 될 수 있다면, 90년대의 또하나의 화두인 '생산적 대화'를 나름대로 시작하는 일이 될 수도 있지 않을까 자위해본다.

2. 가학과 피학의 이상심리

90년대 담론의 전이현상을 살피기 위해 우선 이 문제적 연대의 초창기로 돌아가보자. 90년대 초에 벌어진 동구권 붕괴와 한국문학에서의 진보적 이념과 운동의 위축이 가지는 상관관계에 대해서는 수많은 언급들이 있었지만, 한 자유주의적 비평가의 다음과 같은 발언은 그 공격성에서 눈길을 끈다.

> 모스끄바에서의 잔기침이 서울에서 강풍으로 바뀐다. 여기저기서 빨간 새앙쥐들이 그 바람을 몰고 시끄럽게 돌아다니다 쥐구멍으로 사라진다. '문학'을 '나사못'으로 간주하다가 이제는 '정치적인 침묵'에 몸을 숨긴 약삭빠른 새앙쥐들이 문제인가? 아니다. (…) 문제는, 동구권의 체제가 무너지고 있다는 사실 그 자체가 아니라, 체제의 무너짐을 이념의 무너짐으로, 다시 이념의 무너짐을 문학(리얼리즘문학)의 무너짐으로 등식화하는 경향 혹은 심리적 상태에 있다.[1]

필자는 이 대목 이후에 전개되는 그의 문학 내지 리얼리즘에 대한 해석, 즉 문학을 욕망의 흔적으로 보는 다분히 해체주의적인 입장 자체를 문제삼자는 것은 아니다. 일부 리얼리즘론자들이 그가 말하는 '심리적 상태'에 있다는 생각도 지나치게 일반화한 점만 빼고는 동의할 수 있다. 필자가 주목하는 것은 그가 동원하는 언어들이 공격적 충동으로 가득 차 있다는 사실이다. 일패도지하여 '쥐구멍'으로 사라지는 '빨간 새앙쥐'들의 이미지는 물론 80년대에 비해 상대적으로 침묵을 지키던 리얼리즘론자들을 겨냥한 것이겠으나, '빨갱이 새끼'에 대한 의식적·무의식

---

1) 임우기 「왜 리얼리즘인가?: '흔적의 문학'에 대한 인식」, 『문학과사회』 1992년 봄호, 64~
   65면.

적 증오심이나 적대감을 수반하는 남한 지배담론의 억압과 폭력의 '흔적' 하나만큼은 분명하게 드러나 있다. 문제는 그의 이러한 어휘구사가 의도적인 것은 아닐지라도, 국가보안법이 엄존하는 현실이나 우리 사회의 심층에서 작용하는 '레드컴플렉스'에 대한 무의식적 망각과 유관할 것이라는 점이다. 아니 무의식의 소산인 만큼 더욱 문제적일 수가 있다. 비단 이 글뿐 아니라 유연하고 열린 사고를 앞세우는 자유주의는 종종 그 나름의 공격충동을 감추고 있으며, 그것은 자유주의라는 이데올로기의 본성에 내재하는 것이면서 동시에 우리의 착종된 정치현실과 맺어져 있다는 것이 필자의 판단이지만, 일단 그 이야기는 뒤로 미루자. 여기서는 그가 지적하는 80년대적 리얼리즘론자들의 '심리적 상태'란 것을 더 짚어보기로 하자.

임우기에 따르면 이들은 체제의 붕괴와 리얼리즘의 붕괴(동요)를 동일시함으로써 마음병을 앓는다고 한다. 이 관찰은 일면 유효하다. 실상 사회주의의 몰락이 80년대 말에 무성하던 리얼리즘 논의 특히 사회주의 리얼리즘에 대한 신념에 타격을 가하고, 그 믿음을 신봉하는 이들에게 '혼동과 붕괴의 느낌 혹은 심리적 열패감'을 안겨준 것도 부정하기 어려울 것이다. 그렇다면 체제와 이념과 문학이 동일한 것이 아니라는 계몽을 통해 이들의 마음병은 치유된다는 것인가? 그렇지 않다. 왜냐하면 지금은 "근본적으로 문학의 자기동일성을 성취할 수 없는, 혹은 상실해가고 있는 시대"라는 것이니, 결국 이들이 제정신을 차리더라도 확인할 수 있는 것은 해체되어 흔적만 남아 있는 리얼리즘의 텅 빈 공간뿐이기 때문이다. 문학을 통한 실존적 투여라는 것 자체가 환상에 불과하다면서, 이렇게 리얼리즘이라는 개념에 해체의 구멍을 파두고 있으니, 필자가 보기에는 이 구멍 속으로 자진하여 뛰어들기보다 리얼리즘의 붕괴를 앓는 마음병을 그대로 가지고 견디는 편이 차라리 더 생산적이고 더 건강할 것 같다.

마음병을 앓는 이에게 살려면 죽으라 하는 이 가학적 충동과 어울리는 피학적 충동을 필자는 90년대 초 이같은 공격과 함께 여기저기서 돌출한 반성과 참회와 고백들에서 발견한다. 사실 '빨간 새앙쥐'들이 마냥 침묵하지는 않았고, 한때 반성과 자성의 목소리와 함께, 민족문학과 리얼리즘의 갱신을 요구하는 목소리가 높았다. 그러나 80년대 말경의 도식적이고 교조적인 편향에 대한 정당한 반성이 진보적인 문학론 일반에 대한 무차별적인 부정으로 비화하면서, 80년대 젊은세대의 작업을 통째로 부정하는 이른바 청산론들이 돌출되던 상황은 분명 정신적 공황이 불러일으킨 가학−피학의 이상심리와 연관되어 있다. 엄격한 자성과 아울러, 대부분의 청산론자들과는 달리 민족문학의 본령에 대한 믿음을 견지하고 있다고 보이는 한 비평가조차, 80년대 말의 작업들을 일컬어 "맑스주의 혹은 사회주의라는 형용어가 행사했던 '위력'의 힘을 입어 언어의 폭력을 휘두르며 강압을 일삼았"으며 "사회주의와의 거리감각, 원근구도를 상실한 채" "그 전망을 함부로 떠들어"댔다고 자아비판의 채찍질을 가할 때,[2] 물론 일말의 진실이 없지 않고 본인의 의도가 진정한 자기반성에 있다 할지라도, 여기에서 피학적인 고백과 참회의 언사가 마음껏 발휘되는 것 또한 간과할 수는 없다. 물론 유중하(柳中夏)의 본 의도는 80년대 말의 새로운 민족문학론들의 교조성과 관념성을 비판하고, 자신들이 소시민적이라고 몰아붙였던 백낙청(白樂晴)의 민족문학론에 대한 새로운 인식을 촉구하는 데 있다. 그럼에도 이 '반성문'의 문체에서 두드러지는 피학성 때문에 오히려 백낙청이라는 민족문학론의 '대부'에 대한 돌아온 탕아로서의 심리적 승복이 부각되어 나타나는 것이다. 결국 자신들의 작업 또한 '역사적인 것'이었다는 올바른 언표에도 불구하고, 80년대 말의 민족문학론들이 미숙하고 투박한 대로 제기한 이론적 동력이 기존의 논의를 '강압'함으로써 전체로서의 민족

2) 유중하 「백낙청을 새로이 고쳐 읽으면서」, 『실천문학』 1991년 가을호, 193, 197면.

문학론의 심화에 기여한 측면은 쉽게 망각된다.

  물론 민족문학론의 발전에서 80년대 소장비평가들의 기여가 어떠했는가를 묻는 것이 지금의 관심사는 아니다. 필자가 주목하고자 하는 것은, 그 당자들이 이처럼 자기 작업에 대한 확신이 없이, 변화한 현실에 대응하는 힘을 일거에 상실하고, 더이상의 이론적 모색을 포기해버린 채 자기모멸과 비하에 빠져든 이 심리의 드라마가 어디에서 유래하는가 하는 점이다. 직접적인 요인으로는 마땅히 사회주의의 '갑작스런' 몰락이 불러일으킨 당혹과 좌절감을 먼저 꼽아야 할 것이지만, 이렇게 깊은 우울증이 자리잡은 것은 자기 존재의 위기감과 균열에 대한 자의식이 과도하게 커졌기 때문이라는 설명도 가능할 것이다. 왜 이런 현상이 벌어졌는가? 문학 혹은 문학운동이 자기 존재를 던지는 투여행위를 내포하고 있음은 부정할 수 없을 것이다. 그러나 이같은 문학적 실천은 자기 존재에 대한 치열한 질문이 동반됨으로써 구체성을 얻게 된다. 이들에게 부족한 것은 이와같은 자기 존재에 대한 질문이었다. 말하자면 80년대 말에 팽배한 계급이념과 문학운동에는 고양되는 노동 및 민중 운동의 에너지와 자신을 동일시함으로써 자기 주체의 상을 만들어가는 심리 기제가 작용했던 듯 보인다. 고양되는 한국의 노동운동이라는 현실 자체에서 동력을 얻었음에도 불구하고, 이들 가운데 일부의 의식은 현실과는 아득한 원론의 세계 속을 부유하고 있었다. 이 동일시의 환상이 깨어지면서 젊은 이까로스(Icaros)들의 추락이 일어나고 그것이 야기하는 정신적 위기가 이상할 정도로 깊어진 그 침묵의 원인이라고 추정할 수 있다.

  이들이 침묵 속에 빠져들게 된 것은 이런 의미에서는 필연적이기까지 한데, 이같은 '침묵'을 뚫고 우리 문단의 가장 대표적인 자유주의자에 의해 민족문학론에 조종(弔鐘)을 울리는 소리가 나오게 된다. 1994년 발표된 김병익(金炳翼)의 유명한 평론의 첫 부분을 읽어보자.

90년대로 넘어오면서 우리의 비평계에는 '민족문학의 위기'에 대한 우려와 논의가 활발하게 전개되었다. 그리고 두어 해가 지나 문민정부가 수립되면서, 어느 사이 그 위기론이 거론조차 되지 않는 상태로 바뀌었다. 물론 그 위기가 극복된 것은 아닐 것이며, 오히려 발언할 기력마저 쇠진되어버릴 정도로, 적어도 문학적 쟁점으로서의 문제성이 그 효력을 상실할 정도로, 우리의 문단풍토가 변화한 것이라고 보아야 할 것이다. 그러면서, 그 민족문학론의 지주가 되어온 리얼리즘에의 열기도 약화되고 있다.[3]

이는 분명 임우기의 글처럼 공격적인 것은 아니다. 반대로 '문단풍토의 변화'를 객관적이고 공정하게 관찰하는 어조를 취하고 있고 또 그 스스로 다음 문단에서 그 점을 강조하기도 한다. 그러나 전체적으로 차분하고 온건한 어조 때문에 오히려, 민족문학이 이제 "발언할 기력마저 쇠진되어버릴 정도"라는, 그의 표현마따나 "너무 급격하고 비정한" 진단이 더욱 묵직한 힘으로 기운 빠진 민족문학을 내리누르게 된다. 이것은 그가 의도했든 하지 않았든 위기의 민족문학에 가하는 타격으로서는 90년대의 언설 가운데서도 가장 효과적인 것 중 하나일 것이다. 비록 그 자신은 스스로 평소 민족문학에 대해 유보적임을 밝혀두고 있지만, 그같은 유보 이상의 부정적 판단과 심리가 온건하고 관찰자적인 외양에 가려 '억압'되어 있음을 느끼게 되는 까닭도 이것이다.

물론 이 수사학의 문제는 이같은 진단이 과연 언표하는 것만큼 공정하고 객관적인가라는 의문과는 별개의 것이다. 민족문학의 위세가 예같지 않다는 판단이나 그것이 대중의 선호를 받지 못하는 현상에 대한 지

---

3) 김병익 「문학적 리얼리즘은 어떻게 변할 것인가」, 『새로운 글쓰기와 문학의 진정성』, 문학과지성사 1997, 80면.

적을 통째 부정하기는 어렵겠지만, "발언할 기력마저 쇠진"된 그 민족문학이 무엇을 지칭하는지부터가 불명확하다면, 그같은 지적 자체가 공허해지고 그런 만큼 자의적이고 이데올로기적인 것이 된다. 필자가 보기에 문민정부 수립 후 민족문학론이 이토록 문제성을 상실했다는 김병익의 진단은 크게 과장된 것이다. 80년대 말에 치솟았던 새로운 민족문학론들이 위축되고 활력을 잃게 된 것은 사실이나, 앞에서 말한 것처럼 그 침묵은 동일시의 환상에서 깨어나 우울증에 사로잡힌 일부 논객들의 것에 그친다. 90년대 전반기 내내 리얼리즘을 둘러싼 논쟁이 문단에서 지속되었고, 『실천문학』에서는 민족문학론의 방향을 모색하는 특집을 1년여에 걸친 장기기획으로 꾸리는 중이었으며, 또한 전지구화되는 새로운 시대에 대응하는 민족문학론의 선구적 탐색인 백낙청의 평론 「지구시대의 민족문학」(1993)이 김병익의 글이 씌어지기 바로 얼마 전 발표되기도 했다. 더욱 중요한 것은 민족문학론이 그 이론적 토대로 형성해온 분단체제에 대한 논의가 90년대 들어 학계로 확산되면서, 오히려 그 내실이 더욱 다져져온 면도 있다. 이 모든 작업을 무의미하다고 보는 것이 아니라면, 이 '기력의 쇠진'은 80년대 말 민족문학논쟁을 떠들썩하게 보도하던 신문 문화면의 관심이 떠났다는 이상의 무슨 의미를 담고 있는지 의심스럽다.

민족문학에 대한 비관적 판단의 근거로 김병익이 내세우는 문단풍토의 변화 가운데 중심이 되는 것은 대중의 기호가 민족문학과는 상반되는 대중문학으로 기우는 현상인 듯 보인다. 그리고 이 풍토 변화의 문제는 90년대의 마지막에 도달한 지금에 와서도 중요한 쟁점이 되고 있다. 그러나 대중의 기호와 전문가의 판단이 유리되는 현상은 근대 이후 지속되어온 것으로 어제오늘의 일이 아니며, 더구나 몇년 사이에 질적인 변화가 있었던 것도 아니다. 앞으로 이 괴리가 심화될 것이라는 김병익의 판단은 그것대로 유효하겠지만, 그럴수록 이 근대의 핵심문제에 대한 문학론의 대응은 긴요해진다. 민족문학론이 지금의 국면에서도 유효한 까닭은 바로 이같은 분리를 당연시하지 않고 삶과 사회에 대한 총체적 이해의 전망을 끌어안고 있다는 점, 대중문학과 고급문학의 이분법에 맞서 민중의 삶과 언어의 창조적 가능성에 열려 있다는 점일 터인데, 이러한 민족문학론이 '탈진'했다고 선언한 이상, 무언가 이 괴리를 극복해나갈 어떤 대안이 나오기를 독자들은 기대하게 된다. 그러나 이같은 기대는 수월하게 배반당한다. 학교에서 문학교육을 더 자상히 해야 한다거나 출판사도 정신을 더 차려서 너무 상업적이 되지 말아야 한다는 등 자신의 표현 그대로 '상투적인 제안' 말고는 이를 넘어설 어떤 가능성도 비전도 보여주지 않는 것이다. 아쉬운 마음 한편으로 필자는 이같은 의혹을 확인한다. 역시 현단계 문학의 전망에서는 숙명론과 비관주의가 자유주의 문학론의 벗어날 수 없는 운명이 아닐까?

3. 세대론의 심층심리와 자유주의의 귀환

90년대에 세력을 얻게 된 일부 문학담론에는 두드러지게 나타나는 몇가지 공포증 혹은 혐오증(phobia)이 있다. 계급·민족·계몽·진지성 등이 그 대상이며, 이러한 착종된 적대감은 당연히 탈계급·탈민족·탈계몽·탈진지성(가벼움) 등 탈(post)에 대한 열광증과도 결합되어 있다. 90년대 담론이 자기정립을 하는 가운데 생겨난 이같은 공포·혐오증은 80년대 담론과 자신을 구분하는 과정에서 부각된다. 즉 80년대적인 것을 낡고 억압적인 것으로 보고 여기서 벗어나 해방되는 일이 90년대적인 것이라는 세대론의 구성이다. 앞세대를 넘어서고 혹은 거기서 벗어나려는 세대론적 요구 자체는 문학사에서 항상 되풀이되는 것이요, 젊음의 생성력과 결합된 만큼 근대문학의 진전에 필연적인 진보성을 담보하기도 하는 것이지만, 90년대가 내세운 신세대적 지향은 거꾸로 진보에 대한 타격을 목표로 하고 나왔다는 점에서 특이하다. 크게 보아 사회의 보수회귀와 맥을 같이하는 문학주의로의 선회가 90년대 신세대의 이름으로 일어나던 와중에, 80년대 선배들의 비평활동을 두고 "한치의 비판도 허용하지 못했던 권위에 가득 찬 그 세대의 공적(公敵)을 빼어 닮은 듯한 (…) 유신세대"(박철화) 운운하는 돌출발언도 나온다. 파시스트와 싸우던 측이 파시스트가 되어버리는 이 역전을 보라! 그 세대의 한 사람인 평론가 김철은 이 대목을 두고 과거 독재정권과 싸우며 문학운동을 해왔던 선배들로서는 "억장이 무너질 만"한 독설이라고 통탄하였는데,[4] 과연 그럴 만도 한 일이다. 그러나 그렇다고 이같은 발언을 과거를 모르는 신세대의 철없는 소리로 돌릴 수만도 없는 것이, 이것이 세대론을 내세운 보수회귀 흐름의 한 징후적 현상임이 드러나기 때문이다. 한국문학의 진보적 중심이 민족문학에 놓여 있었던 만큼 이에 대한 공격이 90년대적 담론의 한 지배적인 흐름을 이루게 되는 것이다.

박철화뿐 아니라 이른바 신세대에 속한다고 분류된 신진비평가들 가운데는 민족문학의 권력성에 대한 강조와 거기로부터의 해방이 중심논리 중의 하나로 흔히 등장한다. 그것이 다원주의의 이름으로 이루어지든(권성우), 비평의 권력작용을 비판하는 방식으로 이루어지든(이광호), 포스트모더니즘 논리에 근거해 계몽주의의 억압성을 비판하는 관점에서 이루어지든(류철균), 욕망의 해방이란 이름으로 이루어지든(우찬제), 거대담론과 이념의 억압성에 대한 관찰이든(박혜경), 그 비판의 핵심에는 민족문학론이 존재하고 있으며, 민족문학론은 이제 90년대가 넘어서야 할, 벗어나야 할 억압적인 권력이 된다. 파시즘체제 아래서 인간해방을 실현하기 위한 문학담론으로 기능해왔던 민족문학이 어느새 해방을 가로막는 억압적 권력으로 전환된 것이다.

---

4) 김철 「문학사의 '지양'과 '실현'」, 『구체성의 시학』, 실천문학사 1993, 255면.

이상의 진술은 실상 지금에 이르러 진부할 대로 진부해진 면도 있지만, 그럼에도 이 현상의 심층요인들이 충분히 설명된 것은 아니라고 본다. 이들이 싸움의 방향을 이렇게 돌려놓은 것은 90년대 초 사회주의 몰락과 함께 일어난 국내의 사건, 즉 보수야합과 문민정부의 수립이라는 변화로 군부독재가 종언을 고한 사건과 유관하다. 그러나 민족문학론이 과거 독재권력이 그러하듯 물리적 폭력을 행사하는 것은 물론 아니다. 그렇다면 왜 민족문학은 이들에게 억압적인 것인가? 왜 이들은 이것을 족쇄로 여기고 여기서 해방되어야 한다고 주장하는가? 민족문학의 속성 자체가 억압적이기 때문이라고 말함으로써 그 원인을 설명하는 방법이 없지는 않을 것이다.[5] 그러나 필자가 주목하고자 하는 것은, 억압을 느끼는 쪽의 심리기제다. 어떤 방식으로 합리화되든, 거기에는 민족문학을 위시한 진보적 문학에 대한 부담감이라는 정서복합이 작용하고 있다는 점이다. 물론 자신이 억압의 객체에서 주체로 되고 마는 순간을 맞이한 당사자 편에서도 말이 나오지 않을 만큼의 착잡한 심리적 충격을 받을 수 있겠으되, 이같은 충격적 변환을 감행하게 된 쪽의 심리적 기제 또한 단순하지만은 않다는 것이 필자의 생각이다.

90년대 초기에 새로운 세대의 비평들이 등장할 때, 이를 비판적으로 보는 시각에서 이들의 기회주의적 심리를 지적한 경우도 있었다. 민족문학이나 진보문학 일반과의 거리두기가 90년대적 현실에서 비평가로서의 자리 확보에 유리한 상황이라는 것이었다. 사실 90년대 들어 신진 평론가가 급작스러울 정도로 대거 등장했음에도, 과거 민중문학의 전통에 가담하는 경우는 그야말로 가뭄에 콩 나듯 하였다. 어떤 점에서 기회주의 전략은 혁명이 끝난, 혹은 힘들어진 시대에 처한 야심찬 젊은이들

---

5) 이런 해석은 90년대 내내 끊이지 않고 계속되었으며, 민족문학론을 반성한다는 입장에서도 이같은 본질적 내인론(內因論)이 일정한 지지를 받아왔다. 가령 리얼리즘 속에 '자기 동일성을 확립하려는 열망'이 문제라는 진정석의 지적도 그 하나이다. 「민족문학과 모더니즘」, 민족문학작가회의·민족문학사연구소 공동심포지엄 발제문, 1996년 11월, 16면.

이 취하게 되는 불가피한 선택일 수도 있다. 사회주의권이 무너지고 보수야합세력이 정권을 창출하게 된 이 속물세상에서 민중운동의 침체가 눈에 보이는 듯한 시기에, 비평계의 쥘리앙 쏘렐들이 나뽈레옹의 초상을 몰래 혹은 공공연히 찢어없애고 이 혼탁한 사회 속에 자기 입지를 세우려는 싸움에 나서는 것은 예상할 수 있는 일이다. (이는 민중문학 계열의 매체들이 속속 폐·종간되고 자유주의적이거나 보수적인 매체들은 오히려 대폭 늘어난 현상과도 유관하다.)

그러나 비평의 권력을 향한 소영웅적 의지라는 한 가지 충동으로 이같은 복합심리의 움직임을 환원해버릴 수는 없다. 그만큼 그것은 중층적으로 결정(結定)되어 있을 가능성이 더 큰 것이다. 가령 이 가운데는 포스트모더니즘론과 연관된 서구의 새로운 담론에 대한 새것 컴플렉스가 개입된 경우도 있겠고, 때로는 부담없는 글쓰기 자체에 대한 순수한 동경이 작용할 수도 있겠다. 그러나 무엇보다 중요한 것은 여기에 사회 전체의 성격이 변화하는 과정에서 생겨난 집단적 심리의 형성과 전개가 필경 맞물려 있다는 것이다. 한마디로 필자는 이같은 정서복합은 기본적으로 자유주의가 처해왔고 처해 있는 곤경과 깊게 연관되어 있다고 본다. 자유주의가 처한 곤경이 억압을 낳고 이렇게 억눌린 충동이 공격성으로 나타나는 심리기제를 우리는 이해할 필요가 있다. 90년대 후반 '국민의 정부' 이후 자유주의 이념이 더욱 힘을 얻으면서 (외압의 영향인 점이 많지만) 신자유주의 정책으로 외화된 사정을 염두에 둘 때, 더욱 그러하다.

한국사회에서 자유주의의 곤경은 두 가지 방면에서 나타난다. 첫째, 자유와 평등과 인간의 해방을 추구하는 자유주의의 기획은 명백히 반파시즘적이나, 자유민주주의는 바로 오랫동안 파시즘적 정치체제를 유지해온 한국사회의 지배이데올로기이기도 하다. 그 결과 자유주의자들은 자유민주주의의 이름으로 행해지는 폭력이 일상화된 사회에서 그 이념을 고수한다는 모순적인 입지에 처하게 된다. 둘째, 모든 종류의 이념에 반대하는 탈이념을 지향하는 자유주의는 진보적 이념 혹은 반체제적 활동 전체가 탈이데올로기의 이름으로 매도되고 핍박받는 사회에서 그 정당성을 확보하기가 수월하지 않다. 자신의 탈정치지향을 숨길 수도 드러낼 수도 없는 난감한 조건에 처하게 되는 것이다. 이같은 착잡한 상황에서 자유주의는 이중의 피해의식에 시달리게 된다. 즉 자유주의를 오용하고 이를 지배도구로 삼는 파시즘세력에 대한 증오심 한편으로, 사회변혁을 통해 공동체적 이념을 실천하려는 민중세력의 압박에 대한 부담감이 생겨난다. 한편 파시즘의 명백한 지배하에서 자유주의는 어느정도의 핍박과 함께 어느정도의 보호를 동시에 받게 되고 이 양가적(兩價的)인 자리가, 파시즘에 정면으로 맞서며 노골적인 폭력에 노출되어 있는 민중세력에 대한 도덕적 열등감을 불가피하게 부추긴다. (나는 적지 않은 사람들이 80년대의 세월에 감옥을 다녀오지 못한 '원죄'에 대해서 자주 말하던 것을 기억한다.) 가령 공안정국이나 매카시즘의 광풍이 심심찮게 휘몰아칠 때, 상대적이나마 확실하게 안전한 캠프에 서 있다는 안도감이 존재하는 한편으로, '빨갱이'조차 관용해야 한다고 여기는 입장으로서의 불편함은 그것대로 남는다.

어느쪽의 심리가 더 강하게 작용하는가를 일반화하기는 어렵지만, 적어도 파시즘하에서 자유주의는 민중세력의 폭력성에 내심 동의하지 않으면서도, 저항적 폭력이 불가피한 상황 탓에 사회일반에 형성되어 있다고 보이는 일종의 도덕적 초자아(超自我)에 밀려 반민중적이고 개인주의적인 자유주의의 충동을 일정정도 억압할 수밖에 없게 된다. 정상사회에서라면 중간계급 이념으로서의 자유주의가 속성으로 하는 민중혐오공포증이 일정한 정당성을 얻으며 표출될 수도 있을 것이나, 광적인 매카시즘은 자유주의의 숨구멍을 막고 욕망의 출구를 오히려 봉쇄하였다. 그것이 민중적 변혁의 전망이 80년대처럼 가시적으로 여겨지던 시기에 자유주의가 제 목소리를 내지 못하고 억눌려 있게 된 까닭이다. 그러나 이제 군부독재가 물러나고 개량적인 문민정부가 들어서서 정치적 억압이 일부 풀려나가는 국면이 되자, 자유주의의 억눌린 충동들은 한꺼번에 그리고 다소 조급하게도 폭발하였다. 자유주의 충동의 발현에 재갈을 물리던 과도한 민중탄압이 잦아들면서, 이제 자유주의는 한결 자유롭게 자신의 이념을 공격적으로 펼쳐 보일 수 있게 된 것이다. 이른바 '억눌린 것의 귀환'(the return of the repressed)이 시작된 것이다. 자유주의적 평론가 임우기가 '빨간 새앙쥐'를 들먹일 수 있게 된 것도 이처럼 개량된 민주화가 준 부담감의 경감 내지 해소 때문이며, 넓게는 욕망의 해방을 내세우며 도덕성을 단죄하는 모든 신종 담론들이 근거하는 것도 바로 이 '억눌린 자유주의 충동'의 발휘라고 할 것이다. 탈이념과 탈정치와 탈계몽의 아우성들이 한꺼번에 터져나오던 90년대 초의 담론국면은 이같은 사회적 무의식의 작용을 고려하지 않고는 온전히 설명되지 못한다고 생각한다.

그러나 비록 이 연대 초에 한바탕 자유주의적 충동의 폭발이 있었지만, 그것으로 이같은 욕망이 해소되어버린 것은 아니다. 오히려 이 분출 이후 자유주의의 충동들은 변화된 개량국면과 무리없이 결합하여 일정한 대중적 감정구조의 변화를 야기하고 또 그 위에서 번성한다고 보인다. 필자는 90년대에 이루어졌던 몇가지 문학계의 쟁점들, 가령 포스트모더니즘을 둘러싼 논의와 대중문학 논쟁, 그리고 최근의 모더니즘 평가 논쟁에 이르기까지 이 모든 문학적 담론싸움의 국면에는 언제나 의식화되었든 아니든 자유주의의 욕구가 미끄러지듯 틈입해 들어오는 현상이 되풀이되었다고 생각한다. 말하자면 90년대 초의 폭발과 분출에 이은 여진(餘震)들, 그리고 그 흔적들은 민족문학론의 갱신이라는 과제에도 일정한 영향을 끼치고 있는 것이다. 필자는 이같은 틈입과 도전이 민족문학론의 모색에 필요하다는 점을 부정하는 것은 아니나, 가령 '생산적 대화'라는 이름을 앞세운 적당한 타협이나 수용을 통해서 문제가 해결되지 않는다는 점을 강조해왔다. 변혁을 위한 문학론의 형성에 기여하는 진정한 생산적 대화는 오히려 이념의 차원뿐 아니라 작품을 통해 나타나는 문학적 실천상의 '차이'와 '구별'을 정확히 행하는 일에서 시작되어야 하며, 그리고 사회와 문학 속에 존재하는 변혁의 에너지들을 민족문학론과 결합해내려는 이론적 모색을 통해 이루어지는 것이다.

자유주의에 대한 관찰도 그러한 작업 가운데 한 항목을 차지할 필요가 있다. 그만큼 90년대 이후 자본주의가 전일화하는 과정에서 자유주의야말로 이념상의 지배종으로 자리잡았기 때문이다. 90년대를 정신분석하는 데서 자유주의가 중요한 대상이 되는 것도 이 때문이다. 그러나 우리가 그 심층을 들여다보는 순간 자유주의의 성세야말로 그 진정한 위기와 몰락의 시작이라는 점 또한 드러나게 된다. 자본주의가 일상의 삶까지 속속들이 파고들어가 안팎의 구별이 사라져버렸다고 할 때, 온갖 종류의 구속에 저항하는 자유주의가 선택할 수 있는 길은 자신의 존재를 부단히 부정하는 일밖에 없다. 이 해체의 메커니즘이 기계화되고 자동화되는 순간, 자유주의는 자본의 메커니즘 속에 그야말로 흔적없이 흡수될 위기에 처하게 된다. 그러므로 자유의 욕망과 자유의 불가능함에 대한 인정, 권력일 수밖에 없으면서도 권력이 아니고자 하는 욕망, 이 정신분열 자체가 전지구적인 자본주의시대에 자유주의의 힘이자 절망인지도 모른다.

4. 90년대 레드컴플렉스의 추이

언필칭 '90년대 정신분석'을 행하는 마당에, 우리 사회에 광범하게 자리잡고 강력한 힘을 행사해온 정신현상으로서 레드컴플렉스의 추이를 살피지 않을 수 없다. 따지고 보면 자유주의가 착잡한 처지에서 헤어날 수 없었던 이유의 상당부분은 바로 이 레드컴플렉스와의 관계설정이 하나의 아포리아(aporia)가 되었기 때문이다. 한편으로 자유주의는 이데올로기에 대한 혐오를 특징으로 하는 만큼이나 레드컴플렉스에서 벗어날 수 없었고, 그러면서도 그것이 남한 독재정권의 지배도구가 되고 있는 현실을 외면할 수도 없었다. 반면 민중문학론은 지배이념으로서의 반공이념을 폭력적으로 해체하려 해왔지만, 이 정신현상의 복합성에 대한 인식에서는 역시 부족했던 것이 아닐까? 의식적으로 이를 부정하려 함으로써 오히려 역설적이게도 레드컴플렉스에 깊이 지펴 있었던 것은 아니었을까? 뒤에서 말하겠지만, 필자는 이같은 제한된 인식이 문학적 성과의 면에서도 부정적인 영향을 끼친 것으로 본다. 우선 레드컴플렉스가 한국사회에서 가지는 의미가 무엇인지 짚어보는 데서 시작하자.

레드컴플렉스가 남한사회에 작용하는 정신적 에너지는 아마도 엄청날 것이다. 이 복합적 정서는 개인적 삶의 구석구석에서 작용하고, 의식의 차원만이 아니라 그것을 넘어서 더욱 깊은 무의식의 심층에까지 뿌리를 내리고 있다고 보아야 할 것이다. 이 컴플렉스는 물론 세계적인 냉전의식의 한 발현이지만, 현재와 맞닿아 있는 역사적 기억과 외상들이 더러는 아물었다 해도 대개는 아직도 아물지 않은 채, 건드리면 고통스런 정신반응을 불러일으키는 상처로 우리 심리 깊은 곳에 묻혀 있다. 그 정신반응은 개별적인 고통이나 광기로 드러나기도 하고, 색깔시비를 되풀이하게 하기도 하고, 때로는 사회 전체의 집단심리를 광풍처럼 몰아가는 매카시즘의 발현에 에너지원이 되기도 하는 것이다. 어떤 점에서 레드컴플렉스의 체험은 남한사회에서 살아가는 인간에게 필수적인 통과의례인 점이 없지 않았다. 내놓고 말하지 못하지만 서로 알고 있는 그 무엇이 있다는 것, 그것이야말로 성인됨의 한 표지가 아니겠는가? 그 점에서 필자는 레드컴플렉스의 체험은 좀 차원이 다르기는 하지만 한국

사회에서 일종의 외디푸스적 경험과 통하는 바도 없지 않다고 본다. 역설적이게도 우리는 레드컴플렉스를 가짐으로써 비로소 합법적인 남한 시민으로 불리고 등록된다.

물론 이 글의 관심은 90년대 문학현상에 대한 심리학적 분석에 있으므로, 레드컴플렉스의 일반적인 발현양태에 대해 더 논의할 생각은 없다. 문제는 우리 사회의 집단심리 속에 구조화한 레드컴플렉스가 90년대의 변화된 현실에서 어떻게 작용하고 또 반작용하는가에 있다. 사회주의의 몰락은 일시적으로 한국의 진보세력에 공황감을 안겨주었고 거꾸로 보수세력에 환희를 던져주었지만, 그러나 실제로 이 일차적인 반응은 한마디로 도치된 것이었다. 즉 사회주의의 몰락은 냉전의 종언을 말해주는 것이며, 이것은 한반도의 체제를 관리하던 중심이데올로기로서의 냉전이념을 근저에서부터 위협하는 일의 시작이 된다. 분단체제가 흔들리는 것은 일차적으로는 국제질서의 변화와 관련되는 것이지만, 내면적으로는 레드컴플렉스로 구현된 냉전의식이 심각하게 타격을 받는 심리적 충격과 함께 일어난다. 즉 위기는 굳어진 체제를 뒤흔들어놓는 환경의 변화로 정치적 국면에서 닥칠 뿐 아니라, 의식의 심층에 가라앉아 일정한 균형을 잡고 있던 컴플렉스가 마구 들쑤셔지고 솟구치는 아노미현상을 통해 나타나기도 한다. 자유주의가 문학담론에서 공격성을 띠는 현상도 말하자면 분단체제의 흔들림이 심층심리에 준 충격의 한 효과인 것이다. (그 점에서 필자는 '분단체제론'이 민족문학론과 결합하는 통로 가운데 중요한 부분이 바로 분단의식 혹은 무의식의 문제가 되어야 한다고 본다. 즉 분단체제가 낳은 심리표상들, 그 가운데 남한의 레드컴플렉스나 북한의 그 상관물에 대한 관찰, 그리고 그 상호작용에 대한 검토가 필요할 것이다. 따라서 분단체제론에 대한 사회과학 쪽의 점검만이 아니라 가령 심리학이나 정신분석학의 몫도 있다는 점을 지적하고자 한다.)

이 문제를 한국문학에서 리얼리즘 혹은 모더니즘의 성취문제와 관련지어 생각해보자. 한마디로 필자는 레드컴플렉스에 대한 대응이 얼마나 충실한가의 척도로 리얼리즘의 성취도가 감지될 수도 있다는 생각이다. 가령 80년대 말의 민족문학론들이 반공법 혹은 보안법이라는 무소불위의 실정법에 저촉된다는 위험을 무릅쓰고 혹은 무시하고 맑스주의 변혁론에 대한 믿음을 마음껏 선포했을 때, 거기에는 남한사회의 금기를 넘어선다는 쾌감도 동반되었다고 믿는다. 그러나 그같은 활달한 자기표현에도 불구하고 현실적으로 존재하는 레드컴플렉스의 구조에 대한 깊은 인식이 이루어지지 못한 것은, 그같은 변혁이념의 선취로 그 컴플렉스가 해소될 수 있다고 상상한 탓은 아니었을까? 결국 나르씨시즘적인 자기도취를 벗어날 수 없었으며, 이는 자신들의 리비도(libido)가 노동계급이라는 표상에 부착된 결과 생겨난 유착현상이었을 뿐, 무의식에까지 닿아 있는 민중 혹은 대중 속의 컴플렉스나 감정구조는 건드리지 못한 결과를 낳은 것이다. 이것은 또한 80년대 리얼리즘 작품들 일반이 가진 문제점과도 연결된다. 가령 인물들이 노동계급의식을 갖게 되는 과정이 노동현장의 충실한 묘사와 맺어진 잘 씌어진 노동소설에서조차, 인물 혹은 주체를 남한시민으로 호출하는 이 컴플렉스와 심층적으로 대결하는 데까지 나아간 성취는 드물었다고 본다. 심리묘사를 주된 영역으로 하는 모더니즘의 한국적 가능성은 바로 이 대목에서 열린다. 그러나 90년대에 양산되는 모더니즘문학에서 이같은 심층구조와의 대결은 과거에 비해서도 더욱 적은데, 이것은 한편으로는 개인심리의 영역에 스스로를 묶어온 한국모더니즘의 일반적인 한계를 재연하는 것이면서, 다른 한편으로는 새로운 세대의 경험적 한계 내지 경험의 피상성을 증거하기도 한다. 물론 이와는 전혀 무관한 90년대 문학의 '신세대적' 징후를 통해서 레드컴플렉스가 더이상 우리 사회의 감정구조에서 힘을 발휘하지 못한다는 주장도 나올 수 있겠다. 그러나 이것은 크고 작은 매카시즘이 언제라도 돌출할 가능성이 있는 우리 사회의 심층심리를 이해하지 못하는 단견이다. 워낙 한국 모더니즘이 레드컴플렉스의 구조와 대결하는 데까지 가지 못함으로써 그 리얼리즘적인 성취에서 떨어질 수밖에 없다는 점은 다른 글에서도 지적한 바 있거니와,[6] 90년대 이후의 문학활동에서도 이 흔들리는 분단의식의 추이를 리얼하게 그려내는 일은 분단체제에 대한 외면적 묘사 못지않게 리얼리즘의 수준을 가늠하는 중요한 시험이 된다고 본다.

5. 민족의 의미

문학에서든 사회에서든 90년대의 징후와 그 무의식이 쉽게 읽힐 것이라고 믿은 것은 아니지만, 분석을 마쳐야 하는 시간이 다가올수록 미진한 느낌만 더해간다. 90년대 중반 이후에 들어서도 '민족문학의 위기'나 그 '갱신'을 둘러싼 진지한 논의들이 없지 않았음에도, 전반적으로 밀물보다 썰물의 소리로 들리는 까닭은 무엇일까? 이 물음에 답하면서 사회변동과 맺어져 있는 심층의식의 변화를 추적해보고자 하는 것이 이 글의 의도라고 하겠으나, 역시 충분한 해명에는 역부족이다. 필자는 앞에서 90년대 자유주의의 새로운 발흥이 사회 전반으로 확산되는 과정에서, 문학담론에서 그동안 억눌린 자유주의 충동이 세대론이나 각종 포스트주의의 이름하에 폭발적으로 발현되었으며, 이것이 일정정도 민족문학론의 위기를 증폭하였음을 지적했다. 그러나 민족문학론이 90년대에 처한 위기는 물론 자유주의의 복수가 그 원인이 된 것은 아니다. 또한 따지고 보면 민족문학론이 권력이라는 말도 궁극적으로 민족문학론에 무슨 대단한 (악)영향을 끼치는 것도 아니다. 이같은 비판과 지적

---

6) 졸고 「민족문학에 떠도는 모더니즘의 유령」, 『창작과비평』 1997년 가을호, 268면.

은 대개 담론이 곧 권력이라는 푸꼬(M. Foucault)적인 전제와 맺어져 있게 마련인데, 이런 유의 관찰이야말로 경우에 따라서는 아무 쓸데없는 동어반복에 불과하기 때문이다.

그럼에도 불구하고, 문학담론에서 자유주의적 충동의 폭발이 상기시키는 90년대 및 이후의 시대변화, 즉 자유무역과 시장경제가 한껏 추구되는 신세계질서가 창출되면서 자유주의 이념의 새로운 전성기가 도래하고 있다는 사실은 진보적 문학론의 모색에 중요한 변수가 되고 있다. 전지구화라는 말로 축약될 수 있는 이같은 변화의 국면에서, 체제변혁까지 전망하는 민족문학론이 처한 곤고한 위치는 더욱 두드러진다. 90년대가 진행될수록 시대의 대세는 민족문학에 우호적인 것이 아님이 드러나게 되었다. 민족국가의 전통적 기능이 갈수록 약화되고, 민족어의 의미마저 회의되고 있으며, 민족 범주나 민족주의에서 사회변화의 에너지를 찾으려는 노력은 더이상 유효하지 않은 듯 보이는 것이다.

이런 국면이니 변혁을 추구하는 문학 앞에 민족이란 수사를 붙이는 것 자체가 짐스러워진다는 느낌이 드는 것도 당연하다. 전지구화의 담론추세에 힘입어 민족문학이 애초 싸워야 할 대상으로 설정했던 민족주의의 부정적 양상들, 즉 자민족중심의 이기주의와 결탁된 맹목적 애국의식과 민족전통에 대한 배타적 애착심에 토대를 둔 반동적 전근대의식에 대한 비난을 다름아닌 민족문학론에 덮어씌우는 일조차 벌어지고 있다. 그러나 한국의 민족문학은 이같은 부담을 처음부터 지고 시작했거니와, 전지구화의 흐름 속에서 민족 범주의 가능성을 송두리째 부정하는 서구담론의 한계를 우리 현실에 기반한 문학적 실천을 통해 넘어설 계기가 주어져 있다는 적극적 의식도 필요한 국면이다. 내부적으로 편협한 민족감정이나 민족주의와 싸우는 일도 중요하지만, 다른 한편 오랫동안 이땅의 경계 안에서 함께 살아오며 형성된 뿌리깊은 정서 자체의 현실적 힘과 그 진정성을 부정하고서야 민족문학도 그 동력의 많은 부분을 상실하게 될 것이다. 그러므로 민족의식이나 민족감정이 우리 삶의 무의식에서 작용하는 기제와 그 가능성을 탐구하는 것이, 그것을 손쉽게 시대착오적인 것으로 돌려버리는 태도보다 체제저항적인 함의를 가질 것은 분명하다. 이 점에서 민족감정 혹은 정서구조에 대한 '정신분석' 또한 민족문학론의 재구성이나 갱신을 위해 긴요한 작업이라는 제안으로 이 글을 맺는다.

—『창작과비평』 1999년 여름호

속물비평의 기원

놋쇠와 철의 하늘 아래서

1. 속물세상에서의 비평

근래 들어 비평의 위기가 되풀이 거론되고 있는 상황이지만, 그리고 필자 자신도 이 문제를 두고 어느새 몇번의 개입을 한 처지이지만, 그렇다고 이 논의가 종식되어야 한다고 보지는 않는다. 무엇보다 비평의 위기는 근대 이후 항상적으로 재연되는 문제라는 생각 때문이다. 비평은 그 태생부터 모순을 안고 있다. 그 모순은 역사적 단계나 사회의 성격에 따라 달리 발현될 수는 있겠으나, 본질은 같다. 그것은 원칙상 객관성을 가져야 하는 비평이라는 것이, 언제라도 특정계급이나 파당의 이해관계를 대변할 수 있다는 것이다. 비평의 객관성은 그 비평이 객관적이라고 스스로 주장한다고 해서 달성되는 것도 아니고, 개별 비평가가 자기가 처한 계급·민족·성별의 관계를 쉽사리 넘어설 수 있는 것도 아니다. 비평이 위기에 처해 있다는 말은 어떤 의미에서는 비평의 존재론적 조건을 말하는 것에 불과할 수 있다.

이러한 항상적인 위기국면에 처한 비평은 늘상 자기모순이라는 내부의 적과 싸워야 한다. 비평행위 자체가 언제나 파당성이라는 싸이렌의 노랫소리에 이끌리며 험난한 바위 사이를 항해하는 일인 한, 객관성을 확보하고 있다고 자임하는 어떤 비평도 허위일 수밖에 없다. 동시에 진작 파당성에 정착해버린 어떤 비평도 제대로 된 비평일 수가 없다. 비평행위는 비유컨대 파당성의 유혹을 떨쳐버리고 객관성이라는 이타카에 이르려는 끊임없는 싸움이다. 진정한 비평에는 이러한 투쟁의식이 살아 있고, 그 싸움의 흔적들이 마치 율리씨즈의 모험의 기록처럼 새겨진다. 반면 이같은 싸움의 정신이 부재하는 비평은 타락한 비평이다.

필자가 '한국비평을 비평하는' 이 기획의 앞머리에서 이같은 비평의 기본원칙을 되새겨본 것은 우리 비평계가 안고 있는 문제들이 대부분 이 원칙에 대한 배반과 맺어져 있다는 판단 때문이다. 무원칙하게 아무렇게나 씌어진 엉터리들을 염두에 두고 하는 말은 아니다. 매체가 늘어나면서 엉터리도 늘어나는 것은 당연한 일이며, 이 현상도 어떤 방식으로든 걸러지는 것이 바람직하겠지만, 문제는 다른 곳에 있다. 오히려 원칙을 내세우고 이론을 내세우고 체계를 내세우는 비평들 가운데 일어나는 이러한 배반이 더 근본적인 문제인 것이다. 즉 객관성을 부정하고, 그것을 거론하는 것 자체를 무의미하다고 보는 시각이나 인식이 갈수록 팽배한다. 객관성이 확보되기 어렵다는 것과, 그것에 대한 지향이 무의미하다는 것은 다른 말이다. 그럼에도 객관성에 대한 천착이 다양한 해석의 여지를 막는 폭력적인 논리인 양 받아들여지고, 객관성에 대한 포기가 다양성과 차이의 이름으로 예찬된다. 그러나 비평의 모순구조를 지탱하는 객관성을 포기하는 것은 비평의 모험 자체를 포기하는 것과 다름이 없다. 이러한 비평에 남은 일은 종작없는 표류이고 그 귀결은 난파이다.

필자는 우리 평단이 처해 있는 혼란은 한마디로 객관성에 대한 물음을 소홀히 한 데서 생겨난 표류상태라고 진단한다. 각양각색의 그리고 여러 수준의 비평들이 활발하게 개진되는 마당에, 이같은 일반화는 물론 위험하긴 하다. 그러나 일반적으로 최근의 비평흐름이 해석의 다양성을 앞세운 반객관성과 가치평가에 대한 부정으로 나아가고 있다는 점은 부인하기 어렵다. 이것은 해체주의 이후 서구이론의 주된 경향이기도 한데, 최근 우리 비평이 서구이론의 최신경향들의 압도적인 영향 아래 있다는 것은 주지의 사실이다. 객관성을 상정하는 것은 본질주의가 되고, 재현주의가 되고, 객관주의가 된다. 객관성을 상정하는 것은 또한 다양한 해석의 가능성에 닫혀 있다는 의미에서 폭력적인 것이 된다. 이러한 전제에서는 어떤 엉터리 소리든 발성되기만 하면 그 나름대로 의미있고(의미가 생산되고), 어떤 언어든 활자화되기만 하면 그 나름대로 (권력담론으로서) 대접받을 수 있다. 또 어떤 담론이든 권력작용을 벗어날 수 없는 까닭에, 사심없는 객관성을 말하는 것은 위선적인 것이 된다.

현재 우리 평단에 이같은 표류의 기미가 역력한 징후를 필자는 비평이 기본적으로 권력다툼의 양상으로 이해되고 있는 현상 자체에서 본다. 한 문학에꼴이 있다. 거기 속하지 않은 비평가가 이 에꼴이 권력기구라고 비판한다. 그 에꼴에 속한 비평가 쪽에서는 자꾸 권력이라고들 하는데, 그렇다면 권력행사를 잘하면 되지 뭐가 어떻다는 것이냐고 대꾸한다. 그러자 한 언론비평가는 이 에꼴의 수장(首將)에게 문화권력으로서의 처신을 똑바로 하라고 충고한다. 필자는 솔직히 이런 식의 논의 자체가 별로 생산적이지 않다는 데 동의한다. 논의의 생산성에 관한 한 누구나가 자기 나름대로 옳다고 생각하는 일을 하는 것이 아니냐는 김병익씨의 시큰둥한 답변도 그다지 타박할 것은 아니다.

정작 문제는 이 모든 논의에서 가장 중요한 질문이 빠져 있다는 점이다. 바로 비평의 객관성의 문제다. 무엇이 객관적으로 옳은 것인가에 대한 질문이 빠진 상태에서, 한쪽이 가령 '문지'라는 에꼴이 파당의식이 심하다고 지적하면, 상대방은 그것이 꼭 나쁜 것이냐고 반문한다. 이 문답 자체에는 아무런 하자도 없다. 푸꼬식으로 이해하자면 세상에 권력 아닌 것이 없기 때문이다. 그러나 비평이 이처럼 뜻맞는 사람들의, 비슷한 취향을 가진 사람들의 동아리의 취지에 영합하는 것에 그치는 것인가? 물론 한 문학동아리 혹은 에꼴이 내세우는 어떤 보편적 목적이 없지 않을 것이지만, 이 에꼴을 구성한다고 여겨지는 문학인들이 일정한 학연 등의 인간관계로 맺어져 있을 때, 그것이 동아리이기주의에 떨어질 가능성은 늘 있는 것이며, 더욱 중요한 것은 기본적으로 이같은 문인 집단은 대개 쁘띠부르주아 지식인들의 느슨한 연합체이기 쉽고 문지의 경우도 그러하다는 점이다. 결국 이러한 에꼴의 파당성은 자명하다. 한마디로 그것은 대개 중간계급에 귀속된다고 할 수 있는 '교양층 혹은 중산층'의 이념에 이끌린다. 즉 비평이 이같은 동아리의 정서에 사로잡힐 때, 그것이 대변하는 것은 작게 보아 일정한 취향을 같이하는 문학지식인의 파당성이며, 크게 보아 이 사회에서 그래도 말발있고 살 만한 계층인 중간계급의 파당성을 벗어나기 어렵다.

물론 이것이 무슨 결정적인 비판이 된다고는 보지 않는다. 어차피 비평이란 것이 파당성을 벗어날 수 없다고 보는 입장에서는, 그것이 중간계급 파당성이면 어떠냐 하고 나올 수도 있는 일이다. 워낙 80년대 말에 도처에서 울리던 '노동자계급 당파성'이란 소리에 질리기도 한 터이니, 당파성이란 수상쩍은 말보다야 차라리 파당성이 솔직하겠다 싶을 수도 있고, 중간계급 파당성을 주장하는 비평과 가령 노동계급 파당성을 주장하는 비평이 서로 입장을 달리해가면서 공존하고 '생산적 대화'를 추구하면 되는 것이 아닌가 할 수도 있다. 어찌 이뿐이랴! 나아가서 극우보수층을 대변하는 비평도 같이 나와서 함께 대화하고 공존하고 조화를 이루어가면 되지 않겠는가? 다양한 소리가 다양하게 서로를 인정하면서 공존하는 것이 비평의 길이라면 말이다.

그러나 이런 태도야말로 객관성에 대해서는 눈이 먼, 비평의 혼란을 말해주는 좋은 본보기다. 이러한 혼란을 바로 보기 위해서는 비평의 기원을 따져보는 것도 도움이 된다. 서구에서 비평의 태생부터가 바로 절대국가의 도그마와 권위에 도전하는 민주적인 담론의 한 방식이었음을 상기할 필요가 있다. 비평은, 사심없이 보자는 정신과 실천은, 형식화된 종교적 규율과 신분질서에 도전하는 신흥 부르주아지의 강력한 무기로 출발하였다. 구질서를 무너뜨리고 시민사회를 형성하는 과정에서 중요한 이념적 도구가 된 것이 바로 비평이며, 비평은 이성과 합리적 판단을 속성으로 하는 공공영역(public sphere)의 핵심적인 요소였다. 물론 이성이 새로운 계급이 사회의 주도권을 장악하기 위한 전략적 무기였음을 부정할 수 없다. 그러나 한편으로 이성에 대한 강조는 단순히 한 계급의 이해관계에 한정될 수 없는 요소를 처음부터 가지고 있었다. 이성은 허위가 아닌 진실에 대한 강렬한 지향을 동반하고 있다. 비평의 탄생에는 이처럼 한 계급의 이해관계와 아울러 이해관계를 벗어난 진리차원에 대한 관심이 이와 결합되어 있었다. 비평이 사심없고 객관적인 비판과 평가를 추구함으로써만 그 진정한 힘을 보유하고 행사할 수 있는 것은 이런 까닭에서다.

주지하다시피 비평이 태생 당시 절대국가와의 싸움에서 강력한 힘을 발휘할 수 있었던 것은 다수대중이 요구하는 사회변화가 부르주아 계급의 이해관계와 일치하는 역사적 국면이었기 때문이다. 그것이 바로 계몽사상의 힘이었다. 그렇다면 부르주아 계급의 이해관계가 사회변화와 상충하는 것이 되었을 때, 비평의 운명은 어떠했는가? 비평은 형식만의 객관성을 앞세우면서 내용상으로는 결국 지배계급으로서 부르주아지의 파당적 논리로 급격하게 전락하게 된다. 어제의 혁명세력이 오늘의 속물로 전환한 것이다. 이 변화는 대체로 혁명의 주체였던 시민계급이 혁명성을 상실하고 보수적인 부르주아지로 변하는 19세기 중엽 이후를 계기로 확연히 드러나게 된다. 시민계급이 부르주아지로 타락하게 되는 결정적인 계기를 가령 루카치는 프랑스혁명이 실패한 1848년으로 잡지만, 이 타락의 결과 일어나는 비평의 파당성에 대한 논란은 당시 부르주아지의 승리가 확고하게 자리잡은 영국에서 가열차게 일어나는데, 이때 논쟁을 주도하던 한 비평가의 다음과 같은 발언은 지금도 들어볼 만하다.

우리는 속물세상을 진정한 '약속의 땅'으로 여기게 되었지만, 그것은 약속의 땅과는 거리가 멀다. 날 때부터 지성을 사랑하고 상투어를 싫어하는 사람은 이 나라에서 머리 위에 펼쳐진 하늘이 놋쇠와 철로 만들어졌다는 느낌을 가질 수밖에 없다. 지성과 이성의 열렬한 애호자는 이성과 지성을 그 자체로서 소중하게 여긴다. 그는 이것들의 승리가 자신에게 가져다줄 실제적인 편의에 상관없이 이것들을 소중히 여기는 것이다. 이 실제적인 편의를 소유하면 그것으로 충분하며 지성과 이성의 부재도 보완된다고 여기는 사람이란, 그가 보기에, 속물이다.

이 자리에서 그 스스로 자유주의자라고 자임한 이 비평가의 곤경을 살필 여유는 없다. 다만 필자는 부르주아지의 지배가 초래한 속물세상에 대한 매슈 아놀드(Matthew Arnold)의 비판과 그가 이 속물성을 벗어나는 힘으로서 비평의 자리를 쟁취하고자 한 노력에 주목하고자 한다. 속물세상에서 비평은 속물들(당시의 중간계급의 별칭)의 이해관계에 단단하게 결합되어 있다. 그것은 마치 '놋쇠와 철의 하늘'처럼 우리를 내리누르고 있다. 아놀드가 혁명시인 하이네를 높이 평가하면서 속물성과의 싸움이야말로 비평의 진정한 싸움이라고 파악한 것은, 부르주아지의 지배가 공고하게 수립되어 있는 지금에 와서도 적실한 지적이다. 우리 현실에서 언필칭 '기득권 세력'이라고 불리는 두터운 보수층이 이 속물세력의 중심을 이룬다면, 일정한 선을 지키며 세상 돌아가는 꼴에 적당히 타협하고 살아가고자 하는 '보통사람'들의 심리상태야말로 이 속물세상을 물들이고 있는 속물근성이다. 비평이 객관성에 대한 탐구를 포기하거나 혹은 경시하게 될 때 남는 것이 파당성이라면, 이때의 파당성이란 부르주아 사회가 마치 그물망처럼 펼쳐놓은 속물성에 대한 승인과 승복 이상도 이하도 아니다.

필자는 비평이 태생에서부터 위기를 배태하고 있다고 말하였다. 사실상 계몽이성이 새로운 사회의 원칙으로 내세워지던 계몽시대의 초기 국면에서조차 계몽사상가들 사이에서 과연 이성의 적용을 어느 선까지 해야 하는가에 대한 '실제적' 논쟁이 있었다는 점을 생각하면, 탄생 당시부터 비평 속에 이미 속물성의 요소가 내포되어 있었다고 할 수도 있다. 비평 속에 숨어 있는 이 모순들에 대한 인식에서, 비평의 위기와 그 위기를 헤쳐나갈 길을 찾아내려는 노력이 시작한다고 할 수 있다. 결국 비평활동이란 비평의 성격 속에 내재한 파당성 나아가서 속물성의 요소를 끊임없이 자기반성하고 걸러내면서 비평 자체가 함유하고 있는 객관성과 진리차원에 대한 인식을 감당해나가려는 쉬임없는 노력이다.

필자가 근래 들어 우리 평단에서 유행이 되어버린 계몽이성에 대한 비판을 수상쩍게 보는 것도 이와 유관하다. 요즘 비평을 하려면 마치 통과의례처럼 거치고 지나가는 것이 계몽이성 짓밟기다. 일단 계몽이성의 폭력성과 완고성과 인본주의를 매도하고 나서, 푸꼬든 데리다든 들뢰즈든 아니면 생태비평이든 페미니즘이든 무엇이든 하여간 '포스트모던'한 (혹은 그렇다고 생각하는) 이론틀을 가져다대는 것이 유행이 되었다. 그러나 이런 태도로는 계몽성에 내재되어 있는 모순 혹은 양가성에 대한 인식에 이르지 못하고 그만큼 진리차원에 대한 추구에도 열려 있지 못하다. 계몽을 통째 내던짐으로써 계몽주의자들이 이성이라는 이름으로 행하였던 진리나 객관성에 대한 질문을 방기하고 만다. 그리하여 이

타카에 대한 지향을 잃어버린, 싸이렌의 노래에 이리저리 이끌리는 표류만이 남는다.

속물성의 강화. 필자는 이것이 90년대 들어와서 변화된 우리 비평의 가장 현저한 흐름이라고 본다. 속물성의 그물 속으로 언제라도 끌려들어갈 수 있다는 점, 속물성과의 끊임없는 싸움으로 지탱되는 것이 속물 세상에서의 자신의 운명임을 인식하지 못하는 비평은 이 흐름에 자연스럽게 휩쓸리게 마련이다. 90년대 비평이 80년대 비평과 스스로를 변별하기 시작하였을 때, 이러한 흐름은 예정되어 있었다. 80년대까지는 우리 사회의 근대화과정이 투사를 요구했지만 지금은 '적과 동지가 구분되지 않는 시대'라는 말은 90년대 들어 거의 상투어구가 되다시피 하였다. 80년대식 운동이 효력을 상실한 면이 있다 해도 이러한 일반화 자체는 문제가 많다고 보지만, 이런 일반적 인식 자체야말로 90년대가 강고한 속물세상이 되었음을 웅변해준다. "적은 어디에도 없고, 적은 도처에 있다"는 김수영의 속물성에 대한 의식이 사회성격과 제대로 맞아떨어져 문자 그대로 실현된 곳이 90년대의 우리 현실이다.

비평이라고 이 속물화의 흐름에서 예외적인 성소(聖所)가 될 수 있을까? 더구나 이 흐름에 맞서는 무기를 스스로 던져버리고서 어떻게 안개처럼 자욱하게 우리 주변을 뒤덮고 있는 이 속물성에 대항한다는 것인가? 우리 비평의 가장 큰 문제는 자신이 이 '놋쇠와 철의 하늘 아래' 살고 있다는 의식을 가지지 못한 것에 있는 것만은 아니다. 이 하늘 아래 사는 일을 당연한 것으로 인정하고, 싸움을 걷어치우고, 사회를 바꾸어야 한다는 소리를 철지난 것으로 치부하는 속물의식이 더욱 세를 얻어가는 시절에 우리는 살고 있다. 무엇보다 엄정해야 할 비평에서조차 관용과 화해와 칭찬하기가 좋은 관행이 된다. 애초 비평 속에 자리잡고 있던 속물성의 요소는 사회구조와 결합하여 더욱 확장되고 대신 객관성에 대한 관심은 점점 더 변방으로 밀려난다. 비평이란 말의 내포에서 생겨난 이 균열의 와중에서 양적인 팽창에도 불구하고 오히려 비평의 위기는 깊어가는 것이 아닌가?

2. 한국비평의 문제: 과학주의와 정치주의를 넘어서

90년대의 비평에서 속물성이 강화되어왔다는 판단에는, 동의하지 않을 논자들도 많을 것이다. 속물성과의 싸움이 비평의 중요한 과제가 되고 있다는 판단도 그렇다. 비평이 더 다양해지고 더 개방적이고 더 정교해졌다고 할 수도 있다. 실제로 사회가 좀더 민주화됨에 따라 다양한 의견들이 자유롭게 표출될 기회는 그만큼 많아지고, 이것은 비평에서도 예외는 아니다. 그러나 이러한 다양성과 자유로움은 따지고 보면 실제로 상충하는 이익집단의 목소리들이 난립하는 양상이기 쉽다. 자신들의 이해관계를 앞세우게 마련인 이 목소리들이 사심없는 판단과 자기성찰이 깃들인 비평의식을 동반하리라는 보장은 어디에도 없다. 거꾸로 사심없고 이해득실과 무관한 비평을 수행하고자 하는 목소리는 이 다양한 이해관계의 쟁패 속에서 묻혀버리거나 추방된다. 과연 평단의 경우라고 이러한 흐름을 벗어나 있을까? 사회변혁이라는 당면과제가 눈앞에서 사라진 듯 보이는 이러한 시기야말로 편의를 위해 비평을 희생하는 속물적 경향이 드세어질 여건이 조성되고 있는 것은 아닌가?

그럼에도 우리는 얼핏 보아 속물성과 무관한 듯 보이는, 혹은 오히려 속물성에 맞서는 듯 보이는 비평경향들을 떠올릴 수 있다. 이 연대 들어 더욱 세를 얻어가는 과학주의비평과 정치주의비평이 그것이다. 문학을 텍스트분석의 대상으로 삼는 전자나 문학에 대한 정치적 해석을 앞세우는 후자는 과연 비평의 속물성 극복이라는 과제와는 어떤 관련이 있을까? 필자의 답변은 간단하다. 이 양대 경향은 이 과제에 대한 정면해답이 될 수 없을 뿐더러 오히려 문제를 악화시키고 있다. 과학비평은 과학을 내세우지만 비평이 지향하는 객관성과는 다른 의미에서이고, 정치비평이 지향하는 것은 궁극적으로 실제적 효과이지 진리차원에 대한 질문이 살아있는 것은 아니기 때문이다.

하여간 한국비평의 문제를 좀더 구체적으로 살펴보자는 것이 이 장의 목적인데, 우선 비평의 직분을 두고 한 문학평론가가 제기한 다음과 같은 발언은 논의를 위한 실마리가 될만하다. 홍정선은 「공허한 언어와 의미있는 언어」(『문학과사회』 1998년 여름호)라는 글에서, 비평이 '절대적인 해석의 체계'가 아니라 '가능한 해석의 체계'라고 전제하고 이렇게 말한다.

비평이 '가능한' 논리적 해석이 되기 위해서 비평가에게 가장 우선적으로 필요한 것은, 이미 상식이 된 이야기지만, 작품을 치밀하게 읽는 습관이다. 작품에 근거하지 않는 비평은 아무리 그럴듯한 논리를 전개해도 결국은 자신만의 공허한 망상이며, 아무리 치밀하게 논리를 구성해놓아도 결국은 도루묵이 되어버리는 까닭이다. 그리고 다음으로 필요한 것은 상식과 교양의 힘이다. 상식과 교양의 힘이 작용해야 비평적 해석은 어렵고 복잡한 그 무엇이 아니라 쉽고 편안한 이야기가 될 수 있다. (⋯) 필자는 그러므로 어떤 종류의 비평에나 기본적으로 요구되는 것은 건전한 상식과 교양이며 이것들에 근거한 판단이라고 생각한다. 해석은 반드시 상식과 교양을 배반하지 않아야 한다. 그래야만 비평은 독자를 향해 올바르게 열려 있을 수가 있으며, 독자를 향해 열려 있어야 공허한 언어로 전락하지 않는다.

얼핏 보기에도 좋은 말씀으로 경청해도 괜찮을 것이다. 작품에 근거한 비평이라거나 교양과 상식의 중요성에 대해서는 필자 자신도 항상 강조하는 바이니 이견이 있기도 힘들 듯하다. 다만 과연 '작품에 근거한다'는 말이 구체적으로 어떻게 한다는 말인지, 그리고 '교양과 상식'이란 것은 또 무엇을 뜻하는 것인지 묻게 되면 사태가 달라질 수도 있다. 예컨대 앞서 말한 과학비평이야말로 작품을 '치밀하게 읽기'로 치면 그 이상 가는 것이 드물겠지만, 필자는 그것이 '작품에 근거해 있다'고 보지는 않는다. 이보다 더 논란의 소지가 많은 것이 바로 '교양과 상식'의 문제다. '건전한 교양과 상식'이란 말 자체는 좋지만, 도대체 무엇이 건전하고 무엇이 불건전한 것인지, 교양과 상식이라는 것도 누구의 기준에서 어떻게 정해진 것을 말하는지 물어볼 필요는 있겠다. 자칫 잘못하여, 아니 별 의식 없이 이 말을 사용하게 되면, 이것이 사회에서 일반적으로 통용되는 기성가치관을 획득했다는 말과 별다른 것이 아니게 된다. 이런 의미의 상식과 교양이라면 크게 보아 중산층 이데올로기의 다른 이름일 뿐이고, 여기에 매달려서야 속물성의 테두리를 벗어나는 일은 불가능하다. 그래서 필자는 이런 발언에 반은 동의하고 반은 동의하지 않는다. 그렇지만 문제있는 대로 이 발언을 기준으로 삼아서라도 우리는, 이미 홍정선 자신이 한번 시도해보았던 것처럼, '공허한 언어'로 가득한 평론을 수없이 찾아낼 수 있을 것이다.

필자는 곧 필자가 90년대 비평의 문제라고 보는 대표적인 사례들을 이 기준에도 견주어볼 작정이지만, 그에 앞서 필자의 글에 대한 홍정선의 지적에 대해서 짚고 넘어가는 것이 순서일 것 같다. 논평자가 위의 글에서 필자의 평론의 한 대목을 문제삼아 비평 일반의 문제점을 지적하고 있으니, 그 시시비비를 가려보는 것도 이 글의 취지와 크게 어긋나지 않을 듯하기 때문이다.

홍정선은 필자의 글 「민족문학에 떠도는 모더니즘의 유령」(『창작과비평』 1997년 가을호)의 한 대목을 비평이 갖추어야 할 논리성을 상실한 예로 제시하면서, 필자가 "한국문학에서 모더니즘의 빈곤과 리얼리즘의 성세가 동전의 양면을 이룬다"는 '잘못된' 전제에서 출발하고 있고, 남의 글(김병익)을 자기 식으로 의미를 바꾸어 이해하여 논리에 어긋나는 짓을 했다고 논평했다. 최근 필자는 문제부분들을 다시 읽어보았지만, 필자가 가진 '교양과 상식'으로는 무엇이 '논리학' 상으로 잘못되었다는 말인지 이해하기 어려웠다. 전자의 전제가 잘못되었다고 하지만, 여기에 대한 근거라고는 가령 30년대 우리 문학에서 리얼리즘의 고전과 다양한 모더니즘작품이 동시에 산출되었다는 말밖에 없다. 이 정도 사실이야 필자의 짧은 상식으로도 아는 바인데, 그렇다고 이것이 한국근대문학사 전체에서 모더니즘이 상대적 빈곤을 보였다는 필자의 전제나 판단이 잘못이라는 증거가 될 수는 (논리적으로나 상식으로나) 전혀 없을 것이다. 물론 필자의 명제와 주장들 자체에 대해서는 얼마든지 논란이 가능할 것이나, 필자로서는 서구의 경우 리얼리즘이 한물 가고 모더니즘이 결정적인 성세를 누리던 금세기에, 우리 문학이 리얼리즘의 개화라는 특수한 현상을 보였다는 판단 자체는 논쟁 이전에 객관적 사실이라고 믿는다. 합당한 근거도 제시하지 않고 남의 글을 그릇된 전제의 예라고 단정한다면, 자신의 교양의 우위를 남에게 강요하는 것은 될지언정 교양있는 처사라기는 힘들다.

그러나 필자가 정작 의아하게 여기는 부분은 두번째 지적이다. 필자는 문제된 대목에서 필자의 명제를 뒷받침하는 보기로 김병익의 발언("그러고 보면 70년대 이후의 우리의 대표작들 대부분은 어떤 수식어로 제한적 규정을 가하든지간에, 넓은 의미에서의 리얼리즘의 전통에 실려 있는" 것들)을 인용했는데, 홍정선은 리얼리즘이라는 말을 필자가 정반대로 의미를 바꾸어 사용했다고 한다. 즉 김병익의 리얼리즘이라는 말은 "모더니즘적인 부분의 거의 전부가 포용된 말"이라는 것이다. 이 주장에 따르면 김병익은 리얼리즘이라는 말로 한국문학의 거의 모든 성과를 포괄한 셈이 된다. 이것은 파격적인 용어사용인 만큼이나 흥미롭기는 하지만, 사실이 그런 것인지 필자는 전혀 확신이 가지 않는다. 이 자리에서 김병익의 평론(「문학적 리얼리즘은 어떻게 변할 것인가」) 자체를 두고 논의할 필요는 없겠으나, 적어도 리얼리즘이란 말이 어떻게 사용되는가 정도는 짚어볼 수 있을 것이다.

김병익이 문제된 글에서 리얼리즘을 언급한 부분은 꽤 많다. 기본적으로는 리얼리즘을 "민족문학론의 지주가 되어"온 것으로 기술하고, 스스로는 "리얼리즘 수법의 전유에 소극적"이었다고 토로한다. 이것만 보면 홍정선의 주장은 그야말로 터무니없는 것이 된다. 김병익이 한국문학의 성취 거의 전부를 그다지 인정하지 못해온 꼴이 되기 때문이다. 직접 문제가 된 대목은 그가 '70년대 이후의 우리의 대표작'을 열거하면서 이것들을 '넓은 의미에서의 리얼리즘의 전통'이라고 칭하는 부분이다. 대표작들로는 김원일 홍성원의 '고전적 리얼리즘', 조세희의 '브레히트적 리얼리즘' 수법, 황석영과 김주영의 '민중적 리얼리즘', 박경리의 '낭만적 리얼리즘', 그리고 이제하의 '환상적 리얼리즘'(이제하 자신이 붙인 명칭), 그리고 대부분의 노동소설들의 '사회주의적 리얼리즘' 등이 거명된다. 필자는 김병익의 이러한 분류가 그다지 무리하다고 보지 않으며, 실상 리얼리즘의 범주가 이러한 문학적 성취들을 포괄하고 있고 또 그러해야 한다고 믿는 사람 중의 하나이다. 그런데 과연 이 대목에서 김병익의 리얼리즘이란 '모더니즘적인 부분의 거의 전부가 포용된 말'이라는 해석이 나올 수 있을까? 다른 작가는 몰라도 가령 이제하의 경우는 모더니즘으로 분류하는 것이 더 적절할 수 있겠고, 홍정선도 이런 점을 염두에 둔 것이 아닌가 한다. 그러나 이제하의 작품조차 김병익 자신이 곧이어 설명한 대로 "역사의 전체성에 대한 인식이든 사회의 냉철한 보고적 재현이든, 혹은 왜곡된 현실에 대한 비판적 효과이든 문체적 구체성의 기법이라든가의 리얼리즘의 중심적 사상과 기법이 들어가 있는 것"이라면, 리얼리즘이라고 부르지 못할 일도 아닌데, 사실 이런 설명은 리얼리즘의 일반적인 정의와도 부합한다. 하여간 이제하를 달리 본다 해도, 이 대목을 두고 김병익의 리얼리즘 개념이 모더니즘의 성취를 거의 전부 포괄한다고 말하는 것은 아무래도 무리다.

추측컨대 이런 오해나 무리가 생기게 된 근본원인은 김병익의 글 자체가 용어사용에서 정확하지 않다는 데 있지 않을까 한다. 가령 문제된 부분 다음 페이지에는 "발자크 시대의 것이든 조이스의 것이든, 소련의 사회주의적인 것이든 프랑스의 누보 로망적인 것이든, 우리가 리얼리즘이라고 불러온 것"이라는 대목이 나온다. 조이스와 누보 로망은 대개 우리가 모더니즘 문학의 중심적 성취로 이해하는 것으로, 이 대목만 보면 리얼리즘이 모더니즘을 거의 통째 포괄하는 용어가 된다. 그러나 그런가 하다가 다시 한 페이지 넘기면, 자신이 희망하는 문학의 진폭을 "왼쪽으로, 사회주의 리얼리즘으로 극단화하기 전의, 그러니까 비판적 리얼리즘과 재현적 리얼리즘에, 오른쪽으로는 유행적인 포스트모더니즘에 다다르기 전의 모더니즘까지"라고 기술한다. 대체 어찌된 셈인가? 바로 앞 페이지의 진술에 따른다면 (그리고 홍정선식의 이해에 따른다면) 왼쪽만 있고 오른쪽이란 존재하지 않을 것이다.

사실 이처럼 부정확한 글을 읽을 때는 그야말로 '상식과 교양'을 동원해서 미루어 그 뜻을 짐작하는 수밖에 없고, 큰 무리가 안 가는 방식으로 '알아서' 이해할 수밖에 없다. 원래가 이처럼 문제의 소지를 안고 있는 글이긴 하지만, 그렇다고 최소한 확실치도 않은 개념을 두고 단정을 내리면서 '공허한 언어' 운운하는 것은 곤란한 일이다. 하여간 정확한 용어사용을 비롯하여 바르게 알고 바르게 쓰는 일이 우리 비평에 참으로 필요하다는 것에는 동의하지 않을 수 없고, 기실 홍정선이 말하는 '공허한 언어'의 예로 말하자면, 신진들이나 경력이 일천한 필자 같은 사람에게 한정되지는 않을 것이다. 완벽하게 정확한 글이야 바랄 수 없겠지만, 비평가라면 적어도 정확하려는 의식만은 있어야 한다. 특히 배움의 길에 있는 학생들에게 큰 영향을 끼치는 대가급 평론가라면 더욱 그러할 터인데, 현실은 그렇지가 못하다. 최근 한 원로평론가가 이같은 평단의 문제점을 차분하게 지적한 글(유종호 「서정적 진실의 실종」, 『창작과비평』 1999년 여름호)이 신선한 충격을 주는 것도 이 때문이다.

　다시 본론으로 돌아가자. 속물성에 대한 비평의 싸움은 단지 그것을 상식과 교양에 비추어 직접 비난한다고 해서 이루어지는 것은 아니다. 어떤 점에서는 상식에 어긋나는 점에 대한 준엄한 비판일 수도 있지만, 궁극적으로는 상식의 차원을 넘어선 어떤 인식에 근거하고 있기도 한 것이다. 통상의 교양과 상식 속에 깃들여 있는 지배이념의 요소들을 성찰하는 눈이 필요하고, 그 요소들을 변혁해내려는 실천적인 지향이 동반되어야 하며, 이해관계나 권력관계나 파당의식을 넘어선 진리차원에 대한 관심이 뒷받침되어야 한다. 따라서 비평이 철저하게 객관적이고자 할 때, 그것은 기본적으로 진리사랑과 실천이라는 철학의 지향과 별개의 것이 아니다. 또한 비평의 객관성이 통상적 의미의 과학성과 구별되고, 실천과 맺어져 있는 당파성과 결합될 수 있는 것도 이 때문이다.

　비평, 특히 문학비평은 이같은 차원의 객관성을 지향할 수 있는 유리한 조건을 가지고 있다. 다시 말해 그것이 일차적으로 창조적인 작품에 대한 읽기라는 이점이다. 최상의 언어활동을 통해 창조적 작품이 도달한 삶과 사회에 대한 (과학적 인식 이상의) 통찰을 포착하는 것이야말로, 비평의 고유한 힘이라고 할 것이다. 이러한 비평의 경지를 실현한다는 것은 지난한 일이며, 진정한 비평이 드문 것도 그 때문이지만, 비평행위의 기본은 바로 이 경지를 인식하고 지향하는 태도 그 자체다. 속물성을 넘어서려는 끊임없는 싸움은 바로 이러한 지향에서 시작되는 것이다. 우리 평단의 가장 큰 문제점은 바로 이러한 지향의 궁핍이다. 필자는 우리 평단에서 큰 세력을 형성하고 있는 두 가지 경향, 즉 과학주의와 정치주의의 양방향이 바로 이같은 지향의 결핍으로 한국비평의 위기를 증폭시키는 데 일조한다고 본다.

과학주의비평은 일차적으로 문학을 과학적인 분석의 대상으로 삼는 일체의 비평을 지칭한다. 현대이론이 문학에 어려 있던 신비성의 너울을 걷어버리고 문학을 분석·해부·해체의 대상물, 즉 텍스트로 삼았을 때, 거기에는 문학이 가지고 있는 물질적 측면에 대한 정당한 관찰이 동반된다. 그러나 이러한 관찰이 문학을 창조된 '작품'이 아닌 '텍스트'에 지나지 않는다고 규정하는 순간, 즉 그 작품적인 면을 괄호쳐두거나 삭제해버릴 때, 비평은 과학주의에 빠지게 된다. 창조활동이 획득해내는 진리차원과의 만남이 비평에서 자리를 얻지 못하고, 다만 텍스트 작용이 이루어내는 생산과 소비와 유통과 효과들에 대한 과학만이 남기 때문이다. 이런 유형의 비평은 대개 쓸데없이 어렵고 힘들여 읽고 나서는 허망하다.

필자는 문학에 대해 씌어지는 평문들에서 이러한 과학주의의 폐해를 의식없이 되풀이하는 사례를 허다하게 보는데, 그 가운데서 가장 최근에 눈에 뜨인 글 하나만 예로 들자. 다음 대목은 정과리의 기형도론 「죽음 옆의 삶, 삶 안의 죽음」(『문학과사회』 1999년 여름호)의 핵심적인 부분 중 하나다.

기형도의 시는 순수-텍스트로 현존한다. 시라는 이름의 그의 관(棺)은 관(關)이다. 그것은 텍스트 이론의 실증이자 텍스트-실천의 원천을 이룬다. 바로 여기에 그의 시에 대한 열광의 비밀의 일단이 숨어 있다. 기형도 시의 존재태는 탈-현대성이라고 불리는 오늘날의 문화적 추이 혹은 문화적 욕망과 상징적 동형관계를 이루고 있다는 것이 그 비밀의 열쇠이다. 이 동형관계의 특성은 크게 두 가지로 구성된다. 기형도의 시가 저의 중심을 바깥으로 방출하듯이 현대문명 혹은 문화도 멈추지 않는 원심운동을 그린다. 운동하는 주체는 정착

(뿌리내리다, 현실에 발을 단단히 딛다, 완성하다, 자리매기다 등 고전적 미학 혹은 윤리의 결정적 심급에 놓이는 동사들을 상기하라)에 의해서가 아니라 이동에 의해서 자신을 나타낸다(이것이 컴퓨터게임과 특수영상효과로부터 인터넷에 이르기까지 모든 현대문명의 존재태이다). 그 나타남은 언제나 잠정적이다. 그가 자신을 드러내는 순간 이미 그는 성큼 다른 자리에 옮겨져 있다. 그러나, 이것만이 아니다. 이 탈주의 운동에 정면으로 역행하는 또다른 운동이 있으니, 이 또한 시와 문명에 함께 참이다. 중심이 바깥에 있다는 말 자체가 그 역행적 운동을 가르킨다.

좀 긴 인용인데, 혹 여기까지 따라 읽은 독자가 있다면 대단한 인내심의 소유자가 아닌가 한다. 어지간한 교양과 상식이 있는 독자라도 쉽지가 않을 것이다. "상식과 교양의 힘이 작용해야 비평적 해석은 어렵고 복잡한 그 무엇이 아니라 쉽고 편안한 이야기가 될 수 있다"(홍정선)는 입장에서는 참으로 곤란한 글이다. 쉽사리 이해할 수도 설명되기도 힘든 단정과 단정, 추상과 추상이 겹치고 꼬이고 끊임없이 이어져서 상식인에게는 거의 폭력에 가깝지만, 그렇다고 필자는 난해성이 그 자체로서 꼭 결함은 아니라고 본다. 난해도 난해 나름인 것이다. 그러므로 비평이 반드시 '쉽고 편안한 이야기'가 되어야 한다고 보지도 않는다. 그러나 난해를 선택했을 때는 거기에 걸맞은 어떤 새로운 인식이 제시되어야 한다. 문제는 이 인용문 후에도 계속 이어지는 이러한 자의적인 용어구사와 힘겨운 연결들을 다 통과하고 나서, 마침내 이 글 전부를 통독하고 나서도, 독자의 입장에서는 별로 남는 것이 없다는 데 있다. 다시 말해 이 글의 목적은 이 인용문 앞부분에 언표된 것처럼, 기형도의 시가 '텍스트 이론의 실증이자 텍스트−실천의 원천'임을 밝히는 데 있을 뿐이다. 우리는 힘들여 기형도론을 읽은 것이지만, 읽고 나서 돌아오는 것은 바로 평자가 과학이라고 신봉하는 텍스트이론의 정당성에 대한 자기확인일 뿐이다.

필자는 한마디로 이것을 낭비적인 평론이라고 부르겠다. 현학과 이론과 기교를 있는 대로 부려서, 도저히 씹기 힘든 요리 하나가 제공되었으나, 애써 먹어도 별 영양가가 없다면 이보다 낭비적인 일이 있겠는가? 필자는 연전 영어영문학회의 심포지엄에서 발표한 「이론인가 비평인가」라는 발제문에서, 현대의 문학논의에서 비평(문학작품에 대한 감각이나 실감에 기반한 읽기)이 사라지고 이론(체계를 동원하여 문학작품과 그것과의 부합성을 따지는 일)이 기승을 부리는 국내외 영문학 연구의 현실을 비판한 적이 있는데, 한국문학의 평단에서도 이 현상이 심하다는 것은 이런 유형의 글들이 비평의 이름으로 흔히 발표되는 일에서도 알 수 있다. 이같은 과학주의비평도 '가능한 논리적 해석' 중의 하나인 것은 틀림없겠지만, 가능하다고 해서 텍스트를 자료삼아 '가능한' 온갖 체계를 시험해보는 것이 비평의 본령과 얼마나 만나는지는 따져볼 일이다. 아놀드가 일찍이 말했듯이, 작품 자체가 아니라 체계에 한쪽 눈이 가 있는 비평으로는, 아무리 '치밀하게' 텍스트를 읽는다고 해도 비평이 지향하는 객관성에는 도저히 도달할 수 없는 것이다.

과학비평이 비평이 임무로 하는 속물성과의 싸움에서 무력할 수밖에 없는 이유도 여기에 있다. 얼핏 보기에 과학비평은 과학적 엄밀함과 객관성을 전제하기 때문에, 순수하고 탈속한 세계에 있다고도 할 수 있다. 그러나 과학비평은 속물세상에서 비평이 마땅히 감당해야 할 책무, 다시 말해 속물성과의 싸움에서 멀찍이 몸을 뺀다. 비평이 문제로 삼아야 할 주객의 분리를 당연시하고 스스로를 이미 정해진 객관의 차원에 올려놓는 것이다. 이것은 객관성이 아니라, 객관성을 가장한 현실도피이자 긍정이다. 과학비평에는 사실 '과학'에 대한 물음 자체가 빠져 있다. 창조적 성과에 기반하여 과학됨의 참의미를 묻는 것이 과학에 대한 비평의 비평다운 물음일 터인데, 과학비평에는 이같은 질문은 들어설 자리가 없는 것이다.

속물성과의 싸움이라면 차라리 노골적으로 문학의 정치성을 거론하고 나오는 정치적 비평들의 기획이 더 확실한 듯 보인다. 정치비평은 과학비평과는 반대로 객관성을 자임하기는커녕, 오히려 스스로 파당적임을 노골적으로 앞세운다. 그렇다고 속물적인 파당에 가담한다는 것은 아니다. 거꾸로 속물세상의 견고함과 그 음험함에 맞서 비평을 변혁을 위한 무기로 내세운다는 점에서 비평의 본래적인 전투성을 회복하는 듯도 보인다. 필자가 생각하기에 80년대에 민중문학론의 이름으로 펼쳐진 비평활동의 상당부분이 이같은 정치비평의 속성을 가지고 있었지만, 90년대의 정치비평은 더욱 정치(精緻)한 것이 되어, 문학텍스트의 이데올로기적 자리를 분석한다거나 그 구조 속에 새겨진 권력작용을 폭로해낸다거나 문화정치학의 기획 아래서 문학의 정치성을 해석하고 자리매긴다거나 하는 방향을 취하고 있다.

이와같은 정치적 비평의 기획이 가지는 그 나름대로의 힘을 인정하면서도, 이것이 비평의 위기를 심화하는 한 중요한 요인이 된다고 보는 것은, 여기에도 과학비평과 마찬가지로 문학의 진리차원에 대한 질문은 배제되어 있기 때문이다. 이 점에서 정치비평은 과학비평과 쌍생아라고 할 수 있다. 정치비평이 결국 텍스트의 이데올로기 분석에 머묾으로써 과학비평의 체계맹신을 되풀이하는 것도 그렇고, 올바른 입장을 선점하고 있다는 점에서 비평 속에 이미 간직된 속물성에 대한 자기성찰도 동반되기 어렵다. 어차피 모든 것이 이데올로기 작용에서 벗어날 수 없고, 권력작용에서 벗어날 수 없다면, 남는 것은 누가 더 큰 권력을 발휘할 담론을 선전해내고 현실화하느냐의 물음만 남기 때문이다. 실제로 정치비평을 지향하는 상당수가 각종 텍스트에서 권력을 읽어내는 일에 안주하고 있기도 한 것이다.

3. 비평의 존재조건을 질문하며

비평은 속물세상과의 싸움을 속성으로 하는 것이지만, 그것은 자신과의 싸움을 포함하는 싸움이다. 속물성은 기본적으로 이 시대를 지배하는 계층으로서의 중간계급 이념을 중심으로 이 사회 속에 폭넓고도 뿌리깊게 자리잡고 있다. 우리 현실에서 알 만한 사람들끼리는 서로 쉬쉬하면서 비판을 삼가고 은근슬쩍 넘어가는 일이 한두 가지가 아닌데, 이러한 관행은 실상 지배적인 속물성에 근거하고 있다. 주지하다시피 비평활동을 행하는 집단은 일반적으로 알 만한 사람들인 지식인층에서 나오며, 지식인층이 근거하고 있는 계층은 대개 중간계급이 된다. 객관성을 지향하는 비평이 항상 자신의 정체성에 대한 질문을 담아야 하는 것은 이 때문이다.

흔히 비판과 반성의 대상이 되는 '80년대 비평'에서 우리가 다시 되새겨보아야 할 것 중의 하나도 바로 이것이다. 당시 비평에서 노동계급적 세계관의 획득과 유기적 지식인에 대한 질문은 다름아닌 지식인 비평가의 자기성찰과 맞어져 있는 것이다. 필자는 '80년대 비평'에서 드러난 문제들, 즉 이같은 자기존재에 대한 성찰에 역행하여 스스로를 노동계급과 동일시함으로써 생겨난 자아도취와 그로 인한 비평의 훼절을 망각한 것은 아니다. 이같은 자아도취와 동일시에서 객관적 진리를 확보하고 있다는 환상이 나오는 것이다. 그러나 그렇다고 해서 비평의 객관성이 과학성뿐 아니라 당파성과 맞어져 있다는 통찰과 지식인의 존재조건에 대한 이들의 사색조차 쉽사리 무시될 것은 아니다. 무엇보다 90년대 접어들어 더욱 확연하게 속물사회로 진입해 있는 우리 현실에서 절실히 요구되는 것이 바로 이 비평의 자기성찰이기 때문이다.

새로운 연대로 나아가는 시기에, 우리를 덮어누르는 '놋쇠와 철의 하늘'이 두터워지면 두터워질수록, 비평의 위기는 깊어져갈 것이다. 그러나 비평이 본래의 정신을 되살리고 벼려나가야 할 이유도 바로 여기에 있다.

—『문예중앙』 1999년 가을호

푸꼬에 들린 사람들

비평과 비판의 경계

1. 지난 일년을 돌아보며

　문학이 권력과 관계맺는 방식에 대한 물음이 중요하다고 평소 생각해왔음에도, 정작 '문학권력'에 대한 논의들이 들끓기 시작하던 작년 여름 전후로 나는 이 문제에 좀 시큰둥해져 있었다. 문학에서 하나의 '쟁점'을 만들어내고 그것을 논쟁을 통해 명료화하고 심화시켜나가는 것은 비평에 주어진 몫이자 책무일 것이다. 문학과 권력의 관계에 대한 물음은 언제라도 성찰의 대상이 될만한 것이니, 그것이 다소 시끄러운 방식으로 표출된다 해서, 피해가거나 고개를 돌릴 일은 아니다. 그러나 이 온당한 이성의 요청에도 불구하고, 왠지 나의 감성이 거기에 개입하기를 꺼려했다. 이 논쟁에는 무언가 수상한 것이 있다고 그것은 속삭였다. 문학권력이라는 용어가 제대로 정의도 되지 않은 채 남용되는 것에서부터, 어딘가 편집권을 둘러싼 평론가집단의 다툼이 개입해 있다는 느낌, 개인들의 감정싸움임을 부끄럼없이 내보이는 글쓰기의 행태, 좀더 큰 규모의 정치권력에 대한 의식적 무의식적 무시, 이런 것들은 미국의 한 비평가가 70년대 말 당시의 미국의 지적 논쟁들을 비판하면서 한 표현 그대로, 평단이라는 "좁은 복도에서 고성(高聲)으로 내지르는 독백"들처럼 들렸다. 복도 너머의 풍경에 그것이 주는 효과는 별로 없는, 그러하기에 심지어는 기괴한, 그런 고성들.

그러나 이후 전개된 사태는 그것이 아니었다. 안티조선운동과 문학권력비판론이 결합하고, 문언유착 시비가 언론개혁운동과 이어지고, 한 원로비평가의 표절 의혹이 학계 파벌과 일류대중심주의에 대한 폭로로 번져나갔다. 그리고 이 모든 사회적인 움직임의 한가운데 혹은 그 곁에 문학권력 논쟁이 있었다. 복도에서 울리는 고성이 풍경을 흔들어놓은 희귀한 사례라고 해야 할지도 모르겠다. 이같은 움직임은 특히 지식인이나 문학인들을 향한 엄격한 도덕적 심문의 형태로 나타났다. 권력을 가지고 있다고 추정되는 지식인과 지식인그룹, 혹은 권력적인 제도에 몸을 담고 있는 사람들이 주로 그 과녁이 된다. 일종의 거센 도덕재무장 운동이 부활된 듯한 이 사태에 직면하여, 어느정도는 도덕주의적 성향이 있는 나 또한 안전한 장소에서 시큰둥한 태도로 머물러 있기 어렵다는 것이 점점 더 명백해졌다. 한마디로 불편해진 것이다. 나는 권력인가, 혹은 권력과 화해하고 누리며 살아가는, 그러하기에 징치되어야 할 대상인가? 이렇게 자문해볼 만큼 계몽된 이상 적어도 나에 관한 한 이 권력비판운동은 제법 성공을 거둔 셈이다.

평단에 적을 두고 있으니 요즘 어법으로는 어쨌든 하나의 권력일 수도 있는 나에게 아무도 그 흔하게 들리는 '창조적 대화'니 '열린 대화'를 해달라고 간청은커녕 요청조차 하지 않았지만, 미안하게도 내가 문학권력 논의에 무언가 나름의 개입을 하기로 한 것은 이런 연유에서였다. (도덕적인 불편함은 나에게는 글쓰기를 부추기는 가장 심각한 도전 중의 하나다.) 일단 나는 지난여름 이후에 이를 둘러싼 온갖 논의와 추문의 산실이 되었던 창비게시판에서 문학권력과 연관된 논란과 자료들을 뽑아볼 수 있었다. 그리고 우선 그 분량이 엄청나다는 데 놀랐고, 그 다음에는 그 엄청난 분량 가운데 내용있는 대목은 극히 드물다는 점에 놀랐고, 논쟁이 아무런 진전 없이 언쟁으로만 번성 발전 팽창하고 있다는 데 놀랐다. 이것들을 힘들여 통독하고 난 가련한 내 머릿속에는, "대화하자, 대화하자, 왜 대화를 거부하느냐, 대화하자"는 소리만 주문처럼 빙빙 돌 뿐, 무슨 대화를 어떻게 하자는 것이었는지는 딱히 떠오르지 않았다.

이처럼 거의 언어폭력에 시달린 느낌을 가지게 된 터인지라, '지나가다'님이 아주 최근(4월 12일자)에 게시판에 소개한 한 젊은 소설가의 발언, "문학권력 논쟁은 전형적인 가짜 문제"이며 "단순한 결정론적 시각으로 빚어낸 아주 지루한 논쟁이라고 생각한다"는 발언을 접하고 상당한 해방감을 느낀 점 널리 양해 바란다. 이 발언을 비판하고자 한 것이 '지나가다'님의 의도인 만큼 단편적으로 인용되어 있고 발언의 전후 맥락도 모르는 처지기 때문에, 이 작가의 입장에 그냥 동의한다는 것은 무리다. 그러나 너무나 내 속마음과 맞아떨어진 탓인지 나는 이 논쟁이 나에게 준 도덕적인 영향력을 일순 망각하고 배은망덕하게도 여기에 열렬히 동의할 뻔했다. 실명이냐 아니냐, 권력이냐 아니냐, 등의 가짜물음들이 이 논쟁에서 마치 중대한 문제인 것처럼 되풀이 거론되고 다투어지고 있는 것이라든가, 하필 다른 것들 다 두고서 '문지일파'에 대해서 고집스레 대화를 요구하는 유별난 태도라든가, 따지고 보면 애초에 나의 감성이 감지한 수상쩍은 느낌도 이런 가짜성에 대한 인식과 아주 떨어진 것은 아닐 법하다.

비평이란 이론적 뒷받침 없이 힘을 얻기 어렵지만, 때로는 복잡한 이론을 일순간 뛰어넘는 상식의 발휘를 통해 도달되기도 한다. 문학권력 논쟁이 가짜 문제임을 통찰하는 것은 상식의 힘이고, 나아가서 이 상식은 문학이 권력일 수 있는 한 문학이 이 혼탁한 세상에서 힘을 가지는 것이 무엇이 문제인가라고 묻는다. 오히려 힘이 없어서 탈이고 힘이 없다고 난리다. 나는 기본적으로 자본주의가 전지구적으로 강화되는 현실에서 문학이 가진 반자본주의적인, 즉 창조적인 속성을 지켜내고자 하는 싸움이 더욱 중요해진다고 판단하며, 우수마발이 어차피 다 권력이라면 문학권력을 유독 해체해야 한다고만 할 것이 아니라 확산하고자 하는 싸움도 의미있다고 생각한다. 그러나 최근 일년간 제기된 문학권력 논쟁의 어디에 이러한 창조로서의 문학의 사회적 입지에 대한 고민이 있는지는 의문이다.

내가 주목하고자 하는 것은 이 가짜문제가 실제로 존재하고 있는 사회운동의 한 맥락과 만나서 실질적인 효과를 불러일으키고 있는 아이러니한 현상이다. 이것은 문학권력 논쟁이 순전히 가짜만이 아니라, 가짜의 겉모습 속에 어떤 더 깊은 문제들을 징후적으로 드러내고 있음을 말해준다. 결국 문학권력 논쟁 그 자체보다 그것에 대한 징후읽기가 더욱 생산적이 될 것이다. 즉 가짜의 형태로 나타났지만, 그것은 우리 사회의 더 깊은 변화를 반영하는 것이며, 그렇기 때문에 쉽사리 일과성으로 끝나지 않고 '지루하게'나마 계속되는 것이다. 그 저변의 변화가 무엇이며 그것이 우리의 삶에 어떤 의미를 가지는가를 읽어내는 것, 이것이야말로 비평의 피할 수 없는 책무일 터이다. 국민의 정부의 개혁과제와 맞물려 각각의 이해집단들의 상충된 관점들이 저마다의 정당성을 내세우며 충돌하는 와중에서 비평의 필요성은 더욱 커진다고 할 수 있다. 문학권력 논쟁도 이해관계로 현상되는 권력분점의 문제와 연결되는 것으로, 이것은 비평으로 하여금 이러한 새로운 목소리들이 90년대 이후의 달라진 권력구조 속에서 권력에 대한 새로운 이해와 결합된 전복에의 요구인가, 아니면 거꾸로 뒤엎기 힘든 권력구조에 대한 점증하는 승복의 내밀한 표현인가라는 물음 앞에 서게 한다. 이 시대 비평의 의미를 다시 짚어보는 것, 이것이 이 글의 목적이다.

2. 비판의 과잉과 비평의 빈곤

최근의 문학권력 논의를 제기하고 주도해온 일군의 문인 평론가들은 대개 방법으로서의 '비판적' 혹은 '전투적 글쓰기'를 의식적으로 채택하고 있다. 대상을 분명히 밝히면서 '공격'하고 '비판'하자는 것이 이들의 요구이고 주장인데, 여기에는 소위 '실명비판'을 내세우면서 언론비평에 나선 언론학자 강준만씨의 영향이 거의 절대적이다. 강교수의 실명비판은 언론개혁을 위한 전략이라고 할 수 있는데 그 공격성과 선정성으로 이미 악명 혹은 성가가 높고, 언론계뿐 아니라 지식인사회 일반에 충격적인 영향을 미쳤다. 나는 언론개혁의 방향에 대한 강교수의 신념과 그가 채택한 방법론의 공과에 대해서 길게 논의할 생각은 없지만, 그의 방법론이 비단 기성언론을 개혁하는 과업에 발휘되는 데 그치지 않고, 우리 사회 일반으로 확장되면서 문학부문에도 심상찮은 파장을 던지고 있는 점에 주목하지 않을 수 없다. 일차적인 관심사는 그의 실명비판을 채용한 몇몇 젊은 평론가들이 최근의 문학권력 논쟁을 주도했다는 점이겠으되, 좀더 중요하게는 이같은 비판방법이 문학부문까지 포함하여 이 시대 비평의 기능과 의미라는 핵심적인 문제와 맞닿아 있기 때문이다.

강준만씨가 쏟아놓는 엄청난 양의 활자들을 다 읽고 소화하기에는 나처럼 독서에 좀 게으른 사람으로서는 역부족이고, 솔직히 그럴 필요성도 느끼지 않는다. 압도적인 것 앞에서는 그냥 졌다 하고 마는 것이 현명하겠다고 판단한다. 다만 몇몇 원로문인에 대한 강교수의 실명비판은 눈여겨보았고 이게 아닌데 하는 부분도 있었지만 깨우침을 얻고 동의할 수 있는 대목도 적지 않았다. 그 가운데 김병익씨를 비평의 양식과 관련해서 다룬 대목이 특히 그러했다. 강교수는 김병익씨가 '비판 없는 비평'을 하게 된 것이 "확신을 두려워하고 혐오하는" 그의 성향에서 나왔을 것이라고 보면서도, 그런 두려움과 혐오 자체가 또하나의 확신인 점을 지적하고 "인간은 실수하게 마련인데 그 실수의 소지마저 아예 원천봉쇄하겠다는 태도야말로 감히 신(神)을 닮으려는 무리가 아닐까?"라고 반문한다. 이것만 보아도 강교수에게는 비평가적 자질이 약여하다. 이어서 그는 '비판 없는 비평'에 대해 김병익씨 자신이 「자전적 에세이」에서 한 자기변호를 소개한다.

　　몇해 전, 고인이 된 동료와 공동의 저서를 냈던 한 연구자가 생시의 그 동료의 글과 번역에서 잘못된 부분을 아주 긴 글로 들춰낸 것을 보고서는, 아, 이런 정력이 있다면 자신의 연구성과를 내는 데 보다 노력했더라면 그 자신과 우리 문학을 위해서 얼마나 생산적이었을까 탄식한 적이 있었다. 어떻든 나의 이런 비평적 태도 때문에, 내 비평이나 비평집이 자기 나름의 일관된 평가기준이 없이 두루 좋다는 말만 한다는 비판을 받기도 했다. 나는 그것이 사실임을 스스로 시인했다. 그러나 그것을 비평의 약점으로 인정하고 싶지는 않았다.
　(『김병익 깊이 읽기』, 문학과지성사 1998, 61면)

　사실 나 자신 『김병익 깊이 읽기』라는 책을 읽으면서, 한 인간의 경륜과 인품이 비평활동과 행복하게 맺어진 한 사례를 만나고 있다는 몽상에 빠져 있다 찬물 덮어쓴 듯 정신이 번쩍 든 대목이라 잘 기억이 난다. 나는 실명비판파가 아닌지라, 그 고인과 동료 연구자가 누구인지 구태여 밝히라고 요구할 생각은 없지만, 마치 내가 당한 것처럼 얼굴이 다 화끈거렸다. 나 자신도 남의 "글과 번역에서 잘못된 부분"을 들추어내고 더구나 그것이 학문적으로 중요한 일('연구성과')임을 역설하여왔으니 말이다. 하여간 이것은 애써 비판을 한 당사자에게는 참으로 냉정하고 가혹한 말로, '실명비판적으로' 깊이 읽자면 김병익씨는 남의 좋은 점만을 부추겨주는 무골호인만은 결코 아니로다. 그런데 강교수는 이것이 '비판의 가치 자체를 부정하는 매우 위험한 발상'이라고 지적하면서도 "어찌됐건 김병익씨의 생각은 그의 독특한 비평관으로 존중받아 마땅한 것이라고 생각한다"고 하여 비평가의 명패를 달고 있는 나보다도 오히려 비평적인 거리를 유지했다. 이같은 비평가적 자질은 강교수의 비판적 글쓰기가 주로 분노에 의거해 있지만 그 분노조차 전략이라는 유쾌한 추측을 가지게 해준다.

그러나 김병익씨의 비평에 '비판'이 없다는 강교수의 지적에 동의하면서도, 내가 질문하고 싶은 것은 그렇다고 해서 과연 비판이 비평을 대신할 수 있는가라는 것이다. 비판은 비평의 필수요소지만, 그것이 단순한 비판에 그치지 않으려면 그 비판을 뒷받침하는 객관성의 기준이 그 속에 내포되어 있어야 한다. 비평으로서의 비판과 단순한 비판 사이의 경계를 확연하게 갈라놓기는 어려울 터이나, 그 구분에 핵심이 되는 것은 객관성에 대한 물음이 얼마나 살아있느냐가 될 것이다. 물론 비평과 비판의 의미에 대한 논란은 단순하지가 않고, 우리말에서든 그에 해당하는 외국어에서든 늘 새롭게 규정해나가야 할 점도 있다. 가령 비평(criticism)과 비판(critique)을 구분해 본 영국 비평가 테리 이글턴(Terry Eagleton)만 해도 그렇다. "비평은 외재적인, 아마도 '초월적인' 입지에서부터 어떤 이에게 그들의 상황에 있어 잘못된 점을 상술하는" 것이고, "비판은 내부에서부터 주체의 경험에 거하기를 모색하는 것으로, 그 경험에서 주체의 현재의 조건을 넘어 있는 '유효한' 자질들을 끌어내려고 한다"고 그는 말한다. 비평에 대한 이글턴의 관점은 '객관적이고' '사심없는' 것으로 규정되어온 전통적인 의미의 비평이란 것이 결국 이데올로기의 소산이며, 현실적으로 유효한 것은 오히려 비판임을 주장하는 맥락에서 나온 것으로, 객관성을 부정하는 문화론적인 접근의 한 사례이다. 실상 사심없는 객관적 비평을 본질론적인 신화로 돌리고, 비평을 이글턴적인 의미에서의 비판으로 이해하는 방식이 최근 비평이론에서 일종의 대세를 이루고 있기도 한 것이다.

나는 비평이 스스로 객관적임을 자임해서도 안되지만 사심없음에 대한 추구와 인식을 동반하지 않는 순간 설 자리가 없어진다는 점을 주장해왔고, 비평이 '초월적인' 입지에 서 있다는 이글턴의 정의에 전적으로 동의하는 것도 아니다. 오히려 비평과 대비되는 비판이라는 것이 자칫 객관성에 대한 물음을 방기함으로써 비판의 과잉에 떨어질 위험에 대해서 십분 주목해야 한다고 생각한다. 객관성이 문제틀에서 삭제된 상태에서의 비판이란 결국 목표를 달성하기 위한 전략의 문제가 되며, 이러할 때 기성권력의 틀을 근본적으로 넘어서는 발상은 불가능하고, 궁극적으로는 그 권력이 부여해놓은 한계 내에서의 저항임을 스스로 자인하는 폭이 된다. 물론 이글턴의 말대로 비판에는 '주체의 현재의 조건을 넘어 있는' 자질들에 대한 추구가 있겠지만, 주체가 처한 현재조건을 넘어 도달하는 공간이란 것도 주체를 포함하고 포괄하는, 주체를 관리 통제하고 있는 현실의 테두리를 벗어나자는 것은 아니다. 강준만씨가 방법론으로 내세우는 '비판'이라는 것이 가지는 본원적인 한계도 이것이다. 즉 비판은 넘치나, 비평이 없는 것이다.

비평의 객관성이 무엇인가라는 물음은 쉽게 답해질 수 있는 것이 아니다. 그럼에도 비평이 객관적임을 지향하는 한, 마음을 비우고 사물을 '있는 그대로 보려는' 사심없는 태도가 기본이 되어야 하고, 이해관계나 특정의 입지에서 벗어난 어떤 '초월성'마저 담보하는 정신이 있어야 한다. 그리고 말할 나위도 없지만 여기에는 비평의 대상이 무엇이든 거기에 최대한 정확하고 엄밀하려는 노력이 동반되어야 할 것이다. 실상 김병익씨의 앞의 발언은 당자가 스스로 '비판'을 자신의 비평에서 배제하려 했다는 점도 문제지만, 그 못지않게 아니 그보다 더욱 본질적으로는

'정확성'이라는 이러한 비평의 기본덕목에 대해 아무런 의식이 없다는 점이 더 주목되어야 한다. 강준만씨가 이 대목을 두고 '비판'하지 않는 김병익씨의 특성만 강조하고, 이 정확성에 대한 무감각을 간과한 것은, 씨 자신이 이같은 비평의 성격에 대한 합당한 인식이 부재하거나 혹은 의도적으로 무시하기 때문이 아닌가 하는 혐의를 불러일으킨다. 서로 반대되어 보이는 듯해도 김병익씨에게나 강준만씨에게나 이 객관성의 문제가 시야에 없기는 마찬가지인 것이다.

이같은 기본문제로 보아, 강준만씨가 김병익씨의 비판부재라는 문제를 뒤집어, 비판과잉이라는 역의 방향으로 달려가버리는 것은 당연해 보인다. ('때리는' 글뿐 아니라 '사주는' 글도 적지 않지만, 비평 아닌 비판의 차원에 있는 점은 마찬가지다.) 의도적이고 도전적이고 전투적이고 도발적인 강교수의 비판은 그 자체가 전략의 차원인 면이 있는데, 문제는 그것이 무엇을 위한 전략이냐는 것이며, 적어도 객관성에 도달하기 위한 전략이 아님은 분명하다는 것이다. 즉 치고받고 뒤집고 까발려서 무언가를 변화시키려는 것이기는 하나, 그 무엇의 전망이란 것 자체가 말하자면 순전히 세속적인 것에 머문다. (강교수는 '거대한 침묵의 카르텔 체제'를 운위하면서 이것을 깨기 위한 '도덕적인 차원의 응징'을 말하나 이런 발상부터가 세상의 본질적인 세속성을 받아들이고 나서야 가능한 책략이다.) 역시 전략적 사고 자체가 기존의 질서나 구조를 뒤엎는 것이 아니라 재생산하는 데 기여한다는 점은 이같은 방식의 '비판'에 끊임없이 달라붙는 추문이 된다.

강교수의 비판법에 대해서는 수많은 격려와 경계, 찬양과 비난이 엇갈려 있는 것이 사실이지만, 내가 읽기로는 그것을 비판의 존재론이라고 할 만한 데까지 몰고간 지적으로는 홍윤기씨의 비판이 거의 유일하다. 홍씨는 '원고망명'으로 유명해진 글 「반입장의 입장: 우리 시대의 권력비판과 권력 감수성」(『인물과사상』 2000년 10월호)에서, 강교수식 비판의 문제점을 지적하는 가운데, "우리 시대에 진정 비판은 가능한가?"라는 질문은 던지면서, '비판으로부터 자유로운 입장'이 불가능하고 무의미하다면, 차라리 '입장으로부터 자유로운 비판'을 택하는 것이 훨씬 나을 것이라고 주장한다. 과연 이 후자도 가능한 것인가라는 의문은 남지만, 이같은 문제의식은 '사심없는' 태도의 가능성을 견지하는 '비평'의 문제의식이기도 한 것이다. 이것은 본질적으로 강준만씨를 포함한 비판 중심의 행보들이 결국 '입장'에 묶인 것이며 '입장'에 묶인 비판으로 진정한 해방이 달성될 수 없다는 점을 통찰한 점에서 비평에 대한 나의 관점과 상통한다. 그런 점에서 안티조선운동을 비롯한 강교수의 작업에서 그가 발견하고 지칭한 '비판의 빈곤'은 다름아닌 비평의 빈곤일 것이며, "입장에 갇혀 있는 삶의 풍요로운 가능성을 비판에 의해 해방"시키고자 하는 기획도 크게 보아 비평의 기획이라고 할 수 있다.

물론 강준만식의 비판에도 어떤 기준이 없는 것은 아니다. 그리고 그 기준은 일차적으로는 도덕적인 것이다. 그의 표현을 그대로 따르면 공적 담론에서의 "언행일치와 책임을 따지는 일종의 도덕놀음"이다. 즉 강교수에게 중요한 것은 비평적 객관성이 아니라 말하자면 정치적 정당성(political correctness)이다. 정치적으로 공정하고 올바른가의 물음은 그 자체로 저항적 질문이지만 입장 혹은 그 표명에 대한 추궁이지, 객관적으로 옳고그름을 따지는 '정확함'의 이념과는 오히려 거리가 멀다. 이것은 이미 확립된 도덕적 기준과 우월성에 토대를 두고 그 잣대에 맞추어 재단하는 결연함을 가지나, 사심없이 세상과 삶을 보고자 하는 비평의 욕망은 이 와중에서 속절없이 억눌린다.

전체적으로 강준만씨의 비판법은 겉으로 보기에 파괴적이고 혁신적인 것처럼 보이지만, 그리고 그 나름대로 일정한 영역에서 힘을 발휘하기는 하지만, 그 본질에 있어서는 현실을 근본적으로 넘어서려는 어떤 전망도 담지하고 있지 못하다. 나는 한때 우리 평단에서 그랬던 것처럼 특정 인물을 두고 '자유주의자'니 하는 명칭을 붙여서 비판하는 관행을 그다지 탐탁하게 생각하지는 않는데, 그럼에도 강준만씨가 스스로를 내놓고 자유주의자라고 자칭하고 나서는 이상 한사코 조심스러울 필요는 없을 것이다. 즉 비판에 대한 강준만씨의 태도 자체가 이같은 자유주의의 한계를 그대로 내보이고 있다. 왜냐하면 그의 도덕적 정당성에의 요구 속에는 계급적인 것에 닿아 있는 우리 사회의 근본모순에 대한 인식은 일체 배제되어 있다. 이것은 그의 비판이 활동무대로 하는 영역이 철저히 속물적이고 위선적임을 전제하면서도, 그 속물세계 자체가 가지는 계급적 지위에 대해서는 심문하지 않는 것과 관련되어 있다.

나는 2년 전 이번 특집과 유사한 다른 계간지의 기획(『문예중앙』 1999년 가을호)에 참여한 적이 있는데, 거기서 현재의 평단이 처해 있는 전체적인 상황의 속물성을 우리를 덮어씌우고 있는 '놋쇠와 철의 하늘'이라는 비유를 빌려 표현한 바 있다. 속물(Philistines)이란 매슈 아놀드적인 의미에서 '중간계급'의 별칭으로, 서구에서 비평은 비록 중간계급의 이념에 기원하고 있지만 동시에 그 속물성을 넘어서고자 하는 변혁적인 속성을 가져왔고 또 그래야 함을 말하고자 했다. 이것은 자유주의의 이념이 속물성에 대한 비판을 동반할 수는 있으되, 그것 자체로는 계급적 인식에까지 도달하지 못함으로써 가지는 한계, 그리고 그러한 이념에 바탕해 있는 소위 '자유주의적 비평'의 그와 유사한 한계에 대한 지적이기도 했다. 즉 자신의 기원에 대한 근원적인 질문이 없는 비평은 기성질서(무엇보다도 자유주의 이념으로 현상되어 있는 자본주의 질서)에 대한 단절의 전망을 가지지 못한다는 점에서 속물적이다. 그리고 이것은 아무리 '침묵의 카르텔'이니 지역·연고·학벌주의를 통박하더라도 비평이 빈곤한 비판이 도달할 수밖에 없는 운명이기도 한 것이다. 그 점에서 다시 한번 그토록 멀어 보이는 김병익씨의 '비판 없는 비평'과 강준만씨의 '비평 없는 비판'은 서로 상통한다.

3. 문학과 권력, 무엇이 문제인가

'문학권력'이라는 말이 거의 '소란스런 전문어'(buzzword)로까지 승격하여 우리들의 연약한 고막을 괴롭히는 존재가 된 것은 불과 1년 정도지만, 그 전부터 이 문제는 산발적으로 혹은 이 논쟁의 피해자라고 여기는 쪽에서의 표현으로는 '악착스럽게' 제기되어왔다. 나는 이 말이 이처럼 일약 일상적인 소음의 위치에까지 오르게 된 과정에서 일어난 갖가지 추문과 신경질과 인간 약점의 허다한 표지들에 대해서 별로 왈가왈부하고 싶지 않다. 이런 때만큼은 적어도 나는 이글턴이 소박하다며 탓하듯이 거론한 '비평'의 유리한 지점, 즉 '외재적인, 아마도 초월적인' 언덕 위에 멀찍이 머물기를 택하겠다. 그것을 '인간적인 너무나 인간적인' 광경으로 이해할 수 없는 것은 아니로되, 다른 곳도 아닌 비평의 영역에서만은 흥분을 하더라도 좀 절도있고 맵시있게 해야겠다는 것이 그야말로 소박한 한 비평가의 자그마한 소망이기 때문이다.

문학권력 논쟁이 폭발적으로 비등하게 된 것은 작년 여름호『문학과사회』에 실린 문사 동인 권오룡씨의「권력형 글쓰기에 대하여」라는 글에 대한 논란에서부터였다. 그러나 앞서 말한 것처럼 그 이전부터 특히 문사 동인들이나 문학과지성사를 겨냥한 비판들이 나오고 있었고, 권씨의 글은 여기에 대한 답변 혹은 대응이라고 할 수 있다. 그같은 비판을 주도한 평론가 가운데 한 사람이 권성우씨로, 이런 연유로 그는 문사 편집진에게 반론권을 요구하는 글을 문지게시판에 올렸고, 그에 대한 문사측의 입장표명이 있었으며, 이 작은 해프닝은 인터넷이라는 새로운 공간의 폭발력에 힘입어 바야흐로 하나의 버젓한 추문으로 발전하게 된다. 여기에다 권씨의 요구 혹은 비판은 강준만씨를 통해 사회적인 힘을 얻은 '실명비판'이라는 대의명분을 거느리고 있어 말하자면 여론재판을 동반하는 사회문제로 화하게 된 것이다.

이것이 대개 이 사태를 지켜보아온 사람들의 설명이다. 그러나 이 싸움을 단순히 문지라는 '권력'과 그 비판자들(혹은 경우에 따라서는 문학동네라는 '권력'과 그 비판자들) 사이의 대립으로만 보는 것은 좁은 시각이다. 문단에서의 권력 논의는 오랜 역사를 가지고 있지만, 최근의 논란과 직접 연관되는 것까지 거슬러가자면 90년대 초의 소위 민족문학위기론이 될 것이다. 당시 권성우씨를 포함하여 90년대에 대거 등장한 신진평론가들은 대개 '문지적'인 성향(나 자신의 표현이 아니라 그즈음 김병익씨가 새로운 비평의 흐름을 정리하면서 지칭한 말)을 가졌으며, 이 문지적인 젊은 비평가들이 주로 정력을 기울인 작업은 80년대 비평과 민족문학에 대한 공격이었다. 그리고 이 공격의 핵심논점은 민족문학이 하나의 체계인 만큼 그 스스로가 하나의 권력이라는 것인바, 이러한 권력의 본질론적 환원을 통한 민족문학 비판이 90년대 문학의 주된 흐름을 자유주의로 돌려놓는 데 큰 영향을 미쳤다.

나 자신 90년대 초 당시 이광호씨 등 신진평론가들의 다분히 전략적인 민족문학 '권력'에 대한 공격과 해체 시도가 문지 동인에서 문사 동인으로 이어지는 자유주의 노선을 답습하는 것으로, 이처럼 모든 제도나 이론 자체를 권력으로 환원하고 그것이 담론임을 폭로하는 해체주의적인 본질론의 성격상 조만간 화살이 문지파 자신에게로 되돌려질 것이라고 지적하면서 문지의 '제 발등 찍기'를 예상한 적이 있는데(「현시기 비평의 기능」, 『창작과비평』 1995년 여름호), 비록 다소 요란하고 비생산적인 방식으로 이루어졌지만, 이 발등찍기는 목하 벌어진 문학권력 논쟁으로 현실화했다. 90년대가 진행되면서 이들 신진비평가들 중 다수 문지 진입파(이광호, 우찬제, 박혜경 등)와 일부 비합류파(권성우)가 다투는 방식으로 벌어졌을 뿐 본질적으로 같은 성향의, 그리고 진보적인 문학을 힘을 모아 격퇴하고 90년대 이후를 장악했다고 믿는 자유주의적 문인들 사이의 이합집산이 이같은 소동을 낳은 한 요인이라는 점만은 분명해 보인다. 그 점에서 이 논쟁이 가지는 가짜적인 성격이 있는바, 그것의 과대문제화를 풀어헤쳐서 요즘 유행하는 말로 '제 몫을 찾아주는' 자리매김이 있어야 할 필요도 여기서 생기는 것이다.

실명비판이란 새삼스런 개념이 이 소동의 핵심에 자리잡고 있는 것도 수상쩍기는 마찬가지다. 앞의 권오룡씨 글이 '비판대상을 밝히지 않고 익명으로 비겁하게 숨어서 뒤통수를 친다'는 것이 비판자들의 한결같은 비난인데, 사연을 들어보면 왜 그러는지 이해는 가지만, 아무리 그래도 그렇게까지 흥분할 일인지는 모르겠다. 설혹 뒤통수를 좀 치더라도 그러면 어떠랴 하는 마음가짐이 없고서는 사적인 감정대립이면 몰라도 비평이란 것은 잘 안되기 마련이다. 그렇게 분하면 차라리 멱살잡고 싸우고 말지 비평을 하겠다면서 비겁하니, 뒤통수니, 익명이니 쓸데없는 비난으로 아까운 지면을 낭비할 일은 아닌 것이다. 비평가라면 누구 탓을 댈 것이 아니라 스스로 비평의 공공성을 존중할 줄 알아야 한다. 더구나 문학판에서 새삼스럽게 실명비판이라니! 정실비평이니 주례비평이니 등의 폐습이 없는 것은 아니지만, 문학비평에서는 엄연히 실명을 거론하며 진행하는 논쟁이 활성화되어왔고, 무엇보다 90년대에 나온 자유주의적인 젊은 비평가들 자신이 비판해 마지않고 심지어 조롱했던 80년대 후반 선배비평가들 사이에는 서로의 실명을 마음껏 거론해가면서 사회변혁과 진짜권력과의 싸움에 문학비평이 해야 할 몫을 두고 치열한 논쟁들이 오갔던 것이다. 그런데 아닌 밤중에 익명비판의 관행을 고쳐야 한다고 흥분하니, 홍두깨를 만난 기분이다. 시비곡절을 따지기 전에, 다른 학문분야라면 몰라도 문학비평 영역의 이같은 특수성을 생각하면, 강준만식의 실명비판 주장을 뒤늦게 문학논의에 그대로 적용한다는 것은 상당한 무리다.

하여간 권오룡씨의 문제의 글은 엄청난 반발을 불러일으켜 권성우씨를 비롯, 기타 전투적 글쓰기를 지향하는 『비평과전망』 동인들(이명원, 홍기돈, 전병문 등)을 중심으로 줄이어 반박문들이 나오고, 서두에서 말한 창비게시판에도 비난이 들끓었다. 그러나 정작 내가 읽기로는, 아무래도 제3자라고 느껴서인지는 몰라도, 권씨의 글이 그처럼 격분의 대상이 된다는 것부터가 오히려 뜻밖이다. 비교적 짧은 글이지만 '권력형 글쓰기'라고 그가 지칭한 글쓰기방식에 대한 나름대로의 관찰이 있고, 그것에 대한 비판적 시각과 논거가 있다. 거기 비해 비판문으로 나온 글들은 대개 훨씬 덜 정제되어 있고, 논리의 비약이 심하며, 더구나 비판대상인 글에 대한 기본적인 독서조차 뒷받침되어 있지 않다. 가령 문학권력으로 지칭된 대상들을 일컬어 "권력형 글쓰기의 자장 속에서 이들은 꼼짝달싹도 못하고 권력이 되어버리고 만다"라는 구절을 두고, 여기서의 '이들'이 문학권력이 아니라 그것을 비판하는 자들이라고 정반대로 읽어버린 이명원씨의 (또 전병문씨의) 오독은 실수라고 치부하기에는 너무 초보적이고, 더구나 이 실수 아닌 실수는 롤랑 바르뜨(Roland Barthes)의 권력관을 바로 글쓴이의 그것과 그대로 동일시하는 더 커다란 오해에 연결되어 있기도 한 것이다. 그러나 어디까지나 바르뜨는 "권력형 글쓰기라고 이름지을 수 있을 글쓰기의 유형 속에서 글의 운명"을 관찰하기 위해서, 말하자면 오히려 상대의 입장을 설명하기 위해서 동원된 것이지 그것이 글쓴이의 믿음이라는 근거는 어디에도 없다. 이명원씨는 같은 글(「권오룡의 돈키호테식 글쓰기」)에서 "비판적 글쓰기는 무엇보다도 대상 텍스트에 대한 정밀한 분석에서 출발한다"고 바르게 쓰고 있지만, 정밀한 분석 이전에 갖추어져야 할 것이 기본적인 독해력이니, 이것은 비판적 글쓰기론자들이 수시로 불러내어 비판하는 그 '훈육'(discipline)이란 것이 어떤 국면에서는 참으로 긴요하다는 것을 깨우친다. 적어도 비평문으로는 권씨의 글이 훨씬 윗길에 있는 것이다.

나로서는 기본적으로 문학권력 비판자들이 대개 바르뜨적인 권력관을 전제하고 있다는 데 동의하고 있고, 당사자들도 글의 맥락을 오해하기는 했지만 권력의 편재와 일상화라는 바르뜨적인 혹은 더 일반적으로는 푸꼬(Michel Foucault)적인 인식에 기울어 있는 것도 사실이다. 그 점에서 '권력형 글쓰기'에 대한 권씨의 비판적인 희화화는 적실성을 가진다. 정작 문제는 이같은 권력관 자체에 대한 글쓰는 이의 입장이 모호하고 불확실하다는 것이다. 푸꼬류의 권력개념이 유발하는 '권력의 선험적 실체화'를 통해 "모든 것에서부터 권력의 표지"가 박탈된 상태에서, 권력을 불러내고 지어내어 마치 풍차에 맞서는 것처럼 싸우는 권력 비판론자들에 대한 풍자는 이루어졌지만, 단지 그뿐이다. 물론 풍자 저 너머의 문제에 대한 배려가 전혀 엿보이지 않는 것은 아닌데 다음 대목이 그것이다.

권력은 겉으로는 배척되면서 속으로는 추구된다. 이러한 집단무의식을 기반으로 공유하여 권력은 자본주의사회에서의 돈의 속성을 그대로 닮아간다. 이런 점에서 권력과 돈은 자본주의사회의 쌍둥이다. 권력의 해체라는 작업의 실천이 자본주의체제 전체를 뛰어넘으려는 궁극적 목표에 의해 인도되어야 한다는 필요가 제기되는 것은 이 때문이다. 그러나 이념의 상실, 거대담론의 소멸 등과 같은 세계사적인 사건의 후유증으로 이러한 변혁논리의 틀이 그 실천성을 담보할 수 있는 상태의 것으로 가다듬어지기는 어렵게 되었다는 것 또한 부정할 수 없는 사실이다. 오늘날 글쓰기의 어려움은 이러한 사정에서 연유한다. 그런데 이른바 권력형 글쓰기에서 이런 문제에 대한 고민의 흔적을 찾아보기 어렵다는 것은 무척 아쉬운 일이다. 거대담론들 사이의 전선(戰線)이 붕괴되면서 무수히 생겨난 문화게릴라들, 그것들 가운데 하나가 바로 권력형 글쓰기다.(『문학과사회』 2000년 여름호, 775면)

최소한 변혁론의 위기 가운데서 자본주의 극복의 전망이 흐려지고, 이것이 글쓰기의 어려움을 초래한다는 인식은 비평의 과제에 대한 올바른 판단이며, 이 글에 대한 비판들에서 도리어 이 정도의 문제의식조차 눈에 띄지 않는다는 것은 나 자신도 권오룡씨와 더불어 무척 아쉽다. 이는 아무리 권력해체를 구두선처럼 외어도 이 시대 '문화게릴라들'의 빈곤한 정치의식을 말해주는 것이다. 사실 에드워드 싸이드(Edward Said)도 지적하다시피, "억압적인 제도들에 맞서, 그리고 '침묵'(silence)과 '비밀주의'(secrecy)에 맞서 소규모의 게릴라전을 펼칠 수 있는 것"은 푸꼬적인 사유가 열어놓은 작지않은 미덕이다. 그러나 현재의 문학권력 비판자들이 그나마 푸꼬가 말하는 '전문화된 지식인'으로서의 국지적 싸움을 얼마나 해내고 있는지부터도 의문이고, 근본적으로는 결국 권력을 모든 곳에 편재하는 것으로 규정함으로써, 그것에 대한 저항의 근거나 그것에 힘을 불어넣고 연료를 공급해주는 계급과 경제적 토대와 같은 문제들을 삼켜버림으로써 오히려 미시권력을 신비화하고 변화를 봉쇄하는, 한마디로 푸꼬 권력론의 기본문제에 대한 반성적 시각도 찾아보기 어려운 것이다.

　이처럼 푸꼬에 들린, 그것도 어설프게 들린 사람들이 풍자당하는 것을 꼭 부당하다고 할 것은 없지만, 그렇다면 풍자자 스스로는 이같은 들림에서 얼마나 자유로운가? 거대담론의 소멸을 당연시하는 논리가 전체적으로 전지구적 자본주의시대의 전형적인 이데올로기임을 주장해왔고, 이같은 포스트모더니즘의 한 발원지가 문지 일파라는 점을 진작부터 비판해온 나로서는 (지금 와서는 동인들의 숫자도 훨씬 늘었고 서로 약간씩은 차이도 없지 않은지라 일반화하기도 그만큼 어렵고 조심스럽지만), 권씨의 이 글에서도 그런 혐의를 확인하게 된다. 따지고 보면 문지는 그 이론적 주도자인 고(故) 김현과 정과리가 중심이 되어 다름아닌 바르뜨적인 자동사로서의 글쓰기를 비롯, 전체적으로 구조주의 및 탈구조주의적인 사고를 확산시켜온 공과가 큰데, 이같은 경향은 '저자의 죽음'으로 요약되는 주체의 해체와 맑스주의에 대한 비판 및 미시권력론의 주창으로 표상되는 푸꼬의 구조주의적 발상과 일맥상통하는 것이다.

이같은 사정이 권씨로 하여금, 바르뜨적인 권력론 자체에 대해서는 판단을 보류하고 애매한 태도를 취하게 한 까닭이 아닌가 한다. 막상 그같은 권력론에 토대를 둔 신진세력들을 비판했지만, 알고 보면 문지라는 집단의 입지도 거기에서 그다지 멀지 않기 때문이다. 그런 점에서 권오룡씨의 풍자는 어떤 점에서는 스스로를 향하는 면도 있으며, 이는 '탈권력'을 모토로 내세운 문지가 사실상 그러한 모토를 토대로 힘을 얻고 발휘하는 하나의 권력지향성을 피할 수도 숨길 수도 없다는 자기모순과도 유관하다. 「권력형 글쓰기에 대해서」에서 이 문제에 대한 성찰은 부재하며, 다만 자신의 말 그대로 "권력은 겉으로는 배척되면서 속으로는 추구된다"는 자본주의사회의 진실만이 스스로의 처지에 대한 본의 아닌 고백이자 하나의 명제로서 남겨질 뿐이다.

4. 진보적 비평의 길

권력이라는 말이 도처에서 울리는 가운데서도 오히려 정치의식은 더욱 실종되는 그 역설 속에 최근 문학권력을 둘러싼 논쟁이 존재한다. 정치의식이라고 해서 반드시 전투적인 것은 아니다. 오히려 자신의 계급적 성적 인종적 위치에 대한 냉정한 자기인식과 자신의 사적 삶이 공동체와 맺어진 양상에서 빚어져 나오는 구체적인 실천의식이라고 할 수 있다. 그런 점에서 최근 논쟁에서 흔히 동원되는 거칠고 과잉된 수사와 감정의 적나라한 표출은 천박해진 이 시대 지식인들의 의식수준을 비추는 거울이라고 할 수 있다. 이것은 대중을 상대로 하는 언론에서 흔히 동원되는 황색적인 선동성과 힘의 논리가 우리 사회에서 증폭되고 그것이 일상의 삶에 별 여과 없이 침투한 그런 현상과 일치한다. 모든 것을 힘의 관계로 파악하는 푸꼬의 유령은 이런 상황에서 거리낌없이 횡행한다. 권력은 일상화되어 미시의 거미줄 사이로 종작없이 사라지고, 동시에 개별 인간들 사이의 관계에서 한없이 재생된다. 권력에 대한 저항은 원인무효가 되고, 남은 것은 사적이 된 개인들 사이의 '만인을 향한 만인의 싸움'이다.

이것은 갱생을 꿈꾸는 비평으로서는 무척이나 우울한 그림이다. 과연 이같은 상황에서 진보적인 비평의 길이 열릴 수 있을 것인가? 쉽게 대답할 수 없고 낙관할 수도 없지만, 우선 푸꼬에 들린 사람들의 논리에서 벗어나는 일에서 시작할 수는 있을 것이다. 푸꼬에 들린 영혼에게는 세상은 권력의 망으로 온통 짜여져 있다. 우리의 삶은 권력에 포박당하고, 국지적 국면으로 끝없이 퍼져나간 미시권력은 우리의 심리기제까지 지배하면서, 그럼에도 눈에 보이지 않는 유령이 되어 떠돈다. 그러나 이 헛것에서 벗어나는 순간, 국지적인 권력은 좀더 큰 규모의 국지로서의 국민국가와 맺어져 있고 그것은 궁극적으로 지구적인 지배질서와 맺어져 있다는, 그리하여 미시적인 싸움이 큰 규모의 반자본주의 싸움과 결합되어 있다는 현실이 눈에 들어온다. 비평의 갱생은 이러한 인식을 획득해나가는 과정에서 일어나고 지속될 것이다.

—『문학동네』 2001년 여름호

민족문학에 떠도는 모더니즘의 유령

문제는 '모더니즘의 수용'이 아니다

1930년대 모더니즘을 보는 눈

해방의 서사와 세기말의 문학

90년대 리얼리즘의 길찾기

민족문학에 떠도는 모더니즘의 유령

세기말의 문학적 진로를 모색하며

1. 문제는 무엇인가

최근 민족문학론의 갱신을 위한 진지한 논의들에서 모더니즘의 새로운 인식이 과제로 등장했다. 모더니즘이 '재인식'되고 민족문학 논의의 한 중요한 차원으로 대두되는 것에 필자는 조금도 반대하지 않는다. 아니 오히려 왜 진작 이러한 논의가 본격화되지 않았는지 아쉬워하는 편이다. 민족문학이 리얼리즘 문학을 중심으로 성장해왔으며 리얼리즘론이 민족문학의 성과를 평가하는 이론적 뒷받침이 되어온 것은 사실이지만, 리얼리즘 자체가 모더니즘이라는 대립항과의 상호관련 속에서 충일해지는 면도 있다. 모더니즘에 대한 비판적 인식과 변별적 자의식을 통해 리얼리즘의 논리가 구체성을 획득해가는 만큼은 리얼리즘과 모더니즘의 '변증법적' 긴장관계가 민족문학론의 정립에 힘이 되어온 것이다. 배타적인 골수 리얼리즘 옹호론자로 보는 이도 더러 있는 모양이나, 평소 필자는 모더니즘을 도외시하지 말고 민족문학의 시각에서 보아야 함을 역설해왔고, 좀 오래 전 일이지만 식민지시대의 골수 모더니스트 이상(李箱)의 '민족문학'으로서의 가능성을 탐구해보았던 것도 그런 이유에서였다(「모더니즘의 세계관과 정직성의 깊이: 이상론」, 『문학과사회』 1988년 여름호). 알고 보면 진작부터 필자는 모더니즘을 재인식해야 한다는 주장의 숨은(?) 동조자였던 셈이다.

그렇지만 현재 민족문학이 모더니즘의 수용을 통해 거듭나야 할 시점에 있다는 최근의 주장들에 동의할 생각은 없는데, 일차적으로는 한국 모더니즘의 상대적인 빈곤에 대한 필자 나름의 판단이 있기 때문이다. 한마디로 한국 모더니즘은 민족문학에 '치유적' 기능을 하기에 앞서 스스로가 거의 빈사상태에 빠져 있다. 자기자신이 대책없는 무기력에 빠진 처지에 어떻게 남의 치유를 돕는단 말인가? 이처럼 생각은 다르지만, 모처럼의 이 진지한 모색에 동참하고자 하는 마음이 필자로 하여금 진정석(陳正石)의 「민족문학과 모더니즘」(민족문학작가회의 민족문학사연구소 공동 심포지엄 발제문, 1996년 11월)의 논지를 비판하게 하였다(「문제는 '모더니즘의 수용'이 아니다」, 『사회평론 길』 1997년 1월호). 그러나 필자의 논평이 "'갱신'의 모색에 참여하는 것이라기보다 오히려 경직화에 가깝"다고 읽히거나, "중증의 리얼리즘 만능론이라고 보기에는 그 상태가 심각하다고 하지 않을 수 없"다는 진단을 받고 보니,[1] 필자의 진의가 과연 제대로 전달되었는지 아쉬움이 남았다. 가차없는 비판 자체는 오히려 고마운 일이나, 경직과 집착이라니! 리얼리즘론의 입지에서 모더니즘을 검토해야 한다는 필자의 주장이 모더니즘을 배격하자는 말과는 다르고, 갱신이라면 일정한 갱신일 수도 있는데, 그 점은 왜 보이지 않을까?

모더니즘을 다시 보아야 한다는 주장의 숨은 동조자를 이렇게도 몰라보나 싶어 좀 억울하기도 하던 차에, '논쟁'의 촉발자인 진정석이 마침 「모더니즘의 재인식」(『창작과비평』 1997년 여름호)이라는 제목으로 본격

---

1) 각각 김이구 「비평의 '몽상'을 넘어」, 『내일을 여는 작가』 1997년 3·4월호; 김외곤 「문제는 리얼리즘에 대한 집착이다」, 『한국문학』 1997년 봄호.

적인 반론을 펼쳤다. 보니, 진정석은 필자가 "달라진 현실에 대한 리얼리즘의 대응력을 모색하"고 있고 필자의 "리얼리즘 심화론은 현단계 문학이론이 모더니즘을 수용할 필연성을 역설적으로 증명하고 있는 본보기"라는 식으로 읽고 있어, 위의 두 논자들보다 '숨은' 동조자로서의 필자의 심중에 한결 더 다가간 셈이다. 그렇다고 반가워할 일만은 아니다. 그의 결론이 결국 필자의 "리얼리즘에 대한 관성적인 옹호와 모더니즘에 대한 몰이해"로 낙차되고 마는 것은 위의 두 논자와 상통하기도 하거니와, 막상 그가 말하는 역설이라는 것도 필자가 생각하는 모더니즘의 재인식과는 거리가 멀다. 사정이 이러하니, 민족문학의 진로를 둘러싼 이 진지한 논의에 기여한다는 의미에서도 반박(혹은 화답)이 불가피하게 된 것이다.

　그러나 위 논자들에 맞서 필자의 이견을 피력하는 것에 이 글의 목표를 한정하지는 않겠다. 진정석이 제기한 비판들에 대한 응답은 있어야겠지만, 초점은 우리 문학에서 모더니즘의 위상이 무엇인지를 생각해보는 데 맞추어질 것이다. 즉 모더니즘이 새삼 문제되고 있는 현실에 대한 분석에서부터, 한국 모더니즘의 상황을 어떻게 볼 것이며 그 가능성은 있는가, 그리고 그것이 민족문학의 진로와는 어떤 관계가 있는 것인가를 전체적으로 검토하는 일이다. 이것이 '민족문학론의 갱신을 위해'라는 심포지엄의 원취지를 살리는 길이라고 본다. 이런 작업은 정말 간단한 일감이 아니다. 본격적인 논의에 앞서 모더니즘이 이처럼 민족문학의 갱신 혹은 회생을 위한 중요한 요소로 대두된 사정을 어떻게 이해할 것인가부터 짚어두는 것이 순서겠다.

　우선 90년대 들어 민족문학 안팎에서 제기된 위기론이 민족문학의 사망을 기정사실화하는 논리로 확장된 현상에 주목하고 싶다. 90년대가 진행되면서 '민족문학론의 위기'조차 거론 안될 만큼 민족문학론은 이제 "발언할 기력마저 쇠진되어버릴 정도"가 되었고, "민족문학론의 지주가 되어온 리얼리즘의 열기도 약화되고 있다"는 한 중진평론가의 발언이 전형적이다.[2] 본인의 표현처럼 '너무 급격하고 비정한 것'처럼도 들리지만, 그것이 또 '외면할 수 없는 현실'이라면 어쩌겠는가? 그러나 일각에서 거의 상식이 되다시피 한 이런 판단에는 두 가지 맹점이 있다. 하나는 90년대를 포스트모던이라고 설정하고 이전과 구별짓는 단절적인 사고방식과 관련된다. 90년대를 전체적으로 이해하려면, 포스트모던한 '현상'은 보되, 사회의 깊은 곳에서 단절되지 않고 작용하는 모순의 움직임 또한 보아야 한다. 즉 자본주의적 근대화의 과정 속에서 해방으로도 질곡으로도 현상하는 숨겨진 힘들이 여전히 작용하고 있으니, 근자에 부각된 근대성 담론이 의미를 얻는 것도 바로 이런 힘들에 대한 관찰에 유효하기 때문이다. 현상에 지핀 '객관적' 판단만으로는 그 자신도 원하는바 '문학의 진정성'을 향한 '주관적' 욕망과의 괴리를 피할 수 없다. 이것이 바로 두번째 맹점이 된다. 포스트모던한 현상을 들어 민족문학과 리얼리즘의 퇴조를 말하는 순간 문학 자체의 '사망'을 받아들이는 것도 시간문제인 것이다. 순망치한(脣亡齒寒)이 달리 있을까! 겉보기의 현상 깊이 작용하는 동력을 포착하는 시각만이 문학의 대응력에 대한 장기적인 전망을 말할 수 있다. 이런 시각이 결핍된 논리가 짙은 비관주의로 떨어지는 것은 놀라운 일이 아니다.

바로 이와 유사한 '비관주의'가 90년대의 문학에 대한 근자의 논의에 깔려 있다는 것, 그것이 우리 나름의 세기말적인 증후라고 하면 지나친 말일까? 물론 비관과는 정반대로 새로운 변화에 해방감과 희열을 느끼는 또다른 반응들도 있지만, 이것이 세기말 비관주의의 다른 일면임도 보아야 한다. 민족문학과 리얼리즘에 대한 위기의식과 그 대응에도 이러한 비관적 인식이 상당부분 작용하지 않는가 하는 것이 솔직한 심정

2) 김병익 「문학적 리얼리즘은 어떻게 변할 것인가」, 『새로운 글쓰기와 문학의 진정성』, 문학과지성사 1994, 80면.

이다. 민족문학의 위기를 절감하고 '근본적'으로 반성하고 새로운 전망을 모색하는 일은 중요하지만, 너무 쉽게 좌절하고 너무 쉽게 반성하고 너무 쉽게 과거를 잊어버린다. 비록 변화한 현실이 많은 것을 파괴했다고 해도 과거의 '남아 있는 것들'(the residual)에서 현실을 넘어서고 새로이 이룩할 동력을 끌어오고자 하는 것이 이미 소위 '포스트모던'을 겪을 대로 겪은 서구에서조차 문화적 대응의 중요한 일부이며, 문학에서도 마찬가지다. 도대체 우리 현실에서 '포스트모던'한 현상을 얼마나 보았다고 계급이나 민족의 문제가 문학논의의 문제틀에서 냉큼 폐기되어야 한단 말인가!

물론 필자는 이것이 하나의 추세임을 부정하는 것은 아니다. 다만 이러한 추세가 가지는 세기말적인 의미를 곱씹어보는 것이 새로운 세기를 준비하는 문학의 대응에 필요하다는 것이다. 냉전체제가 해소되고 자본주의문명이 본격적으로 하나의 세계체제로서 완성되어가는 지금의 상황이야말로 역설적이게도 비관주의의 온상이 될 소지가 더욱 크다. 자본주의 이외의 대안적 삶에 대한 전망이 불투명해지고, 국내외적으로 이를 넘어설 집단적 힘이 쇠퇴하고 있는 현상은, 반자본주의적이고 민중적인 전망을 꿈꾸는 문학의 자리를 위태롭게 하는 근본원인이기도 하다. 이러한 위기의식에서 민족문학에 대한 반성과 갱신의 노력이 나오는 것이지만, 한편으로 여기에 자기방어적이고 때로는 과거에 대한 향수를 동반한 패배적인 사고가 실리게 된 것은 아닐까? 한마디로 최근의 민족문학 논의에는 어딘가 기(氣)가 빠져 있다. 90년대 들어 포스트모던의 이름으로 도처에서 울려대는 '(민족)문학의 죽음' '대서사의 죽음' '중심의 해체' '파편화된 현실' '탈근대시대' '무한경쟁시대' '가벼움의 추구' 등등 자본주의체제의 승리를 구가하는 갖가지 선무방송들에 귀가 멍멍한 가운데, 그와 반대로 변혁의 가능성과 힘에 대한 실감은 위축되고 있다. 그러나 주지하다시피 이러한 상황일수록 사회변혁의 전망을 끌어안고 나아갈 이론적 모색은 더욱 절실해지는 것이다.

　필자가 작년 말 심포지엄을 높이 사는 것도 거기에서 우리 현실을 변혁의 관점에서 읽어내고 돌파해내려는 욕망들이 여전히 살아있음을 느끼기 때문이다. 다만 모더니즘의 수용을 돌파의 중요한 한 방법으로 고려하는 제안의 위험성과 문제성을 보자는 것이며, 나아가 리얼리즘의 시효상실을 성급하게 거론할 것이 아니라 그 갱신이 어떻게 가능한가를 생각해보자는 것이다. 진정석은 반론문에서 필자와 또다른 비판자인 김명환(金明煥)의 '대응방식'을 싸잡아서, "모더니즘이라는 유령의 출현에 당황하고 있는 리얼리즘론자의 강박관념을 전형적으로 대변한다"고 하였는데, 필자는 별로 그렇게 생각하지 않는다. 모더니즘 유령이라면 너무나 익숙한 터라 크게 놀랄 것도 없을 뿐 아니라, 워낙 유령이란 기가 허해질 때 나타나는 현상에 불과하다는 상식을 믿기 때문이기도 하다. 그렇다고 이러한 유령의 출현을 대수롭지 않게 본다는 말은 아니다. 한두 사람이 아니라 집단적으로 기가 허약해지는 현상이 실제로 일어나고 있다면, 이러한 현상에 대한 객관적인 이해의 노력(진단)과 이를 이겨낼 힘을 구성해내는 일(처방)은 리얼리스트의 피할 수 없는 과제일 것이다.

　리얼리즘과 모더니즘이 논란이 될 때마다 한번쯤 불려나와 곤욕을 치르는 사람이 루카치인데, 필자로서는 모더니즘의 출현에 대처하기 위해 이 리얼리즘의 위대한 투사를 동원할 생각은 없다. 모더니즘을 퇴폐문학으로 규정하는 그의 유명한 주문(呪文)만으로 현 세기말의 혼란상이 잠재워질 수는 없을 것이다. 루카치가 효과적인 엑소씨스트도 처방전도 될 수 없다는 것이, 모더니즘이 이미 현대문학의 몸체 속에 깊이 박혀 있는 소위 후기자본주의시대 문학적 대응의 어려움이자 복합성이다. 그렇다고 반대로 리얼리즘과 루카치를 도매금으로 넘겨버리는 성급한 논리들이 모더니즘의 유령에 들씌워져 방향을 잃고 헤매는 현상들도 흔히 볼 수 있다. 더구나 우리의 경우에는 모더니즘의 성과가 과장되어 온 면이 있고, 루카치라는 무시무시한 칼을 휘둘러 상대해야 할 정도로 딱히 대단한 업적이 있었던 것도 아니다. (닭 잡는 데 소 잡는 칼!) 역시 무슨 주문을 불러서가 아니라, 현실을 있는 그대로 보려는 리얼리즘의 정신만이 근대화한 시대의 가능한 엑소씨즘임을 확인하면서, 최근의 논의들을 검토해보고자 한다.

2. 누가 모더니즘을 오해하고 있는가

민족문학의 현재적 의미를 모색하는 일에 모더니즘에 대한 고찰이 빠질 수는 없지만, 민족문학의 '퇴조' 경향이 강조되면서 모더니즘이 남용될 가능성도 없지 않다. 『사회평론 길』의 문학담당 기자로부터, 심포지엄에서 발표된 진정석의 「민족문학과 모더니즘」이라는 문제 평론에 대한 반론형식의 논평을 부탁받으며 대강의 취지를 전해듣고서 "반론할 것이 별로 없을지도 모르겠다"고 했던 것이 전자 때문이라면, 자세히 발표문을 읽고 나서는 반론을 꼭 써야겠다고 생각이 바뀌게 된 것은 후자에 대한 우려가 더 커졌던 탓이었다. 지난번의 논평에서도 필자는 '묵은 반성론의 테두리를 얼마나 벗어났는지' 의문스럽다고 언급한 바 있지만, 아무리 의도가 좋다 해도 리얼리즘에 대한 상투적인 이해에 기반한 자기쇄신의 노력은 역시 한계를 가지게 마련이다. 필자가 진정석의 "문제제기가 외양상 합당한 면이 있음에도 불구하고 구체적인 대목에서 자꾸 걸리는 것은 리얼리즘에 대한 (그리고 모더니즘에 대한) 이해가 그다지 확실하지 않기 때문이 아닌가 한다"고 지적한 것도 이런 까닭에서이다.

그런데 「모더니즘의 재인식」에서도 필자의 우려와 지적은 별로 해명되지 않았다. 이번 반론에서 그가 새로 주장한 필자의 '제3세계주의적'인 '특수주의'라거나 '최재서식의 착각'에 대한 대답은 잠시 뒤로 미루고, 좀더 일반적인 문제들을 중심으로 논의를 구체화하는 것이 필요하다고 생각한다. 우선 진정석의 기본적인 주장점은 크게 보아 세 가지 정도로 요약할 수 있을 것이다. 모더니즘에 대한 새로운 인식으로 민족문학론을 갱신하자는 것, 근대성 개념을 중심으로 리얼리즘-모더니즘 도식을 재고하자는 것, 모더니즘을 광의로 보아 여기에 근현대문학의 성과들을 모두 포괄하자는 것. 이러한 주장에 대하여 필자는 모더니즘의 재인식은 좋으나 리얼리즘을 본질론이나 소박한 재현론으로 환원하는 것은 문제라는 점, 근대성 범주를 도입함으로써 민족문학론이나 리얼리즘의 위기가 심화되는 것이 아니라 오히려 그 의미가 재인식될 수 있다는 점, 광의의 모더니즘과 협의의 모더니즘을 뒤섞어 혼란을 초래하고 있다는 점 등을 지적했다. 그런데 이번 글에서도 그는 이러한 질문들에 제대로 답하지 않고 기왕의 주장을 되풀이했다. 그의 세 가지 주장은 겉보기에는 새롭고 근사해 보이나, 조금만 따져보면 구태의연하고 허술한 구석이 많다. 더구나 이러한 허술함은 허술함에만 그치지 않고, 민족문학의 갱신을 위한 모색을 오도하거나 적어도 논의에 혼란을 초래할 위험도 없지 않은 것이다. 그 이유를 좀더 상세히 설명하도록 하겠다.

우선 모더니즘에 대한 새로운 인식이 필요하다는 문제의식 자체는 소중하며 진지한 관심사가 되어 마땅하다. 그렇지만 모더니즘을 재인식하자는 제안이 그간 이룩해온 리얼리즘론 및 민족문학론의 '성취'가 아닌 '오용'에 토대를 두고 있다면, 그 문제인식이란 것 자체가 대단히 진부해지고 만다. 모더니즘을 재인식해야 한다는 주장의 이면에는 리얼리즘이 '현상의 배후에 존재하는 본질을 파악하는 일에 열중'한다거나, '소박한 재현론'에 떨어질 수 있다는 판단이 있다. 그러나 실상 이러한 본질론이나 재현론의 차원을 넘어서자는 것이 민족문학론과 연계된 리얼리즘론의 지속적인 이론상의 관심사임을 몰랐던 것일까? 다만 리얼리즘론은 '본질'과 '재현'에 대한 관심을 견지하는 가운데 언어의 창조성 및 소통성을 규명하려는 끈질긴 물음을 동반하며, 이 물음이 살아있다는 점에서 진정석도 말하는바 섣불리 '언어의 현실재현 능력을 회의하는 모더니즘의 문제의식'과는 구별되는 것이다. 리얼리즘의 지속적인 힘은 기본적으로 실제 작품에서의 성취가 우리 문학에서 중심을 이루어온 사실에 근거하지만, 그 이론적 작업이 가지는 현실근접에의 관심과도 떨어져 있지 않다. 리얼리즘의 '강인한 생명력'을 '다소 기이하게' 느끼면서 "리얼리즘에 여타의 미학과 예술론을 배제하고 자기동일성을 확립하려는 열망이 내재되어 있지 않은가"(발제문, 16면)라는 의심으로 방향을 잡는 진정석의 사고방식은 말 그대로 '다소 기이'하다. 이런 식의 심리적 환원은 리얼리즘에 대한 옹호를 굳이 당자의 '고집'이나 '집착'으로 풀이하려는 경향과도 통한다. 리얼리즘론의 성과에 대한 제한된 이해가 이번 반론에서도 별로 개선되지 않고 있다는 것은, 가령 "전통적 리얼리즘론의 근거를 이루는 반영론과 재현주의에 근본적인 의문"을 던진다고 백낙청(白樂晴)의 최근 작업(「로렌스의 재현과 (가상)현실 문제」, 『안과밖』 1996년 창간호)을 새삼 높이 평가하는 대목에서도 엿보인다. 다 알다시피 '전통적 리얼리즘'이라고 할 사실주의를 넘어선 문학적 경지를 해명하려는 문제의식은 진작부터 백낙청의 리얼리즘론의 기본에 깔려 있는 것이 아닌가?

근대성 범주를 중심으로 모더니즘과 리얼리즘의 이분법을 재고하자는 두번째 주장도 그 자체로는 숙고해볼 만한 과제다. 그러나 근대성을 '인류사의 보편적 경험'이라고 규정하는 데서 더 나아가 민족적 경험을 이와 대비되는 '특수한 것'으로 한정하면서부터 문제가 발생한다. 모더니즘을 재인식하자는 진정석의 애초의 문제제기가 리얼리즘의 '재현주

의적 한계'라는 관념에 근거하듯, 근대성을 바라보는 시각도 민족문학
론의 '특수주의적 한계'라는 관념을 토대로 하고 있다. 그런 까닭에 필
자는 지난번 논평에서 진정석의 논리에 따르면 "인류의 보편적 체험을
형상화한 것은 모더니즘이요, 민족의 특수한 체험을 형상화한 것은 리
얼리즘, 즉 민족문학"이 되고 말며, 이것은 모더니즘이 모더니티(근대
성)에 대한 문학적 반영이라는 모더니즘적 논리에 빠진 결과라고 지적
한 것이다. 근대성이라는 범주를 설정하게 되면 "민족문학론 자체의 위
기가 더욱 전면화될 가능성이 농후하다"는 진정석의 판단은 그로서는
당연하겠다. 그러나 과연 그런가? 서구에서 부각된 근대성 담론은 20세
기 서구의 주도적인 문학 흐름인 모더니즘뿐만 아니라 그전의 문학들이
가지고 있는 '근대적' 대응들을 되살려 보게 하였으며, 실제로 모더니즘
이데올로기에 의해 진작 폐기되었다고 여겨지던 모더니즘 이전의 리얼
리즘 문학을 새로운 각도에서 살펴보게 하는 계기가 되기도 한다. 곧 부
연하겠지만, 가령 진정석이 큰 의미를 부여하며 거의 전적으로 의존하
고 있는 마샬 버먼(Marshall Berman)의 모더니즘론부터가 기실 이러
한 문제의식에 의해 추동되고 있는 것이다.

　이상의 두 가지 문제는 결국 그가 지칭하는 '광의의 모더니즘'으로
리얼리즘과 모더니즘의 구분을 철폐하자는 세번째 제안과 긴밀히 맺어
져 있다. 스스로 밝히고 있는 것처럼 이 개념은 버먼의 모더니즘 개념을
활용한 것이며, 모더니즘을 다시 인식해야 한다거나 근대성 범주를 중
심으로 보아야 한다거나 하는 앞의 주장들은 모두 버먼이 모더니즘을
규정한바 "근대의 남녀들이 근대화의 대상이자 주체가 되려는, 근대세
계를 파악하고 그 속에서 편안함을 느끼려는 온갖 시도"[3]라는 광범한
규정에 의존하고 있다. 필자는 버먼의 모더니즘론이 가지는 힘과 매력

---

3) Marshall Berman, *All That is Solid Melts into Air: The Experience of Modernity*,
　Penguin 1988, 5면.

을 부정하지는 않지만, 그것을 가감없이 우리의 민족문학론에 적용하려는 시도에는 우려를 느낀다. 우선 개념의 혼란부터가 문제다. 진정석은 애초의 발제논문에서도 보편적인 근대성체험에 부응하는 문학적 대응으로서의 '광의의 모더니즘'을 제안하는 대목과는 별도로 '협의의 모더니즘'을 다름아닌 근대성체험에 대한 대응인 것처럼 기술하여 혼란을 초래하더니, 이번 반론문에서도 그 혼란을 바로잡지 않고 있다. 지난번 필자의 논평("이처럼 이 '근대성'이라는 새로운 범주를 통과하고 나자 묘하게도 '리얼리즘'으로 대변되던 우리의 근대문학은 어느새 '모더니즘'이라는 이름으로 바뀌어 있는 것이다")을 반박하면서 '광의'와 '협의'를 구분해달라는 것까지는 좋으나, 이보다 '더 중요한 논점'이라고 밝히면서 바로 이어지는 다음 논의에서 광의의 모더니즘은 홀연 사라지고 협의의 모더니즘의 중요성이 강조되니 대체 어찌된 일인가? 가령, 이상의 「날개」에 대한 평을 논의하면서 "최재서가 주장한 리얼리즘은 사실상 모더니즘에 가까운 것"이라거나, "모더니즘과 리얼리즘의 엄연한 미학적 경계를 무화시킨다면 리얼리즘이란 사실상 무의미해질 수밖에 없다"거나 하는 대목들에서는 그의 모더니즘은 다시 협의의 모더니즘으로 어느새 전환된 것이다. 이러한 혼란은 단순히 용어상의 착오가 아니라, '모더니티에 대한 대응은 (협의의) 모더니즘'이라는 서구적인 관념이 얼마나 끈질기게 작용하고 있는가를 말해주는 한 사례라고 해야 할 것이다.

하여간 버먼이 사용하는 모더니즘이란 우리말로는 아예 '근대론'이나 '근대문학'으로 옮기는 편이 더 정확한 것으로, 영어의 모더니즘이란 말에 얽매이다 보면 진정석이 겪는 혼란을 피하기가 용이하지 않을 것이다. 더 따진다면 버먼의 '광의의' 모더니즘론도 진정석의 생각과는 달리 두 대립항 가운데 차라리 모더니즘의 문제점을 지적하고자 하는 의도가 더 크다. 실상 버먼이 말하는 모더니즘에는 18세기의 괴테에서부터 맑스 보들레르 고골 도스또예프스끼 등 19세기의 작가들이 중심을 이루는 반면, 정작 20세기의 본격 모더니즘 작가들은 송두리째 빠져 있으며, 길게 언급하지는 않지만 오히려 스땅달 디킨즈 발자끄 등 서구 리얼리즘의 대가들이 대표적인 모더니스트의 명단에 올라 있다. 이를 두고 역시 버먼의 모더니즘은 광의의 모더니즘이라 리얼리즘까지 포괄한다고 보면 되지 않느냐고 하는 것으로는, 버먼이 다른 무엇도 아닌 20세기의 모더니즘 문학에 보인 비판적 태도를 설명하기는 곤란할 것이다. 그는 19세기의 '모더니스트'들이 근대성의 복합적인 국면을 깊이있게 탐구하였음을 지적하면서, 이에 비해 20세기의 후계자들은

　　굳어진 양극화와 평면적인 전체화에 훨씬 더 기울었다. 이들은 근대성을 맹목적이고 무비판적인 열광으로 껴안거나, 그렇지 않으면 올림푸스산의 신들같이 멀찍이서 경멸적인 태도로 단죄했다. 어느 경우에서나, 근대성은 근대인들에 의해 조형되거나 변화될 수 없는, 폐쇄된 단일체로 간주되었다. 근대적 삶에 대한 열려진 비전들은 폐쇄된 비전들로, 이것과 저것 모두(Both\And)는 이것 아니면 저것(Either\Or)으로 대체되었던 것이다.[4]

라고 지적하고 있는데, 이것은 20세기 이후 모더니즘 문학에 대한 신랄한 비판과 다름이 없다. 말하자면 버먼은 통상적인 의미의 모더니즘 문학을 그가 말하는 모더니즘 즉 진정한 근대문학의 타락한 형태로 보고, 그것이 이데올로기화하는 현상을 비판한다. 길게 논할 여유는 없지만,

---

4) 같은 책 24면. 참고로 국내 번역판은 이 대목의 앞부분을 "엄격한 대립과 진부한 총력화를 위해서 이들보다 훨씬 더 많이 투쟁하였다. 현대성은 맹목적이고 무비판적인 열성과 결합하지도 않았고 신올림피아적인 추락과 경멸을 저주하지도 않았다"로 옮겨놓고 있는데, 원문과는 무관하거나 정반대되는 내용이라 참조하기가 어렵다. 『현대성의 경험: 견고한 모든 것은 대기 속에 녹아버린다』, 현대미학사 1994, 24면.

버먼의 모더니즘론에 자리잡고 있는 충동은 실상 리얼리즘적인 것에 가까우며, 이것은 그가 근대적인 것이란 "모든 것이 녹아 없어짐에도 불구하고 리얼한 어떤 것을 창조하고 포착하려는 열망"이라고 정리하는 대목에서도 엿볼 수 있다. 더구나 그는 과거 19세기의 모더니즘은 "우리와는 근본적으로 다른 사회에서, 너무나 먼 곳에서 근대화의 외상(外傷)을 살아내고 있는 다수민중의 삶을 우리의 삶과 연결시키게끔 돕고 있다"고 지적함으로써 제3세계의 민중운동과 자신의 모더니즘론을 결합시키고자 하는 것이다.

버먼의 모더니즘론을 좀 길게 언급한 것은, 진정석의 새로운 모더니즘관이 버먼의 개념에 크게 의존하고 있기 때문이다. 버먼에 대한 남용과 오용이 모더니즘의 새로운 인식에 오히려 지장을 초래하고 있는 외에도, 버먼 자신의 한계도 알게 모르게 이러한 오용 가운데서 드러나게 된다. 즉 진정석이 말하는바 우리 문학에서 "기존의 리얼리즘과 모더니즘은 물론 근대적 기획의 정당성에 근본적인 회의를 표시하는 김지하의 '생명사상'이나 『녹색평론』의 문제의식까지 포함하는" 개념으로서의 모더니즘이란, 그냥 전체로서의 근대 한국문학 이상도 이하도 아니다. 리얼리즘과 모더니즘의 대립구도란 것이 그냥 생겨난 것이 아니라, 다름 아닌 근대문학의 방향과 문명의 향배에 관련된 치열한 질문에서 추동된 것이라면, 이러한 변별이 지탱하고 있는 실천적 이론적 긴장은 너무나 광범한 모더니즘 개념으로 송두리째 무화되어버리고 만다. 이는 페리 앤더슨(Perry Anderson)이 「근대성과 혁명」에서 지적한 버먼의 문제점과도 통하는데,[5] 진정석도 앤더슨의 비판을 '경청할 만한 점이 많다'고 언급하고 있다. 그러나 언급만 하면 무슨 소용인가? 앤더슨을 제대로 '경청'하려면, 근대극복의 문제의식이라거나 근대문학의 미적 실천 내부의 차이점에 대한 인식이 필요하다는 그의 주장을, '모더니즘의 시

---

5) 오길영 외 편역 『마르크스주의와 포스트모더니즘』, 이론과실천 1993, 153~55면.

대'에 현대문학의 성과를 모더니즘으로 수렴하지 않고 굳이 리얼리즘을 말하여온 우리 민족문학론의 독특한 전개와 관련지어 사유해보아야 할 것이다. 사실 앤더슨의 논문은 버먼의 모더니즘관을 비판하는 가운데, 서구 모더니즘이 이룩한 성과가 근대성의 보편적 체험에 대한 일반적인 대응이 아니라 특수한 역사적 국면의 산물임을 밝힌 점에서 의미깊으며, 한국 모더니즘을 이해하는 데도 많은 시사를 던져준다. 다음에서 한국 모더니즘에 대한 개괄적인 평가와 해석을 시도하되, 진정석이 말하는 필자의 '제3세계주의'라든가 '최재서식의 착각' 등에 대한 응답도 겸하기로 하겠다.

3. 한국문학에서 모더니즘이란 무엇인가

모더니즘과 리얼리즘의 대립틀을 광의의 모더니즘 개념으로 해소하자는 주장도 나오고 있지만, 사실 문학논의에서 이러한 대립틀이 유지되고 심지어 생산적인 논의의 동력이 되기도 하는 상황 자체는 분명 한국 특유의 것이다.[6] 서구의 경우 현대문학의 주류는 진작에 모더니즘으로 방향을 잡았으며, 문학논의의 초점도 모더니즘을 어떻게 이해할 것인가의 문제가 되어왔다. 근래에는 모더니즘이후를 내세우는 포스트모더니즘이 모더니즘을 낡은 것으로 몰아붙이며 탈모더니즘을 지향한다고 나오지만, 그것은 어디까지나 모더니즘의 중심성을 인정하고서야 가능한 논리다. 리얼리즘을 옹호하고 반리얼리즘으로서의 모더니즘을 비판한 루카치의 '악명높은' 주장들조차, 실은 당시 대세를 점하고 있던

---

6) 서구의 경우에도 가령 프레드릭 제임슨처럼 모더니즘-리얼리즘의 대립을 '억압된 것의 귀환' 가운데 하나로 보고 현단계에서의 그 생산적인 면모를 높이 보는 견해가 없는 것은 아니나 이를 더 진척시키지는 않으며, 더구나 일반적인 흐름이라고 할 수는 없을 것이다. F. Jameson, *The Ideologies of Theory*, Univ. of Minnesota Press 1988, 133면.

서구의 위대한 모더니스트들과의 맹렬한 대결의식을 담고 있는데, 이는 역설적으로 서구 모더니즘의 승리를 입증하는 것이기도 하다. 그가 모더니스트 카프카에 맞서 리얼리스트의 대표자로 내세우는 토마스 만조차 모더니즘의 깊은 세례를 받았던 점에서 전통적인 리얼리즘과는 거리를 두고 있다. 그런데 우리의 경우는 어떤가? 흥미롭게도 한 출판사에서 국내외의 리얼리즘 논쟁을 편한 두 권의 책이 저간의 사정을 잘 반영해준다. 실천문학사가 펴낸 『문제는 리얼리즘이다』(1985)와 『다시 문제는 리얼리즘이다』(1992)가 그것으로, 전자는 서구의 30년대 리얼리즘 논쟁을 묶은 것이고, 후자는 한국의 90년대 초 리얼리즘 논쟁을 묶은 것이다. 그런데 유사한 제목의 이 두 책의 내용을 보면 전자가 제목과는 달리 거의 전적으로 모더니즘 작품을 대상으로 논쟁이 진행되는 반면, 후자는 모더니즘은 자취도 없고 리얼리즘에 관한 논의만으로 가득하다. 이를 두고 한국 리얼리즘론의 '폐쇄성'을 말하는 것도 가능한 일이나, 더 근본에는 서구의 상황과는 다른 우리만의 속사정이 숨어 있다. 즉 우리 현대문학에서 모더니즘이 결정적인 성세를 자랑하기는커녕 오히려 상대적인 빈곤을 면하지 못하고 있는 반면, 리얼리즘 문학은 세계적인 혹은 서구적인 추세와는 달리 중심의 자리를 차지해왔다는 사실이다. 루카치의 강력한 적이기도 하고 그만큼 행복이기도 했던 모더니즘의 위세는 남의 나라 이야기일 뿐이다.

아뿔싸! 이런 말은 리얼리즘에 집착한다는 식의 비판에 기름을 퍼붓는 격이 될 수도 있고, 워낙 한 나라 문학의 주류(主流)를 판단하는 일에는 관점이 다른 사람들이 있게 마련이다. 더구나 근자에 와서는 진정석뿐 아니라 한국문학에서 모더니즘 문학의 중요성을 인정해야 한다는 말들이 많고, 민족문학을 옹호해온 중심적인 논자 가운데 한 사람인 최원식(崔元植)조차 "우리 근대문학 전체상 속에서 프로문학의 주류성을 이제 진정으로 해소하자"면서, "30년대의 모더니즘에 대한 시각을 재조정할 필요"를 주장하고 나선 마당에,[7] 아직도 모더니즘을 주변에 배치하는 만용을 부리다니! 그러나 필자가 말하고자 하는 것은 모더니즘이 중요치 않다거나 부정되어야 한다는 것이 아니라, 다만 한국문학에서 모더니즘의 빈곤과 리얼리즘의 성세가 동전의 양면을 이루고 있는 현상 자체를 객관적으로 보자는 것이다. 이런 판단이 자의적인 것이 아님은, 필자와는 반대로 리얼리즘이나 민족문학과는 거리를 두어왔을 뿐 아니라 90년대 국면에서의 그 시효상실을 믿고 있는 한 비중있는 비평가도 견해를 함께하는 것을 보아도 알 수 있다. 앞에서 거론한 글에서 김병익은 지금까지의 한국문학의 성과를 개괄적으로 짚어보는 가운데, "그러고 보면 70년대 이후의 우리의 대표작들 대부분은 어떤 수식어로 제한적 규정을 가하든지간에, 넓은 의미에서의 리얼리즘의 전통에 실려 있는 것들"(앞의 책, 89면)이라고 정리한다. 이러한 관찰의 정당성을 인정함과 아울러, 식민지시대를 포함하여 70년대 이전이라도 한국문학에서 넓은 의미의 리얼리즘이 중심을 이루고 있다는 판단이 크게 그릇된 것이 아니라면, 모더니즘의 빈곤이 한국문학의 또다른 특성임은 쉽게 드러나리라고 본다.

　사정이 이러함에도 우리 문학론에서 리얼리즘-모더니즘의 대립틀이 성립하고 유지되어온 현상은 어떻게 해명할 수 있을까? 두 가지 정도의 설명이 가능할 것이다. 하나는 한국 모더니즘은 작품의 상대적인 빈곤에도 불구하고 이론의 상대적인 풍성함을 가지고 있다는 점이다. 이러

---

7) 최원식 「우리 문학에서 근대성을 다시 생각한다」, 『민족문학과 근대성』, 문학과지성사 1995, 60~63면. 그러나 필자는 1930년대 모더니즘에 대한 재인식을 주장한 점 자체에는 동의하지만, 과연 '역사적 필연'으로서의 모더니즘의 도래라는 김기림식의 정리에 걸맞은 성취가 있었는지는 의문이다. 근대에 대한 인식이 오히려 당대의 리얼리스트, 가령 염상섭의 작업에서 오히려 더 구체성을 얻는 점을 도외시하면, 역시 근대성에 대한 본격 대응은 모더니즘이라는 관념의 되풀이가 될 위험성도 있다. 프로문학 대 모더니즘 식의 대립을 설정할 뿐 당시에도 형성되어 있던 리얼리즘의 전통이 따로 배려되지 않은 것도 이와 유관할 듯하다.

한 현상은 한국 근대문학이 서구이론의 영향권에서 벗어나지 못한 사정과 긴밀히 결합되어 있다. 30년대 이후 서구에서 모더니즘이 정전(正典)으로 올라서는 과정에서 모더니즘의 이념은 서구문학의 지배적인 이데올로기로 정립된다. 신비평에서 시작하여 구조주의·탈구조주의·텍스트주의 등으로 이어지는 서구의 형식주의적 이론은 모더니즘 문학의 강력한 이론적 지지자가 되어왔다. 약간의 시차를 두면서 이 이론들을 계속 수입해온 '새것 취향'의 서구지향적 문학이론가들이 영향력을 확대해가면서 우리 문학의 현실과는 거리가 있는 모더니즘론의 성행이라는 기현상을 가져왔던 것이다. 또다른 하나는 스스로를 자유주의자로 자리매김한 일부 문학지식인들의 작용이다. 60년대 이후 이 '자유주의적' 문인들은 민족문학의 흐름과 대립구도를 형성하는 과정에서 모더니즘을 자신들의 영역으로 끌어들여, 민족문학과 리얼리즘 대 자유주의와 모더니즘이라는 틀을 구성해낸다. 소위 '창비 대 문지'식의 이원론을 낳기도 한 이 작업은 주로 '문지파'에 의해 이루어져 민중적 흐름에 못지않은 자유주의문학의 성채를 구성함으로써 큰 성공을 거두게 된다.[8] 그로써 자유주의-모더니즘 유파라는 말이 일반화되어 쓰이게 된 것이다. 이번의 진정석도 그러하듯이, 민족문학론자 가운데 더러는 이 유파와의 '허심탄회한 대화'의 부족을 90년대 리얼리즘 논쟁의 가장 큰 한계로 꼽기도 한다.

모더니즘의 재인식을 위해 우리가 먼저 짚어두어야 할 것은 이처럼 모더니즘이 민중성을 상실한 한국적 자유주의와 결합하게 된 문학사적 상황의 의미다. 서구 모더니즘은 다양한 경향을 보여주었지만, 주지하다시피 그 가운데 주된 흐름으로서의 표현주의·다다이즘·초현실주의

---

8) 한편 민중론자들 가운데서도 이 구도를 그대로 인정하여 문제를 확대시킨 경우도 없지 않았다. 문지파의 작업에 대해서는 황국명 「『문학과지성』의 도식적 기술체계 비판」, 『『문학과지성』비판』 지평 1987, 49~93면이 상세하다.

등은 전위파적인 혁명성을 띠었고, 정치적으로는 당시의 변혁적인 사상과 결합되어 있었다. 서구 모더니즘의 위대한 성과가 가능했던 데는 앤더슨을 비롯한 서구의 진보적 이론가들이 공통적으로 인정하는 것처럼 당시 제2인터내셔널로 상징되는 국제적 좌파운동의 성세로 생긴 기대와 긴장도 큰 몫을 하였다. 물론 이후 이러한 변혁전망이 냉전체제의 성립으로 무너지는 과정에서 모더니즘의 예술적 성과도 종언을 고하고, 대신 모더니즘의 이데올로기가 기승을 부리게 되었지만, 모더니즘의 초기국면에서 맑스주의와의 결합이 발랄한 창조적 성과를 가능하게 한 원동력이 된 것은 부정하기 어렵다.

이와 반대로 한국의 문학에서 모더니즘이 70년대 무렵부터 언필칭 자유주의와 결합한 사건은 모더니즘 자체의 치명적인 손상을 가져왔다는 점에서 문학사적 불운이라고 해도 좋을 것이다. 왜곡된 근대화의 과정과 신식민주의적 파시즘이 지배하던 상황에서 민족운동과 민중운동이 사회변혁의 전망을 담지하던 시기에, 모더니즘의 전위파적 실험정신이 이 운동과 결합했을 때의 문학적 폭발력은 만만치 않았을 것이라고 추측된다. 그러나 자유주의에 저당잡힌 한국 모더니즘은 이빨 빠진 사자처럼 순치(馴致)되고 말았다. 한국의 7, 80년대 모더니즘은 몇몇 예외를 제외하면, 사회적 실천과 변화의 동력을 끌어안지 못하고 추상화의 도를 높여갔고, 한편 모더니즘론자들은 물론 이 논리에 알게 모르게 젖어든 상당수 민중문학론자까지도 이러한 순치된 모더니즘을 '이론적 실천'이라는 말로 미화하였다. 여기에 사회와의 소통가능성을 부인하고 문학의 자율성을 지키는 것이 유일한 실천이라는 아도르노(T. Adorno)적인 '부정의 미학'이 그 중심적인 이론적 기반이 되었으니, 맑스주의의 변종 가운데서도 특히 형식주의적 경향을 보인 아도르노의 미학은 순치된 모더니즘의 취약한 실천성과 난파된 전위성을 호도하는 유용한 논리가 되어주었던 것이다.

이러한 문단사적인 상황이 한국 현대사 전체의 전개와 관련되어 있는 것은 물론이다. 사실 서구 모더니즘의 전성기가 지난 후 문학적 성취의 현저한 쇠퇴가 나타나는 가운데, 일부 제3세계 문학의 성과가 모더니즘의 맥락을 잇는 활기를 보여주었던 것은 널리 알려진 사실이다. 가령 남미의 마르께스(G. Márquez)의 『백년 동안의 고독』이나 인도 출신 루쉬디(S. Rushdie)의 『한밤중의 아이들』, 아프리카의 네그리뛰드(négritude) 운동의 문학적 성취는 분명 모더니즘의 '민족문학적' 발현의 예가 되고 있다. 이에 비해 한국의 모더니즘이 이렇다할 대작을 산출하지 못하고, 더불어 그 가능성조차 소실되고 있는 상황은 분명 총체적인 분석을 요구하는 것이다. 과연 한국 모더니즘의 이러한 빈곤은 무엇 때문일까? 필자는 서구 모더니즘의 번성과 그 쇠퇴에 대한 앤더슨의 분석이 우리 모더니즘의 위상을 판단하는 데 유용한 참조틀이 될 수 있다고 본다.

　버먼식의 '영속주의'를 비판하고 앤더슨이 제안하는 모더니즘에 대한 해석의 대안은 소위 종합국면적 설명이다. 그에 따르면, 서구의 모더니즘은 세 가지의 문학적 힘들이 결합하여 이룬 장(場)에서 발생하였다. 첫째 귀족 혹은 지주계급이 주도하는 문학적 분위기와 고전적 전통의 존재, 둘째 맹아적인 상태지만 새로운 과학기술들의 등장, 셋째 사회혁명이 임박해 있다는 예상과 그에 따른 희망과 공포가 그것이다. 모더니즘은 이 세 좌표가 동시에 작용하는 특수한 역사적 국면에서 발생하였으며, 1차대전을 겪으며 간신히 살아남았던 이 좌표들은 2차대전을 통해 모두 파괴되고 결국 모더니즘의 활력도 근절되었다는 것이다. 즉 1945년 이후 반(半)귀족주의적 혹은 농업중심 질서의 와해와 부르주아 민주주의의 보편화, 포드주의의 대거 진출로 인한 대량생산과 대량소비의 일반화에 따른 매우 안정되고 획일적인 산업자본주의문명의 확립, 그리고 서구사회에서 혁명의 표상이나 전망의 완전한 소멸이 그것이다.

앤더슨이 말하는 모더니즘 생성의 세 좌표를 그대로 우리의 현실에 적용하기는 어려울 것이나, 홍미롭게도 해방 이후 산업화가 본격화된 우리 사회의 조건에는 그와 유사한 창조적인 성과가 꽃필 만한 힘들이 그야말로 종합적으로 작용하는 국면이었다고 볼 여지는 크다. 귀족계급의 지배가 온전히 유지된 것은 아니지만 양반사회의 전통적인 문화적 틀은 완전히 파괴되지 않은 채 어느정도 활용가능한 상태로 남아 있었고, 새로운 기술이 도입되었지만 아직 자본주의체제가 공고화되지는 않았으며, 어떤 의미에서는 사회주의적 변혁의 가능성도 불확실한 채로 열려 있다는 개방적 전망이 없지 않았다. 모더니즘의 창조적 활력이 폭발할 만한 요소들이 충분히 잠복해 있던 상황이 근대화되는 한국의 문학적 자장이었다. 그러나 결과는 어떠했는가? 모더니즘은 드문드문 단편적인 성과를 낳기는 했지만, 서구 모더니즘에서 볼 수 있는 집중적인 성과는 거두지 못한 반면, 오히려 그 창조적 활력은 다름아닌 리얼리즘 문학으로 피어났던 것이다. 도대체 왜 이런 현상이 일어난 것일까?

두 가지의 변수를 상정할 수 있다. 하나는 강력한 이데올로기적 억압의 영향이며, 다른 하나는 신식민지적 상황이라는 제3세계적 특수성이다. 전자는 무엇보다 반공이데올로기의 치명적인 제약과 관련된 것으로, 앞서 말한바 자유주의를 통한 모더니즘의 순치와도 무관하지 않다. 모더니즘의 저 '전복적 자질'은 사회운동과의 결합을 의식적으로 차단한 채, 될수록 정치현실과 무관한 언어실험의 틀 속에 자리잡으며 무해한 모습으로 남기를 자청하였다. 자유민주주의를 공식이념으로 하는 한국 파시즘 사회에서 '온갖 종류의 이데올로기에 대한 적대감'을 모토로 해온 자유주의가 처한 곤경은 그대로 모더니즘의 굴레가 되고 만 것이다. 반면 억압의 강도가 커질수록 오히려 저항적인 민중운동과의 결합과 사회변혁의 에너지를 형상화하려는 힘으로서의 리얼리즘 정신은 더욱 요구되었다. 결국 해방 이후 현대 한국문학에서 모더니즘의 빈곤과 리얼리즘의 실현이라는 현상의 배경에는 반공이데올로기로 지칭되는 민족적 억압정서의 개입이 있었으니, 여기서 우리는 분단체제의 작용과 역작용의 한 예를 볼 수도 있을 것이다. 사실 모더니즘의 전복적 상상력이 제대로 발휘되었다면, 적어도 레드컴플렉스라는 구체적으로 존재하는 공동체적 잠재의식과의 근원적인 싸움이 남한 심리주의문학의 한 단계를 개척하게 했을 수도 있었을 것이다. 그러나 몇몇 예외를 빼고는 불행히도 한국 모더니즘에는 추상화된 개인적 욕망과 심리만이 고립되어 나타날 뿐이다.

두번째 변수로 생각할 수 있는 것은, 제3세계적 상황의 주변부적 특수성이 모더니즘의 온전한 유입이 아니라 리얼리즘의 대응을 문학적으로 요구하고 있었다는 점이다. 모더니즘의 출현이 실제로 새로운 제국주의의 중심지인 서구의 메트로폴리스에서 시작되었으며 일정하게 그 정서를 반영한다는 점을 생각할 때, 도시적 정서의 유사성이야 있겠으되 문학의 지형도에서도 중심부와의 일정한 차별성이 나타나지 않을 수 없다. 즉 근대성의 실현이 민족적 해방과 민주주의의 절박한 요구로 나타나는 현실과 결합되어 있는 제3세계 특유의 동력 때문에, 현대적 상황에 대한 문학적 대응은 현실근접력과 구체성을 더욱 요구하는 리얼리즘의 형태를 띠게 되며, 모더니즘을 지향하더라도 그것이 민족현실의 깊이에 닿아 리얼리즘의 경계에 다가갈수록 높은 (민족)문학적 성과를 획득하게 되는 것이다. 필자가 지난번의 논평에서 "한국의 근대문학이 서구와는 달리 모더니즘이라는 주도적인 현대문학의 명칭을 마다하고 리얼리즘에 천착한 것은, 모더니즘 문학을 배격하자는 것이 아니라 근대적 현상에 대한 한 대응으로서의 모더니즘까지 아우르는 리얼리즘이 우리 현실에서 배태되었음을 말해주며, 어떤 의미에서는 소위 미학적 근대성의 한국적 형태가 바로 리얼리즘이라는 이름으로 확립되었다고 해도 좋을 것"이라고 한 것도 이를 염두에 둔 말이다.

이상이 한국 모더니즘의 위상에 대한 필자의 판단인바, 물론 세목에서는 논란의 여지도 없지 않은 투박한 가설들이다. 그럼에도 서구와는 달리 진행된 우리 근현대문학에 대한 평가가 서구중심적으로 이루어지는 관행을 막는 발판 구실은 충분히 하리라고 본다. 주체적 태도가 중요함은 이 대목에서도 예외가 아닌데, 진정석은 주체적 태도와 한국문학의 특수성 및 차이를 강조하는 필자의 논의를 일종의 특수주의로서의 제3세계주의라고 규정하기도 한다. 여기서 다시 한번 특수와 보편의 변증법을 들먹인다거나 제3세계주의야말로 오히려 서구중심주의의 한 투사(投射)로서 필자의 입장과는 상반된다는 점을 길게 말하지는 않겠거니와, 다만 진정석의 버면적인 근대체험의 일반화를 비판하면서 "우리의 근대체험이 가지는 특수성이 지엽적인 것이 아니라 다름아닌 보편성의 발현양태임을 말하는 것이 변증법의 취지에 더 맞을 것"이라는 지난번 필자의 논평을 환기시키는 것으로 족할 것이다.

마지막으로 진정석이 말하는 필자의 '최재서식의 착각'을 거론하는 것으로 이 논의를 마감하자. 기실 한국 모더니즘을 말하면서 1930년대 모더니즘에 대한 해석을 피할 수 없기도 하다. 주지하다시피 최재서는 모더니즘 논쟁을 촉발한 유명한 논문 「리얼리즘의 심화와 확대」라는 평론에서 당시 발표된 이상의 「날개」를 리얼리즘의 심화라고 규정하였는데, 필자의 리얼리즘 심화론은 바로 "새로운 현실을 새로운 방법으로 그려낸 모더니즘 작품의 가치"를 인정하면서도 "리얼리즘의 틀에 맞추어 받아들일 수밖에 없었던" 최재서의 착각을 반복하고 있다는 것이다. 함께 거론된 박태원(朴泰遠)은 몰라도 이상이 모더니스트인 것은 사실이며, 「날개」가 모더니즘의 초기 걸작이라는 것도 사실이다. 하지만 그렇다고 최재서의 시각을 착각이라고 할 수 있을까? 모더니즘 작품을 리얼리즘론의 관점에서 보는 태도는 가능할 뿐 아니라 생산적인 것이며, 최재서의 '이상론'이야말로 그 한 예라고 볼 수 있다. 또 리얼리즘의 눈으로 본다고 해서 꼭 모더니즘의 성과를 비판해야 한다고 생각하지도 않는다. 그렇기 때문에 "리얼리즘론의 견지에서 보자면 오히려 「날개」를 순수한 심리주의로 (…) 평가절하한 임화의 견해가 좀더 타당할 것"이라는 진정석의 생각에도 동의하기 어렵다. 「날개」는 심리주의적인 경향과 알레고리적인 요소가 짙은 모더니즘 소설이되, 식민지 현실의 질곡상황을 파고들어가는 리얼리즘의 충동을 가진 제3세계 모더니즘의 한 예일 수 있으며, 마치 마르께스의 모더니즘 작업이 '마술적 리얼리즘'(magic realism)이라는 별칭을 얻고 있듯이 경우에 따라 리얼리즘의 명칭을 부여받는 것도 아주 부당한 것만은 아니다. 오히려 모더니즘과 리얼리즘을 단순 이분법으로 구분하고 들어가는 것이야말로 이상을 그가 말하는 협의의 모더니스트로 한정시키는 결과가 될 수 있다. 진정석은 반박의 결론부에서 '리얼리즘에서 리얼리티로' 나아가야 한다고 주장하는데, 리얼리즘이 형식화되는 현상에 대한 지적인 한에서는 맞는 말이다. 다만 그의 이런 태도 자체는 궁극적으로 리얼리즘의 문제의식이며 최재서의 평론 또한 이와 마찬가지 관심에서 나온 것은 아닌지 자문해보아야 할 것이다.

4. 환원론을 넘어서

어느새 마무리할 시점에 섰다. 그러자 필자를 계속하여 괴롭히던 내부의 질문들이, 아직 제대로 대답하지 못한 그 질문들이 기어코 바깥으로 튀어나오고 만다. "그래, 지금까지의 한국문학에서 리얼리즘과 민족문학이 중심을 잡아온 타당한 이유들이 있다고 치자. 그렇지만 앞으로는 어떻게 될 것인가? 새로운 세기에는 어떻게 될 것인가? 세기말적인 징후들이 가라앉으면 역시 민족문학의 중심적인 역할과 활력이 지속된다는 것인가? 아니면 새로운 현실 앞에서 민족문학은 종언을 고할 것인가? 전지구적인 세계체제로서의 자본주의가 도래한 지금의 시점에서 문학이 새로운 가능성을 보여줄 여지는 과연 얼마나 있을 것인가? 도대체 새로운 세기에 가능한 리얼리즘이란 것이 무엇인가?" 한번 터지고 나니 끝이 없이 이어질 듯하다. 이런 문제들에 무엇 하나 확실하게 답하지 못하는 무능력이 이 질문들의 돌출을 끝까지 억압하게 했을 것이다.

　필자에게 한국문학의 장기적인 지형도를 그려낼 능력은 물론 없다. 그러니 "문제는 모더니즘의 수용이 아니라, 리얼리즘의 심화"라고 말한다고 해서, 이 질문들이 가라앉기를 기대할 수는 없을 것이다. 다만 필자가 말할 수 있는 것은 현단계에서 작용하고 있는 힘들에 대한 객관적 평가와 이를 진정한 인간의 해방으로 이룩해나갈 전망을 모색해보는 일이 문학논의에서 여전히 중요하리라는 점이다. 변화하는 현실의 면모를 이해하려는 노력과 더불어 최근 논의들의 혼란상에서 발견되는 갖가지 환원론과의 싸움도 그 한 국면이다. 가령 민족문학을 민족주의문학으로, 리얼리즘을 재현주의와 도식주의로 이해하려고 하는 고질적이고 순진한 환원론에서부터, 대항주체의 형성 자체를 억압기제로 본다거나, 폭력에 대한 대항담론으로서의 민족문학론을 폭력과 동일시하는 포스트모던 시대의 현학적인 환원론까지 있다. 이러한 환원론의 이데올로기적 함정에 빠지지 않는 것이 세기 전환기의 민족문학의 대응에 중요한 요건이라는 생각이 필자로 하여금 모더니즘의 한국적 위상을 다시 한번 검토해보게 했던 것이다.

　그러나 여전히 질문들은 아우성이다. 그렇다면 들끓는 질문들을 리얼리즘론의 문제의식을 통해 하나로 통합해보는 것도 이들을 다스리는 한 방법이리라. "문학이 자본주의 세계체제에 맞선 반체제적 힘의 담지체가 될 수 있는 방법을 모색하는 일이 우리의 과제라 할 때 그 가장 강

력한 모색이 민족문학론을 통해 이루어지지 않는다면 대체 어디서 대안
을 찾을 수 있을까?"

—『창작과비평』1997년 가을호

문제는 '모더니즘의 수용'이 아니다

최근의 '민족문학과 모더니즘' 논의를 보고

　근래 들어 민족문학론에 대한 논의가 활발하게 이루어지지 않는 점을 아쉽게 생각하던 필자로서는, 최근 접하게 된 진지한 발언들이 무척 반갑기도 하고 계몽적이기도 했다. 얼마 전 민족문학작가회의와 민족문학사연구소가 공동으로 주최한 심포지엄 『민족문학론의 갱신을 위하여』가 그것으로, 필자는 유감스럽게도 직접 참석하지는 못했지만, 달라진 현실에 대응하는 본격적인 논의의 장이 마련되기를 기대하는 마음은 컸다. 그날 있었던 발표와 토론에 대해서 궁금해하던 차에, 마침 이 문제에 관심을 가진 월간 『사회평론 길』지를 통해 일부 자료를 얻어볼 수 있었다. 필자가 읽은 것은 그날 발표된 네 편의 글 가운데, 신승엽씨의 「민족문학론의 방향 조정을 위하여」와 진정석씨의 「민족문학과 모더니즘」 두 편이다. 민족문학의 방향모색을 위한 일반론이라고 할 이 두 글을 읽은 필자의 느낌은 말하자면 이중적이었다. 민족문학의 대의를 지키되 변화된 국면에서 거듭나기 위한 자기비판과 질문의 자세에 공감하면서도, 묵은 반성론의 테두리를 얼마나 벗어났는지 회의도 들었다. 심포지엄 자리에서도 이에 대한 문제제기가 있었다고 듣고 있지만, 필자가 이러한 논의들에 대해 나름대로 논평해보고자 한 것은 바로 이런 착잡한 심정 때문이다.

필자가 이들의 글에서 주목한 현상은 모더니즘 문학에 대한 인정을 요구하는 목소리였다. 이 주제를 본격적으로 거론하는 진정석씨의 글은 말할 것도 없고, 민족문학론을 현 국면에서 차분히 검토한 신승엽씨의 글조차 드러내놓고 언표한 것은 아니지만 결국 귀결점은 모더니즘의 문제의식에 대한 주목으로 향하고 있다. 신씨는 민족문학론은 지금의 시점에서 민중의 '단자화'된 현실에 착목해야 한다고 주장하고 그 근거를 가령 배수아의 소설에서 찾고 있는데, 이것은 모더니즘의 새로운 인식을 강조하면서도 이 작가의 '무국적의 감수성'에 대해서는 부정적인 진씨보다 어떤 점에서는 더 나간 것처럼도 들린다. 그러나 구체적인 작가를 두고 논의할 여유는 없으므로, 이 자리에서는 진정석씨의 「민족문학과 모더니즘」이 주장하는 바를 주로 언급해보고자 한다. 진씨의 글은 최근 민족문학론의 '위기와 위축'에 대해 흔히 제기되는 주장들을 대변하는 면도 있기 때문에, 이를 비판하는 가운데 민족문학론에서 모더니즘이 어떤 의미를 가지는가의 문제를 간략하게나마 짚어볼 수 있을 것이다.

진정석씨의 문제제기는 우선 모더니즘과 리얼리즘을 대립시켜 리얼리즘을 민족문학의 영역으로 삼고 모더니즘은 제외하는 '관행'에 대한 비판에서 시작한다. 그는 모더니즘이 민족문학론과 소원하거나 무관하게 치부되어온 현상을 비판하고 최근 몇년 사이에 일어난 변화들에 따라 '근대문학=민족문학=리얼리즘'이라는 도식의 정합성이 문제시되고 있는 점을 지적한다. '다시 문제는 리얼리즘이다'라는 명제를 둘러싼 90년대 리얼리즘 논쟁에서도 가장 큰 문제점은 그 '암묵적인 배타성', 즉 '자유주의-모더니즘적 입장과의 허심탄회한 토론'이 거의 이루어지지 않았다는 사실에서 찾는다. 결국 리얼리즘과 모더니즘의 대립구도가 정립된 1930년대 이후 지금까지 리얼리즘론은 근본적인 변화가 없었는데, 이 '특이한 생명력과 지속성'이야말로 리얼리즘론이 '자기동일성을 확립하려는 열망', 그의 설명에 따르면, '일단 정립된 이론이 비역사적으로 실체화되려는 경향'에서 벗어나지 못한 것을 보여주는 것이 아닌가 의심된다는 것이다. 이처럼 모더니즘을 배척하고 리얼리즘만을 민족문학의 범주로 설정하다보니 리얼리즘이 성립하기 힘든 시에서 리얼리즘 시론을 세우려는 무리한 시도가 생기고, 문학사 기술도 말하자면 반쪽에 그치고 마는 잘못을 범해왔다는 것이다.

우리 근대문학에서 리얼리즘이 민족문학론의 이념과 깊이 맺어져온 것은 주지의 사실이며, 리얼리즘의 성취를 획득한 작품들이 민족문학의 전통을 이루어왔음도 사실이다. 모더니즘이라는 현대문학의 큰 조류가 실재하는데도 불구하고 리얼리즘에 대한 이러한 강조가 민족문학의 영역을 축소하는 것이 될 수 있다는 지적 그 자체는 의미가 없지 않고, 실제로 모더니즘을 배격하는 일부 리얼리즘론이나 민족문학론에서 발견되는 문제점과 폐단에 대한 정당한 비판이기도 하다. (물론 리얼리즘과 민족문학의 '배타성'이라거나 '자기동일성'에 대한 집착이라거나 하는 흔히 보는 지적에 대해서는 별로 동의할 수 없지만.) 그러나 리얼리즘론이나 민족문학론 전체를 이런 식으로 일반화하는 것에는 상당한 무리가 있다고 본다.

우선 필자는 이 '상식적'으로 보이는 문제제기부터가 문제를 지나치게 단순화하거나 이 문제에 대한 '상투적'인 오해에 기인한 것은 아닌가 한다. 리얼리즘과 모더니즘을 둘러싼 논의에서 무엇보다 중요한 것은 그것이 서양문학을 대상으로 성립한 논의이며, 우리 근대문학에서 이러한 나눔과 그에 기반한 논의는 우리 사회 및 문화현실의 구체적인 범주들과 결합되어 이루어질 때 비로소 활력과 힘을 얻게 된다는 점이다. 진씨의 전제의 가장 큰 잘못은 이미 형성되어 있는 모더니즘과 리얼리즘의 서구적 범주들을 우리의 논의와 별로 구별하지 않고 있다는 것이다. (서구의) '리얼리즘'이 60년간 자기동일성에서 벗어나지 못하고 있다는 지적에서 곧바로 (우리의) 현단계 리얼리즘의 자기동일성에 대한 비판으로 넘어가고 있다는 것이 이 점을 예증한다. 사실 리얼리즘이냐 모더니즘이냐의 문제는 서구의 경우에는 진작 끝난 질문으로 여겨지는데, 그것은 후자가 전자의 극복이라는 인식이 일반적이기 때문이다. 중요한 것은 서구 모더니즘의 압도적인 승리에도 불구하고 바로 그 시기에 시작된 한국의 근대문학에서 모더니즘이 아닌 리얼리즘이 중심으로 자리 잡게 된 연유가 무엇인지 생각해보는 일이다. 즉 철지난 것으로 치부되는 이 논쟁이 왜 우리에게 아직도 중요한가, 그리고 리얼리즘의 문제의식이 새롭고도 창조적인 힘을 발휘해온 우리 문학의 독특하다면 독특한 상황과 거기서 이루어진 문학적 성취는 어떻게 이해해야 할 것인가 하는 것이 우리 문학사의 핵심적인 질문이 된다. 한마디로 리얼리즘이 우리 현실에서 가지는 생명력은 '자기동일성에 대한 집착'에서가 아니라 서구와는 다른 우리의 역사적 상황에서 생겨나고 유지된다고 보아야 할 것이다. 이런 사정과 그 의미를 충분히 고려하지 않는 논의는, 모더니즘과 리얼리즘이 문학을 반분하고 있는 형국이니 이를 공평하게 대접해야 한다는 내용없는 절충론으로 떨어지기 쉽다.

　이러한 미흡한 문제의식은 새로운 문제틀을 모색하는 대목에서도 역시 몇가지 문제를 일으킨다. 근대성의 범주를 가운데 놓고 모더니즘과 리얼리즘의 이분법적 도식을 재고하자고 하는 그의 주장은 사실 새로운 것은 아니나, 최근 서구에서 부각된 이러한 근대성 범주를 통해 근대문학의 성격이나 방향에 대한 새로운 인식을 모색하고자 하는 시도 자체는 생산적이다. 그러나 그 생산성이란 이른바 모더니즘 이후의 '현대성'만이 아니라 근대라는 더 큰 테두리에서 사고함으로써, 모더니즘이 대세를 점하는 서구 현대문학의 현실에 대한 비판이나 재검토까지 가능하게 될 때 실현되는 것일 터이다. 그런데 진정석씨의 '재고'방식은 어떤가? "한국문학의 근대성은 리얼리즘에 의해 독점될 수 없는 것"이기 때문에, "리얼리즘은 스스로만을 유일한 미학원리로 자임하는 배타적 태도를 버리고 모더니즘의 장점을 적극적으로 고려할 필요가 있다"는 것이다. 사실 '독점'이니 '배타'니 하는 것은 좋을 까닭이 없고, '장점'을 '적극 고려'하는 것이 나쁠 리가 없다. 그러나 필자가 알기로는 민족문학론을 제대로 펼치는 사람 가운데 리얼리즘이 '유일한' 미학원리라고 자임한 경우는 없는 것 같고, 리얼리즘 아닌 것이면 배척하고 보는 태도를 보인 경우도 별로 없는 듯하니, 이러한 수사(修辭)는 문제성이 많은 것이다.

진씨의 문제제기가 외양상 합당한 면이 있음에도 불구하고 구체적인 대목에서 자꾸 걸리는 것은, 리얼리즘에 대한 (그리고 모더니즘에 대한) 이해가 그다지 확실하지 않기 때문이 아닌가 생각된다. 가령 그의 논의를 읽다보면, 리얼리즘의 의미를 온당하게 사주다가도 그 문제점들을 지적하는 대목에서는 리얼리즘은 으레 본질론("현실의 배후에 있는 법칙의 발견")이 아니면 '소박한 재현론'으로 추락하는 것을 보게 된다. 법칙의 추구나 소박한 재현으로 이해되는 리얼리즘이라면 그것은 극복의 대상이지 장려할 사항은 물론 아닌데, 이러한 결함들이 그의 생각대로 과연 모더니즘을 끌어들임으로써 '치유'되는 것인지, 오히려 리얼리즘의 심화를 통해 극복될 사안인지는 생각해볼 문제다. 바로 이러한 낮은 의미의 속류 리얼리즘과의 끈질긴 싸움이야말로 '사실주의'와는 다른 '리얼리즘'의 성과를 말하는 한국 리얼리즘론의 핵심적 과제 중 하나가 아닌가? 결국 이 부분에서 진씨의 리얼리즘에 대한 이해는 리얼리즘을 소박한 재현론으로 협애화하는 모더니스트들의 전형적인 논리를 되풀이하고 만 셈인데, 이렇게 이해된 리얼리즘을 두고서야 비판을 마다할 사람이 없을 것이다.

리얼리즘에 대한 이해가 이처럼 흔들리다보니 근대성담론을 중심으로 새로운 문제틀을 구성해야 한다는 진씨의 핵심적인 주장 자체가 작지 않은 문제를 노출하게 된다. "리얼리즘과 모더니즘의 대립구도에 의거해서 작품을 분석하고 문학사를 이해하는 관점"에서 벗어나 "근대성이라는 인류사의 보편적 경험에 바탕을 둔 포괄적인 문제틀"의 필요성을 말하는 것은 의미있는 주장이며, 둘을 모두 근대성에 대한 미적 대응방식으로 이해하자는 것도 동의할 수 있는 주장이다. 그런데 문제는 이처럼 "모더니즘과 리얼리즘의 경계를 허물어버리"고 '미적 근대성'을 핵심범주로 떠올리면서, 슬그머니 근대성문제에 대응하는 문학은 모더니즘이라는 쪽으로 방향을 선회해버린다는 데 있다. 그에 따르면 우리 문학사에서도 이상(李箱) 같은 '협의의' 모더니스트뿐 아니라 리얼리즘 계열의 작가들의 작품적 성과, 그리고 환경의식이나 생명사상을 토대로 한 다양한 문학적 시도들도 모두 "모더니즘적 충동을 내포한 근대문학의 자산"이 된다. "70년대 이후의 민족문학의 작품적 성과 또한 리얼리즘론의 이론적 원리에 의해서 추동되었다기보다는, 분단체제하의 특수한 역사적 경험 배후에 엄연히 존재하고 있는 근대화의 보편적 경향성이 제기하는 다양한 과제들에 열정적으로 대응한 모더니즘적 충동이 개재된 것이라고 보아야 한다." 이처럼 이 '근대성'이라는 새로운 범주를 통과하고 나자 묘하게도 '리얼리즘'으로 대변되던 우리 근대문학은 어느새 '모더니즘'이라는 이름으로 바뀌어 있는 것이다. "근대성 개념을 중심으로 리얼리즘과 모더니즘을 종합하려는 시도"는 결국 둘을 모더니즘이라는 명칭으로 통폐합하는 결과를 빚었을 뿐이다.

물론 지칭하는 내용이 같다면 리얼리즘을 모더니즘으로 개명했다 해서 크게 탓할 바가 아닐지도 모르나, 진씨의 글을 보면 그렇지는 않은 것 같다. 뒤이어 진씨는 미적 근대성의 이런저런 한계들을 지적하는데, 이러한 지적은 물론 현실과의 밀접한 관련으로 유지되는 리얼리즘적인 문제의식이 여기에 부족함을 비판하는 대목이기는 하지만, 그가 말하는 미적 근대성이 '자율적 예술로서의 모더니즘'임은 분명해진다. 이러한 이해는 대개의 서구논의들이 전제하고 있는 도식, 즉 '모더니티에 대한 대응은 모더니즘'이라는 상투화된 도식을 답습하는 것인데, 이런 도식이 그대로 문학에 적용되면 근대성이라는 '보편적' 경험에 대응하여 이를 형상화하는 문학은 다른 무엇도 아닌 모더니즘이 된다. 여기에는 두 가지의 오류가 있다. 하나는 20세기 초 서구의 주도적인 경향으로서의 모더니즘이 근대문학의 중심이라는 흔히 보는 모더니즘적 논리에 빠져든 것이요, 다른 하나는 근대성을 보편적인 체험으로, 우리 민족의 현실적 경험은 특수한 것으로 보는 이분법에 떨어진 것이다. 이 두 오류를 결합하면 결국 인류의 보편적 체험을 형상화한 것은 모더니즘이요, 민족의 특수한 체험을 형상화한 것은 리얼리즘 즉 민족문학이 된다. 이러한 단순화와 이분법으로는 그 자신도 주장하는바, '민족문학과 모더니즘의 변증법적 관계를 창조적으로 사유'하는 것에 훨씬 미치지 못할 수밖에 없다.

결국 근대성논의도 다른 서구담론의 경우와 마찬가지로 주체적인 시각에서 이루어져야 한다면, 문학영역에서도 일차적으로 고려해야 할 것은 서구와 우리 사이에 존재하는 차이다. 즉 근대성이 문제되는 상황에서 서구의 경우 리얼리즘과 모더니즘을 포함한 다양한 성취를 낳은 문학적 대응이 20세기에 접어들자 대개 모더니즘적 경향으로 기울었던 반면, 우리의 경우에는 애초부터 서구와는 또다른 좀더 민중적인 내용을 담은 리얼리즘 문학이 중심을 이루는 독특한 성과로서의 민족문학의 전통이 성립된 것이다. 이러한 전통을 일반적이고 보편적인 모더니즘에 비해 지역적이고 특수적이라고 이해하는 것은, 한마디로 서구중심적 시각에 알게모르게 젖어 있는 탓이며, 실은 우리의 근대체험이 가지는 특수성이 지엽적인 것이 아니라 다름아닌 보편성의 발현양태임을 말하는 것이 변증법의 취지에 더 맞을 것이다. 그러므로 근대성을 하나의 범주로 설정하게 되면 "민족문학론 자체의 위기가 더욱 전면화될 가능성이 농후하다"는 진씨의 주장은 별로 근거가 없는 것이며, 오히려 근대문제에 대한 전체적인 고찰은 결국 한국에서의 리얼리즘의 의미에 대한 이해를 심화하는 계기가 될 것이다. 덧붙여 말하자면 이것은 근대성의 실현이라는 과제뿐 아니라 탈근대의 모색에서도 마찬가지다. 대개의 서구 담론들이 근대이후를 손쉽게 설정하는 포스트주의를 내세우고 있고, 문학에서의 포스트모더니즘론이 그 한 양상이지만, 근대의 실현과 함께 그 극복을 추구하기 위해서는, 말하자면 전근대 근대 탈근대적 상황이 복합적으로 존재하는 우리 현실에 가장 총체적이고 실천적으로 개입하고 있는 리얼리즘의 가능성을 궁구해보는 것이 좀더 주체적 자세라고 생각한다. 물론 일부 서구주의자들은 말할지도 모른다. "벌써 언제 끝난 리얼리즘을 가지고 아직도 그러나, 촌스럽게? 저쪽에서는 그 다음에 나온 모더니즘은 물론이고 포스트모더니즘도 이제 한물가는 단계인데 말이야." 진정석씨라면 아마 여기에 전적으로 동의하지는 않겠지만, 리얼리즘의 '생명력'을 가능성이 아니라 문제로 보는 그의 입장에서도 리얼리즘에 대한 이와 유사한 회의가 있을 법하다.

여러가지로 비판해왔지만, 민족문학론과 리얼리즘에 대한 이러한 반성과 쇄신에의 노력은 소중하고, 변화하는 민족현실에 대한 인식과 고찰 또한 현단계 우리 문학의 방향을 모색하는 데 필수적인 것이기도 하다. 따지고 보면 민족문학론도 리얼리즘론도, 우리의 문학적 자산들 가운데 중요한 부분들을 도외시한다거나 배척해서는 성립할 수 없고, 더구나 긴 생명이 약속될 수 없다. 여러가지 면에서 편벽한 주장들이 리얼리즘론의 이름으로 펼쳐져온 것도 사실이며, 이러한 경향이 가령 "사회주의 리얼리즘만이 진정한 리얼리즘"이라는 식의 지나친 주장으로까지 나타난 것에 대한 리얼리즘론 내부의 비판을 새삼 설명할 필요는 없을 것이다.

그러나 이러한 문제들을 인정하더라도 이것이 모더니즘의 수용이라는 방식으로 해소될지는 여전히 의문이다. 우리 모더니즘 논의에서도 중요한 것은 리얼리즘의 경우와 마찬가지로 그 제3세계적 발현형태를 구체적으로 따져보는 일이다.·기본적으로, 우리의 모더니즘 문학은 서구와는 달리 주도적인 문학으로 정립되기는커녕 빈곤함을 면치 못하고 있는데, 이런 현상은 우리 민족문학사에서 리얼리즘이 대세로 자리잡은 것과 동전의 양면을 이룬다. 필자가 생각하기에 모더니즘 문학은 민족문학론에서 배척되는 것이 아니라, 오히려 민족문학론을 통해 그 한국적 의미와 가능성이 제대로 짚어질 수 있다. 모더니즘 문학도 그 깊이에서는 억압받는 민족적 현실과의 연관을 피할 수 없고, 그렇기 때문에 현실에 대한 그나름의 접촉을 통해 심도있는 의미를 획득하게 될 가능성도 열린다. 결국 제3세계적 상황에서 모더니즘의 성과 문제는 민족문학론의 중요한 사고고리 중의 하나를 이룰 필요가 있고 사실 그러해왔다. 우리 근대문학에서 리얼리즘론은 어떤 의미에서 모더니즘론을 포함하고 있는 것이다.

물론 진정석씨의 비판처럼 일부 민족문학론자들이 "모더니즘의 폐해와 역기능을 앞질러 경계하고 우려하는" 경향을 보인 것도 사실이고, 민족문학론이 모더니즘 경향의 작품에 좀더 관심을 기울이는 것도 필요한 일이다. 그러나 필자의 생각으로는, 모더니즘에 대한 민족문학론의 대응은 리얼리즘에의 고집을 버리고 모더니즘을 얼마나 적극적으로 수용하느냐의 문제라기보다 모더니즘이 우리 문학에서 발현되는 양태를 리얼리즘론의 입지에서 검토하는 일이어야 할 것이다. 한국의 모더니즘 문학이 굳이 말하자면 남미의 마르께스에서 보는 것과 같은 강렬한 현실탐구의 동력을 함유한 제3세계적인 특유한 성과를 낳지 못하고, 그리하여 '리얼리즘과의 접경'에 자리잡지 못한 채 추상화의 도만 높아지고 말았다면, 이는 민중적인 혹은 민족문학적인 인식을 기피해온 한국 모더니즘의 일정한 보수성과 무관하지만은 않을 것이다.

결론적으로 말해서, 한국의 근대문학이 서구와는 달리 모더니즘이라는 주도적인 현대문학의 명칭을 마다하고 리얼리즘에 천착해온 것은, 모더니즘 문학을 배격하자는 것이 아니라 근대적 현상에 대한 한 대응으로서의 모더니즘까지 아우르는 리얼리즘이 우리 현실에서 배태되었음을 말해주며, 어떤 의미에서는 소위 미학적 근대성의 한국적 형태가 바로 리얼리즘이라는 이름으로 확립되었다고 해도 좋을 것이다. 민족문학론의 관점에서 보자면, 우리 문학에서 모더니즘의 가능성은 모더니즘의 이념에 충실함으로써가 아니라 우리 현실에 대한 충실함에서 열리게 된다. 민족문학론은 모더니즘의 이념에 반대하는 것이지 우리 현실에서 배태된 모더니즘의 작품적 성과에 적대적인 것은 아니기 때문이다.

—『사회평론 길』 1997년 1월호

1930년대 모더니즘을 보는 눈*
김기림과 이상을 중심으로

    평자가 맡은 일은 일차적으로는 김우창(金寓昌)의 「모더니즘과 근대
세계」에 대해서 논평하는 것이다. 제목은 무척 일반적이나, 이 글은
1930년대 모더니즘, 그 가운데서도 김기림의 작업을 대상으로 하고 있
다. 평자는 국문학 연구자도 아니고 이 문제에 특별히 전문적인 식견이
있는 것도 아니다. 그런 까닭이기도 하겠지만, 이 글을 통해 평자는 김
기림으로 대변되는 당시 모더니즘 문학에 대한 이해를 넓힐 수 있었고,
우리 문학의 근대성과 모더니즘을 봄에 있어 중요한 시사들을 얻을 수
있었다. 한편으로 1930년대의 모더니즘을 해석하는 문제가 이후 한국
문학사의 전개를 어떻게 이해할 것이며, 나아가서 새로운 세기에 우리
문학의 지향점이 무엇인가를 묻는 질문과 깊이 연루되어 있음을 확인하
는 계기가 되었다. 문제는 1930년대의 모더니즘을 어떻게 볼 것인가가
된다. 평자는 「모더니즘과 근대세계」에서 제기된 몇가지 중요한 관찰들

＊이 글은 1999년 9월 대산문화재단에서 주최한 심포지엄 『현대한국문학 100년』의 「리얼
　리즘과 모더니즘」이라는 세션에서 발표된 토론문으로, 같은 해 말 민음사에서 출간한 동
　명의 책에 수록되었다.

을 매개로 하여, 1930년대 문학을 보는 눈을 모색하는 일에 필요하다고 판단되는 질문들과 나름대로의 단편적인 생각들을 제시해보고자 한다.

1. 이미지즘과 식민지 모더니즘의 문제

김기림의 모더니즘 시가 시적 깊이를 상실하고 있다는 지적은 흔히 있어왔지만, 김우창은 이번 글에서 이를 '위대한 실패'로 규정하고, 그 실패의 내적 논리와 원인을 규명하려 한다는 점에서 논의를 진전시키고 있다. 김기림의 실패는 궁극적으로 식민지현실이 공적 언어뿐 아니라 사적 경험의 세계까지 파괴해버린 결과, 그의 새로운 언어적 실험 즉 기발한 비유가 경험세계에 바탕두지 못한 채 내용을 얻지 못했기 때문이라고 요약된다. 김기림을 비롯한 30년대 모더니즘 시인들이 크게 의존한 것이 이미지즘인데, 김기림은 시에 기발한 이미지를 도입하였지만, 그것이 단지 기발함에 머물고 상황이나 세계로 열리지 못함으로써 피상성을 면하지 못하였다는 것이다. 이상과 같은 관찰은 1930년대 모더니즘의 이론과 실천에서 중요한 일부를 이루는 이미지즘이 명목상의 언어혁신에 그치고, 결국 실패하고 만 사정 가운데 중요한 일부를 설명해준다.

이러한 설명에는 동의할 만한 점이 많지만, "한국 모더니즘의 내적 변증법을 규명"하려는 이 글의 취지를 십분 살리기 위해서라도 좀더 근본적인 차원부터 짚어볼 필요가 있다고 본다. 우선 김우창은 모더니즘을 애초부터 극히 좁혀서 정의하고 있다("주로 시의 영역에서의 한 흐름이었고 또 그것이 여러 흐름 가운데 하나의 흐름에 불과했다는 것"). 구체적으로는 30년대 김기림을 위시하여 정지용 김광균 신석정 등 "더러 이미지스트로 불리는" 일군의 시인들을 염두에 둔 규정이다. 이것은 한국 모더니즘이 온전한 의미의 이미지즘에 도달하는 데 실패했다는 이 글의 논지에는 어울리는 것이긴 하나, 이같은 한정으로는 모더니즘에 대한 논의가 대폭 제약되고, 식민지시대 모더니즘의 내적 변증법을 찾아내기는 아무래도 한계가 있다고 본다. 단적으로 말해서 이같은 제한된 규정으로는 이상(李箱)이라든가 백석(白石)과 같은 30년대의 탁월한 모더니스트가 이룬 성과와 그 한계에 대한 탐색을 모더니즘 논의에 포함하기가 어렵게 된다. 둘째 의문도 이와 연관되어 있다. 과연 김기림의 실패가 '위대하다'고 할 만한 내용을 가지는 것일까? 『태양의 풍속』이나 『기상도』의 대부분의 시편들에는 김우창도 지적하는 것처럼 근대에 대한 경박한 추종이나 이국취미로 가득 차 있다. 이것은 근대에 대한 피상적이고 평면적인 대응이지, 말하자면 비극성까지를 내포한, 그런 점에서 위대한 실패를 야기할 만한 깊이를 갖춘 정면대결은 못된다. 평자가 생각하기에 모더니즘 시의 '위대한 실패'가 1930년대에 존재한다면, 그 해당자는 이미지즘을 제대로 실현 못한 김기림이 아니라 이미지즘과는 상관없이 활동한 이상이 되어야 하지 않을까 한다. 김우창도 마지막 부분에서 잠시 언급하듯이 이상이 김기림과는 반대로, "근대의 신화까지도 파괴하고자 했던 모더니스트"라면, 평자는 이상이야말로 "파괴된 생활세계"의 질곡에까지 다가가본, 그럼에도 불구하고 식민지현실이 부과한 그 파괴의 의미를 총괄해내지 못하는 좌절한 식민지 지식인의 비극을 보여준 예라고 보며, 그런 점에서 '위대한 실패'에 값하는 경우가 아닌가 한다. 즉 식민지상황이 파괴한 생활세계와의 대결이 펼쳐지는 곳은 이미지즘 시들이 아니고, 다다이즘 초현실주의 등의 유럽대륙 모더니즘 경향과 더 밀접한 이상의 시적 대결인 것이다.

결국 김기림의 실패를 예로 하여 식민지 모더니즘의 내적 변증법을 일반화하는 것은 거꾸로 한국 모더니즘에서 이미지즘 시들이 차지하는 비중을 과대평가한 면이 있다. 또 구태여 더 말하자면, 김우창은 시어에서의 정확함을 추구하는 것을 주된 목적으로 하는 원래의 이미지즘에 세계에의 열림이라는 깊이를 부여하는데, 이것은 서구에서도 하나의 사조나 원리로서의 폭발력이 부족했던 영미 이미지즘 자체에 대해서도 지나친 의미부여가 아닌가 한다.

2. 30년대 모더니즘, 진전인가 후퇴인가

이러한 문제는 결국 1930년대 모더니즘을 어떻게 평가할 것인가라는 좀더 광범한 문제와 연결될 수밖에 없다. 모르긴 해도 대체로 90년대 접어들면서 국문학계에서 30년대 모더니즘에 대한 관심이 부쩍 늘어났고, 그만큼 평가도 높아지는 경향인 듯하다. 이것은 7, 80년대 학계에서 카프(KAPF)를 중심으로 하는 20년대 리얼리즘에 대한 관심이 고조되어 있었던 상황과도 유비된다. 이같은 달라진 관심은 30년대 모더니즘을 문학사 발전의 역사적 필연으로 이해하는 관점과 결합되어 있는데, 이것은 바로 김기림이 그의 기념비적인 평문 「모더니즘의 역사적 위치」(1939)에서 언명한 바와 정확하게 일치한다. 주지하다시피 김기림은 "모더니즘을 그 역사적 필연성과 발전"에서 보아야 하며, "그뒤의 시는 그것에 대한 일정한 관련 아래서 발전한 것이 아니면 안된다"고 하면서, "시단의 새 진로는 모더니즘과 사회성의 종합이라는 뚜렷한 방향을 잡았다"고 결론짓는다. 당시 문학국면에서 얼마나 내실을 가진 발언인지는 의문이지만, 이 명제 자체는 90년대 후반의 모더니즘 논의에서도 되풀이될 정도로 우리 시사(詩史)를 평가하는 일에서 장구한 영향력을 발휘하고 있다. 김우창의 이번 글도 비록 김기림의 시작업의 한계는 엄정하게 짚고 있지만, 모더니즘의 역사적 위치에 대한 평가에서는 오히려 김기림의 명제를 그대로 수용하는 듯 보인다. 즉 김기림의 모더니즘 시가 한국의 현실로부터 유리된 점에서 실패라는 그의 지적은 모더니즘과 사회성이 종합되기를 요구하는, 그리고 그것이 우리 문학의 '오직 하나인 바른 길'이라는 김기림의 모더니즘론과 동궤에 있다고 할 수 있는 것이다.

그렇다면 과연 김기림의 명제 자체의 적합성은 더 따질 필요가 없는 것인가? 일차적으로 30년대 모더니즘의 역사적 필연성이라는 전제부터가 모호하다는 점을 짚어야겠다. 역사에서 무엇이 필연이고 무엇이 우연인지 가리기는 그야말로 힘든 일이지만, 이 말을 그냥 수용한다 하더라도, 과연 이러한 '피치 못할' 전개가 문학의 성취에서 어떤 진전 혹은 후퇴를 초래하는지 물어볼 필요가 있다. 단적으로 말해 30년대 모더니즘 시는 도시문명에 대한 새로운 감각과 단단한 이미지의 추구에서는 '진전'을 보인 반면에 당대의 압도적 현실인 '식민주의'에 대한 인식에서는 현저한 '퇴보'를 보였다. 더 따지자면 진정한 이미지 창출이 사회 현실에 대한 구체적인 환기와 맺어져 있다는 입장에서는, 피상적인 이미지를 구사하는 모더니즘 시 자체는 이미지 창출에서도 오히려 후퇴한 면이 있다. 가령 20년대 한용운의 "수직의 파문을 내이며 고요히 떨어지는 나뭇잎"(「님의 침묵」)의 이미지가 흔적으로 남아 있는 부재하는 임에 대한 충일한 인식을 전하는 객관상관물로 작용한다면, 기차를 "모닥불의 붉음을 죽음보다 더 사랑하는 금벌레"(「기차」)에 비유하는 것은 기껏해야 시인의 숨은 정열 정도를 나타내는 빈곤한 이미지다. 여기서 우리는 30년대 모더니즘이 과연 근대성(modernity)에 대한 어느 수준의 대응인가, 즉 새로운 문명에 대한 진전된 인식인가 아니면 근대성에 대한 질문이 평면화한 결과 초래된 쇠퇴인가 질문하게 된다. 민족민중운동의 역동적인 자장(磁場) 속에서 이루어졌던 20년대 한용운의 시적 작업이 식민지 한국이 처한 근대의 복합적 양상에 대한 더 깊은, 그런 의미에서 더 근대적인 대응일 수 있다는 점도 고려해야 한다.

30년대 모더니즘의 문제를 물론 시 장르에만 국한할 필요는 없다. 시에 한정된 김기림의 명제를 소설에까지 확장할 때, 모더니즘의 '역사적 필연성'의 전체상이 더 확연하게 잡힐 수도 있다. 그러나 이 경우에도 모더니즘 소설의 근대성에 대한 대응이 가령 20년대나 당대의 리얼리스트, 가령 염상섭이나 채만식이 도달한 근대성 인식의 복합성에 미치는지는 따져볼 문제다. 김우창의 논의에서 보듯 "상투적 수사에서 벗어나 구체적인 사실과 체험으로 돌아가고" "언어를 쇄신하되 상황으로 열려 있는 세계인식으로 나아가야 한다"는 것이 당대 시문학의 요구라면, 이러한 요구는 모더니즘 문학(소설까지 포함하여)이 아니라 다름아닌 『만세전』이나 『삼대』와 같은 리얼리즘 소설에서 깊이있게 추구된 바로 그것이 아닐까? (이와 관련하여 평자는 당시 새로 등장한 모더니즘을 카프와의 대립항으로 자동적으로 설정하는 관행은 다시 생각해볼 필요가 있다고 본다. 당대 카프의 사회주의 리얼리즘이 이론과 실천에서 주도권을 잡은 문단상황이 있다고 하더라도, 카프 곧 1920년대 리얼리즘, 구인회 곧 1930년대 모더니즘 식의 대비가 앞섬으로써 카프의 이론틀에 들지 않지만 광범하게 형성되어 있던 리얼리즘 일반의 전통이 논의 구도에서 홀연 생략되는 것은 문제다. 평자가 당시 모더니즘 논의에서 리얼리즘의 전형으로 제시되던 이기영의 『고향』 대신에 굳이 염상섭과 채만식을 거론한 것은 이러한 관행을 재고하자는 제안과 맞어져 있다.)

3. 한국모더니즘의 원죄와 업보

모더니즘의 필연성을 인정하면서 그것이 실패할 수밖에 없었던 원인을 김우창은 식민지적인 한계에서 찾고 있다. 평자는 김기림이 아니라 이상의 실패가 대상이 된다면 이같은 설명이 더 설득력을 가질 것이라고 생각하는 한편, 구체적으로 그 한계가 무엇인지에 대해서도 더 짚어볼 필요가 있다고 본다. 식민지하에서 공적 언어와 동시에 사적인 생활조차 무너진 것이 모더니즘 실패의 원인이라는 것이 이 글의 설명이지만, 과연 이런 일반화가 가능한가? 이 설명에서 빠져 있는 한 가지 사실만 들자. 모더니즘의 실패 혹은 비극의 원인 가운데 중요한 것은 다름아닌 지식인의 고립과 민중운동의 힘과의 단절이다. 이것은 너무 기본적인 사실이라서 오히려 주목되지 않는 것인데, 평자는 이것이야말로 비단 이상의 경우뿐만 아니라 한국 모더니즘 전반의 어떤 훼절과도 연관되어 있는 조건이 아닌가 한다. 즉 "파괴된 생활세계"는 일제하 일부 문학지식인들의 존재조건에서 유래된 것이지, 당시 식민지에서 모든 체험의 가능성이 소멸된, 그야말로 '포스트모던'한 상황이 있었던 것은 아니다. 당시에 실체로서 존재하던 민중운동과 노동운동, 혹은 민족운동의 동력과의 단절의식이 만들어낸 고절의 체험이 이상 모더니즘의 특수한 조건이 된다. 민중운동의 전망이 식민권력에 의해 무너지는 상황(신간회의 해체와 카프의 해산이 이 시기에 있었다) 속에서 모더니즘이 짧은 불꽃을 태웠다는 사정은 한국 모더니즘의 특수성이라고 불러도 좋은 것이다. 이상의 서울에는 보들레르(Baudelaire)의 빠리를 가능하게 했던 저 혁명의 기억과 기대가 살아숨쉬는 "거리의 활력"이 존재하지 않고, 좌파적인 상상력과 결합된 유럽 모더니즘의 혁명적이고 전복적인 힘도 살아있지 않다. 한마디로 민중의식의 부재야말로 한국 모더니즘을 현실의 동력과 교통하지 못한 채 고립과 단절의 모더니즘의 이념 속에 스스로를 가둔 원죄였던 것이다. 30년대 한국 모더니즘의 기원(紀元)에서부터 깃들인 이 원죄 속에 이후 한국 모더니즘의 업보가 마련되었다는 것은 지나친 억측일까? (60년대 김수영의 모더니즘이 성공한 것에는 혁명이 살아움직이는 거리의 상상력이 큰 몫을 하였다. 그러나 이후 모더니즘이 반공의식에 가위눌린 한국적 자유주의와 결합하면서 사회운동과의 단절이라는 업보를 다시 떠안게 된 것은 한국 현대문학사의 또다른 "역사적 필연"이었는지도 모른다.)

4. 시에서의 모더니즘과 리얼리즘

마지막으로 시에서의 모더니즘과 리얼리즘을 어떻게 보아야 할 것인 가라는 문제에 대해서 간단하게 언급함으로써 마감할까 한다. 김기림은 이전의 20년대 시를 낭만주의로 규정하고 30년대의 모더니즘을 이와는 대척되는 자리에 놓는다. 이것은 김우창도 지적하다시피, 영미 모더니 즘이 스스로를 19세기 시와 구별짓던 방식을 되풀이한 것이다. 주목해 야 할 것은 이 구분방식에는 리얼리즘이란 항목은 유실되고 있다는 점 이다. 대체로 근대성과 근대문학에 있어 리얼리즘과 모더니즘의 대립이 피할 수 없는 문제라고 보는 입장에서는 이같은 누락을 간단히 넘겨버 릴 수는 없다. 두 가지 정도의 문제를 생각해볼 수 있겠다.

한 가지는 모더니즘의 새로움을 내세우면서 이전의 문학을 낭만주의 로 뭉뚱그리는 관행이 가지고 있는 문제점이다. 서구의 경우가 그렇지 만, 대개 이러한 논법은 19세기 후반 이후의 문학적 성취가 실상 시를 중심으로 하는 낭만주의의 지배라기보다 소설이 중심이 되는 리얼리즘 으로 현저하게 기울어져 있었다는 기본적인 사실을 간과한다. 20세기 시에서 이미지즘이 다시 회복하고자 하는 단단한 이미지와 일상언어와 구체성의 추구는, 19세기 리얼리즘 문학에서 더욱 활성적으로 구현되 어 있었다. 서구논의에서 발견되는 이러한 함정은 우리 문학사에서 30 년대 모더니즘 논의에서도 규모는 다르지만 그대로 되풀이된다. 그 결 과 20년대는 낭만주의로 통괄되고 그사이 성장해온 리얼리즘 소설의 문학적 자리는 적어도 이 논의구도에서는 망각된다. 물론 모더니즘에 대한 김기림의 논의 자체가 시에만 국한된 것이라고 할 수는 있다. 그러나 다른 무엇도 아닌 근대성을 문제삼으면서 근대의 핵심장르인 소설의 대응을 의도적으로 생략하고서야 내실 있는 이야기가 나오기는 어려울 것이다.

두번째로는 시에서 리얼리즘이 과연 무엇인가라는 문제이다. 김기림의 논의를 그대로 따른다면 20년대의 시적 작업은 낭만주의 혹은 센티멘털리즘에서 벗어나지 못하고 있다. 그러나 20년대의 작업 가운데서도 가령 병적 낭만주의로 불리는 부류가 있는가 하면, 우리 현실에 대한 투철한 인식과 민주주의를 향한 근대의식을 님의 부재라는 전통적 소재와 결합해낸 한용운과 같은 시인도 있다. "있는 그대로 그려낸다"는 리얼리즘의 기율이 바로 적용될 수 있는 소설에서와는 달리 시에서 리얼리즘을 말하는 일은 만만한 것은 아니며, 워낙이 '리얼리즘 시'란 것을 따로 떼어 분류하기도 어려운 사정이라면, 시에서의 리얼리즘이란 어떤 경향으로 분류되는 시든 구체적인 작품으로서의 성과나 특성을 통해 구현된다고 하는 편이 옳을 것이다. 낭만주의로 이름붙여진 시에서든 모더니즘이라고 이름붙여진 시에서든, 현실인식과 맺어진 단단한 이미지와 상징들이 구사되고 이같은 언어의 성취가 역사성 혹은 사회성과 결합된 성과를 리얼리즘이라고 이름붙인다면, 이것은 바로 김기림이 「모더니즘의 역사적 위치」에서 결론지은바 "모더니즘과 사회성의 종합"으로서의 시와 그리 먼 거리에 있는 것은 아니다. 즉 김우창이 말하다시피 "생활현실에 뿌리를 두고, 근대성에 합당한 지적 작용과 언어적 정화"를 통해 이루어지는 진정한 모더니즘 시라면, 이것은 근대적인 시기에 가능한 리얼리즘의 시적 발현이 될 수 있을 것이다.

김우창은 30년대 모더니즘의 언어정화를 거치고서야 김수영 정현종 김광규 최승호 황지우 등의 시적 업적이 가능했다고 글을 맺고 있는데, 이를 부정할 이유는 없을 것이다. 다만 평자는 근대적인 혹은 모더니스틱한 언어의 쇄신은 반드시 이처럼 지금까지 모더니즘으로 분류된 시인

뿐 아니라, 가령 신경림이라든가 김남주 백무산 등 그와는 다른 유형의 성공적인 시인들에게서도 필수적이었다는 것, 그리고 이들에게는 전자의 대다수 시인들과는 달리 사회성이 짙게 드리워져 있다는 점을 지적하고 싶다. 반대로 모더니즘으로 분류된 시인들의 경우도 언어에 대한 그들의 관심이 어떤 밀도로 사회성과 결구(結構)되어 있는가에 따라 그 리얼리즘적 성취도를 가려볼 수 있을 것이다. 리얼리즘과 모더니즘의 회통은 이처럼 모더니즘 시에서의 뜻하지 않은 "리얼리즘의 승리"를 통해 이룩될 공간이 마련될지도 모른다.

—『현대한국문학 100년』, 민음사 1999

해방의 서사와 세기말의 문학

다시 당파성을 생각하며

1. 박노해, 장정일, 그리고 세기말

"변하지 않는 것은 죽은 것이다." 최근에 출간된 박노해의 『사람만이 희망이다』를 읽고 있는 내 귓가에 영국작가 로렌스(D.H. Lawrence)의 이 말이 마치 천둥처럼 울린다. 박노해의 전언들은 그가 7년 전 "산산이 무너져내리고 말았"고, "마지막 한 껍데기까지 철저하게 무너지고 깨어지고 쪼개어지는 것"이 감옥에서 남은 희망이었다고 전한다. 그를 그렇게 무너지게 했던 것은 폭력도 절망도 아니라, 한 여자노동자의 소박한 물음이었다.

사회주의가 정말 우리가 바라는 그런 좋은 세상인가요?
그렇게 평등하고 경쟁 없이 편한 사회에서 누가 힘들게 일하겠습니까?
그렇게 정의롭고 도덕적인 사회에서 사람이 무슨 재미로 살겠습니까?

그렇게 좋은 사회가 누구 힘으로, 어느 세월에 이루어지겠습니까?
언제쯤 이기적인 우리 노동자와 서민들이 그런 성인으로 변화하겠습니까?

'노동해방의 투사' 박노해가 무기징역을 선고받고 나오던 날, 우연히 호송차 옆자리에 앉게 된 한 평범한 여자노동자의 이 물음이 그에게는 '온 삶으로 던져오는 화두'이자 '태산처럼 육박해오는 준엄한 심문'으로 다가왔다. 7년 동안 이 화두를 안고 '침묵 절필 삭발 정진의 삶'을 살아온 박노해의 육성들은 이제 말하고 있는 듯 보인다. 생활하는 민중의 소중한 삶을 짓밟는 혁명의 이념이란 잘못된 것이라고. 박노해는 분명 변화하였다. 혁명의 적들에 대한 분노와 노동형제들과의 연대에 대한 열정은 이제 자신의 내부에 대한 자성과 성찰로 바뀌었다. 바깥세상에서 '이념의 시대'인 80년대의 조종을 울리는 것과 함께, 사회주의혁명에 대한 박노해의 순결한 신념도 무너져내린 것이다. 이 변화를 단순히 패배로 보기는 어렵다. 그 자신 "시간 속의 모든 사물은 날마다 변화하는 새로운 존재"임을 말하며, "무디고 퇴화된 사고와 감성에 안주하"지 않을 것을 다짐하고 있기도 하거니와, 인간으로서는 더 깊어지고 넓어지는 체험인 만큼은 하나의 승리로도 여겨지는 것이다.
　그러나 『사람만이 희망이다』를 읽는 마음 한구석은 착잡하다. 한 여자노동자의 소박한 물음이 가지는 진정성과 혁명가로 무기형을 받은 한 시인이 느낀 충격을 이해하는 마음 한편으로, 대안적 사회에 대한 사회적 욕구가 비난받고 흐려지는 90년대의 세태가 다시 한번 되새겨지기 때문이다. 박노해의 내면으로의 회귀와 그 싸움도 하나의 혁명일 수 있지만, 유토피아를 향한 인간들의 집단적 노력이 삶을 혁신하는 중요한 계기임도 사실이다. 문학의 영역으로 돌아와보아도 이 착잡함은 마찬가지다. 『노동해방문학』의 교조주의적 관념과 사회주의적 현실주의에 대한 믿음에 동의하지 않는 경우조차도, 우리 사회를 변혁하는 에너지의 한 표출로서 박노해의 시적 작업은 주목을 받아왔다. 그러나 『사람만이 희망이다』에는 노동자를 살아있는 인간으로 되살려낸 『노동의 새벽』이나, 힘찬 선동과 열정 그리고 풍자가 넘치던 『참된 시작』의 후반부와 같은 시적 활력은 찾아보기 힘들다. 비록 속으로 깊어지는 인간적 성숙이 가능하였다고는 하나, 갇힌 삶은 그의 창조력을 그만큼 고갈시키고 우리는 생동하는 반역의 목소리 대신 자신의 삶을 반추하는 윤리적 정언을 주로 듣게 되는 마음아픔을 가지는 것이다.

박노해에게 충격을 주었던 여자노동자의 소박한 질문은 그러나 반드시 그에게만 해당되는 것은 아니다. 80년대 내내 도처에서 울리던 해방의 서사는 이제 우리의 담론 속에서도 현저히 줄어들었다. 노동해방과 민족해방 그리고 계급해방의 이름으로 솟구치던 거대한 해방의 기획들은 현실사회주의의 몰락과 세계적 자본주의체제의 성립과 더불어 난파되었다. 그 사이를 뚫고 대서사의 죽음과 소서사에로의 전환이 이야기되고, '사회주의' 사회에 대한 실망과 회의가 일반화되고, 공동체적인 삶의 양식에 대한 관심보다 사적인 삶의 중요성이 강조되는 변화가 일어났던 것이다. 어떤 점에서 이같은 변화는 자본주의가 전일적으로 지배하게 된 사회의 세기말적인 현상의 일단을 이루고 있다. 그러나 이러한 변화 속에서도 해방의 욕구 자체는 잠복할 뿐 사라지는 것은 아니다. '생활 속의 작은 투쟁'들을 '좋은 사회를 만들어가는 큰 싸움'으로 이어가는 그런 실천을 모색하고자 하는 박노해를 보라! 치열한 자기변화를 도모하면서도, 그 변화를 통해 "결코 변해서는 안 될 것을/굳건히 지켜가는" 그런 항심(恒心)이 세기말의 현실에서 새삼 가치를 가지는 것이다.

감옥에 갇힌 한 시인-혁명가의 이러한 도덕적 명상이 세상에 알려진 이 시기에, 그와는 전혀 다른 한 시인-소설가가 그나름의 수난을 겪고 있다. 나는 문제된 장정일의 새로운 소설 『내게 거짓말을 해봐』를 구해 보지는 못했으나, 그가 국가권력과 갈등관계에 들어가 '탄압' 받고 '고통' 받는 것을 보면서 생각이 많았고 마음이 편치가 않았다. 국가권력은 여러가지 면에서 '도덕적인 너무나 도덕적인' 한 노동시인을 무기형에 처하였고, 이제 사회윤리와 도덕을 훼손하는 한 '부도덕한' 소설가를 구속하겠다고 나섰다. 도덕과 부도덕은 이처럼 국가의 행동에 의해 동일한 자리에 서게 된 것이다. 어쨌든 국가의 힘에 의해 반사회적인 존재로 억압받는 점에서는 박노해와 장정일은 같은 편에 서고, 민족문학작가회의가 박노해의 석방을 위한 행사를 진행하는 한편으로 장정일의 구속에 반대하는 성명을 발표하게 된 것도 놀랄 일은 아니다. 이로써 80년대에는 도저히 이룰 수 없었던 한 혁명투사와 혁명가의 눈으로 보면 '반동적이라면 반동적인' 한 작가의 묘한 연대가 이루어지게 된 것이다.

90년대 들어와 해방의 서사가 위축되는 경향을 보였다고는 하지만, 그것은 특히 계급해방과 관련된 정치적 기획에 주로 해당된다. 어떤 점에서는 욕망의 해방이라는 담론이 정치적 해방론이 차지하던 자리를 대신할 정도의 기세를 올리고 있는 상황이기도 하다. 정치적 해방이 지배계급의 억압으로부터 민중을 해방시키고자 하는 기획이라면, 욕망의 해방은 개인의 욕망을 억누르는 일체의 것으로부터의 자유를 추구한다. 90년대 해방의 서사는 욕망론을 도구로 하여 이념과 정치를 해체하였고, 동시에 이러한 사적인 영역에서의 싸움을 통해 공적인 영역에 개입하고 그 정치적 지형을 재편하려고 하였다. 적어도 욕망의 해방을 위한 싸움에는 그것이 어디까지나 해방을 위한 것인 만큼은 반체제에 대한 지향과 진보에의 에너지가 실려 있기도 하다.

그러나 욕망의 해방을 추구하는 목소리가 인간과 사회 전체의 해방을 전망으로 끌어안는 진정한 해방의 서사와 결합되지 않을 때 생겨나는 혼란상은 엄청나다. 무한정한 자유의 주장이 만연된 성의 문란과 기계화 및 상품화에 힘을 실어주는 순간 욕망의 해방론은 자본주의 이념 속으로 곧바로 편입되고 마는 것이다. 자본주의 자체가 욕망의 무한한 재생산을 속성으로 하고 있는 만큼 욕망의 해방과 자본주의는 손에 손을 맞잡고 공존할 수가 있다. 장정일이 박노해와 더불어 해방의 투사가 되는 일면 포스트모던한 이 상황이 세기말적인 사회적 퇴폐상과 무관하지 않은 것은 이 때문이다.

90년대 초 장정일이 『아담이 눈뜰 때』로 문단에 충격을 주었을 때, 나는 성과 사회에 눈뜨면서 자본주의사회의 가짜낙원을 통절히 고발하는 한 젊은이의 초상을 그려낸 데 감명을 받았다. 그러나 성에 대한 그의 관념적인 금기 깨기가 사회에 대한 조숙한 개관과 냉소로 이어지게 되면, 그 성애의 모험 자체가 기계화될 가능성을 우려했으며, 그의 이후 작업은 이런 우려를 씻어주지 못하였다. 문제가 된 소설이 결코 검사의 눈으로 판단되고 재단될 일은 아니지만, 성묘사를 제약하는 관행에 맞서는 자유주의적인 항의만으로 욕망의 해방이 풀어놓은 무질서에 대한 대응과 사회적 삶의 윤리에 대한 질문이 해소되는 것은 아니다. 성에 대한 묘사의 금기를 깨기만 하는 것으로 표현의 자유를 실현하리라고 믿는 것은 어리석다. 기성도덕에 얽매인 소심함도 문제지만, 그 자신 외설혐의로 고통을 받은 로렌스가 말하다시피, 성을 마음대로 떠벌리고 공개하는 젊은이들이 오히려 더욱 치명적으로 기성관념의 포로가 될 위험에 처해 있기도 한 것이다. 그들은 더이상 벗어날 것도 없어지기 때문이다.

결국 자유의 확장 못지않게, 아니 그보다 더욱, 중요한 문제는 사회의 올바른 방향을 찾아나가고 판정하는 눈을 확보하는 일이다. 억눌린 욕망이 분출하는 시기, 흔히 하는 말로 중심이 무너진 시기, 바로 이 세기말의 시점에서 그러한 눈은 더욱 긴요하다. 그 눈이 정부당국의 눈이 될 수 없다는 것은 장정일의 재판을 목격하는 것으로도 족하다. 그렇다면 객관적이고도 방향을 제시하는 그런 기준은 어디서 나올 수 있는가?

이 질문에 제대로 답하기는 불가능할지도 모르지만, 우선 이것만은 말할 수 있다. 각 개인의 독단이나 이기적인 시각이 아니라 그같은 개별적 차원을 넘어서서 사회구성원 다수의 복리를 진정으로 고려하고 추구하는 시각, 이를테면 민중적 시각이 이룩되고 인정될 때, 우리는 하나의 기준이 가지는 힘과 가능성을 본다. 즉 우리는 다시 한번 당파성의 명제에 부딪치게 되는 것이다. 세기말에 맞서는 힘으로서.

2. 당파성인가 파당성인가: 반체제문학론의 모색

나는 당파성이라는 명제를 다시 꺼내면서 기묘한 회한에 젖는다. 지금 와서 거의 아무도 사용하지 않는 낡은 도구를 먼지를 털어 내놓는 것과 같은 자의식이 마음 한켠에서 생기는 것이다. 일찍이 당파성을 구두선처럼 외치던 사람들이 진작 전향을 하거나 적어도 당파성이란 개념을 헌신짝처럼 내팽개치고 사라진 이 90년대의 후반에, 감히 그럴 수 있을까? 과연 의미있는 일일까? 탈자본주의이면서도 비사회주의임을 언표한 감옥의 박노해는 당파성을 '뜻과 주장은 좋으나 나타나는 건 앙상한' 닭갈비에 비유하였다. "거 제껴두자니 아깝고 먹자니 뼈만 걸리는/꼭 닭갈비 같은 존재." 그럴지도 모른다. 그러나 풍족하지 못한 살림에 먹기 힘들다고 버릴 수는 없으니 역시 '우리에게 닭갈비는 소중한 것'이 아닐까?

문학논의에서 당파성이 이처럼 폐기처분되다시피 하게 된 데는 그 나름의 원죄 탓이 크다. 한때 당파성은 바로 노동계급적 당파성과 동일시되고, 이 후자는 다시 실재하는 노동계급 정당의 노선과 일치하는 것으로 이해되었다. 이것은 레닌의 「당조직과 당문학(헌)」의 악명높은 대목, 즉 "문학(헌)은 당조직의 톱니와 나사"라는 대목을 곧이곧대로 받아들인 교조주의 문학론자들에 의해 적극적으로 옹호되었다. 그러나 주지하다시피 레닌이 말하는 문학(literature)이란 문헌 일반을 뜻하는 것이며, 이 글 자체도 문학론은 아니다. 레닌이 문학을 문헌에서 배제한 것은 아니겠지만, 그렇더라도 그 자신의 문학론에서 문학의 당파성이 여타 분야와는 달리 작용한다는 것을 인정하기도 했던 것이다. 그러나 레닌의 어구를 해석하는 일과는 상관없이 여하튼 우리 80년대 진보문학론 가운데는 문학을 당조직의 '톱니와 나사'로 간주하는 식의 이해조차 없지 않았고, 그렇지 않은 경우에도 문학에서 당파성이란 곧 사회주의 리얼리즘이라는 도식이 대체로 받아들여지는 풍토가 문제였다. 이 도식적이고 경직된 문학이해는 그 자체로도 그릇된 것이거니와 현실사회주의가 무너지는 과정에서 함께 몰락하고 만 것이니, 그런 이해를 보인 유파 가운데 하나인 『노동해방문학』의 핵심인물인 박노해가 보여준 당파성에 대한 이중감정은 능히 짐작할 만한 일이다.

그러나 당파성 개념이 이처럼 손쉽게 버려지고 만다면 진보적 문학논의를 위해서는 엄청난 손실이다. 워낙 당파성이란 무엇보다 문학을 사회적 실천과 맺어주는 매개고리가 되는 것인 만큼, 실천의 문제의식을 가진 문학이론에서 결코 아주 폐기될 수는 없는 것이다. 물론 교조적인 당파성 이해가 문학해석에 끼친 폐해는 폐해대로 인정해야 할 것이나, 서구식 속담대로 목욕물과 함께 아기까지 버릴 수는 없는 노릇이다. 당파성에 덕지덕지 묻은 때를 벗기고 제모습을 찾게 하려는 순간, 우리는 당파성이 다름아닌 객관성과 결합되어 있다는 루카치의 고전적인 명제를 떠올리게 된다. 당파성이 곧 객관성이라는 말은 역시 교조적인 관점에 한번 덴 사람들의 귀에는 무슨 강령처럼 들릴 수도 있겠다. 그러나 자라 보고 놀란 가슴일랑 이제 접어둘 때가 되었다! 문학에서의 당파성이란 특정한 이념이 얼마나 드러나 있느냐는 차원이 아니라, 작품이 어떻게 사회적 연관관계 속에서 현실을 총체적으로 구현하고 있는가를 말한다는 점에서 객관성이기도 한 것이다. 즉 당파성의 구현이야말로 사회의 방향성에 대한 물음과 관찰을 문학적 성과 속에 녹여내는 일이며, 그런 점에서 해방의 서사에서 핵심적 지위를 차지하게 된다. 현실적으로는 문학이론이 실재하는 사회운동과의 연결점을 확보하는 통로가 되는 것이요, 더 깊게는 진리·현실·객관의 차원을 의지·실천·주관의 문제와 결합해내는 일이기도 하다.

　당파성의 강조는 다원론(pluralism)의 대세와 충돌한다. 80년대적인 해방의 서사를 전체주의라고 부정하면서, 새로운 시대가 내세우는 지배적인 이념이 다름아닌 다원론이다. 예로부터 부르주아 이념의 하나로 기능해오던 다원주의가 이제 중심의 부재를 말하는 포스트모던 시대의 중심이념으로 떠오른 것이다. 그러나 새로운 시대의 미덕으로까지 여겨지는 다양성과 그것을 뒷받침하는 다원론이 실상 다국적기업이 새로운 시장개척에 나서는 후기자본주의시대의 이데올로기라는 제임슨(Fredric Jameson)의 지적을 들 것도 없이, 그것은 우리의 경우에도 이미 자본주의체제로 일원화된 시대의 허구적인 다양성을 합리화하는 논리로 작용한다. 다원론을 받아들일 때, 하나의 체제로서의 자본주의를 진정으로 넘어설 어떤 세력 혹은 파열점도 찾아낼 수 없다. 이처럼 자본주의를 이미 고정되고 변하지 않는 삶의 조건으로 인정하는 논리들은 허위의식으로서의 이데올로기라는 말에 가장 잘 어울리는 것이다. 자본의 지배가 압도하는 곳에서 명목상의 다원적 추구란 것이 무엇이겠는가? 현실적으로 존재하는 이익집단, 즉 파당의 관점이 '다원적으로' 표출되는 일밖에 없고 그것은 결국 파당성으로 귀결되게 마련이다. 패거리의 이익에 봉사하는 것을 목적으로 삼는 파당성과 객관성을 지향하는 민중적 당파성이 가지는 차이는 분명하다. 반체제운동과 결합되는 문학의 실천적 지평은 결국 이해관계에 얽매인 무원칙한 파당성에 맞서는 당파성의 획득을 통해서 열릴 수밖에 없다.

당파성의 가능성 여부는 필경 과연 자본주의체제에 맞서는 집단적 주체가 존재하거나 혹은 그것을 형성해낼 수 있느냐의 질문과 이어진다. 당파성이란 어느 일개인의 성향이나 이념이 아니라 바로 사회변혁을 담보할 집단적 주체의 지향과 성격을 말하는 것이기 때문이다. 주체가 해체된 마당에 한술 더 떠서 집단적 주체라구? 그런 것이 어디 있는가? 라고 사람들은 물을 것이다. 지금은 이념이 판치는 80년대가 아니다. 탈이념과 탈정치가 도도한 흐름을 이루는 90년대, 바로 포스트모던의 시대라고 그들은 주장할지도 모른다. 이런 판에 박힌 말들은 이 연대에 들어와서 정말 신물이 날 정도로 많이 울려퍼졌다. 그러나 이 상투화된 '탈'(脫)의 주장 자체는 인간사가 이념이나 정치의 영역에서 아주 벗어날(脫) 수는 없는 까닭에 늘 자가당착에 시달린다. 포스트모더니즘의 신봉자들이여, 걱정 마시라, 이념과 정치의 시대는 끝나지 않았으니까. 탈이념과 탈정치의 이면에는 탈이념의 이념과 탈정치의 정치학이 목하 음험하고도 활발하게 작동하고 있는 중이니 말이다. 80년대에 존재하던 주체가 90년대가 오니 사라졌다고? 걱정 마시라, 주체가 사라졌다고 말하는 그 주체는 엄연히 살아있으니까. 80년대까지는 이성의 시대였으나 90년대는 반이성의 시대이며 이성은 얼굴을 바꾸어 압제자가 되었다? 청컨대 제발 걱정을 놓으시라. 이성의 시대가 갔다고 판단하는 그 이성은 여전히 변함없이 건재하고 있으니까. 보라, 반이성과 욕망의 해방을 부르짖는 목소리가 정부의 탄압을 받게 되는 순간, 반이성을 표방하는 자들까지 포함하여 여러 '주체'들이 목소리를 드높여 소리친다. "정부는 이성을 찾으라!" 하고.

문제는 이러한 90년대식 담론들이 예상외의 강한 힘을 가지고 우리를 사로잡고 있는 바로 그 현실인지도 모른다. 우리는 상상한다. "이제 더이상 우리는 주체가 아니다. 이제 우리 사회에는 집단적 주체란 없다. 왜냐고? 포스트모던 시대가 왔으니까." 너무나 명쾌해서 웬만하면 그

도식 속에 안주하고 싶어질 정도다. 그러나 달리 생각하면 이렇게 환상을 꾸며내고 그것으로 세계를 조직하는 일이 더욱 치밀하고 완벽하게 되어가는 상황 그 자체는 분명 포스트모던의 징후를 말해주는 것일 수도 있다. '전일적인 자본주의의 승리'라는 흔한 어구도 결코 쉽게 입에 올릴 일은 아니다. 자본주의체제가 생산해내는 이데올로기도 그만큼 무소불위의 힘을 가지게 되었다는 말이며, 그만큼 정교하고 꿰뚫기 힘든 논리로 무장하고 있다는 말이다. 문학이 이제 죽었다거나 특히 문학의 실천성이나 정치성은 발을 붙이기 힘들고 벌써 임종을 맞고 있으며 앞으로 필히 사멸하게 될 것이라는 비관적 전망이 90년대 들어 쏟아져 나오는 상황도 이해가 간다. 그러나 이러한 비관론적인 (혹은 때로는 열광과 자기도취가 동반된) 대응들이 새로운 시대의 조장된 '변화'의 논리에 휩싸여 있음도 그만큼 분명한 것이다. 이 절망과 자기도취의 이중주야말로, 세기말적인 현상의 한 징표다. 중요한 것은 진정으로 변화한 것이 무엇이며 그 변화의 방향은 무엇인지에 대한 비평적 물음을 던지는 작업과, 변화를 들먹이면서 이에 편승하는 이데올로기를 냉정하게 구별하는 일이다. "무엇을 할 것인가?"(What is to be done?)라는 당파성의 질문은 지금 이 시기 다시 한번 우리의 과제로 던져진다.

근대화 이후 문학이 부닥친 가장 곤혹스런 문제는 자본주의시대에 일반화된 상품화의 흐름에서 문학도 예외가 될 수 없다는 점이다. 자본주의는 모든 것을 상품화한다. 인간의 노동력을 포함하여 모든 것이 교환가치의 망에 걸리고, 자본의 자기증식활동에 복무한다. 인간관계도 사물화된 형태를 띠게 되고 그 계급관계는 감추어진다. 맑스의 『자본』이 포착한 이 사물화과정이 자본주의사회의 기본 메커니즘임을 지금에 와서 부정할 사람은 거의 아무도 없을 것이다. 현실이 이러할진대 사물화된 삶의 표피를 꿰뚫고 그 진정한 모습을 되살리기 위한 끊임없는 싸움이 아니라면, 문학은 그 존재이유를 찾지 못할 것이다. 문학 또한 상품인 한 생산과 소비의 메커니즘을 벗어날 수 없지만, 그러나 이 특이한 상품은 상품이라는 허상을 내부에서 폭파하는 창조력의 장소이기도 하다. 그것이 문학으로 하여금 반체제를 지향하게 만든다.

자본주의와 문학이 가지는 이러한 길항관계는 이제 이른바 전지구적 자본주의의 위세 앞에서 더욱 돌이킬 수 없는 길을 가게 된다. 문학의 위기는 깊어가고 힘겨운 싸움을 견디기보다 도처에서 자본에 굴복하고 그 굴종의 달디단 쾌락을 선택하는 경향들이 늘어난다. 문학의 정신을 팔아넘기는 대신 자본의 영원한 청춘을 얻는 것──그것은 그야말로 뿌리칠 수 없는 메피스토펠레스의 유혹이다. 대중문학은 거대한 산업이 되고, 그 위세는 문학의 진정성이라거나 가치라는 창조의 영역을 휩쓸어버릴 정도로 엄청나다. 90년대 들어와 민족문학의 위기에 대한 담론이 문학 자체의 위기론으로 확산되면서, 무엇보다 문학의 상품화와 상업화가 그 원인으로 지적되는 것도 이 때문이다. 그러나 어찌 90년대뿐이랴! 오히려 문학의 위기는 자본주의가 시작된 이래 지속되어왔고, 바로 그 항상적인 위기야말로 근대문학이 이룩한 위업의 계기이기도 하였다. 그럼에도 지금 그 위기가 종말을 향해 있고 드디어 문학의 죽음이 그토록 확연해 보인다면 그것은 바로 이 시기가 문명의 세기말에 다다라 있다는 말과 다름이 없다. 왜냐하면 문학의 죽음은 문학을 가능케 하는 살아있는 삶의 죽음을 입증하는 것이기 때문이다.

문학을 지탱하는 창조적 삶의 자리가 이 국면에서 과연 결정적으로 사라지고 있는가의 물음은 너무 거창하여 감당하기 어려운 면이 있다. 이미 사라져버렸다는 단정에서부터, 지금으로서는 국지적으로 남아 있지만 조만간 사라질 것이라는 전망까지 대체로 비관적인 판단이 대세를 이루는 것도 사실이다. 그럼에도 불구하고 창조적 삶의 자리를 키우고 확대하고자 하는 일이 현단계 문학론의 피할 수 없는 과제라는 것도 분명하다. 이 과제는 과연 전일적 자본주의의 지배를 파열시킬 반체제운동이 어떻게 가능할 것인가라는 모색과 연관되어 있다. 가령 전지구적 자본주의체제에 맞서는 전지구적 환경운동과 여성운동이 그 한 고리가 될 수 있겠지만, 기본적으로 반체제운동은 사물화로 감추어진 계급관계를 다시 가시적으로 만드는 해방의 서사가 뒷받침될 때 실천적인 힘을 얻는다. 역으로 본질적으로 반자본주의적인 영역의 담지체라 할 문학적 상상력이 현실 속에 존재하는 반체제운동의 동력들과 만나 이 시대 최고의 창조적 성취를 이룩할 가능성도 생기는 것이다. 사회적 실천과 맺어진 리얼리즘의 이념과 실제가 지금 이 시기에 유효한 까닭도 바로 여기에 있다.

자본주의가 지배체제로 성립된 19세기 이래 특히 서구를 중심으로 문학의 대응은 크게 두 가지의 방향을 가지고 전개되어왔다. 리얼리즘과 모더니즘이 그것이다. 이 두 문학적 대립항은 20세기 초 서구 모더니즘의 폭발적인 성과와 함께 문학의 방향을 둘러싼 격렬한 논쟁을 낳았지만, 이후 제2차 세계대전을 겪으면서 창조적 작품의 산출은 급격히 쇠퇴하고 대신 모더니즘의 이데올로기가 득세하면서 리얼리즘의 영역은 축소되어온 것이 서구의 상황이었다. 그러나 우리의 경우는 이와 다르다. 해방 이후 우리 문학은 모더니즘의 지배라기보다 민족문학의 성과에 기초한 리얼리즘의 대응이 중심을 이루어왔고 그것은 서구와는 다른 제3세계적인 민중문학의 활성화에 힘입은 것이다. 그럼에도 불구하고 우리 문학에서도 우리 현실에 대응하는 두 방향의 문학적 성과가 공존해왔고, 리얼리즘과 모더니즘의 길항관계가 우리 민족문학의 진전에 일정한 역할을 한 것도 사실이다. 초점은 앞으로의 문학적 대응이 어떤 방향에서 이루어질 것인가의 문제다.

서구 모더니즘이 얻은 최고의 예술적 성과는, 끊임없는 기법실험을 통해 사물화된 자본주의의 숨겨진 실재를 파고드는 인식의 격렬한 재생을 추구함으로써 가능해진 것이다. 그런 점에서 모더니즘은 선진자본주의 사회인 서구적인 현실 속에서 '가능한' 리얼리즘을 향한 모색이기도 했던 셈이다. 그렇다면 이제 본격적인 자본주의시대에 접어든 우리의 경우에도 모더니즘의 전위적 가능성은 열릴 수 있을 것인가? 가능성을 배제할 수는 없겠으되, 여기에는 그 나름대로의 문제가 있다. 우리 문학에서 모더니즘이 너무 상투화되고 추상화되어 있다는 점이 그것이다. 그것은 초기 서구 모더니즘이 보여준 전위적 전복성의 자질을 잃어버렸으며, 그 결과 대중과의 단절과 사회적 소통에 대한 부정이라는 모더니즘의 폐해를 증폭시켜왔던 것이다. 20년 전 제임슨은 그가 편집한 표현주의 논쟁집 『미학과 정치학』(1977)에 붙인 「결론적 성찰」에서 리얼리즘과 모더니즘의 대립을 포스트모던이 운위되던 당대 서구에서 유용한 구도로 재생할 것을 제안하면서, 흥미롭게도 다음과 같은 물음을 던진 바 있다.

이런 상황에서 모더니즘의 궁극적인 쇄신, 즉 지금은 자동화된, 인식혁명의 미학의 관습들에 대한 최종적인 변증법적 전복은, 바로 리얼리즘이 되지 않을까! 하는 물음이 나온다. 왜냐하면 모더니즘과 그에 수반되는 '낯설게 하기'의 기법이 소비자를 자본주의와 화해시키는 지배적인 스타일이 된 시기에, 파편화의 습관 자체가 현상을 보는 좀더 전체화하는 방식에 의해 '낯설게 되고' 교정되어야 하기 때문이다.

이 물음은 바로 지금 우리의 물음이 될 수 있다. 리얼리즘은 물론이거니와 리얼리즘에 수반될 수밖에 없는 당파성의 문제의식은 어느새 과거의 것으로 망각되어간다. 그 자리에 무엇이 들어서는가? 포스트모더니즘의 이름을 한 모더니즘 논리의 팽창과 그와 결합되어 나타나는 문학의 양극화현상, 즉 친대중을 표방하는 저급문학(대중문학)과 반대중을 표방하는 고급문학(모더니즘)의 분절이 마치 문학의 운명인 것처럼 포장되고 있는 현실이다. 이 분리의 틀 속에는 자본주의체제를 넘어갈 어떤 실천적 전망도 방향성도 없다.

대중과의 소통을 목표하되 자본의 포로가 된 대중의 욕망에 휩쓸리지 않고, 대중 속에 존재하는 생명의 요소를 환기해냄으로써 주체로서의 민중과 교섭하고 또 나아가 집단으로서의 주체를 이룩하고자 하는 리얼리즘의 기획은 세기의 전환기에 처한 지금의 시점에서도 여전히 문학적 실천의 가장 강력한 힘으로 작용할 것이다.

3. 세기말 문학적 대응의 두 모습: 최인석과 배수아

나는 왜 구태여 세기말의 문학을 말하는가? 무질서의 느낌과 붕괴의 공포가 세기말의 정조를 요약하고 있다면, 굳이 우리 문학에서 세기말을 이야기할 정도의 흐름이 있다고 보기는 어려울지 모른다. 우리 문학에는 여전히 리얼리즘의 굳건한 문제의식이 살아있고 퇴폐주의가 문학의 정당한 일부로 인정받을 만한 흐름을 이룰 정도는 분명 아니다. 그럼에도 기성윤리에 대한 냉소와 성적 자유의 무분별한 주장에는, 삶의 건강한 생명력을 되살리려는 충동보다 짙은 허무주의와 권태의 기미가 깔려 있다. 확실히 90년대의 문학에는 이전에 비해 어떤 종말의 분위기가 강화되어 있다. 이것이 90년대 문학을 다른 연대의 문학과 구별짓는 중요한 속성이 되고 있는 것이다. 20세기 초 예이츠는 한 시대의 종언과 악몽 같은 새 시대의 탄생을 예감하는 시 「재림」(The Second Coming)에서 종말의 분위기를 전한다.

넓어지는 소용돌이로 돌고 돌기에

매는 자기 주인의 소리 듣지 못한다
모든 것들 뿔뿔이 흩어지고, 중심은 지탱되지 못한다
무질서만이 세상에 풀어져
피로 흐려진 조류가 풀어져, 도처에
순결의 의식(儀式)은 익사한다.
최상의 무리 모든 신념 잃고, 최악의 무리
세찬 격정으로 가득 차 있다.

예이츠의 묵시록적 환상은 세기말을 살고 있는 '지금 이곳'의 악몽 같은 이미지이기도 하다. 바야흐로 새로운 전지구적 자본주의의 세계질서가 완성되어가는 지금에 이르러 오히려 중심의 해체와 이성에 대한 불신이 팽배하고 있는 현상 자체는 무엇을 말해주는가? 그것은 문명으로서의 자본주의의 완성이 한편으로는 타락과 붕괴의 심화일 수 있다는 징후가 아닌가? 세기말의 문학은 이러한 와해의 이미지들을 도처에 뿌려놓는다. 문제는 이러한 현상에 맞선 문학의 대응이 어떻게 이루어지는가 하는 것이다.

중견 소설가 최인석의 중편집 『혼돈을 향하여 한걸음』(1997)과 90년대의 신세대 작가로 알려진 배수아의 근작 소설집 『바람인형』(1996)은 세기말을 대하는 다른 두 양상을 보여주는 점에서 나의 주목을 끌었다. 이 두 소설가를 함께 말하는 것에 약간의 의문을 품는 이도 있겠다. 최인석은 강렬한 사회적 관심과 사실적인 힘찬 문체를 구사하는 중견 리얼리스트로 평가받고 있고, 배수아는 탈정치와 탈이념으로 일컬어지는 소위 90년대 '신세대작가'의 대표주자요 모더니스틱한 정조를 보여주는 신진 소설가다. 그러나 두 소설가의 세계에서 공통적으로 나는 세기말을 통과하는 우리 문학의 한 징후를 읽는다. 두 세계는 한마디로 폭력이 가득 차 있는 세상의 이미지를 보여준다는 점에서 세기말적이다. 최인석이 개인을 거대한 폭력에서 벗어날 수 없는, 폭력의 덫에 걸린 존재로 그려내고 있다면, 배수아는 폭력이 미세하게 퍼져 일상의 존재조건으로 되어 있는 세상을 보여준다. 그렇기 때문에 이들의 작품들을 공통적으로 지배하는 정조는 광기와 공포 그리고 붕괴와 무력감이다. 그럼에도 불구하고 이 정조를 해석하고 보여주는 두 작가의 대응은 서로 다르다.

좀더 직접적으로 세기말의 정조를 전해주는 것은 배수아의 소설들이다. 가령 다음과 같은 구절을 읽어보라.

남동생이 열병을 앓았던 여름은 우물이 오염되었다. 무당이 와서 굿을 하고 우물에 소독약이 뿌려졌지만 결국 우물물은 마실 수가 없게 되어버렸다. 어린 아기가 강보에 싸인 채로 부들부들 떨다가 갑자기 생각난 듯이 날카로운 소리로 운다. 아기를 업어주는 먼 친척인 여자아이가 이층으로 가는 나무층계에 서 있다가 흰 수건을 떨어뜨린다. 그해에는 열풍처럼 소아마비가 돌았다. 사람들이 서울로 이사를 가고 빈집이 늘어난 것도 그것 때문이기도 하다. 녹슨 자물쇠가 현관문에 잠겨 있고 흐린 유리창은 먼지와 빗물에 얼룩진다. 비둘기가 구구구 하고 울면서 이층의 창문에서 울고 있다. 빈집에 바람이 불어오고 이층으로 가는 층계는 무너져버렸다.(「마을의 우체국 남자와 그의 슬픈 개」)

이것은 명백하게 세기말의 그림이다. 배수아의 작품은 이와같은 종말론적인 분위기로 가득하다. 그의 주인공들은 "이 세상이 점점 죽음과 같은 침묵 속으로 빠져든다"고 생각하고(「내 그리운 빛나」), 잠든 중 "아무 말도 없이" 남편에게 칼을 맞고(「갤러리 환타에서의 마지막 여름」), "도대체 언제쯤에 전쟁이 일어날 수 있을까" 그리워한다(「프린세스 안나」).

하지만 배수아의 세계에는 부패와 붕괴의 현실을 환기하는 시적 이미지 구성만이 있을 뿐 그 현실에 대한 사유와 탐색은 부재한다. 가령 그의 시적 환유가 불러일으키는 황량한 세계상은 「검은 저녁 하얀 버스」의 마지막 부분에서처럼 "차가운 저녁"이 되면 불어오는 "아주 쓸쓸한 바람" "불이 꺼진 나의 부엌" "오랫동안 비를 맞지 못한 마당의 풀" 등의 반복된 이미지를 통해 정서적 효과를 얻는다. 시적인 언어사용을 통해 환기된 세계는 내면정서의 투사임이 드러나고, 실체감을 얻지 못한 채 몽롱한 안개 속을 떠돈다. 그에게 있어 세계는 황무지이고 개인은 그 황무지의 정서를 반영한다. 혹은 달리 말해 개인의 황무지와 같은 주관이 세계를 황무지로 파악하게 하고 있기도 하다. 황무지 속에 사는 인간들의 내면도 외부와 다를 바가 없는 것이다. 그들은 살아있지만 죽은 인물, 즉 텅 빈 인간으로서 자기 삶에서 소외되어 있다. 이와같은 사실은 배수아가 그야말로 전통적인 모더니즘의 세계관과 정서를 그대로 베껴내고 있다는 것을 말해준다.

세기말에 대한 배수아의 모더니즘적 대응을 심상하게 보는 나로서는 그를 통해 위기에 처한 민족문학의 출구를 찾으려는 최근 한 비평가의 시도가 무척 의아스러울 뿐이다. 신승엽씨는 배수아의 소설이 "단자화되어 살아가는 (특히 젊은 세대의) 삶의 징후를 예민하게 포착하고 있는" 작품이라고 규정하면서, 민족문학의 "새로운 이념적 갱신과 모색의 출발이 바로 이로부터 비롯되어야" 한다고 주장한다(「민족문학론의 방향조정을 위해」, 민족문학작가회의 민족문학사연구소 공동심포지엄 발제문, 1996년 11월). 그의 말 그대로 참으로 '아득한' 이야기다. 민족문학론이 모더니즘의 성과를 해석해내야 한다는 나 자신의 지론과 통하는 면도 없지 않지만, 그의 모색에는 무언가 '과도한' 반성의 기미가 엿보인다. 그가 특히 주목하는 것은 소위 민중의 '단자화'다. "지금 이곳의 현실에서 민중에 가장 직접적인 고통을 선사하는 것은 무엇보다도 '개인의 단자화'가 아닌가 한다." 그런데 배수아는 "단자화된 삶의 조건을 있는 그대로 받아들이고 감내하는 정신"이며, 그러한 "민중현실에 대한 관심의 해이"가 민족문학론의 커다란 한계가 된다는 것이다. 무엇이건 용감한 모색의 정신에 쉽게 감명을 받는 편이지만, 내가 읽은 배수아와는 너무나 다른 해석에는 좀 아연해지기까지 한다.

우선 나는 개인의 단자화라는 말이 별 성찰 없이 쓰이는 것부터가 마음에 걸린다. 단자화라는 말은 최근의 문학을 말할 때 너무나 흔히 쓰이는 신종 상투어가 되었다. 그러나 이 단자화의 현상 자체는 실로 오랜 역사를 가지고 있다. 일찍이 근대화가 시작되면서 개인의 단자화도 진행되었고, 도시적 삶이 확대되고 농촌의 공동체적 삶으로부터의 이탈이 가속화되면서 단자화의 추세가 더욱 강화되어오기도 하였다. 그러나 이러한 단자화의 과정은 동시에 집단화의 계기와 서로 이어져 있다. 새로운 계급의 형성과 그것에서 발원하는 삶의 동력이 민주주의를 향한 움직임을 열었으니 바야흐로 근대적 주체의 형성과 아울러 집단적 주체의 역학이 역사의 지평에 그 모습을 드러냈던 것이다. 단자화된 삶의 조건을 보는 것만이 아니라, 동시에 집단화를 통해 열린 전망을 함께 담지하는 복합적인 시각이 있을 때, 가장 의미있는 근대적 성과물들이 나오게 된다. 다중이 아닌 '민중'의 단자화까지 말할 정도로 단자화의 신화에 사로잡힌 신승엽씨는 자기도 모르는 사이에 모더니즘의 논리에 빠져들었다. 기실 가족의 해체라든가 가치관의 붕괴라든가 그가 열거하는 새로운 현상이라는 것도 모더니즘 논자들이 자신들의 새로움을 강조하기 위해서 신물나게 되풀이하던 묵은 레퍼토리다. 문제는 무엇이 이러한 현상을 전체로서 보아내느냐는 것이며, 여기에 현실에 대해 당파적이고도 총체적으로 접근하는 리얼리즘의 힘이 있다. 과거의 '노동자계급의 당파성'의 그릇된 용도에 대해서 비판하는 데만 그치지 말고, 신씨는 그런 오용을 벗어버린 당파성의 참뜻에 대해서 생각해볼 필요가 있을 것이다.

　물론 모더니즘이 이룩한 성과가 만만한 것은 아니다. 경우에 따라 모더니즘적인 실험정신이 민족현실의 깊은 내면을 더욱 리얼리스틱하게 그려낼 수도 있고, 그런 탁월한 모더니즘 작품은 제임슨의 유명한 말대로, "리얼리즘의 경계"에 다가가게 된다. 모더니즘의 성과물에서 민족문학론의 활로를 모색하는 것 자체가 그릇된 것은 아닌 것이다. 그러나 왜 하필 배수아일까? 그렇게도 낡아빠진 모더니즘 정조에 잔뜩 물들어 있는 작가를? 신승엽씨는 자신이 이 작가의 주된 모티브로 파악한 '가족의 해체'에 대한 '냉혹한' 묘사를 높이 보고, 아마 이러한 부정성의 투철함에 의미를 두고 있는 듯하다. 그러나 가족의 해체나 의미있는 인간관계의 상실 등은 새로운 소재가 전혀 아닐 뿐더러, 그의 묘사도 냉혹하고 투철한 것은 아니다. 해체의 경험에 대한 모더니스트의 시도가 깊이를 획득하는 때는, 그러한 경험이 야기하는 공포와 권태가 그야말로 극한까지 추구될 경우다. 그로써 그 체험은 생생한 것이 되고 작품은 한결 리얼리스틱한 경지에 다가가는 것이다. 그러나 배수아의 소설은 이와는 거리가 멀다. 그의 첫번째 작품이자 첫번째 작품집의 표제이기도 한 「푸른 사과가 있는 국도」에서부터 그 흔적이 여실하듯, 그의 기본적인 정조는 냉혹함이 아니라 감상(感傷)이다. 그것은 허무의 깊이까지 파고드는 정신이 아니다. '푸른 사과가 있는 국도'라니! 주인공이 그렇게 되기를 몽상하는, 국도변에서 사과를 파는 초라한 여인네는 살아있는 인물이 아니라 주인공의 감상적이고 낭만적인 세계상을 투영하고 있는 허상일 뿐이다.

　과도한 반성이 우려된다 해도 전혀 반성하지 않는 것보다 낫다고 할 수는 있다. 이렇게 모더니즘의 성과를 사주지 않고 부정적으로 말하기만 하다가는 반성할 줄 모르는 인간이라는 딱지가 붙을지도 모를 일이다. 더구나 배수아와 최인석을 읽으면서 역시 후자의 모색이 내게는 더욱 의미있는 것으로 다가왔으니 이런 낭패가 있나 싶기까지 하다. 워낙 반성이 유행하는 세태이니 말이다. 그러나 어쩌겠는가? 다른 것은 다른 것이다.

최인석의 이번 작품집에서 가장 뛰어난 작품은 표제작이기도 한 「혼돈을 향하여 한걸음」이라고 나는 본다. 폭력의 존재조건이 되는 현실과 그 폭력이 작용하는 방식에 대한 탐구라고 할 「노래에 관하여」가 작품의 완결성으로는 더 나아 보이지만, 「혼돈을 향하여 한걸음」이 담고 있는 어떤 복합성과 심층적 깊이에는 미치지 못하지 않나 싶다. 이 작품에서 혼돈은 단순히 무질서와 붕괴만이 아니다. 그러나 혼돈에의 한걸음에는 분명 "모든 것들 뿔뿔이 흩어지고, 중심은 지탱되지 못한다"는 예이츠적인 종말의식이 숨쉬고 있다. 배수아와 전혀 다른 성향을 가진 작가면서도 최인석이 세기말적인 정서의 핵심에 소설의 촉수를 뻗고 있다는 것은 중요하다. 굳이 짚어두자면 중심의 해체와 그 체험은 반드시 모더니즘이나 데까당의 독점물이 아니다. 근대화의 과정 자체가 생성이면서 동시에 해체의 과정인 한, 문학적 상상력이 해체의 구렁에서 분투하는 일은 전혀 이상한 일이 아니다. 문제는 그 분투의 양태일 것이다.

「혼돈을 향하여 한걸음」에는 대비되는 두 방식의 삶이 있다. 주인공이 지금까지 지켜온 혹은 지켜오고 있다고 믿은 '정연하고 차분한' 혼란 없는 삶이 그 하나고, 아버지와 그 애인 현정순의 세계라고 할 수 있는 혼란과 모험의 삶이 다른 하나다. 전자는 집과 가족, 전체적으로는 질서를 향한 윤리적 지향이라면, 후자는 가출의 충동, 전체적으로 혼돈을 향한 움직임이다. 주인공은 전자의 소시민적 허위의식을 부수고 나가 후자의 혼돈으로 다가선다. 이러한 선택은 현정순의 '북'이 어느새 마음속에 들어와 있다는 비유로 나타난다. 마치 심장의 고동소리와 같은 북이 가슴속에 들어온 것은, 화자가 허위의 삶을 깨치고 살아있는 삶으로 나아가는 모험을 받아들이는 일과 다름이 없다. 즉 결코 용서할 수도 이해할 수도 없었던 아버지를 받아들이는 일인 것이다. 이러한 귀결만으로 본다면 이 작품의 의미는 이처럼 산뜻하게 정리될 수가 있다. 그러나 여기에는 그 이상의 울림이 있다. 그러한 한걸음이 반드시 일상적 삶으로부터의 자유라는 메시지로 끝나지 않는 것이다. 즉 이 선택에는 헤어날 수 없는 부패에 맞닿은 공포가 동반된다. 아버지의 죽음 후 화자가 현정순을 대면하게 되는 장면을 보자.

아비의 눈으로 본 여자가 어떤 모습이었는지가 지극히 짧은 순간 선명히 그려졌다. 그러나 그것은 찰나에 불과했다. 그는 소름이 끼쳤고 무서웠다. 아득한, 끝이 보이지 않는, 결코 들여다보아서는 안될 위험한 비밀이 숨쉬는 구덩이 속을 들여다본 것 같은 기분으로 등골이 서늘해졌다. 여자도 같은 것을 느낀 것일까. 서로의 시선이 얽혀 있다는 것을 의식한 순간 그들은 곧 시선을 옮겼다.

두려움 때문에 시선을 돌리지만, 그러나 이 두려움에는 은밀히 그를 끌어당기는 매혹이 있다. 그것이 날개를 만들어 이 세상을 벗어나고자 하는 저 다 빈치의 날갯짓을 연상케 하는 것은 그 무서운 구멍으로 뛰어드는 일이 한편으로는 규격화된 삶에서의 해방을 말해주기 때문이다. 그러나 한편 이 구멍에는, '짙은 붕괴의 냄새'가 난다. 결국 활기가 넘쳐 보이던 현정순의 얼굴이 밝은 아침 "주름살이 가득한 얼굴, 퀭한 눈, 검은 입술, 헝클어진 긴 머리칼"로 드러나듯, 모험의 삶이란 부패와 타락의 다른 일면임을 드러내준 것이다. 자유의 다른 면이 곧 나락이라는 것! 질서정연한 외양에서 '한걸음' 옮기면 근본적인 부패의 구렁이 존재하는 것이 우리 현실임을 통찰하는 것이다. 주인공의 '혼돈을 향하여 한걸음'은 이 딜레마의 벼랑에서 내딛는 한걸음이기에 죽음과 와해와 붕괴로의 삶을 받아들이는 참혹한 결단이기도 한 것이다.

최인석이 이 세기말의 징후에 맞서 벌인 고투는 기본적으로 리얼리즘의 충동에 의해 추동되고 있다. 물론 혹자는 주인공이 결국 붕괴의 삶에 이끌려가는 결말을 기화로, 그의 데까당적인 경향을 비판할 수 있을 것이다. 그리고 그러한 비판이 당파성의 이름을 빌릴 수도 있을 것이다. 그러나 비록 붕괴의 매혹이 그의 작품에 존재한다고 해도, 그것이 무너지는 삶의 양상에 대한 일면 객관적인 통찰과 맺어져 있는 한 우리는 거기서 삶의 실상에 다가가고자 하는 리얼리즘의 정신을 말할 수 있다. 문학작품에서의 당파성이란 어떤 주어진 경향성을 기계적으로 반영하는 일이 될 수는 없다. "현실을 있는 그대로" 보려는 정신이 얼마나 살아있느냐가 그 당파성을 말하는 기준이 되어야 할 것이다. 결국 당파성이란 작품의 성과를 통해 구현된다.

　　나는 「혼돈을 향하여 한걸음」이 이러한 당파성을 '구현'하였다고 말하지는 않겠다. 그런 최종적 판단은 작품에 드러난 인식과 현사회에서 작용하는 힘들과의 관계와 아울러 작품의 형식적 차원에 대한 검토가 충분히 이루어진 다음에야 가능한 일이다. 나 자신 이 작품이 처음 발표되었을 때, 이 작품의 남성중심적인 시각의 문제점을 지적한 적도 있거니와, 데까당한 충동에 대한 그의 매혹이 얼마나 사회적 적실성을 가지는지도 더 따져야 한다. 그러나, 가령 같은 세기말적인 징후를 감촉하고 있다 하더라도, 배수아의 인물들에 비할 때 그의 인물들은 얼마나 살아있는가? 비록 붕괴를 선택하는 순간일지라도 진실에 접근하려는 충동이 거기에는 있다. 황무지와 같은 현실 속을 마치 유령처럼 부유하는 배수아의 인물들에게, 붕괴와 죽음과의 싸움은 망각되었다. 그것은 깊이 깊이 은폐되어 거의 드러나지 않는다. 물론 나는 모더니즘이든 무엇이든 글쓰기 자체가 가지고 있는 유토피아에의 충동까지 부인하지 않지만, 그것이 세기말을 바라보는 문학의 대안이 될 수는 없다. 배수아의 소설도 가령 가출한 청소년의 문제를 소재로 하고 있고, 그들의 정서에 대한 일정한 보고문의 역할도 한다. 그러나 같은 소재를 가지고 우리 사회의 근본적인 부패구조와 고투하는 최인석의 성취에는 도달할 수 없는 것이다. 배수아의 작품들에 짙게 깔린 감상성은 이러한 피상성의 다른 한 면이 된다. 민족문학론의 관점에서 모더니즘을 읽어내고 그를 통해 민족문학을 풍성하게 하는 일은 중요하다. 그렇지만 무원칙하게 모더니즘의 수용을 말하고 함량미달의 모더니즘 작품에 의미를 부여하려고 헛되이 애쓸 것이 아니라, 우리 현실에서 리얼리즘에 근접하는 최고의 모더니즘적 성과가 태부족하다는 사실에 대한 정확한 인식부터 가질 필요가 있다. 이것이야말로 민족문학론의 갱신을 위해 도움이 될 뿐 아니라, 모더니즘 자체의 재생을 위한 길의 시작이 될 것이다.

4. 비평의 당파성을 위하여

최인석의 작품집 『혼돈을 향하여 한걸음』에 실린 다섯 편의 중편 가운데는 「숨은 길」이라는 작품도 실려 있다. 이번에 이 작품을 다시 대하면서 나는 속으로 웃음을 지었다. 1년 전 지금처럼 찜통더위가 계속되던 여름날, 나는 『내일을 여는 작가』지에 격월평을 쓰면서 그때 막 발표된 이 작품을 '혹평'하였고, 이에 크게 분개한 작가는 장문의 반박문을 다음호에 게재하였다. 이것이 계기가 되었던지, 올해 초 나온 그 다음호 『내일을 여는 작가』는 작가들이 보는 비평의 문제점을 설문조사하여 그것을 토대로 「문학평론, 무엇이 문제인가」라는 특집을 구성하였다. 나 자신도 바로 그 호의 격월평을 최인석에 대한 답변으로 시작하였거니와, 하여간 비평의 객관성과 공정성이 도마에 올랐고, 이외에도 중견 작가들 몇몇이 현금의 비평을 가혹하게 비판하고 나서서 작년 후반부터 금년 초까지 가히 작가들이 대반격하는 분위기마저 없지 않았다.

비평에 대한 창작자들의 불신과 불만은 참으로 오랜 역사를 가지고 있다. 그럴 수밖에 없으리라. 다른 평론가들이 뭐라고 할지 몰라도, 나로서는 비평은 창작에 한풀 접히지 않을 수 없다고 생각한다. 창작과 비평의 경계를 허물어버리고 비평이 곧 창작이라는 욕심사나운 비평이론들도 쏟아져나오는 요즘이지만, 어디까지나 창작은 창작이고 비평은 비평이다. 진정으로 창조적인 성과 앞에 겸손할 줄 아는 것이야말로 비평의 예의이자 명예이다. 아니 그것은 바로 비평의 기본자세라고 할 수도 있다. 실상 창작이 비평 자체는 아니라 해도 문학작품의 창조적 성과야말로 가장 탁월한 '삶의 비평'이라고 할 수 있으며, 탁월함을 탁월함으로 받아들이는 것이 비평의 자질이니까. 그러므로 창작자의 불만과 질책이 『내일을 여는 작가』를 통해 온통 표출되는 것을 보아도 비평가로서의 나는 분개하지 않는다. 작가들이 애써서 쓴 작품을 가혹하게 말한 것에 대한 '개전의 정'은 없지만, 비평이 제자리를 찾아야 한다는 작가들의 목소리에는 크게 동감한다.

현재의 비평에 대한 작가들의 비판이 비평의 파당성에 모아지고 있다는 것에 나는 주목한다. 작가들이 비판하는 우리 비평의 '편중성' '정실비평' '편향성' '편파성' 등은 다름아닌 파당성을 말하는 것이다. 일부러 작가들의 말을 들어볼 것도 없이 우리 비평의 많은 부분이 대개 자기 패거리를 옹호하는 파당적인 성격을 띠고 있다는 것을 부정할 사람은 별로 없을 것이며, 파당성이야말로 비평의 주적(主敵)이라는 점을 나 자신 다른 글에서 지적한 적도 있다.(「날아라 비평」, 『문학정신』 1997년 봄호) 그럼 너는 그런 파당성에서 자유로우냐고 반문할 사람도 많겠지만, 어찌보면 같은 패라고 할 최인석의 작품을 그렇게 혹평하다 곤욕을 치렀으니, 아주 파당적이라고 몰아세우지는 못할 것이다. 그토록 비평이 번성하는 세상에서 비평의 빈곤이 거론되는 것도 바로 이러한 파당성이 큰 힘을 발휘하는 비평현실 자체 탓이다. 물론 사회의 다른 부문들도 그렇듯, 우리 사회에서 어떤 방식이든 자기집단의 이익에 봉사하거나 자기자신의 이기적 욕망을 벗어난 판단을 실행하기는 어려울 것이다. 그러나 비평이 그것을 벗어나기를 지향하지 않는다면 무엇이 그 일을 할 것인가? 비평의 짐과 보람은 여기에 있을 것이다.

비평의 객관성의 문제는 다름아닌 비평의 당파성의 문제이기도 하다. 최인석은 반박문에서 내가 80년대적인 "일방적인 파당의식 내지는 편견"에 사로잡혀 터무니없는 비난을 한다고 비판하였는데, 그가 염두에 둔 것이 아마도 저 악명높은 '당파성'의 문학에 대한 교조적인 신념인 듯싶다. 그가 말하는 교조적인 신념과 나의 비평이 서로 무관함은 밝혀두어야 하겠지만, 앞에서도 말한 것처럼 당파성의 때를 벗기고 그 진정한 의미를 되살리는 일이 중요하기로는 비평적 자세에서도 마찬가지다. 역시 "현실을 있는 그대로 보려는" 리얼리즘의 정신은, 비평에 있어 편견이나 파당의식에서 벗어나 작품을 있는 그대로 보는 객관성, 즉 당파성의 정신이기도 한데, 이를 획득하기 위해 노력함으로써 비평은 진정으로 창조적인 성과를 대중화하고 이를 통해 새로운 현실을 이룩해나가는 본연의 기능에 충실할 수 있을 것이다. 세기말을 넘어가는 문학과 시대를 위해서 비평이 제자리를 찾는 일은 중요하다. 다소 싸움꾼처럼 보일지라도, 다소 몰인정해 보일지라도, 객관적이어라, 비평이여! 당파적이어라, 비평이여!

—『당대비평』 1997년 가을호

90년대 리얼리즘의 길찾기

방현석, 신경숙, 근대성의 문제

1. 방현석과 신경숙 함께 읽기

작년 10월 출간된 신경숙의 두번째 장편 『외딴방』과 그 두달 후 출간된 방현석의 첫 장편 『십년간』은 필자에게 깊은 인상을 남겼다. 최근에 나온 소설들을 다 찾아읽지는 못했지만, 신예작가들의 전작 장편소설이 양산되는 가운데 대개 한번 반짝하고 말 '문제작'을 만들려는 성마름과 거치름이 앞서는 작금의 소설계를 좀 걱정스럽게 여기던 차에, 이 두 젊은 30대 작가의 장편들과의 만남에서 받은 감흥은 각별한 것이었다. 서로 다른 경향을 보이고 있기는 하지만, 이들에게는 그러한 차이를 이차적인 것으로 만드는 공통점이 있다. 그것은 문학에 대한 이들의 경외감이다. 문학은 그들의 정신이나 혼이나 혹은 체험에 연결되고 그만큼 그들에게 구원의 형식까지도 되고 있는 것이다. 어떻게 보면 문학과 혼의 관계를 묻는 것부터가 낡아 보일 정도로, 이제 문학이든 혼이든 속도와 경쟁의 논리 속에, 상품과 소비의 순환구조 속에 휘둘려 그 흔적조차 사라진 듯 보인다. 그러나 여기, 문학형식을 소비를 전제로 한 '생산'이 아니라 자신의 삶의 깊이에서 일구어낸 '창조'의 터전으로 삼는 젊은 작가들이 있는 것이다.

진정한 창작의 노고가 깃든 작품을 읽는 일은 독자에게도 즐거움이 되는 만큼이나 만만치 않은 노력을 요구한다. 작가의 깊은 고민과 사유에 대한 독자 편에서의 온당한 대접은 그러한 고민을 함께하면서 동시에 그 고민에 대한 독자 나름의 또다른 사유를 함으로써 비로소 가능해지기 때문이다. 이러한 유형의 작품들이 그러하듯 신경숙과 방현석의 작업도 많은 생각거리를 제공한다. 이 두 작품이 발표된 뒤 곧이어 여러 가지 논평들이 나온 것도 일부는 이런 점에서 기인했을 것이다. 이런 작품들 앞에서는 어찌되었든 냉정하게 비평적 잣대를 갖다대어야 할 비평가의 처지가 원망스러워지기까지 한다. 신경숙의 '미학주의'와 '감상주의'의 폐해를 경계하거나 방현석의 '단순성'이나 '구태의연함'을 비판하기는 쉽지만, 넓은 의미에서의 '형식'에 바치는 이들의 경의는 그것이 삶이라는 내용에 대한 헌신과 밀접하게 관련되어 있기에 경탄스런 것이다. 거기에는 문학과 삶을 바라보는 살아있는 정신의 숨결과 손길이 있다. 이곳이야말로 문학의 '진짜'가 탄생할 수 있는 터전이다.

그러나 두 작가를 묶어 이런 식으로 말하는 것이 의아스럽게 여겨질 수도 있다. 사실 이 두 작가는 많은 작품을 산출한 것은 아니지만, 이미 각자 나름의 영역을 구축하고 있다. 방현석은 80년대 노동문학의 대표주자로, 진보문학의 문학적 성과를 말해주는 보기로 널리 인정받아 왔고, 신경숙은 새로운 감수성으로 90년대 문학의 총아로 떠올랐다. 문학적 '이념'으로 말하면 둘은 서로 상반되는 지점에 서 있다고 할 수 있다. 문체나 형식이나 분위기도 판이하다. 방현석이 리얼리즘의 정통수법으로 역사적인 현실을 이를테면 남성적인 필치로 그려낸 데 비해, 신경숙은 사적인 삶의 구석구석들을 여성적이라고 느껴질 정도의 세심하고도 흔들리는 문체로 묘사해내는 데 익숙하다. 그럼에도 불구하고 신경숙은

『외딴방』에서 사적인 세계의 사소한 삶의 국면들이 역사적 현실과 어떻게 맺어져 있는가를 환기시키는 데 성공함으로써 리얼리즘의 길에 접근한다. 그런 점에서 『외딴방』은 개별적 삶의 사회적 의미를 본격적으로 추구하고자 한 『십년간』의 성과를 가늠해볼 수 있는 감지기가 될 수 있고 또 그 역(逆)으로 말할 수도 있다. 신경숙이 『외딴방』에서 거의 생명처럼 끌어안고 있는 사적인 삶의 비할 바 없이 소중한 가치는 『십년간』의 세계에서 얼마나 존중받고 있는가? 거꾸로 『십년간』의 충전된 사회의식과 실천윤리의 무게는 『외딴방』에서 과연 어떤 대접을 받고 있는가? 어떤 점에서, 그리고 어느 지점에서 이 두 작품은 서로 갈라서고 서로 만나는가? 이 글은 다소 의외로 보이는 이러한 질문들에 대한 필자 나름대로의 해답의 모색이다.

2. 근대화에 대한 질문들

노동자의 투쟁을 낙관적 전망에 담아 그려내어온 노동소설가 방현석과 여성의 내면적 삶에 대한 섬세한 보고자인 신경숙은 얼핏 보기에 별로 만날 일이 없어 보였다. 그러나 이제 신경숙은 자기 체험의 창고에 숨겨두었던 노동자로서의 삶을 언어로 재구축해냄으로써 느닷없이 방현석의 세계로 진입한다. 그러면서도 신경숙이 묘사하는 노동자의 삶은 방현석의 그것과는 다른 빛깔을 띠고 자기대로의 생명을 뿜어낸다. 『외딴방』은 80년대의 노동소설들이 암울한 현실로 보고하던 노동현장, 그러면서도 치열한 투쟁과 땀내 물씬 풍기는 인간적 갈등이 함께하던 그 삶의 자리를 아프리만큼 아름답고 아련한 풍경화로 만든다. 이러한 변형은 노동소설의 입장에서는 의외의 것일지 몰라도, 한 어린 여성노동자의 삶과 맺어져 그만한 절실한 울림이 있기에 리얼한 것이다.

우연찮게도 방현석의 『십년간』이 그려내는 '70년대'의 말엽에 신경숙의 『외딴방』은 들어선다. 과연 그 당대의 삶의 실상은 무엇이었고 그것을 되살리려는 두 시도의 의미는 무엇인가? 필자는 이 두 작품이 결국 근대화라는 우리 사회의 변화국면에 대한 진지한 접근이라는 기본적인 사실에 우선 주목하지 않을 수 없다. 근대화는 개별인간의 삶에 닥친 운명의 다른 이름이었고, 소설형식은 바로 이 체험을 글쓰기를 통해 새겨보려 한다. 방현석과 신경숙의 작업이 바로 이러한 운명과 형식의 만남을 통해 실현되고 있다는 인식이야말로 둘의 작업을 함께 바라보는 일의 시작이 된다.

　근대화의 과정에 대한 대응으로 이 두 작품을 보는 순간, 우리는 급격한 산업화가 초래한 민족구성원들의 변화하는 삶의 여러 국면들이 이들의 작품의 구조 속에 깊이 박혀 있다는 사실을 인정하게 된다. 방현석의 『십년간』은 이러한 우리 역사의 한 국면을 총체적으로 복원하려는 야심적 시도이기도 하지만, 신경숙의 『외딴방』에도 핵심적인 주제는 바로 이것이 된다. 산업화와 시골출신들의 도시로의 이주, 고향인 농촌의 삶에 대한 지울 수 없는 향수, 노동현장에서의 노사갈등과 자본논리의 관철 과정, 군사정권의 폭압과 인간적 권리의 침탈, 그리고 학생과 노동자들의 정의와 권리를 위한 싸움 등 역사적 계기들을 빠짐없이 동원하고 이들을 결합하려는 의도에서는 후자의 야심도 전자에 못지 않은 듯 보인다.

　그러나 소재가 동일하다고 해서 두 작품의 세계가 동일해지는 것은 물론 아니다. 소설이 과거의 복원이자 현재에 대한 해석이기도 함을 기억하는 사람에게 중요한 것은 이들이 구축한 근대의 양상이 오늘 우리에게 어떤 의미를 가질 수 있는지를 묻는 일이다. 여기에는 바로 우리가 부딪쳐 있는 근대성의 과제가 개입해 있다. 이 질문 앞에서 필자는 이 작품들이 들려주는 몇가지 목소리에 귀기울이려 했다. 그것은, 구태여 정리하자면, 도덕적 양심과 내면의식의 문제, 정치의식과 계급의 문제, 그리움과 고향 그리고 가족의 문제, 그리고 (이번 글에서 직접 다루지는 못하지만) 문학형식과 글쓰기의 문제이다. 어떤 문제는 명백하게 언표되기도 하고 어떤 문제는 침묵되기조차 하지만, 어떤 식으로든 이들은 끊임없이 말하고 있는 듯 보인다. 이 문제들을 껴안고 나가지 않으면 안된다고, 거기에 내 삶의 무게가 실려 있다고. 이제 한 사람의 독자로서 그들의 목소리를 듣고 근대성의 문제와 관련하여 그 현재적 의미를 생각해보는 것이 필자의 몫이다.

3. 근대성을 탐구하는 두 가지 방법

양심적인 세력과 불의의 무리 사이의 대립을 기본구도로 하는 방현석의 작품이 도덕과 정의의 문제를 다루고 있음은 부정하기 힘들겠지만, 신경숙의 소설에 깊은 도덕적 무게가 실려 있다는 말에는 고개를 저을 사람들이 있을 법하다. 신경숙의 소설에 일면 '미학주의'의 혐의가 없는 것이 아니며, 옳고 그름의 문제는 일차적으로 미학의 과제는 아니다. 사실 첫 장편 『깊은 슬픔』에서 신경숙은 도덕의 문제가 거의 희미해지는 영역까지 아름다움의 매력에 이끌려들어간 듯 보인다. 그러나 『외딴방』의 곳곳에는 작가 내면의 도덕적 목소리가 울려나온다. 무엇보다 작가로 하여금 과거 노동자 시절의 삶을 글쓰기의 대상으로 끌어오게 한 동기 가운데 하나는 자신에 대한 반성적 의식이다. 비록 "혹시 네게 그런 시절이 있었다는 걸 부끄러워하는 것은 아니니?"라는 산업체학교 시절의 친구 하계숙의 말을 그가 곧이곧대로 수긍하는 것은 아니지만, 노동자들의 삶과 현실이라는 문제를 그때까지의 글쓰기에서 회피하고 있었다는 의식에는 도덕적 음영이 짙게 깔려 있다.

그러나 신경숙에게 있어 도덕의 영역은 겉으로 분명히 드러나는 것은 아니다. 이 점에서 그의 세계는 방현석의 충만된 도덕성의 세계와는 다르다. 방현석에 있어 삶의 문제는 선이냐 악이냐 정의냐 부정이냐 사이의 선택이라는 도덕적 결단의 연속이다. 『십년간』의 중심인물들은 하나같이 도덕적인 옳고 그름의 문제에서 분명한 선택을 보인다. 첫 장면에 조성된 준호와 서익의 팽팽한 대결국면은 결국 작품이 진행될수록 도덕적인 우위를 확보한 전자와 점차 비인간화의 길을 걷는 후자로 확연하게 갈라선다. 『십년간』이 도덕적 분위기로 가득하면서도 정신적 긴장이 조성되지 않는 것은 이 때문이다.

방현석에게는 왜곡된 사회현실 속에서 인물들의 우애와 인간다움의 유지야말로 사회적 도덕성을 실현하는 전망에 필수적인 것이 된다. 악으로서의 독재와 자본주의와의 싸움에서 핍박받는 힘없는 민중으로는 도덕적 우위에 바탕한 변혁에의 신념만이 길이라는 인식이 여기에 깔려 있다. 중심인물인 준호가 '엉뚱한 삼총사'의 역할을 '석우가 정의의 힘이라면 자신은 정의의 지혜, 완수는 정의의 기준'이라고 나눈 것에는 작가 자신의 의중이 반영되어 있기도 한 것이다. 방현석의 도덕의식은 확고한 만큼이나 가차없는 것이기도 하다. 그러나 이러한 가열된 도덕의식이 방현석의 힘이면서 동시에 소설의 리얼리즘을 저해하는 악영향을 주기도 한다. 가령 영리하고 착하던 순분이가 점차 타락의 길로 접어드는 과정에 대한 작가의 묘사가 어느 순간 설득력을 잃게 되는 것이나, 서익이 별다른 고민 없이 친구를 고문하는 사악한 인물로 쉽사리 그려지는 것은, 작가의 도덕의식이 과도하게 작용한 예가 된다. 이미 부정의의 편에 가담하게 된 인물들은 그의 소설에서는 인물로서조차 제대로 대접받지 못하는 것이다.

신경숙의 소설은 이처럼 정당성을 이미 확보한 도덕성에 대해 양가적(兩價的)이다. 그의 중심인물들은 신념과 정의감으로 가득한 투사형의 인간이 아니라 엄청나게 압도적인 사회적 기제들에 맞서 자신의 삶을 지키려는 내성적 인간으로 나타난다. 『외딴방』의 화자에게 도덕의식은 가령 노조활동에 참여하지 못하는 자신에 대한 부끄러움이나 미안함의 형태로 드러난다. 이러한 내성은 현실의 정의로움에 동참하지 못하는 면에서 소극적이고 유보적이나 그렇다고 허약한 것은 아니다. 오히려 그에게는 누구의 것보다도 강하고 독한 면이 간직되어 있다. 작가의 목소리를 들어보자.

열여섯에, 그 파란 대문집 마루에 앉아 오빠의 편지를 기다리다가 내 발바닥을 쇠스랑으로 찍어버렸던 열여섯에, 나는 생은 독한 상처로 이루어지는 거라는 걸 어렴풋이 느꼈다. 그 독함을 끌어안고 살아가기 위해서는 무엇인가 순결한 한 가지를 내 마음에 두지 않으면 안 되겠다고. 그걸 믿고 의지하며 살아가겠다고. 그러지 않으면 너무 외롭겠다고. 그저 살고 있다가는 언젠가 다시 쇠스랑으로 또 발바닥을 찍어버리겠다고.

'무엇인가 순결한 한 가지'. 어린 주인공의 마음속에 자리잡게 되는 이 무엇이야말로 그가 훗날 열악한 노동자로서의 삶을 사는 가운데서도 자기를 지켜준 힘이다. 그것이 구체적으로 무엇인지는 명확하지 않지만, 여기서 화자가 간직하고자 하는 그 무엇은 한편으로는 '그저' 살아가지만은 않겠다는 결심이자 욕망이면서 무엇에도 굴하지 않는 순결함에의 자기확신, 즉 도덕적이자 내면적인 삶에 대한 지향이다. 후에 그것은 글쓰기의 욕망으로 구체화되는데, 그의 이러한 욕망은 자기 삶의 원초적인 체험과 맺어져 있기에 그토록 완강한 것이다.

이러한 내성의 혹은 영혼의 탄생은 주인공의 개별적 인간으로서의 시작이지만, 동시에 이를 뒷받침하는 욕망은 익숙한 세계를 벗어나 새로운 가능성의 모험에 삶을 내던지는 젊음의 에너지의 발현이면서, 전체적으로 농촌에서 도시로의 이주가 일어나는 근대화과정의 개별적 실현이 된다. 주인공이 이 과정에서 형성하는 이 내성의 자리야말로 근대적인 자기주체의 형성이자 새로운 도덕의식의 단초가 된다. 신경숙의 주인공은 비록 남의 물건에 손을 대고 산업체학교를 놓치기 싫어서 노조탈퇴서를 작성하는 '배신자'지만, 실은 자기 삶과 욕망에의 충실이라는 깊고 강한 윤리의식과 자기정당성을 확보한다. 그런 점에서『외딴방』은 근대화되는 사회에서 보편적으로 일어나는 인간의 내면화의 드라마이기도 하다.

결국 방현석과 신경숙은 근대적 삶의 조건으로서의 개인의 도덕성 문제를 파고들되, 전자는 큰 규모에서 벌어지는 정치적 싸움의 구도에서 접근하는 반면, 후자는 개별적 인간의 내면의 원천에서 형성되는 양심의 소리에 주목하였다. 근대사회로의 변화과정에서 일어나는 도덕적 싸움의 양상은 한편으로는 평등사회의 전망을 가지는 민주주의적인 정치체제의 형성이라는 사회적 요구와 다른 한편으로는 개별적 자유와 양심의 문제라는 두 가지 요구의 모순으로 나타난다.

방현석의『십년간』은 민주-반민주의 구도가 확연해 보이던 유신시대의 정치상황을 배경으로, 민주사회로의 지향과정에서 야기되는 갈등과 인간들의 왜곡상을 대범하게 그려내고 있는 한편, 그 시선이 인간의 내부로 향하지는 않는다. 사회적 평등이 인간의 자유의 조건인 것은 사실이지만, 궁극적인 자유의 차원에 대한 관심이 부족한 곳에서 평등의 문제도 제대로 조명되지 않는다. 인간주의와 우애가『십년간』의 인간관계를 지탱하는 힘이라고 해도, 이것은 엄격한 도덕적 판정에서 합격점을 받은 인물의 경우에만 해당된다. 이에 비해 신경숙의 도덕의식은 내면 형성의 소산인 점에서 방현석에게 보기 어려운 자성적 시선이 들어 있다. 그러나 한편으로 그의 소설에서는 개별적 삶의 확보가 우위에 서면서 정치적 맥락의 역동적 움직임이나 크게 보아 사회적 힘들의 반영으로서의 계급적 싸움은 풍경에 불과한 것이 된다. 중요한 것은 자기 삶을 지키고, 이 모든 삶의 풍경들을 내성으로 관조하는 일이다. 『외딴방』의 세계는 그 점에서 개인적 자유의 공간을 확보하려는 내면소설의 특성을 가지는 것이지만, 그 결과 등장인물들 하나하나는 그 나름의 소중한 인격으로 보살핌을 받고 합당한 소설적 인물로서 대접받는다.

두 작가에게 나타나는 이러한 도덕의식의 문제는 각각의 방식으로 계급의 문제와 관련된다. 구체적으로 개인적 양심의 범주는 특히 지식인과 노동계급 사이의 사회적 심리적 갈등의 형태로 나타난다. 실상 이 근대화의 과정에서 노동계급의 평등과 해방에의 요구와 그 주체적 동력의 사회적 역할은 결정적인 것이며, 여기서 지식인의 역할이나 자리의 문제는 오랜 논의거리였다. 『십년간』의 탁월한 점 중의 하나는 바로 이 문제에 그 나름대로 충실하게 대답하려 한다는 것이다. 어린 시절의 시골 동무였던 '삼총사'와 그들의 여자친구 순분의 삶은 서울로 진입하면서 엇갈리게 된다. 그 결정적인 계기는 대학진학을 포함한 학력의 문제다. 적어도 이 점을 여실하게 그려낸 점만으로도 『십년간』의 기여는 적지 않다. 가령 노동자가 된 완수와 대학생이 된 준호가 처음으로 다투는 장면을 묘사한 부분에는 이 문제가 주는 갈등이 여실하다. 식모살이하는 순분이가 마련해준 옷가지를 준호가 뿌리친 사건을 두고 다툰 뒤끝이다.

"자자."

완수는 삼십 촉짜리 백열등을 비틀어 껐다. 이불이 놓였던 자리에 앉아 짧은 기도를 마친 그는 주머니에 든 물건들을 빼내 머리맡에 놓았다. 양말만 벗은 그는 스웨터와 바지를 입은 채 이불 밑으로 파고들어가 누웠다. 준호는 어둠 속에 그대로 앉아 있었다. 완수가 그에

게 오늘처럼 말한 적은 없었다. 거친 석우조차도 그에게 나쁜 자식이
라고 몰아세운 적은 없었다. 동의가 되지 않았다. **적어도 자신에게 먼
저 상처를 가하지 않은 사람에게 상처를 입힌 경우는 없었다.** (…) 완수
의 머리맡에 놓인 줄없는 손목시계는 통금을 이제 이십 분밖에 남겨
놓지 않고 있었다. 버스는 벌써 끊겼을 테고 뛰어가기도 이미 늦은
시간이었다. 그렇다고 녀석의 옆에 누울 수도 없었다. 마당에서는 바
람에 흔들리는 양철대야 소리만이 가끔 추위를 일깨웠다.

그는 뜬눈으로 밤을 새웠다. (강조는 인용자)

지식인의 길을 걷게 된 준호는 비록 정치적 신념에서나 개인적 우정
에 있어서나 노동자들의 요구에 동감하는 양심적 지식인의 초상으로 그
려지지만, 왜곡된 사회구조 속에서 양심적 지식인이 처하기 마련인 딜
레마에 대한 자의식은 별로 보이지 않는다. 아마도 강조된 부분에서 토
로한바 자기정당성에 대한 준호의 도덕적 확신에 그 원인이 있겠지만,
결국 이 점이 추궁되지 않기 때문에 유신말기 검사로 자리잡는 준호의
선택에 대한 정당한 설명이 부족하다는 느낌을 받게 되는 것이다. 아울
러 이 부분에서 개입된 계급적 분화와 의식의 문제가 오히려 배경으로
물러나고, 대신 인간적인 상처의 문제가 강조되는 것도, 비록 완수의 말
("내가 말하고 싶었던 건 상처받고 있는 게 너뿐만 아니라 우리 모두란
것이야.")이 감동스럽지 않은 것은 아니나, 너무 쉽게 갈등의 국면이 해
소된다는 의구심도 생긴다.

방현석의 계급관에서 이처럼 양심적 지식인과 노동자 사이의 간극이
인간적 이해를 통해 메꾸어지고 있다면, 신경숙에 있어 계급의 문제는
이처럼 명백하지가 않다. 한편으로 자본주의사회에서의 계급적 싸움이
라는 추상차원에 대한 인식은 없는 반면, 다른 한편에서 계급적 분리에
대한 느낌이나 의식은 실제의 생활이나 심리 속에 마치 안개처럼 퍼져

있다. 가령 『외딴방』에서 화자의 노동자로서의 생활에 결정적인 영향을 미친 희재언니를 묘사하는 부분을 보자.

　　희재언니…… 기어이 튀어나오고 마는 이름. 우리는, 희재언니는 유신말기 산업역군의 풍속화. (…) 풍속화 속의 인물들은 주로 움직이는 모습으로 포착되겠지만 희재언니는 희미한 웃음으로, 포착될 것이다. (…) 우리는, 희재언니는, 동적인 분위기와 힘찬 필치 속에 놓이지 못한다. 우리는, 희재언니는, 끊임없이 돌아가는 컨베이어 앞이나 언제나 실이 꿰어져 있는 미싱바늘 앞에서 둥글넓적하거나 동글동글한 눈매 대신 피로한 눈매로, 해학의 흥겨움이 물씬 밴 구수하고 정감이 넘치는 생활감정 대신, 겨우 점심시간에 옥상에서 햇볕을 쬐는 창백한 그늘로, 존재할 것이다.

신경숙이 제시하는 노동자의 초상은 희재언니만이 아니지만(가령 노조지부장이라든가 미스리 같이 노동자의 권리를 위해 싸우는 사람들처럼 의식적인 노동자도 있지만), '산업역군의 풍속화'로서 희재언니를 불러내는 것에는 창백한 그림으로 그려질 수밖에 없는 삶의 형태에 대한 작가 자신의 착잡한 심정과 함께, 노동자적 삶에 대한 그 나름의 해석도 담겨 있다. 여기에는 방현석이 즐겨 묘사하는바, 노동현장의 살아 생동하는 인물들간의 갈등과 투쟁, 그리고 노동에 대한 그 나름의 애정이 들어설 자리는 없다. 어린 화자에게 70년대 말의 노동현장은 벗어나야 할 어떤 곳이다. 현재의 화자에게 그것은 자신 속에 살고 있는 과거와의 단절과 그 단절에서 생겨나는 내면적 고통("나, 그녀의 얼굴을 모른다. 기억할 수 없다. 지워졌다. 아니 처음부터 모르는 사람이다. 봐라, 나는 도망친다")으로 존재한다. 지우려 하지만 지울 수 없는 이 관계의 끈이 신경숙 나름의 계급의식이자 지식인으로서의 양심이다. 이 부분에서 보이듯 신경숙의 지식인상(像)은 방현석의 경우와 마찬가지로 양심적인 지식인의 그것이다.

그러나 작가의 정신 깊이 박혀 있는 노동자들의 이미지는 현실이라고 여기기 힘들 정도의 아름다움으로 각인되어 있다. 희재언니의 절박하고 힘든 삶조차도 신경숙에게는 아스라한 추억의 아름다움이 감싸고 있고, 그토록 상기하기 싫어하는 그녀의 죽음조차도, 그 죽기보다 고통스러운 기억에도, 차마 어찌할 수 없는 아련함과 안타까움이 다른 어떤 거친 감정보다 앞선다. 비록 글쓰기를 통해 노동자들의 삶을 재현함으로써 하계숙의 요청에 따라 '그들의 의젓한 자리'를 마련해주었지만, 아무래도 신경숙의 세계는 '그들'을 '그들'로 바라보는 시각에서는 한치도 벗어나지 못한다. 자기자신 속에 살아있는 '그들'이지만, 그것은 어디까지나 자신의 삶을 위한 내면화된 자리일 뿐 그들 자신 하나의 주체임을 충분히 인정받지는 못한다. 다만 이 다가갈 수 없는 '그들'에 대한 끊임없는 의식만이 명멸할 뿐이다.

그럼에도 하위계층의 삶과의 이러한 거리두기는 그 나름대로의 정직성을 간직하고 있다. 계급적 단합이나 사회적 공동투쟁의 자리와는 별도로 도저히 합치할 수 없는 계급간의 존재조건의 괴리는 계급사회에 대한 인식에서 불가피한 것이며, 여기에 바로 근대화가 마련해놓은 삶의 터전이 가지는 근본적인 모순이 내재한다. 소설이 한편으로 이러한 계급분리를 극복할 전망을 제출할 의무도 있는 것이지만, 다른 한편으로 사회적 존재가 겪을 수밖에 없는 딜레마를 있는 대로 드러내는 것도 중요하다. 이 분리를 인정하고 과거의 기억을 통해 내면화된 계급적 거리감과 싸우는 것, 이것이 신경숙의 방식이다. 방현석과는 다른 방향에서 신경숙이 계급의 문제에 일정정도 천착하고 있다고 말할 수 있는 것은 이 때문이다. 다만 아마도 상처다스리기의 방법이겠지만, 그 싸움을 추억의 빛으로 둘러쌈으로써 리얼리즘의 효과를 상쇄하는 것은 여전한 결함으로 남는다.

방향은 다르지만 방현석과 신경숙의 소설들이 계급문제에서 공동으로 보여주고 있는 것은 산업사회에서의 계급분리가 농촌공동체에서의 이탈과 이로 인한 자본주의적 계급질서에의 편입에서 생겨난다는 사실이다. 『십년간』의 초등학교 동창생들간의 계급분리도 그렇고, 『외딴방』의 화자나 희재언니, 김순임 언니 등이 그렇다. 대개 빈농 출신들이 도시노동자로 정착하는 경향이 있는 가운데, 학력이나 시험 등이 신분상승의 중요한 기회가 된다. 변동사회에서 새로운 삶과 풍요한 미래에 대한 욕망이 대다수 인간들의 삶의 한 동력이 되고 있는 것도 유사하다. 『십년간』의 중심인물들을 추동하는 힘도 이러한 욕망이며, 『외딴방』에서 작가가 되고자 하는 화자의 꿈이나 큰오빠의 끊임없는 상승욕망도 근대적인 사회동력의 개별적 구현들인 것이다.

이처럼 사회적 역학관계 속에 자리잡고 심지어 그 힘에 휘둘리는 가운데 이들에게 중요한 가치로 부상되는 것이 바로 고향이다. 『십년간』에서 준호나 그 친구들의 고향은 항상 그들의 어린 시절의 기억으로 맺어져 있을 뿐 아니라 인간적인 유대를 지속하게 하는 동력으로 존재한다. 이 소설의 첫권 마지막 부분에서 여공들이 이윽고 저항의 불길을 당기게 되는 사건이 일어난 것도 고향으로 가고 싶은 마음이 무참하게 좌절되는 체험이 이들 모두를 동류의식으로 뭉치게 했기 때문이다. 『외딴방』에서는 주요인물들에게 있어 고향은 현재의 삶과는 다른 평화와 고요함이 있는 어머니의 땅이다. 화자가 비록 벗어나고자 했던 고향집이지만, 어느새 그곳은 자신의 원초적 삶의 기억을 품고 있는 그리움의 대상이 된다.

바람 저편에 엄마가 있다. 비탈진 산밑 밭에 고추 모종을 하고 있는 엄마가. 자연은 엄마가 무서울 것이다. 간밤 폭풍으로 볏모를 뿌리째 드러내놓아도 엄마는 날이 개면 일일이 잡아당기고 일으켜 세우고 끈으로 묶어 다시 중심을 잡는다. 아무리 지독히 썩는 냄새를 풍겨도 엄마는 그것들을 쇠스랑으로 찍어 헤쳐서 말린 다음 거름으로 쓴다. 아무리 땡볕이 내리쬐어도 엄마는 그 속에 버티고 서서 붉어진 고추를 딴다.

신경숙에게 자연은 아름다움이 있는 곳이지만, 동시에 두려움의 대상이기도 하다. 태풍과 폭우는 논밭을 순식간에 침식시키고, 장설이 우람한 나무들을 손쉽게 분질러놓는다. 그리하여 "장엄한 자연풍광 앞에서 완벽히 마음이 자유로워지지 못하고 남게 되는 두려움이 위로만 솟아오르려는 나를 끌어내린다." 이러한 자연의 교육은 그 자신 '피부 바로 밑에서' 배운 것이기에 체화된 것이고, 어머니의 노동은 자연과의 만남과 친교를 통해 이루어진 인간적 사회의 원형이 된다. 그것이 신경숙에게 있어 집이 의미하는 바다.

근대의 추동력으로서의 욕망은 자본주의적 삶 속에서 타락된 형태로 나타난다. 이윤추구욕과 경쟁논리에 마모된 맹목적인 이기심이 도시인들의 일상적인 자아의 모습이 된다. 산업화된 사회에서 농촌공동체의 기억은 이들에게 잃어버린 무엇을 간직한 가치의 터전이 되듯이, 신경숙의 소설에 짙게 드리워져 있는 농촌사회와 자연에 대한 이끌림과 끊임없는 환기에는 훼손되지 않은 삶에 대한 열망이 어려 있다. 이처럼 벗어나고자 하는 욕망과 돌아가고자 하는 희원 사이의 변증법에 신경숙 소설의 의미가 탄생한다. 어떻게 보면 그의 소설 『외딴방』은 항존하는 그 고향으로의 한없고도 먼 회귀라고 할 수 있다. 그런 의미에서 신경숙에게 고향은 지리적인 공간이 아니라 자기 내면의 모습이자 자기자신의 일부가 된다. 자기 발등을 찍은 쇠스랑을 버린 우물은 어느새 내면 속으로 들어와 무의식의 깊은 원천으로 잠겨 있게 된 것이다.

이에 비해 방현석에게서 고향은 일차적으로는 내면의 상태로 존재하기보다 현실로서 존재한다. 순분을 비롯한 여공들은 농부의 딸로 자라 가족의 생계의 일부나 전부를 담당하게 된다. 『십년간』에서는 신경숙식의 그리움이 하나의 사회적 인간적 전망으로 떠오르는 일은 없고, 고향을 떠난 이들의 부재감이나 상실감도 덜하다. 물론 순분이 세파에 부대끼다 자본가들의 농락의 대상이 되고 결국 술집주인으로 전락하는 과정이 농촌에서의 순수했던 그녀의 삶을 알고 있는 독자에게 건강한 농촌과 타락한 도시 사이의 대비를 느끼게 할 수도 있는 일이나, 순분의 도시여자로의 변신을 부러워하는 그 마을의 세태에서 보이듯 농촌의 삶도 도시와 떨어져 존재하지 못하는 측면이 오히려 더 강조되는 것이다. 『십년간』에 농촌의 자연에 대한 묘사가 아주 없는 것은 아니지만, 그것조차 신경숙과 같은 원형적 이미지가 아니라 역사적 의미를 담고 있다. 할머니의 운명(殞命)을 지키기 위해 고향에 돌아온 준호는 눈덮인 집 마당에 서서 대나무 소리를 듣는다.

이상하게 눈물이 나오지 않았다. 아버지가 밤이면 숨어들었을 뒤 안의 대나무들만 바람에 쏠려 몸을 누이며 웅웅 울고 있었다.
어린 시절, 얼마나 많은 밤들을 저 대숲 소리의 웅얼거림에 잠 못 이루었던가. 겨울밤의 저 대나무 쏠리는 소리는 얼마나 가슴저리게 외로움을 일깨워주었던가. 그의 가슴 밑바닥을 쓸어대던 저 대나무 소리는 그가 아는 가장 아프고도 그리운 노랫소리였다.
할머니의 영혼은 당신이 살아 생전 단 한 개의 대도 쳐내는 것을 허용하지 않았던 그 대숲을 지나 떠나고 있었다. 밤이면 당신의 아들이 스며들고 새벽이 밝기 전에 등을 보이며 사라져갔던 대숲이었다. 당신의 며느리가 그 속의 땅굴에서 끌려나와 총검에 찔려 쓰러진 대숲이었다. (…) 이제 그 대숲을 지나 당신은 당신의 아들이 산 채로 매장당한 동대산으로 떠나가고 있었다.

『십년간』의 세계에서 농촌은 전원으로 신비화되거나 그리움의 대상으로 추상화되지 않고 그 역사성을 획득한다. 우리 근대사에서 농촌이 겪은 비극은 아직도 민중들의 가슴 깊이 상처로 새겨져 있다. 할아버지를 비롯한 가족들의 좌익활동으로 몰락하게 된 준호 집안의 가족사는 이러한 근대사와 만난다. 아울러 이러한 가족사는 준호 자신의 삶과 운명에 영향을 미침으로써 현재성을 획득한다. 방현석은 대숲 소리를 통해 그러한 민족적 비극의 흔적을 되살리고 농촌이 살아있는 역사의 현장임을 자연스럽게 환기시킨다. 자연에 역사성을 싣는 이러한 능력이나 자세야말로 리얼리즘 작가 특유의 것이다.

방현석과 신경숙은 고향을 떠난 젊은이들의 삶을 그리고 있지만, 고향에 대한 두 사람의 대응에는 다른 점이 있다. 신경숙에게 고향이 충만한 삶의 원천으로서 내면화된 반면, 방현석에게 고향은 정치현실로 상처입은 훼손의 자리이다. 따라서 신경숙에게는 향수(鄕愁)가 자아를 지키는 영혼의 염원이자 산업사회에 대한 극복의 전망이 된다면, 방현석에게 고향에 대한 의식은 정치와 삶의 떨어질 수 없는 관계를 환기시키는 정치의식의 뿌리를 이룬다. 우리는 이처럼 고향에 대한 의식이 우리 민족 특유의 근대화과정에서 변용되는 두 가지 예를 여기서 보게 된다. 방현석의 시선은 농촌사회보다 새롭게 형성된 산업사회의 문제에 주목하는 가운데 민주화의 실현이라는 근대성의 논리에 가 있고, 거기 비하면 신경숙에게는 오히려 농촌의 기억에 대한 집요한 인식이 자리하고 있다. 이를 두고 방현석에서 근대주의의 혐의를, 신경숙에서 과거지향성을 짚기는 쉬운 일이지만, 결국 『십년간』과 『외딴방』의 고향의식이 과연 오늘의 우리 현실에서 어떤 의미를 가지는가는, 자본주의체제가 굳어져가는 가운데 농촌의 민중적 전통을 비롯한 전(前)자본주의적인 가치들과 훼손되지 않은 자연의 의미가 무엇인지를 묻는 일과 맺어져 있다.

4. 리얼리즘을 위하여

지금까지 필자는 근대성의 문제와 관련하여 『십년간』과 『외딴방』의 몇가지 면모를 비교해보았다. 당연하게도 두 작품이 근대성에 대응하는 방식의 상이함과 그 의미가 논의의 중심이 되었지만, 필자의 의도가 이들의 리얼리즘적 성취를 가늠해보고자 하는 데 있다는 것은 말할 것도 없다. 혹자는 리얼리즘이라면 방현석의 『십년간』에야 해당되겠지만, 신경숙의 『외딴방』을 그렇게 말하기는 어렵지 않겠는가라고 생각할 수도 있다. 그러나 리얼리즘을 양식의 문제로 환원하지 않는 바에야 처음부터 대상을 제한하고 나오는 태도가 바람직한 것도 아니거니와, 방현석의 작품이든 신경숙의 작품이든 근대사회로의 변화국면에 처한 우리 사회의 삶에 대한 그나름의 반영이 상당한 깊이를 획득하고 있음이 드러난 이상, 두 작품의 리얼리즘적인 성과를 비교 평가하는 것은 의미있는 일이라고 본다.

그럼에도 불구하고 필자는 근대성 구현이라는 측면에서 이 두 작품 가운데 어느 쪽이 더 리얼리즘의 길에 가까운가에 대해 섣부른 단정을 내리고 싶지 않다. 두 작품이 각각 다른 방향에서 이 문제에 접근하고 있는 만큼, 전체적인 작품의 성공도만으로 그 공과를 결정하기는 어려울 것이다. 단적으로 말해 작품적 완성도에서는 『외딴방』이 우월하다고 보지만, 『십년간』이 포괄하는 전체성과 리얼리즘 양식의 힘이 뿜어내는 효과는 미적 형식의 차원에서만 설명할 수 없는 면이 있기 때문이다. 리얼리즘이 특징으로 하는 사실주의적인 현실묘사의 기율과 실천적 정신,

그리고 총체적 반영에의 의지는 그 자체가 근대성이 문제되고 있는 시대에 특히 유효하고도 위력적인 창조력을 담아낼 그릇이 되는 것은 사실이다. 여기에 실상 전통적인 리얼리즘 양식이 가지고 있는 힘과 현재성이 있는 것이다.

그렇지만 한편 이러한 대비를 통해 필자는 역시 진정한 리얼리즘의 성취는 그 형식에 충실하다고 해서 저절로 확보되는 것은 아니라는 점을 다시 한번 확인한다. 현실의 핵심에 도달하는 데 도움이 되는 방법은 무엇이든 리얼리즘의 성과에 기여한다는 브레히트의 명제는 여전히 유효하다. 『외딴방』의 형식적인 실험들이 현실감을 높이고 심지어 삶의 실상에 도달하는 데 도움이 될 수 있다면, 그것은 적극적으로 평가되어야 할 것이다. 실상 리얼리즘의 적(敵)은 다른 무엇이 아니라 모든 종류의 형식주의이며 좁은 의미의 리얼리즘 양식도 거기서 예외가 될 수 없다. 중요한 것은 삶이지 형식이 아니기 때문이다.

—『동서문학』 1996년 여름호

제4부

소 설 읽 기 의   정 치 학

소설 읽기와 비평의 악몽

현실과 비현실의 경계

소설의 고투, 비평의 운명

감정은 어떻게 단련되는가

기억의 거처

빌둥의 상상력

소설 읽기와 비평의 악몽

　요 며칠간 최근에 발표된 소설들을 찾아 닥치는 대로 읽다보니, 정신이 좀 몽롱하고 머리도 아프다. 더위 탓도 있을 것이다. 그러나 편한 자세를 취하고 소설 읽는 일이 피서의 한 방법일 수 있음에도 별 효험을 보지 못한 것은, 아무래도 읽고 나서 무언가 평을 해야 한다는 의무감으로 마음이 무거워진 탓이 큰 듯하다. 더구나 여름이라 해도 발표되는 소설의 양이 줄어드는 것은 아니다. 오히려 더욱 늘어나는 느낌이다. 맡은 일로 보면 최근 2, 3개월 사이에 나온 작품들을 빠짐없이 읽어보아야 마땅할 일이로되, 결국 열권 정도의 계간지 소설란을 독파하는 것으로 나는 지쳐버렸다. 그러니, 요즘의 소설을 읽고 '아, 이건 괜찮은데' 하며 자세를 고쳐앉을 만한 작품이 드물었다고 말한다고 해서 그대로 믿을 필요는 없다. 어딘가에 아직 읽지 못한, 혹은 읽었더라도 내 흐린 눈이 미처 알아보지 못한 보석 같고 청량제 같은 작품들이 없다 할 수 없기 때문이다. 사실 이것은 언제나 비평가의 악몽이다. 그렇기는 하지만 수십편에 달하는 작품을 읽는 시간들이 대체로 즐겁지 않았을 뿐 아니라 괴롭기까지 했던 데는 작가들의 책임도 있다고 본다. 한 사람의 독자로서, 그것도 누구 못지않게 많은 소설을 읽는 독자의 자격으로 말한다면, 작가들의 업무태만을 원망할 수도 있을 법하다. 심사가 이러하다 보니, 소설평을 하는 이 자리가 혹 성토장이 되면 어떡하나 하는 걱정조차 든 다. 그러나 설혹 그렇더라도 어쩌랴! 남더러 읽어라 하고 작품을 내놓 은 다음에야 이런저런 소리를 좀 들을 수밖에. 적어도 소설의 영역에서 는 누이 좋고 매부 좋은 것보다 서로 힘들게 하고 머리 싸매는 관계가 그래도 희망있는 사이가 아닐까?

계간지 가운데 작품 선정에 엄정한 편이라고 할 수 있는 『창작과비 평』이 여름호(1996년)에 다섯편의 작품(최인석, 신경숙, 이혜경, 임상모, 김별아)을 실어 우선 눈길을 끈다. 그러나 다른 계간지 소설란들에 비 해 상대적으로 '자랑거리'임은 분명하지만, "후일담을 넘어서는 90년대 소설의 싱싱한 도전이 시작되었다"(「책머리에」)고 자부하기에는 아무래 도 미달이다. 다섯 작품 중에서 최인석의 「숨은 길」과 김별아의 「대관 령」이 말하자면 '90년대'적인 상황에서 '80년대'의 경험들을 짚어본 작 품이라고 볼 수 있을 듯한데, 두 작품 사이에 차이는 있고 어느정도의 새로움도 엿보이지만 깊이있는 성과를 낳았다고 하기는 무리가 아닌가 한다.

우선 최인석의 작품은 한마디로 황당했다. 80년대 노동자 출신의 깡 패인 화자가 위장취업자 출신의 한 여성작가를 강간할 목적으로 침입하 여 외출한 집주인이 돌아오길 기다린다. 컴퓨터를 욕탕에 처넣고 침대 에 드러누워 기다리며, 이런 행동을 하게 된 연유를 회고하는 것이 이 소설의 내용이다. 상황설정이야 작가의 고유영역이니 뭐라 하기도 그렇 지만, 그런 행동을 합리화하는 논리가 영 꺼림칙하다. 우선 화자의 이야 기를 잠깐 따라가보자. 불우한 환경에서 노동자가 된 화자는 80년대 말 노동운동에 가담해 결국 해고되고 블랙리스트에 올라 취업길이 막히자 조직폭력집단의 일원이 된다. 과거의 일을 잊고 그런대로 새 생활에 만족하는 화자가 이런 일을 저지르기로 한 것은 동생 순우 때문이다. 순우는 자폐증을 앓던 순박한 아이였으나 노동운동가들의 감화를 받아 자폐증에서 벗어나 오히려 열렬한 투쟁가가 되고, 결국 투쟁중 몸을 다쳐 불구가 되고 만다. 그런데 바로 순우의 삶을 그토록 열정적이게 만들었던 장본인인 위장취업 대학생 김정자가 얼마 전 이수정이라는 이름으로 노동현장 체험을 그린 소설을 발표했는데, 그 제목은 『그리운 미망』. 이 소설을 읽고 화자는 "가슴 깊은 곳으로부터 서서히 치미는 울화와 분노, 욕지기"를 참기 힘들었고, "누군가에게 돌연 따귀를 얻어맞은 것 같은 참담한 심정"이 된다. 작가가 "평생동안 거대한 전쟁이라도 치른 듯한 회고의 어조"로 지난 시절을 '미망'이라고 부르고 있기 때문이다. 이런 욕먹은 심정이 동생의 유서를 보는 순간 폭발해 이수정을 강간(!)해서 본때를 보이겠다고 작정하게 되었다는 것이다. 결심치고는 유치하기이를 데 없는데, 작가가 워낙 화자를 그런 정도의 인물로 설정하였고, (작가 자신은 얼마나 의식했는지는 몰라도) 손에 닿지 않는 여자에 대한 착잡하고 혼란된 욕망도 어느정도는 개입해 있는 듯 보이니, 소설적 구성으로 성립하지 못할 것은 아니다. 그러나 마지막 절에서 화자가 그나름의 혁명론을 펼치는 부분에 이르면 역시 작가의 의도가 무엇인지새삼 고개가 갸우뚱거려진다. "아무런 이념도 없이, 아무런 음모도 없이, 또는 혁명에 대한 아무런 환상도 이상도 미망마저 없이" "스스로 파괴하고 실패하고 병들고 죽어가면서 체제를 붕괴시키는" 사람들이야말로 위대하고도 영원한 혁명가라는 어느정도는 무정부주의적인 자기주장을 펼치다보니, 강간이라는 응징도 유치한 발상이 아니라 혁명의 방법으로 제시한 격이 되고 만다. 결국 앞에서 두 노동자 형제의 몰락을통해 이념맹신이 삶의 현장에 불러온 문제들을 비판한 성과조차 일거에무화시키게 된다. 이러다보니 이 소설에서 작가가 의도한 것이 요즘 유행하는 소위 '후일담소설'들에 대한 역겨움을 직설적으로 토로하자는 것이 아닌가 하는 혐의조차 생기는데, 그렇다고 이런 것이 후일담소설의 '극복'이 될 수 없음은 말할 것도 없겠다. 이념의 무의미함, '우리'와 '저들(먹물)'의 이분법, 활동가들의 위선 등을 쉽게 이야기하는 것도 거슬리지만, 상대가 여성작가라고 해서 '강간'을 통해 어쩌보겠다는 구태의연한 발상도 '폭력적'인 '남성중심주의'의 소산이 아닌가 생각하면, 소설도 자기검증 없이는 '폭력'이 되겠구나 하는 생각을 금할 수 없다.

'후일담소설'을 넘어서기로 말하면, 오히려 김별아의 「대관령」이 훨씬 더 거기에 가깝다. 80년대 말 강원도에서 서울로 유학온 다섯 젊은 이들의 삶과 죽음이 여섯해가 지난 시점에서 다시 되짚어지고 있지만, 여기에는 일부 '후일담소설'들이 한자락 깔고 있는 자기연민이나 속물의식이 보이지 않고, 그 때문에 오히려 타협이든 패배든 변화를 생활의 일부로 받아들이게도 되는 것이다. 비록, 6년 전 자살한 친구 회수의 기일(忌日)에 그의 뼈를 뿌린 대관령에 모여 그간의 변화를 이야기하는 가운데, "자해의 맛처럼 쓰고 달큰한 소주가 식도를 타고 흘렀다. 섣부른 취기에 기대어 좌파의 몰락을 말하기에 그들은 너무 젊고 서툴렀다. 하지만 짧은 생애 속에서 폭탄처럼 터져버린 이십대는 바다처럼, 비린내처럼, 쉬이 그들을 놓아줄 성싶지 않았다" 같은 언급에서 보이는 것처럼(비록 이 구절 자체야 그야말로 '서툰' 한 예이지만), 이들의 재회와 고통이 젊음의 열기를 여전히 담고 있다는 느낌은 귀한 것이다. 그럼에도 역시 시점이 명확치 않다든지, 초점이 되는 회수의 죽음이라는 사건부터가 모호하게 처리되고 있다든지 하는 결함은 기술상의 문제일 뿐 아니라 변화의 의미에 대한 천착이 부족함을 드러내고 있다. 그러나 소설적 완성도의 부족을 메워주는 미덕이 이 소설에는 있다. 엉뚱한 이야기일지는 몰라도, 나는 대관령이 무대로 선택된 것에 좀 특별한 의미를 부여하고 싶다. 강원도 출신의 이 다섯 젊은이들을 대관령이라는 이 분기점에 불러모음으로써, 작가는 80년대의 격동의 삶에서 상대적으로 멀리 떨어져 있던, 그 점에서 소외되고 낙후된 강원도 지역을 주류의 이야기들 속으로 편입시킨다.

　뜨거운 젊은이들의 피가 굴절된 역사와 일그러진 정치에 대한 변혁의 힘으로 불쑥불쑥 솟구치던 시절, 고향은 젊은이들에게 어울리는 곳이 아니었다. 사랑했기에, 그들은 자신의 탯줄이 묻힌 땅을 배반했다. 고향의 탈정치적 성향과 무관하게 대관령을 넘어 유학길에 나선 젊은이들은 거의 예외없이 거대 역사가 넘실대던 거리 한복판으로 뛰어들었다. 그들은 바다를 잊기도 했고, 때로 가슴에 묻어두기도 했다. 하지만 완전히 바다를 지울 수는 없었다.

　이 소설은 이런 의미에서, 단순히 '80년대' 운동권 젊은이들의 이야기가 아니라, 특히 '탈정치적인' 지역의 젊은이들이 민족의 격동기를 살아간 이야기가 된다. 이 점은 80년대의 이야기들이 대개 광주와 서울 두 지역을 중심으로 상상력이 형성되고 있음을 새삼 환기시킨다. 여러 모로 공선옥을 연상시키면서도 김별아가 공선옥일 수 없는 점도 이 지역성 때문일 수 있다. 비록 광주로 대변되는 80년대의 정서를 공선옥만큼 체화해낼 수 없다 해도, '바다'든 '짠내'든 이 특수한 지역성을 파고 듦으로써 민족문학은 풍성해지고 민족사의 한 굴곡은 보편성을 얻게 된다. 물론 이 작품에서는 그러한 의식이 충분히 발전하지 못한 결과, 이 젊은이들의 삶에서 어떻게 '바다를 완전히 지울 수 없었다'는 것인지가 명확치 않다. 그럼에도 이 지역성에 대한 관심이 지역주의에 갇힌 것이 되지 않기 위해서는 역시 '거대 역사'의 흐름과 지역의 물결을 함께 일구어내는 작가적 노력이 필요한 것이며, 김별아의 작업에서 우리는 그 한 단초를 발견하는 기쁨을 가진다.

　『창작과비평』에 실린 나머지 세 작품 가운데, 신경숙의 「감자 먹는 사람들」에 대해서는 뒤에 다시 언급하겠지만, 이혜경의 「불의 전차」는 요령부득이고, 임상모의 「도토리 줍기」는 깔끔하게 잘 쓴 작품이긴 하나 새로운 맛이 없어서 언급을 피하겠다. 어쨌든 『창작과비평』은 나은 편이지만 이번에 읽은 수십편 작품 중에 몇년 전까지만 해도 상당한 생산량을 보였던 노동문제나 민족문제를 주된 소재로 하거나 그런 문제의식을 보여주는 작품이 드물다는 것은, 그럴 만한 이유야 있겠으나, 작가들도(혹은 공생관계에 있는 문학지 편집자들도) 참 너무한다 싶은 생각도 든다. 한때 내로라하던 몇몇 '민족문학' 작가들이 90년대 들어 죽을 쑨 탓도 있겠다. 그렇다고는 해도 노동문제나 민족문제가 해결된 것도 아니고, 소위 세계화니 지구화시대를 맞아 문제가 더 다차원화되고 있는 것이라면, 이같은 정치적 상상력이 전체적으로 위축되고 있는 현상은 우리 문학 전체를 생각하는 입장에서 걱정스러운 것이 아닐 수 없다. 물론 작가로서의 수련과정도 없이 너무 쉽게 '민중작가'가 되던 풍토도 문제였지만, 근래 와서는 자기의 대단치도 않은 고통을 정리 않고 읊어대는 것을 무슨 진지한 작가의 징표처럼 여기는 분위기가 없지 않아서, 사실 요즘 소설 읽기가 나에게 그토록 힘들었던 이유 중에 많은 부분이 바로 여기에 있었다. 괴로움이야말로 살아 있음의 한 증좌이기야 하지만, 그래서 한편으로는 이렇게 힘들여 사는 사람들이 많다는 것도 대단해 보이다가도, 설익은 고통이 덕지덕지 활자로 이어지는 것이 불현듯 지겨워지면서, 그 정리 안된 고통들을 읽어내는 일 자체가 너무나 힘들어지는 체험이 한두번이 아니다. 이런 걸 왜 읽고 있어야 하나? 활자화되었기 때문에. 왜 이것이 활자화되었나? 쓰니까. 왜 쓰나? (채워야 할 지면이 많으니까?) 그만두자. 이렇게 냉소적이 되는 것도 한여름 더위의 심리효과가 아닐까 스스로도 아리송하다.

이런 와중이니 이대환의 「슬로우 불릿(Slow Bullets)」(『내일을 여는 작가』 1996년 봄호) 같은 민중문학의 수작이 여전히 나오고 있다는 것은 무척이나 반갑다. 나 아프다, 나 아프다 하는 우는 소리만 듣다가, 다른 사람의 지극한 아픔을 바라보는 일을 견디고 있는 리얼리스트의 서늘한 시선을 느닷없이 만났기 때문일까. '슬로우 불릿'은 미국에서 고엽제 환자를 지칭하는 별명이다. 작가는 베트남전 당시 화학병이던 '참전용사' 익수와 그의 가족들이 겪는 고통과 비극을 시종여일하게 흥분도 연민도 과장도 없이 '있는 그대로' 묘사한다. 첫 장면부터 만만치가 않아 끝까지 긴장을 풀지 않고 읽었는데, 역시 작가는 리얼리스트의 자세를 흐트리지 않았다. 한밤중 고엽제 환자 익수가 일어나 아내가 깰세라 조심조심 소변을 본다. 바싹 말라 거죽만 남은 익수에게 그래도 용케 제모습을 지탱하고 있는 것이 남근(男根). 그런데 아내는 깨어 있어서 둘은 대화를 나눈다. 남편은 '아내의 젖가슴에 오른팔을 걸치고 싶은 것'을 주저한다. "반듯하게 누웠자니 엉치뼈가 아려서 모로 누우려는 것뿐인데, 괜히 아내의 몸을 달아오르게 하면 어쩌나 하는 경계심이 무찔하게 오른팔을 짓누르는 것이었다." 그는 갈등하다 결국 돌아눕고 만다. 그러나 아내 편에서도 실은 그날 방영된 텔레비전 뉴스에 녹화를 할 때 남편을 '밥벌레'라고 말한 것이 마음에 걸려서 미안하다는 말을 하고 싶은데 혹 남편이 오해할까봐 그 '널판지처럼 딱딱한 몸'을 쓰다듬지도 못한다. 리얼함이 돋보이는 이런 장면은 인물들을 살아 있는 어떤 것으로 소설공간에 들여놓는 작가적 기율이 만들어낸 성과이다. 역시 작가는 이미 후유증을 앓고 있는 큰아들 영호의 '냉소적인' 달관, 두려움과 반항심 때문에 집을 나간 둘째아들 영섭, 그리고 이들의 상황을 될수록 자극적으로 보도하려는 언론, 텔레비전에 나온 것을 무슨 큰 출세라도 되는 듯이 부러워하는 마을사람들, 그리고 뻐꾸기 우는 이 나른한 '적요' 속에서 벌어지는 최종적인 비극을 약간의 해학조차 섞인 담담한 어조로 엮어낸다. 이미 사회적 문제가 되어 있어 알려진 소재를 이 작품처럼 생생하게 되살리기도 힘들 것이다. 「슬로우 불릿」은 정통적인 사실주의기법이 가지는 힘을 증거하는 한 성과라고 해야 할 것이다.

「슬로우 불릿」 외에 반미라는 문제의식으로 묶을 수 있는 소설로는 김형수의 「들국화 진 다음」(『문학동네』 1996년 여름호)이 있다. 중견시인이자 민족해방론의 대표적인 논객이기도 한 작가는 이번에 소설가로 새로 등단했는데, 의외이기도 하고 반갑기도 했다. 사실 몇몇 예외가 있지만, 80년대 말 변혁의 기치를 내세우고 나온 작가들이 대개 부진을 면치 못하는 상황이다 보니, 실력을 갖춘 단단한 작가가 한명이라도 아쉬운 시기다. 한번 나서보고 싶은 마음이 이해가 간다. 그렇지만 역시 남달리 주장이 강한 비평가로 활동하던 사람이 소설을 쓴다는 것은 쉽지 않은 노릇일 텐데, 하며 조마조마한 심정으로 읽었다. 변혁의 주제를 내세운 생경한 소설들에 질리기도 한 터라 솔직히 좀 걱정도 되었다. 그러나 기우였다. 「들국화 진 다음」은 미국 농산물 수입으로 판로가 막히자 울분에 사로잡혀 기르던 소를 찔러죽인 농촌 청년과 농촌을 떠나 호스테스가 되어 미국 바이어들의 벌주를 마시다 죽은 처녀의 이야기를 엮어놓았다. 이런 골격을 듣고 아 그참 진부하기 짝이 없는 소재에다 반미사상을 선전하고 있겠거니 하다가는 크게 잘못 짚은 꼴이 될 것이다. 궁극적으로는 '선전'인지 모르겠으되, 그 방식이 참으로 만만찮기 때문이다. 화자인 농촌총각 재덕이가 어린 시절을 추억하는 다음의 구절을 읽어보자.

무내미. 적어도 우리에게 있어 그 이름은 한낱 시골 장터로서만 있는 것이 아니었다. 장이 서지 않는 무숫날이면 지옥의 아귀다툼 같은 싸움은 간데 없고 유달리 따스한 햇살이, 수백 미터에 이르도록 말구루마를 세웠던 빈자리에, 혹은 성난 부사리와 암소를 흘레붙이던 쇠전머리의 볼품없는 느티나무에, 온통 막걸리 냄새에 찌든 돗자리전에 찾아와 배때기가 하얀 까치와 함께 놀곤 하였다. 장꾼으로 몸이

굳은 어른들이, 장 안날은 읍내장으로, 장 이튿날은 나산장으로, 그 이튿날은 사창장으로 또 무안장으로 떠나고 나면, 매번 아이들이 텅 빈 마을을 지켰다. 그때마다 모든 것이 소똥냄새와 땀내음, 막걸리 냄새로 눅어버린 장터의 삭막한 풍광 속에서도 햇빛만큼은 유난히도 곱게 머물러주곤 했다.

　작가는 과거의 농촌마을 무내미를 인간들이 모여 나름대로 살아가는 한 공동체로 되살려놓는다. 생존을 위한 '지옥의 아귀다툼'이 있는가 하면, '삭막한 풍광' 속에서도 따스한 태양빛이 아름답다. 비록 풍요하고 행복한 곳만은 아니지만, 자연과 어울리던 과거의 충만한 공간으로서의 공동체와 척박한 지금의 현실이 시종 유비되어 잃어버린 가치를 환기하고, 거칠면서도 순박한 화자의 성격에서 나오는 힘찬 어투가 작품에 생기를 부여한다. 어떻게 보면 이 작품의 성과는 언어사용 특히 비유법에 의해 뒷받침됨으로써 비로소 살아난다고 할 수 있는데, 사람을 묘사함에도 가령 '고목나무 얼굴'이니 '앙고라 털복숭이'니 '까치 뱃바닥'이니 하여 자연물과 결합시킨다거나, 방 윗목이 '나락 거둬들이고 난 빈 논배미처럼 넓어'졌다느니, '보리 비늘 허물어지듯 무너지기 시작한 장터'라느니, '등에 나락가마니 진 듯이 힘겹게' 같은 숱한 비유들이 철저히 곡식과 농사에 연관되어 있다. 새로운 작가 김형수에게 기대를 걸게 되는 것은 놀랍게도 바로 일종의 '농촌적 혹은 공동체적 상상력'이 살아 있음을 확인하기 때문이다.
　주제상으로 눈에 띄는 또다른 경향은 가족, 특히 아버지 할머니 형님 등 윗세대와의 갈등과 상처를 다루는 소설들이었다. 신경숙의 「감자 먹는 사람들」이 그렇고, 남상순의 「죽음, 그 너머로 어른대는 물무늬」(『내일을 여는 작가』 1996년 봄호)가 그렇고, 이응준의 「달의 뒤편으로 가는 자전거 여행」(『문학과사회』 1996년 여름호)이나 신인작가 서성란의 「할머니의 평화」(『실천문학』1996년 여름호)도 그러했다. 그런데 이응준의 작품은 첫 문단부터 모호하고 어색한 비유로 막히더니("난, 간밤의 흡연으로 검게 그을린 가슴을 치유하듯 깊이 숨을 들이마신다. (…) 소년 같은 가을이 미처 계절의 문지방 위를 넘지 못하고 있는 하늘은, 과부의 소복처럼 슬프게 터온다.") 계속 읽어도 이런 치기를 상쇄할 만한 무엇을 찾기 힘들어 진작 포기하였고, 서성란의 작품은 할머니의 죽음에 대한 '묘사'에 끈질김을 보여주는 것은 좋으나 '해석'이 없었다. 역시 신경숙과 남상순의 작업이 더 돋보이는데, 둘 다 아버지와의 관계를 이야기의 축으로 하고 있지만, 접근하는 방식이나 대응은 무척 다르다. 좀 단순화하자면, 신경숙의 세계가 수동적이고 정물적인 데 비해, 남상순의 세계는 적극적이고 동적이다. 이런 점이야 각자의 작가적 특성으로 돌릴 수 있지만, 특히 신경숙의 경우 그 특성들이 과도하게 나타나 문제를 일으키는 일이 있다. 이번 작품도 예외가 아닌데, 특유의 편지체로 씌어진 「감자 먹는 사람들」은 시간의 흐름을 정물화해놓으려는 작가적 시도로 보인다. 아버지의 병과 늙음, 그리고 다가온 죽음에 대한 작가의 명상을 지배하는 정서는 '슬픔'이다. 그리하여 피할 수 없는 세월의 흐름에 대한 아픈 질문이 이 소설을 지배하는 물음이 된다.

과연 목이 쑥 파인 환자복을 입고 초점이 흐린 눈빛으로 겁에 질린 아이처럼 병상에 피로한 몸을 파묻고 있는 저 사람과, 그 옛날 검정 가죽잠바 속에 탄탄한 육체를 숨겨가지고 다니며, 광풍을 못 이기어 너울너울 춤을 춘다네. (…) 소리를 내지르던 그 사람이 무슨 연결점이 있다는 것이지요?

어떻게 보면 신경숙 소설의 매력은 삶의 운명성과 존재조건에 대한 슬픈 수용의 포즈에서 나오는 것인데, 이러한 슬픔의 현상학만으로는 생동하는 인물이 탄생하기 어렵다는 데 그의 딜레머가 있다. 고흐의 「감자 먹는 사람들」의 그림이 보여주는 고즈넉한 평화와 은연중의 생동감이 어떻게 소설의 언어로 재현될 수 있을까? 작가는 "멀리서 보면 나는 하나의 실루엣에 지나지 않겠지요. 비가 내리는 병원의 창가에 서 있는 하나의 어두운 실루엣"이라고 씀으로써, 풍경이 아닌 생동하는 삶을 복원하려는 욕망을 보였지만, 읽고 나면 남는 것은 여전히 '하나의 실루엣'이 되고 마는 것이 그의 소설의 한 역설이다. 화자를 포함하여 유순이나 윤희언니 등 착하고 슬픈 여자들로 가득 차 있는 그의 소설은 이번에도 감상벽의 도짐을 막지 못한 듯 보인다. 그럼에도 역시 수용과 체념의 이른바 '여성적' 성향 뒤에는 의지와도 연관된 욕망이 도사리고 있다. 즉 '삶을 향한 허기의 구멍'이 있으니 그것은 바로 "다시는 돌아오지 않을 것들 앞에서 노래를 부르고 싶은" 글쓰기의 욕망이 된다. 수용과 욕망 사이의 이 긴장에서 신경숙 나름의 삶에 대한 통찰이 비롯한다.

아버지의 병과 죽음을 다룬 또다른 소설인 남상순의 「죽음, 그 너머로 어른대는 물무늬」는 신경숙의 이번 소설과 견주어보면 그 의미가 한층 또렷해진다. 신경숙이 자신의 정신성(혹은 정신화된 감정) 속에 인물들을 묶어두고 있다면, 그리고 그런 삭임으로 오히려 현존하는 갈등과 모순을 피해가고 있다면, 남상순은 적어도 표면적으로는 자신을 피흘리는 싸움터에 던져놓고 있는 듯 보인다. 신경숙에게 아버지는 결코 남이 될 수 없는 연민의 대상이라면, 남상순에게 아버지는 자기를 옭아매는 사슬이고 죽여없애야 할 적이다. 남상순의 고통은 아버지의 억압을 화해와 동감으로 해소할 만큼 가볍지가 않으며, 그런만큼 삶에 대한 태도에 있어 신경숙보다 더욱 격렬하다. 남상순 소설의 주인공은 말하자면 강렬한 근대적 욕망에 사로잡혀 있는 셈이다. 그것은 나를 억누르는 모든 기성의 것을 부정하고, 나의 자유를 회구한다. 즉 삶은 그에게 '자유를 향한 끝없는 몸짓'이고 "죽음이 아름다울 수 있는 유일한 이유는 살아내야만 하는 이들에게 꿈을 주고 희망을 느끼게 하기 때문"이다. 죽음은 '삶이 감당해야 할 슬픔'을 일깨우는 것으로 의미있다. 삶에의 의지로 요약되는 주인공인 화자의 싸움과 고통은 그런 의미에서 종교적이고 도덕적인 성향을 띤다. 그에게는 결국 그의 필생의 적이었던 아버지의 죽음조차 자기 삶의 의미를 위한 원료가 된다. 아버지가 죽기 바로 전, 늦은 밤 전철역 계단을 내려가는 아버지의 모습("예전의 수려하던 젊음과 그 젊음 뒤에 감추어진 객쩍은 혈기는 간 곳 없고 허깨비의 몸놀림처럼 발걸음이 경중거렸다.")을 보면서, 결국 자신이 아버지를 죽인 장본인임을 인정한다. 그러나 중요한 것은 어디까지나 "아버지의 죽음을 통해 신이 나에게 가르치고자 하는 것이 무엇인가" 하는 것, 도덕적 의지의 문제다. 결국 남상순에게 있어 죽음은 삶을 비추는 일렁이는 거울, 즉 물무늬이지만, 죽음과 시간 그 자체에 대한 명상이 이루어지지는 않는다. 그것을 반추할 만큼의 거리가 그에게는 없으며, 그의 소설 곳곳에 다소 혼란스럽고 모호한 부분들이 나오는 것도 이 거리의 부재와 유관한 듯 보인다. 그럼에도 남상순의 소설에는 마치 아직 정련 안된 광석처럼 거칠면서도 번득이는 무엇이 있다. 자살한 학교친구가 보낸 편지를 아무렇게나 던져버리는가 하면, 외할아버지의 죽음 앞에서 울부짖던 어머니가 울다 지쳐 "뒤꼍에 있던 샘가로 나가 눈물로 축축한 손수건을 치켜들고 하얗게 기지개 켜는 모양"을 보고, 그 슬픔의 나른한 아름다움을 언뜻 포착하기도 하는 것이다. 갈고 닦아 빛낼 만한 어떤 것을 간직하고 있다는 것, 작가로서 이보다 소중한 것도 없을 것이다.

지금까지 나는 대체로 주제별로 몇몇 작품들을 언급했는데, 사실 양으로야 인간 사이의 관계의 가능성 혹은 불가능성을 소재로 한 소설들이 압도적이다. 엄밀하게 말하면 인간이나 인간관계를 다루지 않는 소설은 거의 없다고 해도 무방하겠지만, 유난히 그 주제 자체를 대상으로 하는 작품들이 흔한 것이 요즘 소설계의 경향이기도 하다. 최근의 소설들로는 윤대녕의 「상춘곡, 1996」, 김영하의 「호출」(이상 『문학동네』 1996년 여름호), 김형경의 「세상의 둥근 지붕」(『세계의 문학』 1996년 여름호), 조경란의 「당신의 옆구리」(『상상』 1996년 여름호), 그리고 신인 김연경의 「〈우리는 헤어졌지만, 너의 초상은〉, 그 시를 찾아서」(『문학과사회』 1996년 여름호) 등이 눈에 띈다. 이들 작품들은 각각 정도의 차이가 있지만 대개 인간관계의 문제를 사회현실과는 고립된 그 자체로서 추구하는 점에서 공통적이다. 물론 사회와 인간 문제가 별개로 고려될 수 있다는 발상부터가 이데올로기일 수 있으니 이런 규정 자체가 문제인 면도 있으나, 공사분리(公私分離)가 현금의 자본주의 문명사회의 기본속성이라면, 이러한 소외와 단절도 엄연한 현실의 하나요, 소설을 통해 이를 끝간 데까지 파고들어가는 싸움도 의미있다. 문제는 그 싸움의 양상과 깊이다.

이들 가운데 김영하의 「호출」과 김연경의 「우리는 헤어졌지만」의 경우는 이런 만남의 불가능성과 인간소외라는 묵은 주제를 소위 신세대적 감각으로 재구성해보고자 하는 시도들인데, 전자는 한번 재미있게 읽어넘기기에 편한 소품이고, 후자는 구성이나 기법을 다소 복잡하게 구사해서 흥미를 끌었지만 무슨 대수로운 내용도 없이 멋만 부리다보니 나중에는 좀 지겨워졌다. 김형경의 「세상의 둥근 지붕」과 조경란의 「당신의 옆구리」는 사람과 사람 사이의 관계를 질기게 묶어두는 어떤 힘과 끌림을 의식한다는 점에서 유사한데, 그 방향은 다소 상반된다. 김형경의 소설이 자아의 독자적 자리를 확보하려는 독립의식과 어떤 것이든 남과 맺은 연(緣)을 끊지 못하는 유약한 성격 사이의 갈등이 주된 관심사라면, 조경란의 소설은 밀폐된 삶의 양상이 겪는 처참하고도 무서운 고독을 그려내려 한다. 전자가 중편의 비중에 비하면 주제를 일관되게 밀고나가는 힘이 부족하고 다소 오락가락하다 보니 초점이 흐려져버린 것이 아닌가 의아해졌다면, 반면 후자는 비교적 잘 짜인 단편이었다. 그러나 역시 두 경우 모두 어머니라는 이름으로 대변되는 인간 사이의 끊을 수 없는, 혈연의 정과 인연에 너무 매여 있는 것이 소외와 단절에 대한 더 깊은 관찰을 막는 원인이 된 것이 아닌가 한다.

작품의 무게로 보나 전하고자 하는 메시지의 깊이로 보나 이 부류의 소설 중에서는 윤대녕의 「상춘곡, 1996」이 가장 주목되는데, 이 또한 문제가 많은 작품이다. 이야기는 간단하다. 이 서간체 소설의 주인공이자 화자인 '나'는 10년 전 지극히 사랑하다 헤어진 여자를 우연히 다시 만난다. 여자는 이혼하고 아이도 없이 혼자서 살고 있다. 둘은 만나 담담히 서로의 삶을 보듬어주며 간혹 만나기로 하고 헤어진다. 품격있는 그럴싸한 줄거리요 잔잔한 삶의 훈기를 느낄 수도 있는 내용이다. 화자가 여자에게 보내는 편지형식으로 씌어진 소설인데다 사(私)소설의 내용을 가지고 있어서 한결 친근하게 다가올 법도 하다. 그러나 편지를 다 읽어갈수록 '이게 아닌데' 하는 느낌만 더해갈 뿐 선뜻 이 재회에 대한 화자의 생각들에 동감하지 못하는 것은 왜일까? 한마디로 이 소설은 너무나 편하기만 해서 오히려 불편하다. 무엇보다 두 남녀 사이의 갈등과 이별의 과정이 모호하다 보니, 둘 사이에 있었다는 사랑이라는 것도 한순간의 젊음의 격정 이상의 것이 아니지 않는가라는 혐의가 생긴다. 사실 편지 내용을 보아도 화자는 너무나 쉽게 이 부분을 넘어가버린다. 구태여 찾자면 여자가 '꽤나 열심인 운동권'이었는 데 비해, 화자는 '고작해야 당신과 함께 뒹굴며 먹고사는' 전망밖에 가지지 못한 청년이었다는 정도다. 화자 자신도 10년이 지난 지금 "당신은 그런 내가 실망스러웠던 것입니까? 아니면 내 스스로가 당신이 품고 있던 기대를 저버렸던 것입니까?" 하고 질문하고 있다. 아직도 뭘 모르고 이런 질문을 하는 사정이니 화자가 말하던 '피할 수 없는 진심'으로서의 '감정'이라는 것도 그다지 신뢰가 가지 않고, 둘의 관계에서는 여자 쪽의 말이 아픈 대로 사실인 것처럼 보인다("뾰족한 수도 없는 주제에 겉멋은 들어가지고"). 그렇기 때문에 다시 만난 후 둘 사이에 무언가 아직 끝나지 않은 인연을 말하는 다음 대목은, 이 작품으로서야 결정적인 대목이지만, 좀 부당해 보인다.

아, 그렇습니다. 그날 내가 당신에게서 보았던 것은 바로 그 틈이 나 있는 모습이었습니다. 나 아닌 다른 것들이 끼여들 틈 말이지요. 나는 당신의 그 벌어진 틈들 사이로 고운 빛이 소리 죽여 드나들고 있는 것을 보고 있었던 것입니다. 과거에 당신은 반들반들한 쇠북과 같은 사람이었죠. 그땐 그게 또 아름다웠지만 쇠라는 것은 흙 속에 오래 묻어두면 녹이 슬게 마련입니다. 지금 허스키하게 변한 당신 목소리처럼 말입니다. 이제서야 알 듯합니다. 사람이 혼자 오래 있을 수 있다는 것은 강해서가 아니라 독해서일 거라는 사실을 말입니다. (…) 우리는 그동안 너무 노한 채 쇠문 속에 자신들을 가두고 살아온 것 같습니다.

둘의 관계를 두고 이런 말을 하는 것이라면, 화자 자신이 이 문장 바로 뒤에 인사치레로 덧붙여둔 말 그대로 실상 대단히 '주제넘은 소리'로 들린다. 쇠북(소가죽으로 만든 북? 쇠로 만든 북?)이니 하는 것이 운동권으로서 너무 강퍅하게 살던 여자의 과거를 말하는 것이라면, 과거 헤어짐의 책임을 여자에게 미루고 자신을 변명하는 것처럼도 들리거니와, 거기다 '혼자 오래 있을 수 있다는 것은 독해서일 거라는 사실' 운운은 현재 그야말로 혼자서 견디며 힘들게 살고 있는 여자에게 할 소리가 아닐 법하고 '틈'이 보인다는 앞의 말과도 상치한다. 더구나 과거 여자에게 일종의 틈이 없었다면, 어떻게 화자가 무턱대고 쳐들어가 여자를 얻을 수가 있었겠는가? 그러니 이 '틈'의 정체도 좀 미심쩍거니와, 아직도 화자는 남이 아니라 자신을 들여다보는 데만 익숙해 있는 것이 아닌가 하는 혐의만 짙어진다.

한데, 이것으로 끝났다면 그래도 나았을 것이다. 끝부분에 가서 미당(未堂)이 등장하고 그와의 만남으로 화자가 눈이 뜨여 그간 안 보이던 벚꽃을 비로소 보게 되었다는 사연이 나오게 되면서 소설은 거의 파산 지경으로 치닫는다. 이제 모든 갈등은 사라지고, 깨달음 이후의 평온함만이 있다. 그러니 화자가 너무나 수월하게 "이제 우리는 가까이에선 서로 진실을 말할 나이가 지났는지도 모른다"거나 "우린 진실이 얼마나 무서운 것인가를 깨달은 지 이미 오랩니다"라는 식의 말을 해도 독자는 별로 놀라지 않을 것이다. 그러나 진실을 확보했다고 믿는 것 자체가 미망일 수 있다는 회의나 진실을 위한 싸움이 없는 곳에서, 소설적 성취란 것도 말하기 어려운 것이다.

이제야 문학지들을 쌓아놓고 벌이던 한여름의 악전고투가 끝나는가 보다. 시원스럽다기보다 왠지 울적하다. 무던히도 아는 척을 했으니 안 그렇겠는가? 문학지들을 향해 있던 수상한 시선이 나 자신에게로 돌려지더니, 남이 애써 쓴 작품을 마음내키는 대로 씹어대는 너는 도대체 누구냐는 추궁이 날아온다. 이제 내가 시달릴 차례인가?

—『내일을 여는 작가』 1996년 9·10월호

현실과 비현실의 경계

    이번에 읽은 중단편 작품들 가운데서 나에게 깊은 인상을 남긴 것들은 공교롭게도 모두 귀신 혹은 유령이 나오는 소설이었다. 어쩐 일인지 이런 유형의 소설이 유난히 많았던데다가 작품으로서 탁월한 소설 몇몇이 여기에 속해 있기도 했다. 이선의 중편 「귀신들」(『세계의 문학』 1996년 가을호)과 신경숙의 중편 「오래전 집을 떠날 때」(『문학과사회』 1996년 가을호)가 특히 그러하였고, 굳이 하나 더 꼽자면 양귀자의 단편 「금지된 말」(『현대문학』 1996년 8월호)을 추가할 수 있겠다. 이 세 편의 소설들은 다른 작품 읽기를 끝내고 나서 다시 몇번 더 읽게 되었다(정확히 말하면 이선은 두번, 신경숙은 세번, 양귀자는 한번이지만). 실은 단기간에 수십편을 읽어내느라 곤욕을 치렀던 지난번의 경험을 교훈으로 삼아 이번 격월평을 위해 나는 미리 문예지들을 구해서 시일을 두고 읽었다. 그러자 이번에는 마련된 작품들을 다 읽을 때쯤 해선 먼저 읽은 작품들에 대한 기억이 아물아물해졌다. 두달간이라 하지만 내가 구해 읽은 작품만도 무려 70편을 상회하니(소위 엽편소설이라는 이름으로 쏟아져나온, 대체로 별 소득이 없었던 꽁뜨들은 빼고도) 그럴 만도 한 일이다. 그러나 비중있는 여성소설가들이 동시에 발표한 이 세 편의 귀신소설들은 변함없이 생생하게 내 뇌리에 박혀 있었다. 그러니 '과학적 이성'과 '비평적 인식'을 지향한다고 자처하는 사람으로서도 어찌 귀신에 대한 이야기를 피할 수 있겠는가? 이 세 작품들이 이미 제각각 성가(聲價)를 얻고 있는 세 작가들의 특성을 잘 보여주고 있다는 점도 평자로서는 흥미롭고, 더구나 이들 소설의 성격이 서로 다른 점도 과연 '소설이 무엇인가'라는 쉬운 듯 어려운 질문을 새삼 던져보게 만든다.

세 작품 가운데서도 "귀신이라니. 귀신을 보셨다니. 귀신이 있다니……" 하는 놀람과 당혹의 외침들로 시작하는 이선의 「귀신들」이 귀신에 대해 오히려 소설가로서 가장 정통적인 접근법을 보여준다. 이선은 귀신을 다루되 삶의 현실을 있는 그대로 묘사한다는 소설의 전통적인 목적에 충실하다. 귀신이 소설 도처에 나타나는데도 독자는 현실에 튼튼하게 발붙이고 있는 자신을 발견하게 된다. 그것은 이선의 소설에서 귀신이.정말 존재하느냐의 여부가 실상 핵심이 아니기 때문인데, 우리가 일상생활에서 그러듯, 화자인 셋째아들을 비롯한 대다수의 등장인물들은 귀신을 심신이 허약해질 때 생겨나는 헛것으로 취급하고 만다. 그럼에도 귀신은 그것이 보이는 사람에게는 그 이상 생생하고 일상적인 것도 없다. 실재하지 않는 헛것이면서도 그 실재를 부정할 수 없는 이 귀신의 정체는 무엇인가, 이것이 이선의 관심사라고 할 수 있다. 질서있고 윤리적이고 아무튼 단단한 토대에 기반해 있는 듯 보이는 이 현실이라는 것도 어떻게 보면 '헛것'이 아닌가? 우리가 영위하는 일상이라는 것이 귀신들의 난리굿과 다를 것이 무엇이 있는가?

이 소설은 주위에서 '그만하면 잘된 집'이라는 소리를 듣는 한 평범한 집안에서 일어나는 귀신소동과 돈을 둘러싼 인간관계에서 비롯된 형제자매들간의 소동을 병치시키면서, '귀신들'이 실상 살아 있는 인간들의 모습이기도 함을 암시한다. 이러한 주제 자체가 아주 새롭다고 할 수 없을지는 모르나, 이를 독자에게 제시하는 작가의 필치는 드물게 활달하고도 치밀하다. 생생한 인물묘사도 그렇고 시종 객관적 거리를 유지하면서도 위트와 풍자를 능란하게 구사하는 이선의 리얼리스트로서의 자질에 새삼 괄목하기도 했거니와, 세태소설로 떨어질 수도 있는 소재를 인간관계의 본질적인 모순의 문제로 이끌어가는 태도에 감명을 받았다.

대강의 이야기는 이렇다. 소설의 등장인물들은 자신들의 어머니 혹은 시어머니인 '어머니'가 귀신에 시달리고 있다는 말에 "황당한 나머지 화가 나지 않을 수가 없"을 지경이다. 왜냐하면 "우리 오남매의 막내인 용자가 터뜨린 사건으로 인해서 두주일째 집집마다 온통 아수라장이 되어버린 터"였기 때문이다. 이런 도입부에 이어 소설은 가장인 장남의 권위를 중심으로 남달리 우애있고 결속력이 있다고 여겨지던 삼형제 부부와 누이 부부 등 집안식구들이, 보험대리점을 하다 빚더미에 올라앉은 막내 문제와 그 일을 기화로 귀신에 시달리다 허약해져 상경한 어머니를 모시는 일로 논란을 벌이다 몇차례의 난리법석 끝에 결국 해결을 보지만, 이미 이 사건을 통해 각자의 입장을 아귀아귀 내세운 끝이라 서로간의 관계는 지금까지의 질서와 유대감을 잃고 급기야 추석이 다가오는데도 아무도 시골 어머니에게 내려가자는 말을 꺼내는 사람조차 없는 지경이 되고 마는 전말을 소상히 그려내고 있다.

결국 어머니의 귀신타령뿐 아니라 어머니라는 존재 자체를 지겨워하던 자식들도 귀신 못지않은 꼴이 돼버리고, 귀신들이 들끓듯 집안이 을씨년스럽게 변하고 만 현실을 냉정하고도 풍자적인 시선으로 그려내는 결말부는 이 소설의 압권이다. 어머니를 생각해서 형제들이 용자의 빚을 가려주자는 큰형의 제안이 있자마자 "작은형이 큰형에게, 큰형수가 작은형에게, 작은형수가 큰형수에게, 누나가 작은형수에게, 아내가 누나에게, 내가 아내에게, 큰형수가 매형에게, 누나가 큰형수에게, 작은형수가 큰형에게, 아내가 큰형에게, 위아래도 앞뒤도 좌우도 없이 뒤죽박

죽 얽히고 설켜서 소리를 질러대고, 마룻바닥을 두드려대고, 삿대질을
해대고, 울음을 터뜨리고” 하는 난장판 끝에 어머니가 결국 시골집으로
내려간 후다.

　　그러나 난리는 끝난 것이 아니라 시작에 불과했다. 결국 네 집에서
공평하게 나누어 빚잔치를 할 때까지 몇차례 더 난리를 치렀어도, 그
래서 용자가 무사히 집에 돌아가게 되었어도, 그리고 모두 다시 예전
의 일상으로 되돌아갔어도 난리가 끝날 기미가 보이지 않았다. 수화
기는 잠잠했지만 여전히 귀가 시끄러웠고, 여전히 제대로 잠을 잘 수
도, 밥을 먹을 수도 없었다. 여전히 머릿속은 실타래가 엉킨 것처럼
뒤죽박죽이었고, 여전히 눈만 뜨면 저절로 미간이 좁혀졌다. 여전히
왠지 귀살머리스러워졌고, 여전히 누군가 흘겨보는 것 같았고, 여전
히 누군가 구시렁대는 것 같았고, 그래서 여전히 깜짝깜짝 놀랐다.

　　결국 형제들 가운데 가장 많이 배운 화자조차 이 난리를 겪으며 귀신
이 보일 지경으로 어수선한 심경이 되고 만다. 문제는 어떻게 하여 이런
난리판이 되고 말았으며 그 본질이 무엇인가 하는 점이다. 일차적으로
는 자기 혹은 자기 가족의 이해를 우선으로 하는 (가족)이기주의가 직
접적인 원인이 되겠지만, 여기에는 동기간의 우애나 효라는 인간적 가
치의 모습으로 남아 있는 어느정도는 가부장적 질서가 경제논리 앞에서
여지없이 무너지는 커다란 변화의 한 국면이 반영되어 있다. 물론 이 소
설에 가부장적 질서를 옹호하고자 하는 의도가 있는 것은 아닐뿐더러,
자본주의사회에서 전통적인 삶이 담지한 삶의 가치가 훼손되고 있음을
가차없이 지적하는 면에서는 말하자면 비판적 리얼리즘의 한 성과라고
할 수 있다. 더구나 어머니의 귀신타령은 우리의 민족사와도 이어진다.
“하룻밤 사이에 시상이 뒤집어졌다 엎으졌다 하는 판국이니 산 목숨들

도 모다 귀신겉이 무섭게 변허드란 말이여. 내중에 부역하는 일 땜시 사형제 집안끼리 웬수가 되다시피 헌게 누가 사람이고 누가 귀신인 줄도 몰르겠드라"고 전쟁 당시를 회고하는 어머니의 말은, 마지막 장면에서 비교적 집안의 이 난리판에서 벗어나 있던 매형의 입을 통해, "이게 바로 난리야. 총들고 대포 쏘면서 싸우는 것만 난리가 아니라 이게 바로 진짜 난리야" 하는 말과 섬뜩하게 이어진다. 우리의 삶이 인간과 귀신의 구별이 안되는 살벌한 난장판이라는 말은 지나치게 들릴지 모르나, 이 사회의 본질적 성격에 대한 작가의 직관은 이 소설이 도달한 리얼리즘의 수준이 만만치 않음을 말해준다.

이선의 「귀신들」이 정통 리얼리즘의 기법으로 귀신을 소설 속에 끌어들여 그 나름의 성과를 얻었다면, 신경숙의 「오래전 집을 떠날 때」와 양귀자의 「금지된 말」의 귀신담에서는 귀신이 쉽사리 현실의 논리에 흡수되지 않는다. 이들의 소설에서 현실과 비현실의 경계는 그다지 명확하지 않고 귀신의 영역은 어느정도는 그 나름의 독자성을 가지고 현실세계에 틈입해 들어온다. 또한 이선의 소설과는 달리 흥미롭게도 신경숙과 양귀자의 소설은 크게 보면, 화자가 작가 자신을 연상시킬 정도로 작가의 내면적 삶 자체의 기록으로 읽힌다는 점에서도 공통적이다. 그러나 공통점은 여기서 그치고 자세히 들여다보면 둘의 차이는 엄청나다. 그것은 신경숙의 귀신이 거의 이국적이라면 양귀자의 귀신이 토속적이라거나, 신경숙의 소설이 동화적(요정이야기)인 면을 가지고 있는 데비해 양귀자의 소설이 전래의 괴기담을 연상시킨다는 점에 그치는 것이 아니다. 내가 보기에 「오래전 집을 떠날 때」가 비록 비현실의 요소를 소설의 중요인자로 끌어들이고 있지만, 궁극적으로 현실의 현실됨에 대한 질문에 의해 추동되는 것에 반해, 「금지된 말」에는 이러한 현실탐구나 삶에 대한 본질적인 문제제기가 없다. 비록 방향은 다르나 신경숙의 소설은 삶의 실상에 대한 진지한 모색이라는 점에서는 오히려 이선의 소설과 통할 여지조차 있는 것이다.

　신경숙을 읽을 때면 나는, 소설마다 정도의 차이는 있지만, 대개 그의 문체가 뿜어내는 어떤 정신적 분위기에 휩싸이게 됨을 느낀다. 이번 경우도 예외가 아니었다. 「오래전 집을 떠날 때」를 읽으면서도 역시 독자는 작가가 형성하는 특유의 미묘한 분위기, 현실과 환상의 경계를 배회하는 듯한 망설임과 흔들림, 부서질 듯 사라질 듯 속삭이는 목소리, 애닯고 처연한 외로움과 아쉬움을 만나게 될 법하다. 우연한 기회에 페루를 다녀온 한 프리랜서 사진기자가 예정보다 하루 일찍 비어 있던 자기 집으로 돌아왔다가 그동안 그곳에서 살다 떠나는 어린 남매 유령을 보게 된다는 이 환상적인 이야기는, 그러므로 신경숙의 세계에서는 전혀 새로운 것은 아니다. 그의 세계에서는 언제라도 유령이 출몰할 어떤 기묘한 분위기가 조성되어 있어서 소설 속에 유령이 실제로 등장한다고 해서 그닥 놀라울 것은 없겠기 때문이다. 과연 그의 유령들은 살아 있는 등장인물들의 전형적인 모습들과 별로 다르지 않다. 남매 유령들은 여리고 다정하고 착하고 슬픈 그의 인물들을 그대로 빼다박은 것이다. 결국 유령들은 사람살이의 일부분이 되어 산 사람들의 사이사이에서 그들 나름대로 살아간다. 신경숙의 유령들은 그런 의미에서 단순히 헛것도 아니요 실체를 갖춘 것도 아니라, 작가의 정신이 만들어낸 부재하는 어떤 것, 즉 정신성의 표현인 한편 손에 잡히지 않고 보이지는 않지만 인간의 삶 속에 틈입해 있는 어떤 기운의 형상처럼 보인다. 그의 소설이 인간의 존재에 대한 아득한 그리움과 충일한 삶의 부재에 대한 슬픔의 곡조로 들리는 것도 이와 무관하지 않다.

　신경숙 소설의 이러한 성격 탓에 나는 그 속에 배어 있는 '깊은 슬픔'의 정조에 매료되는 한편으로, 현실을 정신으로 휘감는 그 완강한 자세가 어느 순간 일종의 감상주의로 떨어지는 양상에 비판의 시선을 던지기도 했다. 실상 신경숙의 소설은 '깊은 슬픔'이 자기연민의 함정을 피해

현실과의 접점을 찾는 순간 최고의 성과에 도달하는데, 가령 『외딴방』이 그 나름대로 획득한 실감은 바로 여기에서 나오는 것이다. 그런데 '외딴방'에 대한 작가 나름의 사회적 상상력은 최근 '빈집'에 대한 거의 편집증적인 관심으로 이어지면서 희석되고, 대신 존재와 삶의 양상에 대한 끈질긴 물음을 동반한 특유의 문체적 관심은 증폭되고 있으며, 「오래전 집을 떠날 때」는 대표적인 경우라고 할 수 있다. 물론 그의 이러한 집요한 관심 자체를 흥미롭게 지켜보고 있는 나로서는 마치 화두처럼 나타나는 '집'에 대한 일관된 사유로 하여 작가 나름의 독특한 경지가 열리기를 기대하기도 한다. 가령 주인공이 "겨우 다섯 해를 채워가던 목숨이 기차에 치여 산산조각이 나버"린 과거 한순간, "그녀 몸속의 피의 반이 채 성장하기도 전에, 차갑게 얼어붙었던 돌이킬 수 없는 순간" 그 "영원한 이초"를 생각하며 '집'에 의미를 부여하는 다음 부분을 보자.

남아 있는 나날들은 때때로 아름다워서, 여행가방을 끌고 집을 떠나 마추픽추의 산정에 오르는 날도 있는 것이고, 하늘이 무릇 저래야지, 넋을 놓고 푸른빛에 마음을 풀어놓는 온화한 날도 있는 것이지만, 그러나 문득, 깊이 모를 무의 심연을 타고 그 이초가 하얀 탁자보에 엎질러진 잉크처럼 마음에 번져올 때면, 누군들 당신을 붙잡고 싶지 않겠는지, 누군들 따뜻한 체취 곁에 머물고 싶지 않겠는지. 어디서나 이렇게 서둘러 돌아오고 싶지 않겠는지. 그 집이 폐가여도, 방구들을 뚫고 올라온 푸른 잡초가 널름거리고 갈증난 백조가 눈구멍에 우물을 팔 듯 깊게 응시하고 있다고 해도.

아마도 집의 의미를 요약하고 있는 듯 보이는 이 구절에서 우리는, 인간의 삶이 '무의 심연' 위로 펼쳐지는 아슬한 모험이며, 인간존재가 처한 이 무섭고도 외로운 조건 속에서 서로의 온기를 확인하는 곳이 삶의 자리인 집이라는 작가의 메시지를 다시 확인한다. 집을 떠나거나 쫓겨나서도 집을 애타게 찾는 인간사의 깊은 슬픔도 바로 여기에서 나오는 것이다. 그렇다면 집을 집이게 하는 것은 무엇인가? 다정한 인기척, 낯익은 체취, 아이들의 웃음소리, 그런 것이다. 이 사소한 것들이 빈집을 살아있는 공간으로 되살리고, 삶을 살 만한 것으로 만들고, 깊은 상처의 아픔이나 도짐을 막아주는 것이다. 결국 「오래전 집을 떠날 때」에 나오는 아이들의 유령 혹은 백조들은, 서로 온기를 나누며 살아야 하는 슬픈 인간의 숙명을 말해주는 은유들이며, 이들의 혼은 주인공이나 아랫집 여자 같은 등장인물들의 혼과 일치한다.

신경숙은 이 소설에서 비현실의 환상적인 분위기를 연출하는 가운데 현실이라고 일컬어지는 것의 본질을 파고든다. 어떤 의미에서 그것은 '없음'에서 인간적 체취로 '있음'을 이룩하는 생성의 장이고, 죽음과 삶의 경계가 확연하지 않은 생명 혹은 어떤 에너지의 세계일 수 있다. 현실의 의미를 무언가 미세한 떨림이나 명멸로 조소해내는 것, 이것이 이 유령소설에서 작가가 노리는 소설적 야심이라고 볼 수도 있고, 그런 의미에서 삶의 실감이 무엇인가를 묻는 리얼리즘의 문제에 다가가고 있다고 말할 수도 있다. 그러나 이 모든 의미를 인정하면서도, 역시 그의 소설을 읽고 나면 별세계에 다녀온 느낌(요정과 같은 유령이니 백조니 하는 것이 가지는 이국적 취향!)이 드는 나는 또 묻는다. 가까스로 구성한 그 현실이 과연 역사적 현실과 어떻게 만날 수 있는가? 그러자 기다렸다는 듯이 이런 무지막지한 비평가의 요구가 뒤따른다. 이제 유령타령 그만하고 현실로 내려오는 것은 어떨지, 하는.

하여간 이선과 신경숙의 소설들에서 귀신이나 유령이 그 자체대로 중요한 것이 아니라 삶과 사회에 대한 작가의 집요한 관찰의 동기가 된다면, 양귀자의 「금지된 말」은 귀신이야기를 소설의 한 구성양식으로 차용한 이상의 새로운 시도는 찾기 힘든 작품이다. 물론 이 소설에 그 나름의 재미와 의미가 없는 것은 아니다. 이야기는 이렇다. 북한산 기슭에 이사해서 살게 된 한 중견작가가 산으로 산책을 하다가 전에 원미동에서 기르다 버린 애견 뽀삐와 닮은 야생개 누렁이를 발견하고 친해진다. 한편 작가는 산지기라고 자칭하는 정체모를 사람으로부터 편지를 받고 그가 상당한 지적 수준을 가진 인물이며 자신의 일거수일투족을 지켜보고 있다는 것을 알고서 궁금증을 이기지 못하여 누구인지 알아보고자 한다. 그러나 이런 시도로 인해 작가는 산지기로부터 항의의 편지를 받게 되고 둘 사이에 갈등이 생긴 동안에 누렁이 또한 작가를 경원하는 태도를 보인다. 그후 다시 누렁이와 친해진 작가는 결국 누렁이가 바로 편지를 보낸 정체불명의 인간이라는 사실을 깨닫고 충격을 받는다. 손을 다쳤다는 산지기의 편지를 받은 후의 산행에서 만난 누렁이도 앞다리에 상처를 입고 있었기 때문이다.

마치 한편의 '전설 따라 삼천리'를 보고 있는 듯한 구성인데, 그렇다고 그냥 재미있는 괴담으로 넘길 수만은 없는 것이 이 작품이다. 무엇보다 여기에 현실성을 부여하고자 하는 작가의 노력이 여러 곳에서 보이기도 하거니와(가령 화자를 실재의 작가 자신과 동일한 인물로 설정한다거나, 북한산의 실제 등산로와 지명을 구체적으로 지정한다거나 하는 식으로), 편짓글에서 산지기가 "목숨 걸고 지키려 했던 명분들이 저에게 과연 무엇이었을까요" 하며 시대를 의식한 발언을 한다든가, 작가가 이를 두고 '어두운 시대'니 '광풍의 시대'를 살아온 동시대인들의 '연대감'을 거론하는 등 현재적 의미를 이 이야기에 신고자 하는 시도도 엿보이는 까닭이다. 그러나 이런 식의 '내용'은 실은 겉치레에 불과하다. 기실 이런 주제들은 소설에서 다루기로 했으면 제대로 해야지 이렇게 초만 치고 있을 사안이 아닌 것이야 작가도 모르지 않을 터인데, 이 작품에서는 이 문제들에 대한 천착은커녕 진정한 관심 같은 것조차 찾기 힘들다. 결국 작가는 이 괴담을 독자에게 의미있게 보이게 하기 위해 이런 막연한 말들을 끌어들인 것이며, 초점은 바로 '애견 뽀삐가 옛주인을 못 잊어 북한산 누렁이로 환생했고, 그 누렁이는 바로 상당한 지식을 갖춘 미지의 독자이기도 했다'는 식의 놀랍고도 신기한 현대판 전설의 형식 자체에 있는 것이다. 특히 전설이라든가 괴담이 유행하는 요즘의 세태가 최근 대중성을 내놓고 추구해온 작가의 구미를 당긴 듯 보인다. 이 이야기에 우의적(寓意的)인 의미를 부여하여 힘들지만 보람있게 살던 원미동 시절에 대한 작가의 새로운 인식이라는 식으로 이해하는 것도 불가능하지만은 않겠지만, 설혹 그렇다 하더라도 이런 정도의 피상적인 접근을 두고 작가의 '건강성'을 운위하기는 무리가 아닌가 한다. 한때 원미동 연작과 「한계령」 「슬픔도 힘이 된다」 같은 탄탄한 초기 단편소설의 애독자이기도 했던 평자의 입장으로서는, 리얼리즘으로부터의 후퇴가 가져온 한 유능한 작가의 이러한 추락이 못내 아쉬울 뿐이다.

이 세 작품 외에도 몇편의 귀신이야기가 더 있다. 최윤의 중편 「전쟁들: 숲속의 빈터」(『동서문학』 1996년 가을호)와 엄광용의 중편 「잠자는 숲속의 미녀」(『현대문학』 1996년 9월호) 정도를 더 언급할 수 있겠는데, 전자에는 '숲속의 빈터'에 출몰하는 해괴한 발가숭이 노인 귀신이 나오고, 후자에는 종로통에 나타난 드레스 입은 미녀 귀신이 나온다. 최윤의 작품은 군부대가 주둔하던 때 일어난 처참한 총기사건 이후로 발가벗고 자위행위를 하는 괴상한 귀신이 그곳에 나타난다는 이야기로, 작가의 변을 따르면 "의식의 갈피갈피에 늘어붙어 이제는 딱딱한 껍질이 돼버린 우리의 전쟁의식"을 파헤치고자 하는 것이 목적이라고 한다. 그러나 이 작품에서도 곳곳에서 드러나듯 이야기를 이끌어나가는 작가의 뛰어난 솜씨에도 불구하고, 유감스럽게도 '전쟁들'이라는 제목과 '작가의 변'을 눈여겨보아야 겨우 이 목적을 알아낼 수 있을 정도로 소설 자체로는 초점이 잘 안 잡힌다. 물론 읽는이의 독해력 부족 탓일 수도 있겠지만, 적어도 최윤의 평소작에 훨씬 미치지 못하는 작품임은 분명해 보인다.

그런가 하면 엄광용의 작품은 귀신이라기보다 일종의 환각에 가까운 '잠자는 미녀'를 등장시켜 현실과 비현실(꿈 혹은 환상)의 관계를 조명해보려는 시도인데, 그 둘의 경계가 없다는 식의 흔히 보는 논리가 소설적인 짜임새의 부족으로 투박하게 처리되어 있다.

소설에서 귀신이야기가 나오는 것은 어제오늘의 일이 아닌데, 그럼에도 요즘 들어 이런 현상이 두드러지는 데는 이유가 없지 않을 법하다. 유난히 무덥던 지난 여름에 쓴 글들이니 혹 납량물의 성격은 없을까 하는 생각이 스치기는 하지만, 물론 그것만으로는 설명이 안되는 일이다. 구태여 말하자면 냉엄한 적자생존의 현실이 주는 중압감이나 불안감, 과학문명에 대한 근원적인 회의의 확산, 문명의 위세 아래 숨어 있는 파괴나 두려움의 본능, 거의 광기에 가까운 비이성이 횡행하는 사회상이나 일상적인 삶에 도사린 폭력 등이 귀신이나 괴기 등 일상의 저편에 있는 것들에 대한 관심을 부추기는 외적 환경이라면, 근래 황당무계한 괴기물을 포함한 대중문화의 팽창이 문화 내적인 요인이 될 것이다. 그러나 우리가 주목해야 할 것은 귀신담의 활용에도 종류와 수준이 있으며, 그 가운데는 가령 이선이나 신경숙의 경우처럼 이를 인간과 삶에 대한 본격적인 대응의 실마리로 삼고자 하는 노력들이 존재한다는 것이다. 이것이 변화하는 추세 가운데서도 여전히 문학에 희망을 걸게 되는 이유이다.

대체적으로 기층민중의 삶과 의식을 주로 다루는 좁은 의미의 민중문학이 과거에 비해 현저하게 위축된 것은 주지의 사실인데, 역시 그 성과가 양과 질 면에서 빈약하기로는 최근의 소설들에서도 여전했다. 그런 중에 임영태나 한창훈 등 민족문학의 맥을 잇는 신진소설가들이 각각 두 편씩의 소설(임영태「포곡에서 술을 마셨다」「돌아눕는 자리」, 한창훈「입덧」「바람 아래」)을 발표하는 활발한 활동을 벌여 위안을 주었다. 두 사람 다 격월간 『내일을 여는 작가』 9·10월호에 발표한 소설들이 더 주목되는

데, 임영태의 「돌아눕는 자리」는 남편에게 버림받은 어머니의 패악질에 지쳐 열세살에 집을 떠난 뜨내기 노동자의 힘겹고 쓸쓸한 삶과, 어머니처럼 남자의 버림을 받은 한 여자노동자의 막막함이 엇갈리는 고단한 풍경이 요령있게 그려지고 있고, 한창훈의 「바람 아래」는 누이를 잃은 기억에 시달리며 방황하는 젊은 남자와 인생을 망치고 죽기를 원하는 막판에 몰린 중년여자의 절망적이고도 본능적인 유대감과 좌절을 시적인 문체에 담고 있다. 그러나 전자는 증오스런 어머니와 안쓰러운 젊은 여자 사이의 유사성을 깨닫는 마지막 부분이 큰 설득력이 없어 이야기를 하다 만 듯한 느낌을 주고, 후자는 문체에 지나치게 의존한 나머지 의미가 잘 들어오지 않는 부분이 많았다.

이들과 유사한 내용을 담고 있지만, 역시 중견작가 최인석의 중편 「혼돈을 향하여 한걸음」(『문학동네』 1996년 가을호)이 작품의 규모에서나 뚜렷한 주제의식에서나 주목에 값한다. 아버지의 죽음을 맞은 주인공이 '정체를 알 수 없는 혹의 무게'를 느끼며, '아버지의 평생을 통한 부패의 동반자였던 그 여자'를 찾아 부산에 다녀오는 전말기를 담은 이 소설은 요즘 보기 드물게도 묵중한 도덕적 주제를 정면으로 다룬 역작이다. 이 기본 골격을 바탕으로 아마도 가출한 것이 분명한 소년소녀를 부산에 태워주고 다음날 귀경길에 소년만 동반하여 올라오는 이야기라든가, 아버지와 '그 여자' 현정순의 관계에 대한 회고담이라든가, 주인공 자신이 과거에 겪었던 고통스런 가출의 체험에 대한 기억 등이 한 가지 단일한 주제를 향해 촘촘히 짜여 있다. 그 주제는 바로 삶의 길이 어떠해야 하는가의 물음이며, 이 작품에서 그것은 '아비의 삶'을 어떻게 이해할 것인가의 물음으로 나타난다. 주인공 성우의 아버지는 무책임과 못할 짓으로 평생토록 처자식들에게 지독한 고통을 주었지만, 현정순에게는 하늘이 내려준 '신선'이었다. 부산에서 현정순을 만난 성우는 이 모순에 곤혹스러워하다가 결국 증오의 대상이었던 아버지와 현정순의 관계를 승인한다. 이 소설의 마지막 대목은 그 귀결점을 요약하고 있다. 귀경길에 그는 현정순이 선물로 준 북을 어둠속으로 던져버린다.

　　다시 어둠이 뒤덮여왔고, 돌풍과 함께 눈보라가 얼굴을 때렸다. 그는 어둠속을 들여다보았다. 그는 비로소 짐작하고 있었다. 아무 소용이 없는 짓이리라는 것을. 북을 버리고 찢어도, 세상의 모든 북을 태워도 아무 소용이 없을 것이다. 오랫동안 잊고 살았던 다빈치의 날개가, 그리고 이해하게 되리라고는 한번도 생각해본 적이 없는 아버지와 현정순의 극락이, 누가 만든 것인지도 모르는 북 하나가 어느새 그의 가슴속에 들어와 있었다.

어둠속에 던져버린 북이 어느틈에 가슴속에 들어옴으로써 성우는 아버지와 현정순이 상징하는 '혼돈을 향하여 한걸음'을 내딛는다. 그러나 '다빈치의 날개'에 대한 기억에서도 보이듯, 이러한 한걸음은 실은 자신이 진작부터 혼돈을 향해 나아가고 있었음에 대한 깨달음이기도 하다. 이어서 차에 올라 달리기 시작한 후 "그것은 이미 집으로 가는 길이 아니었다. 그는 길을 잃었다. 어제오늘의 일이 아니었다. 그는 길을 잃은 지 오래였다. 그것을 이제야 깨닫고 있었다" 하고 대단원의 막을 내리는 것에서도 이는 분명하다. 사실 그는 벌써 전날 가출 소년소녀들을 보면서 한편으로는 이들을 보호해야 할 의무감을 느끼면서도 마음 한 구석으로는 "가라, 어서 가라. 다시는 집으로 돌아갈 생각도 말고……어둠속으로 걸어가라" 하고 외치기도 했던 것이다.

최인석의 소설이 보여주는 이러한 결말은 규격에 맞춘 삶, '기본적인 시민의 덕목'을 지키며, 정해진 좁은 세계에서 혼란 없이 사는 삶, 즉 '정연하고 차분한 것'으로서의 삶과 결별하고, 비록 혼돈일지언정 내면적 충동과 자유의 의지에 따라 사는 삶을 선택하고 있다는 점에서 도덕적인 것이다. 적어도 작가는 그렇게 주장하고 있는 듯 보인다. 시종 눈보라치는 고속도로는 바로 이러한 삶의 선택이 초래할 혼란과 그럼에도 이룩될 자유로운 삶에의 희원을 말해준다. 비록 그 끝이 현정순의 것처럼 병든 것이라 할지라도, 갇혀 있는 평온한 집안의 삶은 "이건 사는 게 아니여. 이런 건 분명히 아니여" 하는 아버지의 투덜거림으로 이미 그 부도덕성이 판가름난 것이며, 여기에 안온한 부르주아적인 삶의 꿈이 가진 피상성과 폐쇄성에 대한 통찰이 있다.

그러나 이 점을 인정하면서도, 이 결말에 전적으로 승복하지 못하는 것은 왜일까? 그것은 과연 삶의 선택이 이처럼 양분적인 것인지 미심쩍기 때문이다. 질서와 혼돈, 속박과 자유, 이성과 본능 등 상반되는 삶의 국면들은 어느 한쪽을 선택함에 의해서가 아니라 일종의 변증법 속에서 둘을 붙안고 있음에 의해서 도덕적인 의미를 가진다는 입장에서는 성우가 택한 결말은 결국 도덕의 끈을 놓쳐버린 심경의 혼란을 보여주는 것으로도 읽힌다. 느닷없이, 아니 이유가 없지 않게도, 나는 신경숙의 '집'에 대한 애착을 떠올린다. 눈보라치는 바깥에서 삶의 혼돈을 예기(豫期)하는 한 남성과 달빛 비치는 집안에서 따뜻한 인기척을 꿈꾸는 여성은 물론 아주 다르다. 그러나 역시 혼란조차 받아들이고 나아가려는 성우의 꿈이 또 한 명의 불행한 어머니를 낳는 일에 대한 무관심에서 나온 것이라면, 그런 어머니의 입장을 생각하여 애정의 도피를 포기하는 「풍금이 있던 자리」의 화자의 도덕성은 어떻게 보아야 할 것인가? 남성의 요구이자 선택으로서의 자유와 혼돈이라는 문제가 여성의 삶과 관련지어서는 어떤 의미가 있는 것인가? 「혼돈을 향한 한걸음」에는 이 점에 대한 질문은 없는 듯 보인다.

어느덧 예정된 지면이 거의 다 찼고 밤도 깊었다. 그러나 이대로 퇴장하기에는 아무래도 아쉬워 몇몇 작품들을 잠깐씩 언급하고자 한다. 이석호의 중편 「거사 이태호」(『세계의 문학』 1996년 가을호)는 '거사'라는 별명이 붙은 한 회사 중간간부의 독특한 풍모와 이에 대한 주변인물들의 심리적 반응을 그려내는 능청스러울 정도의 자신있는 어조에 호감이 갔다. 경쟁사회의 가치가 휘날리는 곳에서 거사적인 삶이 비효율적인 것으로 도태의 과정을 밟는 것은 전형적이라 할 법한데, 작가는 이 과정에서 변화를 통해 어떻게든 버텨보려는 이거사의 거슬리는 행동들이 불러일으키는 페이쏘스를 솜씨있게 잡아낸다. 그러나 새로 부임한 영감과의 관계가 좀 석연치 않고 그 때문에 이거사의 변화도 다소 갑작스럽게 여겨지는 것이 흠이라면 흠이겠다. 같은 사회문제를 다룬 작품이라도 김병언의 「황야」(『내일을 여는 작가』 9·10월호)는 이석호의 작품에 비해 훨씬 변칙적이다. 이 소설은 조직사회를 병적으로 싫어하는 한 광인을 주인공으로 하고 있는데, 자신이 자신을 적으로 생각하게 하는 교묘한 구성을 통해 주제를 부각하려 했으나 오히려 문제를 너무 추상화하는 결과를 빚고 말았다. 그럼에도 불구하고 거사나 광인이나 걸인 등의 일탈자를 사회현실에 대한 탐구의 주제로 삼는 흐름은 경쟁력 강화의 시대에 시의성있는 소설의 대응으로 여겨진다.

마지막으로 요즘 주목받는 두 신진 여성작가 정정희의 중편 「영웅본색」(『작가세계』 1996년 가을호)과 은희경의 단편 「짐작과는 다른 일」(『창작과 비평』 1996년 가을호)을 읽은 소감 몇마디. 정정희의 소설은 '현대인의 고독'이니 하는 체험을 날카롭게 드러냈다는 편집후기의 평도 있고, 포스트모던이니 신세대적 감성이니 여러모로 논설을 풀자치면 풀지 못할 작품은 아니지만, 구성도 문장도 내용도 미흡한 이 작품이 이렇게 많은 지면을 차지하고 있을 이유를 나로서는 별로 발견하지 못했다. 그에 비하면 은희경의 소설은 역시 그 특유의 냉소주의가 오히려 인상적이다. 은희경은 몇몇 단편에서 인물들의 행동이나 심리를 냉소의 대상으로 삼음으로써 단발적인 성공을 거두기도 했으나, 이번 작품에서는 무대를 넓게 잡고 큰 것을 노리다가 오히려 작은 성공조차 이루지 못한 점이 아쉽다. 정정희도 그런 예지만 최근 장편소설로 부상한 신인작가들이 많은 문제를 노출하는 가운데서 은희경의 성과는 두드러지며 중단편에서도 여전히 그의 영역은 있어 보인다. 그러나 냉소주의의 날카로움만으로는 사태의 핵심에까지 이르지 못하는 법이니, 그의 행보는 냉소주의의 영역을 끝까지 지킬 것인가 이를 넘어서 나아갈 것인가의 어려운 선택에 직면해 있다고 생각한다.

— 『내일을 여는 작가』 1996년 11·12월호

소설의 고투, 비평의 운명

1. 왜 달만 보라는 것인가: 최인석씨의 반론에 대하여

『내일을 여는 작가』 지난호(1996년 11·12월호)에 실린 최인석씨의 글 「다시 탑 아래에서—윤지관의 글을 생각하며」를 읽고 비평의 어려움을 다시 한번 실감하였다. 최인석씨는 이 글에서 자신의 작품 「숨은 길」에 대한 필자의 평이 부당함을 강력하게 주장하고 있다. 작가가 자신의 작품에 대한 평을 문제삼고 반론을 펴는 일은 그다지 흔치 않은 일로, 그 자체로서 작품해석을 위한 소중한 자료가 될 수도 있고, 이번 글도 그렇다고 본다. 그럼에도 필자는 그의 생각에 대부분 동의할 수 없고 유감스럽게도 글을 통해 크게 계몽된 바도 없다. 최씨가 필자의 작품해석이 터무니없이 잘못되었고, 단순한 오류가 아니라 상식 이하의 식견과 편견에 가득 찬 비평태도에서 나온 것으로, 한마디로 반이성적이고 야만적이라고 극언하고 있기 때문은 아니다. 물론 최씨가 그토록 '이성'의 중요성을 말하고 '반이성'과 '야만'을 비난하면서도, 거의 '이성'을 잃고 있는 것이 아닌가 하는 우려마저 드는 대목이 한두 군데가 아니지만, 막상 이런 흥분된 반응을 얻고보니 필자로서는 글쓰기와 비평활동까지 포함한 삶이란 것이 역시 이성의 영역으로만 포괄되지 못하는 면이 있음을 느끼게 된다. 다만 필자가 이 글에 주어진 소임인 최근 소설들에 대한 평을 잠시 미루고, 최인석씨의 반론에 대해 먼저 언급하고자 하는 것은 이러한 드물다면 드문 논의가 단순히 개별적 차원의 싸움이 아니라 우리 문학 전반에 걸친 질문으로 심화되기를 바라는 마음에서다. 여기에는 기본적으로 창작과 비평의 관계, 작품해석과 비평의 객관성이나 그 역할에 대한 물음에서부터 90년대 사회와 문학에 대한 평가의 문제 등에 이르는 쟁점들이 내재해 있고, 이러한 물음들과 그에 대한 논의 자체가 우리 문학의 앞날을 위해서도 생산적인 것이 될 수도 있기 때문이다.

창작과 비평의 관계로 말한다면, 필자는 무엇보다도 비평이란 활발한 창작을 위한 풍토의 조성을 포함하여 창작에 기여하지 못하는 한 의미가 없을 것이라는 점을 강조해왔다. 비평은 창작에 기반하여 이루어지고 창작은 항상 비평을 넘어서는 창조의 모험을 통해 그 자신을 실현한다. 그런 의미에서 비평은 말하자면 진정으로 새로운 창작의 실현을 통해 극복될 처지에 있다. 죽을 때 기꺼이 죽을 줄 아는 것, 그것이 비평의 최종적인 긍지이자 운명인지도 모른다. 현단계에서 비평의 기능이 더욱 활성화될 필요가 있는 것도, 무엇보다도 창조활동 자체가 위협받는 시대에 맞서는 올바른 비판력이 어느때보다 요구되기 때문이다. 좀 엉뚱하게 들릴지 모르지만, 이번에 읽은 작품들 가운데서 박범신의 「제비나무의 꿈」(『창작과비평』 1996년 겨울호)이라는 인상적인 단편이 떠오른다. 작가의 개인적 삶의 진정성과 세간의 작품평을 포함한 무리와의 싸움 및 화해의 주제를 다룬 이 뛰어난 단편을 읽던 중, 필자는 최인석씨의 반론을 연상하였다. 아마도 작가 자신의 목소리를 그대로 옮긴 듯 보이는 화자의 극적 독백을 통해, 자신의 소설을 폄하한 한 젊은 강사 때문에 상처입은 아들에게 자신의 삶과 문학에 대해 들려주는 내용인데, 마지막 부분의 아들이 남긴 편지에서도 확인할 수 있는 것처럼 그 상처는 아들 못지않게 화자 자신에게도 깊이 자리잡고 있는 듯 보인다. 작가의 고유한 정신을 몰라보는 무리의 맹목이라는 주제는 현대문학에서 흔한 주제 중의 하나지만, 혹 필자의 비평도 작가에게 상처를 주는 이 '젊은 강사'의 '카랑카랑한 목소리'로 들리는 것은 아닌지, 최씨의 표현처럼 필자의 비평에는 '서로에 대한 관심과 정성, 진지한 탐구와 논의'가 부족한 것은 아닌지 하는 두려움도 없지 않다. 그럼에도 불구하고, 작품의 수준에 대한 평가는 피한 채 인정스런 칭찬과 격려말씀들을 앞세우는 흔히 보이는 태도가 작가에 대한 비평의 올바른 대접이라고도 생각하지 않는다. 필자는 오히려 자신에 대한 그러한 비판들에 대한 싸움과 고투가 작가 박범신으로 하여금 '한 작가로서 새로 꾸는 그 꿈들'을 가지게 하고, 「제비나무의 꿈」과 같은 수작을 산출한 원동력 중의 하나가 되었다는 주제넘은 생각까지 해본다.

이런저런 지나친 감정표출들을 빼고 최인석씨의 글을 읽어보면, 필자에 대한 그의 반박은 크게 두 가지로 요약될 수 있을 것 같다. 하나는 필자의 평이 자신의 작품을 오독했다는 것이요, 다른 하나는 이러한 오독이 '파당적 피해의식이나 맹목적 편견'의 산물이라는 것이다. 필자는 이 두 가지 주장 모두에 전혀 동의할 수 없다. 우선 오독이라는 주장은 한마디로 말해, 필자가 "한 작중인물과 작가를 동일시"했다는 것, 즉 이 작품의 화자인 순우의 형을 작가 자신과 전혀 구별하지 않고 있다는 것이다. 「숨은 길」의 화자가 깡패인데다 한 여성작가를 강간하고자 침투한 자이니, 정말 필자가 이렇게 보는 것이라면, 그가 그토록 흥분하는 것도 무리는 아니다. 그러나 아무려면 필자 아니라 누구라도 그토록 터무니없는 주장을 하겠는가? 역시 반론의 초점은 작가가 이러한 인물을 설정함으로써 의도한 바를 제대로 이해하지 못했다는 쪽이라고 보아야 할 것인데, 그렇다면 문제는 인물설정과 상황묘사의 효과 즉 작품의 성과에 대한 판단이 된다. 최씨 자신이 말하는 것처럼 순우의 형의 시각을 도입한 작가의 의도는 따로 있을 것이고, 필자의 평가도 기실 이러한 기술방식과 구성이 별로 성공적이지 않다는 것이었다. 그럼에도 왜 이런 오해가 발생했을까? 쑥스럽지만 필자의 글 중에 문제가 될 만한 부분을 잠시 인용해보자.

> 결심(강간을 통해 여성작가를 응징하겠다는 결심―인용자)치고는 유치하기 이를 데 없는데, 작가가 워낙 화자를 그런 정도의 인물로 설정하였고, (작가 자신은 얼마나 의식했는지는 몰라도) 손에 닿지 않는 여자에 대한 착잡하고 혼란된 욕망도 어느정도는 개입해 있는 듯 보이니, **소설적 구성**으로 성립하지 못할 것은 아니다. 그러나 마지막 절에서 화자가 그 나름의 혁명론을 펼치는 부분에 이르면 역시 **작가의 의도**가 무엇인지 새삼 고개가 갸우뚱거려진다. (…) 어느정도는 무정부주의적인 자기주장을 펼치다보니, 강간이라는 응징도 유치한 발상이 아니라 혁명의 방법으로 제시한 격이 되고 만다. 결국 앞에서 두 노동자 형제의 몰락을 통해 **이념맹신이 삶의 현장에 불러온 문제들을 비판한 성과조차** 일거에 무화시키게 된다.(강조는 인용자)

이 구절의 어디에서 필자가 작가와 화자를 혼동하고 있다는 것인지 잘 모르겠다. 「숨은 길」의 '소설적 구성'과 '작가의 의도' 그리고 그 '성과' 등을 고려했다고 보는 필자로서는 "작품의 도구나 장치를 알아보지도 못한 채 한 작중인물과 작가를 동일시하여 어처구니없는 비난을 늘어놓는 것"이라는 최인석씨의 지적은 그야말로 좀 어처구니없을 뿐이다. 구태여 원인을 찾자면 "어느정도는 무정부주의적인 자기주장"이라는 구절이 혐의가 가는데, 여기서 '자기주장'이란 것이 바로 '작가의 주장'이라는 말이 아니냐고 받아들일 여지는 있을 법하다. 그러나 필자는 무정부주의가 작가의 주장이라고 말한 적도 없거니와, 더구나 바로 앞 줄에서 "화자가 그 나름의 혁명론을 펼치는 부분"이라고 명시해두었다. 필자의 작품 오독 여부는 더 따져보아야 하겠지만 적어도 동일시니 하는 부분만큼은 최인석씨의 오독이 아닌가 한다.

그렇지만 이런 명백한 오독에서 생긴 오해가 풀린다 해서 문제가 모두 없어진다고는 물론 생각하지 않는다. 최씨의 주장의 핵심은 작품 속에 나타난 작가의 의도를 제대로 읽어달라는 주문인데, 필자는 그 의도란 것이 등장인물들의 형상화와 별개의 것인지에 대해서는 의문이다. 순우의 형의 경우에도, 물론 작가와 일치하기는커녕 오히려 반어적인 면이 많은 인물이기까지 하지만, 작품의 여기저기서 작가는 화자의 시각을 통해 거의 독재자와 다를 바 없는 운동가들의 처신을 비판하기도 한 것이다. 이것이 작가 자신의 생각이기도 함은 「다시 탑 아래에서」의 결말부에서 '이념의 야만화'를 맹렬하게 비난하고 있는 것을 보아도 알 수 있다. 부연하자면 순우 형제를 통한 '이념맹신에 대한 비판'이 이 작품에서 그 나름대로 설득력을 얻게 됨으로써 오히려 마지막 부분에서 격에 맞지 않게도 화자를 통해 피력된 바 이념을 배제한 '혁명론'에 비중이 실리게 되는 것이다. 최인석씨는 "손가락(등장인물)을 보지 말고 달(작가의 의도)을 보라"고 일갈하지만, 소설에서 작가의 의도가 등장인물들이나 구성을 통해 나타나지 않으면 도대체 무엇을 통해 나타나겠는가? 차라리 따로 떠 있는 달보다는 손가락들의 모양에 더 관심을 기울이는 것이 소설에 대한 바른 접근이 될 것이다.

그의 두번째 비판인 '파당적 피해의식'이니 '맹목적 편견'의 문제는 80년대적 이념에 대한 반성과 비판과도 유관한 듯한데, 한마디로 필자가 과거의 이념에 사로잡혀 편견과 적개심으로 타인과 작품을 본다는 것이다. 이 비난 자체는 필자의 '오독'을 전제로 한 것이기에 넘어가기로 하면 그럴 수도 있는 일이나, 우려되는 바도 없지 않다. 80년대의 공과를 둘러싼 논의는 평단에서 많았고 필자 또한 그 논의에 조금은 거들었다고 생각하기 때문에 긴 말 하지는 않겠지만, 80년대의 '과(過)'에 대해서조차 일괄적인 비난이나 무턱대고 하는 반성만으로 문제가 풀리지 않을 것임은 누차 지적한 바 있다. 최인석씨의 말투에서 느껴지는 반80년대적 언술도 만약 이런 청산주의와 관계가 있다면 온당한 것은 아니라고 생각한다. 또 이러한 작가의 태도가 「숨은 길」에 어떤 '장치'를 통해서든 개입되어 있다는 것이 필자의 판단이기도 한 것이다.

자리가 자리인 만큼 이 정도에서 그치고자 하지만, 작품평가를 둘러싼 논의는 작품 그 자체를 빼고는 이루어질 수 없을 것이다. 필자의 「숨은 길」에 대한 평가는 월평의 형식이라 사실 너무 소략한 것인데, 작가가 가진 불만에 대한 충분한 비평적 해명을 이번에도 하지 못한 것은 아쉽다. 지면 탓도 있지만, 최인석씨의 반론이 구체적이었다면 좀더 생산적인 논의가 가능하지 않았을까 하는 아쉬움도 없지 않다. 다만 필자로서는 '일방적 파당의식 내지는 편견'으로 의사소통의 길을 스스로 막은 적은 없으며, 최인석씨 자신이 원하는 대로 그의 작품을 "'소설'로 읽고 '소설'로 이야기"했을 뿐임을 밝히면서, 앞으로의 진전된 논의를 기대한다.

2. 민중의 삶과 소설의 대응: 송기숙, 임상모, 박호재, 김호

최근 소설들에서 개인의 내면과 그 고통에 대한 묘사나 감각적 언어의 구사를 통한 분위기의 조성에 치중하는 경향이 두드러지다보니, 오히려 단단한 서사와 진중한 주제를 가진 정통적인 리얼리즘 작품의 출현을 기대하는 마음도 커지게 된다. 이번에는 『실천문학』 겨울호에 원로작가 송기숙 최일남을 비롯하여 『내일을 여는 작가』 11·12월호에 김남일 이남희 김소진 임상모 그리고 『창작과비평』 겨울호에 박호재 등 민족 혹은 민중의 현실에 깊은 관심을 기울여온 여러 명의 작가들이 대거 작품을 발표하여 눈길을 끌었다. 이 가운데 송기숙의 중편 「가라앉는 땅」은 댐공사로 인한 수몰지역 주민들의 싸움을 사실주의적인 수법으로 그리고 있는데, 민중들의 삶에 대한 활달하고도 해학적인 묘사가 읽는 재미를 느끼게 한다. 최근 중단편들을 거의 다 읽어보아도, 우리 현실에서 여전히 진행되고 있는 이러한 민중적 싸움의 양상에 대한 본격적인 묘사를 찾아보기 힘든 상황에서, 송기숙의 시도에는 작품적 성과 이상의 의미가 실린다. 그렇지만 가령 수몰지구의 주민들 사이의 입장 차이로 싸움의 양상이 복잡하다는 피상적인 언급들에 그치지 말고 그 복잡함을 치밀하게 파고들어갔더라면 작품의 리얼리즘적 밀도가 더 생겨났을 것이다. 한편 최일남의 단편 「새벽 정거장」은 소품으로, 정년퇴직한 한 할아버지가 어린 시절의 '연정'을 더듬어 고향을 찾았다가 그 연인이 월북했음이 밝혀지면서 봉변을 당하는 결말부의 해프닝이 재미있다.

　원로들의 이러한 건재에도 불구하고, 대부분의 젊은 작가들이 오히려 주제의 선택에서나 작품의 활력에서나 위축되어 있음을 보는 것은 좀 안타깝다. 『내일을 여는 작가』에 실린 네 편의 작품 중 임상모의 「미꾸라지」를 제외하고는, 하나같이 작품에 기(氣)가 빠져 있다. 김남일의 「존재했던 것에 대하여」는 처음부터 끝까지 도대체 무엇을 말하고자 하는지 종이 잡히지 않고, 이남희의 「눈의 거처」는 마지막 부분에 부각된 과거 정치적 질곡으로서의 '눈의 거처'라는 주제가 앞의 이야기 전개와 유기적으로 연결되지 않아서, 거의 주제를 강제로 비끄러맨 형국이 되고 말았다. 그런가 하면 김소진의 「울프강의 세월」은 특히 결말이 트릿해서인지 세태적인 묘사에도 불구하고 언어적 활기가 살아있던 다른 작품들을 기억하는 사람에게는 씁쓸한 뒷맛이 남았다. 한마디로 이 세 편의 작품들은 결말을 어떻게 지을지 몰라 곤혹스러워하는 기색이 역력한데, 이 결말맺기의 어려움과 무력함이 혹시 90년대에 부닥친 전망부재와 유관한 것일 수도 있으리라는 짐작은 간다. 그러나 작가의 소설적 고투란 바로 이 딜레머를 온몸으로 뚫고나가는 행위 이외의 다른 것이 아니지 않겠는가?

결말에 대한 불만으로는 임상모의 「미꾸라지」도 마찬가지지만, 그럼에도 여기에는 인물들에 대한 확실한 작가의 장악과 작품 곳곳에 넘치는 활력이 있다. 무엇보다도 화자인 직업노름꾼이라는 인물을 생생하게 만들어주는 것은 그 문체이다. 영악함을 자처하는 한 무식한 화자의 단순한 생각과 우직한 성품이 우스꽝스럽고도 눈물겹게 묘사되고 있는 이 작품을 읽으면서 필자는 "아, 여기 우리 시대의 김유정이 있구나" 하는 감탄이 절로 나왔다. 노름꾼의 은어를 자연스레 구사하는 것이야 특별할 것 없지만, 이 인물이 가지고 있는 생각이나 행동들이 특유의 어투와 어울려 이토록 실감나게 표현되기도 어려울 것이다. 물론 문체만이 소설의 전부는 아니다. 그렇지만 문체가 소설의 주제와 긴밀히 맺어질 때 생겨나는 효과는 큰 것이며, 민중적인 삶의 양상에 대한 밑으로부터의 묘사가 이를 통해 가능했다는 점에서 「미꾸라지」의 성과는 리얼리즘에 다가선다. 이 약빠르고 해학적인 바보 노름꾼의 과거 삶에 드리워진 짙은 비극성을 말해주는 다음과 같은 구절은 이 판단을 입증해준다. 화자가 집을 떠나 떠돌아다니게 된 계기가 된 사건, 즉 딸 봄비가 독감에 걸려 죽음을 맞을 때에 관한 기억이다.

뿌연 하늘에는 갈매기들이 떼를 지어 끼룩끼룩 날아가고 있었다. 뒷도구 해감을 파헤쳤다. 겉은 얼어서 썰겅썰겅했지만 속살은 물렀다. 손가락 굵기만한 미꾸라지가 꾸물렁꾸물렁 드러났다. 두어 사발이나 실히 잡았다. 그걸 폭 고아 봄비의 입에 국물을 떠넣었지만 그

애는 도리질을 쳤다. 걱정은 됐으나 그러다가 일어나겠거니 하고 밥쟁이와 나는 땀을 쭉 흘리며 그 미꾸라지탕을 다 먹었다. 이부자리를 펴자 사타구니에 힘이 뻗쳐올랐다. 저주스럽게도 여자와 나는 그걸 참지 못하고 그 짓을 했다. 밥쟁이는 유난히 호들갑을 떨었다. 쩔쩔 끓는 몸에 깡깡 신음소릴 내는 봄비를 옆자리에 누인 채였다. 밥쟁이의 앙가슴에 얼굴을 묻은 채로 나는 땀을 식히고 있었다. 봄비 쪽에서 꼬르르 꼬르르 하는 소리가 났다. 퍼뜩 불길한 예감이 방안을 휘감았다.

마음속에 드리워진 이 어두운 기억이 있기에 "나는 지지리도 못난 놈이다. 아니 더러운 놈이다. (⋯) 더러운 해감 속에서 꾸물렁대는 미꾸라지도 못된다"고 자책하며 "그간의 죄과에 대한 어떤 대가"로서 감옥행을 자청하게 되는 결말도 성립한다. 그러나 역시 이러한 심경의 변화를 가져온 계기가 그다지 설득력이 없다는 것이 이 작품의 커다란 결함이다.

박호재의 「세월 밖의 일」(『창작과비평』 1996년 겨울호)은 무게있는 주제를 정면으로 다룬 수작이다. 민족문제에 대한 소설적 관심이 과거에 비해 현저히 줄었고, 왠지 그런 관심을 부담스러워하기까지 하는 시기에, 이처럼 꿋꿋하게 크고 중요한 문제를 피하지 않고 깊이 고민하고 그려내려는 노력이 존재하는 것을 보는 일은 기껍다. 「세월 밖의 일」은 분단이 야기한 뿌리뽑힘의 경험이라는 민족적 체험을 한 인간의 일생에 걸친 고통과 좌절을 통해 형상화한다. 이런 주제라면 흔한 것이 아니냐고 식상해하는 사람들도 있겠으나, 다른 것도 아닌 한 공동체의 체험이라는 주제를 두고 쉽게 식상해하는 사람에게 크게 기대할 것도 없는 법이다. 문학에서 식상함이란 주제에서 나온다기보다 엷음과 타성과 형식주의에서 나오는 것인데, 요즘 소설로는 아무래도 개인적 삶의 고통을 감상적으로 풀어대는 유형의 소설이 식상함에서라면 오히려 한수 앞서가는 것이 아닌가 한다.

이 작품의 성과는 어릴 때 헤어진 부모에 대한 아버지의 뿌리깊은 그리움과 망가진 일생을 아들의 눈을 통해 재해석하는 과정을 통해 드러난다. 머리로는 이해하지만, 도저히 실감할 수 없는 아버지의 삶에 대한 아들의 착잡한 심정이 시종 이 작품에 일정한 긴장을 부여한다. 화자인 큰아들 우진은 진보적 시각을 가지고 있는 지식인이지만, 평생을 '맥풀려 살아가는' 아버지의 삶이 지긋지긋하다고 느끼고, 혈육에 대한 아버지의 염원이 "무슨 아집처럼 소름끼칠 정도"가 된다. 여기에는 가족이산의 실감이 이미 희석되어가는 시간의 변화와 두 체제의 상이한 삶의 양상으로 생겨난 간극, 그리고 혈육에 대한 비원이 이제 구세대의 아집이 되어버린 어쩔 수 없는 세태에 대한 인식들이 개입한다. 이 작품에서 풍겨나는 묵직한 부피감은 이러한 복합적 상황들을 이끌고 가는 단순치 않은 서술력에서 생겨나는 것이다. 쏠쏠히 눈에 띄는 결함들, 가령 퇴역후조차 군인정신에 투철할 정도로 소신있는 아버지의 삶이 그토록 맥빠지고 내용 없는 것으로 정리되는 등, 아버지의 상이 확실히 잡히지 않는다거나, 등장인물 중 아내 혜숙이 인물로서 잘 살아나지 못한다거나(플롯 상 의미가 작지 않을 임신이라는 사건이 제대로 처리되지 않은 것을 포함하여) 하는 것이 작품의 의미를 크게 훼손하지 않는다고 여겨지는 것도, 주제를 몰아가는 거의 완력에 가까운 이 작품의 힘을 말해주는 것이다.

이 두 작품 외에 리얼리즘의 효과가 제 힘을 발휘한 경우를 필자는 신인 김호의 중편 「돼지들」(『동서문학』 1996년 겨울호)에서 발견한다. 『동서문학』 신인상 소설부문 당선작인 이 작품은 신인으로 보기에는 놀랍도록 숙련된 솜씨로 극한상황 속의 인간심리를 묘사한다. 한 화물선의 난파와 그 배에 탔던 사람들의 삶을 위한 고투와 갈등, 그리고 실질적인 살인에 이르고 마는 집단심리가 생생하게 그려진다. 무엇보다 돋보이는 것은 선박과 깊이 연관된 선원들의 삶을 구체적으로 그려내는 그 치밀함이며, 이러한 사실주의적 기율이 시종 유지되기에 여기에 부가된 도덕적 주제가 힘을 발휘하게 된다. 화물선의 운항과 그 조건들에 대한 사실적인 묘사도 그렇고, 화자인 이등항해사의 눈을 통해서지만 선장을 비롯한 사관들 사이의 알력과 갈등을 놓치지 않고 꾸준히 밀고나가는 뚝심은 보통이 아니다. 이 와중에서 '돼지'라고 명명되는 흑인 밀항자 두 명이 모진 핍박을 당하다가, 함께 배를 탄 '공동운명체'를 위한다는 미명 아래 모두들 눈을 뻔히 뜨고 있는 가운데서 죽임을 당하고 마는 과정이 냉정하게 그려진다. 사건 후 화자가 자기를 포함한 선원들이 모두 돼지가 되고 마는 환상을 보게 되는 마지막 장면은, 다소 상투적인 결말이기는 하지만, 사건에 대한 상세한 보고가 뒷받침되어 있기에 그만큼 큰 울림을 가진다.

나는 방관하고, 위협하며, 외면한 채 제각기 다른 말들을 하고 있는 사람들을 보았다. 제각기 입들이 조금씩 튀어나오는 것 같았고, 꾸엑꾸엑― 비명을 지르는 것 같았다. 주둥이가 길어지고 귀가 자라나는 그들의 머리가 돼지의 그것처럼 보였다. 나는 힘없이 고개를 떨구고 말았다. 그리고 그제서야 나는 내 손에 웅숭숭하게 자라난 털을 보았다. 검은 털에 뒤덮인 손을 들어 얼굴을 더듬었다. 뻣뻣한 털의 감촉이었다. 말을 해보았으나 목소리는 간데 없고, 내 입에서도 꾸엑꾸엑 하는 소리만 터져나왔을 뿐이었다.

끝을 잘 맺지 못하는 기성작가들의 난경을 힘차게 돌파하는 신인의 패기가 엿보이는 대목이다.

3. 여성작가들의 새로운 모색: 윤정모와 은희경

여성작가들이 요즘의 문단을 거의 장악하고 있다 할 정도로 강세를 보이는 현상에 대해서 말이 많지만, 필자는 여기에 특별한 의미를 두는 것을 못마땅하게 생각해왔다. 문학에서 여성작가가 두각을 나타낸 것은 어제오늘의 일이 아니고, 여성작가라도 박경리처럼 규모가 큰 작가도 있고, 윤정모처럼 누구 못지않게 남성적인 힘을 가진 작가도 있다. 그런데 이번에 읽은 여성작가들의 작품들에 너무나 유사한 성향들이 나타나는 것을 보고, 생각이 좀 달라졌다. 최근 활발한 활동을 벌이고 있는 신진 여성작가들이 이번에도 다수 지면을 차지하고 있는데, 필자가 주목해본 소설만 해도, 은희경의 중편 「그녀의 세번째 남자」(『문예중앙』 1996년 겨울호), 차현숙의 중편 「나비학 개론」(『문학동네』 1996년 겨울호), 전경린의 「고통」(『세계의 문학』 1996년 겨울호), 최문희의 「소금과 모래」(『현대문학』 1996년 10월호), 그리고 송경아의 「가까운 곳(近處)」과 서하진의 「타인의 시간」(『현대문학』 1996년 11월호) 등이 발표되었다. 각각 개성이 다른 작가들이긴 하지만, 이번에 한꺼번에 읽고 나니 어찌 그렇게 유사한 정서들을 가지고 있는지 좀 기가 막혔다. 그 정서의 한 축은 전경린의 제목 그대로 '고통' 바로 그것이었고, 다른 한 축은 서하진의 제목 그대로 '타인의 시간'이었다. 이 말장난을 더 계속해서 둘을 합쳐보면, '타인의 시간을 사는 황폐한 삶이 주는 고통'이라고 이들의 정서를 요약할 수 있을지도 모르겠다.

여성작가들의 성세(盛勢)와 이러한 주제의 부각이 무슨 함수관계가 있는지 따져볼 필요가 있겠지만, 하여간 이런 추세가 남달리 사회참여의 목소리를 높여온 중견 여성작가 윤정모로 하여금 새로운 시도(「24시간 편의점」, 『문예중앙』 1996년 겨울호)를 하게끔 만드는데 일조한 것이라면,

그 흐름이야말로 강력한 시대의 대세인 듯도 보일 법하다. 물론 이러한 추세에 대한 이론적 해명과 비판적 인식이 필요하다는 생각 한편으로, 필자는 특히 윤정모와 은희경의 작품이 보여주는 진지한 모색에 관심이 가기도 했다. 유사한 정서를 보이는 작품들 가운데서도 이들의 작품이 덜 폐쇄적이고 더 넓은 시야를 가지고 있다고 보이는 것은, 방식은 서로 다르지만, 이러한 정서와의 일정한 거리의식이 상대적으로 다른 작품들보다 두드러지기 때문이다.

윤정모의 「24시간 편의점」은 어느 신세대작가의 작품 못지않게 모던하다. 그의 이번 작품은 이전의 작품들에 비해 현저하게 도시적 감각과 정서로 가득 차 있다. 24시간 편의점을 배경으로, 이곳을 찾는 도시 인간군상들의 행동과 비애가 건조한 문체로 그려진다. 이 건조한 문체 곳곳에서 "햇살이 마천루를 오르는 유리닦이처럼 가로수 잎을 타오르고 있다"거나 "흡혈귀의 이빨처럼 튀어나와 그 앞 보도를 물어뜯는" 편의점의 불빛이라거나 하는 감각적인 비유가 튀어나온다. 역시 윤정모의 새로운 면모들이다. 이야기도 그렇다. 한 소읍에서 여상을 졸업하고 못생긴 얼굴과 큰 체구 때문에 다른 곳에 취업하지 못하고 편의점 점원으로 2년째 일하고 있는 젊은 여자와 민주화운동을 하다 감옥에 다녀온 후 직장도 없이 마흔 넘은 노총각으로 남의 집에서 사는 한 남자, 작가는 이 두 인물들의 삶을 교직하여 하나의 작품을 이루어낸다. 젊은 여자의 삶은 한마디로 무채색이다. "수송차가 가져다주는 물건을 제자리에 놓고 가격을 찍거나 봉지를 싸주고 감시화면을 지켜보는 것, 그리고 물건을 훔치는 사람이 있으면 현관문을 빠져나가기 전에 잡아채는 것," 이것이 매일매일 반복되는 그 여자의 일이다. 작가는 이 여자의 반복행동과 기계적인 동작, 그리고 아무 꿈 없는 삭막한 삶을 집요하게 그려낸다. 이 여자의 마비된 삶의 일상에 변화의 가능성을 잠시 일깨운 사람이 바로 흰 와이셔츠를 입은 그 남자다. "희망은 무엇이요?"라거나 "사랑하는 사람은 있소?"라거나 하는 질문을 던지며 그녀의 삶에 짧은 순간이지만 따스함과 인간성을 일깨운 그 남자는 그러나 자기 방에 틀어박혀 "병든 지구와 지구인을 구제할 수 있는 대이론"을 밤낮 구상하는 몽상가일 뿐이다. 이 작품의 주제는 어떻게 보면 이 몽상적인 남자의 표현처럼 '죽음의 문화'가 창궐하는 현재의 삶을 그려내는 것일지도 모른다. 사고 파는 일 외에는 어떤 말도 나누지 못하는, 의미있는 만남이 불가능한 자본주의적인 문명에 대한 비판을 이 작품에서 읽는 것은 쉬운 일이다. 그러나 어렴풋하게나마 떠오른 희망의 기미를 찾아 한밤중 가로등 아래에서 누군가를 기다리는, 삶을 향한 여자의 작은 손짓도, 가로수 뒤에서 이를 바라보며 하는 남자의 다음의 독백,

　　가엾은 처녀, 그 빈 영혼에 뭔가를 새겨주고 싶었는데 시간이 없군. 그러나 내 글이 한 알의 밀알이 되면 그땐 그녀에게도 심어질 것이다. (…) 나도 이제 내 일터로 돌아가야지. 저 아가씨처럼 나도 오늘 밤을 꼬박 새울 수 있어. 밤의 파수꾼처럼. 밤의 파수꾼? 그거 제목으로도 괜찮군.

으로 덧없이 무너지고 만다. 여자를 묘사한 부분에 비해 남자 편이 설득력이 약하고 산만해서, 가령 감옥에 갔다온 사건과 이 남자의 이러한 폐쇄적이고 관념적인 삶의 세계가 어떻게 연관되는지 설명이 덜 되고 있다는 느낌이 들고 이것이 이 작품의 성과를 적지않게 훼손하고 있지만, 그럼에도 인간 사이의 만남이 불가능한 현실에 대한 암시는 분명하다. '민중작가' 윤정모의 모더니즘 세계로의 이러한 변신 혹은 모색을 보는 마음은 기대 반 우려 반으로 착잡하다.

　이번에 발표된 신진 여성작가들의 작품 가운데는 은희경의 중편 「그녀의 세번째 남자」가 가지고 있는 어떤 충실함이 돋보였다. 새로운 감

성을 내세운 작품들 가운데는 지나치게 재주에 의존하는 것들이 많은데, 재주를 걷어내고 보면 별로 담은 내용이 없는 경우가 대부분이다. 은희경의 이번 작품에는 삶에 제기된 중요한 문제들을 재주를 부려 피해 가지 않는 담담함이 있다. 그럼에도 이 작품의 기본정서는 사람 사이의 만남의 불가능함에 대한 서글픈 인정이라는 점에서 대부분의 여성작가들의 그것과 일치한다. 일상에서의 떠남과 되돌아옴의 전형적인 구성을 가지고 있는 이 소설은 이런 유형의 소설들이 그렇듯 과연 이 여행에서 어떤 깨달음 혹은 변화를 겪었는가가 중요하게 된다. 주인공 '그녀'는 말하자면 '좋지도 나쁘지도' 않고 '즐겁지도 괴롭지도' 않은 자신의 삶을 견딜 수 없어 집을 떠난다. 그 삶은 한 소심한 남자와의 이미 아무 변화의 가능성과 사랑의 내용이 남아 있지 않은 습관화된 관계, "더이상 서로에 대해 알 것도, 알고 싶은 것도 없"는 그런 사랑이 지속되는 "익숙하고 지긋지긋하고 편하고 넌더리나"는 그런 시간들이다. 결국 이 떠남을 통해 그녀가 깨달은 것은 무엇인가? 잃어버린 사랑의 약속을 되살리거나 그리워할 필요는 없다는 것이다. 왜냐하면 "사랑이란 천상의 약속일 뿐"이기 때문이다. 이로써 그녀는 깨달음을 얻는다. 그러나 그 깨달음으로 그녀가 다시 자신이 빠져나온 그 관계로 다시 들어가는 것은 아이러니다. 은희경의 소설은 삶의 이 아이러니에 대한 날카로운 냉소를 동반한다. 사랑이란 원래 그런 것이라는 주인공의 깨달음이 하나의 냉소라면 이러한 결말을 지켜보는 또하나의 냉소적인 시선이 있다. 이 이중의 냉소가 「그녀의 세번째 남자」의 결말을 상투적인 것으로 떨어지는 것을 막는다.

4. 식물적 상상력의 세계: 정찬, 이순원, 윤대녕

정찬의 중편 「깊은 강」(『동서문학』 1996년 겨울호), 이순원의 중편 「은비령」(『세계의 문학』 1996년 겨울호), 그리고 윤대녕의 단편 「은항아리 안에서」(『문학동네』 1996년 겨울호)를 읽고 '식물적 상상력'이라는 말이 떠올랐다. 상상력에 무슨 식물성이 있고 동물성이 있느냐고 반문할 수도 있겠지만, 이들의 작품을 지배하는 비활동성과 느림, 그리고 고요의 분위기에는 소설을 역동적인 삶의 현장에서 벗어난 무엇이게 만드는 장력 같은 것이 있다. 이들의 작품들에서도 볼 수 있듯, 식물적 특성을 가지는 소설들은 사회적인 발언을 목표하는 것은 아니지만, 그럼에도 이들의 존재 자체는 근대성을 특징으로 하는 현대문명에 대한 하나의 반박이다. 현대적 삶을 지배하는 속도와 경쟁, 그리고 그 속에 요동치는 욕망에 대한 이러한 거부에는 무언가 이 피상의 삶 이면에 존재하는 본질에 대한 추구가 있는 듯도 보인다.

그러나 삶의 잃어버린 본질에 대한 향수는 따지고 보면 반드시 이런 유형의 소설에만 있는 것이 아니다. 인간의 현재적 삶에 대한 구체적 관심과 맺어진 리얼리즘 소설에도 그 근본에는 결국 '삶이란 무엇인가'라는 질문이 깔려 있다면, 심지어 삶의 의미 자체를 부정하는 듯 보이는 모더니즘 소설에도 무의식적인 형태로나마 그런 관심은 살아있다. 직접적으로 '삶의 본모습'을 다루는 것을 자신의 고유영역으로 선언한다고 해서 삶의 실상이 더 잘 드러나는 것은 아니다. 삶이란 현실을 벗어난 어딘가에 따로 존재하는 것이 아니라, 사회 속에서 살아가는 인간의 삶 속에 구현되는 것이기 때문이다. 결국 '식물적 상상력'을 내보이는 작품들의 성과도 이 연관성을 얼마나 충실하게 다루느냐에 달려 있게 된다. 그렇지만 대개의 이런 유형의 소설들이 가지는 그 식물성 자체가 이런 연관관계에 대한 사고나 모색을 제한하게 되는 것은 피할 수 없다.

가령 윤대녕의 단편 「은항아리 안에서」는 "사랑하고 살아가는 눈물 겨움"을 시적 분위기에 담아내고 있지만, 그 이상의 사유는 마치 '은항 아리'에 갇힌 듯 이미 차단되어 있다. '눈물겨운 삶'이라는 그 한마디가 소설의 처음이자 마지막을 언표해버리고 마는 것이다. 이런 문제는 정 도의 차이는 있지만 정찬과 이순원의 소설에서도 마찬가지다. 윤대녕의 '은항아리 계곡'은 정찬에게는 섬 '어라연'이고 이순원에게는 '은비령' 이다. 이곳은 속세나 사회 혹은 심지어 시간을 초월한 곳, "죽음과 탄생 이 일체인 곳"(「깊은 강」)이며, "더 신비롭게 깊이 감춰진 땅"(「은비령」)이 다. 말하자면 이 장소들은 일종의 유토피아로서, 자기 삶의 본질이 드러 나고 영원을 만나는 초월의 공간이자 시간이 멈춘 초역사의 세계이다. 정찬과 이순원의 중편들은 바로 이러한 유토피아적 공간으로의 여행을 그려냄으로써 일정한 성과와 한계를 보여준다.

정찬의 「깊은 강」은 강원도 어느 곳의 어라연이라는 섬을 찾는, 글쓰 는 일을 직업으로 하는 화자의 여행을 깔끔하게 그려낸다. 이 여행은 "눈처럼 깨끗한 유년의 몸을 보러 가는 길고 긴 여행"이며, 어라연은 "한없이 자유로운 무구의 허공"이자 "부드러운 융화의 세계"의 은유가 된다. 군더더기 없는 깔끔한 작품이지만, 오히려 이 맑고 투명함이 "사 람들에게 그들이 잊어버린 황금빛 길을 보여주는 것"이 작가의 의무라 는 이 작품의 최종적 메시지를 단순한 것으로 만든다. 깊이를 가진 소설 이라면 역시 삶과 역사의 진흙탕 속에서, 욕망의 한가운데서 치솟는 것 이 아닐까 하는 생각을 하게 된다. 이 점은 이순원의 역작 「은비령」에서 도 마찬가지다. 삶의 상처를 안은 두 외로운 남녀의 이루어질 수 없는 사랑의 감정을 절제된 언어로 마치 별처럼 새겨두고자 하는 작가의 의 도는 "별은 그렇게 어느 봄날 바람꽃처럼 내 곁으로 왔다가 이 세상에 없는 또 한 축을 따라 우주 속으로 고요히 흘러갔다"는 마지막 문장으로 충분히 실현된 듯 보인다. 그럼에도 지상의 사랑을 영원이라는 성좌 속에 위치지으려는 그 작위성이 이 소설 읽기를 다소 지겹게 만든다. 별 내용이 없는 소설로서 이처럼 길게 이야기를 늘여놓기도 어려운 일인데, 그럼에도 이 지지부진한 이야기들과 느린 진행 그 자체가 이 작품을 특징짓는 형식이 된다. 통행이 거의 없는 은비령에서 남자와 여자가 거의 사고를 낼 뻔하며 만나는 장면조차 전혀 극적으로 여겨지지 않는 이 정물적인 이야기에서 사람살이의 깊이를 드러내기는 애초 어려운 것이 아니었을까?

아마도 살아 있음의 가장 깊은 의미는 다름아닌 현실 속에서 살아 있는 인간들의 살아 있는 삶을 역동적으로 그려내는 소설에서 나올 법하다. 이것이 우리가 처해 있는 삶의 곤경을 뚫고나가는 소설의 고투가 아니겠는가?

—『내일을 여는 작가』 1997년 1·2월호

감정은 어떻게 단련되는가

소설평은 안하고 무슨 엉뚱한 소리냐고 할지 모르지만, 평론하는 일에도 비애가 있다. 평론을 하게 된 후 언제부턴가 새로운 작품을 그것대로 즐기지 못하고, 평가자의 눈으로 들여다보는 습성이 생긴 것이다. 이 버릇을 얼핏 자각하는 순간의 쏠쏠한 느낌, 그것을 비애라고 불러도 되지 않을까? 얼마 전에는 이를 확인하는 이중의 쏠쏠함을 맛보기도 했다. 문학에 관심이 깊은 초면의 어떤 분에게서 이런 질문을 받은 것이다. "평론가는 처음 대하는 작품을 읽을 때 어떤 자세로 읽는가? 가령 창작한 사람에 대한 존중심 같은 것이 우선 전제가 되는지?" 무어라고 대답하기 어려운 질문이었지만, 별수없이 사실대로 말할 수밖에 없었다. 창작이라는 일 자체에 대한 존중심이야 있지만, 작품을 대하게 될 때는 평가자의 눈으로 보게 된다고. 수준이 어느 정도인지부터 따지게 된다고. 나의 이 '정직'한 대답은 질문한 분이 시를 오래 습작해왔다는 사실이 밝혀지게 되자 무척 야박한 소리였음이 드러났다. 그러나 사실인 것을 어쩌랴! 독서의 즐거움을 마음껏 누리는 문학작품과의 행복한 관계는 평론가가 되기로 선택한 후 진작 끝날 운명에 있었던 것일까?

올해(1997년) 초에 발표된 소설들을 찾아 읽다가, 문득 일간신문의 신춘문예 당선작에 생각이 미쳤다. 이제 소설쓰기의 길에 본격적으로 들어서게 된 새로운 작가들을 만난다는 것은 하여간 마음 설레는 일이다. 그러나 역시 슬프게도 평론가적 버릇 탓인지 이 새로운 만남은 그다지 행복한 것이 되지 못하였다. 도서관의 신문철을 뒤져서 소설 당선작들을 하나씩 읽어가던 나는 점점 흥미를 잃어가고, 독자 아닌 평론가의 세모눈만 더 가늘어져가는 것을 느끼게 된 것이다. 눈에 뜨이는 대로 우선 『중앙일보』 당선작인 은현희의 「향기와 칼날」부터 읽었는데, 도대체 이야기가 되지 않는다. 5년 전 결혼한 양조장집 딸이 알코올중독에 빠진 남편과 불화 끝에 헤어져 혼자 미국으로 이민가기로 하고 비행기표를 끊어놓고 친정에 머물며 출발을 기다린다는 전체 배경은 알겠는데, 나머지는 이해되는 것이 오히려 별로 없었다. 그렇게 다정하고 착하던 남편이 거의 폐인에 가까운 알코올중독자가 되었다면서, 이유라고는 첫날밤 처녀가 아니었다느니 하는 소리 몇마디밖에 없다. 그렇다고 그 5년을 여자가 무슨 생각과 느낌으로 살았는지도 도통 알려주지 않는다. 거기에다 이미 비행기표도 사서 열흘 후면 아주 떠나기로 되어 있는 딸한테 친정부모는 가로늦게 남편이 하늘이니라 하는 말씀만 하고 있으니 도무지 납득이 안 간다. 그럼 일이 이렇게 될 때까지는 무얼 하고 있었다는 것인지? 하나같이 이해 안되는 이상한 행동들을 하니, 우는 소리하는 남편의 전화 한통에 허겁지겁 집으로 돌아가기로 하는 느닷없는 결말을 보아도 새삼 놀랄 것도 없게 된다. 심사평을 보면 "알코올중독에 걸린 남편과의 불화를 극복해가는 주인공의 심리적 추이" 운운하였는데, 아마도 인사말이 아닌가 한다. 불화가 어떤 것인지 알 수도 없는 판에 심리적이건 아니건 무슨 극복이라는 것이 있을 턱도 없을 테니까.

다음에는 『한국일보』 당선작인 김혜진의 「어머니의 산」을 펴서 읽었다. 앞 작품보다는 집중력이 있고, 이야기 자체도 뒤죽박죽은 아니다.

그러나 어디까지나 상대적으로 그렇다는 말이다. 아버지는 왜인들이 박아놓은 철봉을 찾겠다고 나다니다 소식도 없고, 어머니는 시천주를 모신다고 수도원에서 지내고, 어떤 떠돌이 연극배우의 아이를 임신한 딸은 버림을 받고 병원의사의 잘못으로 병신이 된 아이를 데리고 어머니를 찾아나선다. 하나같이 기구한 사연들인데, 그래서 어떻다는 말인지 알 수 없는 채로 이야기는 그냥 힘들게 이어져간다. 한 여자의 고통스런 삶을 말하자는 것인지, 그 여자를 그런 삶으로 몰아넣은 세상을 그려보겠다는 것인지, 도무지 초점이 분명치 않으니, 주인공도 고통스럽겠지만 읽는 사람의 고통도 가중될 뿐이다. 『서울신문』의 「아내는 지금 서울에 있습니다」(김창식)는 앞 작품들보다는 비교적 잘 읽히고, 이야기도 명료하여 다행스러웠지만, 겁탈당해 임신했다는 한 가지 이유로 겁탈한 상대와 생각지도 않은 결혼을 한 김유나 선생이 바로 그 아이를 중절수술했다는 기본설정 자체가 아무래도 믿기지 않는다. 그럴 바에야 왜 그렇게 죽기보다 하기 싫은 결혼을 스스로 나서서 했다는 것인지? (이 부분은 심사평에서도 지적하는 바이니, 선자의 고충이 이해되는 대목이다.) 그 다음에는 『경향신문』 당선작 「유쾌한 바나나씨의 하루」(우광훈)를 보게 되었는데, 요즘 유행이 된 가벼움 타령도 좋지만, 정말 이런 작품밖에 뽑을 것이 없었는지 모르겠다. 이렇게 네 편을 읽고 났더니, 도대체 내가 무얼 하고 있나 하는 회의가 들었다. 마침 내가 들른 도서관의 신문철에서 『조선일보』와 『동아일보』의 소설 당선작이 찾아지지 않는 것을 기화로 신춘문예 당선작 읽기를 중단하고 말았다.

신인들에게 너무 많은 요구를 하지 말고 우선 격려부터 해주어야 선배된 도리 아니겠느냐고 점잖게 꾸짖으면 또 한번 평론가의 비애를 느낄 수밖에 없겠지만, 신춘문예라는 것의 의미가 무엇인지 한번쯤 생각해볼 필요는 있을 것이다. 신춘문예용 작문이 있다고들 하던데, 이번에 모아서 읽으니 그럴법도 하다는 생각이 든다. 글쓰는 기량을 과시하기 위한 약간의 기교에, 일인칭 고백투로다. 좀 복잡한 가족사적 요소를 집어넣으면 확률이 높지 않을까? 역시 여러 편 가운데서 뽑는 일이니, 선자가 누구인가에 따라 결과가 달라지는 경우도 허다한데, 알만한 사람은 다 알다시피 신춘문예의 선자라면 거의 정해져 있는 것이 아닌가? 이번에도 중앙일간지에 심사를 맡은 여남은 명의 위원 가운데 세 사람은 각각 두 신문에 겹치기로 출연하였고, 민족문학을 주장한다거나 하는 진보적 성향의 문인은 거의 찾아보기 힘들었다. 소설을 쓰겠다는 사람들이 꼭 이런 것을 의식하지는 않겠지만, 신춘문예라는 것이 의미있는 작품을 얻는 산실이 아니라, 무슨 자격증 따내는 관문으로 굳어져가는 사정이라면 문제는 달라진다. 처음부터 누구 마음에 들 생각으로 쓰는 작품에 무슨 의미가 실리기는 어려운 일이다. 신문사에서 그 비싼 지면을 들여 문학작품을 싣겠다는데, 문학하는 사람으로서야 사양할 필요는 없을지도 모른다. 그러나 그것이 문학을 일정 방향으로 틀짓고 자기 진실에 입각한 글쓰기가 아니라 제도에 편승하는 글쓰기를 조장하는 것일 때는 재고할 필요가 있다. 하여간 당선자들에게 하는 인사로는 어울리지 않을지 몰라도, 신춘문예용으로 썼던 작품이라면 당선되는 즉시 멀리 던져버리는 것이 소설가로서의 앞날에 도움이 되리라는 것이 내 충고다.

신춘문예 당선작 몇편을 추가로 읽기는 했지만, 이번 격월평을 위한 소설 읽기는 전보다는 좀 수월했다. 무엇보다 중단편소설이 집중되어 발표되는 계간지들이 아직 나오지 않았고, 그러다 보니 지면이라고는 몇몇 문학 월간지나 격월간지, 그리고 말미에 소설 한 편을 싣는 문학지 이외의 월간지 두어 종 정도였다. 그나마 문학월간지 중 『문학사상』 1, 2월호에는 건질 만한 작품이 거의 실리지 않다 보니, 결국 『내일을 여는 작가』와 『현대문학』이 주로 대상이 될 수밖에 없었다. 그러나 발표된 소설의 양에 비추어보면, 좋은 작품들이 여러 편 나왔다. 특히 이번에 주목해서 읽은 작품은 김만옥의 「이상한 작별과 해후」, 이혜경의 「그늘바람꽃」, 성석제의 「경두」(이상 『현대문학』 1996년 12월호), 김이태의 「얼굴」, 권현숙의 「낯선 시간 낯선 장소」(이상 『현대문학』 1997년 1월호), 이대환의 「라면만큼 남은 슬픔」(『현대문학』 1997년 2월호), 공선옥의 「세한(歲寒)」, 전성태의 「매향(埋香)」(이상 『내일을 여는 작가』 1997년 1·2월호) 등이다. 이 여덟 편의 작품을 간단히 평하기로 한다.

　김만옥의 「이상한 작별과 해후」와 이혜경의 「그늘바람꽃」은 읽는이의 마음에 잔잔한 감동을 불러일으키는 수작이다. '잔잔한 감동'이라는 상투어를 너무 탓하지 말라. 이들의 소설이 주는 이런 효과는 최근의 소설들에서 흔히 발견되는 거칠고 굴곡 큰 목소리들 가운데서 울려나오기에 더욱 돋보인다. 다 그런 것은 아니지만, 어떤 경우에는 격한 감정이나 생각을 거친 말투로 노골적으로 드러내는 것이 소설을 소설답게 하는 것으로 잘못 이해하는 경우조차 있다. 가령 『현대문학』 2월호에 함께 실린 구효서의 「두 바퀴로 가는 자동차」와 차현숙의 「2와 2분의 1」은 주제도 유사하지만 초입부터 동일한 욕설로 시작된다. "새벽 2시다. 남편한테선 전화가 없다. 개새끼."(구효서) "여자와 남자는 홍대 뒷골목을 헤매고 있다. 스커트 밑으로 겨울의 세찬 바람이 들어와 허벅지까지 얼얼하다. 여자는 속으로 중얼거린다. 개새끼!"(차현숙) 우연의 일치라고 넘어가기에는 너무 징후적이 아닐 수 없다. 물론 이러한 격렬한 어투와 감정상태가 소설의 소재가 될 수 있고, 화자의 성격과 상황을 규정짓는 효과적인 장치가 될 수도 있는 일이지만, 작품 자체에 이러한 거친 감정의 차원을 벗어나는 인식이 부족하다는 것이 문제이며 언어는 그 표현일 뿐이다. 감정을 절제해야 한다는 말이 아니라, 욕망의 적나라한 부딪침만을 제시하는 것으로는 소설의 성과는 한정되게 마련이다. 이같은 노골성과 거침은 문제의식이 생경한 형태로 그대로 노출되고, 깊은 사유의 흔적이 보이지 않는 많은 소설들에서 발견되는 것으로, 다름아닌 자연주의적 경향의 한 형태라고 해야겠다. 이런 차원의 문학을 대하다가 김만옥이나 이혜경의 이번 작품들을 만나는 체험은 소중할 수밖에 없다. 여기에는 삶을 내면에서 바라보는 눈길에 의해 격한 감정들이 제자리를 잡은 성숙함이 있기 때문이다.

　김만옥의 「이상한 작별과 해후」는 대학시절부터의 친구를 여읜 한 중년여인이 친구의 생전의 기억과 장례식을 회고하는 내용으로 되어 있다. 특별히 사건이랄 것도 없지만 그나마 죽은 친구 문희가 지금 미국에 가 있는 주인공의 꿈에 나타난 일이 사건이라면 사건이다. 그외에는 주인공이 겪은 사소한 경험들, 가령 열차승차권으로 승강이를 하며 몇달러를 손해보았다거나, 한국의 집에서 작은 사고가 났다는 소식으로 남편과 다투었다거나 하는 일뿐이다. 이런 사소한 일들이 나열되는데도 산만하게 여겨지지 않는 것은 왜일까? 그것은 주인공의 의식이 문희에 대한 꿈 이후로 온통 거기에 사로잡혀 있기 때문이다. 열차 손해나 사고 따위의 귀결이 문희 꿈과 연결되고 여기서 문희를 생각하는 주인공의 마음씀씀이가 배어나온다. 그러면서도 이 소설의 주제는 죽은 친구에 대한 회고와 그리움에 그치는 것이 아니라 죽음과의 화해나 교통이라는 더욱 커다란 동심원으로 확장되며 파문을 일으킨다. 삶과 죽음을 갈라놓는 운명의 어떤 이상야릇함에 대한 감각이 이 작품의 한편에 있다면, 죽음 후에도 우리들 마음속에 기억으로 살아 있는 사람들을 받아들이는 덤덤한 인식이 다른 한편에 있는 것이다. 이것은 여기에 은연중 실려 있는 정치적 주제에 대해서도 마찬가지다. 4·19 때 하루종일 손잡고 총알이 난무하는 거리를 함께 뛰어다녔던 이 두 친구를 7, 80년대에 서로 '증오와 힐난'에 빠지게 했던 정치적 견해차도 "시끄럽고 질긴 건 다 싫어"라는 문희의 공격적 화해의 제의로 극복되었듯이, 이제 귀신이 된 문희는 거금을 챙긴 것으로 드러난 전직 대통령을 왜 찍었느냐는 친구의 힐난에 이렇게 대답하게 된다.

"그때야 내가 저 사람이 그런 사람인 줄 알았나. 안정된 사회를 약속하는 그의 말만 믿었지. 믿어주세요 했잖아. 귀신이 된 지금은 모를까."

귀신과 만나 지난 시절의 정치적 견해차를 두고 티격대다니 참으로 이상한 울림을 주는 마지막 구절이다. 그러나 여기에는 인간의 한계지워진 삶에서의 '작별'과 죽음을 매개로 한 서로간의 '해후'를 선선히 받아들이는 작가의 성숙한 시선이 배어 있는 것이다.

인간에 대한 관심과 인간다운 삶에 대한 지향은 이혜경의 「그늘바람꽃」을 지배하는 주제이기도 하다. 김만옥의 작품에 나오는 죽음을 넘어선 두 중년여인의 우정 못지않게 이혜경의 작품에서는 두 젊은 여자들 사이의 깊은 유대감이 존재한다. 번잡한 시장통을 배경으로 한 이 작품은 자신의 정체성을 잃어버린 한 여자(한복집에서 바느질하는 소희)를 거듭나게 하려는 다른 한 여자(닭집을 차리고 있는 효임)의 우애어린 노력이 빚어내는 다정한 분위기 속에서 거의 아름답기까지 한 빛을 발산한다. 효임이 "그 오지랖 안 잘라내면 평생 그 모양으로 살 거라고 평판"이 날 정도로 오지랖이 넓은 탓이기도 하지만, 젊은 시절을 온통 시장바닥에서 견디며 살아온 삶의 여정이 과연 '만만한 것'이 아니라는 것을 독자들은 느끼게 된다. 그만큼 효임의 삶에 대한 태도와 판단에는 무엇이 인간의 삶에 중요한 것인지를 바로 보는 감각이 있다는 말인데, 누군가 이야기를 전하는 방식으로 진행되는 어조가 전혀 거슬리지 않는 것도 효임이라는 속깊은 품성의 인물이 이 어조의 중심에 자리잡고 있기 때문이다. 과거의 덫에서는 벗어났지만 여전히 철없이 남자들에게 버림받으며 사는 소희뿐 아니라, 마치 일편단심 민들레처럼 소희를 바라보고 애타는 홀아비 장씨, 그리고 "푸슬푸슬, 한번도 꽃피워보지 못한 채 시드는 줄기 같은" 가슴의 효임까지도 포함하여, 힘겹게 살아가는 민중들의 삶에 대한 서글프지만 질기고 따뜻한 동감이 도처에 어려 있는 것이다. 이런 동감이 시장 안에 사는 모든 사람들에 대한 연민을 동반하고 있음은 물론이다.

그러고 보니 가을이야. 시장 안에서는 자장면으로 늦은 끼니를 때우는 아주머니의 앞에 놓인 알밤으로나 느껴지는 가을. 몸뻬 차림에 골반이 퍼지고 다리가 굽어 어기적거리는 걸음의 아주머니들. 생의 가을날을 맞아 바스러지기 직전의 단풍 같은 모습들. 저이들의 생에도 한번은 환하게 꽃핀 날들이 있었을까. 그 기억을 그들은 어떻게 감당하는 걸까. 효임은 멍하니 바라보지.

효임이 감상적인 소설을 눈물을 흘리며 즐겨 읽는, 자기연민에 빠지기 쉬운 쓸쓸한 여자지만, 그렇기에 오히려 주변사람들에 대한 관심과 애정으로 자기의 삶을 추슬러가는 모습이 감동스럽게 다가오는 것이다. 작가 이혜경은 이 소설을 통해 사회 속에서 억눌리며 고단하게 살아가는 민중의 삶을 한 시장통의 몇몇 인생들을 통해 눈물겹도록 다정하고 생생하게 소묘해낸다. 최근에 드물게 마주치게 되는 민중소설의 한 아름다움이다.

이혜경의 이번 작품을 읽다보면, 주제에서나 분위기에서나 이와 흡사한 젊은 작가로 공선옥을 떠올리게 된다. 기층민중들, 그 가운데서도 여성들의 정서에 밀착된 작품세계를 형성해온 공선옥은, 우리 문학에서 특별하고도 중요한 자리를 차지하고 있다. 추상적이면서 개인적인 삶의 고통을 토로하는 데 매달려 있는 대다수의 요즘 신진 여성작가들의 작품들에서 식상함을 느끼는 사람이라면, 문득 눈을 돌려 공선옥의 소설들을 바라보라. 거기서 그는 중산층 여자들의 고통스런 감정의 적나라

한 표출이 아니라, 그 이상으로 상처입은 기층민중의 고통이 처연하고
도 때로는 해학적인 언어로 살아나고, 슬프지만 쉽게 쓰러지지 않는 엄
숙한 삶의 양상들을 접하게 될 것이다. 최상의 상태일 때 공선옥의 소설
에는 기층민중의 삶에 대한 리얼한 묘사가 사회적 현실과 만나 형성하
는 밀도가 만들어진다. 이 가운데서는 심한 욕설조차 공허하지 않고 있
을 자리에 자리잡는데, 이것이야말로 거친 감정을 삶에 대한 단단한 인
식으로 단련해내는 작가적 자세의 소산일 것이다. 이번 작품 「세한」은
그의 최고의 성취에는 미치지 못하지만, 생존의 문제에 직면해서 지겹
도록 고통스런 생활을 대책없이 꾸려가는 여성들의 삶을 과장 없이, 그
리고 감상(感傷) 없이 묘사하는 그의 힘만은 여전하다. 이 점이 같은 민
중의 삶을 묘사하되, 연민의 정에 기울기도 하는 이혜경과의 차이점일
것이다.

　하여간 김만옥, 이혜경, 공선옥의 소설들은 소설쓰기와 문화가 어떤
식으로 관련되는지를 새삼 생각하게 해준다. 문화란 사회 전체의 거대
한 기획이기도 하지만, 달리 표현하면 구성원 개개인의 성숙을 통한 함
께살기의 방식을 이르는 말이기도 하다. 소설에 이러한 문제에 대한 인
식과 관심이 살아 있을 때, 우리는 거기서 문학의 사회적 차원을 말하게
된다. 소설언어의 힘은 감정을 여과없이 표출하는 것이 아니라, 어떻게
단련해내느냐에서 나오게 된다. 강철만 단련되는 것이 아니라 감정도 단
련된다. 작은 소리로 말할지라도 커다란 사회적 함의를 가지게 되는 언
어야말로 소설이 도달하고자 하는 경지라면, 과장된 감정과 고통의 표출
이 새로운 기교의 이름을 빌려 난무하는 시기에, 성숙된 감정의 단련을
보여주고 여기에 종사하는 이들의 작업이 가지는 의미는 무척 크다.

　나로서는 거의 처음 대하는 신진소설가들 가운데서 이번에 특히 깊
은 인상을 남긴 작가는 김이태다. 이외에도 신진으로는 「낯선 시간 낯
선 장소」의 권현숙이나 「매향」의 전성태에게 각각 그 나름대로의 세계

가 엿보여 눈길이 갔지만, 김이태의 「얼굴」이 단편으로서 보여주는 어떤 완결성에는 미치지 못하였다. 이 작가의 작품 가운데 내가 읽은 것으로는 작년 어느땐가 발표된 「식성」이라는 제목의 작품이 유일한데, 기괴하면서도 사람을 빨아들이는 것 같은 묘한 매력이 기억에 새롭다. 이번 작품에도 「식성」에서 시도되었던 무언가 편집증적인 인간상에 대한 탐구가 여전하다. 그러나 편집증적인 집착을 그려내는 집요한 시각의 한편에는 삶의 이면(裏面)과 숨겨진 진실을 바라보는 또다른 시선이 항상 자리하는 것이 김이태의 소설을 남다른 것으로 만든다. 「얼굴」은 잘생긴 오빠를 평생을 두고 한결같이 사랑해온 한 젊은 여자의 이야기다. '근친상간의 경향'이 있다는 말까지 오빠에게서 들으며, 결국 성년이 되어서는 오빠와 함께 '오순도순' 살게 되는 이 여인의 삶은 어떻게 보면 괴상하기도 하고 병적으로 보이기도 한다. 그러나 이 병리적 현상이 기괴한 것이 아니라 오히려 절실한 삶의 발현으로 여겨지는 것은, 주인공 화자의 어린 시절의 (어느 정도는 각색된 것이겠지만) 외상적(外傷的)인 체험이다. 둘을 한 방에 가두어두고 강제로 낮잠을 자게 한 어머니 때문에, 마치 죽은 듯 잠자는 오빠의 아름다운 얼굴에 대한 집착은 세살배기 아이의 마음 깊이 뿌리박히게 된 것이다. 이후 대학 재학중 학생운동에 열심이던 오빠가 노동운동에 뛰어들어 얼굴에 심한 화상을 입게 되었을 때, 여자는 "그의 얼굴에 얼마나 중독되어 있었는지를, 마치 모르핀이 떨어진 것처럼, 그의 얼굴이 사라진 이후의 금단현상이 얼마나 지독한가 하는 것"을 느끼게까지 된다. 그러면서도 여자는 이제 얼굴을 잃고 자기에게로 실려온 오빠를 보면서, 내심 "비로소 내 생활이 본격적으로 시작된다는 것을 비밀스럽게 느꼈다"고 고백한다. 이런 이야기를 어떻게 이해해야 좋을까? 근친상간의 심리를 포함한 복잡한 인간심리에 대한 관찰이라고 해도 좋고, 강자와 약자 사이의 상호관계에 대한 우의(寓意)라고 해도 좋고, (어떤 평자의 말처럼) 아비 없는 자식들의 아비 찾기라고 해도 좋고, 이성적이고 밝은 세계와 정서적이고 어두운 세계 사이의 대립과 결탁이라 해도 좋고, 학생운동에 대한 후일담의 한 변형이라 해도 좋다. 다만 한 가지 분명한 것은 김이태는 이 이상한 이야기를 군더더기없이 우리에게 오롯이 제시한다는 것이며, 거기에 거부하기 힘든 어떤 진실의 소리가 실려 있다는 것이다.

한편 『현대문학』과 『문학사상』 1997년 1월호에 각각 단편 「낯선 시간 낯선 장소」와 중편 「연못」이라는 두 편의 소설을 발표하는 등 의욕적인 활동을 하고 있는 권현숙도 주목된다. 그 가운데 「낯선 시간 낯선 장소」는 광주항쟁 당시 우연히 광주에서 마주친 두 남녀의 짧은 만남과 이별(혹은 사별)을 중량감있게 그려내고 있다. 이름도 모르는 채 서로 사랑하게 된 두 남녀의 기묘한 상황과 이미 알려질 대로 알려져 진부하게까지 여겨지는 광주사태의 추이를 이만큼 큰 무리 없이 결합해내기도 어려울 것이다. 절망 가운데서 솟아나는 삶에 대한 욕구를 그리면서도 동시에 그 뻔뻔스럼을 말하고야 마는 이 작가 특유의 태도는 「연못」에서와 마찬가지로 이 작품에서도 발견된다. 직설적으로 피력되고 있어 그만큼 호소력이 덜하기는 하지만, 이는 삶에 대한 드물게 진지하고 도덕적인 태도를 말해주며, 여기에 권현숙의 작업을 지켜보아야 할 이유가 있다. 전성태의 「매향」을 보는 마음은 양면적이다. 기울어가는 시골 마을의 늙은이들의 삶을 형상화하려는 기도 자체가 소중해지는 마음 한편으로, 그런 작업일수록 절실한 체험이 뒷받침되지 않으면 그만큼 헛된 노고가 될 위험도 크리라는 우려다. 그럼에도 대개의 신진들이 도시적 감성을 구두선처럼 외쳐대는 세태에서 우리의 전통언어로 민중의 삶을 엮어내려는 전성태의 시도는 주목받아 마땅하다.

마지막으로 사회비판의 목소리를 주로 담은 두어 편의 소설들을 간단하게 살펴보는 것으로 이 글을 마무리짓기로 하자. 지면이 그다지 확보되지 못한 탓도 있겠지만, 이번에도 역시 이런 작품은 양적으로 많지 않았다. 비중이 있는 것으로는 이대환의 중편 「라면만큼 남은 슬픔」이 유일하고, 작품의 완성도로는 성석제의 「경두」가 단연 돋보였다. 그외에 월간 『사회평론 길』지도 올해부터 소설란을 신설하여 '민중적인' 작가들(김하경, 안재성)을 등장시키는 의욕을 보였는데, 이 작가들의 건재를 확인한 이상의 큰 수확은 아직까지는 없다고 생각된다.

이대환은 사회적 문제에 정면으로 접근하는, 지금 와서는 오히려 드문 젊은 작가 중의 하나인데, 이번 작품에서는 학교문제를 대상으로 삼았다. 학교문제에 대한 소설적 접근은 80년대 말 전교조사태를 전후하여 고조되었으나, 최근에 와서는 그다지 본격적인 작품이 나오지 않았다. 그렇다고 「라면만큼 남은 슬픔」이 학내의 비민주적 요소의 개혁에 나선 교사들의 투쟁을 다룬 작품은 아니다. 이 작품이 대상으로 하고 있는 곳은 그런 문제는 없지만 그러기에 오히려 더욱 척박한 교육환경을 가진 평범한 학교다. 작가는 그런대로 소신있고 교사로서의 자의식도 있는 한 젊은 국어선생을 화자로 삼아, 창밖으로 투신한 한 학생의 죽음의 진상이 전 교사가 동원된 공작 끝에 어떻게 은폐되고 마는가를 사실적으로 보여주려고 한다. 임신이라는 말 못할 고민 때문에 무단결석을 하게 된 한 여중생이 주임으로부터 심한 체벌을 받은데다 담임으로부터도 닦달을 당하게 되자 투신하여 중태에 빠지고 결국 사망한다. 이 사건을 맞은 학교는 비상이 걸리고, 교장을 비롯하여 전 교사들은 '일치단결'하여 이 난국을 수습하기로 결의한다. 결국 학생의 죽음을 둘러싼 진상은 대부분의 교사들에게조차 가려진 채, 언론을 구워삶고 학부모를 어르고 무마하고 '도의적 책임'을 진다는 미명 아래 적당히 돈으로 보상하고 하는 일련의 과정을 통해 일은 무사히 마무리된다. 이 작품의 힘은 작가가 이 모든 과정을 묘사하면서 일체 도덕적 개입을 하지 않고 그 전말을 있는 대로 보여주는 데서 나온다. 가령 이 투신소식을 회의 자리에서 처음 듣고 각자 수업하는 교실로 흩어지는 교사들의 대화를 들어보자.

"계집애 정말 독하네."

"죽고 싶으면 집에 가서 죽지 왜 학교에서 죽어요?"

"그나저나 시끄럽게 생겼네요."

"졸지에 우리 학교도 유명해지겠구만."

"이제 무서워서 애들한테 꾸중도 못하겠네요. 뛰어내릴 거라고 협박하면 어떡하겠어요?"

"만유인력은 뭐하러 생겨가지고."

교사들의 반응이 비교육적인 것은 차치하고라도 비인간적이라는 것을 작가는 굳이 설명하지 않지만, 자연스럽게 나오는 언동들이 오히려 그것을 생생하게 말해준다. 중요한 것은 화자인 국어선생조차 이러한 비인간적 풍토에서 아주 자유롭지 않다는 점이다. 아니 화자는 부패의 늪에 한발을 담그고 있기도 하고 기실 학교가 위기를 모면하는 데 여러모로 공을 세우기까지 하는 것이다. 그를 이 무리와 구별시켜주는 것은 알량한 자의식에서 나오는 시큰둥한 태도뿐인데, 이것이 실은 화자의 행동을 더 가증스럽게 보이는 효과를 빚는다. 이처럼 비극을 비극으로 인식하는 인물 하나 없는 이 환경에 대한 작가의 고발은 가혹하기까지 하고, 이를 둘러싼 한바탕의 희극적 소동을 풍자하고자 하는 의도도 곳곳에서 눈에 뜨인다. 그러나 이런 성과를 인정하더라도, 대체로 문제의식이 앞서는 한편 구성이나 묘사 등이 다소 허술한 이 작가의 결함은 이 작품에서도 보인다. 가령 주인공이 진상을 알고 있었다는 사실이 끝부분에 가서 너무 느닷없이 나온다든가, 진작 알고 있는 일임에도 이 점에 대한 배려가 별로 없다는 것 등은 작품의 밀도를 떨어뜨리는 중요한 원인 중의 하나다.

성석제의 「경두」는 오토바이로 피자 배달을 하는 열다섯살 난 경두라는 이름의 소년 이야기다. 작가는 가족도 없는 이 소년이 교통사고를 당했지만 어른들의 협잡에 따라 보상금 한푼 받지 못한 채 결국 죽음으로 내몰리고 마는 과정을 그려낸다. '경두'라는 말에서 시작하여 같은 말로 끝나는 이 작품은 거의 문장 하나하나마다 경두라는 말이 리드미컬하게 되풀이되면서, 독특한 효과를 자아낸다. '경두'라는 말은 말하자면 이 작품에서 일종의 이야기장단 구실을 하는 셈인데, 이 돈호법을 적절히 사용해서 작가는 소년의 순진하고 발랄하고 가엾은 모습을 더욱 절실하게 부각하는 데 성공한다. 이야기도 이야기지만, 이 소설은 소설에서 시적 언어구사가 줄 수 있는 효과에 대한 하나의 성공적인 실험이기도 하다. 떠나서 돌아오지 않게 된 경두가 그토록 바라던 오토바이를 타고 이 세상을 벗어나는 환상을 보는 마지막 장면이 어색하지 않은 것도 이 때문이다.

작품을 즐기는 행복한 독서의 체험과 판단자의 눈으로 들여다보는 고단한 업무 사이의 접점을 찾지 못한 채 격월평을 끝낸다. 그러나 논평에 앞서 적어도 작품을 읽는 기쁨이 없지는 않았으니, 평론가의 비애도 조금은 보상되었던 것일까?

—『내일을 여는 작가』 1997년 3·4월호

기억의 거처

이문구·방현석·김종광의 소설

1. 증언으로서의 기억: 방현석의 『당신의 왼편』

최근 출간된 이문구와 김종광의 소설집과 방현석의 장편소설을 읽었다. 각기 나름대로 재미있는 독서였다. 그러나 이들을 두고 무슨 평을 한다는 일이 버거워, 두어 주일 넘도록 미적거렸다. 이문구는 이름조차 생소해진 보잘것없는 나무들을 제목으로 내세운 일종의 나무열전을 선보였다. 중간중간 한자말을 한두 마디 끼워넣지 않으면 글이 잘 되지 않는 처지로서는, 또 한번 우리말의 기막힌 조합이 이룩해낸 글쓰기의 진경을 대하매, 늘 그렇듯 말문이 막혀서 따져볼 엄두가 나지 않는다. 방현석의 경우는 또 그것대로 작가가 모처럼 마음먹고 과거에 대한 착잡한 감정을 토로한 터에 차마 이런저런 시비를 가리기가 껄끄럽다. 김종광은 거의 처음 대하는 작가인데, 신진소설가 가운데 이런 '인물'이 있었나 하고 솔직히 놀랐다. 일전에 『한겨레』에 난 기사를 보니 '작은 이문구'라는 별명까지 붙었다지만, 실상 아주 당돌하리만큼 새로운 면도 있고 또 막상 이문구와 비교하기에도 좀 이르지 않나 하는 생각이었다.

그러나 소임을 피할 수는 없는 일, 독서소감을 몇가지 적어본다.

『십년간』(1995) 이후 오랜만에 나온 방현석의 장편소설 『당신의 왼편』(해냄, 2000)을 지배하는 것은 기억의 문제다. 실질적인 주인공이라고 할 현욱의 삶을 숨겨진 화자인 '나'는 이 작품의 마지막 장에서 이렇게 정리한다.

> 20대 청춘의 10년을 고스란히 저당잡힌 채 그가 얻으려고 했던 세상에 대한 꿈, 그것이 이제 있어야 할 유일한 곳은 기억의 무덤일 뿐이라고 그는 생각했다. 나 역시 그와 그의 친구들이 꾸었던 꿈이 앞으로 오랫동안 복권되기 어려울 것이라는 것을 모르지 않았다. 그러나…… 그러나 허술한 무덤의 주위에 흩어진 채 매복해 있던 기억의 잔해들은 가끔 불시의 궐기를 감행하여 그의 일상을 습격하고, 무방비상태의 그를 점령하여 심한 멀미에 빠뜨리는 것을 나는 오늘까지 지켜보아왔다. 그에게 기억은 흉기였다. (2권 251면)

이 대목은 이 작품의 전모를 거의 요약한다. 현욱은 시골 출신으로 서울의 한 대학의 문예창작과에 진학한 첫해, 광주항쟁으로 격화된 학생운동에 가담하여 그후 10년간을 세상을 변혁하고자 하는 80년대의 거대한 움직임에 동참한다. 그러나 90년대에 접어들어 달라진 세상에서, 대기업 회장의 자서전을 쓰는 일에 고용되고 그것을 계기로 회장의 심복 중 한 사람이 된다. 이런 사람에게 순수한 열정으로 가득 찼던 자신의 청춘시절은 묻어두고 싶은 과거요 아픈 추억일 뿐이다. 그에게 "기억은 흉기였다"는 것은 이해할 만하다. 현욱은 '꿈꾸며 살았던 시간의 기억'들로 인해 '내상'을 입게 되고, 그같은 내상이 결국 그를 다시 한번 변모시키는 계기가 되는데, 이로써 기억은 흉기가 아니라, 오히려 꿈 없이 사는 무의미한 삶을 혁파하는 삶의 이기(利器)임이 드러난다.

숨겨진 화자인 '나'는 현욱의 다른 측면 즉 그를 조감하는 어떤 궁극적인 자아라고 할 수 있을 터인데, 이런 시점의 분리를 통해 현욱의 내면에서 일어나는 내상의 깊이와 치유의 과정을 좀더 밀도있게 기록하자는 것이 작가의 의도였을 것이다. 그러나 현욱의 내면적 갈등이 별로 깊이 탐구되지 못함에 따라 이 시도는 명백히 실패한다. 세속적으로는 30대 이사로 승진할 정도로 '잘나가'면서 자조 섞인 포즈 하나로 삶의 불일치를 건사하고 마는 것처럼 보일 정도니, 현욱은 자신의 삶이 처한 모순에 정면으로 대응할 만한 인물로 그려지지 못하였다. '나'를 활용하려면 나와 그의 긴장된 대면과 대화가 인물의 삶의 변화를 추동해내는 한 계기가 되어야 할 터인데, '나'는 잠시 필요할 때 동원되는 도구에 불과하다. 첫 장과 마지막 장에 불쑥 끼어든 불필요한 군더더기 혹은 분식(粉飾)으로 남는다. 그러니 '그'도 평상시에는 기억을 통한 자의식의 고통, 혹은 내상을 가지고 이를테면 사활을 건 씨름을 할 필요가 별로 없게 된다.

그러나 이런 실패를 보상해주는 미덕이 『당신의 왼편』에는 있다. 주인공 설정과 서술전략의 엉성함에도 불구하고, 이 작품 전체를 끌어가는 힘으로서 기록에의 충동은 경탄스럽다. 80년대의 일을 하나하나 기억의 창고에서 꺼내어 눈앞에 펼쳐 보이고자 하는 욕망이 이 작품을 지배하고 충일하게 한다. 단적으로 당시의 기록물들, 특히 고문의 실상을 낱낱이 기록한 김근태씨의 생생한 증언 등을 이 소설의 맥락에서 읽는 일은 감동적이다. 어떤 점에서는 등장인물의 배치를 비롯한 플롯 자체가 이같은 기록물을 효과적으로 제시하기 위한 장치인 것처럼도 보인다. '네가 눈이 있다면 이 명백한 사실들을 보아라, 이 망각의 90년대여!' 하고 그것은 외친다.

주인공인 현욱뿐 아니라, 이 작품 전체는 기억을 둘러싸고 벌이는 한바탕의 싸움이다. 기억, 즉 과거를 복원하는 정신활동은 문학의 핵심영역 가운데 하나다. 방현석은 80년대적인 세계의 핵심 속에 뛰어들어 기억을 통해, 그리고 때로는 기록의 도움을 받아, 그 의미를 되살리기 위해 고투한다. 그런 점에서 그의 이번 소설은 기억이 아닌 추억을 일삼는 이른바 '후일담소설'들에 대한 질타이기도 하다. 그런데 단순히 기록물을 제시하는 것이 소설은 아닌 만큼, 소설에서 일어나는 기억은 현재를 통해 이룩되는 재생이며 그런 점에서 하나의 사건이자 창조이기도 하다. 『당신의 왼편』은 기록의 힘을 보여주는 한편으로, 잃어버린 80년대의 정당성과 순수성에 대한 회한과 열정이 교차하는 심적인 혼란을 벗어나지 못한다. 이것은 기억을 창조와 연결시키는 입지가 되는 당대의식, 즉 90년대에 대한 해석이 이 작품에 부재하다는 것과도 일맥상통한다.

2. 공동체의 기억을 되살리기: 이문구의 『내 몸은…』

방현석이 그토록 붙잡혀 있는 기억이라는 문제는, 다른 두 작가와도 무관하지 않다. 물론 이문구나 김종광 같은 작가들이 방현석처럼 지금에 이르러 억압된 80년대의 삶과 정신을 예민하게 의식하고 있지는 않다. 그런데 다시 언급하겠지만, 김종광의 경우에는 분명 80년대 운동에 대한 동감어린 시선이 있거니와, 언뜻 보기에 그런 변혁의 기억과는 무관한 듯한 이문구의 경우에도 역시 기억의 문제는 매우 중요하다.

농촌사회의 변모에 대한 기록자이자 그같은 전통적인 공동체의 사회적 의미에 대한 가장 일관되고 깊이있는 사색자인 이문구는, 이번 작품집 『내 몸은 너무 오래 서 있거나 걸어왔다』(문학동네 2000)에서 더욱 분명하게 농촌의 풍속작가로 자기 자리를 매겼다. 이것은 작가로서의 특성을 더욱 분명히한 이점은 있으되, 영역의 협소화라는 점에서는 후퇴한 면도 있다. 이데올로기 싸움으로 고초를 겪다 이웃의 도움으로 가까스로 살아난 과거를 기억하는 홍쾌식옹의 회고(「장석리 화살나무」)와 같은 예외도 있지만, 이 작품집의 중심을 이루는 것은 90년대 들어와서 변모된 이른바 '아이엠에푸'시대 농촌의 풍속도이다. 「장평리 찔레나무」「장척리 으름나무」「장이리 개암나무」「장천리 소태나무」「장곡리 고욤나무」 등 대다수가 이같은 풍속묘사에 중점이 가 있고, 최근 농촌의 삶을 다루되 낙향한 도시인의 감회를 담은 「장동리 싸리나무」와 「더더대를 찾아서」 정도가 이 목록에서 벗어날 뿐이다.

구체적으로 충청도의 한 시골을 배경으로 하는 이 풍속도는 비단 피상적 의미에서 풍속으로서의 미풍양속이 흐려지는 사태(노래방 등 갖가지 '방'들이 들어와 있고, 티켓 영업 등 매춘과 휴대폰과 음란전화의 등장 등)에 대한 보고뿐 아니라, 당대의 정치현실에 대한 불신어린 시골민심이 여실한 현장감과 더불어 질박한 사투리로 그려진다. 풍속에 대한 충실한 기술을 기본으로 하다 보니, 농촌현실을 실감나게 전해주는 거의 기념비적인 장면들이 속출한다. 가령 한 노인이 농민의 살길을 가로막는 농촌정책에 절망하여 고욤나무에 목을 매어 자살한 경위를 기록한 「장곡리 고욤나무」의 전반부를 차지하는 시골버스 속에서의 대화 장면 같은 것은 가히 압권이다. 고인의 초상집에 가는 주민들이 마을 정류장에서마다 한두 명씩 버스에 올라타면서 서로 수인사하고 나서 고인의 죽음을 두고 주고받는 대화는 민중들의 생생한 생활의 한 장면을 되살려놓으면서, 그들의 삶에 대한 감각과 정치현실에 대한 느낌까지 있는 그대로 전달해내는 리얼리즘의 힘을 보여주는 한 본보기이다. 어디한 군데 끊어내기가 어렵지만, 그 일부라도 읽어보는 것이 좋겠다. "참 그이는 엊그제까장두 멀쩡하던 이가 워째 느닷없이 시상을 그냥 싸게 놔버렸대요?"(236~37면)라고 말을 꺼낸 마흔줄 아주머니가 몇마디 아는 소리를 하자, 버스에 탄 사람들이 한마디씩 거들고 나서는 중이다.

"아따 아줌니는, 그렇잖어두 햇덧 읎는 동지슫달에 먹은 그릇 설그지허기도 빠듯헐 텐디 워느새 지자제까장 연구를 다 허셨댜."

남북대가리가 탄하는 것도 아니고 탓하는 것도 아닌 말로 지질러두려고 하였으나

"설그지허다 보면 짐칫그릇두 만지구 짠짓그릇두 만지는 거지 지자제가 뭐 별스런 그래유. 보나마나 둔 있는 늠덜 둔지랄 허기만 십상이겄데유."

그 여편네도 수그러들 기미가 없었다.

"쓰기는 부족해두 살기는 넉넉한 사람이 사는 게 재미읎다구 무단히 자긔 손으루 영결종천헐 적에는 여북했을라구유. 다 그만침 말 못헐 폭폭헌 속이 있었겄지유."

수리목이 거듭 말참견을 하였다.

"쓰다 냉긴 녕약두 수두룩헐 텐디 해필이면 목을 그랬으까나."

"약을 먹으면 대번에 종합병원으루다가 실어갈 텡께 곧 죽어두 객사는 마다헌 거지유." (237~38면)

제목으로 쓰인 나무들이 하나같이 '나무두 아니구 풀두 아닌' 보잘것없고 별 쓸모도 없는 수종들이지만, 그 나름대로 만만히 볼 수 없는 개성과 성깔을 가지고 있는 것처럼, 대체로 우리가 민중이라고 일컬어온 다수대중들의 정서와 저항의식과 끈끈한 생활상을 이만큼 생생하게 그려낸 작가는 드물 것이다. 이런 나무들의 민족적이고 민중적인 특성을 작가가 등장인물의 입을 빌려 직접 설파하는 「장이리 개암나무」와 같은 작품도 있지만, 그보다도 생생하게 되살려진 버스 안 풍경이야말로 이 문구의 리얼리즘의 수준을 증거한다.

그러나 마치 김홍도의 풍속화처럼 민중적 삶의 리얼리티를 살려낸

이같은 미덕에도 불구하고, 풍속을 넘어선 영역에 대한 탐사를 어렵게 만드는 낌새는 이번 작품집에서 더욱 짙어진 것처럼 보인다. 이것이 이문구 문학이 한고비를 넘긴 것이 아닐까 하는 의혹을 가지게 한다. 풍속의 세계는 어디까지나 사회적 관습의 영역에 있으며, 그 세계 속에서 삶이나 사회의 근본모순은 후경(後景)으로 물러나거나, 말로든 행동으로든 눙쳐지고 타협되어 근본적인 문제로 부각되는 것을 막는다. 풍속은 풍속 너머의 세계를 보여줄 수 없고, 암시조차 하기 힘들다. 풍속을 그리는 화가 혹은 작가는 도덕적일 수는 있어도 삶의 근본적인 질곡이나 본질적인 물음 앞에서 무력하다. 이문구의 인물들에게는 소박하면서도 오히려 완강한 도덕의식이 존재하는데, 농사꾼의 노동체험에서 체득한 예절이랄까 지혜 같은 것이 배어 있다. 가령 「장평리 찔레나무」에서 김회장이 '반갑잖은 사람'인 시동생이 건강식으로 먹게 까치를 사달라는 말에 "농사꾼은 허구 싶은 것 다르구, 헐 수 없는 것 다르다는 걸 알구 사는 게 농사꾼유"(31면)라고 쏘아붙이는 데서 그같은 삶의 윤리가 엿보인다. 그럼에도 김회장 자신의 행동거지나 이 인물에 대한 작가의 풍자조차도 철저하게 풍속의 영역이나 사고범위에서 벗어나는 법이 없는 것이다.

역시 그의 문학에 긴 생명을 기약해주는 것은 언어의 힘과 아름다움이다. 그의 언어는 방현석이 그 나름대로 붙안고 있는 것과는 다른 의미에서 기억의 중요성을 설파한다. 즉 이문구의 작품은 언어, 살아있는 민중적 언어의 존재 그 자체를 통해 민중의 역사와 삶에 대한 깊은 기억을 축복하고 되살리는 것이며, 망각이 깊어 복원이 불가능해진 상황에서는 그같은 역사와 삶에 대한 송가(頌歌)가 되는 것이다. 근본적으로 이는 역시 농촌이라는 전통적인 공동체의 기억과도 맺어져 있다. 이른바 유기적 공동체의 기억, 근대가 진행되면서 끝없이 되풀이 환기되는 이 과거에 대한 기억, 더 나아가서 그것의 현재성에 대한 증언이야말로 흔히 복고주의라고 오해될 법도 한 이문구 문학의 근대성이다. 작가가 활동해온 시기 내내 농촌공동체는 와해 혹은 소멸의 운명에 처해온 것이 사실이나, 민중의 생성터전인 농촌현실의 의미를 되살림으로써 근대문제에 대한 근원적인 질문도 가능하다. 민중적인 지방어가 생활현실과 맺어져 생동하고 나아가 왁자지껄한 방식의 이른바 다성적(多聲的) 구사로 터져나오는 힘, 그것은 고전적인 리얼리즘이 세기전환기의 오늘에도 살아 있다는 놀라운 확인이 된다.

3. 풍속을 넘어 현실로: 김종광의 『경찰서여, 안녕』

세상에서 가장 끈질긴 기억은, 『당신의 왼편』의 중심인물 가운데 한 사람인 건우가 말한 것처럼, '몸의 기억'일지도 모른다. 80년대의 기억이 현욱에게서 사라지지 않고 남아 있는 것도 그 때문이다. 그러나 이보다 더 깊은 곳에서 기억은 언어에 인각되어 있다. 언어야말로 진정으로 우리 몸 속속들이 박혀 있는 기억의 원천이자 창조의 원천인 것이다. 민족어의 중요성이 여기에 있으니, 이문구의 시골 사투리, 그리고 아름다운 우리말의 구사 자체가 민족적인 기억을 담지한 기념비일 수 있는 것이다. 그럼에도 이문구에게는 역사적이기보다 근원적인 기억에 더 가까운 무엇이 있어서 방현석이 그토록 치열하게 겪은 80년대의 격랑과 그 상처들이 별 반향을 일으키지 못한다. 그의 소설에서 80년대는 이상할 정도로 '존재가 없다'. 그 아쉬움, 이문구의 원천적인 한계에서 생겨나는 그같은 아쉬움의 한자락을 젊은 작가 김종광이 시원하게 씻어줄 줄은 예상하지 못했다. 그만큼 그의 소설집 『경찰서여, 안녕』(문학동네 2000)을 읽는 일은 서늘한 경험이었다.

김종광은 재능있는 이야기꾼이고(이야기도 꾸밀 줄 모르면서 요설에 사로잡힌 사람들과는 달리), 소설문법에 충실하되 나름대로의 작은 실험들을 효과적으로 해내고(기괴하고 새로운 것을 선보이지 않으면 소설이 안되는 것처럼 아는 사람들과는 달리), 무엇보다도 요즈음의 대다수 젊은 작가답지 않게 기교를 탐하지 않는다. 하나같이 시원시원하게 읽히는 것도 그 때문인데, 역설적이게도 이런 특성들이야말로 쉽게 읽히기를 기피하는 포스트모던의 관습을 무너뜨리는 하나의 혁신일 수 있는 것이다. 언제부터인지 모르게 실험이 관습이 된 세상에서 사실성에 충실하려는 태도의 낯섦, 김종광의 신선함의 한 근원은 이것이다. (실제로 김종광은 여러 곳에서 모더니즘의 대표적인 기법으로 일컬어지는 '낯설게 하기'를 즐겨 사용하여 오히려 리얼리즘의 효과를 보고 있다.)

90년대 하고도 후반의 작가라고 할 김종광이 이처럼 '철지난' 리얼리즘의 영역 속에서 움직이는 것을 두고 새로운 세대에서 새롭게 창출되는 리얼리즘의 징후를 읽기에는 아직 이를 것이다. 그렇지만 그가 선배작가 이문구와도 구별되는 새로운 면모들을 보여주고 있음은 주목되어 마땅하다. 이문구적인 세계를 연상시키는 작품들도 상당수 있긴 하다. 가장 최근에 쓴 「짚가리, 비릇다」라는 작품은 직접 농촌과 농업에 종사하는 사람들을 대상으로 하기도 하거니와, 그외에도 원동기 시험장의 풍경과 인간군상을 그린 「많이많이 축하드려유」, 소도시 노인들의 소일과 그 주변풍경을 그린 「편안한 밤이 오기 전에」, 동사무소에서 시행하는 공공근로의 일상을 그린 「모종하는 사람들」, 그리고 공무원과 결탁하여 시골사람들을 등쳐먹는 사기꾼과 시골여자들의 난리법석을 그린 「중소기업 상품설명회」 같은 작품들에는 걸쭉한 입담과 풍자나 해학, 그리고 시골 혹은 소도시의 풍습에 대한 충실한 묘사 등 아닌게아니라 '작은 이문구'의 냄새가 물씬 풍긴다. 그러나 표제작인 「경찰서여, 안녕」이라든가 「분필교향곡」 「검문」 그리고 무엇보다도 「정육점에서」의 지독한 패러독스와 전복의 세계는 분명 이문구와는 거리가 있는 것이다.

특히 후자의 작품들에서 두드러지지만, 김종광은 인간들 사이의 권력관계와 그것이 인물들의 심리와 행동에 미치는 미묘한 파장에 예민하다. 「분필교향곡」이 그 대표적인 예인데, 이 난리굿판을 관조하는 시선에 담긴 짙은 우수가 일종의 블랙코미디 효과를 창출한다. 이 작품을 비롯해서, 다른 작품들도 기본적으로 권력구조의 폭력성에 대한 고찰이자 그로 인해 발생하는 아이러니를 깔고 있으며, 때때로는 정치적 알레고리의 양상조차 엿보인다. 그런데 이같은 관심과 양상 자체가 풍속성의 영역을 넘어서는 것이다. 이문구적인 전통을 잇고 있는 전자의 작품군들도 정작 들여다보면 그 전통과는 상이한 요소들이 많이 틈입해 있다. 근본적으로는 이같은 유형의 작품들이 풍속성을 다 벗어버릴 수야 없겠지만, 「많이많이 축하드려유」나 「모종하는 사람들」에서 두드러지듯, 풍속에 대한 관심 못지않게 그 작품들을 끌어가는 추동력은 사건에 대한 거의 모사에 가까운 재현이다. 이문구에게서 흔히 보이는 훈계 투의 도덕주의도 자취가 없어 거의 삭막하게조차 여겨지지만, 그만큼 더 리얼하다. 사투리뿐 아니라 이문구가 좀체 사용하지 않는 쌍말까지 적절히 구사함으로써 현실감을 살리는 데 기여한다.

4. 글을 맺으며

이문구까지 포함하여 우연찮게도 이번에 읽은 작가들은 모두 같은 대학에서 문예창작을 전공한 선후배간이다. 더구나 모두 시골 출신(이문구와 김종광은 고향도 충청도 보령으로 같다)으로 문학에 투신하기 위해 대학에 진학하였다. 특히 방현석과 김종광은 나이로도 꼭 십년 차이고, 각각 80년대와 90년대에 같은 캠퍼스에서 대학시절을 보냈다. 대선배인 이문구는 그렇다치더라도, 방현석과 김종광 소설의 차이는 이 두 연대 사이의 세대차와도 무관하지 않은 듯 보인다. 방현석은 진지하고 무거운 데 비해, 김종광은 상대적으로 풍자적이고 날렵하다. 김종광에게는 방현석에게서 보이는 도덕적 정당성에의 강박이 없는 대신, 그만큼 자기 존재를 건 치열함은 덜하다. 80년대의 운동에 공감하고는 있으되, 현실문제의 정면돌파를 감행하기보다는 측면을 치고 빠지는 식이며, 직접 문제 속에 뛰어들어 허우적거리면서 찾아내는 힘이 부족하다. 역시 지난 연대의 현재성에 관한 한 '몸의 기억'이 없기 때문일 것이다. 기대되는 신인임은 분명하나, 사태의 변죽을 건드리는 타성에 머물까 하는 우려가 생기는 한켠의 이유도 이것이다. 그러나, 오랜만에 새로운 좋은 작가를 만났으니, 이런 걱정이야말로 기우가 되기를!

—『창작과비평』 2000년 가을호

빌둥의 상상력

한국 교양소설의 계보

1. 교양소설의 이념과 근대성

최근 들어 교양소설(혹은 성장소설, Bildungsroman)에 대한 작가들의 의식적 투여가 두드러지면서 이 장르를 둘러싼 논의가 새삼 비평의 관심사로 떠올랐다.[1] 명백히 성장소설을 의도하고 씌어졌을 뿐 아니라 그것이 선택한 형식에 걸맞은 성취를 이룩한 작품들이 그야말로 일군(一群)을 이루게 된 현상은 분명 괄목할 만한 것이다. 몇몇 대표적인 사례만 떠올려도 그 위용을 전달하기에 충분하다. 유소년기의 성장을 담은 중견작가들의 자전적인 노작(박완서의 『그 많던 싱아는 누가 다 먹었을까』와 현기영의 『지상에 숟가락 하나』)에서부터 젊은 작가들이 시도한 성장소설들(방현석의 『십년간』, 신경숙의 『외딴방』, 은희경의 『새의 선물』, 배수아의 『랩소디 인 블루』)에 이르기까지, 그리고 대하소설의 규모를 가지지만 뚜렷한 성장

---

1) 대표적인 글로는 황종연 「성장소설의 한 맥락」(『문학과사회』 1996년 여름호), 이보영 「성장의지와 한국문학」(『성장소설이란 무엇인가』, 청예원 1999), 신승엽 「잃어버린 시간과 자아를 찾아서: 90년대의 성장소설」(『문학동네』 2000년 봄호).

의 서사를 포함하고 있는 대작들(김원일의『늘 푸른 소나무』와 이문열의『변경』)을 염두에 둔다면, 90년대 문학에서 교양소설이 차지하는 자리는 확고하다.

90년대 교양소설의 성세현상에 대한 분석은 필요하고, 그것이 특히 80년대적인 대서사에 대한 믿음의 소멸과 사적인 삶과 내면으로의 회귀라는 문학 안팎의 변화와 맺어져 있다는 관찰은 그것대로 유효할 것이다. 그러나 한편으로 고려해야 할 것은 교양소설이라는 장르가 원래부터 근대적 자아의 형성이라는, 그야말로 근대에 가장 고유한 대서사에 의존하고 있다는 점이다. 교양소설이 '근대성의 상징형식'(the symbolic form of modernity)으로 규정된 까닭도 여기에 있다. 만일 지금에 이르러 근대성의 대서사가 무너져버린 형태의 교양소설이 등장하고 있다면, 그것이야말로 새로운 설명이 요구되는 문제적 상황일 것이다. 거꾸로 본격적인 교양소설이 진지하게 모색되고 있는 현실은 소서사로의 회귀현상보다는 차라리 대서사에 대한 갱신된 지향과 맺어져 있을 가능성도 떠올릴 수 있다. 대체로 서구에서 19세기적인 장르로 이해되고 있는 교양소설이 21세기를 바라보는 시점에서 새롭게 부상하는 이 현상의 심층의미를 사고하는 일이야말로 근대 이후 한국문학의 지평을 가늠하는 한 관건이라고 할 것이다.

교양소설의 양식은 근대성이 문제로 떠오르는 역사적 국면에서 삶의 의미를 발견해내고 구성해내는 틀로 성립되고 유지된다. 90년대 들어 이같은 틀이 재활용되고 있는 것은, 본질적으로 교양의 충동을 생성시키고 관리해내는 속성을 가지고 있는 근대의 조건이 여전히 존재하기 때문이다. 그런 까닭에 근대 이후의 작가들은 그 충동을 벗어나서는 사회 속에서 삶의 의미를 채우지 못하게 되리라는 것을 끊임없이 환기하게 된다. 비단 90년대뿐 아니라, 자신의 성장의 비의와 세계와의 접촉에 대한 내밀한 체험을 표현하고자 하는 욕망은 어떤 작가에게나 근본적인 것이며, 근대문학 작품의 곳곳에는 작가의 성장체험의 고비와 계기들이 알게모르게 개입되고 산포(散布)되어 있다. 자아의 내면성이 낯선 세계와 만나고 자기변화를 통해 의미를 획득하는 서사의 시도는 이미 근대의 기원에서부터 문학에 불가피하게 지어진 운명이라고 할 수 있다. 왜냐하면 그 기원에서부터 근대는 자아와 세계, 주관과 객관의 분리를 만드는 동시에 그 통합을 지향하는 움직임을 동시에 창출하기 때문에, 개인과 사회의 통합에 대한 욕망과 비전이야말로 근대문학을 근대문학이게 하는 필수요건이 된다. 그런 점에서 빌둥(Bildung, 교양 혹은 형성)의 요구는 근대의 피할 수 없는, 어떤 점에서는 선험적으로 주어진 조건이다.

빌둥은 원래 어떤 유의미한 상(Bild)을 실현해나가는 형성의 과정을 말한다. 그런 점에서 빌둥은 내면적 성장과 완성의 이념을 지향한다. 그러나 이러한 내면의 생성부터가 근대의 소산인 한, 구체적인 역사적 맥락에서 이러한 개별적인 형성은 한 개인을 부르주아 사회의 시민으로 만들어내는 과정이기도 하다. 내면의 자유에 대한 충동과 시민사회의 한 구성원으로 소환되는 강제의 간극 속에서 빌둥의 체험은 처음부터 불길한 모순을 담보한 가운데서만 일어나게 된다. 희망과 자유와 좌절과 승복. 세상에 눈뜨는 젊은 영혼에게 예외없이 마치 숙명처럼 다가오는 이 단어들은 근대가 일구고 뿌려놓은 이 모순의 터전에서 비롯된 것이다.

빌둥의 이러한 모순적인 성격을 서사형식 속에 담아내는 것으로서 교양소설이 근대의 중심적인 장르로 자리잡은 것은 자연스럽다. 교양소설은 개인과 사회의 통합이라는 비전을 버리지 않으면서도, 현실 속에 존재하지 않는 통합을 당연시하지도 않는다. 이러한 긴장이 해소될 만큼 개인 속으로 침잠하거나 혹은 사회와의 화해를 손쉽게 수용하는 순간, 교양소설의 이념은 심각하게 훼손된다. 비록 빌둥의 꿈이 실현될 수 없는 것일지라도, 그러므로 필경 삶의 의미내용이 충분히 채워질 수 없는 현실일지라도, 통합을 향한 지향을 담지하는 빌둥의 상상력을 통해 끊임없이 자신의 삶과 사회형식을 결합하고 의미화하는 과정에서 교양소설의 서사가 존속하게 된다. 이러할 때, 교양소설은 바로 근대성의 모순 그 자체에 대한 증언이 된다.

한국 근대문학에서 서구의 경우처럼 이같은 교양소설의 긴장을 견딜 만한 전통이 과연 존재하는가 하는 물음에 선뜻 긍정하지는 못한다 해도, 적어도 빌둥의 상상력이 여전히 깊은 울림을 가지고 있음은 말할 수 있다. 서구의 근대화과정에서 18세기에 태동한 교양소설의 양식이 우리 근대문학에서 일정정도 구현되고 있다면, 그것은 근대성의 요청이 문학과 삶의 형식에 미치는 공통의 영향 탓일 것이다. 물론 서구와는 달리 시민사회의 형성도 민족국가의 수립도 온전하게 이루어지지 못한 결과, 시민의 형성을 주도한 빌둥의 이념과 그 소산인 교양소설 장르가 서구에서의 전개와 일치할 수는 없다. 여기에다 근대화의 시차문제가 개입한다. 단적으로 말하자면 19세기를 거치며 확립된 서구의 시민사회 전통이 도전에 직면해 있던 20세기 초엽에 와서야 우리 사회는 비로소 근대로 접어들게 된다. 그 결과 민족국가의 형성이 아닌 국권상실이, 그리고 민주시민이 아닌 식민지인으로서의 전락이 근대 진입의 여건이 되었던 것이다. 이같은 착잡한 사정이 근대사회의 요구로서의 빌둥의 기획에 던진 파장은 심원하다. 한국문학에서 서구적인 의미의 교양소설의 전통이 궁핍한 것은 충분히 이해할 만한 일이다.

그럼에도 불구하고 근대가 풀어놓은 자유에의 충동과 욕망은 전근대의 속박을 찢고 나올 수밖에 없고, 전통과 근대의 부대낌이 정도를 달리해가면서 근대문학의 한 구조로 자리잡고 있음을 부정할 수는 없다. 동시에 일정정도 해방된 욕망이 한국적인 근대에 부과된 식민성과 종속성이라는 근대적인 새로운 족쇄와 다시 길항하게 되면서, 워낙 모순 속에서 생존하는 빌둥의 기획은 몇겹의 함수가 상호작용하는 고차방정식의 미로 속으로 더욱 깊이 스며들게 된다. 결국 좀더 서구적인 원형에 가까운 교양소설의 발흥이 억제된 대신, 빌둥의 서사가 온전히 이루어지는 경우에는 이 모든 변수들을 통합하고 해결해낼 위업에 근접하는 더욱 탁월한 성취가 될 가능성도 그만큼 큰 것이다.

필자가 한국 교양소설의 계보를 이광수의 『무정』(1917)에서부터 잡는 것은 이 작품이 이같은 위업의 하나라고 생각해서가 아니다. 다만 『무정』이 근대 초기문학에서 빌둥의 기획을 수면 위로 떠올리는 결정적 계기임을 부정할 수 없기 때문이다. 마찬가지로 앞으로 중점적으로 다루게 될 최인훈의 『광장』(1960), 이문열의 『젊은 날의 초상』(1981), 신경숙의 『외딴방』(1995), 그리고 배수아의 『랩소디 인 블루』(1995)도 그 작품적인 성과와 별개로 한국 교양소설이 각 근대의 단계마다 도달한 곤경과 그 표현의 한 전형적인 형태를 보여준다는 점에 주목하기 때문이다.[2] 이 작품들을 거론하면서 이 글이 보여주고자 하는 바도 결국 개별 작품의 성과 여부보다 한국 교양소설의 성격과 그 가능성에 대한 모색이며 근대성 및 식민성과 아울러 탈근대성이나 탈식민성으로 지칭될 법한 것이 공존하는 착잡한 조건 속에서 빌둥의 상상력이 발현되는 양상과 그 의미라고 할 것이다.

---

2) 이 작품들을 대표적인 교양소설로 선별한 데는 다른 이유도 있다. 작품의 성취로 본다면 가령 성장의 진실과 예술적 완결미를 보여준 현기영의 『지상에 숟가락 하나』(1999)라든가 박정요의 『어른도 길을 잃는다』(1998)를 빼놓을 수 없는 것이다. 그러나 이 작품들은 유년기의 경험을 소재로 한 것이므로 '성장소설'이기는 하지만 엄밀한 의미에서 '교양소설'일 수는 없다는 것이 필자의 생각이다. 교양소설의 진정한 서사는 유소년기의 형성이 물론 질료가 되겠으되, 바로 그같은 체험이 끝나는 시점에서 비로소 시작되기 때문이다. 이런 까닭으로 필자는 학계나 평단에서 혼용하여 쓰고 있는 성장소설과 교양소설이라는 용어를 경우에 따라 변별적으로 사용해야 한다고 본다.

2. 식민지 근대와 『무정』의 의미

근대의 기점에 대한 합의된 의견은 없는 것으로 알지만, 근대화가 일제의 강점과 더불어 본격적으로 진행되었고 3·1운동이 근대의식을 확산하는 결정적인 계기가 되었다고 보는 것은 일반적이다. 진정한 의미의 근대문학이 1919년 이후에 김소월과 한용운, 현진건과 염상섭과 더불어 시작한다는 주장도 이와같은 맥락이라고 할 것이다. 그러나 교양소설이 함유하고 있는 불안한 젊음과 그 가능성에 대한 최초의, 그리고 거의 원형적인 형상화는 『무정』에서 이미 이루어졌고, 흥미롭게도 치기어린 젊음의 아슬한 감정이 이만큼 생생하게 묘사된 일은 이후에도 흔한 일이 아니었다. 『무정』은 근대사회에서 비로소 부각되는 젊음의 의미에 대한 첫 탐구이자, 젊음에 내재된 보편적인 문제로서의 욕망과 정열의 현상을 서사화하려는 시도이다. 그런 점에서 『무정』을 교양소설로 읽는 일은 다름아닌 근대라는 미지의 운명에 대한 당대적인 인식을 확인하는 일이기도 한 것이다.[3]

이 작품의 중심인물인 이형식은 물론이고, 그의 상대역인 영채와 선형이라는 두 여성도 결말에서는 성숙을 향한 깨달음에 도달한다. 사건을 총괄하는 시간이 불과 1개월여라는 것만 보더라도 이 작품을 온전한 의미의 교양소설로 규정할 수는 없는 일이나, 이 축약된 시간 속에서 중심인물들의 내면의 추이가 교양적인 상상력에 지배되고 있다는 것은 부정할 수 없다. 형식을 지배하고 있는 생각, 즉 "인생에서 무슨 뜻을 캐어내려 하고 세상을 위하여 힘있는 데까지는 무슨 공헌을 하고 말려는" 욕구야말로 빌둥의 의지 자체이다. "영채를 대하면 영채를 사랑하는 것 같고, 선형을 대하면 선형을 사랑하는 것"같이 수시로 바뀌는 형식의 마음은, 어느정도는 허술한 성격묘사와 서술구조 탓이지만, 불안과 치기

---

3) 텍스트는 이광수 『무정』(우신사 1979). 인용은 본문 중에 면수만 표시함.

와 욕심과 욕망이 뒤엉켜 갈피를 못 잡고 있는 미숙성의 표지를 온통 보여주는 것이기도 하다. 이 가운데 드러나는 '참사람'이라거나 '속사람'에 대한 지향이 젊음 속에 배태되는 내면적 완성이자 근대사회의 명령으로서의 교양의 요구와 부응하고 있는 것이다.

형식의 이해할 수 없는 혼란과 착란된 행동이 시종일관 작가에 의해 '의식적으로' 묘사되고 관찰되고 있다는 점에 주목할 필요가 있다. 은인의 딸인 영채가 찾아왔을 때 주인공이 보여주는 감정의 변화(영채의 이야기를 들으며 순간순간 영채를 아름답게 보다가 불쾌하고 더럽게 여기다가를 수없이 되풀이하는)도 그렇지만, 무엇보다도 영채를 찾아 평양으로 간 대목이 주인공의 기이한 행동과 생각의 결정판이다. 형식은 영채가 대동강에 투신자살할 것임을 거의 믿고 있으면서도, 영채를 찾을 의사가 별로 없는 듯 기생집에 들르고 어린 기생 계향이의 아리따움에 혹하여 "무슨 맛나는 좋은 술에 반쯤 취한 듯한 쾌미로 전신이 자릿자릿"해진다. 무엇보다 압권은 스승의 무덤 앞에서의 행동이다. 형식은 무덤을 보고 슬퍼하지도 않을 뿐 아니라 "죽은 자를 생각하고 슬퍼하기보다 산 자를 보고 즐거워함이 옳다"고 생각한다. 즉 그는 "대동강으로 둥둥 떠나가는" 영채의 시체에 아랑곳없이 "곁에 섰는 계향을 보매 한량없는 기쁨을 깨달을 뿐"이다.(1750~94면)

형식의 이러한 납득할 수 없는 행동이 서사적인 전략에서 나온 것이라고 볼 여지는 없지 않다. 이 일면 기괴한 태도는 영채의 생존 여부를 미지의 것으로 남겨둠으로써 작가가 후에 다시 영채 이야기를 끌어내기 위함이라는 김동인의 견해가 그 대표적인 예이다.[4] 그러나 주인공의 성격상의 문제 자체는 이와같은 형식주의적 설명으로 소진되지는 않는다. 주인공의 모순적인 생각과 느낌과 행동에는 한편으로 그를 통해 재현해내고자 하는 당대의 시대적 모순이 투영되어 있을 가능성을 살펴야 하

---

4) 김동인 「『無情』 분석」, 김현 편 『이광수』, 문학과지성사 1977, 170~71면.

는 것이다. 평양에서 올라오는 길에 '무한한 기쁨'을 느끼는 형식의 흥분상태를 설명하면서 작가는 "슬픔과 괴로움과 욕망과 기쁨과 사랑과 미워함과, 모든 정신작용이 온통 한데 모이고 한데 녹고 한데 뭉치어, 무엇이 무엇인지 구별할 수 없었"다고 그 혼돈상태를 말한다. 이어서 작가는 이 혼돈에서 새로운 인간의 탄생이 일어나고 있음을 기술한다.

이에 형식은 빙긋이 웃는다. 옳다, 자기는 목숨 없는 흙덩이였다. 자기는 숨도 쉬지 못하고 움직이지도 못하고 노래도 못하던 흙덩어리였었다. 자기는 자기의 주위에 있는 만물을 보지도 못하였었고 거기서 나는 소리를 듣지도 못하였었다. 설혹, 만물의 빛이 자기의 눈에 들어오고 소리가 자기의 귀에 들어온다 하더라도, 그는 오직 '에텔'의 물결에 지나지 못하였었다. 자기는 그 빛과 그 소리에서 아무 기쁨이나 슬픔이나 아무 뜻도 찾아낼 줄을 몰랐었다. 지금까지 혹 자기가 웃기도 하고 울기도 하였다 하더라도, 그는 마치 고무로 만든 인형(人形)의 배를 꼭 누르면 웃기도 하고 울기도 하는 것과 같았었다. 그러므로 그 웃음과 울음은 결코 자기의 마음에서 스스로 흘러나온 것이 아니요, 전혀 타동적(他動的)이었었다. (195~96면)

작가가 근대적인 자아와 주체의 형성을 일종의 현현(顯現, epiphany)의 체험을 통해 전달하려는 대목 가운데 하나다. 지금까지의 자신의 생활을 꼭두각시의 그것이라고 깨닫는 이 대목을 통해, 작가는 분명 형식의 모순되어 보이는 행동이 결국 주체가 이룩되지 못한 채 사회관습의 명령에 따른 탓이었음을 비판 겸 변호하고 있는 것이다. 그의 흥분상태 자체는 일시적인 만큼 그것으로 결정적 변화가 약속되는 것은 아니지만, 이런 고양된 감정을 통해 과거의 그의 불안정한 반응들의 연원이 단순히 성격 자체가 아닌 외부조건과 맺어져 있음을 환기시킨다.

『무정』의 지배구조로서의 전통과 근대의 공존과 대립은 주인공의 형상에 상당부분 내재해 있다. 이 두 요소가 제대로 변별되지 않은 채 이 인물의 내부에 혼재하는 결과, 형식은 때로는 지독한 관습의 노예인가 하면 때로는 세상에서 몇 안되는 선각자이자 관습을 초월한 존재인 것처럼 행동한다. 가령 영채가 정조를 잃었다고 여겨지자 더러워하는 감정적 반응과 받아들여야 한다는 의무감이 수시로 교차한다. 이성으로서의 영채에 대한, 아직 여성경험이 없는 그의 미숙한 감정도 이 혼란에 가담한다. 동시에 자신 속에 내면화된 이데올로기를 파열하는 지점도 순간순간 성적 자극을 촉발하는 억눌려 있지만 커다란 '정열'인 것이다. 몸은 이 감정 혹은 성애(sexuality)의 부름을 따르는데 정신은 스스로 세워놓은 자신의 허상(선각자이며 도덕적인 교육자)에 충실하고자 함이 그의 행동의 기이함을 낳는 근본원인이다. 평양을 다녀오는 길에 그가 경험하는 흥분상태의 깨달음은 몸의 부름 편으로 단호히 돌아선 자신의 행동에서 느끼는 (아마도 일시적인) 승리감에 기인한다.

형식의 심리구조 속에 이미 편입되어 있는 전통과 근대의 모순적인 공존을 드러내는 이상으로 작품의 서사를 통해 근대로의 의식적인 지향을 담아내자는 것이 『무정』의 기획이다. 즉 전통에 맞선 근대의 승리라는 전망이 계몽의 이름으로 행해지는 것이다. 전체적으로 이러한 기획이 교양소설의 대의와 맞아떨어지는 면이 있음은 분명한데, 서사구조 전체의 중심을 이루는 플롯, 즉 얼치기지만 개화한 양반집안과 한계가 많은 대로 서구적인 교육을 흡수한 계몽된 새로운 식자층의 결합이라는 구도는 당대 지배계급의 새로운 블록의 등장을 암시하고 반영하는 것이라고 할 수 있다. 이와같은 플롯은 서구 교양소설의 시원이자 전형이 되고 있는 괴테의 『빌헬름 마이스터의 수업시대』에서 빌헬름과 나탈리에의 결혼이 결국 새롭게 부상하는 시민계급과 계몽적인 귀족계급의 타협의 소산이라는 관찰을 상기시킨다.

그러나 교양소설의 외양을 어느정도 갖추고 있는 이 작품에서 문제가 되는 것도 바로 이처럼 상징적으로 재현된 모순 자체의 성격이다. 즉 전통과 근대의 대립과 근대로의 수렴이라는 틀은 그것대로 시대정신의 한 발현이지만, 근대가 그 자체로 내포하고 있는 모순에 대한 인식에서 『무정』은 침묵하고 있다는 점이다. 근대사회에 어울리는 인간으로 거듭나는 체험(형식과 선형 그리고 영채가 모두 경험하는, 전통의 굴레에서의 해방감) 자체는 빌둥의 외양을 하고 있으며 작품에서도 껍질을 깨고 새롭게 탄생하는 새 생명으로 비유되고 있다. 다시 말해 전통적인 관습과 그 사고에 얽매인 것이 죽음이라면 새로운 계몽의 의식은 생명이다. 죽음과 생명의 이분법에서 생명으로 나아가는 것, 즉 탈봉건과 근대지향이라는 요구는 그 당대의 대중적 감정구조에 호소하는 면이 있는 만큼은 실내용이 없지 않다고 할 수 있다. 그러나 여기에 식민지근대 자체에 내화되어 있는 근본모순은 드러나지 않는다.

이 작품의 당대 현실에 대한 인식은 피상적이며 이는 현실경험과 사고의 깊이가 지극히 얕은 이형식이라는 주인공을 선택한 주된 서술시점상의 한계와도 관련이 있다. 거의 말초적인 반응과 허위의식에 가까운 이상주의가 결합해 있는 이 인물의 행적을 통해 당시의 복합적인 조선의 현실을 궁구한다는 일은 애초부터 문제를 지닐 수밖에 없다. 작가 스스로 이 한계를 의식하고 있다는 것은 그가 이 작품을 일관해서 구사하는 풍자가 입증한다. 『무정』의 도처에 자리잡은 풍자의 존재야말로 작품의 얕음을 보상하려는 작가의 전략이자 알리바이로 볼 여지가 있다. 주변인물인 김장로나 목사뿐 아니라, 무엇보다도 풍자의 주된 대상은 주인공 형식 자신이다. 형식의 우유부단한 성격과 어떤 점에서는 위선적인 태도가 풍자되고, 유치한 사이비 식자면서 조선에 몇 안되는 선각자라는 환상과 과대망상에 젖어 있음이 풍자된다. 형식과 선형의 결혼이 결정되는 장면에서 그들의 사랑이 "극히 껍데기 사랑"이며, "이 모양으로 하루에도 몇천 켤레 부부가 생기는 것"(241면)이라는 냉소적인 논평이라든가, 마지막의 수해 장면에서 형식이 교육가가 되겠다고 선언하는 대목을 꼬집어 "생물학이 무엇인지도 모르면서 새 문명을 건설하겠다고 자담하는 그녀의 신세도 불쌍하고 그녀를 믿는 시대도 불쌍하다"(363면)고 냉소하는 대목은 주인공에 대한 작가의 거리두기와 동시에 계몽을 통째 신앙하는 쪽으로 진행되는 서사 전체에 대한 불편함과 문제의식이 어렴풋하게나마 존재한다고 보인다.

『무정』은 말하자면 '무정'한 현실 속에서 의미를 찾으려는 '유정'한 인간의 모색을 담고 있고, 나아가서 '무정'한 현실을 '유정'하게 만들고자 하는 충동에 뒷받침되고 있는 것은 사실이다. 헤겔이 정형화한 바 산문적인 현실과 시적인 인간의 영혼 사이의 모순과 갈등이라는 교양소설의 구조가 이 작품에서도 발견되는 셈이다. 더구나 현실의 무정함뿐 아니라, 인간 속에 내면화된 그 무정한 현실의 착잡한 맥락과 모순을 젊은 주인공의 부박하고 줏대없는 언동과 사고 속에 담아내려는 시도를 보여준 점이 오히려 『무정』의 근대적인 점이다. 그럼에도 풍자의 몇몇 신랄한 성취조차 종종 주인공에게 부여된 거의 무조건적인 계몽의지에 희석되고 마는데, 이것이 작품의 내용과 형식 양면에서 허술함의 한 원인이 되는 것이다.

진정한 교양소설이 내면적인 완성의 이념을 구현하되, 그 완성에의 과정이 당대 사회의 변화하는 국면들과 근대에의 지향성이라는 흐름과 긴밀하게 맺어져 있을 때 달성된다면, 『무정』은 식민지근대의 복합적인 사회성격에 대한 취약한 인식으로 인해, 빌둥의 계기들이 전혀 구현되지 못한 채 변덕과 감정적인 불안정조차 온전하게 벗어나지 못하는 주인공을 창출하는 데 그치고 만 것이다.

식민지시대 젊음의 욕망과 억압, 그리고 빌둥에의 의지에 대한 관찰과 서사는 실상 한 인간의 성장에 속속들이 개입하게 마련인 당대 사회구조에 대한 인식의 깊이가 뒷받침될 때만 구체성을 얻게 된다. 『무정』
이 발표된 무렵의 식민현실, 즉 전통과 근대가 부딪치는 가운데 근대화
가 식민주의와 맺어져 진행되고 민족차별이 일어나는 현실, 그리고 그
같은 큰 규모의 변화가 개개인의 일상과 심리에 작용하는 방식에 대한
좀더 충일한 묘사는 염상섭의 『만세전』(1924)에 와서야 비로소 가능하
게 된다. 『만세전』의 화자 이인화가 본격적인 빌둥의 과업을 수행하는
인물은 아니지만, 그의 귀국여행에 대한 세밀한 기록을 통해 당대에 실
재하는 권력의 활동은 마치 그물처럼 젊음의 발현을 가로막는 장애로서
구체적으로 떠오른다. 진정한 빌둥이 모순을 쉽게 해소하지 않고 견디
고 버팀으로써 성립한다면, 이 작품의 성취를 거치고서야 식민현실에서
의 빌둥이 제모습을 얻을 것이라고 해도 좋다. 그러나 이렇게 열린 교양
소설에의 길은, 교양소설이라기보다 노동소설에 가까운 한설야의 『황
혼』(1934)과 강경애의 『인간문제』(1934)의 일부 대목들을 제외하고는 뚜
렷한 문학적 성과를 낳지 못하고 닫히게 된다. 식민체제가 심화되고 고
착되면서 착종된 식민지사회의 모순의 복합성을 견디면서 '성숙'을 지
향하는 서사란 당대의 작가들에게 지극히 난처한 과제인데, 그것은 이
인화가 토로하듯("청춘의 자랑이요 왕일한 생명력인 정열이 말라버린
것은 웬 까닭인가") 교양소설의 서사를 이끌고 지탱하는 젊음 자체가
그 특유의 에너지를 상실하는 식민지시대의 일반적인 조건과 유관하다
고 할 것이다.

3. 분단된 영혼과 최인훈의 『광장』

해방 이후 새로운 공화국의 수립과 민주주의 이념의 도입이 빌둥의
상상력에 충격을 가했을 것임은 짐작할 수 있다. 교양소설이라는 장르

자체가 민족국가에 토대를 둔 시민사회의 형성과정에서 발생하였고, 개인적인 성숙도 민주시민의 창출이라는 사회적 과제를 개별적으로 이룩함으로써 시민사회의 유지와 확립에 편입되고 참여하는 장기적인 기획의 일부이기 때문이다. 서구식 민주주의의 틀이 이식된 남한의 경우 이러한 역사적 계기는 교양의 실현을 삶과 사회의 미덕으로 하는 이데올로기가 지배적이 되는, 다시 말해 빌둥이 개개인과 공동체 서로에게 긴요해지는 그런 사회로의 변화를 촉진하는 것이다. 이런 점에서 한국문학에서 교양소설의 형성과 수준은 남한사회가 시민사회의 실현이라는 공화국의 이념을 어떤 방식으로 구현해내는가라는 정치적 차원의 과제와 조응한다.

그러나 교양소설에의 이러한 사회적 욕망 혹은 무의식은 쉽사리 남한문학에서 구현되지 못하는데, 그것은 주지하다시피 이같은 시민사회의 이상을 심각하게 훼손하는 폭력(동족간의 싸움과 폭압적인 정치현실)이 일반화됨으로써 각 개인이 경험하는 삶에서 사적 영역의 자율성을 일정정도 보장하고 부추기는 공동체의 최소한의 기본윤리와 안정성조차 부여되지 못하였기 때문이다. 물론 이 정치적 훼손과 외부세계의 과도한 폭력성이 빌둥의 상상력 자체를 소멸시키지는 못한다. 남한사회의 근저에서 움직이는 더욱 근원적인 동력은 역시 그것을 자본주의 체제의 일원으로 개편하고자 하는 힘이다. 여기에 일정정도 시민을 형성해야 하는 과제가 주어지게 마련이며, 한 나라의 상상력을 움직이는 것은 이러한 심원한 민족적 조건과 욕구에 기반하기 때문이다.

남한문학에서 요구되는 이같은 교양소설에의 기대에 가장 정면으로 부응하고 있는 작가를 필자는 최인훈이라고 본다. 『광장』을 비롯하여, 『회색인』『서유기』『구운몽』등 그의 60년대 대표작들에는 강한 빌둥의 충동들이 내재되어 있다. 최인훈의 작업은 어떤 점에서 한 민족의 민족됨의 가장 근원적인 요건, 즉 민족성원으로서의 정체성 확립이라는 과제와의 부딪침을 하나의 '화두'로 삼는 문학적 투신이라고 할 수 있는데, 90년대의 그의 역작 『화두』의 앞부분(작가의 성장기에 대한 자전적인 성찰)은 민족에 부과된 빌둥의 과업에 대한 깊은 고민과 감각이 없이는 가능하지 않은 성취이다. 그렇지만 그의 작품 가운데 형식과 내용 모두에서 교양소설의 이념에 가장 근접한 성과는 역시 『광장』이라고 보아야 할 것이다.[5]

『광장』을 교양소설로 읽는 것은 생소하게 보일지 몰라도, 실상 이 작품의 주인공 이명준은 우리 문학에서 교양소설적인 주인공의 면모를 제대로 갖춘 최초의 인물이다. 명준의 사색벽은 그가 작가의 관념의 대변자라는 인상을 주기도 하지만, '내면' 세계의 깨어남과 그것을 온전하게 유지시켜주는 '명상' 혹은 '사색'이야말로 교양소설 주인공의 기본자질이라고 할 것이다. 이러한 '내면'이 실재하는 삶에서의 모험으로 드러나는 '행동'과 제대로 결합되지 않을 때 관념이 지배한다. 『광장』은 사색적인 인물을 역사의 중요한 계기에 구체적으로 개입하게 만듦으로써, 『서유기』나 『구운몽』 같은 여타 알레고리적인 작품들에서 두드러진 관념의 과잉에서 벗어나 있다.

해방된 조국의 젊은이 명준이 처한 삶의 조건은 분단된 나라의 구성원이라는, 당대의 피할 수 없는 운명으로서의 역사적 현실이다. '젊고 가난한 철부지 책벌레'였던 주인공과 그 역사적 운명과의 만남은 외부에서 오는데, 그것이 바로 월북한 아버지의 일로 남한 경찰에 소환되어 고문을 당하게 된 사건이다. 느닷없이 한 젊은 대학생에게 닥친 이 폭력은 끔찍한 두려움과 낭패감을 던져주지만, 한편으로 이것은 한 내성적인 인간을 역사현실에 깨어나게 하고, 자신의 삶이 외부에 불가피하게 맺어져 있음을 온몸으로 환기시키는, 그런 점에서 빌둥의 고투가 발원

---

5) 텍스트는 최인훈 『광장』(문학과지성사 1989). 이 판본은 문학과지성사 전집판의 재판으로 작가 자신의 최종 개정본이다. 초판은 1976년 출간.

하는 원초적인 한 체험으로서의 의미를 가진다. 이러한 만남 자체의 성격이 당대 현실의 핵심고리인 남북분단에 깊이 연루되어 있기 때문에, 이 모험이 결코 사적인 수양이나 경험이 아니라 공적인 차원의 근대체험과 접속되리라는 것을 예상할 수 있다. 이 사건 전의 주인공에게 이미 빌둥에의 욕망("누리의 처음과 마지막, 디디고 선 발밑에서 누리의 끝까지가 한 장의 마음의 거울에 한꺼번에 어릴 수 있"기를 바라고 "누리와, 삶의 뜻을 더 깊이 읽을" 수 있기를 열망해온)(31~35면)이 잠재적인 형태로 존재하고 있었음도 중요하다. "자기가 무엇을 찾고 있는지 저도 모"르지만, "자기 둘레의 삶이 제가 찾는 것이 아니라는 낌새만은" 느끼고 있던 주인공이기에 이러한 어렴풋한 짐작과 막연한 욕망이 세계의 본질과의 부딪침을 통해 깨어나고 형성되는 본격적인 빌둥의 모험을 시작할 수 있는 것이다.

이후 남한에서 한 여인과의 사랑과 월북의 감행, 북에서의 활동과 새로운 사랑, 참전하여 전쟁포로가 되는 이 청년의 삶의 역정은 인생의 로망과 모험이라는 이름에 값하는 형식을 가지고 있다. 그러나 남에서의 삶도 북에서의 삶도 내면의 요구와의 접점을 이룩하지 못하는 분열과 간극의 끊임없는 확인일 뿐이다. "누리와 삶의 뜻"을 이해하고자 하는 내밀한 욕망은 좌절되고, 빌둥의 성취는 한없이 유예되고 훼손된다. 그가 남북 어디에서도 정착하지 못하는 것은, 그가 그리는 통합의 비전이 결코 삶의 내용으로 잡히지 않는 그 불가능한 역사의 국면에서 비롯하는 것이며, 그것이 인간의 추상화된 운명적 고독이 아니라 주인공의 현실 속에, 그리고 그의 일상의 느낌과 생각 속에까지 개입하고 스며든 역사적 구조의 작용에 기인함이 항상 환기됨으로써 『광장』은 교양소설로서의 긴장을 감당하게 된다.

빌둥 욕구의 발현과 그 실패의 궤적은 시민사회로의 길이 실제로 막혀 있던 당대 남한현실, 그리고 더 크게는 해방 이후의 과제로서의 온전한 국민국가의 구성에 실패한 민족현실과 맞물려 있다. 한 공동체의 구성원을 시민 혹은 국민으로 형성하는 작업은 자율을 넘어선 사회화의 기제에 닿아 있기는 하지만, 비록 가상일망정 각 개인의 내면 속에서의 자율적인 결단이라는 형식과 결합되지 않을 때 그 간극은 봉합되지 않고 더욱 벌어진다. 이같은 자유주의적인 허위의식조차 불가능하게 만드는 운명 속에서 빌둥의 기획은 난파당할 수밖에 없다. 명준은 자신의 내면적 욕구를 적극적으로 표현하는, 그럼으로써 파멸이나 비극을 대동하는 영웅적인 인간형은 아니며, 내부와 외부의 갈등의 느낌을 최소화하고 적응하여 살길을 모색하는 평범한 인물이다. 명준이 남에서도 북에서도 살아남기 위한 감각으로서의 '짐작'을 익히는 것도, 결국 내면의 진실을 쓰라리게 포기하는 어른스런 긍정이며 교양화의 한 국면일 수가 있겠다. 그러나 인간을 각각 이념체제 및 자본체계 속에 기계화하는 두 사회의 왜곡 정도가 도를 넘음으로써 이같은 '교양상태'란 진정한 삶의 죽음에 불과함을 끊임없이 환기시키는 것이다. 교양적 주인공이 교양의 환상조차 불가능하게 만드는 이같은 비정상적인 상황을 견딜 수 없음은 당연하다. 그런 점에서 서사 속에서의 주인공의 죽음은 오히려 교양소설로서의 이 작품의 기율이 요구하는 자연스런 귀결이기도 하다.

교양소설이 감당하는 모순이 결국 근대성 자체에 내재된 것이라는 우리의 전제를 생각해본다면, 이 작품을 관통하는 문제의식을 담은 명준의 질문,

개인의 밀실과 광장이 맞뚫렸던 시절에, 사람은 속이 편했다. 광장만이 있고 밀실이 없던 중들과 임금들의 시절에, 세상은 아무 일 없었다. 밀실과 광장이 갈라지던 날부터, 괴로움이 비롯했다. 그 속에 목숨을 묻고 싶은 광장을 끝내 찾지 못할 때, 사람은 어떻게 해야 하는가?(70~71면)

라는 질문은 바로 이 근본모순에 대한 직설적인 발화이다. 내면적 요구로서의 '밀실'과 사회적 공간으로서의 '광장'이 분리되고, 둘의 통합이 불가능한 꿈이라는 쓰라린 자각 자체는 근대적인 것이며 이러한 승복이 빌둥의 한 계기일 수도 있다. 그러나 이러한 인식에도 불구하고 명준을 온전한 국민 혹은 시민으로 형성될 수 없게 만드는 사정이야말로 한국 교양소설이 처한 특수하고도 새로운 국면인 것이다. 즉 명준의 교양의 모험이 남북분단이 야기하는 왜곡된 국민국가의 성립과 맺어져 있다는 점 자체가 근대성의 모순이 극단화되어 발현된 지역으로서의 한반도의 특수성을 고려하지 않을 수 없게 한다. 작품으로서의 『광장』이 이 중첩된 모순과 대결한 수준에 대해서는 더 따져볼 필요가 있겠으되, 이같은 사정에 깊숙이 연루되어 있다는 사실부터가 이 작품을 최초의 본격 교양소설의 자리에 오르게 한다. 그러나 동시에 이 난제를 반드시 풀어야 할 지경에 처하게 한다는 점에서는 작품에 부과된 굴레라고도 할 것이다.

아쉽게도 이같은 굴레가 끝내 교양소설로서의 이 작품에 심각한 손상을 준다. 명준의 빌둥의 모험은 '광장'과 '밀실'이라는 이 근대성의 모순을 견디거나 감당하기를 포기하고 최종적으로 밀실로 접어들게 된다. 더구나 특히 최종 개정본에서는 그것을 합리화하는 결말을 통해 그 긴장을 파탄의 지경에까지 몰아간다. 스스로 제기한 "무엇을 할 것인가"의 교양적 질문은 끝내 지탱되지 못하고, 북에서 만난 애인인 은혜와의 '원시적 사랑'에 대한 절대적인 긍정으로 막을 내리고 마는 것이다. 이 것은 성장이 아니라 퇴행이다. 성애의 경험 자체가 성장의 중요한 계기이기는 하지만, 육체의 본능이 발현되는 성애의 영역에 침잠하여, 그 "원시의 광장"이 남겨진 마지막 광장이며, "이 여자를 죽도록 사랑하는 수컷이면 그만이다"고 강변하는 순간 빌둥 의지의 죽음도 마련되어 있는 것이다. 빌둥의 상상력이 구사하는 힘을 보여준 한편 최종적인 반전으로 그 긴장이 무산되어버리는 이 성공과 실패의 양면이 온전한 교양소설로서의 『광장』의 자리를 불안정한 것으로 만든다.

4. 분단체제의 고착과 교양의 관념화

『광장』에서 교양의 기획은 분단된 사회의 불구적인 성격으로 인해 굴절되지만, 실패한 빌둥의 기록일망정 분단의 현실을 정면으로 다루며 일정한 수준의 통합에의 충동을 살릴 수 있었던 것은, 분단이 좀더 굳어지기 이전의, 말하자면 밀항선을 통해서든 전쟁을 겪는 과정에서든 남북의 경계넘기가 이루어졌던 어느정도는 유동적인 상황의 뒷받침이 있었던 탓이다. 다른 시각에서 보면 이는 70년대를 거치며 분단체제가 고착되면서 빌둥의 모색에서 남북을 통괄하는 국민국가의 시민에 대한 전망이 사라져버림을 뜻한다.

시대변화가 교양의 전망에 끼친 이같은 변화의 흔적은 여러번의 수정을 거친 『광장』의 개고과정에서도 엿볼 수 있다. 최종 개정본인 문학과지성사 전집본(1976, 1987)에서, 사랑을 최종적인 회답으로 제시하는 결말로의 '의미깊은' 전환이 이루어졌음은, 그 전집본의 말미에 붙어 있는 김현의 해설 「사랑의 재확인—『광장』의 개작에 대하여」가 설득력있게 설명한 바 있다. 이전의 판본이 "이명준의 죽음을 이데올로기적인 죽음"으로 처리하고 있다면, 개정본은 그것을 "사랑을 확인하는 행위"로 묘사하고 있다는 것이다. "이데올로기 대신에 사랑을 택한" 이 변화에 대한 해설자의 지적(287면)은 교양소설로서의 『광장』의 성과와 한계를 짚어봄에도 의미깊은 시사를 준다. 원래의 작품은 작가 스스로 『광장』 초판의 서문에서 말한 대로, "빛나는 4월이 가져온 새 공화국"이 열어준 사유의 공간에서 가능했던 성취이다. 이데올로기의 대결에 응축된 당대의 모순을 자신 속에 내화한 한 '분단된 영혼'의 죽음을 기록하는 것이 애초의 의도였다면, 유신체제가 극도에 이른 70년대 중엽 작가자신의 손으로 결국 이 긴장을 추상적인 사랑의 구호 아래 해소해버림으로써 교양소설으로서의 의미를 크게 훼손하고 마는 것이다.

『광장』의 개작 에피소드는 단순히 한 작가의 '사고의 자리'가 변하고 있다(287면)는 차원만이 아니라, 고착된 분단체제가 야기한 빌둥의 상상력의 제한과 굴절 및 억압과 관련되어 있다. 70년대와 80년대의 근대화 과정, 개발과 산업화를 통한 급속한 자본주의화가 진행되면서, 근대성의 조건들이 우리 삶 곳곳에서 돌연한 변화를 강요하는 한편으로, 분단체제와 그에 동반된 냉전의식은 근대문학의 전개 자체에도 일정한 영향 및 악영향을 끼치게 된다. 그 가운데 중요한 하나가 진정한 교양소설에의 모색이 빈곤해진 것이다. 이 두 연대에 문학은 크게 보아 두 갈래로 분화된다. 한 방향은 당대적인 요구로서의 민중성을 중시하는 경우로 근대화가 초래한 모순과 갈등의 사회현실을 객관적으로 묘사한다거나, 과거의 역사를 배경으로 한 민중의식의 재현을 도모하는 것이며, 다른 하나는 근대성의 간극들에 집착함으로써 사회와는 유리된 내성과 내면의 관찰이라는 방향을 취하였다. 이러한 양극화는 점점 심화되어 결과적으로 사회소설이나 역사소설, 그리고 심리소설은 성행했을망정, 사회 및 역사와 심리의 결합을 상상력에 요구하는 교양소설의 설자리는 더욱 좁아지게 된다.

이러한 시기에 거의 독보적으로 이루어진 이문열의 교양소설 쓰기는 이 시대가 처한 빌둥의 곤경을 상징적으로 보여주는 대표적인 사례로 생각된다. 특히 한 젊은이의 예술가로의 성장체험을 담아낸 『젊은 날의 초상』은 어떤 점에서는 전통적인 교양소설의 공식에 가장 부합하는 작품이라고 할 수도 있다.[6] 이 소설의 주인공 '나'는 인생에서 여러가지

다양한 체험을 겪는데, 삶의 긴 '여행'길에서 겪는 그 체험들이 앞으로의 형성을 위한 토대가 된다는 끊임없는 자각이 있다. 화자의 표현 그대로 "너무나 갈림길을 빨리 만나 가슴속의 애틋한 연모를 미처 드러낼 겨를도 없이 잃어버리고 만 첫사랑의 소녀나, 우리가 준비 없이 맞닥뜨린 삶의 비참과 공허에 시달릴 때 빛처럼 다가오던 말씀과 지혜의 스승들, 또는 거칠고 외진 세월의 길목에서 그 쓰라림과 외로움을 함께 나눈 지난날의 벗들"(77~78면)과의 만남을 통해 영혼을 단련하고 삶을 이룩해나간다. 이것은 딜타이의 고전적인 정의 "행복한 무지상태에서 인생을 시작하여 친화성있는 영혼들을 찾고, 우정과 사랑을 경험하고, 세상의 험한 현실과 부딪치며, 그리하여 인생의 다양한 경험을 통해 성숙하고, 자신을 찾고 세상에서 자신의 임무를 확인하는 젊은이의 이야기"라는 교양소설의 정의에 얼핏 보아 그대로 부합한다.

　그러나 이같은 일치로 이 작품이 고전적인 교양소설의 성격을 보장받는 것은 아니다. 오히려 그 반대다. 딜타이의 정의가 염두에 두고 있는 독일 교양소설의 고전(괴테의 『빌헬름 마이스터의 수업시대』)은 시민적 형성의 길이 당대의 모순적인 현실과 어떻게 충돌하고 화해하는가를 그린 서사이며, 근대성이 인간 완성의 이념과 맺는 착잡한 관계에 대한 관찰이다. 이에 비해 『젊은 날의 초상』의 세계는 공민적인 시민의 형성과는 거리가 멀고, 그 반대로 이념의 모습을 하고 나타나는 사회의 해악에서 벗어나 영혼의 자율성을 확인하는 내면화의 과정이다. 사회와 개인의 통합이라는 비전 자체가 존재하지 않기 때문에, 이 작품에 형상화된 젊은이의 방황과 좌절과 갈망은 구체적인 사회의 맥락과는 유리된 채 자신의 내부에 누적된 관념화된 감정과 추상적인 영혼의 고통소리로 가득하고, 근본적으로 젊음을 추동하고 있는 에너지조차 낭만적인 갈망의 범주를 벗어나지 않는다.

---

6) 텍스트는 이문열 『젊은 날의 초상』(민음사 1981).

시적인 '영혼'이 산문적인 '현실'에서 겪는 참담한 좌절과 환멸의 이야기는 낭만주의적인 소설들에서 흔히 나타난다. 『젊은 날의 초상』은 환멸 이전에 사회 자체가 구체성을 잃고 다만 주인공의 영혼에 반영되는 방식으로만 존재하기 때문에 처음부터 교섭이 봉쇄되어 있다는 점이 다르다. 주인공의 성장과정에서 비교적 중요한 것으로 거론되는 것은 역시 이데올로기로 인한 상처의 문제로, 이것은 제1부의 중요한 에피소드 중 하나인 서동호의 집안 이야기와 제3부 마지막 부분에서 중요한 만남인 비전향 장기수 칼갈이 노인과의 조우에서 드러난다. 그러나 두 경우 모두 이러한 역사의 국면은 본질적이고도 심각한 계기로서 주인공의 성장에 개입하는 것이 아니라, 가령 "다 잘못된 세월"의 죄라는 당사자의 토로나 "무언가 이념과 관련된 어두운 부분"이라는 모호한 논평에서 그러하듯, 대체로 이데올로기에 대한 부정적인 심리적 반응으로만 작품에 느슨하게 연결되어 있다.

물론 대개 현대의 교양소설에서는 통합의 전망이 쉽게 유지되지 않을 뿐 아니라 오히려 그것에 대한 부정으로서의 반성장(anti-growth)이 중심적인 서사의 자리를 차지하기도 한다. 그러나 『젊은 날의 초상』의 경우는 이 방향과도 다르다. 반성장이 아니라 성장이 여전히 중심이 되, 내면의 영혼을 절대화하는 작업이 그 성장의 내용을 이루는 것이다. 이것은 빌둥에 있어 분명히 문제적인 상황이다. 곳곳에서 주인공의 성장과정에서 자기환멸과 반성이 표출되기는 하지만, 이 문제적 상황 자체에 대한 반성적 시각은 부재한다는 점이, 교양소설의 형식을 훌륭하게 재생했음에도 불구하고 『젊은 날의 초상』을 그 이념에서 멀어지게 하는 원인이 되는 것이다.

근대의 출발부터 내재해 있었던 내면과 외부의 간극은 빌둥의 과제를 위기에 밀어넣으면서도 동시에 그 의미를 지탱해주는 요소가 된다. 진정한 교양소설이 구체적인 현실과 교섭하는 가운데 이 긴장을 견뎌내

는 힘에서 나온다면, 이문열의 작업은 최인훈이『광장』에서 보여준 '광
장'과 '밀실'의 변증법적 관계에 대한 인식에 훨씬 미치지 못하는 후퇴
를 보여준다. 분단문제와 관련지어 말하자면, 이문열의 교양소설이 노
정하는 문제성은, 분단체제가 고착 심화되어 애초의 사회적 통합의 전
망(남북통일의 전망과 이어지는)이 억압되고 현실 속에서 자취를 감춘,
그런 의미에서는 일종의 무의식과 망각의 세계 속으로 사라진 시대를
상징적으로 재현한다. 즉 이문열은 '광장'과 '밀실'의 대립항 자체를 소
멸시켜 '밀실'을 세계로 확장한 꼴이며, 이것은 소설 외적인 현실에서
분단의식이라는 마음의 감옥에 갇혀 근대성의 과제로서의 통일된 국민
국가에 대한 전망이 상실되어버린 현상과 유비된다.

5. 탈근대의 전망과 교양소설의 새로운 모색

서두에서 말한 것처럼 성장소설 혹은 교양소설이 90년대 들어와서
번성하게 된 현상은 중요한 의미를 가진다. 탈근대적 양상들이 표출되
고 그것을 뒷받침하는 이념들이 세를 얻어가는 시기에, 근대성의 쌍생
아라고 할 수 있는 교양의 문제가 우리 문학적 상상력에서 새롭게 부각
되고 있는 현상은 일견 모순적이다. 어떤 점에서는 근대적인 교양의 이
념이야말로 해체되고 철저히 파편화된 세계, 혹은 가상의 현실 속에서
참으로 시대착오적인 것이 될 수도 있기 때문이다. 그럼에도 왜 다시 교
양소설인가?

필자는 이같은 현상의 배후에는 시민사회의 상이 좀더 실감을 가지
고 대두하게 된 좀더 큰 규모의 사회변화가 깔려 있다고 본다. 이 점에
서 1989년의 변화를 어떻게 해석하느냐의 문제는 새로운 국면의 문학
을 보는 시각에서도 핵심적이다. 교양소설이 뿌리내리고 있는 빌둥의

상상력이 무엇보다 근대의 달성을 향한 사회적 힘과 정서적 구조 가운데서 온전히 작용하는 것이라면, 90년대에 와서 때아닌 교양소설의 성세는 90년대가 일부 탈근대론자들의 생각과는 달리 차라리 진정한 근대성의 과제가 본격적으로 구현되고 있는 한 국면이라는 추정을 가능하게 한다. 1989년을 동구의 몰락으로 인한 변혁전망의 상실로만 이해하는 것은 피상적이다. 오히려 6월항쟁에 결집된 시민혁명적인 체험이 다수민중에게 공유되고 시민사회의 상이 구체화되는 변화 속에서, 냉전구도의 해체라는 세계사적인 변화가 우리 사회에 뿌리박힌 반공의식을 뒤흔듦으로써 거의 관념화되고 망각되어 있던 민족통일의 전망이 실감있게 다가오는 변혁의 새로운 기원이라고 할 수도 있다. 이 역동적인 변화의 징후들은 시민사회와 국민국가의 형성과 맺어져서 작동하는 빌둥의 상상력을 위해서는 과거 어느때보다도 유리한 국면을 조성한다.

문학작품의 산출에서도 이에 상응하는 여건의 변화가 없지 않았다. 본격적인 교양소설이 형성되기 위한 문학적 조건들이 90년대 초부터 풍성해지는데, 흔히 성장소설을 말하는 자리에서 빠지기 십상이지만, 실상 90년대 들어서야 나오기 시작한 장편 노동소설들에는 노동자의 '성장'에 대한 관심이 뚜렷하고, 후일담문학으로 지칭되는 작품들에도 빌둥의 문제의식이 내포되어 있다. 동시에 남성적인 장르라고 대개 일컬어지는 교양소설의 영역에 여성적 시각이 부각되면서 여성문제를 다루는 소설들에서 여성의 형성에 대한 관심이 일정한 영역을 차지하고 있는 현상도 주목되어야 한다. 이상과 같은 현상들은 기존 변혁전망의 퇴조와 동시에 시민운동의 성세와 여성운동 등 운동의 다양화가 하나의 흐름이 되고 있는 90년대의 정치조건들을 배경으로 하고 있는 것이다.

이상의 사회적 문학적 여건으로 한국문학에서 교양소설의 가능성은 충분히 상존하고 있다고 판단해야 옳을 것이다. 지금까지의 성취 가운데 고전적 의미에 가까운 탁월한 교양소설을 들기는 어렵지만, 사회가 일정수준의 정상성(正常性)을 획득하고 근대적인 체제가 제도화되는 국면에서 빌둥의 문제가 가지고 있는 고전적인 고뇌, 즉 개인의 완성과 사회적 적응의 합치될 수 없는, 그렇지만 피해갈 수도 없는 곤경이 서사적인 표현을 얻게 될 전망도 생기는 것이다.

동시에 생각해야 할 것은 실상 근대성의 문제가 본격화된다고 해도 우리 사회의 복합적인 양상, 즉 탈근대적인 요소들이 틈입 혹은 확산되고 지구화를 통한 문화적 종속과 식민화가 새로운 차원에서 강화되는 상황은 고전적인 빌둥의 이념만으로 온전히 대응하기 힘든 과제를 안겨 준다고 할 수 있다. 이런 맥락에서 빌둥의 상상력에 의해 추동되면서, 새로운 형식으로 근대와 탈근대의 착종된 모순을 견뎌내는 교양소설에의 시도가 주목될 수 있는데, 신경숙의『외딴방』과 배수아의『랩소디 인 블루』는 그에 대한 시사를 던져주는 두 사례가 될 것이다.[7]

『외딴방』과『랩소디 인 블루』는 90년대의 새로운 감각으로 씌어진 교양소설이라는 점, 여성작가가 여성의 빌둥을 서술하고 있다는 점 같은 외적인 공통점 외에도, 전통적인 교양소설의 형식을 깨고 나오는 일종의 실험적인 시도라는 점에서도 유사하다. 더구나 흥미롭게도 두 작품의 주인공 모두 30세의 성인으로서 기억을 통한 과거의 재생, 즉 그들의 성장(혹은 비성장) 과정을 복원해낸다는 구도에서도 대체로 일치한다. 그러나 두 작품이 빌둥의 문제와 맺어지는 방식에서의 차이는 소위 포스트모던 시대에 교양소설의 의미내용뿐 아니라 새로운 세계를 보는 해석과 문학의 지향에 얽힌 착잡한 문제들을 제기한다.

교양소설로서의『외딴방』의 특이한 점은 빌둥의 과정 자체가 다름아닌 글쓰기 행위와 일치된다는 점이다. 글쓰기가 이 작품에서 가지는 결정적인 의미는 이 작품의 시작과 결미를 이루는 "내게 글쓰기란 무엇인가?"라는 동일한 질문에서도 확인된다.『외딴방』은 분명 성장의 문제를

---

7) 텍스트는 신경숙『외딴방』(문학동네 1994) 및 배수아『랩소디 인 블루』(고려원 1994).

중심적인 테마로 하고 있다. 즉 한 시골소녀가 고향을 떠나 도시에 와서 여공이 되고 결국 그곳을 벗어나 작가로 성장하는 내용을 담고 있다. 그러나 실제로 성장한 작가의 회고와 기억을 통해 구성되고 복원되는 과거체험의 의미는 그 체험을 기록하고 해석하려는 현재의 작가의 글쓰기의 고투를 통해서만 드러난다. 이야기 속의 소녀의 성장 자체보다는 오히려 글쓰기 작업을 진행하고 있는 작가 자신의 성장이 『외딴방』의 핵심을 이루는 교양의 모험이 되는 것이다.

화자의 글쓰기는 자신의 여공으로서의 과거체험 특히 그 체험 가운데 일어난 외상적인 사건(희재언니의 죽음)을 복원하려는 끊임없는 유보와 접근을 통해서 이루어진다. 소설쓰기의 도처에서 "어떤 운명의 모습에 기겁하여 (⋯) 도망쳐온 사람"이라고 스스로를 묘사하고 있듯이, 작가는 삶을 체험하는 가운데 드러난 운명을 만남으로써 성장을 이룩하는 일반적인 교양소설의 주인공과는 다른 길을 걷는다. 삶의 여행길에서 만난 운명에 맞서지 않고 오히려 거기서 도망쳐나옴으로써 진정한 성장의 계기를 스스로 지워 없애버린 것이다. 그러나 외상적 체험이란 아주 지워지지는 않을 뿐 아니라, 그를 내부에서 괴롭히고 수치스럽게 하는 억눌린 기억으로, 부채감으로 혹은 무의식으로 남아 있다. 즉 "그러나 (⋯) 외딴방은 내 안에 살고 있었다."(제1권 80면) 결국 화자는 기억을 통해 그 운명을 되살리고 대면함으로써, 세상과의 관계를 이룩하고 운명을 받아들이며 과거와 화해하는 뒤늦은 통과의례를 치른다. 글쓰기를 통한, 혹은 글쓰기 그 자체로서의 작가의 빌둥이 실현되는 것이다.

그러나 이 경우 글쓰기를 통한 성장이 글 바깥에서의 성장의 문제와 가지는 관계가 설명되어야 한다. 과연 『외딴방』의 의식은 글이라는 형식이 삶 자체를 어떻게 포착하는가의 문제에까지 미친다. 글쓰기에 대한 집착에도 불구하고 화자에게는, "소설은 삶의 자취를 따라갈 뿐이라는, 글쓰기로서는 삶을 앞서나갈 수도, 아니 삶과 나란히 걸어갈 수조차 없다"(제2권 44면)는 인정이 자리잡고 있다. 미학적 형식이 삶의 내용과 간극을 가진다는 인식은 일반적인 것이며, 실상 교양소설은 원래 일종의 '영구혁명'으로서의 근대성, 모순으로 가득한 현실을 형식 속에 재현해내려는 점에서 그 자체가 모순적인 형식일 수밖에 없기도 한 것이다. 빌둥이란 결국 끊임없이 변화하고 생성되는 삶을 사회적 형식과 관계맺는 기획이기 때문이다. 그러므로 글쓰기의 한계에 대한 신경숙의 '빠른 체념' 자체는 현실과 미학, 영혼과 형식의 불일치에 대한 객관적인 관찰일 뿐이다.

　문제는 이같은 인정이 삶의 구체성을 담아내려는 열망을 위축시키고 체험과 독립된 미학의 자족성을 고취하는 방향을 취하게 될 때 생긴다. 삶과 유리된 언어 혹은 담론의 회로에 갇히게 되는 순간, 빌둥의 원뜻은 실종되게 마련이다. 신경숙에게 분명 미학적 지향이 강렬함에도 『외딴방』에는 글쓰기의 감옥 속에 유폐되지 않으려는 노력 또한 존재한다. 즉 글쓰기의 영역 바깥에 있다고 여겨지는 삶이 끊임없이 틈입해들어와 글쓰기과정 자체를 변형시키고 이끌어가는 것이다. 삶과의 거리를 메우려는 이 부단한 정신활동이　어떤 형태로든 기억 속에 존재하고 있는, '외딴방'으로 상징되는 고통스런 현대사의 한 단면을 향해 이루어짐으로써, 빌둥의 기획은 성립하는 것이다. 그의 체험이 근대화가 이루어지는 국면에서 농촌적 기억을 담지한 젊은이가 근대화의 모순이 도사리고 있는 도시에서 '어떻게 살 것인가'의 물음에 직면하는 한 전형적인 양상과 맺어져 있기 때문이다. 비록 '그들'로 표현되는 다수 노동자들의 빌둥 자체에 대한 서사는 아니지만, 마지막 대목에서 작가가 "그들이 나의 내부에 퍼뜨린 사회적 의지"를 잊지 않을 것을 다짐하는 것도 이 맥락에서 의미있다.

　'외딴방'의 체험에 힘입어 세계와의 통로를 이룩한 『외딴방』의 행복한 귀결에 비하면 배수아에게 세계는 처음부터 자아와의 친밀한 접촉이 거부된 삭막한 황무지다. 『랩소디 인 블루』에서도 작품이 회상 형식을 취하고 있으므로 기억의 문제는 중요한데, 이 기억의 주체가 머리를 다쳐 기억력에 문제가 있는 주인공 김미호로 설정된 점은 암시적이다. 몽롱하고 희미한 기억과 단속되고 분절된 회상을 통해 묘사되는 주인공의 과거 사건들은, 서술의 형식에서나 내용에서나 무의미한 단편(斷片)들로 조각나 있다. 이러한 파편화된 세계상은 미호가 세계를 통합해내는 의식이기를 애초부터 포기하고 있기 때문에, 여기서 발원한 무의미함의 느낌이 마치 운명처럼 등장인물들의 삶을 규정한다. 이러한 곳에서 자아와 세계의 통합을 전망하는 빌둥의 기획은 파기된다.

그럼에도 이 작품에서 중심을 이루는 것은 '성장'에 대한 질문이다. 성민엽이 이 작품의 해설에서 명쾌하게 정리한 대로, '성장 없는 성장'이 그 내용을 이루는 것이다. 『랩소디 인 블루』의 인물들이 나이와 상관없이 '아이'로 지칭되는 것은 다분하게 의도적이라고 보아야 할 것이다. 그러나 아이러닉하게도 이같은 '아이들'은 정작 여기에 등장하는 어른들보다 더 '어른'스러운 면모를 가지고 있기도 하다. 주인공의 오빠는 군입대를 하면서 "넌 이제 어른처럼 되어야 해. 어른이 되지 않았어도 어른처럼은 되어야 해"라고 말하고 훗날 주인공은 오케스트라의 아이에게 "난 어른이 되기 싫어"라고 말하지만, 이것은 이 작품의 어른 가운데 실상 어른다운 어른이 없다는 사실을 통렬하게 환기시킬 뿐이다. 이 작품에서는 어른이란 단지 자신이 어른이 아님을 모른다는 점에서 '아이'보다 오히려 더 유치하기도 한 것이다.

『랩소디 인 블루』에 나타난 성장의 부정과 어른됨에 대한 희화화는 일면 빌둥의 충동이 망각되고 억압된 탈근대의 한 국면을 반영하는 것일 수는 있다. 혹은 가족질서의 파괴와 훼손된 가치의 귀결로서의 길잃은 새로운 세대의 초상을 객관적으로 제시하는 성과일 수도 있다. 그러나 역시 파편화된 현실로서의 세계상에 얽매인 의식으로는 근대가 본원적으로 함유하고 있는 모순을 견디는 빌둥의 상상력이 제 힘을 얻지 못하게 되는 것은 분명하다. 비록 '진짜 나의 모습'을 전하고자 하는 글쓰기의 욕망이 역시 이 작품의 기저에 깔려 있다고는 해도, 그 충동 자체가 모더니즘의 형식 속에 봉쇄되고 관리된 나머지 거의 망각되고 있는 것이다.

'무정'한 세상을 '유정'하게 만들자는 『무정』의 귀결이 구체적인 현실에 대한 긴박감의 결여로 내용을 잃고 있었다면, 비유컨대 '무정'한 세상을 '무정'하게 그려내는 것으로 빌둥의 과업에 대하는 90년대의 작업은 현실적으로 살아 있는 빌둥의 충동들에 대한 모더니스틱한 망각의 한 표현이다. 결국 근대가 배태한 분열과 통합의 드라마가 교양소설을 주조해내는 커다란 틀이라면, 근대와 탈근대가 교직하는 새로운 국면에서도 빌둥의 상상력은 여전히 문학의 향배를 둘러싼 질문의 핵심에 자리잡고 있다.

—『문학동네』 2000년 여름호

제5부

녹 색 문 학 과   생 명

집의 상상력

녹색문학, 무엇이 문제인가

마음의 속살을 노래하라

집의 상상력

문명에 저항하는 시

1. 문명과 시, 그리고 가치의 문제

문명시대를 살면서 문명에 맞선다는 것은 비극이다. 그러나 시는 바로 그러한 상황에 처해 있다. 시가 본래 저항적이어서가 아니라 문명이 시를 압박하고 심지어 말살하려 들기 때문이다. 시가 문명에 맞서는 것은 그러므로 시 자체의 존립의 문제이다. 시는 자신이 시임을 완강히 주장함으로써 문명의 손아귀에서도 죽지 않고 살아간다. 문명의 압박이 갈수록 커져가는 시기에, 여기에 맞서는 시의 자리는 너무나 위태로워 보인다. 한때 시로써 왕국을 세울 수 있다던 자랑스런 시인의 긍지는 이제 사라졌다. 시인이 문명의 조상이라는 말은 더구나 옛말이 되었다. 문명은 이제 배은망덕하게도 시인을 문명의 공화국에서 추방하려 한다. 시인은 마치 게릴라처럼 문명의 틈바구니에 숨어 시가전을 벌인다. 무엇을 위해서? 단지 살아남기 위해서?

시와 문명의 화해할 수 없는 불화는 문명이 자신의 성격을 분명히 드러내면서 운명적이 되었다. 이 불화의 역사는 인류사의 가장 본질적인 흐름에 속해 있다. 오늘날 문명은 과학과 기술의 발전에 토대를 두고 있다. 근대의 문명은 다름아닌 과학문명 혹은 기술공학문명으로 성격지어지며 서구중심의 이 과학문명은 근대가 진행되면서 점차적으로 세계적인 지배성을 확보하게 된다. 이 과학문명의 확산은 특히 근대자본주의의 형성 및 전개와 더불어 필연적인 것이 되었다. 근대의 초입에서부터 서구문명은 자본주의적 생산양식에 기초하여 이룩되었고, 이제 과학과 기술의 지속적이고 급격한 발전과 함께 자본주의문명은 명실상부하게 전지구적인 차원에서 힘을 발휘하고 있다. 세계화과정은 근대 이후 꾸준히 지속되어왔지만, 자본과 과학에 기반한 전지구화는 90년대 중반을 넘긴 지금 단순히 하나의 이데올로기로서가 아니라, 돌이킬 수 없는 물적인 변화의 진행인 듯도 보인다.

물론 시가 자본주의문명이나 과학문명과 공존해오지 않은 것은 아니다. 오히려 근대적인 시의 자리는 이러한 문명의 성격이 분명해지던 시기에 비로소 인간의 운명과 관련지어 중요한 의미를 띠게 되었다. 서구에서 시의 번성은 바로 과학의 획기적인 진전과 이에 기반한 산업혁명의 진행과 더불어 이루어졌다. 낭만주의의 도래와 함께 시작된 근대시의 형성은 한편으로는 과학문명에 적응함으로써 시 자신의 생존을 도모하는 것이었지만, 다른 한편으로는 바로 정체를 드러내기 시작한 문명에 대한 저항의 시작이었다. 시의 싸움은 과학과 기계에 대한 화해할 수 없는 관계에서 나오는 만큼 과격하고도 본질적인 것이었다. 시야말로 정치적인 성격을 가지고 있으니, 시가 지배층으로서의 부르주아지의 이데올로기라는 논리도 없지 않지만 일차적으로 중요한 것은 그것이 그 근본에 있어 현재의 문명과 양립할 수 없는 관계에 있다는 사실이다.

문명과 시의 이러한 본원적인 적대관계는 시가 자기의 존재조건에 충실할 때 분명히 드러난다. 즉 시는 시다울 때 문명의 성격에 가장 적대적이다. 시가 시다운 경우는 그것이 문명이 하나하나 박탈해가는 가치의 담지자로 있을 때이다. 자본주의가 자본의 논리를 무한대로 확장해나갈 때 사물과 인간 모두는 한낱 그 도구에 불과하게 된다. 모든 것이 교환가치의 망에 편입되고 사물과 인간의 본원적인 관계는 감추어지고 왜곡된다. 시는 이러한 추세 속에서 위기에 처하고, 시인은 문명에서 소외된다. 달리 말해 시는 그 공간적 입지를 박탈당하고, 시인은 집을 상실한다. 과연 문명이 잠식하는 가치의 영역을 지키고 키우는 곳은 어디인가? 현대도시의 삭막한 현실에서 시가 숨쉴 공간은 있는가? 근대 이후 시의 중심적인 상상력이 끊임없이 과거 농촌공동체의 기억을 되살리고 있는 것도, 과거로의 도피만은 아니다. 그러한 공동체적 상상력 속에는 현금의 문명에 맞서는 가치의식이 숨쉬고 있기 때문이다.

문명과 시의 관계를 말하면서 오히려 농촌과 전통적 가치의 문제를 생각하게 되는 것은 시의 현단계적 운명으로 보아 자연스런 일이다. 현재의 자본문명이 가치의 영역으로서의 농촌을 파괴하고 문명의 일부로 변형시켰다고 한다면, 시는 그 과거를 현재의 공간에 되살림으로써 문명에 저항한다. 시인은 문명 속에서 집을 꾸미거나 둥지를 틀지 못하지만, 시를 통해 가치를 견지하고 그 가운데 잃어버린 집의 회복을 꿈꾼다. 여기에 시인의 비애가 있고, 기쁨이 있고, 긍지가 있고, 절망이 있다. 집을 향한 시인들의 목소리를 듣는 것은 바로 문명에 대한 해석과 비판이자 비인간이기를 거부하는 생명의 요구를 듣는 일이다. 문명에 승복하지 않고 오히려 전통과 가치에 대한 묵은 관심이 살아 있는 세 명의 시인, 이재무(『몸에 피는 꽃』, 창작과비평사 1996), 고재종(『날랜 사랑』, 창작과비평사 1995), 윤재철(『생은 아름다울지라도』, 실천문학 1995)의 최근 시집들을 보면서, 이러한 '집의 상상력'을 읽는 것도 문명시대의 시의 자리를 생각하는 한 방법이 될 수 있는 것은 이 때문이다.

2. 우리는 더이상 새가 아니다: 이재무

　문명의 압박 속에서 살 수밖에 없는 시인들의 일차적인 정서는 그리움이다. 그리움은 현재는 부재하는 잃어버린 무엇을 향한 목마름에서 나온다. 그리움의 대상은 인간일 수도, 사물일 수도, 과거의 모든 것일 수도 있고, 무엇이라 지칭할 수 없는 막연한 욕망의 형태로 존재할 수도 있다. 어떤 의미에서 시의 언어활동은 그 자체가 잃어버린 언어의 창조적 가능성을 찾는 그리움의 작용일 수도 있겠다. 그러나 근대문명 아래서 형성되는 시의 그리움에는 특히 해체되어버린, 혹은 떠나버린 공동체를 향한 커다란 욕망이 잠재되어 있다. 이것이 시인의 그리움을 역사적이고 정치적이게 만든다. 문명의 요구에 따라 도시에 거처하게 된 인간들에게 향수가 중요한 생활의 정서가 되어 있음은 우연한 일이 아니다. 이재무의 「우물」의 서두는 잃어버린 과거의 공동체를 기억을 통해 아름답게 불러낸다.

> 우물 옆에는 팽나무 한 그루가 서 있다가
> 밤이 오면 우물 속으로
> 가지를 뻗었다
> 그 가지 휘어지도록
> 별꽃 달꽃 열려 있었고
> 일터에서 돌아오던 가장들은
> 집보다 먼저 그곳에 들러
> 바가지 그득 별과 달 담아 마셨다.

　고향마을에 있던 기억 속의 우물은 시인의 마음에 아름다움을 간직한 어떤 원초적인 생명의 거처가 된다. 기억은 시인에게 그리움의 근거이고, 생명의 소식이다. 또 그것은 시의 근원이기도 하다. 우물 주위로 형성되어 있던 마을의 존재와 그 구성원들의 삶이 건강함과 아름다움으로 되살아나고, 개인의 폐쇄된 가정이라는 좁은 의미의 '집'이 아니라 공동의 장(場)으로서의 '우물'이 가지는 공동체적 삶이 자연스럽게 추억된다. 그러나 이 공동체로서의 '집'은 근대화와 더불어 무너진다. '우물이 키운 무병의 아이들은 자라/마을을 떠났고, 떠나서는/아무도 돌아오지 않았고', 그러자 우물은 '시름시름 앓기 시작'했으며, '덩달아 팽나무도 드러누웠고/별도 달도 발길이 뜸해졌다.' 「우물」의 후반부는 이제 생명을 잃은 우물과 마을, 즉 인간들이 떠나자 별도 달도 찾지 않는 저주받은 폐허가 되어가는 공동체의 모습이다.

그렇다면 그 고향을 떠난 아이들은 어떻게 되었는가? 이제 그들은 자라 대도시에서 산다. 그곳은 '수은비 내리는 여기/빌딩의 밀림 모든 것은 혼자서 견뎌야' 하는 곳이며, '예고도 없이 죽음은 찾아오고/정성(情性)을 버려야만 연명하는 곳'이다.(「서울 참새」) 아침이 오면 '누구나 상자가' 되어 '망가져 그 무엇도 담을 수 없을 때까지' 쉬지 못한다.(「구로역에서—상자에 대하여」) 삶의 고향이 누리고 있는 저 아름다운 별과 달의 밤은 고가도로 아래 사는 비둘기들의 어두운 삶으로 바뀌었다.

한낮에도 컴컴한, 대림동 고가도로 밑
그곳을 천장으로 삼고 사는 비둘기떼
그들은 경적소리에 놀라지 않고
누군가의 삿대질에 꿈쩍 않는다
얼기설기 엉킨 전선줄에 더러 제 식구
목 걸려 죽어도 그들은 울지 않는다
빛깔과 울음 잃은 암회색 비둘기떼
그곳을 지날 때면

외려 내가 으시시해서 몸 재게 놀린다.

——「대림동 비둘기」 전문

비둘기들의 삶이 도시인들의 일상생활의 비유이기도 함을 구태여 말할 필요는 없을 것이다. 도시는 시인에게 생명을 잃은 삭막함으로 다가오고, 이 삭막함 속에서 생명은 소진된다. 마치 '어떻게든 살아남으려고 안간힘 발버둥에 갖은 꾀부리는'(「바퀴벌레」) 소름끼치는 벌레와 같다. 그러하기에 인간 속에 남아 있는 본원적인 생명의 힘은 자연과의 연계를 잃은 채 이제 '마음의 짐승'이 되어 울부짖고, '오랏줄에 답답한 듯' 발버둥친다.(「마음의 짐승」) 그러나 이 수성 (獸性)의 울부짖음은 가끔씩 터져나오는 것이지만, 그리하여 '봄마다 반란을 꿈'꾸지만, '그러나 수성은 번번이 진압된다.'(「가로수」)

이재무의 시에서 우리는 생명에로의 강렬한 회귀의 열망을 읽는다. 도시화와 규격화된 삶에 대한 저항에 그의 시가 있다. 서울은 그에게 집이 아니며, '우리는 더이상 새가 아니다'라는, 조롱(鳥籠) 속에 갇힌 자의 울분과 좌절이 시를 통해 분출된다. 그는 결코 문명과 화해하지 않는다. 그날의 우물은 이제 깊이를 알 수 없는 썩은 호수가 되어 있기 때문이다.

「아무도 호수의 깊이를 모른다」는 그런 의미에서 타락한 문명에 대한 시인의 사망진단이다.

고여 있는 물 웃자란 풀이 썩고
냄새는 떼지어 몰려다닌다.
벌써 며칠째 소로를 따라 걸어온
달빛 무안한 얼굴로 되돌아간다
기미와 화장독 오른 그녀의 낯짝에

가래를 뱉듯 돌을 던져본다
그러나 그녀는 표정을 바꾸지 않는다
소란은 이내 가라앉고
우르르 몰려간 냄새에 밟혀
먼 마을의 꽃들이 진다
아무도 호수의 깊이를 모른다

'기미와 화장독' 오른 호수의 수면은 돌을 던져도 냄새만 진동할 뿐 아무런 변화가 없다. 이 썩어버린 물에는 아무런 생명의 흔적이 없고 죽음만이 존재한다. '화장'이란 화학물질을 통한 인위적인 아름다움의 조성이다. 화장독이 올라 추악하게 된 호수의 표면은 자연을 타락시킨 문명의 뻔뻔스럼을 말해준다. 이 시를 단순히 호수의 오염과 환경문제를 다룬 것으로 읽을 수도 있겠지만, 거기서 멈추기에는 상징성이 이 시에 너무 짙게 드리워져 있는 것이다. 한때 우물에 가득 차 있던 달빛은 이 호수 앞에서 '무안한 얼굴'로 되돌아간다. 생명을 키우던 우물이 사라진 대신 온 사방에 죽음의 악취를 풍기는 호수가 있다는 것은, 농촌공동체의 무너짐과 그것을 대체한 문명의 추악함을 말하는 시적 상관물이 된다. '아무도 호수의 깊이를 모른다'는 마지막 행은 그러므로 시인의 지독한 문명혐오에도 불구하고 벗어날 수 없는 문명의 지배에 대한 인정과 두려움 그리고 비애를 축약하고 있는 듯 보인다.

3. 그 느티나무의 푸르른 울음소리: 고재종

근대화의 과정에서 사라진 가치들이 농촌공동체의 정서와 유관함을 우리는 앞에서 말한 바 있다. 그러한 정서의 기억들이 도시인들의 심성에 시적 상상력의 한 원천으로 남아 있다면, 그것은 단지 지나가버린 과거의 덧없는 꿈이었을까? 과연 농촌은 해체되었고, 그 기억만이 삶의 흔적으로 남아 있는 것일까? 이러한 질문들 앞에서 우리는 고재종과 같은 시인을 만나는 체험의 남다름에 전율한다. 들길을 걷는 일이 존재의 기억을 되살리는 시의 생성일 수 있지만, 그러나 그것은 또한 농사일로 대변되는 생활의 현장을 살피는 눈길이 있기에 더 절실한 어떤 것이 된다. 고재종은 이재무가 기억하는 그 사라진 우물가에 오연히 서 있다. 그러나 그에게도 사라지는 것에 대한 그리움이 있다. 아니 오히려 그 사라짐을 목격하고 있기에 그 그리움은 더 생생하고 절실하다. 농촌이 무너지고 있는 현실은 부정할 수 없으며, 시인은 애절한 마음으로 그 현장을 지켜본다.

닷새 만에 헛간에서 발견된
월평할매의 썩은 주검에서
수백 수천의 파리떼가 우수수,
살촉처럼 날아오르는 처참에 울고

빈대 뛰는 온 방안 뒤지고 뒤져
찾아낸 전화번호 속의 일곱 자녀들
기름때 묻은 머리로 하나 둘 달려와
뒤늦게 뉘우치며 목놓는 아픔에 울고

로 시작되는 「분통리의 여름」은 그 무너짐을 노래한 대표적인 보기이다. 시인은 이어서 '급기야 상여를 멘 남정네들'조차 모자라 경운기로 날라 굴착기로 판 구렁에 묻히는 할머니의 험한 종말이 다른 살아 있는 이들의 운명이기도 함을 보여준다. 이것은 근대화가 지속되면서 이농으로 폐허가 되어가고 있는 우리 농촌에 대한 애도이자 고발이다.

농촌의 피폐함은 급격한 산업화와 자본주의체제의 형성이 초래한 귀결이다. 근대화의 과정에서 농촌이 무너지고 이에 대한 민중들의 좌절과 항거가 우리 정치사의 한 굴곡을 이루었지만, 주지하다시피 소위 지구화의 추세는 상황을 극도로 악화시키고 있다. 지구화는 달리 말해 바로 자본주의문명의 전일적인 지배의 다른 이름이며, 우리 농촌은 이제 단순히 도시와의 관계에서 주변의 지위를 가질 뿐 아니라, 전지구적인 자본의 관계에서 가장 하위에 속하는 억압의 가중을 얻게 되었다. 고재종이 노래하는 이 농촌 와해의 현실은 이러한 민족적 상황을 보여준다는 점에서 중요하다. 그것은 한편으로는 농촌공동체로서의 '집'의 무너짐을 노래하는 만가(晩歌)지만, 다른 한편으로는 더 커다란 민족공동체에 대한 상상력과도 이어질 가능성을 안고 있다. 가령 시인은 우리 민족의 '집새'인 참새에 비유해 그 특유의 '집'의 상상력을 보여준다.

흔히 먹이 궁한 때면 고양이 노리는
토방의 개밥그릇에까지 내려앉고
삭풍 칠 때면 추위를 추위로 다스려
퍼런 탱자울에 우수수 쏟아지기도 하는

저것들, 겨울마다 날개 실한 새들처럼
멀리 따뜻한 나라로 떠나가지도 못하고
숫눈 무척 쌓인 아침엔 그 위에
싸늘한 주검들을 퍽으나 떨구기도 하며
이 땅의 엄동삼동 깜빡깜빡 견뎌내는

저것들, 이윽고 햇볕 따스한 날이면

거 참 앙증맞게는 짚벼늘에 올망졸망,
동병상련의 뱁새떼마저 불러 앉아서는
새하얀 솜털을 자꼬만 헤집으며
톡톡톡톡 소리날 듯 튀어오르기도 하며

이만큼의, 이만큼의 삶이라도
서로 나누는 온기 있으니 족하다는 듯
세상 참 천연덕스럽게는 재재거리는

저것들, 마침내 새벽이면 봄이면
이 땅 여명의 삶들을 싱싱하게 깨우되
그러나 가랭이가 찢어지도록
결코 황새 같은 철새나 좇지는 않는

——「참새」 전문

우리 주변에서 살아가는 참새의 모양과 행동을 실감나게 묘사하는
가운데, 민중적이고도 민족적인 정서가 자연스럽게 살아난다. 풍족하기
는커녕 대개는 힘겨운 삶을 견디며, 그러면서도 이 땅을 떠나지 않고 지
키는 참새의 모습은 일차적으로는 농촌을 떠나지 않는 농민상을 떠올리
지만, 더 나아가서는 외세 앞에 선 민족의 이미지로 의미망을 넓힐 수
있다. 참새를 바라보는 시인의 눈은 정겹고도 애달프다. '저것들'이라는
호칭에도 딱하면서도 함께하는 자의 동감이 묻어난다. 모두가 훨훨 떠
나고자 하는 마당에 숱한 죽음들을 낳으면서도 '이 땅'을 떠나지 못하는
'참새'들의 삶을 어떻게 보아야 하는가? 참새의 이미지는 최근 심화되
는 민족의 정체성 위기에 비추어 현재적 의미를 획득한다.
　세계화의 구호와 더불어 개방의 문은 더욱 넓어지고, 민족의 삶의 양

식 자체가 위기에 처해 있다. 너도나도 기꺼이 외국의 문화에 종속되고자 하며, 자기정체성의 유지는 더욱 힘들어진다. 민족이라는 틀조차 지금의 상황에서는 과거의 것이라는 논리가 무성하다. 전지구적인 삶이 담론의 중심으로 떠오르면서 민족을 말하는 것은 때늦은 이데올로기요, 폐쇄적인 태도로 비칠 뿐이다. 그러나 이 새로운 세계화의 담론 또한 하나의 이데올로기라는 것은, 오히려 민족중심의 경쟁이 더욱 치열해지는 현실에서도 드러나거니와, 이런 때일수록 더욱 절실해지는 것이 자기정체성에 대한 관심이다. 민족이 비록 '상상된 공동체'일지라도, 언어와 공동의 문화를 통해 형성된 실체로서의 민족을 상상하지 못하는 시적 상상력은 공허하다. 고재종의 시는 직접적으로 민족을 말하지는 않지만, 농촌공동체에 대한 그의 애착과 '이 땅'에 대한 그의 의식에는 농촌에서 길러진 민중적 정서 속에 우리 민족의 가능성이 있다는 믿음 또한 있다고 보아야 할 것이다.

자본의 문명이 모든 가치를 휩쓸어가는 시기에 농촌적인 삶의 기저에는 민중의 정서가 살아 있고, 민중의 삶 속에는 지켜나가야 할 가치가 담겨 있다. 그 점에서 고재종의 시는 자신이 말하고 있는 것처럼 '너나 없이 모든 걸 청산해버리고 떠나는 마을에 그래도 지킬 것은 지켜가야 한다는 생각'으로 꿋꿋하게 서 있는 '그 느티나무의 푸르른 울음'인지도 모른다. 그렇다면 그 지켜야 할 가치는 과연 무엇인가? 그것은 농촌공동체가 간직한 인간다운 삶의 정서일 수 있고 온갖 억압으로 이러한 정서가 무너지는 가운데서도 내일의 노동을 준비하는 민중의 삶 그 자체일 수도 있다.

그러나 그러나 내가 아직 말하지 않은 것은
아까 윗뜸 샛길 접어오다
어느 집 담 너머로 그만

황망간에 바라보고 놀라 급히 고개 돌렸던
그 씻나락 담그는 풍경에 대하여 말하지 않은 것은
하늘도 알고 땅도 알고 나도 아는 일이다
바람도 알고 꽃도 알고 햇빛도 아는 일이다

지난 겨울 집채만한 외국산 태풍이
이윽고 이 들녘을 마지막으로 덮쳐
아버지도 어머니도 앞집도 뒷들도 농기계도
온통 갈기갈기 찢어놓았을 때
우리는 그저 폐허의 상처나 뒤적이던 나날 속에서
결국 씻나락만큼은 간수해왔더라니
그리하여 씻나락만큼은 그예 담그더라니
　　　　　　　　　　　——「저 씻나락 담그는 풍경」 부분

　갈수록 신산해가는 마을풍경을 둘러보며 '그리움'에 젖어 있는 시인
에게 마지막으로 남은 희망은 바로 이러한 노동의 일상에 있다. 이것은
단순히 생존을 위한 행위이기도 하지만, 그 이상의 어떤 것, 즉 어떤 이
익이나 경쟁의 욕망이 아니라 생명의 새로운 시작을 준비하는 가치로서
의 노동이다. 여기에 농촌적 삶의 가치는 자본과 과학으로 대변되는 현
질서의 기제와 정면으로 맞선다. 계절의 변화와 순환과도 이어져 있는
이러한 농군의 삶 그 자체가 상품화에 맞서는 힘이자 속도와 경쟁 위주
의 근대화에 대한 저항이다.
　이러한 인식이 여러 편의 절창을 낳으니, 「대명전치, 저 나락밭」은 그
한 예가 된다.

　더더욱 간밤 쏘내기 내리고 개자 하늘은 정녕 잘 싸리비질 해놓은

아침마당이라기보단 사알짝 닿기만 해도 째앵 금갈 듯한 것이었다. 햇살은 너무 맑아 서럽기도 하고 바람에 쏴쏴 빗질하는 청솔소리라도 날 듯 쏟아지는 것이었다. 뒷산마저 요만치 성큼 다가와 저기 푸나무서리에 숨은 다람쥐의 데굴거리는 눈알이라도 드러내줄 듯 환한 것인데, 지난봄 갱변의 미루나무 이파리에 별별 보석을 뿌리던 바람은 오늘은 투명하도록 샛노래버린 나락물결을 사스락사스락 쓸며 흐르는 것이었다.

그리하여 여기서 저기 끝까지 툭 터버린, 그 무슨 절경 그 무슨 통곡일 뿐인 나락물결은 이제 막 씻고 물 툭툭 털며 일어서는 난숙한 여인을 바라보는 가슴의 쿵쾅거림 같은 것을 가져다주며 바람에 일렁이며 만단정회, 만단정회, 만단정회의 이 한 들판을 어데로 뚝 떠매 올려놓고는, 온통 크렁크렁 눈물 넘쳐나게 하는 교교, 교교함 그것으로 새 한 마리라도 엄정하게 이 들녘 날게 하는 것이었다. 저기 저 둔덕의 꽃 사래치는 억새며 논두렁의 들국 송이조차 형형 개명케 하는 것이었다.

청명한 가을, 벼가 노랗게 익은 들판을 바라보는 시인의 정회가 감동적이다. 시골에서 흔히 볼 수 있는 익숙한 광경일 법도 하나 이 시가 주는 느낌은 남다르다. 그것은 '저기 푸나무서리에 숨은 다람쥐의 데굴거리는 눈알이라도 드러내줄 듯' 같은 생생한 표현에서 오는 것이기도 하지만, 무엇보다 이 시에 추수를 앞둔 농부의 뿌듯함 이상의 어떤 것이 있기 때문이다. 햇빛과 바람은 노동의 산물인 나락과 어울려 눈부시게 빛나 함께 자연의 일부가 되고, 넘실거리는 나락물결은 시의 가락에 어울려 눈물어린 특별한 감회를 불러일으킨다. 한편 나락물결이 마치 어떤 통곡처럼 여겨지는 것은 여기에 한많은 노동의 노고가 어려 있기 때문이며, 이 눈물겨운 인간의 산물 앞에서 어린 새도 꽃도 인간화된다.

'엄정하게' 날아가는 새 한 마리, '형형 개명'하는 들국화는 바로 시인의
마음 자체이기도 하다.

   자연과 인간의 이러한 지극한 만남의 순간이 장엄함조차 띠고 그려
지는 데 최근의 고재종 시의 한 특성이 있는 듯 보인다. 크게 보아 자연
에 대한 이러한 인식은 낭만주의적인 깊이를 안고 있는데, 시인을 '엄
정케' 하는 것은 자연 속에 있는 무언가 본질적인 어떤 것이다. 가령 다
른 시에서 노래한 것처럼, 들판의 풍경들, 즉 '지푸라기 덮인 논' '늦가
을 햇살' '들국 떨기' 그리고 바람과 마른 풀잎과 갈색 산들이 '내 마음
순하게 다스리고/이 고요의 은은함 속에서 무엇인가로/나를, 내 가슴
을 그만 벅차게 하는 것'이다.(「텅 빈 충만」) 이것은 자연의 누리에서 정신
의 힘을 얻고 삶의 윤리를 획득하는 낭만적 인식에 다름아니다. 여기서
고재종의 시는 단순히 소재로서의 농촌시를 넘어선다. 그는 어느새 농
촌에서의 일상과 노고를 들길의 감격과 맺고 우주의 인식으로까지 넓히
고 있다. 이 자연에 바치는 송가를 통해 그는 산업화에 대한 저항의 영
역과 더불어 자연과 함께하는 새로운 삶의 비전을 무너지는 농촌의 현
실 속에서 일구어내는 것이다.

   4. 그러나 정작 집은 어디일까: 윤재철

   이재무가 빌딩숲 속에서 문명의 추악함에 분노하고, 고재종이 농촌
들녘에서 자연의 내면적 힘을 깨닫는다면, 문명과 삶을 보는 또다른 시
각을 윤재철에게서 찾을 수 있다. 앞의 두 사람이 도시든 농촌이든 자기
자리를 딛고 서서 말하고 있다면, 윤재철은 길 위에 있다. 그의 시는 어
느 한 곳에 정착한 사람의 그것이 아니라, 떠도는 이의 모호함을 가지고
있다.

어디가 집일까
이쪽에 오면 저쪽이 집이고
저쪽에 가면 이쪽이 집일까
아니면 저 허공
목숨 걸고 오가는 나그네 길이 집일까

　　　　　　　　　　　　──「집·노랑 할미새」 부분

　자리잡지 못하고 헤매고 있는 이 머뭇거림에서 그의 시가 나온다. 스스로 말하고 있는 것처럼 '지치고 지치고 지쳐서/더는 지칠 기운도 없을 때' 시가 나온다.(「시가 써질 때」) 그러기에 그의 시는 어떻게 보면 대책없이 맥이 빠져 있다.

아프니까 편하다
아무것도 안 보고
아무 생각도 안하고
휴일 식구들 놀러가는 데도 빠져서
혼자 그냥 누워 있으니 참 편하다

　　　　　　　　　　　　──「아프니까 편하다」 부분

　시적 긴장과 울림 많은 시어를 기대하는 시 독자들에게 이러한 시가 어떤 의미가 있을까? 그러나 이 풀어짐의 형식이 바로 시의 내용이기도 하다는 데 윤재철 시의 한 독특한 영역이 있다. 어떻게 보면 그의 시는 잔뜩 긴장해서 사는 근대적 삶 자체에 대한 하나의 풍자인 듯도 보인다. '곳곳에 흘러넘치는 자신만만함을 보며/드디어 나는/내가 자신 없기로 했다'(「자신만만에 대하여」)는 시인의 결심 아닌 결심은 속도와 의

지의 세계로서의 문명에 보내는 결별의 신호라고 할 수 있다. 여기에 자본의 한없는 증식욕구와 결합된 기술문명이 지배하는 세상에 대한 시인 나름의 대응이 있다. 그것은 어눌함과 느림과 여유로 나타난다. 그의 시는 이러한 특성을 완강하게 지탱하는 삶의 태도에서 나오는 듯 보인다.

'집'을 찾는 그의 모색에도 이러한 문명에 대한 태도를 엿볼 수 있다. 무엇보다 시인은 정착하려 하지 않는다. 이제 '종신의 집'을 원하지도 않고, '내 마음이 손님'이라는 것을 인정한다.(「집·이번 이사」) 이러한 태도에는 궁극적으로 집을 정하지 않으려는 마음이 자리잡고 있어서, 그의 '집' 연작은 그런 의미에서 '집'의 부재를 지향하는 시들로 읽히기도 한다. 사실 집을 떠나 집을 찾는 시인의 모색은 자아의 정체성을 찾고자 하는 모험, 어떤 의미에서는 전형적으로 근대적인 길찾기의 한 유형이라고 볼 수 있다. 그러나 그의 시에는 또한 이러한 근대적 욕망 자체를 벗어나고자 하는 지향이 끊임없이 틈입하고 있는 것이다.

> 태연하다
> 한 생애를 작고 붉은 각질 속에
> 빈틈없이 내장한 채
> 아무 일 아닌 듯이
> 나도 모르겠다는 듯이
> 태연하다
> 싹을 틔우고 무로 자라서
> 깍두기로 버무려지고 동치미로 담가져
> 똥이 되고
> 다시 흙이 되는 싸이클
> 늘 시작이고 늘 그러잖느냐는 식으로

태연하다

——「집·무씨」부분

무씨를 뿌리다 무심코 그것을 들여다보며 시인은 새삼 생각한다. 작은 알갱이 속에 일생을 담고 있으면서 그다지 태연함에 문득 자신의 삶이 떠오른 것이다. 무씨의 태연함은 시인 자신의 마음의 투영일 뿐이다. 여기서 얼핏 변화없이 반복되는 삶의 길에 대한 체념과 인정, 혹은 달관의 자세를 엿볼 수 있다. 그러기에 삶이란 '집' 자체는 새로운 모험으로 가득한 욕망의 도정이 아니라 단지 지고 가야 할 짐처럼 무겁기만 한 것이다. ('저나 내나 / 한 세상 짐 지고 가야 하는 / 집이 / 너무 무겁다.')

윤재철의 이러한 피곤하고 쉬고 싶고 재미없는, '세월 보내는 사람'과 같은 삶의 자세는 쉽사리 물리칠 수 없는 매력을 가지고 있다. 욕망을 버리고 싶은 것도 욕망의 한 표현이겠지만, 욕망이 이상(異常)비대해 있는 자본주의사회에서 욕망에 대한 이러한 노골적인 방기는 정신의 자유로움을 말해주고 있기 때문이다. 시인이 주변인물들의 삶 가운데 경쟁에서 뒤처질 수밖에 없는 바보스런 사람들의 모습을 즐겨 그리는 것도 이와 유관하다.(「세월 보내는 사람」「바보 같은 한 사내와 동백을 캐러 갔다」「단청 그리는 사내」 등) 이 자유로움은 인생의 집조차 벗어나고자 하는 점에서 세상의 책임과 윤리와 충돌할 수밖에 없다. 그렇기 때문에 시인에게는 집을 떠나고 싶지만 떠나지 못하는 이의 허허로운 마음이 일상적인 것으로 자리잡고 있다. 그럼에도 바로 이러한 마음이 있기에 그에게는 다음과 같은 시적 성취가 나오는 것이다.

그놈이 기어왔다
한 열흘 집을 비운 사이
웃자란 마당의 풀숲 사이로

그놈이 기어왔다
방 청소를 하고 마루에 걸터앉아
막 담배 한 대 피워 무는 사이
벌써 마당 반쯤
그놈이 기어왔다
느긋하게, 어디 마실이라도 갔다 오는 듯이
풀숲 사이로 느린 커브를 그리며
내게로 곧장 기어왔다
이게 뭐여, 비암
그놈이 토방 턱에서 막 우회전을 할 무렵
나도 두어 걸음 가다가
대가리부터 세모졌나 밋밋한가 보는 순간
딱! 눈이 마주치고
놈은 오던 길을 그대로 되짚어
풀숲을 헤엄치듯 눈 깜짝할 사이에
마당 건너 호박밭 속으로 줄행랑을 쳤다
내 참!
대가리는 밋밋했지만
그제야 나도 안도가 되어 투덜거렸다
이놈아 이게 니 집인 중 알어
내 집이여 내 집

——「집·어은리 2」 전문

　시인은 자기 집에서 결국 뱀을 쫓아내었지만, 그 뱀을 진정으로 미워
한 것은 아니다. 오히려 뱀의 이러한 느닷없는 침입에 당황하면서도, 눈
이 서로 마주친 그 만남의 순간을 소중히 여기는 듯 보인다. 물론 대가

리의 모양부터 살핀 것은 시인의 눈이 여전히 교육을 받은 인간의 것임을 드러내지만, 뱀이 달아나고 난 후에 '이놈아 이게 니 집인 줄 알어/내 집이여 내 집' 하는 그 투덜거림에는 뱀이 단순히 틈입자가 아니라 집을 잘못 찾아든 이웃이라는 뿌듯한 동감이 어려 있는 것이다.

윤재철이 보여주는 집의 상상력은 이렇듯 자연과 교감하는 세계로까지 이어진다. 틀이라고 이해될 수 있는 모든 것들, 즉 가족과 함께 이루는 좁은 의미의 집, 또 그 이상의 어떤 의무를 지우는 사회라는 또다른 집, 심지어는 자신의 정체성으로서의 집조차를 벗어나고자 하는 숨은 욕망이 그의 상상력을 자극한다. 거기에는 자연의 품격있는 느린 순환과 변함없음이 문명의 속도와 천박함과 덧없음과 대조된다. 허술한 듯, 어눌한 듯, 느긋한 듯 들리는 그의 음성들이 현금의 자본문명에 대한 강렬한 항의이기도 한 것은 이런 의미에서다.

5. 시의 집으로서의 언어

문명에 저항하는 시의 상황을 보여주는 세 시인들의 시집을 읽으면서, 문명에 대한 시의 저항이 야만을 지향하는 것은 아님을 확인한다. 아니 오히려 문명에 대한 저항은 진정한 가치를 회복하고 창출하고자 하는 욕망의 발현이기도 한 것이다. 오늘날의 문명이 삶의 창조적 가능성에 적대적인 것이라면, 시의 싸움은 창조의 영역을 삶 속에서 지키고 확장하는 더 큰 싸움과 맺어져 있다. 과거의 전통과 가치를 담지하고 있는 농촌공동체에 대한 감각을 중심으로 이루어지는 시적 상상력이 가지고 있는 힘도 자본주의문명 속에서 이러한 잔존하는 가치의 영역을 되살리려는 변혁의 움직임과 유관하다고 할 수 있다. 그 가운데서도 시의 기능은 독특하고도 중요하다. 그것은 시가 무엇보다 언어를 매개로 하

여 이루어지는 창조활동인 동시에 언어 없이는 존재할 수 없는 삶의 창
조적 원천을 살리는 일이기 때문이다. 언어야말로 시인들의 살아있는
집이다. 세 시인들에게서 궁극적으로 확인하는 것은 바로 이것이다.

—『시와사람』 1996년 가을호

녹색문학, 무엇이 문제인가

생태학적 상상력의 올바른 발현을 위하여

1. 녹색이념과 문학

최근 들어 우리 문학에서 생태학, 환경문제, 녹색이념에 대한 관심이 높아지고 있다. 생태비평(Ecocriticism)이라는 말이 흔히 쓰이고 있고, 일부 학자나 평론가들은 '녹색문학' '생태문학' '환경문학' 등의 용어들을 수입하거나 새로 만들어내면서 이같은 흐름에 가담하고 있다. 문학 담론상에 나타나는 이같은 현상은 현실의 변화를 반영한다. 즉 90년대 들어 환경과 생태에 대한 관심이 사회적으로 고조되고, 수질오염을 비롯한 환경오염이나 공해문제의 해결은 국가적인 과제 가운데 하나가 되었다. 아울러 사회운동으로서의 환경운동이 본격적으로 조직화되고 확산되어가고 있으며, 일상생활에서도 환경문제는, 가령 쓰레기 분리수거의 의무화 등 시민적인 실천 가운데 빼놓을 수 없는 항목의 하나가 되었다. 문학이 사회현실과 긴밀하게 맺어져 있다는 입장에서도 우리 삶의 환경에 영향을 미치는 생태문제가 중요한 관심사로 떠오르는 것은 당연한 일처럼 보인다.

물론 환경에 대한 관심이 문학에서 이전에 없었던 것은 아니다. 문학작품 가운데 직접적으로 환경문제를 소재로 하는 것들도 적지 않았거니와, '환경'을 표나게 내세우지 않더라도 소설이나 시 속에는 우리의 생활환경이 변화하는 모습에 대한 관찰이 담겨 있는 경우가 많다. 무엇보다 해방 이후 급격한 산업화가 초래한 환경파괴와 농촌공동체의 해체야말로 우리 문학이 중심적으로 다루어오던 주제이기도 하다. 그럼에도 이와같은 문학의 양상들이 따로 충분한 주목을 받은 것은 아니며, 더구나 일정한 이름을 부여받은 것도 아니었다. 가령 농민문학이나 노동문학이라든가 시민문학이나 계급문학 등의 명칭은 있어도, 환경문학이나 생태문학이라는 이름이 나오게 된 것은 극히 최근의 현상이다.

　필자는 우리 문학에서 이와같은 관심이 필요하고, 또 이를 문학작품으로 구체화하는 생태학적 상상력이 더욱 심화되어야 한다는 것에 동의한다. 무엇보다 한 문학평론가(김종철)에 의해 1991년 창간된 『녹색평론』이 꾸준히 발행되고 있다는 점, 환경운동연합의 기관지 『함께 사는 길』을 문학인(최승호)이 주관하고 있다는 점 등은 의미심장하다. 문학이 과연 생태문제와 어떤 관련을 맺는지는 따져보아야 하고, 기본적으로 출판이 나무를 베는 환경파괴행위와 맺어져 있다는 것부터 문제인 만큼, 문학활동 자체가 생태이념과 꼭 일치하는지는 의문이지만, 그럼에도 문학이 본질적으로 환경이나 생태의 위기에 맞서는 힘을 간직하고 있다는 믿음을 버릴 수는 없다. 좋은 문학에는 인간의 궁극적인 해방을 추구하는 충동이 살아 있으며, 이것은 바로 생명존중과 이어지기 때문이다.

　그럼에도 불구하고, 필자는 최근 유행어로 떠오른 녹색문학, 생태문학 혹은 환경문학에 대한 담론들이나 그 실천들이 이 위기에 대한 대응으로서 합당한 것인가에 대해서는 이견이 있다. 이러한 담론들은 아직은 초보단계에 있으므로, 비판만이 능사는 아닐 것이다. 그러나 초보적이기 때문에 오히려 올바른 방향을 잡는 일이 중요하겠거니와, 우리 현실에서 요구하는 녹색·생태·환경문학의 심화를 위해서도 비판적 점검이 긴요한 시점이기도 하다. 다음에서 필자는 지금까지의 논의를 검토하는 가운데, 투박한 대로나마 생태문제에 대한 문학적 접근이란 무엇이며, 생태학적 상상력의 올바른 발현이 어떠해야 하는가를 모색해보고자 한다.

2. 녹색문학의 지향과 복합적 사고의 필요성

환경이나 생태문제와 관련하여 문학을 보는 사람들이 최근 가장 즐겨 쓰는 용어 가운데 하나가 녹색문학이라는 말이다. 문학에 무슨 색깔이 있는 것은 아니겠으나, 대체로 녹색운동과 그것을 뒷받침하는 녹색이념을 반영하는 문학적 경향이나 범주로서 이 말이 애용된다고 보인다. 기왕에 환경문제를 다루는 문학에는 여러가지 명칭들이 사용되어왔다. 가령 80년대 말부터 시에서 생태라는 말이 나오기 시작하여, 환경시·생명시 등과 함께 쓰여왔고, 이것이 시뿐 아니라 문학일반을 가리키는 용어로 확산되면서 생태문학·환경문학·생명문학 등의 용어들이 서로 관련을 맺어가며 혼용되어왔다. 아마도 녹색문학은 이런 다양한 용어들을 통합하는 표현으로 유용한 듯 보인다.

그런데 녹색문학을 내세우는 논자들은 녹색문학의 중요성과 새로움을 강조하는 가운데, 대개 그것을 그 이전의 변혁적인 문학이념과 대비시키는 것이 일반적이다. 즉 '적색에서 녹색으로'라는 구호를 문학에도 적용하여, 녹색문학은 구시대의 적색문학과 대비되는 새로운 시대의 문학이라는 것이다. 이 구호 자체는 무척 매력적이고, 대안적 이념으로서의 녹색이념을 말하는 서구의 녹색운동가나 생태론자들의 입장과도 일맥상통하는 바가 있다. 서구에서는 좀더 시기가 빨랐지만, 우리의 경우

적색과 대비하여 녹색을 강조하는 이러한 태도는 일차적으로는 동구 사회주의가 몰락하고 변혁사상에 기반한 사회운동이 위축된 90년대의 현실을 염두에 두고 있다. 흔히 하는 말로, 이제 이념과 집단의 시대는 종언을 고하고, 개인과 다양성이 존중되는 새로운 시대가 도래했다는 것이다. 녹색문학의 주창자들은 기본적으로 이같은 시대인식에 동의한다는 점에서 일치한다.

그러나 필자가 보기에 이같은 논의에는 문제가 많다. 무엇보다 문제인 것은 적색과 녹색이라는 색깔의 비유로 문학을 이분화하는 태도다. (대표적인 경우로는 이남호, 김욱동을 들 수 있겠다.) 이러한 이분법적 태도는 원래 다양성과 조화를 내세우는 녹색문학 특유의 입장과도 상반된다. 어떻든 적색을 규정하고 배제하는 방식으로 자기정립을 함으로써 자신의 '이념'적 입지를 분명히 하고 있는 것이다. 즉 녹색문학이라는 이름에는 일종의 색깔시비가 개입되어 있는데, 오랜 기간을 반공이데올로기에 억눌리고 어느정도는 무의식에까지 닿아 있는 레드컴플렉스에 시달려온 남한 대중의 정서를 고려할 때, 이같은 이분법적 전제는 말하자면 스스로 충분히 탈이념적이지 못함을 입증한다.

이같은 적록 이분법은 대개 우리 문학에서 80년대와 90년대를 구분짓는 더 큰 범위의 이분법의 한 반영이다. 80년대를 이념의 시대로 규정하고 90년대를 탈이념의 시대로 칭하면서, 문학에서도 진보적인 혹은 변혁적인 문학이념이나 실천을 시효상실된 것으로 치부하는 논리는 90년대 초 이래로 이 연대를 지배한 대표적인 이분법이었다. 90년대의 사회와 현실이 80년대와 다른 점은 분명히 존재한다. 군부파시즘이 종식되고 일정한 민주화가 진행되었다는 점, 그리고 사회주의의 종언으로 전지구적인 자본주의로의 전일화가 한층 표면화되었으며, 그 결과 한반도도 세계화된 자본주의질서의 영향을 더욱 절감하게 되었다는 점이 그 가장 핵심적인 변화다. 그러나 달라진 상황을 보는 시각 가운데는 이러한 핵심적 변화에 대한 인식이 태부족한 경우도 많고, 이것을 인정하더라도 우리 사회가 여전한, 혹은 더욱 강고해진 자본주의체제의 한 부분이 되었고 그만큼 변혁의 과제가 상존한다는 사실을 인정하지 않고서 탈이념과 탈정치의 영역으로 '탈주'하는 경향이 적지 않았으며, 이것이 한편으로는 포스트모더니즘의 이름으로 미화되거나 옹호되어왔던 것이다.

생태이념 혹은 녹색이념이 포스트모던한 것이며, 그 이전 근대성에 묶여 있는 계급이나 민족이념과 구별되는 것이라는 단순화된 논리는 서구논의에서도 흔히 볼 수 있는 것인데, 이처럼 80년대의 변혁운동이나 이념과 스스로를 단절함으로써, 녹색문학 논의는 우리 사회에서 여전히 해결되지 않고 있는 계급 및 민족문제와 환경 혹은 생태문제를 결합하여 사고할 가능성을 스스로 포기하고 만다(거꾸로 민족민주운동이 생태의식을 얼마나 자기 문제로 끌어안고 있는지도 반성할 대목이다). 생태학적 상상력이 제대로 발현되려면, 생태에 대한 관심이나 환경에 대한 의식을 우리 자신의 현실에 터잡게 하는 것이 필요하다. 그러나 녹색문학의 이분법적 사고로는 우리 현실을 전체적으로 보는 것에는 훨씬 미달일 수밖에 없다. 그 결과 대개 녹색문학의 논의에는 환경문제에 대한 이전의 변혁적인 관심들이 송두리째 빠져 있기 십상이다.

가령 녹색문학이 이 유형의 문학의 시초로 보는 생태시의 경우를 보자. 대개 생태시라는 이름이 붙는 것은 크게 두 가지 정도로 나뉜다. 자연과의 친화라거나 우주적 공감을 말하는 작품들과, 환경오염으로 인한 생태계의 파괴를 고발하는 유형의 시들이다. 전자가 자연과 인간의 친화와 융합을 노래한다면, 후자는 문명이 초래한 자연파괴와 인간의 타락한 욕망을 폭로한다. 접근해들어가는 지점은 이처럼 서로 다르지만, 기본적으로 생태주의적 관점에서 자연과 문명을 바라보는 점에서 둘은 동일한데, 간단히 말해 문명을 자연에 적대되는 것으로 보고 자연의 가치를 회복하는 것을 그 목적으로 삼는 것이다. 여기서 우리가 주목해야 할 점은 이들이 자연/문명의 이항대립을 설정함으로써 대개 '사회'라는 항목을 생략해버리기 쉬우며, 더구나 우리가 처해 있는 사회현실의 구체성 대신 문명일반의 파괴성만이 강조될 위험이 있다는 것이다.

실제로 문명이 초래하는 생태파괴가 구체적으로 발현되는 과정은 우리 현실에서 몇가지 매개고리를 거치게 마련이다. 우선 파시즘 체제를 통해 폭력적으로 이루어진 개발독재가 우리 생태에 미친 악영향은 결코 무시할 수 없다. 80년대 공해추방운동이 당국의 가혹한 탄압을 받게 된 사정은 바로 이같은 활동이 개발독재에 반하는 반체제활동으로 여겨졌기 때문이다. 두번째 요소는 신식민지적 상황이다. 주지하다시피 문명이 초래하는 생태계의 파괴가 전지구적으로 퍼지는 가운데, 그 가장 큰 피해는 후진국에 전가되기 마련이다. 우리의 경우 80년대 이전에는 주로 일본으로부터 공해산업이 유입된 것을 비롯, 후발 개발도상국으로서 환경피해를 감수할 수밖에 없었다면, 이같은 상황은 미국 중심의 전지구화가 전면화된 90년대에도 지속된다. 그린피스의 보고에 따르면 90년대 초 한국은 아시아 최대의 폐기물 수입국으로 그 가운데 99퍼센트가 미국으로부터 들여온 것이다. 세번째는 분단체제의 지속이라고 할 수 있다. 분단체제는 남한사회의 온갖 부문에 영향을 미치지만, 환경문제도 예외가 아니다. 긴말 할 자리가 아니므로, 단적인 예지만 환경운동가가 빨갱이로 몰리던 상황을 상기하는 것으로 약(略)하고자 한다.

환경이나 생태를 말하면서 이와같은 우리 사회의 중요한 결정요인들을 고려하지 않는다면 그것은 단순한 누락 이상의 문제라고 하겠다. 달리 말해 이같은 사회적 인식의 부족은, 구체성이 부재하다는 점에서 생태의식 자체의 결핍을 입증하는 것이다. 하물며 녹색문학을 이같은 사회현실이나 모순과 무관한 이념으로 내세우는 태도는 생태학적 상상력의 온전한 발휘와는 거리가 멀다. 말하자면 녹색을 앞세워 적색을 몰아치는 그 이분법은, 오히려 녹색도 적색도 제대로 보지 못한다는 점에서 환경문제에 있어 일종의 적록색맹에 해당하는 것이다.

생태시라는 말 대신에 생명시를 내세우는 경향도 보이는데, 이것은 생명개념을 모든 것의 시작이자 끝으로 제시하는 김지하의 작업에 대체로 기반하고 있다. 김지하의 생명개념을 논의할 자리는 아니지만, 이것이 생태문학이나 녹색문학의 중요한 이론적 바탕이 되고 있는 것만은 분명하다. 그러나 한마디로 생명시의 논리 또한 적록색맹의 한계를 완전히 벗어나지 못하고 있다는 것이 필자의 판단이다. 김지하는 '환경에서 생명으로'라는 구호를 내세우면서, 환경이 아니라 생명이 문제라는 논리를 펴는데, 이같은 구호는 '적색에서 녹색으로'라는 녹색문학의 구호와 비슷한 울림을 갖는다. 물론 환경이 김지하의 말대로 인간중심의 개념(많은 환경론자들이 지적하다시피)인 데 비해, 생명개념을 통해 "인간과 자연이 하나의 커다란 생명의 그물임을 깨우치는 것"이므로, 더 본원적이고 심원한 문제를 다룬다고도 할 수 있다. 그러나 환경을 생명으로 환원하는 것은 또다른 문제를 낳는다. 즉 생명은 환경과 무관하게 그 자체로 신성한 어떤 것으로 여겨지고, 그 순간 추상화되기 시작하는 것이다.

물론 환경을 개선하는 것만으로 궁극적인 변혁이 이룩될 수는 없지만, 동시에 김지하가 말하는 생명의 발현도 다름아닌 사회적 문화적 환경을 떠나서 있을 수 없다는 것도 사실이다. 김지하가 이처럼 생명을 신비화함으로써, 우리 사회가 처한 환경의 문제와 구체적으로 싸우는 변혁적 이념이 그에게서 홀연 증발해버리는 것도 무리는 아니다. 그나마 김지하의 생명론에는 민중의 삶의 에너지에 대한 신뢰가 어려 있지만 생태문학을 말하는 대다수 논자들은 대개 생명론이 끌어안고 있는 민중적 에너지보다 추상화된 생명 일반에 대한 일종의 생명신비주의를 중시한다. 생명시가 어느 순간 정신주의 시로 둔갑하고, 이런 유형의 시에서 생명이 곧 정신이 되는, 이 위장된, 이 지극한 정신/육체 이분법을 보

라. 이것이야말로 서구문명을 관통해오던 고질적인 이분법의 한 변형이라 할 것이다.

이 점에서는 생명시보다 오히려 환경시를 내세우고 나오는 작업이 더 구체성을 가진 생태학적 상상력의 예가 된다. 가령 고형렬의 『서울은 안녕한가』라든가, 시인 최승호가 최근에 활발하게 전개하고 있는 환경운동과 문학활동이 그 예가 될 것이다. 이들에게는 환경문제를 고립된 것이 아니라, 다른 사회적 모순들과 결합하여 사고하려는 노력이 있기 때문이다.

그러나 따지고 보면 이처럼 환경을 직접 소재로 삼든 아니든, 녹색문학이라든가 생태문학이라는 이름이 붙어 있든 아니든, 우리 현실에 대한 핍진한 묘사 속에는 이같은 복합적인 양상들이 나타나게 마련이다. 시에서 가령 신경림의 작업들이 이와같은 인식을 전해주고 있다면, 소설 가운데서도 흔히 녹색문학론자들이 가장 중요한 작품으로 흔히 거론하는 김원일의 「도요새에 관한 명상」의 경우만 보아도 그렇다. 대개 이 작품을 생태파괴라거나 생명파괴라는 관점에서 중시하고 있지만, 이 작품이 재현하고자 하는 것은 이보다 더 복합적이다. 도요새를 박제로 만들기 위해 대량학살을 자행하는 자들과 싸우는 주인공 자신이 실은 학생운동권 출신이며, 그 아버지는 월남 피난민이다. 이같은 구성부터가 환경문제가 단순히 그 자체로서 독립된 문제가 아니라, 비민주적인 사회체제나 분단상황과 밀접하게 연결되어 있음을 시사한다. 이같은 구도가 얼마나 성공적으로 이 작품에서 구현되어 있는가는 따로 따져야 할 문제지만, 적어도 적색/녹색 이분법으로는 이 작품의 생태학적 의미조차 제대로 읽어낼 수 없을 것은 분명하다.

녹색문학이나 생태시학을 말하는 사람들이 공통적으로 비판하는 것이 근대성(modernity)이다. 근대성이 기반으로 하는 계몽주의가 자연을 억압과 정복의 대상으로 삼아왔고 그것이 생명에 대한 경시와 생태파괴를 낳았다는 것이다. 계몽주의와 근대적 이성의 논리가 오히려 파괴적이고 억압적인 힘을 발휘하고 있다는 지적은 그 나름대로 의미가 없지 않다. 전체적으로 기술공학이 지배하는 현대문명 자체가 기반하고 있는 바가 이같은 이성에 대한 계몽주의적인 믿음이며, 그것이 이후 전체주의의 악몽적인 경험을 야기하였다는 지적도 그렇다. 이것이 바로 포스트모더니즘이 근거하고 있는 계몽비판이다. 그런 점에서 녹색문학 혹은 생태문학의 논의들이 포스트모더니즘과 짙은 친연성을 가지는 것은 당연하다.

그러나 포스트모더니즘의 일면적 유효성을 인정하는 한편으로, 그것이 제1세계 중심으로 강화 재편되는 자본확장의 문화논리임을 함께 보지 않고서는 '포스트모던' 시대의 사회도 문학도 제대로 말할 수 없다. 환경문제에 있어서도 '포스트모던'한 상황에서 그 양상은 착잡한 바 있다. 생태계 파괴라는 문제는 실상 선발자본주의 국가들에서 먼저 제기되었고, 그로써 지구환경을 보존하는 문제가 세계적인 차원으로 확장된다. 그러나 그것이 저개발국의 뒤늦은 개발에 대한 굴레로 작용하고, 거꾸로 현재 세계자원의 대부분을 소비하는, 즉 생태파괴의 본거지인 선진제국의 무역수지 보존을 위한 무기가 되고 있는 이 역설적인 현실은 무엇을 말해주는가? 포스트모더니즘을 맹목적으로 추종하여 근대성을 쉽게 부정하고, 다른 무엇보다 환경보호나 생태보존이 우선이라고 나오는 태도가, 한편으로는 서구자본주의 부국의 이해관계를 그대로 대변하게 되는 곤경에 대해서도 우리 문학이념은 대답해야 하는 것이다.

한마디로 생태문제와 환경문제를 보는 데서 우리가 가장 경계해야 할 것은 이를 다른 문제들로부터 독립된 것으로 단순화하는 태도다. 생태론자들이 흔히 그러듯 시민 각자가 환경의식을, 혹은 나아가 생태의식, 생명의식을 가져야 한다고 말하는 것 자체는 쉬운 일이다. 그러나 실제로 그러한 의식을 얻게 되는 과정이 사회구조적인 모순이나 이념을 깨닫고 문제삼는 일과 따로 이루어질 수 없으며 여기서 우리 사회의 문제들이 개입해들어오는 것이다. 결국 우리는 환경문제가 여전히 근대적 과제로서 미결된, 그런 의미에서는 탈근대적인 기획이라고도 할 진정한 민주주의 실현과 무관한 것이 아님을 알게 된다. 선진부국, 그 가운데서도 백인 중산층들이 누구보다도 동물애호니 자연보호니 하는 생명존중의 이념을 앞세우는 법인데, 먹고살 만한 사람들이 자신의 소비양식과 무관하게 생명보호를 내세우는 허위의식과 가난한 이웃과 평등한 삶을 나누고자 하는 진정한 생태의식은 구별되어야 한다. 계급문제와 생태문제가 별개의 것이 아닌 것이다. 먹을 것이 부족한 판에 무조건 개발이 악이라고 나오는 태도가 관념적인 만큼이나, 포스트모더니즘 논리에 기대어 환경·생태·생명을 근대성과 대립된 것으로 설정하는 것도 비현실적이다. 적어도 우리 현실에서 생태문제와 근대달성 혹은 탈근대 지향의 과제는 어느 한쪽의 삭제로 가능해지는 것이 아니다. 필요한 것은 이 문제에 대한 공적인 합의의 도출이며, 이것이 다수민중의 복리가 증진되는 방향에서 이루어지는 민주주의의 확립이 여기서도 긴요한 것이다.

　포스트모더니즘의 또다른 논리는 자연의 영역이 세계에서 사라졌다는 전제다. 모든 것이 인공적이며, 기호로 화한다. 확실히 우리 사회에도 이같은 포스트모던한 조건이 존재하는 것은 사실이다. 그러나 주지하다시피 이같은 논리는 서구자본주의의 상황을 전형적으로 대변하는 것이며, 적어도 제3세계에는 '자연'의 영역이 상대적으로 더 보존되고, 그것이 인간과 사회를 변화시키는 하나의 힘이 될 수 있다는 말도 된다. 생태문학이나 녹색문학이라면 무엇보다 자연에 역점이 가 있는 것은 사실이지만, 막연히 자연의 중요성을 말할 것이 아니라, 제3세계적인 우리 현실의 특수성에 좀더 주목할 필요가 있다. 즉 우리의 생태학적 현실과 가능성은 서구와는 다른 면이 있으며, 단적으로 우리 자연의 대부분을 차지하고 있는 농촌에 대한 기억과 그 보존이 가지고 있는 의미는 그 점에서 배가된다. 필자가 신경림의 시와 김용택, 고재종의 시작업, 즉 과거에 농촌시라고 분류되던 시작업들이 가지고 있는 생태학적인 의미가 작지 않다고 보는 것은, 이들에게서 자연은 추상화된 것이 아니라, 농촌공동체의 기억과 현실 속에 뿌리박혀서 보존되고 되살려지기 때문이다.

3. 생태학적 상상력과 리얼리즘의 길

녹색문학 혹은 생태문학을 논의할 때 반드시 짚어야 하는 것이 언어의 문제다. 녹색문학 논자들은 인간과 자연과의 합일을 주장하는 가운데, 문학이 언어로 이루어져 있다는 기본적인 사실을 망각하는 경향이 있다. 언어를 어떻게 볼 것인가는 간단한 문제는 아니다. 그러나 적어도 언어가 자연과 인간의 합일을 담는 투명한 그릇이 되리라는 보장은 없다. 언어 자체가 사회의 산물이며, 그런 점에서 이데올로기적이기 때문이다. 아무리 문학이 녹색이라고 해도, 그것이 문학인 한, 이 언어라는 그물을 통과하지 않을 수 없다. 공기·흙·물이 원천적으로 오염되어 있는 판에 진짜 무공해식품이 나오기가 어렵듯이, 사회의 요소가 언어 속에 퍼져 있는 가운데서 순정한 언어라는 것도 쉽게 달성되지 않는다. 진정한 생태문학이 산출되는 것이 힘든 연유이다.

그러나 오염된 언어일망정 그 속에 창조성이 내재되어 있으며, 문학은 그 창조적 가능성을 최대한 실현함으로써 이데올로기를 벗어나는 경지를 지향한다. 또다른 한편으로 언어가 담고 있는 그 본원적인 사회성이 문학의 남다른 힘이 되기도 한다. 즉 언어 속에 이미 들어와 있는 사회적 요소와 교섭하고 소통하면서 이룩된 문학은 사회에 역동적으로 관여하는 힘을 가지게 되는 것이다.

문학을 녹색이념의 관점에서 보기 위해서도, 이같은 문학 자체의 창조성과 사회관여성이라는 인문적 이념을 고려해야 한다. 녹색문학이나 생태문학이 단순히 소재 차원의 것에 머무르지 않으려면, 그리고 미리 주어진 일정한 생태주의적 관념을 피력하는 것에 그치지 않으려면, 문명과 자연의 단순이분법을 넘어 사회 속에서, 사회관계를 뚫고 나오는 언어적 모험을 통한 문학적 성취가 필요할 것이다. 이것은 문학에서 리얼리즘이 지향하는 경지이기도 하다. 생태학적 상상력은 이처럼 리얼리즘과 결합함으로써 그 진정한 힘을 얻을 것이라고 해도 좋다.

—『문학사상』 1999년 7월호

마음의 속살을 노래하라
한 시인의 씨올 사랑

　작년 여름 김영무(金榮茂) 시인의 두번째 시집 『산은 새소리마저 쌓아두지 않는구나』(창작과비평사 1998)가 나왔을 때, 필자는 미국 서부의 한 대학에 머물고 있었다. 먼 전언으로 그사이 시인의 와병과 지인들의 조촐하고도 감동어린 출판기념회 소식은 들었지만, 정작 새 시집을 대하게 된 것은 금년 봄 귀국해서 필자의 스승이기도 한 시인을 찾아뵙고 나서였다. 수술 후 병원치료를 마다하고 집에서 정양중이라니, 누군들 마음이 아프지 않을까? 그러나 걱정스런 표정의 방문객이 오히려 객쩍을 정도로, 시인의 얼굴은 그렇게 맑고 평화로울 수가 없었다. 물론 이 맑음과 평화는 시인에게서 예전부터 늘 풍겨나오던 어떤 분위기였다. 쉰의 나이에 펴낸 첫시집 『색동단풍 숲을 노래하라』(민음사 1993)의 '자서'에서 밝힌 바 "가난한 생명들의 별볼일없는 착한 사연에 겸손되이 귀기울일 수 있는 시인"이기를 원한다는 말의 진정성을 알고 있는 사람이라면, 이 또한 알 것이다. 다만 필자에게, 그리고 이런저런 허욕과 갈망과 아집이 뒤엉켜 갈등하는 뭇 영혼에게, 시인의 모습은 늘 우리의 마음 한구석을 치는 작지만 울림 큰 충격일 수 있음을 다시 한번 새기게 하였다. 이 대책없는 고요와 평정을 어떻게 읽어야 할 것인가? 질풍노도의 삶에 대한 동경을 포기하고 싶지 않은 마음은 이것을 하나의 비평적 도전으로 받아들인다. 스스로도 훌륭한 비평가인 김영무 시인의 시를 필자가 감히 읽어보기로 한 것은 이런 까닭에서다.

우선 첫시집에 실린 「바람 부는 벌판」이라는 시를 읽어보자.

벌판에 나가면
바람 부는 고랑마다——
점점이 박혔어요
이름 모를 풀꽃들
이름 있는 풀꽃들

착한 눈썹 껌벅이는
풀꽃들 보면——
마음 놓여요
어느덧 고향이어요
하늘 높아 보리밭 푸르러요

세상 살다 보면
어둔 밤길
후미진 곳
가장 배고플 때
두런두런
불빛들 보여요
껌뻑이는 눈썹들 보여요

이 시를 시인의 수작이라고 하기는 어렵다. 그러나 여기에는 시인이 시로써 표현하고 싶어하는 대부분의 것이 선명히 나타나 있다. 시인은 무엇보다도 풀꽃을 노래한다. 풀꽃은 바로 고향을 느끼게 하고, 삶이 가장 힘들 때 구석진 곳에 피어 있는 모습이 우리에게 살아갈 힘을 준다. 김영무 시인은 가히 '풀꽃의 시인'이라고 불러도 좋을 것이다.

풀꽃은 제 계절이면 지천으로 피어나지만 연약하고 보잘것없고 눈여겨보는 사람도 별로 없다. 그럼에도 '바람부는 벌판'의 고랑마다 풀꽃은 살아 있다. 이 풀꽃들이 우리가 대개 민중이라고 부르는, 가진 것 없이 힘들고 고통스럽게 살아가는 다수 사람들을 의미한다는 것은 분명한 듯하다. 그러나 풀꽃의 이미지는 민중이 가지고 있는 힘과 폭발력, 우리가 지난 연대(年代)들에서 경험해온 역사의 주체로서의 함의를 담기에는 너무나 가냘프고 연약해 보인다. '어둔 밤길' '바람 부는 벌판'에서 풀꽃은 다만 눈썹을 껌뻑이며 두런두런 모여 있는 작고 착하디착한 불빛들일 뿐이다. 이것은 "바람보다도 더 빨리 눕고 바람보다 더 먼저 일어나는" 풀의 이미지로 민중의 강인한 생명력을 노래한 60년대의 김수영과도 다르고, 하물며 "바람에 지는 풀잎으로 오월을 노래하지 말라"는 80년대의 김남주의 충전된 전투의식과는 너무나 멀리 떨어져 있어 보인다. 풀꽃은 '지상의 것' 가운데서도 '목숨 그리 짧은 것'(「나팔꽃」)일 뿐이다.

그러나 김영무의 풀꽃 이미지는 전대의 시인들이 미처 포착하지 못하는 민중의 한 모습을 환기해낸다. 민중은 역사와 정치와 투쟁의 주체지만, 구체적으로 이들은 누구인가? 이름 남기지 않고 평범한 일상을 살아가는 우리 주변의 친지나 이웃들, 그 작은 사연들이 이 시인의 시에서 의미를 부여받는다. 민중은 오월의 군홧발에 짓밟히며 다시 날을 세우고 굳세게 일어서는 민초(民草)이면서, 이 '바람 부는 벌판' 같은 우리 사회 속에서도 그 나름대로 저마다의 삶을 꽃피우는 풀꽃으로 살아 있는 것이다. 즉 시인은 민중 개개인이 영위하는 작지만 빛나는 생명의 영광과 살아 있음의 환희를 노래한다.

　이것은 이름높은 민중투사의 경우도 예외는 아니다. 가령 폭압의 시대이자 민중의 시대인 80년대에 사회변혁의 상징이 되었던 고(故) 박종철은 '어린 제비꽃'으로 새해마다 되살아난다.

　　양지바른 풀섶마다
　　매운 바람 속
　　수줍은 제비꽃
　　우리 누이 손가락에
　　꽃반지로 피어나던
　　그 진보랏빛
　　제비꽃 보면
　　네가 살아오는데

　　우리는 너를 누구라
　　무어라 부르랴

「제비꽃에 너를 보며」에서 박종철은 '열사'로 추앙되지 않고, 하나의 풀꽃으로 돌아간다. 민주화를 위한 열사이자 폭압을 증거하는 정치적 상징에서 벗어나 "누이 손가락에 꽃반지로 피어나던" 진보랏빛 제비꽃으로 시인의 상상력 속에서 거듭 피어난다. 지난 시절 민주사회를 이룩하기 위해 앞서 싸웠던 투사도, 이름을 남기지 않고 험한 세월 속에서 작은 힘을 보태고 희생된 많은 사람들도, 그리고 역사의 국면국면마다 이들이 감당해낸 그 위업들도, 이 세상에서 저마다의 풀꽃을 피우며 살아가는 작은 생명들이 일궈낸 삶의 일부일 뿐이다.

　김영무 시인의 이러한 풀꽃 이미지는 우연찮게도 함석헌 선생이 말하는 씨울의 사상을 상기시킨다. 씨울이야말로 저마다의 고유한 생명을 가지고 있고 아무리 작다 할지라도 큰 생명인 우주와 이어지는 삶을 남과 더불어 살아가고 있는 민중의 다른 이름이기 때문이다. 풀꽃은 자신의 생명을 해치는 것들에 맞설 수밖에 없지만, '늘 무방비로/알몸 믿음'(「알몸 믿음」)으로 그리할 수밖에 없다. "비폭력을 그 사상과 행동의 원리"로 삼는 씨울의 활동과 일맥상통하는 것이다. "바람 조금만 거세어도 꽃잎은 지"지만, 그럼에도 "손에 손에 꽃 한 송이/흰 쌀밥도 따끈히 챙겨 // 탱크 속 어린 병사/계엄군을 맞으러" 가는 것이 험한 시절 민중들이 살아가는 방식이다.

중요한 것은 김영무의 시에서 민중이란 정파든 계급이든 민족이든 종교든 어떤 이념의 굴레에 묶여 있는 존재가 아니라, 자연 속에서 생명을 유지하며 저마다의 삶을 살아가는 풀꽃 그 자체라는 점이다. 바람 부는 들판에서 꽃피우고 버팅기고 저물고 다시 피어나고 하는 풀꽃들의 그 모든 활동은 생명작용의 자연스런 일부이다. 그런 점에서 그것은 아름다움이기도 하다. 그것은 시인이 「알몸 믿음」이라는 시의 부제를 '혹은 예술의 꿈'이라고 붙인 데서도 엿보이듯이 예술이 궁극적으로 꿈꾸는 경지이다. 따라서 정치적인 폭압뿐만이 아니라 생명을 저해하는 일체의 것과 싸우는 것이 시인의 작업일 수밖에 없다.

삼라만상 그 속에 하늘의 문이 있어
사닥다리 오르내리는 천사, 선녀들 거기 보이고
천하만물 하나하나에
하눌님의 지문이 찍혀 있어
지렁이 몸뚱이 쟁기에 두 동강 날 때
우주질서에 까마득한 심연 열리는 것
밝히 깨달은 선남자 선여인이 살던 땅,

거기서조차
흙 죽고 강물은 썩어
천길 땅속 샘물도 말라
뽕나무 기어오르는 장수하늘소마저 비실비실──
십자가에 매달린 것은 나뿐이 아니구나

　두번째 시집의 제1부를 이루는 '조선교회에 보낸 예수님의 편지' 연
작 중 세번째 편지의 한 구절이다. 천주교 신자인 시인 자신의 믿음이
드러나는 부분이지만, 반드시 천주교의 교리에 한정되지 않고 '하눌님'
으로 지칭되는 어떤 신령한 것이 온갖 생명 속에 깃들여 있다는, 영성
(靈性)에 대한 범신론적인 믿음이 바탕에 깔려 있다. 생명뿐 아니라 온
갖 자연물에 신의 모습이 살아 있으니, 두번째 편지의 시구처럼, 예수는
이 지상을 정처없이 순례하며 "때로는 풀잎 끝에 잠시 쉬는 떠돌이 빗
방울 만나/시냇물 따라 함께 지줄지줄" 흐르기도 하는 것이다. 삶의 환
경이 죽어가는 것은 바로 십자가의 고통이 되풀이되는 것과 같다. 살아
있음이 참 종교의 의미와 이어지고 이것이 생태적인 관심과도 결합되는
것은 이 때문이다.
　그렇다면 이 죽음과 맞서 싸우는 힘은 어디에서 나오는 것인가? '아
름다운 초록별 지구'가 십자가에 못박혀 신음하는 이때, 구원의 힘은
"낟알 속에 타오르는/내 생명의 저 푸른 등잔들"에서 나온다. 즉 다름
아닌 씨올들이다. 여기서 우리는 시인의 씨올 사랑이 단순히 민중에 대
한 연민이나 혹은 찬사에 있지 않고, 생명을 담지한 작은 것들이 가진
참된 힘에 대한 조용한 신뢰에 있음을 확인한다. 이런 사랑이야말로 약
한 듯하나 어떤 것으로도 꺾을 수 없는 시인의 '알몸 믿음'인 것이다.
　흥미롭게도 우리는 시인의 상상력이 씨올이라는 개념을 직접 환기시
키는 대목을 종종 보게 된다. 앞에서 나온 '낟알'도 그렇고, "밭고랑 두

엄 속 그 캄캄한 아랫목에서""때를 알아 눈을 뜨"는 '금빛 씨앗'도 그렇고(「과학」), 무엇보다도 "행여 개천의 벌레들/뜨거운 물에 데일세라/개숫물로 식혀서야 버렸던" 아낙네들을 '작은 여래의 씨앗들'이라고 부르는 시행(「조선교회에 보낸 예수님의 세번째 편지」)이 그렇다. 이같은 인식이 다음과 같은 재미있는 시를 낳는다.

깜빡 잊었구나
널어놓은 고추를 거둬들여야지
요즈음 가을밤은
별빛도 예전 같지 않다

땡볕에 꼬리 곧추세우고
탱탱히 약이 올랐던 전갈고추들

녀석들 배를 갈라, 황금씨앗
태양의 정자들을, 저기 별빛 흐릿한
전갈자리에 뿌려나볼까
먹다 남은 상한 단무지 같은
달이 뜬다

이것은 두번째 시집에 실린 시 「가을밤」의 전문이다. 밤하늘에 별이 옛날처럼 잘 보이지 않는 현상이 환경공해 탓임을 시인은 '먹다 남은 상한 단무지 같은 달'이라는 재치있는 직유로 표현하였다. 고추가 탱탱하게 약이 올랐다거나 고추씨를 황금씨앗이니 정자라고 해서, 일상에서도 흔히 쓰이는 비유를 적절히 구사한 것도 재미있다. 그러나 이 시에서 시인이 전하고자 하는 바는 뚜렷하다. 고추 속에 들어 있는 태양의 정자, 즉 씨올들이 병든 자연을 치유할 수 있는 생명의 힘을 간직하고 있다는 것이다. '땡볕'을 그대로 받는다는 것은 힘든 고난이지만, 그럼으로써 생명력을 부여받은 '탱탱히 약이 오른' 전갈고추들의 오롯함이야말로 민중의 원초적인 힘이 된다.

이 시를 읽는 또다른 느낌은 시인이 구사하는 언어들이 마치 어린아이의 발상처럼 순박하고도 발랄하다는 데 있다. 이같은 특성은 이 시집의 뛰어난 성과들에서 흔히 보이는데, 가령 용달차에 실려가는 무들을 두고 "꼬리를 뒤로 한 하얀 무우 궁둥이가/영락없는 돼지 궁둥이다"라든가(「김장철 아침」), 어머니 무덤 상석 위에 내린 하얀 눈을 '상보'에 비유한다거나(「어머니」) 하는 대목들이 그 예다. 이것은 시인이 어린 시절을 시의 원천으로, 그리고 그때의 마음으로 돌아가는 것을 시의 중요한 목적으로 하고 있다는 추정을 가능케 한다. 과연 시인은 「속살」이라는 시에서, "내 가슴은 두근두근/논두렁길 달리는 소년의 맨발/얼핏 발뒤꿈치 보일라/꼭꼭 숨었구나/고향 떠난 마음의 속살"이라고 노래하는데, 이 '마음의 속살'이야말로 시인이 자신의 삶 속에 간직한 채, 현재 속에서 쉬임없이 되살리려고 하는 훼손되지 않은 생명의 불씨일 것이다. 또한 그것은 바로 시의 마음일 것이다.

결국 시인의 씨올 사랑은 자신의 삶 속에 고여 있는 생명의 샘을 길어올리고 찬양하고 표현하려는 노력과 맺어져 있다. 그것은 자신에 대한 이기적인 사랑과는 다르고, 남을 위해 자신을 희생하기만 하는 이타적인 사랑과도 다르다. 자기 자신을 포함하여 만물 속에 깃들여 있는 생명의 참모습을 일깨우고 보듬는 것이야말로 진정한 인간의 길이라고 시인은 말하는 듯하다. 우리 사회가 극도의 억압 아래 있었을 때, 민중의 힘에 대한 믿음을 가지고 '날마다 서슬퍼런 세월만 비판'하던(「전자우편」) 한 문학평론가의 이같은 변신과 성과는, 특히 격정의 80년대를 기억하며 90년대의 삶과 사회를 바라보는 데 익숙한 필자와 같은 세대의 독자들에게 새삼 삶의 근본을 되돌아보게 한다. 풀꽃과 씨앗에 대한 사랑이 깊어지면서 시인은 오히려 좀더 근본적인 싸움으로 들어간 것이 아닐까? 투병중인 시인의 고요와 평정은 이러한 인식에서 나오는 것일까? 지금도 여전히 시를 짓고 있는 시인의 다음 작업을 기다리며 서툰 글을 맺는다.

—『씨울의 소리』 1999년 7·8호

찾아보기

ㄱ

강경애(姜敬愛) 347
강준만(康俊晩) 153, 156~60, 162
『강철군화』 16
『검은 피부 흰 가면』 53
겔너(E. Gellner) 81, 83~84
『경찰서여 안녕』 332~34
고골(N. V. Gogol´) 182
고재종(高在鍾) 369, 373~75, 377,
  380, 397
『고향』 211
고형렬(高炯烈) 394
공선옥(孔善玉) 265, 315, 318~19
『광장』 340, 347~54, 357
괴테(J. W. von Goethe) 59, 181,
  344, 355
교양소설(Bildungsroman) 336~63
『구운몽(九雲夢)』 348~49
구효서(具孝書) 315
국제주의 15~16, 36
권성우(權晟右) 116, 160~62
권오룡(權五龍) 160, 162~63, 165~
  66
권현숙 315, 319, 321

『그 많던 싱아는 누가 다 먹었을까』
  336
『그늘에 대하여』 92
근대성 65~66, 68~69, 76, 79, 84,
  86, 174, 178~82, 184, 191, 199~
  203, 205~6, 210~11, 213~14,
  241, 244~45, 256~58, 337, 339~
  40, 352, 354~55, 357, 359, 361,
  394~96
기든스(A. Giddens) 67~69
『기상도』 208
기형도(奇亨度) 143~44
김광규(金光圭) 214
김광균(金光均) 207
김기림(金起林) 206~11, 213~14
김남주(金南柱) 53~54, 215, 402
김동인(金東仁) 342
김만옥(金萬玉) 315~17, 319
김명환(金明煥) 176
김별아 262, 264~65
김병익(金炳翼) 112, 114, 130, 139~
  41, 153~57, 186
김성동(金聖東) 92~93, 95, 102
김수영(金洙暎) 212, 214, 401
김영무(金榮茂) 399~407

김영하(金英夏) 273
김용택(金龍澤) 397
김우창(金禹昌) 206~9, 211, 213~14
김욱동(金旭東) 390
김원우(金源祐) 92~94, 96~100, 102
김원일(金源一) 140, 337, 394
김이태 315, 319~21
김종광(金鍾光) 325, 328, 332~35
김종철(金鍾哲) 388
김주영(金周榮) 140
김지하(金芝河) 183, 393
김철(金哲) 116
김형경 273
김형수(金炯洙) 268
김호 298, 302

ㄴ

『나는 너무 오래 서 있거나 걸어왔다』 328~32
「날개」 81, 192~93
『날랜 사랑』 369
남상순 269~72
『내게 거짓말을 해봐』 219
네그리뛰드(négritude) 189
네언(T. Nairn) 73, 81
『네이티브 스피커』 32
『노동해방문학』 217, 222
『녹색평론』 183, 388
『늘 푸른 소나무』 337
「님의 침묵」 210

『노동의 새벽』 218

ㄷ

『다시 문제는 리얼리즘이다』 185
다원론/주의 116, 223
『당신의 왼편』 325~28
당파성 103, 131, 142, 147, 216, 221~25, 228, 233, 237~38, 240
데리다(J. Derrida) 134
도스또예프스끼(F. M. Dostoevsky) 182
들뢰즈(G. Deleuze) 134
디킨즈(C. Dickens) 182
『딕테』 32
딜릭(A. Dirlik) 69
딜타이(W. Dilthey) 355

ㄹ

『랩소디 인 블루』 336, 340, 359, 362
런던(J. London) 16~18
레닌(V. I. Lenin) 221~22
레드컴플렉스 110, 121~25, 191, 390
로렌스(D. H. Lawrence) 216, 220
루쉬디(S. Rushdie) 189
루카치(G. Lukács) 133, 176~77, 184~85, 222
류철균(柳哲鈞) 116
리얼리즘 30, 84~87, 108~11, 113, 124~25, 138~41, 171~87, 190~94, 197~205, 209, 211~15, 227~

29, 233~34, 237~38, 240~43, 246, 252, 256~58, 280~86, 298, 302, 308, 329~30, 332~33, 397~98

ㅁ

마르께스(G. García Márquez) 189, 193, 204
만(T. Mann) 185
『만세전』 211, 347
맑스(주의) 78, 111, 124, 166, 182, 188, 225
멜빌(H. Melville) 60
모더니즘 84~85, 120, 124~25, 138~41, 171~73, 176~94, 196~215, 227~29, 232~38, 306, 308, 333
『몸에 피는 꽃』 369,
『무정』 42, 340~41, 344, 346~47, 363
『문제는 리얼리즘이다』 185
문학권력(론) 149~53, 160, 166
『미학과 정치학』 228
민족(국민)국가 41, 45, 55, 60~61, 65~66, 70~80, 82~84, 87, 126, 339, 348
민족문학(론) 15, 25~30, 32, 35~36, 60~66, 86, 107~8, 111~17, 120~27, 140, 161, 171~81, 185~91, 193~98, 200~5, 227, 232~34, 238, 265~66
민족주의 20~23, 25, 45, 66, 70~74,

76~77, 79~80, 83, 126, 194

ㅂ

『바람인형』 230
바르뜨(R. Barthes) 100, 163~66
박경리(朴景利) 140, 304
박노해 216~22
박범신(朴範信) 294~95
박상륭(朴常隆) 50
박완서(朴婉緖) 50~51, 336
박철화 116
박태원(朴泰遠) 192
박혜경(朴蕙慶) 116, 161
박호재 298~99, 301
발자끄(H. de Balzac) 141, 182
방현석 241~46, 248~53, 255~57, 325~28, 331~36
배수아 197, 229~35, 237~38, 336, 340, 359, 361
『백경』 60
백낙청(白樂晴) 111, 114, 179
『백년 동안의 고독』 189
백무산 215
백석(白石) 208
버먼(M. Berman) 180~84, 189, 192
『변경』 337
보들레르(C. P. Baudelaire) 182, 212
보르리야르(G. Baudrillard) 86
분단체제(론) 114, 123, 125, 191, 353~54, 357, 392
브레히트(B. Brecht) 140, 258

『빌헬름 마이스터의 수업시대』 344, 355

ㅅ

『사람만이 희망이다』 216~18
사회주의 리얼리즘 110, 140~41, 203, 211, 222
『산은 새소리마저 쌓아두지 않는구나』 399
『삼대』 211
상상된 공동체(imagined community) 22, 83, 377
『새의 선물』 336
『생은 아름다울지라도』 369
생태비평(Ecocriticism) 134, 387
생태시 389, 391, 393
『서유기』 348~49
서하진(徐河辰) 304
성석제(成碩濟) 315, 322, 324
성장소설 336, 357~58
세계문학 59, 60~62, 64
세계화 46, 50~52, 54~55, 57, 67, 72, 266, 368, 376~77
셰익스피어(W. Shakespeare) 48, 59
송경아 304
송기숙(宋基淑) 298~99
스땅달(Stendhal) 182
신경림(申庚林) 215, 394, 397
신경숙(申京淑) 241~46, 248, 250~57, 262, 265, 269~71, 277, 281~84, 287, 290, 336, 340, 359, 361

신석정(辛夕汀) 207
신승엽 196~97, 232~34
『십년간』 241, 243~44, 246, 248~49, 253, 255~57, 326, 336
싸이드(E. Said) 165
씨뮬라시옹(simulation) 86

ㅇ

아놀드(M. Arnold) 95, 133, 145, 159
『아담이 눈 뜰 때』 220
아도르노(T. Adorno) 188
아파두라이(A. Appadurai) 85
앤더슨(B. Anderson) 50, 83~84
앤더슨(P. Anderson) 183~84, 188~90
양귀자(梁貴子) 277, 281, 284
염상섭(廉想涉) 211, 341, 347
영어공용어(론) 38, 44, 48
예이츠(W. B. Yeats) 229~30, 235
오리엔탈리즘 15~16, 18, 20
『외딴방』 241, 243, 247~49, 251, 253~54, 256~58, 283
우찬제(禹燦濟) 116, 161
월러스틴(I. Wallerstein) 74
유종호(柳宗鎬) 141
유중하(柳中夏) 111
윤대녕(尹大寧) 273~74, 308~9
윤재철(尹在喆) 369, 380~85
윤정모(尹靜慕) 304~6
은희경(殷熙耕) 291~92, 304~7, 336
이광수(李光洙) 42, 340
이광호(李光鎬) 116, 161

이글턴(T. Eagleton) 155~56, 160
이기영(李箕永) 211
이남호(李南昊) 390
이대환(李大煥) 266, 315, 322
이명원 163
이문구(李文求) 325, 328~34
이문열(李文烈) 337, 340, 354, 357
이미지즘 207~8, 213
이산(離散, diaspora) 23~24, 26, 32,
　56, 67, 76~77, 85
이상(李箱) 54, 172, 181, 192~93,
　201, 208, 212
이석호 290
이선 277~79, 281, 284, 287
이순원(李舜源) 308~9
이응준(李應準) 269~70
이재무(李載武) 269~70, 372, 374,
　380
이제하(李祭夏) 140, 141
이창래 32
이혜경(李惠敬) 262, 266, 315
『인간문제』 347
임상모 262, 266, 298, 300
임영태 287~88
임우기 92, 94, 99~100, 102, 110,
　113, 120
임화(林和) 193

ㅈ

『자본』 225
자유주의 28, 30, 36, 73, 101, 109~
　12, 115, 118~26, 133, 159, 161~
　62, 187~88, 190, 197, 212, 220
잡종(성) 23, 77
장정일(蔣正一) 216, 219~20
전경린(全鏡潾) 304
전병문 163
전성태(全成太) 315, 319, 321
전지구화→지구화
『젊은 날의 초상』 340, 354~45, 356
정과리 143, 165
정정희 291~92
정찬 308~9
정현종(鄭玄宗) 214
제임슨(F. Jameson) 223, 228, 234
조경란(趙京蘭) 273
조세희(趙世熙) 140
조이스(J. Joyce) 141
『주홍글자』 60
지구화 21, 23, 36, 44~45, 52~53, 55
　~59, 61, 64~80, 84~88, 114, 126,
　266, 359, 368, 375, 392
『지상에 숟가락 하나』 336
진정석(陳正石) 172~73, 176~81,
　183~85, 187, 192~93, 196, 200, 203
　~4

ㅊ

차현숙(車賢淑) 304, 315
채만식(蔡萬植) 211
최승호(崔勝鎬) 214, 388
최원식(崔元植) 185

최윤(崔潤) 286

최인석(崔仁碩) 229~31, 234~40, 262, 288~89, 293~98

최인훈(崔仁勳) 33~35, 340, 347~48, 357

최재서(崔載瑞) 178, 181, 184, 192

ㅋ · ㅌ · ㅍ

카프(KAPF) 209, 211~12

카프카 185

콘(H. Kohn) 73

탈근대(성) 65~66, 69, 84, 86, 340, 358~59, 362, 396

『태양의 풍속』 208

텍스트론/주의 100~2, 187

트웨인(M. Twain) 60, 62

파농(F. Fanon) 53

포스트모더니즘 85, 118, 120, 141, 165, 184, 203, 224~25, 228, 391, 395~96

푸꼬(M. Foucault) 126, 131, 134, 149, 164~67

프로이트(S. Freud) 108

ㅎ

하버마스(J. Habermas) 78

하이네(H. Heine) 133

『한밤중의 아이들』 189

한설야(韓雪野) 347

한용운(韓龍雲) 210, 214, 341

한창훈(韓昌勳) 287~88

함석헌(咸錫憲) 402

해체론/주의 109, 120, 161

『허클베리핀의 모험』 60

현기영(玄基榮) 336

호손(N. Hawthorne) 60, 62

홀(S. Hall) 71

『혼돈을 향하여 한걸음』 230, 238

홍성원(洪盛原) 140

홍윤기(洪潤基) 157

홍정선(洪廷善) 137~38, 141, 144

『화두』 33, 35~36, 349

황석영(黃晳暎) 140

황지우(黃芝雨) 214

『황혼』 347

『회색인』 348

후일담소설/문학 263~44, 328, 358